本刊承蒙北京大學人文學部資助出版，特別致謝！

中國古典學

北京大學中國語言文學系

The Journal of Chinese Classical Studies

杜曉勤　主編／李宗焜　本卷執行主編

第五卷

古文字與出土文獻專號

北京大學出版社
PEKING UNIVERSITY PRESS

圖書在版編目(CIP)數據

中國古典學. 第五卷/杜曉勤主編. —北京：北京大學出版社，2024.6
ISBN 978-7-301-35050-8

Ⅰ.①中…　Ⅱ.①杜…　Ⅲ.①中國文學－古典文學研究　Ⅳ.①I206.2

中國國家版本館CIP數據核字（2024）第095321號

書　　　　名	中國古典學（第五卷） ZHONGGUO GUDIANXUE（DI-WU JUAN）
著作責任者	杜曉勤　主編
責 任 編 輯	王　應
標 準 書 號	ISBN 978-7-301-35050-8
出 版 發 行	北京大學出版社
地　　　址	北京市海淀區成府路205號　　100871
網　　　址	http://www.pup.cn　新浪微博:@北京大學出版社
電 子 郵 箱	編輯部 dj@pup.cn　　總編室 zpup@pup.cn
電　　　話	郵購部 010-62752015　發行部 010-62750672　編輯部 010-62756449
印 刷 者	天津中印聯印務有限公司
經 銷 者	新華書店
	730毫米×980毫米　16開本　31.25印張　430千字
	2024年6月第1版　2024年6月第1次印刷
定　　　價	128.00元

《中國古典學》編輯委員會

目　録

卷首語：再談中國古典學的構建

黃德寬

一　引言

　　"建設中國古典學"或"重建中國古典學"，是近年來我國學術界關注的熱門話題之一。有關高校和單位在推進"古典學"研究、學科建設、人才培養和機構設置等方面開展了不少工作。[①] 在出土文獻與古文字研究領域，裘錫圭（2000、2013）、林澐（2007）、劉釗（2007）等都討論過中國古典學重建及相關問題。"重建中國古典學"還被復旦大學出土文獻與古文字研究中心列爲國家"2011 計劃"及出土文獻與中國古代文明研究協同創新中心的重點方向，編纂出版了《出土文獻與古典學重建論集》《出土文獻與中國古典學》等論著。[②] 2017年，北京大學中國語言文學系召開第一屆古典學國際研討會，專設一場討論中國古典學構建的圓桌會議，並於 2020 年正式創刊了《中國

---

① 徐正英《扎實推進"中國古典學"學科建設》，北京大學中國語言文學系編、杜曉勤主編《中國古典學》第一卷，北京：中華書局，2020 年，第 7—8 頁。中國人民大學特設的"中國古典學"（050111T），已列入 2024 年教育部發佈的《普通高等學校本科專業目錄》。
② 復旦大學出土文獻與古文字研究中心編《出土文獻與古典學重建論集》，上海：中西書局，2018年。

古典學》集刊。①《出土文獻與古典學重建論集》一書編纂説明表示，論集的編纂是"爲配合'出土文獻與古典學重建'學術研究的開展"；《中國古典學》創刊號《發刊辭》則明確提出："中國古典學是一門新興的學科"，編纂《中國古典學》是爲了"共同建設中國古典學的學科體系"。這些都顯示，"中國古典學"作爲一門新興學科越來越受到學術界的重視。

　　關於"古典學"的討論，主要涉及兩個不同的學術領域：一是世界古代史和西方古典學研究領域，二是中國古代典籍、古文字和出土文獻以及中國歷史文化研究領域。前者關注的是我國關於西方古典學的研究和學科建設問題，後者則是根據自身學科發展的需要提出中國古典學學科的建設問題。雖然"古典學"概念的提出，受到西方古典學的影響，但中、西古典學各有自身的歷史淵源、研究對象和關注的問題。② 中國古典學作爲一門新興學科的提出，對建設我國人文學科體系是很有意義的。但是，由於參與討論的學者立足於不同的學科背景和學術取向，在中國古典學學科内涵、建設目標以及如何建設等基本問題上，還存在着較大的認識分歧，有必要將相關研究和討論持續下去，引向深入，儘可能地在學術界形成共識，以推進中國古典學的建設和發展。因此，在研究新出楚簡《詩經・召南・騶虞》詩闡釋問題時，筆者對當代中國古典學的構建及其可能路徑也提出了一些意見。③ 由於該文對相關問題的討論只是"兼論"而已，語焉不詳，故撰此文，以就教於各位同仁。

---

① 在本次會議上，英國牛津大學聖安學院羅伯特・恰德（Robert L. Chard）教授以及國内學者徐正英、孫玉文、廖可斌、劉玉才等圍繞中西古典學關係、中國古典學建設等問題發表意見並展開討論，參見《北京大學第一屆古典學國際研討會論文集》，北京大學，2017 年；《中國古典學》第一卷。

② 《中國古典學》創刊號《發刊辭》宣稱："'中國古典學'中的'古典學'一詞借自西方學術界。在西方，'古典學'是一門歷史悠久的學問，指對古希臘羅馬經典文獻的研究。"《發刊辭》還簡略概述了中、西古典學各自的研究基礎、核心問題和涉及的主要研究領域。

③ 黃德寬《楚簡〈詩・召南・騶虞〉與上古虞衡制度——兼論當代中國古典學的構建》，《中國社會科學》，2023 年第 12 期。這篇文章是根據筆者 2017 年在北京大學第一屆古典學國際研討會上所作大會報告修改而成，因此，撰寫本文的目的就是通過個案研究探討中國古典學的構建問題。

二　中國古典學的學科內涵

　　中國古典學作爲一門新興學科的建設，首先應該明確其學科內涵。中國古典學學科內涵的確定，涉及學科研究對象、主要問題、知識體系以及研究目的和方法等不同方面。經過梳理中國古典研究的歷史，與西方古典學進行比較分析，有多位學者已認識到：只有明確中國古典學學科內涵這一前提，才能闡明古典學建立的必要性並確立其在現代學科體系中的定位，把握其建設的重點和方向，取得預期的建設成效。[①]

　　在中國古典學相關的研究中，涉及學科內涵的界定和表述大都較爲簡單，學術界的認識也各有不同。關於何謂"中國古典學"，各家就有不同的表述，如林澐（2007）認爲："'古典學'是指研究古書和古史的學問。這門學問在中國有很悠久的歷史。""從古史辨派開創了疑古時代之後，中國的古典學，實際上就逐步進入了疑古和釋古並重的古史重建時期。這種重建是以對史料的嚴格審查爲基礎，把古文獻和考古資料融會貫通而進行的。"[②] 裘錫圭（2013）主張："中國'古典學'，應該指對於作爲中華文明源頭的先秦典籍（或許還應加上與先秦典籍關係特別密切的一些漢代的書，如《史記》先秦部分、《淮南子》《説苑》《新序》《黃帝内經》《九章算術》等）的整理和研究，似乎也未嘗不可以把'古典學'的'古典'就按字面理解爲'上古的典籍'。"先秦典籍的整理研究主要包含以下内容："搜集、復原、著録、校勘、注釋解讀以及對古書的真僞、年代、作者、編者、産生地

---

① 參看徐正英《札實推進"中國古典學"學科建設》、廖可斌《借用、借鑒，還是另起爐灶——關於建立中國古典學的一些思考》、劉玉才《中國古典學的建構芻議》等文的討論，見《中國古典學》第一卷，中華書局，2020 年。

② 林澐《真該走出疑古時代嗎？——對當前中國古典學取向的看法》，《史學集刊》2007 年第 3 期；收入《林澐文集·古史卷》，上海古籍出版社，2019 年，第 268、280 頁。

域、資料的來源和價值、體例和源流的研究。"① 劉釗、陳家寧（2007）認爲："中國古典學可以被看作國學的一個分支，即研究漢代以前（包括漢代）中國古代文明的學問。"而"國學就是研究清代以前（包括清代）中國古代文明的學問"。中國古典學的"研究内容是'國學'研究内容的前半段"，相當於李學勤所稱的"中國古代文明研究"。② 徐正英（2020）則認爲："既然是'古典學'，就應該像西方'古典學'那樣把握兩點：一是'古'，二是'典'。具體而言，就是在學好古代漢語的基礎上運用該語言工具闡釋中國早期經典、探討中國早期文明智慧。時段劃分則當以先秦經典爲重點，延至兩漢時段，不宜再往下延。"廖可斌（2020）讚成裘錫圭的意見，主張把中國古典學作爲"中國古代歷史文化研究的一個分支"，"借鑒西方古典學的研究方法，以對出土文獻和文物、稀見早期文獻以及少數民族語言、文字、文獻、文化的研究爲主，旁及相關領域，整合對中國古代文化中被掩埋、被遺忘的部分的研究，建立一門中國古典學。用這個概念可以把上述研究領域統一起來，它既相對寬廣，又有比較明確的邊界限定。"③ 孫玉文（2020）認爲："中國古典學，就是對 1912 年清帝退位或 1919 年五四運動以前的中國古代典籍進行研究的一門學問。當今流傳'國學'這一術語，我所理解的'國學'，跟這裏'中國古典學'内涵和外延一致。我所謂的中國古典學，就是我所理解的國學。"④

各家之説基於不同的學科和學術背景，既有一些共同的認識，也

---

① 裘錫圭《出土文獻與古典學重建》，《出土文獻》第四輯；收入《出土文獻與古典學重建論集》，第 13、14、15 頁。
② 劉釗、陳家寧《論中國古典學的重建》，《廈門大學學報（哲學社會科學版）》2007 年第 1 期；《出土文獻與古典學重建論集》，第 41、42 頁。按：李學勤曾說："我自知研究能力有限，所及范圍只中國古代文明前面一段，即自文明起源到漢代初年。"（李學勤《走出疑古時代·自序》，瀋陽：遼寧大學出版社，1994 年，第 1 頁）
③ 廖可斌説他所據裘錫圭的意見，出自戴燕《陟彼景山》（中華書局，2017 年）所刊裘錫圭教授《古典學的重建》訪談錄，見《借用、借鑒，還是另起爐灶——關於建立中國古典學的一些思考》，《中國古典學》第一卷，第 26 頁。
④ 孫玉文《略談中國古典學》，《中國古典學》第一卷，第 12—13 頁；《"中國古典學"之我見》，《江蘇師範大學學報（哲學社會科學版）》，2018 年第 5 期。

有各自不同的主張，分歧是明顯的。綜合各家意見，如下方面可看作基本共識：中國古典學以古代典籍（古書）的整理研究爲基本任務，有着悠久的歷史和深厚的傳統，建設中國古典學應遵循中國古典研究的傳統，借鑒西方古典學的某些理論和方法。各家的分歧則主要表現在：（1）對"古代典籍"的時代劃分意見不一致，有"先秦"（裘錫圭 2013）、"先秦秦漢（包括漢代）"（劉釗等 2007）、"先秦兩漢"（徐正英 2020）、"1912 年清帝退位或 1919 年五四運動以前"（孫玉文 2020）等不同；（2）關於研究任務與學科屬性認識的差異，有"研究古書與古史"（林澐 2007）、"先秦典籍的整理研究"（裘錫圭 2013）、"中國古代文明研究（前半段）"（劉釗等 2007）、"闡釋中國早期經典、探討中國早期文明智慧"的研究（徐正英 2020）、"中國古代歷史文化研究（分支）"（廖可斌 2020）、"中國古代典籍研究"即"國學"研究（孫玉文 2020），等等。這些不同的表述反映了各家對中國古典學學科內涵、研究任務和研究目的等方面存在着不盡相同的認識。

　　從研究對象來看，將中國古典學限定在先秦或先秦秦漢典籍（經典）的整理研究較有代表性，這是對古典學之"古典"含義的主流看法；將兩漢以後直到清帝退位以前的整個中國古代典籍都作爲研究對象則顯得過於寬泛，只是少數人的主張。從研究內容來看，裘錫圭（2013）將古典學主要限定在先秦典籍文本的整理及相關問題的研究，並強調"沒有必要把先秦漢語漢字和先秦時代各個方面的研究都從相關學科裏分割開來納入古典學的範圍"。徐正英（2020）認爲："'古典學'的任務則主要側重於對經典文本深度闡釋基礎上的文明智慧發掘"，應該與"國學""傳統經學""中國古典文獻學"之間劃清邊界。劉玉才（2020）指出：古典學的"內容不能是現有專業領域的簡單歸併，而是貫徹以傳統小學爲基礎，以文本研究爲方法，致力揭示古典之學的思想核心及其在文學、藝術層面的呈現"。這些意見都是對古典學研究內容較爲謹嚴的論述。至於將古典學表述爲"研究古籍與古史"或"中國古代歷史文化（分支）""中國古代文明"研究等，則使得古典學自身的學科內涵和屬性難以把握。如果將古典學限定爲"古

書與古史”研究，古典學與古典文獻學、歷史學學科之間的界限就變
得模糊；而“古代歷史文化”“古代文明”研究則是涉及多學科、含
義寬泛的學術研究領域，不是嚴格意義的學科概念，直接用來限定
“古典學”，對釐清古典學的學科内涵和邊界並無助益。如劉釗等
（2007）立足於古典學即中國古代文明的研究，談到考古新發現對中
國古典學諸學科的影響時，將古代文明起源和發展、哲學史、思想
史、宗教學、語言學、文學史、民族學等相對獨立的研究領域和學科
都囊括在“中國古典學諸學科”之下，“中國古典學”似乎成爲一個
可以涵蓋各相關人文學科的大學科門類。“國學即中國古典學”是近
年來頗有影響的看法，甚至連研究西方古典學的學者也有這樣的意
見。① 衆所周知，“國學”一名的產生有其特殊的歷史緣由，從來都不
是一個學科概念，其内涵和外延難以限定，而且從來就沒有納入現代
學科體系之中。② 前些年有些學者倡導建立“國學”學科，但引發學
術界較大爭議，因而有學者主張以“中國古典學”來定義“國學”，
以便確立“國學”的學科地位。③ 如果以並非學科概念的“國學”來
定義“中國古典學”，不僅不能科學限定中國古典學，反而使得中國
古典學學科内涵泛化，從某種意義上説實際上是消解了其學科屬性，
有可能將中國古典學研究引向誤區。由此可見，以學科定位尚没能解
決的“國學”來定義“中國古典學”，或通過建立“中國古典學”學
科來確定“國學”在現代學科體系中的定位，不僅在學理上而且在實

---

① 如南開大學著名世界史研究專家、西方古典文明研究中心主任王敦書（1999）曾說：“中國是東
方文明古國，具有輝煌的國學亦即中國古典學的研究傳統。”見王敦書《古典历史研究史・初版
序言》，北京：北京大學出版社，2013 年。按：晏紹祥《古典历史研究史》一書，1999 年由華
中師範大學出版社初版。
② 錢穆曾說：“學術本無國界。‘國學’一名，前既無承，將來亦恐不立，特爲一時代的名詞。其
范圍所及，何者應列爲國學，何者則否，實難判別。”見錢氏所著《國學概論・弁言》，北京：
商務印書館，1997 年，第 1 頁。按：該書初稿完成於 1926—1928 年間，商務印書館 1956 年再
版，1997 年新一版。
③ 朱漢民曾在嶽麓書院舉辦“國學學科問題會講”，邀請林慶彰、姜廣輝、李清良、吳仰湘、鄧洪
波等討論“國學”與“中國古典學”問題，提出“國學即中國古典學”，目的就是“以‘中國古
典學’來定義原來的‘國學’”，以推進“國學”作爲一門學科的建設。見《光明日報》2010 年
10 月 20 日“國學版”。

踐中都會陷入難以擺脫的困境。

三　中國古典學學科建設的實踐

在開展古典學相關問題的研究和討論的同時，中國古典學作爲一門新興學科的建設也在積極推進。在中國古典學學科建設的實踐中，中國人民大學文學院、北京大學中文系具有代表性。據徐正英（2020）介紹，2010 年人大文學院創辦"古典學本科實驗班"，2014年設立"古典學"二級學科碩士、博士授權點，包括"中國古典學""西方古典學"兩個研究方向，在現有學科體系中開始了構建"古典學"學科和開展古典學教育的實踐。北大中文系 2016 年打破古代漢語、古代文學和古典文獻等專業之間的壁壘，以"三古"專業爲基礎構建跨學科"中國古典學"學科平臺。[①] 兩校古典學學科建設的實踐，體現了他們對中國古典學學科內涵的理解和建設目標的追求，是中國古典學建設值得關注的樣本。

2017 年中國人民大學爲打造"古典學學科"，以國學院爲依託整合成立了"一體兩面"的辦學實體"古典學院"，其目的也"是爲'國學學科'爭取合法地位、登上'户口'"（徐正英 2020）。人大"古典學學科"與"國學學科"的關聯，實際上體現了對中國古典學學科定位的認識。2022 年，人大國學院烏雲畢力格、吴洋撰文闡述國學院建設中國古典學的一些設想，涉及中國古典學的名稱、時段、研究領域、方法論、學科建設等方面，主張秉持"大國學"以及"融貫中外文明"的交叉學科理念，提出"'中國古典學'這一概念應該包括兩層含義：一是'對於中國古典'的學術研究，這直接延續了'大國學'的理念；二是'中國的古典學研究'，這有利於學科建設和融貫中外文明"[②]。雖然文章没能展開充分的論述，但也較爲全面地表達了

---

① 見《中國古典學》第一卷《發刊辭》。

② 烏雲畢力格、吴洋《建設中國古典學的一些設想》，《中國社會科學報》，2022 年 11 月 17 日。

作者對中國古典學學科内涵的認識和基本建設思路。

北大中文系構建"中國古典學"跨學科平臺，立足於研究中國古代人文經典作品，强調由古典語文切入，以文本考察爲核心，研究内容主要包括中國古典語文學、古典文獻學和古代文學三個方面，並將古典學術史、古典藝術史作爲學科分支。[①]《中國古典學》創刊以來各卷所發表的論文基本體現了以上範圍和古典學學科的建設宗旨。

如果能全面、深入比較分析兩所代表性高校"古典學"學科建設情況，對彼此關於古典學學科内涵的認識、建設思路和目標追求將會有更加準確的判斷。總體來看，兩校對中國古典學的認識及如何建設等方面差異明顯，各自也都存在着一定的問題。在我們看來，秉持"大國學"理念，除傳統經史子集的研究之外，把邊疆史地、民族語言文字、宗教人類學、考古文物乃至其他國家古代文明的研究都納入中國古典學的研究領域，儘管立意高遠，建設目標宏偉，但這樣的"中國古典學"建設思路在實際推進過程中難免會面臨種種困難。在中國古典語文學、古典文獻學和古代文學"三古"基礎上建設"中國古典學"，不僅體現了中國古典研究深厚的學術傳統，也有着較爲充分的學理依據，卻會面臨如何處理中國古典學與這幾個學科之間的關係、"跨學科"建設領域如何確定、古典學自身學科内涵和建設目標如何設立等問題，這些問題如不能得到合理解決，這樣的"中國古典學"建設也有可能難以實現作爲一門新興學科的建設目標。

當然，中國古典學作爲一門新興學科應該如何建設，並無先例可循，目前尚處於探索階段，因此，學術界應進一步開展相關學術研討，鼓勵不同建設單位結合自身學科基礎大膽嘗試，開展積極的建設實踐。在這個過程中，我們認爲還是要立足於中國古典研究的傳統，從學科内涵的界定出發，吸收學術界對相關問題研究的成果，在諸如古典學研究的核心内容（領域）、時段限定、研究方法和目標等基本問題上儘可能凝聚共識，在正確理論指導下來開展中國古典學學科建

---

① 　見《中國古典學》第一卷《發刊辭》。

設實踐，這樣才有可能取得更好的建設成效。與此同時，我們還要重視借鑒西方古典學研究和教育的歷史經驗，科學設計和規劃中國古典學學科建設的路徑和未來發展。Robert L. Chard 認爲："中國和西方在古代階段有很多相同之處，可以互通有無的領域遠比我們現在所探討的範圍要大。中國建立'中國古典學'這一新學科的學術價值將會遠遠超過現有學科，它可以擴展學術研究的方法和思路，並且促使學者將中國古代文化和遺産方面的研究與當代教育相結合。而中國和西方的'古典學'專業有很多相似之處，其中很多觀點值得互相借鑒。"[①] Robert L. Chard 的意見是非常中肯的，西方古典學在研究領域、研究方法、古典教育和學科建設的許多方面，對中國古典學學科建設都有一定的借鑒意義。

四　關於構建中國古典學的三個維度

綜合分析學術界關於中國古典學研究和建設的實踐，我們對中國古典學的構建有如下看法：

> 我們認爲，以先秦時期元典性文獻和上古文明爲中國古典學研究的主要對象和基本任務是非常恰當的。這一點與西方古典學以古希臘—羅馬時期的文獻和古典文明研究爲根本任務頗爲相似。雖然對整個中國古代典籍的研究是十分重要的任務，但那不是中國古典學學科所能全部包含的。明確了中國古典學研究的對象和範圍，將出土文獻與傳世文獻結合起來比勘稽考，從"文字""文本"和"文化"等維度入手開展綜合性整體研究，也就成爲當代中國古典學構建的一種路徑選擇。[②]

這段文字表達了我們對構建中國古典學的基本看法，下面作一些

---

① Robert L. Chard《談"古典學"》，李卿蔚整理，劉玉才審定，《中國古典學》第一卷，第 1 頁。
② 黃德寬《楚簡〈詩·召南·騶虞〉與上古虞衡制度——兼論當代中國古典學的構建》，《中國社會科學》，2023 年第 12 期。

補充説明。一是關於中國古典學研究的主要對象和基本任務問題。我們所謂"先秦時期元典性文獻"，也即裘錫圭（2013）"作爲中華文明源頭的先秦文獻"。"元典性文獻"，指先秦時期原創的作爲中華文明源頭的基礎文獻，不僅指歷代公認的儒家經典、諸子百家，還包括先秦時期所有與中華文明有關的文字記錄。同時，兩漢以降，先秦元典性文獻的傳承傳播以及歷代整理研究和闡釋成果，體現了先秦元典性文獻對中華歷史文明傳承、演進的深遠影響，也應作爲中國古典學研究的重要内容。先秦是中華文明形成發展的關鍵時期，中國古典學以產生於這一時期的元典性文獻爲主要研究對象就抓住了根本。關於"上古文明"之"上古"，是一個限定並不嚴格的時段概念。中華文明從文字萌芽的"傳説時代"到有文字記載的"狹義的歷史時代"，經歷了漫長的持續不斷的沿革和歷史發展。[1] 我們所説的"上古文明"，主要指處於中華文明發展史上關鍵時期的先秦文明。[2] 中國古典學的主要任務也就是探索從中華文明曙光初現的傳説時代到有文字記錄的夏、商、周（西周、東周）時代的文明。中國古代文明研究是一個含義廣泛的學術研究領域，作爲中國古典學基本任務的"上古文明"研究，主要指着重於以先秦元典性文獻爲基礎、結合考古發現的先秦文明研究，與一般意義的中國古代文明研究既密切相關又有所區別。具體説來，就是從"文字""文本""文化"三個維度開展先秦典籍與上古文明的整體性研究。

二是關於"文字""文本""文化"三個維度的問題。"文字"是文獻形成的基礎，我們這裏所説的"文字"指的是先秦古文字及其記錄的上古漢語。文字是中華文明最爲重要的載體，先秦時期典籍的形成、傳承都依賴於文字的發明和運用。中國古典學研究必須從語言文

---

[1] 關於"傳説時代""狹義的歷史時代"，參看徐旭生《中國古史的傳説時代》（增訂本），北京：文物出版社，1985 年，第 19—20 頁。

[2] 關於"先秦"的這一時段的限定，《中華大典·先秦總部》提要有如下表述："本總部所涉及的中國歷史，約起公元前二十六世紀，迄公元前二二一年秦朝建立，共約二千四百年。在這一時段中，中國經歷了五帝、夏、商和周（西周、東周）四個階段。"見《中華大典·歷史典·編年分典》之《先秦總部》（編纂人員：錢杭），上海：上海古籍出版社，2017 年，第 3 頁。

字入手，只有藉助語言文字才能走進先秦典籍，進而探索上古文明。因此，古文字、上古漢語是從事中國古典學研究者的基本素養，這就如同西方古典學者必須通曉古希臘文和拉丁文一樣。與西方古典學不同的是，記載上古文明的漢語言文字延續至今而沒有發生根本性變化，這是中國古典學研究得天獨厚的優勢。值得注意的是，上古語言文字的古今演變使後世對先秦典籍釋讀變得困難，因此，中國古典學研究既要充分發揮語言文字古今延續性的優勢，也要留意古今語言文字演進對典籍訓釋的影響，在充分挖掘和利用傳統古典文獻研究積累的訓釋成果的同時，充分重視運用古文字與出土文獻研究的成果，以新材料和新成果檢視傳世文獻和傳統典籍的訓釋，在"文字"這個維度上爲構建中國古典學奠定堅實的基礎。

"文本"是古代典籍文獻的存在形式，由文本稽考以揭示其負載的歷史文化內涵是古典學的不二法門。西方古典學對古希臘—羅馬手稿、抄本、銘刻文獻的蒐集、校勘、整理以及來源、流傳的研究，中國關於古代典籍文獻製作、傳承、整理、校勘、辨僞、輯佚和闡釋等研究，都可歸之於"文本"研究的範圍。"文本"研究是古典學研究的基本任務，也是構建中國古典學不可或缺的維度之一。我國古代典籍文本研究源遠流長，裘錫圭（2013）認爲：春秋戰國時代孔子及其弟子的經學文獻整理和傳授、漢代對先秦以來典籍的全面整理都屬於傳統古典學的範疇；二十世紀二三十年代疑古派對古史、古書的質疑和辨僞，以及七十年代以來戰國秦漢出土文獻考古新發現所引發的關於古書真僞、年代、體例、源流、校勘、解讀等研究，是現代古典學的兩次"重建"。① "古典學重建"，一方面是基於對先秦典籍文本整理研究應歸屬於古典學的認識，另一方面是由於戰國、秦漢先秦文獻抄本新發現帶來的巨大影響。因此，裘錫圭（2013）指出："發展古典學已經成爲時代的要求。我們不能照搬在很多方面都早已過時的傳統

---

① 裘錫圭《出土文獻與古典學重建》，《出土文獻》第四輯；收入《出土文獻與古典學重建論集》，第 15—17 頁。

古典學，也不能接受那種疑古過了頭的古典學，必須進行古典學的重建。而古典學的重建是離不開出土文獻的。"① 二十世紀七十年代以來，繼長沙馬王堆帛書、臨沂銀雀山漢簡的考古發現，戰國簡本文獻多批次問世，不僅有傳世的《詩》《書》《禮》《易》《老子》等先秦元典文獻的戰國楚地抄本，而且還有多種未能傳世的先秦典籍佚文。② 這些戰國秦漢出土文獻是考辨先秦古典文獻原貌及其傳承流變的一手資料，爲構建中國古典學提供了極其重要的文獻支持。古代典籍研究優良傳統的繼承發揚、出土文獻文本研究價值的充分發掘，成爲當代中國古典學構建重要的文本基礎。

　　"文化"之所以作爲古典學研究的維度之一，一方面，由於任何古典文獻的産生和流傳都與特定的歷史文化背景密切相關，"文化"對古典文獻的釋讀具有決定性影響，"文字"的辨識、"文本"的釋讀都要儘可能地契合其産生和傳播的歷史文化場景；另一方面，古典學研究古典的目的，是爲了復現那個時代的歷史與文化。在西方古典學者維拉莫威兹（Ulrich von Wilamowitz-Moellendorff）看來，古典學的本質是"希臘－羅馬文明研究"，"該學科的任務就是利用科學的方法來復活那已逝的世界"。他認爲"由於我們要努力探詢的生活是渾然一體的，所以我們的科學方法也是渾然一體的。"③ 儘管古典研究要完全做到與歷史場景的契合並"復活那已逝的世界"，幾乎是一個難以企及的終極目標，但維拉莫威兹對古典學的本質和學科任務的闡述，啓發我們在古典研究中應該將"文化"確立爲一個重要的維度，

① 裘錫圭在《出土文獻與古典學重建》一文編入《出土文獻與古典學重建論集》時加了幾條按語，說明本文所説古典學的範圍與西方的古典語文學（Classical Philology）比較接近，跟以我國全部古文獻爲研究對象的古典文獻學的關係，類似於古文字學跟一般文字學的關係，並提出："隨著先秦典籍的戰國、秦漢抄本的不斷出土和相關研究的日漸深入，古典學獨立的必要性已日漸凸顯。"見《出土文獻與古典學重建論集》，第35頁。
② 參看荆門市博物館編《郭店楚墓竹簡》，北京：文物出版社，1998年；馬承源主編《上海博物館藏戰國楚竹書》第1—9册，上海：上海古籍出版社，2001—2012年；李學勤、黃德寬主編《清華大學藏戰國竹簡（壹—拾叁）》，上海：中西書局，2010—2023年；黃德寬、徐在國主編《安徽大學藏戰國竹簡》（一）（二），上海：中西書局，2019、2022年。
③ ［德］維拉莫威兹《古典學的歷史》，陳恒譯，北京：生活・讀書・新知三聯書店，2008年，第1頁。

要從這個維度來考索先秦典籍產生和流傳的歷史文化背景，並最終落實到對上古文明形成、演進歷程及其發展規律的揭示和闡釋。爲此，在"文化"這個維度上，中國古典學研究必然要充分利用現代考古新發現以及歷史學、語言學、文獻學等多學科知識、方法和成果，並以整體意識來闡釋古代典籍的文化內涵，努力揭示我國上古文明的形成歷史和發展情狀。

從"文字""文本""文化"三個維度研究先秦典籍，是我國歷代典籍研究的悠久傳統，前人所謂"説字解經義""由小學而經學"之類的表述，實際上已蘊含了類似的思想。需要強調的是，古代典籍研究並非從"文字"到"文本"再到"文化"的簡單遞進過程，"文字"是"文本"產生的基礎，"文本"是"文字"的存在形態，典籍的整理研究往往是"文字""文本"統觀，並非將二者截然分開；而"文化"要素則更是貫穿於古典研究的全過程，爲"文字""文本"分析確定歷史背景和闡釋依據，並將古典研究導向最終目標的實現。因此，古典學的"文字""文本"研究，與文字學、語言學、古典文獻學等學科密切相關，但也有着自身不同任務和學科屬性；"文化"雖然關涉古代史、考古學、藝術史、文化人類學等相關學科，但古典研究只是對相關學科知識、方法和成果綜合運用的整體性研究，而不是將相關學科都納入古典學的範圍。我們認爲，從"文字""文本""文化"三個維度來闡釋古典學的要義，有助於將古典學與其他相關學科區別開來。

"文字""文本""文化"三個維度相結合，可爲構建當代中國古典學提供一種路徑選擇。在構建當代中國古典學這一新興學科的過程中，一是要重視發掘傳統"小學"積累的豐厚成果，與當代古文字、上古漢語研究結合起來，在"文字"這個維度上實現古今語言文字研究的貫通；二是要重視發揚古代文獻研究傳統並利用歷代形成的成果，與新發現的出土文獻研究結合起來，在"文本"這個維度上實現傳世文獻與出土文獻研究的融通；三是要重視將先秦文獻的整理研究與上古文明的探索結合起來，在"文化"這個維度上，揭示先秦典籍與上古歷史文化的深層關係，探尋上古文明的歷史面貌、演進軌跡和發展規律，爲中華民族現代文明建設開拓思想源泉。

［作者單位］黃德寬：清華大學出土文獻研究與保護中心

釋花東卜辭表示牡豕之字

王子楊

提　要：本文從字形和辭例兩個方面指出花東新見字形"🐖"爲表示牡豕之字，過去釋作"犰""犯""膚""豚"等都是錯誤的。字形上，豕腹施加的半封閉筆畫正象公豬包皮之形，其狀公豬的意圖十分明顯，這種寫法是花東卜辭刻手用字方面的一個特色；辭例上，"犰一犼一"表示母豬、公豬各一，完全符合卜辭表達的習慣。

關鍵詞：花東　甲骨卜辭　釋讀　牡豕

花東甲骨卜辭習見下引 M、N 兩組之字（表 1，僅舉字跡清晰者）：

表 1

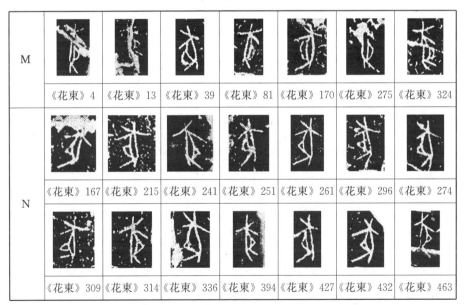

M	《花東》4	《花東》13	《花東》39	《花東》81	《花東》170	《花東》275	《花東》324
N	《花東》167	《花東》215	《花東》241	《花東》251	《花東》261	《花東》296	《花東》274
	《花東》309	《花東》314	《花東》336	《花東》394	《花東》427	《花東》432	《花東》463

M、N 顯然爲一字，只是 M 組豕腹靠近後腿的半封閉筆畫刻寫得略微扁平而已。這兩組字是花東新見字形，整理者統一釋"牝"，認爲是母豕的象形。① 後來劉一曼、曹定雲兩位先生又撰寫《殷墟花園莊東地甲骨卜辭考釋數則》進一步闡述釋"牝"之由，認爲豕腹施加的半封閉筆畫"象母豕之乳頭"，後來這種形體被常見的"牝"形取代。② 季旭昇先生同意釋"牝"，但認爲腹部施加的半圓形封閉筆畫"象牝器之形"。③ 單育辰先生從之。④ 朱歧祥先生認爲腹部的半圓形封閉筆畫不能象女陰，而象乳房，"宜由强調乳房而視作母豬或指有身孕的母豬"。⑤ 上述形體解釋雖然紛繁，但都把這種字形看作是母豕的表意字。現在見到的大多數工具書都把這個字釋作"牝"，並無異議。⑥ 張世超先生發表《花東卜辭祭牲考》一文（以下簡稱"張文"），系統考辨了花東卜辭出現的跟"豕"有關之祭祀用牲的釋讀問題，澄清了當前學界對豕牲系列用字的混亂，結論多可信從。⑦ 張文認爲"𣪊"字當釋"豝"，指成年之牝豕，而同現一辭的"牝"則指幼年之牝豕，如此就解決了《花東》215"牝一𣪊一"連用的矛盾。林雅婷女士順着這個思路，非常詳盡地考察了花東豕牲的使用情況，提出"𣪊"字"所表達的應該是已具有生殖能力的母豬，也就是已經發過情了，準備好可以懷孕了的已屆育齡的母豬，因此在字形上以加圈强

① 中國社會科學院考古研究所編著《殷墟花園莊東地甲骨》，昆明：雲南人民出版社，2003 年，第 1558 頁。

② 劉一曼、曹定雲《殷墟花園莊東地甲骨卜辭考釋數則》，劉慶柱主編《考古學集刊》第 16 集，北京：科學出版社，2006 年，第 268—269 頁。

③ 季旭昇《説牝牝》，《古文字研究》第二十四輯，北京：中華書局，2002 年，第 101 頁。

④ 單育辰《説甲骨文中的"豕"》，《出土文獻》第九輯，上海：中西書局，2016 年，第 10 頁。

⑤ 朱歧祥《朱歧祥學術文存》，臺北：藝文印書館，2012 年，第 80—81 頁。

⑥ 姚萱《殷墟花園莊東地甲骨卜辭的初步研究》，北京：綫裝書局，2006 年，第 231 頁；朱添《殷墟花園莊東地甲骨文字編》，遼寧師範大學碩士學位論文，2012 年，第 142 頁；齊航福、章秀霞編著《殷墟花園莊東地甲骨刻辭類纂》，北京：綫裝書局，2011 年，第 154—155 頁；單育辰《説甲骨文中的"豕"》，《出土文獻》第九輯，上海：中西書局，2016 年，第 10 頁；洪颺、王譯然、王叢慧、朱添編纂《殷墟花園莊東地甲骨文類纂》，福州：福建人民出版社，2016 年，第 242—244 頁。

⑦ 張世超《花東卜辭祭牲考》，《南方文物》2007 年第 2 期，第 93—95 頁。

調其肚腹的位置，則此字應屬成年母豬的專字"。① 林說結論與張文大
體相同，只是論證過程更加細緻。前引朱歧祥先生則認爲"𤘹"是未
産子的年幼母豬，"犰"則是已産子的成長母豬。② 結論與張、林之說
正好相反。最近，譚步雲先生又把這個字跟甲骨文"𤘹"相認同，一
併釋作"豕"，並說"𤘹"爲牝豕之被閹割者，"𤘹"爲牡豕之被閹
割者。③

上引諸家之所以篤定釋"犰"、釋"𤘹"，主要是因爲《花東》
215 有"🐷—𤘹—"的犧牲組合，諸家認爲"🐷"是"狇"字，豕腹
旁側的"土"變形即爲一般的寫法"土"。④ 既然"🐷"爲"狇"，則
組合中的"𤘹"只能是母豕之"犰"。實際上，釋"🐷"爲"狇"的
定點是靠不住的，所謂的這種"狇"形其實皆爲"犰"字。下面再臚
列一些花東的"犰"以及同版的"匕"形做一對比（表 2）：

表 2

A					
	《花東》215	《花東》25	《花東》139	《花東》220	
B					
	《花東》13	《花東》291			

---

① 林雅婷《花東卜辭中的豕牲試探》，《出土文獻研究視野與方法》（第二輯），政治大學中文系，
2011 年，第 158 頁。

② 朱歧祥《朱歧祥學術文存》，第 80—81 頁。

③ 譚步雲《甲骨文所見動物名詞研究》，《古文字論壇》（第三輯），上海：中西書局，2018 年，第
144 頁。

④ 季旭昇先生還構擬出形體演變序列，參看季旭昇《説牡牝》，《古文字研究》第二十四輯，第
102 頁。

　　上舉形體，不少工具書收在"犾"字頭下。[①] 也有學者一部分收在"犾"字頭下，一部分收到"犰"字頭下，[②] 搖擺不定。從跟同版的"匕"（妣）字比較來看，這些形體都是"犰"字無疑。由於刻手要在豕腹的有限空間內刻寫（上下不能打穿前後足之筆畫），導致"匕"的豎筆刻寫呈現出兩個特點：一個是豎筆長度不能過長，另一個是豎筆向豕腹一側斜出。不管怎樣刻寫，其偏旁皆爲"匕"，絕對不能釋作"犾"。因此，前引釋"𧰫"爲母豕的定點已不復存在。

　　劉源先生認爲釋"犰"並不合適，"這個字可能即見於《儀禮·郊特牲》等篇的'膚'字，指豬腹脅肉，豕下面的圓圈是指示部位的符號，與肱、尻等字上的圓圈一致"。[③] 魏慈德先生也反對將此字釋爲"犰"，理由就是《花東》215"犰"跟"𧰫"共現一條卜辭，如果把"𧰫"釋作"犰"，顯然不合常理。魏先生同時指出，如果豕腹部的圓環確實如劉源先生指出的那樣，是指示符號，則這個字可能該釋作"豚"。[④]

　　綜合起來看，無論釋"犰"、釋"犾"還是釋"豕"，本質並無不同，都把這個形體認定爲一種母豕的象形。張、林、朱三位先生之所以花很大篇幅論證該字表示成年母豕或年幼母豕，無非是着力解決"犰—𧰫—"連用產生的矛盾。我們閱讀張、林、朱三位先生的文章後感到疑惑，即在豕之腹部畫出半封閉的圓圈如何就表示母豕成年或年幼了呢？林文言腹部加圈"凸顯牝豕的懷孕狀態"也無依據，似是而實非。譚先生所據《庫》402、《天壤閣》50、《後》下19.9的形體，都大有問題，[⑤] 因而結論不足爲據。有鑑於此，劉釗先生主編的

①　李宗焜編著《甲骨文字編》，北京：中華書局，2012年，第569頁。

②　洪颺、王譯然、王叢慧、朱添編纂《殷墟花園莊東地甲骨文類纂》，第239—244頁。

③　劉源《讀〈殷墟花園莊東地甲骨〉》，《博覽群書》2005年第1期，第44頁。

④　魏慈德《殷墟花園莊東地甲骨卜辭研究》，臺北：臺灣古籍出版有限公司，2006年，第52頁。

⑤　楊按：《庫》402、《天壤閣》50的相關形體並非如譚文所引的"𧰫"，核查原片自明；《後》下19.9的形體，《甲骨文編》摹寫失真，實當作"𤄷"，是一個從"水""豚"聲的形聲字。也可能右部是甲骨文習見的從"豕"從"亡"的字。

《新甲骨文編》把此字收爲"附錄",① 李宗焜先生編著的《甲骨文字編》未作隸定,② 不失爲謹慎的做法。

要真正理解這個字的構形,關鍵要正確理解豕腹外側靠近兩胯的半圓形筆畫的意義,同時較好地解釋"𡴙""犰"共現一辭的現象。前引劉源、魏慈德等諸位先生應該就是看到"𡴙""犰"共現一辭的矛盾才另立新説。前面已經指出,將"𡴙"釋作"犰"肯定是行不通的,無法解決"犰一𡴙一"連用的矛盾,況且"𡴙"形本身也並無母豕的任何特徵,因此張文、林文圍繞母豕的一些闡釋也就無法取信於人。而釋"膚"釋"豚"也同樣存在問題(詳下)。因此,"𡴙"字的釋讀仍需進一步探究。

按照文字學一般規律,這個符號只有兩種可能:一是指示符號,説見前引劉源先生的觀點;二是象形符號,理解爲跟豕腹連接而不可分割的一部分。首先看理解爲指示符號的可行性。如果理解爲指示符號,誠如劉源先生所言,可以指豬腹脅肉,釋爲"膚"。"膚"在古書裏可以指豕肉,如《儀禮·聘禮》:"膚、鮮魚、鮮臘,設扃鼏。"賈公彥疏:"膚,豕肉也。"但無論指豕腹肉還是豕肉,都與卜辭用法不符,正如林雅婷女士指出的那樣,"'𡴙'既能與'豭'作爲選牲時的對貞之物項(見於《花東》4、49、170 等 3 版),則我們可以推測這應屬兩種不同類別的、性質在某個層面是能相對應的豕牲。'𡴙'字字形象成年的有勢公豕,如果與其對貞的'𡴙'指的是豬腹脅肉或是豕腹的膏腴之脂,二者足以對應的條件好像就失去意義了。因此,'𡴙'字釋讀爲劉源主張的'豬腹脅肉'可能性似乎不高"。③ 所疑有理。魏慈德先生以指示符號爲立論根據釋"豚"的説法,與甲骨文中真正的"豚"字形體並不相合,説解同樣不可憑信。

① 劉釗主編《新甲骨文編(增訂本)》,福州:福建人民出版社,2014 年,第 965 頁。
② 李宗焜編著《甲骨文字編》,第 564 頁。
③ 林雅婷《花東卜辭中的豕牲試探》,《出土文獻研究視野與方法》(第二輯),第 157 頁。

　　既然不是指示符號，那就只能是象形符號。劉一曼、曹定雲先生提出象乳頭之形，不能讓人信服。母豕乳頭分兩列分布在腹部中間位置，數量通常在 6—11 對不等，而且通常都比較小。如果"𫞢"形腹部的封閉筆畫象乳頭，爲何不見兩個乳頭的寫法？爲何象乳頭的封閉筆畫一般著在靠後的兩胯之前？我想這些都是無法回答的問題。更何況釋作母豕之"豝"後無法解決跟真正的"豝"連用的情況。筆者認爲，從這個符號所處位置（兩胯之前）以及形狀看，正是豕腹不可分割的一部分，象包裹牡器的包皮之形。公豬包皮內有多種腺體，脂肪堆積較多，因而外形比較肥碩，略呈銳三角形。當公豬發情時，牡器勃起，從包皮中自然挺出，平時則處於收縮狀態，藏於包皮之內，充當排泄之通道。公豬包皮的形狀、位置請參看圖 1、圖 2、圖 3。

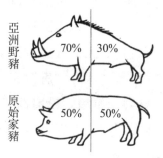

圖 1　古代公豬草圖

圖 2　湖南船形山遺址出土（商周時期）

（圖 1、圖 2 采自《大衆考古》2013 年第 4 期，第 44、47 頁）

圖 3　現代公豬

（采自百度圖片網）

　　從形體上看，前引花東卜辭的"𫞢"正象牡豕之形，豕腹著有包裹牡器的包皮，公豬的特徵十分顯著，不得釋作"牝""犯"等。商代金文有"🐗"字（《集成》8464），手持短刀所向之"豕"，腹部也有誇張的公豬包皮之形，整個形體似象手持刀具爲公豬去勢之形。上述形體可以作爲我們對花東卜辭"𧰼"字形體理解的平行證據。

既然"𧰼"是牡豕之象形，則可逕直隸釋作"豻"，是牡豕的專字，後來合併到"牡"字中去而被取代。前引 M、N 兩組字形，我們很容易明白 N 組豕腹下面的筆畫多爲鋭角向上的"∧"形（如果平視，則"∧"形斜出向前），原因就在於這個"∧"形筆畫象公豬的包皮之形，作"∧"非常象形，更符合實際。而寫作 M 組的"∧"形筆畫是較大的半封閉圓形，跟一般表示指示的符號没有太大的區别。

在象形字上施加半圓形筆畫，傳統上多認爲是指示符號，如"膺"作"🐿"，半圓形筆畫指示胸膺之處，"肱"字作"🐿"，半圓形筆畫指示手臂之處，等等。然而從另一個角度看，這些半圓形筆畫未必僅僅有指示的作用，可能也有象形的因素。"🐿"，半圓形筆畫可能象胸膺突出的部分，"🐿"，半圓形筆畫象股肱突出的肌肉部分，其他如"臀""膝"等都可以作相應的解釋。裘錫圭先生曾經指出"古文字裏有些字的情況可以説是介於連帶表示主體的象物字和指示字之間的"，並且舉出"面""肱"等例，他説"面"古文字形體前面的曲綫既可以認爲是起指示作用的，也可以認爲是象人面的縱剖面。又説"肱"，加在手臂部分的半圓形筆畫既可以認爲是起指示作用的，也可以認爲象手臂的横斷面。[①] 這些説法都是很有道理的。如果用裘先生的説法去解釋本文討論的"豻"字形體，同樣也是很合適的。

先民在爲公豬這個詞創作文字符號時，既可以選擇跟公牛、公羊造字思路一致的"🐂"形，於豕旁畫出牡器；同樣也可以選擇摹寫公豬平時的狀態，即在腹部畫出包裹牡器的包皮。兩種形體都可以表示

---

① 裘錫圭《文字學概要》，北京：商務印書館，1988 年，第 121 頁；又《文字學概要（修訂本）》，北京：商務印書館，2013 年，第 123 頁。

牡豕。我們釋"㺇"爲"犼"後，"犼一㺇一"連用的矛盾便不復存在，恰好表示"牝豕、牡豕各一"之意。值得注意的是，花東卜辭表示牡豕這種犧牲時，如果除去"㺇"（豷）以外，鮮見其他類組卜辭常見的"犳"類形體。按照整理者的摹寫，《花東》453 是唯一出現"犳"形的，但又被刻寫者刮去，非常不清晰。因此，嚴格來講，花東甲骨卜辭並未見到確鑿的寫作"犳"形的"犼"。[①] 這不禁叫人疑惑，花東甲骨卜辭祭祀用牲甚多，出現頻率甚高，爲何不見我們熟悉的"犼"牲呢？現在我們知道，原來花東甲骨文中並不是沒有"犼"字，而是一律寫作"㺇"形，這可以看作是花東甲骨用字的一個突出特色。[②]

下面要解決的就是"犼""豷"共見同一龜版的問題。我們知道，從"㺇"（犼）出現的位置看，不少是跟"豷"密切相關的，如《花東》4、170。又，《花東》39 左尾甲和右後甲上有三條卜辭，兩條用"豷"，一條用"犼"。看來"犼"跟"豷"確實是兩種不同的犧牲，雖然目前我們還不清楚兩者到底有哪些具體的差別（可以考慮閹割的因素）。下面看兩組非王卜辭的辭例，同樣"犼""豷"共現：

(1) 甲子卜：亡囚，殺[③]二豷、二犼。
　　甲子卜：殺二豷、二犼于入乙。

《合集》22276（《乙編》4544 清晰）[午組]

(2) 乙酉卜：禦新于父戊白豷。
　　乙酉卜：禦新于妣辛白盧豕。

---

① 章秀霞、齊航福、曹建墩統計花東子卜辭出現"犼"的數量高達 45 例，覆核拓片可知，這些所謂的"犼"其實都是"豷"字。參看《花東子卜辭與殷禮研究》，北京：中華書局，2017 年，第 220 頁。

② 花東甲骨文字頗具特色，不少學者進行了揭示，請參沈培《殷墟花園莊東地甲骨"皀"字用爲"登"證説》，《中國文字學報》第一輯，北京：商務印書館，2006 年，第 49—50 頁；姚萱《殷墟花園莊東地甲骨卜辭的初步研究》，第 115—120 頁。

③ 陳劍《試説甲骨文的"殺"字》，《古文字研究》第二十九輯，北京：中華書局，2012 年，第 9—19 頁。

己丑卜：禦於下庚三十小牢，己丑余至牲、羊一。

《合集》22073（《乙編》4603 清晰）［午組］

（2）辭"犾"①"牲"共版。乙酉後四天就是己丑，因此，這三條卜辭都應該是爲"新"這個人向"父戊""妣辛""下庚"禦祭的，祭品分別是"白犾""白盧豕"和"小牢、牲、羊"。按照一般的邏輯，共版的"犾""牲"和"豕"當有所區別，但我們並沒有因此而懷疑"犾""牲""豕"任何一字的釋讀，原因就在於三者皆寫作我們過去熟悉的形體。（1）辭"犾""牲"見於同一條卜辭，就更應該有區分了。姚孝遂先生爲了避免"犾""牲"共現一辭的"矛盾"，懷疑（1）辭"犾"當是"犾"之誤刻，"乃是用二雄犬、二公豬爲犧牲"。② 這個講法得到一些學者的贊同。③ 我們認爲，誤刻説不能成立。第一，本版自有"犬"字作"犬"，與"豕"字寫法有別；第二，"犾"字出現兩次，如果是誤刻，不會整齊地皆誤刻；第三，犬作爲犧牲一般不強調雄雌，即在卜辭少見在"犬"旁施加"匕""土"的偏旁。何況有了（2）辭的比照，沒有必要非得把後面的"犾"理解爲誤刻，下面引出的花東卜辭也可以説明這一點。這告訴我們，"犾"本來就可以跟"牲"同現一辭或者共版。因此，"牲""犾"共見一版的情況非但不能成爲我們釋"牲"爲"牲"的反證，反而從非王卜辭的搭配習慣證明我們的釋讀是正確的。下面再看《花東》4、170 版"犾"與"牲"字的情形。先把相關卜辭抄在下面，然後再做討論：

（3a）甲寅：歲祖甲白牲一，㲋豹一，皂（登）④ 自西祭。一。

---

① 此字作"牲"，牡器刻寫的位置稍微偏向腿部。一種可能是"牲"字，與腿部筆畫發生借筆。另一種可能是"犾"，只是筆畫刻寫位置偏移。考慮到本版正常刻寫的"牲"字作"牲"以及牡器筆畫打破腿部筆畫的特點，此字更有可能就是"犾"。類似刻寫的"犾"還見於《花東》459。

② 姚孝遂《契文考釋辯正舉例》，《古文字研究》第一輯，北京：中華書局，1979 年，第 177 頁。

③ 季旭昇《説牡牝》，《古文字研究》第二十四輯，第 101 頁。

④ 沈培《殷墟花園莊東地甲骨"皂"字用爲"登"證説》，《中國文字學報》第一輯，第 40—52 頁。

（3b）甲寅：歲祖甲白犺一。一。

（3c）乙卯：歲祖乙白豤一，皀（登）自西祭，祖甲延。一。

（3d）乙卯：歲祖乙白豤一，皀（登）自西祭，祖甲延。二。

《花東》4

（4a）甲寅：歲祖甲白![字]一，犬邑一，皀（登）自西祭。一。

（4b）甲寅：歲祖甲白![字]一。一。　　　　　　　　　《花東》170

　　一般把（3a）、（3b）看作是一組選貞卜辭，把（3b）之辭"白"後犧牲字釋作"犺"，認爲這是就犧牲"犺""犺"所做的選擇貞問。方稚松先生認爲"歲祖甲白犺一"跟"歲祖甲白豤一"可能並不處於選貞的位置，而是跟"歲祖甲白豤一，犬邑一，皀自西祭"整體處於選貞位置，也就是說，（3a）是在"歲祖甲白豤一"的基礎上增加了"犬邑一""皀自西祭"的内容，這才是貞問的焦點問題，而不是貞問使用"白豤"還是"白犺"的問題。我們認爲，方先生的看法是正確的。原因是（3a）（3b）的犧牲一個寫作"![字]（![字]）"，一個寫作"![字]（![字]）"，當皆爲我們討論的"犺"字，只是後者斷裂處骨面剥裂，使得半圓形筆畫中間斷開，看似並未封閉，實則是筆畫受到破壞而已，讀者仔細觀察放大照片自明。這樣就没有所謂"犺""犺"的對立，而只能如方先生那樣理解了。本版（3c）（3d）的犧牲確實爲"豤"，因此《花東》4當是"犺""豤"共版的例子。

　　（4）辭與（3）辭當爲同文卜辭。按照我們對（3）辭的理解，則（4a）的"![字]"腹部的筆畫應該刻寫作半圓形。同樣的情況還可以舉出《花東》39版，位於右後甲以及左尾甲有三條卜辭，其中三個犧牲字分别作"![字]""![字]"和"![字]"，學界一般把後兩個字釋作"犺"而前一字釋作"犺"。[①]按照我們的討論，前一個字當爲"犺"，後兩個字當爲"豤"，這也是"犺""豤"共版的例子。不過要説明的是，在

---

① 中國社會科學院考古研究所編著《殷墟花園莊東地甲骨》，第 1576 頁；姚萱《殷墟花園莊東地甲骨卜辭的初步研究》，第 231 頁。

花東甲骨卜辭中，有時候如果豕腹上的封閉筆畫刻寫得草率而與腹部筆畫一端不相交，就有可能被誤認爲"豛"，這從刻寫實踐的角度看，是很容易理解的。是不是如學者指出的"豛"跟"狄"本來就是同一個字，① 是可以考慮的方向，但筆者並不認同這個看法。

　　有意思的是，上引（1）—（4）辭都是非王卜辭，可見，"豛""狄"配合使用的習慣只在非王卜辭中比較流行。不管怎樣，"豛""狄"不但可以共版，而且還可以連用，出現在同一條卜辭之中，這些都説明把花東"𢒶"釋爲"狄"是非常合適的。花東甲骨刻手用"𢒶"類形體表示牡豕，這在其他類組的甲骨刻辭中是没有見過的。

[作者單位] 王子楊：清華大學出土文獻研究與保護中心

---

①　季旭昇《説牡牝》，《古文字研究》第二十四輯，第 101 頁。

典賓類軍事刻辭殘辭擬補二則*

方稚松

提　要： 本文主要結合卜辭刻寫行款規律及相關成套同文卜辭對典賓類幾版軍事刻辭内容進行了擬補。第一則討論了著名的《菁華》2.1（《合集》6057反）這一大版胛骨反面所殘缺的文字内容，主要根據殘畫指出辭中“呼”前缺字應是“侯”，並根據殘缺文字内容和行款布局指出其與《綴興》59應屬成套卜辭，根據成套卜辭同文關係大致補全了整條卜辭。第二則對甲骨文典賓類卜辭有關“敦卒”的幾版殘辭進行了擬補，明確了“敦卒”的動作發出者並非沚戠，而是𠮷方；並指出舊將甲骨文中的釋爲鼉不可信，其字形與鱷魚類動物相差甚遠，應是一種有觸角的甲蟲類動物，或當看作“蛂”之象形初文，卜辭中讀爲“敗”。

關鍵詞： 成套卜辭　殘辭　擬補　敦卒　鼉　蛂

甲骨作爲占卜材料，經鑽鑿燒灼，本身極易斷裂，加之地下埋藏數千年之久，地層屢經擾動，早期出土時亦缺乏科學保護，故出土甲骨多爲殘龜碎骨。目前出土的16萬甲骨中，龜骨完整者所占比例極低，大多爲“斷爛朝報”。不過，因商人多一事多卜，占卜内容重複性高，語言表述程式化强，故對其中不少殘片内容我們可通過同文同事占卜等略作擬補。1933年，郭沫若作《殘辭互足二例》，首開利用同文卜辭對殘缺卜辭進行擬補之先河。其後，在甲骨文研究過程中，學者也常常利用甲骨文中同文卜辭對一些殘缺文辭進行擬補。本文主

* 本文屬於國家社科基金一般項目“甲骨文字字形義的整理與研究”（19BYY170）階段性研究成果，得到北京外國語大學卓越人才計劃資助。

要討論典賓類甲骨中幾版軍事刻辭的擬補。

第一則 　《合集》6057 反 "捷二邑" 殘辭擬補

《合集》6057 爲著名的菁華大胛骨，即《菁華》1.1（正面）和《菁華》2.1（反面），現藏國家博物館，清晰彩照見《國博》35 正反，摹本參《大系》13139 正反（見圖 1）。現正面所見刻辭有：

（1a）癸未卜，殻 [貞：旬亡（無）𡆥（憂）]。

（1b）癸巳卜，殻貞：旬亡（無）𡆥（憂）。王占曰：㞢（有）求（咎），其㞢（有）來嬉（艱），气至。五日丁酉允㞢（有）來嬉（艱）自] 西。沚馘告曰：土方𡉥于我東鄙，[捷] 二邑；舌方亦侵我西鄙田☒。

（1c）癸卯卜，殻貞：旬亡（無）𡆥（憂）。王占曰：㞢（有）求（咎），其㞢（有）來嬉（艱）。五日丁未允㞢（有）來嬉（艱）。𢾾禦 [史（事）𢆶（逸）] 自強圍六人☒。

（1d）[癸亥卜，殻貞：旬亡（無）𡆥（憂）。] 五月。王占曰：㞢（有）求（咎），其㞢（有）來嬉（艱），气至。七日己巳允㞢（有）來嬉（艱）自西。𡿺友角告曰：舌方出，侵我示𤱶田七十人五。

反面刻辭有：

（1e）王占曰：㞢（有）求（咎）。其㞢（有）來嬉（艱），气至。九日辛卯允㞢（有）來嬉（艱）自北。奴妻妛告曰。土方侵我田十人。

（1f）☒ [其] 㞢（有）來 [嬉（艱）] ☒ [允] 㞢（有）來 [嬉（艱）] ☒呼☒東鄙，捷二邑。王步自戩于酓司☒ [辛丑] 夕𥂗（向）壬寅王亦終夕𩰬。

反面的（1e）應是正面（1a）的占辭和驗辭，該版除（1f）外，其他各條卜辭內容相對完整。本節我們主要討論的就是（1f）這條殘辭的擬補。

　　該條卜辭從左往右釋讀，第一列可很容易擬補出上面殘缺內容爲"王占曰屮求其"六個字位，其中"其"字底部殘筆可見。[1] 因卜辭刻寫位置位於骨頸位置，其上方肯定容不下刻寫前辭命辭內容，其左邊骨面有所剝落，但考慮到骨條位置應有鑽鑿，刻寫有"干支卜，殼貞：旬亡囚"的可能性不大，該刻辭應如（1e）一樣，就是從占辭部分刻寫的，卜旬內容應見於正面。第二列最上方接續第一列"來"後，應刻有"娓"字，而下面"屮"字上還可見"允"字殘畫，結合正面（1b）（1c）中的辭例，在"娓"與"允"之間可擬補"气至幾日干支"，其中"气至"二字可有可無。若有，則該列殘缺八個字位；若無，則該列上殘缺六個字位，而後者則正好與第一列殘缺字數一致。不過因不確定第二列起始位置是否一定與第一列刻寫一致，暫時還難以論定究竟應補幾個字位。但若聯繫第三列缺字情況，基本上可以確定應補幾個字位。第三列的內容接續第二列，上殘缺文字應該是"娓自某（方位詞）□□（人名）"，然後再接續"呼"字；這樣的話，第三列的缺字數應是 5－6 個。由此看，若第二列補 8 個字位，則左右都將比其低兩個字位，明顯不符合行款規律；因此，第二列應以補 6 個字位爲是，這樣前三列缺字數大致相同。而第三列"呼"字上的殘畫尤其值得注意，從其殘畫作"𡿨"看，我們認爲應是"侯（𡉚）"字。一旦確定了"侯"字，則上面可擬補的人名範圍將大大縮小，因典賓類卜辭中稱"某侯"的相對有限，據展翔先生統計，典賓類中可稱爲"某侯"的主要有"虪侯""靳侯""𢦏侯（又稱𢦏侯豹、侯豹）""崇侯""𢆶侯""攸侯""𡚽侯"等。[2] 我們認爲擬補爲"𢆶侯"的可能性最大，原因有二：其一，按照前面所說，第一、二列擬補的殘缺字數都是六個字，而第三列我們只擬補了五個字，原因就在於典賓類中

---

①　該列下可見有刮削後的殘字"其屮"。

②　展翔《商代職官材料的整理與研究》，首都師範大學博士學位論文，2021 年，第 346—398 頁。

☒字的刻寫一般較長，往往佔據近兩個字位，可參考《合集》6553、6554 中該字的刻寫；其二，典賓類軍事卜辭中常見"☒侯"與"沚☒"共版，如《合集》7503、《契合》301、《契合》302、《合集》10080 等；而《合集》6057 正面告"土方捷二邑"的正是沚☒。綜合以上因素，我們認爲此處"呼"前的人名就是"☒侯"，而"☒侯"前的方位詞應該也是"西"，即"來娶自西"。辭中"☒侯呼告"中"呼"的對象我們曾考慮過有無可能就是正面的沚☒，若此，則第二列中所缺的"幾日干支"也就是正面的"五日丁酉"，依此，則第五列"辛丑"前可補爲"五日"（丁酉到辛丑相隔五日）。不過，由於"沚☒"屬於沚族的主要人物，當時地位較高，恐怕"☒侯"不一定有資格來對他發號施令，故此處很可能是因當時戰事重大，土方和舌方聯合來犯，波及面廣，故"☒侯"也專門派人來向王匯報，其所派使者抵達都城的日期與沚☒來告的日子可能是同一天，也可能不同，但應該相差無幾，肯定是在辛丑前。至於第四列所缺內容，從"捷二邑"看，應該與正面（1b）中的"捷二邑"是同一件事，故"東鄙"前的缺字若按六個字位擬補，可能是"告土方显于我"或"告曰土方显我"，考慮到此類刻辭中幾乎都是"显于我"的結構，而"呼告"後可以不加"曰"，如《合集》6075、6078 等；我們認爲此處擬補"告土方显于我"的可能性最大。至於第五列的缺字，"夕"前所缺干支一定是"辛丑"，"辛丑"前應該還有"數位＋日"，"數位＋日"前應該還可補 2－3 個字，從出組卜辭中常卜問"王步自某于某，亡災"看，所缺內容應是與災咎有關。

綜上，我們暫將整條刻辭內容擬補如下（見圖 2）：

第一列：【王占曰：㞢（有）求（咎），其】㞢（有）來

第二列：【娶（艱）。五日丁酉允】㞢（有）來

第三列：【娶（艱）自西。☒侯】呼

第四列：【告：土方显于我】東鄙，［捷］二邑。王步自鈇于

醅司

第五列【☒。五日辛丑】夕盎（向）壬寅王亦終夕🂍。

　　在我們按照上述内容擬補之後，留意到《綴興》59（見圖 3）這一版與我們擬補的文字在内容和行款布局方面相似度極高，每一行的第一個字都完全吻合，尤其是最後一列文字都刻寫在骨脊刮削帶處，一開始我們曾以爲是一版之折，但發現兩版字體大小及行款間距不能吻合，排除了綴合之可能性。但從《合集》6057 的正面兆序可知這一版應是屬於成套胛骨的第三版，《綴興》59 應該屬於成套中的另外一版。從《綴興》59 第三列"自西"下的殘字筆畫看，肯定不是"🂍"字，不過，這並非説明我們擬補的🂍就完全錯誤，也有可能這一列本來也是有 6 個字位，在"自西"和"🂍侯"之間還有一個字；當然，也可能此處確實是有另外的某侯。《合集》6060 正反（見圖 4）與《合集》6057 正反也是成套關係，該版正面參《北珍》791 正＋《北珍》2425，反面爲《北珍》791 反，《北珍》2425 的反面未見著録，但從拼合圖版看，肯定存有文字，且很可能就是"某侯"刻寫的位置，今後若能看到《北珍》2425 反的内容，或許即可揭開此處"某侯"的神秘面紗。

　　現依照《綴興》59，我們將《合集》6057 反面擬補内容調整如下（見圖 5）：

　　　第一列：【王占曰：业（有）求（咎），其】业（有）來

　　　第二列：【娽（艱），兹至。干支允】业（有）來

　　　第三列：【娽（艱）自西。□□侯】呼

　　　第四列：【告曰：土方显于我】東鄙，［捷］二邑。王步自鐵于酯司

　　　第五列【☒亦□□日辛丑】夕盎（向）壬寅王亦終夕🂍。

第二則　《合集》6153 等版"敦卒"卜辭殘辭擬補

　　典賓類甲骨中有以下幾條有關"敦卒"的卜辭：

（2）☐沚䧊再册，曾舌［方］☐其敦卒。王比，下上若，受［我祐］。

《合集》6161（《合集》6160 同文，見圖六）

（3）☐沚䧊再册，曾舌☐其敦卒。王比，受㞢祐。

《合集》6162（見圖七）

（4a）☐貞：沚䧊再册，曾［舌方］☐其敦卒，王比，受［㞢］祐。

（4b）☐再册，王比伐舌☐。（以上正面）

（4c）［王占］曰：吉，不𡘳，其衛小不于☐。（反面）

正：《綴續》367 正；反：《綴續》367 反＋《山東》1177①（見圖 8）

（5a）☐䧊再册，曾舌☐　王比，我受［㞢祐］。

（5b）☐再册，王☐。（以上正面）

（5c）☐𡘳，其衛☐。（反面）

正：《拼集》104；反：《合集》7405 反

（6）王占曰：吉，不𡘳，其衛小不☐。

《拼集》279（見圖九）

　　上面刻辭皆刻寫於肩胛骨骨扇位置，其中後 4 例應屬於同文卜辭，例（6）刻寫在肩胛骨反面，從其與例（3）（4）的內容看，應屬於同文卜辭，惜未見正面刻辭。例（2）與其他四例內容相近，因多了"下上若"，後面"受祐"的主語有了變化，故作"受我祐"而不是"受㞢祐"。不過因骨版殘斷，這幾版內容都不夠完整。

　　關於這幾條卜辭中的"敦卒"，李宗焜先生曾專門做過解釋。李先生認為這幾條卜辭中"敦"表屯聚之意，"卒"為地名，是商王經常田獵的地方，"敦卒"即"陳屯其兵於卒地"。②我們知道，"敦"在甲骨文中作為動詞用於軍事場合時，基本都是敦伐之意。而李先生之

① 蔣玉斌《甲骨新綴 35 組》第 22 組，先秦史研究室網站，http://www.xianqin.org/blog/archives/2576.html。2012 年 2 月 22 日。
② 李宗焜《卜辭"再册"與〈尚書〉之"誥"》，《"中研院"歷史語言研究所集刊》第 80 本第 3 分，2009 年，第 333—354 頁。

所以將此處的"敦"理解爲屯聚，而不是敦伐，主要原因在於他認爲上面這些例子中"敦卒"的動作發出者是沚馘，沚馘是臣屬於商王朝的，而"卒"作爲地名又是在商的統轄範圍内；若是"沚馘敦卒"，自然不便將其中的"敦"理解爲"撻伐"。對於李先生的這一解釋，張宇衛先生持懷疑態度，他在其博士論文中指出"由於殘辭關係，並無法判斷是商王敦伐卒地，亦或工（引者按：即舌）方敦卒"，並以《合集》6354 中的"敦𢆶"爲例，指出"敦卒"的主詞可能爲舌方。不過，張先生對"敦卒"的主語是否爲舌方亦不敢確定，故文中又提出"亦有可能'卒'雖屬殷地，但其受到工方討伐而被占領，商王於是對其進行討伐"這一假説。① 實際上，我們若仔細梳理相關辭例，是可以確定此處"敦卒"的主語究竟是誰的。請看下引卜辭：

（7）☒舌其敦卒☒。《合集》6359（見圖 10）

該版屬龜腹甲右首甲及前甲部位殘片，由這一版卜辭可知，"敦卒"的主語一定不是沚馘，而應是舌方。不過，是否只有"舌方"這一方國來敦伐卒地，似也未必。如下列卜辭：

（8）甲☒沚馘☒舌方曰☒罙土方 ［其］［敦］卒☒。《拼續》436

該版上雖未見"敦卒"之"敦"，但結合相關"敦卒"卜辭，基本可擬補出相應的缺文（參圖 11）。

（8'）甲［午卜，殼貞：］沚馘［再冊，咠］舌方［曰：舌方］罙土方 ［其］［敦］卒☒。

之所以將裏面的干支和貞人擬補爲"甲午"和"殼"，主要源於下引卜辭：

（9a）［甲午卜，］殼貞：沚馘再冊，咠［土方］罙舌，王比伐，受㞢祐。五月。

---

① 張宇衛《甲骨卜辭戰争刻辭研究——以賓組、出組、歷組爲例》，臺灣大學博士學位論文，2013年，第 332—333 頁。

(9b)［甲午］卜，㱿貞：王勿𦗁比沚戠。

(9c) 王占曰：甲午其有戠，吉。其唯甲，余臧。

《契合》110（《合集》6404 正＋《東文庫》284[①] 同文）（見圖 12）

該版正面干支雖殘缺，但由背面占辭中出現的“甲午”來看，正面占卜的日子應該也是甲午。此外，下面這一版與上面例（2）内容相近，亦屬同一事件的相關占卜，干支明確爲“甲午”“乙未”。

(10a) 甲午卜，㱿貞：沚戠⧄，王比，下上若，受我［祐］。

(10b) 乙未卜，㱿貞：沚戠⧄。

《綴興》173（《拼集》106 同文）[②]（見圖 13）

綜合以上内容，前引例（3）（4）等骨版正面的刻辭内容大致可擬補爲：

［甲午卜，㱿］貞：沚戠爯册，𦔻［𢀛方曰：𢀛其］敦卒。王比，受㞢祐【或“我受祐”】。

［乙未卜，㱿貞：］沚戠爯册，王比，伐𢀛［方⧄］。（見圖 14）

下面，我們再討論這幾版反面占辭的内容，該占辭從位置對應關係看，應該是正面“敦卒”那條卜辭的占辭。經蔡哲茂、李愛輝、蔣玉斌等學者的綴合努力，占辭已接近完整。内容作“王占曰：吉，不，其衛小不于⧄”。

占辭中的“不”應爲族地名，屬於商屬地，如下列卜辭：

(11a)［甲申卜[③]］，㱿貞：𢀛方衛，率伐不，王告于祖乙其正（征），勹祐。七月。

(11b)［乙酉卜］，㱿貞：𢀛方衛，率伐不，王其正（征），告

---

① 蔣玉斌《〈甲骨文合集〉綴合拾遺（第六十一～六十五組 第二組補綴）》第 61 組，先秦史研究室網站，https://www.xianqin.org/blog/archives/2046.html，2010 年 9 月 3 日。

② 《綴興》155（《英藏》553 正反＋《旅藏》548 正反）内容可能亦與之有關。

③ 據《英藏》207 擬補，見張宇衛《甲骨卜辭戰爭刻辭研究——以賓組、出組、歷組爲例》第 25 頁。

于祖乙，匄祐。

《合集》6347（《合集》6346 同文）

（12）乙酉卜，殼貞：舌方衛，率伐不，王其正（征），勿告于祖乙。

《拼續》569（《合集》6344 與之成套，《合集》6349、39875 同文）

（13）貞：舌方其捷不。

《合集》6363 正

（14）弗其捷不。

《合集》6364

而地名前加“小”的例子，甲骨文中有“小瀧”（《合集》36603/36604）、“小害”（《合集》2545），商代金文中有“在小圃”（《集成》3990）等。由上引相關卜辭可知“小不”與“卒”地應相距不遠，舌方在五月份進攻了卒地，七月份又來攻伐不地。

“其衛小不于”後所殘缺的文字，若結合《合集》6354 反“王占曰：其衛于黃示”、《合集》3482“貞：于黃尹衛／貞：勿于黃尹衛”等內容看，應該爲先臣或先祖名，聯繫例（11）等辭，或可能是“祖乙”。“其衛小不于祖乙”與《合集》3963“衛王目于妣己”語法結構一致，林澐先生認爲這種用法的“衛”是一種祭祀，與“禦”祭相近，有祈求免禍性質。[1] 林先生意見基本可從，但並非要看作祭祀名，這種“衛”就可理解爲護衛、防衛、防禦之意。

占辭中的𩇔，目前僅見於前引幾版同文卜辭中，現學界基本都贊同將該字釋爲鼉。[2] 葉玉森認爲該字“似從黽，從單省，或即鼉字”。[3]《金文形義通解》認爲：“𩇔，從𪓪，單聲。𪓪近似于甲文之‘黽’、‘黿’，然非黽若黿，殆即‘鼉’之象形初文，其鱗甲四足之形可見。蓋鼉、黿、黽之類象形文頗多，皆形近而不易區別，故增

---

[1]　林澐《說飄風》，收入《林澐文集·文字卷》，上海：上海古籍出版社，2019 年，第 113—118 頁。

[2]　參于省吾主編《甲骨文字詁林》，北京：中華書局，1996 年，第 1824 頁；單育辰《說“鼉”》，《甲骨文所見動物研究》，上海：上海古籍出版社，2020 年，第 266—267 頁。

[3]　葉玉森《殷契鉤沉》，北平：富晉書社，1929 年。

'單'聲以明之。"① 《說文·黽部》："鼉，水蟲，似蜥易，長大。从黽，單聲。"《玉篇·黽部》："鼉，江水多，似蜥蜴，大者有鱗采，皮可以爲鼓也。"鼉是揚子鰐之類的動物，其皮可以冒鼓，《詩經·靈臺》"鼉鼓逢逢"。春秋金文邵黛鐘中"玉罍鼉鼓"之鼉作 ，其用法與《詩經》相同，釋爲"鼉"當無疑。李孝定先生認爲 字中的"田"是由甲骨文 字表頭部的 訛變而來，故許慎遂認爲是从單聲。② 這一看法恐怕也代表了學界不少人的意見，但我們認爲該字形當如《說文》直接分析爲"从黽，單聲"。字形中的"田"形乃"單（ 、 ）"之構件一部分，並非表下方動物之頭部。可理解爲動物頭部的反而應是"單"字下方的橫畫，該字形中的動物軀幹寫法近"它"形（ ）、"黽"形（ ），頭部寫法與橫畫接近，故 字中"田"形下的橫畫適合看作動物與單的共用，而這種近"它"形的動物軀幹也更適合表鱷魚類爬行動物。

關於甲骨中的 ，學界多認爲其與金文及篆文中的鼉一脈相承。實際上若仔細分析，該字形中的動物形與鱷魚類動物相差甚遠。我們知道甲骨文表示動物的那些象形字都能很好地勾勒出動物的典型身體特徵，如犬之體長，豕之體碩，兔之短尾，虎之獠牙，象之長鼻，馬之鬃毛等；但 這一字形實看不出與鱷魚有任何相似之處，鱷魚的突吻和長尾等身體特徵字形中皆毫無體現。且更爲重要的是該字形上方能否看作"單"字也令人存疑。商代文字中的"單"有 、 、 、 、 、 、 、 等各種異體，現學界多認爲其字形表示的應是一種長柄狀、前端分叉的狩獵工具，其構形中最基本的特徵是具有柄。對於 ，字形上方的 不帶有柄，明顯不適合看作"單"之省，

① 張世超、孫凌安、金國泰、馬如森撰著《金文形義通解》，京都：中文出版社，1996 年，第 3131—3132 頁。
② 李孝定《甲骨文字集釋·第十三》，"中研院"歷史語言研究所，1970 年，第 3947 頁。

且也不便將◇連同下方動物的頭部以及身體中的豎筆一道看作“單”字（◇），這種共用太不合理。[①] 我們認爲◇字所從的◇表示的應是動物的觸角，[②] 類似於◇、◇（《合集》11535）、◇（《合集》11536）這類蝗蟲頭上的觸角，只是該類動物觸角末端較爲膨大。甲骨文中用作地名的◇（《合集》38306）、用法不明的◇（《合集》35350）以及金文中用爲族名的◇[③]（《通鑒》4675、4676），其字形上方的◇都不宜看作“單”字之省，應是動物本身某一部位特徵的體現。《合集》33041 中用作地名的◇，上面倒不排除從單之可能，字形從蚰，單聲。至於有學者將◇身體軀幹上的綫條（◇）理解爲鼉類等爬行動物的鱗甲，似也未必。昆蟲類中的“龜”常作◇、◇，“黿”可作◇（《合集》9187），身體上也都有十字形綫條。

　　鑒於上述理由，我們認爲甲骨文中的◇與春秋金文中的◇構形有別，應該不存在演進關係，舊釋爲鼉並不可信。不過對於◇究竟描繪的是何種動物，頗難論定。我們曾懷疑是否該看作“蠅”之象形初文。《説文·黽部》：“蠅，營營青蠅。蟲之大腹者。从黽从虫。”段玉裁注：“虫猶蟲也。此蟲大腹。故其字从黽虫會意。謂腹大如黽之蟲也。”過去學者因黽（莫杏切）與蠅（余陵切）聲韻有別，故多將蠅

---

① 《合集》13751、13752 中有◇，其字形上面的動物與◇字去掉頭部的部分相似（前爪形態不同），那◇是否可拆分爲◇與◇這兩字形呢？對此，我們也不贊成，字形中間的圈形理應看作動物之頭部，猶如◇（《集成》7814）字頭部。

② 上引單育辰《説“鼉”》一文認爲甲骨文中“鼉”從“單”或是表現出鱷魚外凸的眼睛，這説明單先生也意識到◇可能是與動物身體融爲一體的，表現的乃是動物之身體特徵。董琦《説龍角》（收入張滿飆主編《伏羲時代的社會畫卷 中華第一皇皇陵 濮陽西水坡遺址》，北京：中央文獻出版社，2003 年）一文將字形上面的◇看作是龍角，認爲甲骨文中“鼉”爲龍之正視形，鱷成爲通天神獸的靈性所在就是龍角。董先生之説解雖不可信，但亦是將◇形看作動物身體一部分的。

③ 字形蒙謝明文先生補充。

看作會意字。現學界已意識到《説文》"黽"部字有多種來源，[①] 馬坤先生曾對《説文》"黽"之來源有總結：

> 據《説文》，由"黽"充當形符的字有 13 個：蛙類（䵶䵺鼃鼆鼁）、龜類（鼀鼅鼇鼈）、蜘蛛類（鼄鼀）、蠅類（蠅）、鼉類（鼉）。部分字在甲骨、金文中已經出現："龜"在甲骨中有側視和正視二形（𧒒或𧏿），早期金文多作正視貌（𧒒）；蛙類後脚彎曲，作跳躍狀（𧒒）；蜘蛛類帶有內勾足（𧒒），或加聲符"朱"（𧒒、𧒒）；鼉類帶有鱗甲（𧒒），或加聲符"單"（𧒒）。上述諸類在小篆中發生混同（從黽）：𧒒（鼃）、𧒒（鼄）、𧒒（鼉）、𧒒（鼀）。蛙類、蜘蛛類還産生以"虫"爲形符的或體，如：𧒒（蛙）、𧒒（蜘）、𧒒（蛛）等。總之，蠅類與龜類、蜘蛛類、鼉類所從實非一字，《説文》混入"黽"部，是受小篆形體誤導。[②]

其中所謂鼉類來源的鼉即我們所討論的𧒒，實際上應舉金文中的𧒒字。[③] 在所討論的後世"黽"之來源中，唯有"蠅"字在商周文字中未見原始象形字形。目前古文字中的蠅、繩等字主要見於戰國以後：上博簡蠅寫做𧒒，從兩蟲，興聲，是個形聲字，清華簡中的"繩"字作"𧒒"，亦從興得聲；秦簡中"繩"作𧒒、𧒒，馬王堆帛書中繩作𧒒、蠅作𧒒，字形都已從"黽"。若將𧒒與"蠅"相聯繫，則可以解決"蠅"字早期象形字形來源。但對此我們並沒有太大信心，因爲將甲骨文中的𧒒與蠅類動物相比，可見兩者相似度並不算高，特

---

① 劉洪濤《楚系古文字中的"䖸（蠅）"字》，《簡帛研究（二〇一八春夏卷）》，桂林：廣西師範大學出版社，2018 年，第 10—22 頁；蘇建洲《論楚文字中的"龜"與"䖸"》，史亞當主編《出土文獻與物質文化》，香港：中華書局，2017 年，第 1—36 頁。

② 馬坤《論"黽"及相關諸字之古讀及形體演變》，《中國語文》2021 年第 1 期，第 111—123，128 頁。

③ 陳劍在《説"寵"等字所從"黽"形來源》一文中認爲"寵"字中的黽是從甲骨文"蘁"中截取而來，若此，則後世"黽"的來源又增加一種，《中國文字》二〇二〇年夏季號總 5 期，臺北：萬卷樓圖書有限公司，2021 年，第 69—90 頁。

別是頭上的觸角。蠅類觸角屬於具芒狀，鞭節較短，觸角頂端並不膨大；而□所描繪的觸角頭部明顯較爲膨大，屬於棍棒狀或錘狀，與一些甲蟲類更爲相近，如金龜子等。

若□描繪的是甲蟲類動物，循此來找古書中對應的字詞，或可將其釋作"蚍"。《爾雅·釋蟲》"蚍，蟥蚚"條，郭璞注云："甲蟲也。大如虎豆，緑色，今江東呼黄蚚，音瓶。"《説文·蟲部》蚚、蠽、蟥三字與之相關，"蚚，蠽蟥，以翼鳴者，从蟲，並聲"，"蠽，蠽蟥也，从蟲，喬聲"，"蟥，蠽蟥也，从蟲，黄聲"。此類動物又稱"發皇"，鄭玄注《考工記·梓人》"翼鳴，發皇屬"。蓋"發、蚍"聲近，"皇、蟥"字通。①

□在上引甲骨文占辭中肯定不是用作本義，因其辭例單一，含義難以把握，究竟該讀爲何詞也難以落實。若上述釋蚍之説可從，我們懷疑或可讀作"自破曰敗"之"敗"，蚍與敗聲母皆脣音並母，韻部皆爲月部（敗主母音爲 a，從犮得聲之字主母音爲 a 或 ə②），《古字通假會典》中"蚍"通"發"，從發聲的"撥"又通"敗"，可見兩字語音相通應無問題。整個占辭內容大意爲：王根據占卜的兆相判斷此卜爲吉，此次與舌方交戰不會吃敗仗，爲了保衛小不，而向某位祖先進行了禱告。

---

① 〔清〕郝懿行撰，王其和、吳慶峰、張金霞點校《爾雅義疏》，北京：中華書局，2017 年，第 806—807 頁。

② 參布之道"古音小鏡·廣韻形聲考"所列聲符諧聲域。（http://www.kaom.net/sgy－bzd.php，2024 年 2 月 1 日）

附圖：

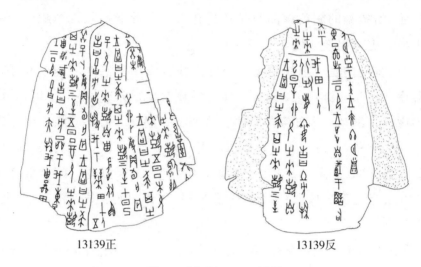

13139正　　　　　　　　13139反

圖1　《大系》13139 正反

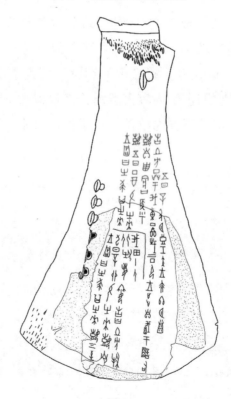

圖2

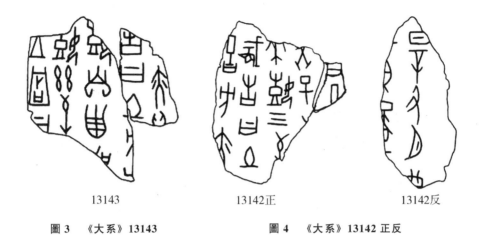

13143　　　　　　　　13142正　　　　　　　13142反

圖 3　《大系》13143　　　　　　圖 4　《大系》13142 正反

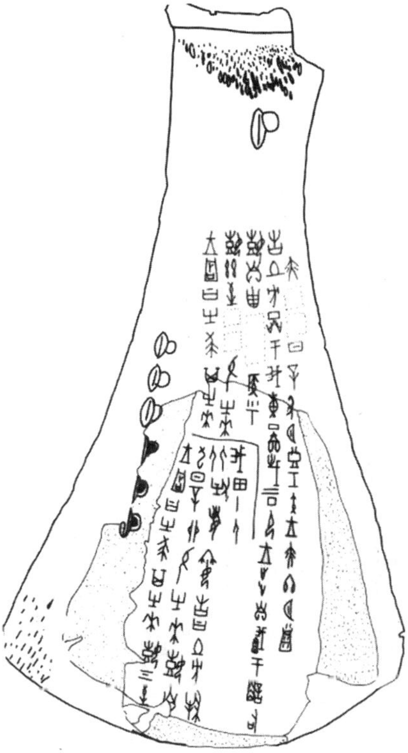

圖 5

13259

圖 6　《大系》13259

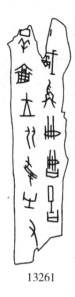

13261

圖 7　《大系》13261

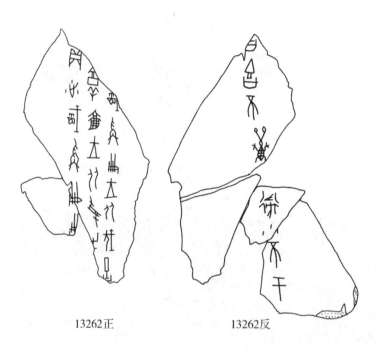

13262正　　　　　　　13262反

圖 8　《大系》13262 正反

14483

圖 9　《大系》14483

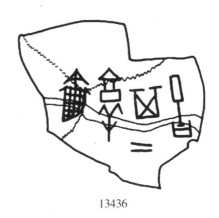

13436

圖 10　《大系》13436

圖 11　《大系》15143

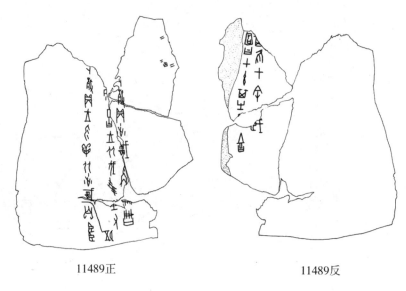

11489正 11489反

圖 12 《大系》11489 正反

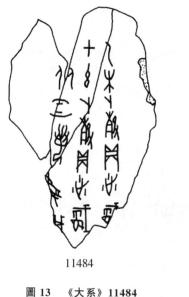

11484

圖 13 《大系》11484

圖 14 《大系》13262

［作者單位］方稚松：北京外國語大學中國語言文學學院 "古文字
與中華文明傳承發展工程"協同攻關創新平臺

説殷墟甲骨文舊釋"乇"之字*

石小力

提　要：殷墟甲骨文中舊釋"乇"之字從古音和字形兩方面來看，並非"乇"字，而是《説文》的"丨"字，即《説文》"氒"字上部所從。甲骨文中其他幾個舊釋從"乇"之字亦當從"丨"，如舊釋"厇、㱏、宅、宄"等字。甲骨文骨臼記事刻辭中表示單數之字與"丨"字無關。小篆"氒"字所從"氏"形由"丨"形演變而來，其演變路徑作"丨—乇—千—氏"。

關鍵詞：甲骨文　氒　乇　丨

一、"氒"從"乇"聲説質疑

殷墟甲骨文中有以下三組形體：

A：𠂤（《合集》22241）　　　𠂤（《合集》22247）

B：𠂤（《合集》5512）　　　𠂤（《合集》31081）

C：𠂤（《合集》27200）　　　𠂤（《合集》37387）

其中 A 最早釋作"力"，于省吾先生改釋爲"乇"：

> 甲骨文𠂤字也作𠂤，舊釋爲力。𠂤字舊釋爲召，以爲"召即㘝之省"；𠂤字舊釋爲袥，以爲"袥當是㘝之異體"。按舊釋均誤。

---

* 本文是國家社科基金重大項目"上古漢語字詞關係史研究"（22&ZD300）的階段性成果，得到國家社科基金冷門絕學研究專項"清華簡數術類文獻整理與研究"（22VJXG053）的資助，謹致謝忱。

甲骨文力字作，劦𣪊男妫等字从之，絶無从者。與分明是兩個字。或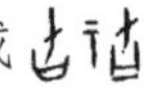所从之，乃乇之初文。甲骨文宅字習見，其从乇均作或。又甲骨文亳字所从之乇，與宅字从乇形同（後來亳字則變作从或）。晚周貨幣厇陽之厇从乇作者常見，猶存初形。然則或之爲乇字的初文，昭然若揭。①

甲骨文的“宅”字作、、、，所從“乇”旁與上引A字形體十分接近，故于文釋“乇”説得到了後來學者的一致贊同。乇、舌、祏在卜辭中屢次出現，數以百計，且用法相同，作爲用牲之法或祭名，記録的是語言中的同一個詞，其中“乇”爲初形，“舌、祏”是“乇”的孳乳字。

于文之後，鮮有學者再來討論此字，直到郭店楚簡公布之後，趙平安先生據其中《緇衣》篇引用《詩·大雅·抑》“慎爾出話，敬爾威儀”的“話”字作之形，考證出古文字中一大批从“𠯑”聲之字，並據此重新認識甲骨文的“乇”字及从“乇”之字：

甲骨文舌應釋爲舌，祏應釋爲祏。《説文》示部：“祏，祀也。从示𠯑聲。”作爲祭名，乇、舌都應讀祏。作爲用牲之法，乇、舌、祏都應讀爲刮。刮从刀，舌聲，有“刮削”（《廣韻·轄韻》）的意思。《三國志·關羽傳》“當破臂作創，刮骨去毒”，即用此義。卜辭刮的用法與割相近。也許應當直接讀爲割。祏作爲祭名，屬於陳夢家先生指出的那種“以所祭之法爲名者”，與尞、𠭯（或作𥚁、禮）等類同。②

趙説在字形上有郭店簡“話”字堅强的證據，將甲骨文此字與《説文》“𠯑”字聯繫起來，找到了“𠯑”字在甲骨文中的來源。《説文》：“𠯑，塞口也。从口、氒省聲。𠯑，古文从甘。”許慎分析“𠯑”

① 于省吾《釋乇、舌、祏》，《甲骨文字釋林》，北京：中華書局，1979年，第167—168頁。

② 趙平安《續釋甲骨文中的“乇”、“舌”、“祏”》，《文字·文獻·古史——趙平安自選集》，上海：中西書局，2017年，第9頁；原載《華學》第四輯，北京：紫禁城出版社，2000年。

字字形爲从口、乒省聲，趙平安先生據甲骨文指出：

> 舌本是从口乇聲的形聲字，乇在鐸部［ak］，舌在月部［at］，兩部字主要元音發音相同，讀音相近，因此，乇可以作爲舌的聲符。①

趙文在于文的基礎上，爲甲骨文“舌、袺”等字找到了後世的對應字，並且理清了“昏”字的演進過程，對相關諸字的考釋具有重要的推進作用。此後出土文獻中新出从“昏”之字多見，如：

　　諙（話）：𦧇《攝命》13“自一話一言”　　𦤶《四告》21“宧＝（亹亹）答話”

　　逽（适）：𢓓𢓊《良臣》3“南宫适、伯适”　　𨖷《三壽》14“适還妖祥”

所从“昏”旁與郭店《緇衣》“話”字所從基本相同。

現在的古文字工具書以及研究論著多將古文字中从“昏”之字，隸定作从“舌”，②認爲《説文》“昏”字所从“氏”旁由“乇”形演變而來。

但是趙文的論證也有不足，主要是對“昏”字上部形體的解釋，信從于省吾先生釋“乇”之説，認爲“乇”可以作“昏”字的聲符，依據是鐸部和月部主要元音發音相同，音近可通。我們知道，“昏”字古音在月部，而“乇”在鐸部，二者韻部是不相同的。諧聲通假的原則是音同或音近，二字韻部不同，故通假的可能性是比較小的。

張富海先生就根據諧聲通假的原則指出：

> “乇”音 traak（陟格切），“昏（舌）”音 kwaat 或 koot（據《説文》大徐音及《集韻》古活切。《廣韻》下刮切），聲母、韻

---

①　趙平安《續釋甲骨文中的“乇”、“舌”、“袺”》，第10頁。
②　如最近討論此字的孫剛、李瑤先生仍持此説，見孫剛、李瑤《説“昏”》，《古文字研究》第三十四輯，北京：中華書局，2022年，第558—564頁。

母、開合皆異，僅僅元音相同（也可能不同），不可能有諧聲
關係。①

近幾年隨着上古音研究的不斷推進，以及古文字構形研究的進一
步細化，學者對以前月部和鐸部通假的例證作出了新的解釋。如兵器
戈戟的自名〔戟〕在戰國文字中或從“丯”形作，戟，古音在鐸部，
丯在月部，這成爲月部和鐸部通假的一個典型例證。②但此説實有可
疑。戰國文字形近混同現象較爲突出，沈培先生指出戰國文字中的
“丯”形有三個來源，其中讀爲鐸部字的形體來源於“枝格”的“格”
的象形初文：

> 我們認爲，戰國文字裏單用的“丯”如果讀爲鐸部字，或者
> 用爲合體字的偏旁，而此合體字本身也屬於鐸部字，那麼，字中
> 所從的“丯”，都是“枝格”的“格”的象形初文。“格”是後起
> 本字，《説文》把“格”的本義解釋爲“木長皃”，是不正確的。
> 《説文》還有“挌”字，也是這種“丯”的後起本字，是在原來
> 象形初文的基礎上增加了聲旁“各”。戰國文字裏面凡是讀爲
> “戟”的字，無論是單用“丯”表示，還是用從戈、從丯之字表
> 示，這種“丯”本身就是鐸部字“枝格”的“格”的象形初文，
> 不存在以月部字的“丯”記録鐸部字“戟”的現象。另外，“挈”
> 字過去經常被人看成雙聲字，以爲從“㓞（月部）”、“各（鐸
> 部）”兩個聲旁，這種看法不可取，“挈”本身是鐸部字，以
> “各”爲聲旁，“㓞”並非聲旁，而是形旁。③

沈説可從，類似之例如楚文字從“虿”聲之字，有兩系讀音，既

---

① 張富海《略論釋讀古文字應注意的語音問題》，氏著《古文字與上古音論稿》，上海：上海古籍
出版社，2021年，第248—249頁；原載田煒主編《文字·文獻·文明》，上海：上海古籍出版
社，2019年。
② 參看裘錫圭《談談隨縣曾侯乙墓的文字資料》，氏著《古文字論集》，北京：中華書局，1992
年，第417頁；原載《文物》1979年第7期。
③ 沈培《戰國文字“丯”字三系説（提要）》，《第二屆漢語史研究的材料、方法與學術史觀國際學
術研討會論文集》，南京大學，2020年11月21—22日。

可以讀幽部的音，又可以讀冬侵部的音，曾憲通先生指出，"蚩"旁有兩個來源，一個是"毓"的聲符"充"，一個是"蟲"字的省體，故導致從"蚩"聲之字有兩系讀音。[①]

從字形看，"昏"字上部所從的形體與"乇"有明顯的差別。甲骨卜辭中明確從"乇"的字是"宅"，形體如下：[②]

　　　　《合集》21031 [𠂤組]　　　　《花東》294 [花東子卜辭]
　　《合集》8119 正 [賓組]
　　　　《合集》24951 [出組]　　　《合集》22323 [婦女卜辭]
　　　　《周原》H11：8 [西周]

所謂"乇"字的形體分類組如下：

　　𠂤組：《英》1803
　　𠂤賓間：《合集》6692　《合集》8280 正　《英》96
　　婦女卜辭：《合集》22239　《合集》22246　《合集》22247
　　午組：《村中南》365
　　賓組：《合集》11062　《合集》11477
　　歷組：《合集》32192　《合集》34572　《懷》1582
　　出組：《合集》22648　《合集》22657　《合集》22910
　　無名組：《合集》29015　《合集》31093

仔細比較形體，可以分爲兩類，一類與"宅"字所從的"乇"形體相同，另一類則在折筆的末端有鉤形筆畫，形成豎、折、鉤筆，而這種鉤形筆畫在"宅"字所從的"乇"形中從未見到，這表明"昏"

─────────────

① 曾憲通《再説"蚩"符》，《古文字研究》第 25 輯，北京：中華書局，2004 年，第 243—248 頁。
② 參劉釗主編《新甲骨文編（增訂本）》，福州：福建人民出版社，2014 年，第 383—384 頁；李宗焜《甲骨文字編》，北京：中華書局，2012 年，第 1306 頁。

字上部所從的形體可能並非"壬"形。方稚松先生專門對兩類字形作了考察：

> 從卜辭的組類來看，這種豎筆作折彎鈎寫法的壬字主要出現在師組、賓組及出組中，而没有彎鈎形的壬主要出現在歷組、婦女卜辭中，與壬表同一詞的舌主要用於出組、何組、歷組中，而祏主要出現在無名組及黄組中，上面提到的砡在表祭名時也只出現在出組和黄組中。這體現了甲骨文不同組類在表同一詞時的不同用字現象。若從組類的時代早晚看，豎筆作彎鈎形的壬出現的時代較早，不帶彎鈎的壬出現得較晚，但這並不説明在字形演化上，不帶彎鈎形的壬就是由帶彎鈎形的壬變化而來。因爲在早期卜辭中，還是可以看到一些從壬的字，如宅、舌等字形中的壬字並不作彎鈎形。也就是説，這種豎筆作折彎鈎的壬只是一種變體，不是常態寫法。之所以豎筆作折彎鈎形，也可能是爲了區別其與力的不同。本文開頭提到壬與力的區別主要在於字中橫畫在豎折筆位置上的不同，爲了增加區別度，故又將壬字的豎筆作彎鈎形。[①]

據方先生的考察，帶鈎筆的寫法時代較早，但方先生並不認爲帶鈎筆的寫法較早，理由是時代較早的"宅、舌等字形中的壬字並不作彎鈎形"。我們在上文已經指出，"壬"與"昏"古音差距較大，"壬"無法作"昏"字的聲符，故"昏"所從應非"壬"字，而是一個與"壬"形近之字。方先生的考察在字形方面表明，該字早期與"壬"寫法不同，在字形下部是帶有鈎筆的，到了後來才與"壬"混同。故從讀音和字形兩方面看，以前將該字釋作"壬"都是有問題的。至於方先生認爲帶鈎筆寫法可能並非早期寫法的理由，也可以得到解釋，"宅"字所從與此形本來就不是一個字，而"舌"字因有偏旁的限制，上部所從寫作形近的"壬"字並不會造成誤認。

---

① 方稚松《説甲骨文中"壬"字的一種異體》，《甲骨學暨高青陳莊西周城址重大發現國際學術研討會論文集》，濟南：齊魯書社，2014年，第199頁。

　　故從古音和字形兩方面看，甲骨文"昏"字上部所从並不是
"壬"形。

二、"昏"所從的所謂"壬"當爲"丿（乚）"字

　　那這個與"壬"形體相近的形體到底是哪個字呢？由該字尾部的
鉤形筆畫可以聯想到郭店簡《老子》與今本"輟"對應之字：

　　　　善建者不拔，善保者不兑（奪），子孫以其祭祀不乚。（郭店
《老子》乙本 15—16）

　　乚字與甲骨文舊釋"壬"字對照，可以發現，二者形體高度一
致，都是在豎筆下端向上鉤起，這種鉤形筆畫在字形中應有特別的表
意作用，二者不同之處在於卜辭是豎筆上加一短橫，而簡文是豎筆上
加一點。這種區別也容易理解，卜辭是刻寫的，點畫刻寫不易，故用
短橫。故從形體看，甲骨文舊釋"壬"之字與簡文"乚"應該就是一
字異體。

　　乚，馬王堆帛書乙本（甲本殘缺）、北大漢簡本皆作"絕"，傳世
本皆作"輟"；《韓非子·解老》引作"絕"，《喻老》引作"輟"。
"絕""輟"兩字音義皆近。乚形《郭店楚墓竹簡》引"裘按"疑爲
"壬"字，研究者多贊同此説，讀"壬"爲"輟"或"絕"。[1]

　　郭店簡公布後不久，何琳儀、白於藍和張桂光等先生就不約而同
地指出，乚即《説文》"乚"字[2]：

───────────

[1]　參看彭裕商、吳毅強《郭店楚簡老子集釋》（成都：巴蜀書社，2011 年）第 502—504 頁所收諸
　　家説及其按語。但下舉釋"乚"之説此書未收，按語亦未提及。
[2]　何琳儀《郭店竹簡選釋》，《文物研究》第十二輯，合肥：黃山書社，2000 年，第 187 頁。收入
　　黃德寬、何琳儀、徐在國《新出楚簡文字考》，合肥：安徽大學出版社，2007 年，第 46 頁。白
　　於藍《郭店楚簡補釋》，《江漢考古》2001 年第 2 期。張桂光《〈郭店楚墓竹簡·老子〉釋注續商
　　榷》，《簡帛研究二〇〇一》，桂林：廣西師範大學出版社，2001 年，第 187 頁。收入同作者
　　《古文字論集》，北京：中華書局，2004，第 179—180 頁。

《説文》：亅，鉤逆者謂之亅。象形。凡亅之屬皆从亅。讀若橜。

《説文》：𠄌，鉤識也。从反亅。讀若捕鳥罬。（小徐本作“讀若窡”）

李家浩先生曾指出，“古代文字書寫比較隨便，正反不别”，“‘亅’和‘𠄌’在古代早期文字中顯然是同一個字，後來分化爲兩個字，於是將其中之一的聲母略加改變，以示區别”。[1]“𠄌”讀若“罬”，與《老子》今本作“輟”皆以叕爲聲符，音近可通。其形與“乇”有明顯區别，而“”與“𠄌”相比僅斜筆中間添加一飾點。故字釋“𠄌”在字形和與今本對應方面是最合適的。

不過，《説文》中的“亅、𠄌”這類字，跟“丿、乀”和“厂、乁”等一樣，是否真的曾獨立成字，往往令人懷疑。“亅、𠄌”會不會僅係《説文》出於字形分析需要，從其他文字中拆分出來並賦予其音的呢？從有關論著來看，郭店《老子》形釋“𠄌”之説尚未獲得公認，還有不少研究者並不信從。[2]

在《嶽麓書院藏秦簡（伍）》中，有一組整理者歸入“卒令丙四”的簡文，係對上行“對、請、奏”等各類文書在編次、簡牘規格以及相應行數與每行字數等方面的規定，其中有文曰：

·尺牘一行毋過二十二字。書過一章者，章次之；辤（辭）

---

① 李家浩《仰天湖楚簡十三號考釋》，《中國典籍與文化論叢》第一輯，北京：中華書局，1993年，第453—454頁。收入《著名中青年語言學家自選集·李家浩卷》，合肥：安徽教育出版社，2002年，第219頁。

② 例如，李守奎編著《楚文字編》（上海：華東師範大學出版社，2003年）第707頁已收入“𠄌”字下，而滕壬生編著《楚系簡帛文字編（增訂本）》（武漢：湖北教育出版社，2008年）第592頁仍入“乇”字下。丁四新《郭店楚竹書〈老子〉校注》（武漢：武漢大學出版社，2010年）第355頁已引張桂光説，但仍從釋“乇”之説。陳偉等著《楚地出土戰國簡册（十四種）》（北京：經濟科學出版社，2009年）第155頁注42已引張桂光、白於藍説，但第152頁釋文仍作“乇”。武漢大學簡帛研究中心、荆門市博物館編著《楚地出土戰國簡册合集（一）·郭店楚墓竹書》（北京：文物出版社，2011年）第17頁注46、第13頁釋文情況同。

所當止，皆腏之。以別易知爲故。（《嶽麓秦簡（伍）116—117》）①

"腏"字原注釋謂："讀爲'綴'，標記。或讀爲'輟'。"陳劍先生、魯家亮先生皆與《説文》"亅"字聯繫起來。② 陳劍先生並將該字與郭店簡"亅"字聯繫起來，認爲語言中存在獨立成字的"亅"，至少從戰國時代就開始在使用，文字系統中從"亅"得聲之字有"札"、"截"字的異體"釓、虬、亂"等，"乙"字也是由"亅"字分化而來的。③

此外，在傳世文獻中"亅"字也有遺留，《説文》"亅"字段玉裁注曰：

> 鉤識者，用鉤表識其處也。褚先生補《滑稽傳》，東方朔上書，"凡用三千奏牘"，"人主從上方讀之，止，輒乙其處，二月乃盡"。此非甲乙字，乃正亅字也。今人讀書有所鉤勒，即此。④

嶽麓簡"腏（亅）"字與《史記·滑稽列傳》"乙〈亅〉"字用例，可以説明當時語言中確有義爲"鉤識"、讀音與"輟"近同之"詞"；而郭店《老子》之例，則可説明當時文字系統中，確實存在"象鉤形"而讀音與"輟"近同之"字"。

甲骨文舊釋"乇"之字當據此改釋爲"亅"。其實，上引白於藍先生在考釋郭店簡《老子》"亅"字時，就將《緇衣》篇中的"話"字右上部所從改釋爲"亅"：

　　此段文字中"話"字原篆作"𧧀"，《説文》："話，合會善言也。从言𠯑聲。"《説文》："𠯑，塞口也。从口氒省聲。"郭店簡中有標準寫法的"氒"字作"𠂢"（《緇衣》簡三七），與此"𧧀"右旁上部所從顯然不類，可見郭店簡此"話"字顯然不從氒聲。筆者以爲其右上所從當釋爲"乚"，"𠂢"與"乚"比較，所不同者僅是中間的飾筆由一小點轉變爲一短橫而已。這種現象在古文字中很常見，不煩贅舉。《説文》："氒，木本。从氏大於末。讀若厥。"前引《説文》已見"乚""讀若瑧"。可見，"乚（或丨）"作爲"話"字之聲符也是完全合適的。①

　　白於藍先生後來編著的工具書也將從"𠯑"聲的"話、适"歸入"乚"聲系，隸定作"詁、迏"。② 但由於前引趙文影響太大，信從白説的學者並不多，並且白文也未涉及卜辭舊釋"乇"之字的釋讀。

　　關於"乚"字的造字本義，陳劍先生指出：

　　　　"丨、乚"本皆取象於"鈎形"，正反無別，係爲語言中此義之"瑧"所造之詞，而非由"符號"變爲"文字"。用作"用鈎形符號標識"義者，亦應係"瑧"義之動詞用法，而非所謂標記符號引申而爲停頓、截止義。換言之，《老子》例之"乚"用爲讀音近同之"輟"或"絶"，應只是其假借用法。③

　　故甲骨卜辭的所謂"乇"字即《説文》的"乚"字，象"鈎形"，即"瑧"之本字。从乚从口之字即《説文》的"𠯑"字，从示从乚从口之字即《説文》"𥛚（括）"字。在卜辭中的用法當從趙平安先生説，作爲祭祀名，乚、𠯑當讀"𥛚（括）"，作爲用牲之法，乚、𥛚、括應讀"刮"或"割"。

① 白於藍《郭店楚簡補釋》，《江漢考古》2001 年第 2 期，第 55 頁。
② 白於藍《簡帛古書通假字大系》，福州：福建人民出版社，2017 年，第 796 頁 "詁與話""迏與括""迏與适""迏與𥛚"條。
③ 陳劍《〈嶽麓簡（伍）〉"腏"字的讀法與相關問題》，《紀念徐中舒先生誕辰 120 周年國際學術研討會論文集》，第 642 頁。

三、甲骨文中其他幾個舊釋从“乇”之字亦當從“亅(乚)”

我們再來看甲骨卜辭中其他幾個舊釋从“乇”之字：

砝：**[字形]**《合集》22621　**[字形]**《合集》22646　**[字形]**《合集》25091　**[字形]**《合集》26898　**[字形]**《屯》880　**[字形]**《合集》35437　**[字形]**《合集》35438

疢：**[字形]**《殷墟甲骨輯佚》254　**[字形]**《合集》7862　**[字形]**《合集》18072　**[字形]**《合補》06160

尾：**[字形]**《合集》3426　**[字形]**《合集》18095　**[字形]** **[字形]**《掇三》237　**[字形]**《合集》4636

疢：**[字形]**《山東博》0361

“砝”，在卜辭中作祭名或地名，學者多認爲其與舊釋“乇”之字表示的是同一詞，故該字所從“乇”形應由“乚”形演變而來，因有偏旁的限制，所從“乚”形基本都寫作形近的“乇”形。

疢，在“砝”字上加火旁（或認爲是“山”旁），該字所從乇旁也應由“乚”形演變而來，《合補》06160之例下部還有鉤筆，保留了早期寫法，彌足珍貴。

尾，所從所謂“乇”旁下部皆有鉤筆，無疑是從“乚”形的，疑該字是一個雙聲符字，亐，古音疑母月部，與“乚”見母月部，聲紐皆爲牙喉音，韻部相同，古音相近。《合集》4636文例較爲完整，作“……貞：令卓乎（呼）犬延乍（作）尾，五月”，其大意是讓犬延去作某項工作，“尾”字的具體含義待考。

此外，在甲骨文骨臼記事刻辭中，有一個表示納貢卜骨數量的字，學者或釋作“乚”：

丿《合集》9669　（《合集》13443　亅《合集》17612　丿

《懷》1636

　　文例皆爲"數詞＋屯又＋一＋丿"，該字與"屯"對舉，"屯"是指肩胛骨一對，而該字應指肩胛骨一塊。李家浩先生將該字釋作《説文》之"乚（亅）"，認爲其爲"戈"字簡省，讀爲"一算爲奇"之"奇"。[①] 楊澤生先生又對此説作了進一步的論證。[②] 學者或信從此説。[③] 現在我們將舊釋"毛"之字改釋作"乚"，丿字與之相比，文例不同，形體雖較爲接近，但也存在差別，主要是此字都没有一短橫，下部也没有鉤筆，故該字與舊釋"毛"之字當非一字，學者也多將二字分開，不作一字處理，故此字釋"乚（亅）"的可能性較小。與丿字處於相同位置的還有"肩"字，如："晏示四屯又一肩，永。"（《合集》17628）"肩"字過去多誤釋作"骨"，故將該字視作"骨"字的簡體。王子楊先生指出該字除了見於記事刻辭，又見於下列卜辭[④]：

　　壬午卜：以𠂤立于河。

　　河敕以丙（兩）衣。丿衣。

　　　　　　　　　（《合補》10640，《懷》1636、《合集》34656重見［歷二］）

　　據此文例，該字與"兩、屯"表示一對的詞相對，指的是單數應無可疑。王子楊先生讚同李家浩先生讀"奇"的意見，但對字形提出了新的解釋，認爲該字是"月"字的一種簡省寫法，異體分工來表示單數，以音近讀爲"奇"。[⑤] 可備一説。甲骨文"月"字或作𝄞（《合集》20881［師組］），與此形體近似，但"月"作此形爲其簡省之形，

---

① 李家浩《仰天湖楚簡十三號考釋》，《中國典籍與文化論叢》第一輯，北京：中華書局，1993年，第453—454頁。收入《著名中青年語言學家自選集·李家浩卷》，第219頁。

② 楊澤生《甲骨文"亅"讀爲"奇"申論》，《華學》第8輯，北京：紫禁城出版社，2006年，第92—95頁。

③ 劉釗主編《新甲骨文編（增訂本）》，第730頁；李學勤主編《字源》，天津：天津古籍出版社，2012年，第1112頁。

④ 王子楊《甲骨文中值得重視的幾條史料》，《文獻》2015年第3期，第28—40頁。

⑤ 王子楊《甲骨文中值得重視的幾條史料》，《文獻》2015年第3期，第30頁注③。

而丿字甲骨文多見，未見作不省之"月"形，故該字字形到底如何解釋，還有待進一步研究。

四、小篆"昏"字所从"氏"形由"丿（丨）"形演變而來

"丨"字在戰國以後很少單獨出現，基本是在下部加"口"形組成部件"昏"參與構字，所從"丨"旁已經與"乇"同形，到了小篆系統中，則演變作"氏"形，許慎分析爲"乇省聲"，再到隸楷文字中，"昏"就演變爲與"舌"同形了。"昏"字在《説文》小篆系統中作爲聲符參與構字，十分活躍，如示部的"祮（祜）"、艸部的"菩（苦）"，辵部的"遁（适）"、齒部的"齰（齰）"、言部的"䛡（話）"、鳥部的"鴰（鴰）"、骨部的"骺（骺）"，刀部的"剧（刮）"、木部的"栝（栝）"、禾部的"秳（秳）"、人部的"佸（佸）"、頁部的"頢（頢）"、髟部的"鬠（鬠）"、水部的"活（活）"、耳部的"聒（聒）"、手部的"捖（括）"、女部的"婚（姡）"等，皆以之爲聲符。

關於"丨"形如何演變爲《説文》小篆"昏"字上部的"氏"形，上引趙平安文已經列出了相關形體的演變序列：

（甲骨文）（金文話字偏旁）（金文）　　（小篆）

此説已經被學者所接受。[1] 但所引第三個字形出自春秋金文姑虔鉤鑃（《集成》424），在銘文中作人名"姑虔昏同"。早期學者認爲"昏同"即文獻記載的"舌庸"。[2] 但銘文"昏"字字形右上部有殘泐，且"舌庸"在古書中異文較多，又作"曳庸""泄庸"及"渫庸"等，在清華簡《良臣》中作"大同"，《越公其事》中作"太同"，故學者質疑銘文的"昏同"可能並非"舌庸"，對該字釋"昏"提出了不同

---

① 參李學勤主編《字源》，天津：天津古籍出版社，2012年，第95頁。

② 參楊樹達《積微居金文説（增訂本）》，北京：中華書局，1997年，第126頁。

意見。① 孫剛、李瑶兩位先生還據此對“昏”字構形提出了新的解釋，認爲上部所從並非“毛”字，而是“厇”字，小篆“昏”字上部即由“厇”形演變而來。②

我認爲，即使姑虖鉤鑃之字不是“昏”字，也不影響小篆“昏”字上部所從“氏”形由“乚（毛）”形演變而來的結論。在戰國秦漢文字中，從“昏”之字所從“昏”旁上部或演變作“（千）”形，遂與隸楷文字的“舌”同形。如：

　　逝（适）：《璽彙》5677　上博五《姑成家父》7

　　佸：《璽彙》4137　《璽彙》3178

　　栝（栝）：馬王堆《經法》73　同上《稱》13　同上《老乙》51

　　聒（聒）：馬王堆《衷》41　同上《衷》27　同上《二三子問》13　同上14

　　闊：北大《蒼頡篇》12　同上12　《秦漢印章封泥文字編》第1045頁

“昏”字上部或寫作形，頂端的一斜筆再向右延伸作，就與“氏”字作、、形基本相同了。小篆“昏”字上部的“氏”形應該就是由這種形體演變而來的，許慎因不明其由來，以爲從“氏”，將字形篆化作“昏”。故“乚”形從甲骨文到小篆的演變路徑作“乚—毛—千—氏”，“昏”字所從“氏”形就是由“乚”形演變而來的。

---

① 參李家浩《關於姑馮句鑃的作者是誰的問題》，《傳統中國研究集刊》第七輯，上海：上海人民出版社，2010年，第6頁。廣瀨熏雄《釋清華大學藏楚簡（三）〈良臣〉篇的“大同”——兼論姑馮句鑃所見的“昏同”》，《古文字研究》第三十輯，北京：中華書局，2014年，第417頁。
② 孫剛、李瑶《説“昏”》，《古文字研究》第三十四輯，第558—564頁。按：此文將等形視作“毛”字異體，但也指出“形如‘’的‘毛’，能否是‘厇（宅）’字的省寫分化，是值得考慮的”。學者已經指出，此類所謂“毛”字當逕釋作“厇”。如周波《郾王職壺銘文及所涉史實、年代問題補説》（《出土文獻與古文字研究》第八輯，上海：上海古籍出版社，2019年）。

五、小結

綜上，《説文》"昏"字上部所從，學者過去多認爲即甲骨文的所謂"乇"字，將該字隸定作"舌"，以爲從"乇"得聲，但從古音看，"乇"字古音與"昏"並不相近，不能充當"昏"字的聲符。從字形看，仔細比較該字在甲骨卜辭中的字形，可以發現該字有兩類形體，一類是字形下部帶有鉤筆，這類字形時代較早，一類字形下部没有鉤筆，這類形體與"宅"字所從的"乇"旁同形，故導致學者誤釋。甲骨文中下部帶鉤筆的一類形體可以與郭店簡《老子》中與今本"輟"對應之字"𠂤"聯繫起來，即《説文》"亅"字。"亅"字在嶽麓簡中對應"畷"字，文字系統中的"札"、"截"字的異體"釚、仉、𠚦"等從之得聲，在傳世文獻中也有遺留，可以獨立成字。該字取象於"鉤形"，可能是爲衝概義之"橜"所造的本字。甲骨文中其他幾個舊釋從"乇"之字亦當從"亅"，如舊釋"矺、氒、乤、𡭜"等字。甲骨文骨臼記事刻辭中表示單數之字與"亅"字無關。小篆"昏"字所從"氏"形由"亅"形演變而來，其演變路徑作"亅—乇—千—氏"。

［作者單位］石小力：清華大學出土文獻研究與保護中心、"古文字與中華文明傳承發展工程"協同攻關創新平臺

甲骨形態研究劄記[*]

李延彦

提　要：本文簡要論述了甲骨形態學研究中的兩個問題：一、以常見的卜甲反面邊緣的白色紋路爲切入點，探討其來源，並結合龜甲實物照片，分析了首甲紋路的成因及其在甲骨卜辭中的作用。二、嘗試將牛肩胛骨生物學稱謂引入甲骨形態研究，使卜骨結構稱謂更加細化，以滿足越來越精細的人工智能需要。其中，板障是判斷卜骨殘片位置的重要標識之一。

關鍵詞：甲骨　形態　劄記

自 2010 年黄天樹先生提出"甲骨形態學"這一概念以來，甲骨形態研究越來越受到關注。近些年，有幸接觸到實物照片，發現一些問題，羅列如下，僅供探討。

一、首甲紋路

齒縫、盾紋的形態，是卜甲形態研究的重要内容之一。2008 年，孫亞冰女士首次關注到首甲上彎曲的痕跡，[①]並在後來的文章中稱之爲"圓弧綫痕"。[②]這條紋路位於部分首甲的喉肱溝與中縫之間，大致

---

[*]　本文爲"古文字與中華文明傳承發展工程"規劃項目"甲骨形態與綴合再研究"（G3024）系列成果之一。
① 孫亞冰《〈殷墟甲骨輯佚〉綴合第三則——糾正〈合集〉誤綴一版》，中國社會科學院歷史研究所先秦史研究室網站 http://www.xianqin.org/blog/archives/36.html，2008 年 11 月 26 日。
② 孫亞冰《甲骨新綴六例》，《紀念王懿榮發現甲骨文 110 周年國際學術研討會論文集》，北京：社會科學文獻出版社，2009 年，第 261 頁。

可分爲弧綫形和直綫形兩种，其中以弧綫形居多。弧綫形的，左首甲拓本可參看《合集》663＋［典賓］、《合集》11587［典賓］、《合集》11605［典賓］、《合集》13922［典賓］，彩色照片可參看北圖 2479（《合集》7896）［賓出］、北圖 3082［賓出］；右首甲拓本可參看《合集》10307［典賓］、《合集》12370［賓三］、《合集》12373［賓三］，黑白照片可參看《天理》S205（《合集》10966）［典賓］。直綫形的，左首甲拓本可參看《合集》3150［典賓］、《合集》6460（《丙編》625、《丙編》55〈不全〉）［賓一］；右首甲拓本可參看《合集》655 正甲［賓一、典賓］。

目前所見，這條紋路基本左右對稱，若左首甲有，右首甲也有；左首甲直綫，右首甲也是直綫；左首甲弧綫，右首甲也是弧綫。拓本可參看《合集》140（《丙編》421）［賓一、典賓］、《合集》267 正（《丙》178）［賓一］、《合集》419 正（《丙》328）［典賓］、《合集》635 正（《乙編》4538）［典賓］、《合集》945（《丙編》342）［賓一］、《合集》3333（《丙編》189）［典賓］、《合集》3819（《乙編》6205）［典賓］、《合集》4259 正（《丙編》130）＋［典賓］、《合集》5445 正（《丙編》583）［典賓］、《合集》5658 正（《丙編》149）［賓一、典賓］、《合集》10989（《乙編》7746）［典賓］、《合集》11497（《丙編》207）［典賓］、《合集》13624 正（《丙編 599》）［賓一］、《合集》14211（《丙編》214）＋［典賓］、《醉》307［賓一］；彩色照片可參看《花東》1、《花東》284（H3：855＋1612〈局部〉）、《國博》28［典賓］。

關於這條紋路，目前學界有兩種看法。其一，葉祥奎先生認爲，這是龜發生變異而自然生長的。其二，孫亞冰女士認爲“有的是用刀刮出來的，有的是用刀劃出來的”。[①] 通過長期觀察 YH127 坑腹甲，張惟捷先生贊同孫女士的觀點，他認爲這種刮痕是“人工造成，留存清晰推刮順向紋路，而非自然形成。……或可視作商人先行處理貢龜

---

①　孫亞冰《甲骨新綴六例》，《紀念王懿榮發現甲骨文 110 周年國際學術研討會論文集》，第 261 頁。

的一種整治習慣。……刮圈爲整治機構所
施行"。[①] 經觀察，張先生發現 "並非全部
的腹甲都有對盾紋進行刮削，若有往往也
限於部分盾紋，即使同一條盾紋也未必會
刮削到底"。[②]

　　在查找材料過程中，我們發現，中國
科學院古脊椎動物與古人類研究所標本
館，有一件標本編號爲 IVPP V1005 的中
國花龜化石（見圖 1），該龜的首甲亦有
相同的紋路（見圖 1 方框）。[③] 北圖 3082
是一版左首甲殘片，首甲紋路與中縫、原
邊構成的扇形表面較其他部位更粗糙，紋
路凹陷處看不到銼磨痕跡（見圖 2）。[④] 這
樣一來，便出現矛盾的問題：若該紋路是
龜自然生長的，那麼《花東》1 直綫形首
甲紋路內的人工修治痕跡從何而來？若屬
人工修治，花龜化石標本爲何有相同的紋
路？自然形成與人工修治如何區分？標準
是什麼？直到弄清下面這一問題，才找到
答案。

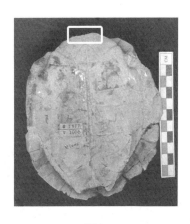

圖 1

圖 2

①　張惟捷《商代卜用龜腹首甲人爲刮痕略探》，《中國文字博物館》2013 年第 1 期，第 13 頁、第
　　15 頁。
②　張惟捷《商代卜用龜腹首甲人爲刮痕略探》，《中國文字博物館》2013 年第 1 期，第 17 頁。
③　圖片見於國家岩礦化石標本資源共享平臺 http://nimrf.cugb.edu.cn/ykhsimgs/11C0002/1920/
　　2311C0002000003891.jpg，2024 年 1 月 1 日。
④　至於 "銼磨痕跡"，不知是否存在龜自然骨質的可能。北圖 2944、《花東》22 沒有首甲紋路，喉
　　盾下的龜板表面類似 "銼磨痕跡"。《花東》53 直綫形首甲紋路內的扇形區域沒有 "銼磨痕跡"。

二、卜甲反面拓本邊緣的白色紋路

圖 3

圖 4

在整理拓本過程中，我們發現某些卜甲正面盾紋相應的反面靠近邊緣的位置有白色紋路。目前所見，這條白色紋路多出現在前甲、後甲或邊甲[①]，如：北圖3067［何二］、北圖3278［典賓］、《中歷藏》578［典賓］（見圖3）、《上博》17647.611［典賓］、《上博》17647.577［典賓］。它的由來，還要從卜甲的生物學結構説起。

龜甲由内層骨板和外層盾片兩部分組成。骨板之間以參差錯落的齒縫嵌接。齒縫在拓片上呈現爲曲曲折折的曲綫，正反皆有顯示。盾片包裹骨板（見圖4），[②] 相接的地方在骨板上留下痕跡，形成盾紋。盾紋在拓片上呈現爲流暢的雙鉤綫，大多在正面顯示。

整理故宫藏甲骨過程中，有一張出版時未採用的《宫藏馬》210（故宫新160595、《凡》1．5．4、《合補》7369、《宫凡將》17）側面照（見圖5）。從這張照片可以清晰地看到，後甲的腹股溝延伸到反面邊緣。由此可知，卜甲反面拓本邊緣的白色紋路是盾紋——盾片包裹骨板，

① 這與卜甲反面是否有字息息相關。甲骨著録出版，大多僅墨拓有字的一面，首甲、尾甲的反面邊緣較少有字，故拓本資料有限。

② 圖片源自網絡。

在反面邊緣形成的紋路，商人攻治甲骨時，未過多磋磨。因此，盾紋不僅僅只在卜甲正面出現，卜甲反面邊緣也有少量殘留。典賓類前甲反面盾紋出現的地方，很多存有占辭殘辭，摹寫甲骨時當注意與筆畫區分。

圖 5

此外，卜甲反面邊緣部分因盾片包裹的緣故，相較内部更光滑（見圖 6：《宮藏馬》127＝160649），骨質更接近正面。拓本上，靠近原邊的部分墨色相較内部更濃，這也是區分卜甲原邊和斷邊的重要特徵之一。

通過上述可知，首甲紋路對應的反面靠近邊緣的盾紋的有無是區分盾紋與人工修治痕跡的重要標識。目前所見，這條紋路很可能存在兩種情況：其一，龜自然形成的，紋路凹陷處

圖 6

比較平滑，與盾紋相類，如：《中歷藏》371［典賓］、《中歷藏》554［典賓］、《花東》39、北圖 2814［典賓］等；其二，人工修治而成，紋路凹陷處有較深且長短不一、凌亂的刮削痕跡，左右兩條首甲紋路相交點與中溝相錯，如：《花東》1、《花東》39、《花東》82、《花東》501 等。

這一紋路主要有兩个作用：

1. 與喉肱溝一樣，充當首甲處卜辭的起刻綫，多見於賓組，如：

《合集》10307［典賓］、《合集》12370［賓三］、《合集》12373［賓三］、《丙編》134［典賓］、《丙編》207［典賓］。

2. 綴合綫索之一。孫亞冰女士依據這一細微特徵，糾正《合集》10970 之誤綴，並將《前》6.11.5 綴入《輯佚》3，原因之二即"《前》6.11.5 首甲上端有一道彎曲的痕迹，《前》6.11.6 没有"。[①] 值得注意的是，受墨拓影響，某些首甲紋路在拓本上顯示不清，綴合時需格外謹慎。

三、卜用牛肩胛骨的結構稱謂

甲骨發現已 120 餘年，關於甲骨的結構稱謂，學者多有介紹。

1930 年，秉志鑒定安陽龜殼，首次將生物學稱謂引入甲骨學研究。此後，葉祥奎、黃天樹等先生將腹甲結構稱謂更加細化。

2020 年，趙鵬女士在述評甲骨形態學研究時，曾討論過稱名系統問題，並提出"建議採取經濟的原則，在研究龜甲形態時，統一使用葉祥奎文中使用的生物學名稱系統"。[②]

至於卜骨的結構稱謂，學者從甲骨學角度多有論述，[③] 不過各家稱謂不一。早在 1978 年，嚴一萍先生將"前角""後角"用於稱述卜骨部位，並未引起關注。此後很長時間，學界依然採用甲骨學稱謂。隨着甲骨形態研究的深入，有必要對卜骨結構進行細緻劃分。

在殷人整治施刻之前，牛肩胛骨首先作爲牛骨骼系統的一部分而存在，採用現有的生物學稱謂，一方面，可以與卜甲結構稱謂系統統

---

① 孫亞冰《〈殷墟甲骨輯佚〉綴合第三則——糾正〈合集〉誤綴一版》，中國社會科學院歷史研究所先秦史研究室網站 http://www.xianqin.org/blog/archives/36.html，2008 年 11 月 26 日。

② 趙鵬《甲骨形態學研究述評》，《殷都學刊》2020 年第 1 期，第 10—11 頁。

③ 相關文獻頗多，如董作賓《甲骨實物之整理》，原載 "中央研究院" 歷史語言研究所集刊》第 29 本下，1958 年；又見《董作賓先生全集》甲編第三册，臺北：藝文印書館，1977 年。嚴一萍《甲骨學》，臺北：藝文印書館，1978 年。黃天樹《甲骨形態學》，《甲骨拼合集》附録三，北京：學苑出版社，2010 年。劉影《殷墟胛骨文例》，北京：首都師範大學出版社，2016 年。此不贅述。

一；另一方面，隨着科技發展，學科交叉融合越來越密切，統一稱謂或許利於消除學科間壁壘，使位置界定更精準，描述更確切，以滿足越來越精細的人工智能研究需要，爲推動甲骨學發展帶來更多可能。

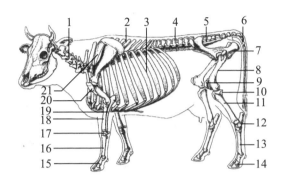

牛骨骼（引自 König and Liebich，2007，圖 1－2）

1. 頸椎；2. 胸椎；3. 胸廓；4. 腰椎；5. 薦骨；6. 尾椎；7. 骨盆；8. 股骨；9. 膝蓋骨；10. 腓骨；11. 脛骨；12. 跗骨；13. 跖骨；14. 趾骨；15. 指骨；16. 掌骨；17. 腕骨；18. 橈骨；19. 尺骨；20. 肱骨；21. 肩胛骨

圖 7　圖源：雷治海《動物解剖學》

生物學上，牛肩胛骨位於牛胸廓兩側（見圖 7），從形態來看，屬於扁骨（flat bone）；[①] 從部位來看，屬於附肢骨（四肢骨）；從發生來看，屬於膜化骨。肩胛骨內外表面均由骨密質（compact bone）組成，分別稱內板和外板，內、外板之間的骨鬆質（spongy bone）稱板障（diploe）。骨分布有豐富的血管、淋巴管和神經。較大的血管稱滋養動脈，經滋養孔進入骨髓腔。分布於骨膜的小血管（骨膜動脈）經骨表面的小孔入骨，骨膜動脈在骨表面會留下壓跡（見圖 8、圖 9）。

[①] "骨可根據其形態、位置和發生進行分類。骨根據形態，可分爲長骨、短骨、扁骨和不規則骨四類。其中，扁骨呈板狀，主要構成顱腔、胸腔和盆腔的壁，起保護作用，如顱骨，或者爲肌肉提供寬廣的附着面，如肩胛骨。"（雷治海《動物解剖學》〔第二版〕，北京：科學出版社，2021年，第 8 頁）

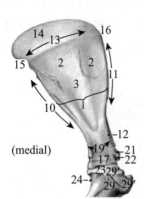

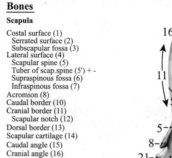

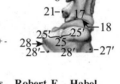

Bones

Scapula

Costal surface (1)
　Serrated surface (2)
　Subscapular fossa (3)
Lateral surface (4)
　Scapular spine (5)
　Tuber of scap.spine (5') + -
　Supraspinous fossa (6)
　Infraspinous fossa (7)
Acromion (8)
Caudal border (10)
Cranial border (11)
　Scapular notch (12)
Dorsal border (13)
Scapular cartilage (14)
Caudal angle (15)
Cranial angle (16)
Ventral angle (17)
　Glenoid cavity (18)
Neck of scapula (19)
Supraglenoid tubercle (21) + -
Coracoid process (22)

(medial)　　　　　　　　　　　　　　　　　　　　(lateral)

圖 8　圖源：Klaus-Dieter Budras, Robert E. Habel,

Bovine anatomy: an illustrated text.

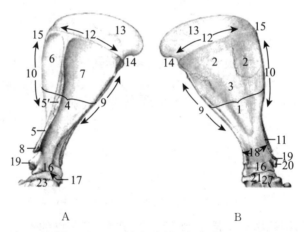

A　　　　　　　　　　　　　　　B

牛前肢骨（引自 Budras et al., 2003，圖 1—26）

A. 外側面；B. 内側面。肩胛骨：1. 肋面；2. 鋸肌面；3. 肩胛下窩；4. 外側面；5.
肩胛岡；5′. 岡結節；6. 岡上窩；7. 岡下窩；8. 肩峰；9. 後緣；10. 前緣；11. 肩
胛切迹；12. 背側緣；13. 肩胛軟骨；14. 後角；15. 前角；16. 腹側角；17. 關節盂；
18. 肩胛頸；19. 盂上結節；20. 喙突。

圖 9　圖源：雷治海《動物解剖學》（有改動）

甲骨學與生物學卜骨結構稱謂對比表（表1）：

表 1　甲骨學與生物學卜骨結構稱謂對比表

圖 8 編號	圖 9 編號	生物學稱謂	各家甲骨學稱謂
1	1	肋面	正面
2	2	鋸肌面	骨扇
3	3	肩胛下窩	骨面
4	4	外側面	反面
5	5	肩胛岡	骨脊（被修治掉）
5′	5′	岡結節	被修治掉
6	6	岡上窩	骨面（反面）
7	7	岡下窩	骨面（反面）
8	8	肩峰	被修治掉
10	9	後緣	對邊（骨條邊）
11	10	前緣	臼邊
12	11	肩胛切迹	骨的側面，拓本不顯示
13	12	背側緣	底邊
14	13	肩胛軟骨	被修治掉
15	14	後角	對角
16	15	前角	脊角
17	16	腹側角	骨首
18	17	關節盂	骨臼
19	18	肩胛頸	骨頸
21	19	盂上結節	臼角（被修治後）
22	20	喙突	被修治掉

四、胛骨殘片定位的標識之一——板障

相比卜甲以齒縫清晰分割部位，卜骨的部位界定略顯模糊。這裏的胛骨殘片定位只是預估的一個縮小後的範圍。

　　卜骨四周較厚，岡上窩和岡下窩較薄。肩胛下窩内部的板障上薄下厚（見圖 10 故宮藏甲骨），根據殘片側面照片，可以看出板障薄厚的變化，以此判斷殘片在完整卜骨上的大致位置。限於學識能力，更加細緻具體的辨識方法，還有待進一步研究。

圖 10

［作者單位］李延彦：故宮博物院研究室、“古文字與中華文明傳承發展工程”協同攻關創新平臺

黄類王賓背甲補説*

李愛輝

提　要：本文以契刻於背甲上的黄類王賓卜辭爲研究對象，結合最新的統計數據，從事類、文例兩個層面對現有研究成果進行了補論。

關鍵詞：黄類　背甲　文例

黄類王賓卜辭是商代占卜制度化的一個重要體現，是研究商代卜法的重要材料之一。關於這類卜辭的數量，各家統計略有差異。門藝女士曾指出"黄組中大約有 1700 多片王賓卜辭"[1]；羅文静女士統計的數量是 1280 條[2]。門文、羅文的統計數字是涵蓋了龜腹甲和龜背甲的。宋雅萍女士《商代背甲刻辭研究》一文中曾對黄類王賓背甲進行了專題研究，統計其數量約"兩千餘版"[3]。筆者結合新近出版的甲骨著録書、中國國家圖書館網絡資源，對刻於背甲上的黄類王賓卜辭的數量進行了再統計，其數量近 3000 片。從統計的數據來看，黄類王賓背甲雖然數量較大，但以"一辭一版""二辭一版"居多，"三辭一版"以上的也不過百版，簡言之完整的黄類王賓背甲數量是"0"，

* 本文爲國家八部委"古文字與中華文明傳承工程"（G3918）、"北京大學藏甲骨整理、保護與研究"（19ZDA312）、"甲骨刻辭類纂新编"（YWZ－J001）的階段性成果之一。

① 門藝《殷墟黄組甲骨刻辭的整理與研究》，鄭州大學博士學位論文，2008 年，第 74 頁。
② 羅文静《殷墟王賓卜辭的再研究》，西南大學碩士學位論文，2023 年，第 49 頁。從其後文的描述來看，羅文的統計應是以單條卜辭爲單位，而非甲骨單片爲單位，這個數據偏差略大。
③ 宋雅萍《商代背甲刻辭研究》，臺北政治大學博士學位論文，2013 年，第 287 頁。

這也是該類卜辭研究很難再向前推進的重要原因之一。本文將結合最新的統計數據，對黃類王賓背甲卜辭的相關理論進行補充。

一、黃類王賓背甲上的事類

黃類王賓背甲刻辭呈現"事類單一化"的趨勢，即"一事一背"，間或刻有其他事類卜辭，但其數量非常少，且契刻的位置相對固定。

1. 干支表

宋雅萍博士學位論文中指出，黃類背甲干支表契刻的位置有兩處：第一、邊甲，第二、脊甲、肋甲與脊甲連接肋甲的位置。[①] 實還可補足一種，即"第三、刻於靠近脊甲一側的肋甲"，如《合集》38095、《合集》38099。第三種干支表的契刻方式與第一種是相似的，多是單列。從現已公布的材料來看，干支表在黃類王賓背甲上出現最多的位置是第二種，其次是第三種，最後是第一種。

2. 祊祭卜辭

在黃類王賓背甲上共發現 1 版祊祭卜辭。

(1a)〔甲〕□卜，貞：〔武〕祖乙祊其牢。茲用。

(1b) 乙未卜，貞：王賓歲，無咎。

(1c)☒賓☒。　　　　　　　　　　　　　　　　《合集》36073[②]

(1) 是一版左肋甲。(1a) 的行款與同版王賓卜辭一致，也是由脊甲向邊甲方向契刻。

3. 卜夕辭

在黃類王賓背甲上契刻有"卜夕"內容的目前僅見 1 版。

---

① 宋雅萍《商代背甲刻辭研究》，第 264 頁。
② 《山東》543 或是祊祭卜辭的殘文；《合集》38487、《合補》11849 似是祊祭卜辭習刻。

（2a）貞：王賓叔，無咎。

（2b）□寅卜，貞：今夕無憂。　　　　　　　　《合集》38329

（2b）的行款與（2a）的相反，即由邊甲向脊甲方向契刻。

4. 田獵卜辭

在黃類王賓背甲上契刻有"田獵卜辭"的目前僅見 1 版，其行款與同版的王賓卜辭相反，即由邊甲向脊甲方向契刻。

（3a）甲辰卜，貞：王賓示癸奭妣甲□。

（3b）乙未卜，［貞］：王田□。　　　　　　《合集》36188①

上述四個事類主要契刻在脊甲與肋甲的齒縫接合處，且多是跨脊甲和肋甲的。

（4）戊申卜，貞：王賓大戊□，無咎。　　《京》5216（北圖 3124）

（5a）貞：王賓叔，無咎。

（5b）［壬］□［卜］，貞：王賓大庚奭妣壬彡日，無咎。

　　　　　　　　　　　　　　　　　　　　　　　《合集》36221

黃類甲骨中的脊甲材料很少，契刻有王賓卜辭的就更少了。從現已公布的材料來看，黃類王賓脊甲共 5 版：《合集》36345（脊甲爲僞刻）、《合集》38092（脊甲契刻的干支表）、《合集》38555（脊甲契刻的干支表）、《合集》38608（脊甲無字）。上述四版均是較大的背甲材料，脊甲未斷掉，其上契刻的非王賓卜辭，但其所屬的大版背甲是歸屬於"王賓"的，所以亦將其歸入黃類王賓脊甲材料。（4）是一版右脊甲。這 5 版背甲上，只有（4）上的王賓卜辭由脊甲刻起，穿過了脊甲與肋甲相連的齒縫，延伸至肋甲。（5）②是一版左肋甲，其右側爲齒縫，即與脊甲相連處。（5b）與（4）的契刻相同，亦是脊甲起刻，卜辭跨脊甲和肋甲。（4）（5b）的行款與契刻於肋甲和邊甲上的

---

① 釋文參照的《續存》下 879。

② （1c）的行款或與（5）同。

王賓卜辭行款是一致的。

從上述共版事類來看，脊甲應非黃類王賓卜辭的主刻辭區。黃類王賓背甲上的卜辭分布規律極强，均是由邊甲向脊甲、尻甲向首甲方向契刻。如果卜辭契刻至脊甲與肋甲相連的齒縫處，且肋甲空間充裕，那與之相連的脊甲應不再契刻，而轉至與其上方肋甲相連的邊甲處；如果空間不足，則卜辭會延刻至脊甲。故此可以推論，雖然黃類王賓脊甲材料較少，但其上的卜辭文例應是與肋甲一致的。

二、黃類王賓卜辭的辭例補析①

目前學界關於黃類王賓卜辭辭例的研究主要分爲兩種類型：第一種是以“祭名”爲單位，在每一祭名之下討論其所涉及的“辭例”，如門藝、徐明波；② 第二種是以句式爲單位，即同一句型中祭名、先祖的組合方式，如宋雅萍、王夢瑩、羅文靜。③ 上述文章的切入點雖有不同，但大致的結論一致，這裏只有宋雅萍女士的文章中提出了一個相對較新的觀點即王賓卜辭中的“王賓”句式，④ 其舉例如下：

（6）貞：王賓，亡戈（咎）。　　　　　　　　　　　　《合補》12041
（7）乙未卜□：王賓，亡戈（咎）。　　　　　　　　　《合補》12058

（6）又見於北圖 9345，從北圖拓本可知“貞”字右側爲“叔”的殘筆，即卜辭釋文當訂正爲“貞：王賓叔，無咎”。第二例《合補》12058，從卜辭行款來看，這版背甲釋文當訂正爲“乙未卜，［貞］：王賓祭名，無咎”。宋文指出該類句式約有二十餘版，我們通過搜集整理發現，這類句式應是不存在的。下文將以“卜日”爲綫對相關問題加以補説。

---

① 刻於背甲上的黃類王賓卜辭分爲“合祭”和“分祭”，其中“合祭”僅有 4 版：《合集》35434、《合集》35440、《合集》35803、《合集》35816，本文暫不討論。
② 徐明波《殷墟黃組卜辭斷代研究》，四川大學博士學位論文，2007 年。
③ 羅文靜《殷墟王賓卜辭再研究》。西南大學碩士學位論文，2023 年。
④ 宋雅萍《商代背甲刻辭研究》，第 270—271 頁。

（一）記有卜日的王賓卜辭

1. 祭祀先王

第一種：某某卜，貞：王賓先王祭名，無咎。

    （8）乙丑卜，貞：王賓大乙翌，無咎。　　　　　　《合集》35489

    （9）壬戌卜，貞：王賓示壬翌日，無咎。　　　　　《合集》35468

    （10a）甲申卜，貞：王賓祖甲祭，無咎。

    （10b）〔庚〕戌卜，貞：王賓祖庚祭，無咎。　　　《合集》35889

    （11a）己巳卜，貞：王〔賓〕祖己𩫖，無〔咎〕。

    （11b）庚午卜，貞：王賓祖庚𩫖，無咎。　　　　《合集》35866

    （12）丙辰卜，貞：王賓外丙㕣，無咎。　　　　　《合集》35550

    （13）甲午卜，貞：王賓小甲㕣日，無咎。　　　　《合集》35587

    （14）甲辰卜，貞：王賓祖甲彡日，無咎　　　《上博》2426.929

    （15）辛未卜，貞：王賓小辛彡日，無咎。　　　　《東文研》700

    （16）乙酉卜，貞：王賓外丙彡夕，無〔咎〕。　　《合集》35552

    （17）癸酉卜，貞：王賓昜甲彡夕，無咎。　　　　《合集》35762

    （18a）〔丙寅〕卜，貞：王〔賓〕中丁彡〔夕〕，無咎。

    （18b）〔丙〕寅卜，〔貞：王〕賓中丁祳，無咎。　《合集》35631

（15）各家釋文多將“彡”後一字釋爲“夕”。于彦飛指出《合集》35787＋《笏二》1289 與（15）當爲重片。① 從《笏二》1289 的拓本來看，這個字還應是“日”。（8）—（15）周祭先王的卜日與王的日干一致。（18a）之所以將地支補爲“寅”字，是通過與（18b）中“寅”字筆畫的比對，並結合北圖 1279 照片的信息所作。（18a）中的天干是根據先王的日干名和祭名“彡”所補：首先，在天干中無“丁寅”；其次，“彡日”是在與王日干相同的日子舉行占卜，“彡夕”在

---

① 于彦飛《甲骨復原一例》，中國社會科學院先秦史研究室網站，2023 年 4 月 8 日。

其前一日。滿足上述兩個條件的只有"丙寅"。

　　（19）□□卜，貞：［王賓］小乙祓，無咎。　　《合集》35801

　　（20）乙亥卜，貞：王賓大乙漠，無咎。　　《合集》35681

　　（21）己丑卜，貞：王賓祖己薦，無咎。　　《合集》35872

　　（22）癸酉卜，貞：王賓祖甲敫，無咎。　　《合集》35903

　　（23）丙申卜，貞：王賓康［祖丁］歲，無［咎］。

　　　　　　　　　　　　　　　　　　　　　　《合集》35963

　　（24）癸卯卜，貞：王賓祖乙□，［無］咎。　　《合集》35682

　　（25）丁未卜，貞：王賓南庚彡，無咎。　　《合集》35729

　　（26）□辰卜，貞：［王］賓祖庚［彡］夕，無咎。

　　　　　　　　　　　　　　　　　　　　　　《合集》35879

　　（20）（21）雖非周祭卜辭，但卜日與王的日干名也是相同的。（24）－（26）均爲黃類王賓肜甲卜辭中的"變量"。（24）未見祭名，但卜日與先王日干相差"3"。（25）卜日與先王日干相差"4"。《合集釋文》《校釋總集》《摹釋全編》、漢達文庫等均將（26）的卜日補爲"己亥"。黃類王賓卜辭中祭名與"夕"搭配的有"彡""歲"，即"彡夕""夕歲"。從甲骨斷裂的位置（兆枝）來看，殘掉的只能是"彡"，依據辭例（26）的天干似也應爲"己"。（26）又見於《北珍》498，從北珍照片來看，舊釋"亥"字，實爲"辰"，但"己辰"是不存在的。如果（26）的卜日是"戊辰"，則卜日天干與先王日干相差"3"；如是"庚辰"則與"彡夕"的卜制相悖；若是"壬辰"則差值爲"9"，"甲辰"則差"7"，"丙辰"則差"5"。黃類祭祀卜辭中，無論是王賓卜辭，還是祊祭卜辭，卜日與先王、先妣日干的差值多在"5"以內。所以（26）的卜日只可能是"戊辰"或"丙辰"。

　　第二種，某某卜，貞：王賓祭名先王，無咎。

　　（27）己卯卜，貞：王賓翌日祖己，無咎。　　《合集》38269

　　（28）甲申卜，貞：王賓彭黍祖甲，無咎。　　《合集》35902

　　（29）甲寅卜，［貞］：王賓彡日祖甲，［無咎］。　　《合集》35898

　　黃類王賓背甲最大的特點就是"制式化"。無論是從整版卜辭的分布，還是單條卜辭的行款、用字，給人的感覺都是"整齊劃一"。但上述所舉辭例，恰是這種"制式化"中的變量。（27）爲（13）之變，（29）爲（14）（15）之變。這種變量不是個例，如《合集》35425"甲辰卜，貞：王賓上甲日彡，無咎。在正月"。

2. 祭祀先妣

第一種，某某卜，貞：王賓先王奭先妣祭名，無咎。

　　（30）辛巳卜，貞：王賓大甲奭妣辛翌日，無咎。《合集》36208

　　（31）辛卯卜，貞：王賓大甲奭妣辛𣽐，無咎。　《合集》36209

　　（32）己亥卜，［貞：王］賓四祖丁［奭］妣己劦［日，無咎］。
　　　　　　　　　　　　　　　　　　　　　　　　《合集》35957

　　從現已公布的材料來看，這類祭祀中，卜日與先妣名一致，且均見於龜背甲，無一例外。

第二種，某某卜，貞：王賓先妣祭名，無咎。

　　（33）癸亥卜，貞：王賓妣癸彡日，無咎。　《合集》36311

　　（34）辛亥卜，貞：［王］賓妣辛［彡］日，無咎。
　　　　　　　　　　　　　　　　　　　　　　　　《合集》36304

　　（35）□［亥］卜，貞：王［賓］母癸叢黍，［無咎］。
　　　　　　　　　　　　　　　　　　　　　　　　《合集》36318

　　（35）中的母癸主要見於祊祭卜辭，卜日多爲"壬"。在背甲上目前僅此一件，其天干或可補爲"癸"。

3. 不契刻先王、先妣

　　（36）戊辰卜，貞：王賓翌［日］，無咎。　《合集》38249

　　（37）乙丑［卜，貞：王］賓薦，［無咎］。　《合集》38436

　　（38）甲申卜，貞：王賓伐，［無咎］。　《合集》35377

（39a）辛未卜，貞：王賓禱，［無］咎。

（39b）甲戌卜，貞：王賓歲，無咎。

《合集》38091＋38097（《綴續》435）

（40）丙寅卜，貞：王賓夕歲，無咎。　　　《合集》38631

（41）丙寅卜，貞：王賓谷歲，無咎。　　　《合集》38634

（42）庚午卜，貞：王賓盂歲，無咎。　　　《合集》38633

（43）□寅卜，貞：［王］賓濩，［無］咎。　《合集》38470

（44）甲辰卜，貞：王賓蓥黍，無咎。　　　《合集》38688

這種辭例中，周祭祭名只見"翌"。（40）—（42）僅見於這種辭例。（36）是辨別材質的重要綫索。"伐"亦見於龜腹甲上的王賓卜辭，但"升伐"卻只見於龜腹甲，且從現已公布的材料來看，契刻於龜背甲的"王賓伐"只有幾版。

（二）不記卜日的王賓卜辭

第一種，貞：王賓先王祭名，無咎。

（45）貞：王賓小辛祓，無咎。　　　　　《合集》35788

第二種，貞：王賓祭名，無咎。

（46）貞：王賓𢀛，無咎。　　　　　　　《合集》38703

（47a）貞：王賓祓，無咎。

（47b）貞：王賓歲，無咎。　　　　　　　《合集》38415

（48）貞：王賓叔，無咎。　　　　　　　《合補》11763

"叔"是黃類王賓卜辭中辭例最單一的，只有（48）這一種形式，且其在黃類背甲上不單獨使用，都是成組出現。

（49a）乙酉卜，貞：王賓大乙翌日，無咎。

（49b）貞：王賓叔，無咎。　　　　　　　《合集》35490

（50a）乙卯卜，貞：王賓報乙祭，無咎。

（50b）貞：王賓叔，無咎。　　　　　　　《合集》35411

（51a）乙未卜，貞：王賓報乙㣌日，無咎。

（51b）貞：王賓叔，無咎。

（51c）丙申卜，貞：王賓報丙㣌日，無咎。　　　《合集》35444

（52a）乙酉卜，貞：王賓報乙彡日，無咎。

（52b）貞：王賓叔，無咎。　　　　　　　　《合集》35446

（53a）己未卜，貞：王賓雍己薦，無咎。

（53b）貞：王賓叔，無咎。　　　　　　　　《合集》35624

（54a）貞：王賓叔，無咎。

（54b）丁未卜，貞：王賓薦，無咎。　　　　《合集》38440

（55a）乙巳卜，貞：王賓歲，無咎。

（55b）貞：王賓叔，無咎。　　　《合集》38578＋38583①

（56a）癸卯卜，貞：王賓登黍，［無咎］。

（56b）貞：王賓叔，無咎。　　　　　　　　《合集》38687

（57a）壬午卜，貞：王賓大戊奭妣壬彡，無咎。

（57b）［貞：王賓］叔，［無咎］。

　　　　　　　　　《合集》36309＋36231（《彙編》740）

（58a）癸酉卜，貞：王賓中丁奭妣癸彡日，無咎。

（58b）貞：王賓叔，無咎。　　　　　　　　《合集》36233

　　與（48）這種辭例成組出現的卜辭，其卜日與先王、先妣的日干是相同的。

（59a）庚戌卜，貞：王賓祖辛彡夕，無咎。

（59b）貞：王賓祔，無咎。

（59c）癸丑卜，貞：王賓羌［甲］彡夕，無咎。

（59d）貞：王賓羌甲祔，無咎。　　《合集》35686＋《北珍》490②

----

① 張展《計算機輔助綴合甲骨第38—44則》第42則，中國社會科學院歷史研究所先秦史研究室網站，https://www.xianqin.org/blog/archives/18593.html，2023年5月4日。

② 宋雅萍《〈北京大學珍藏甲骨文字〉新綴一則》，中國社會科學院歷史研究所先秦史研究室網站，http://www.xianqin.org/blog/archives/1516.html，2009年6月1日。

　　（59）是一版完整的肋甲。（59a）（59b）爲一組，（59c）（59d）爲一組。（59d）雖未契刻卜日，但根據同組的（59c）可知，（59d）應是“癸丑卜，貞：王賓羌甲祽，無咎”的簡刻。黃類王賓卜辭中，沒有契刻完整的“某某卜，王賓＋祽＋先祖”背甲。有的僅見卜日，如《合補》11871；有的僅見先祖名，如《合集》35604，所以關於這類卜辭中卜日與先祖日名的關係就很難判斷。但通過上文的整理可以大致推斷：第一，“祽”所屬卜辭的卜日與先祖之日名是一致的；第二，“祽”與“彡夕”是同日舉行的；第三，“貞：王賓祽”“貞：王賓先王祽”“某某卜，貞：王賓先王祽”，這三者應是簡省關係。這樣來看，前文將（18a）的卜日補爲“丙寅”是成立的，（19）的天干則可補爲“乙”。

　　本文僅就黃類王賓背甲的事類、辭例這兩個層面的問題進行了補論，關於卜法問題會在其他文章中進行專題論述。

［作者單位］李愛輝：首都師範大學甲骨文研究中心、“古文字與中華文明傳承發展工程”協同攻關創新平臺

數智增强的古文字文獻新整理：
以殷墟花園莊東地甲骨刻辭爲例*

李霜潔　　蔣玉斌　　王子楊　　劉知遠　　孫茂松

提　要：如今，出土古文字文獻的整理與研究日趨"精密化"和"立體化"。如何持續作有用的"精密化"和"立體化"，是一個值得不斷探索和努力的方向。本研究基於李霜潔研發的"支點（LeverX）"古文字文獻數智整理系統，以多種數字化與智能化的計算工具，融合文本—圖像（語言—視覺）多模態信息，構建古文字文獻整理的全新流程與形態，在重新整理殷墟花園莊東地甲骨刻辭的研究實踐上，實現品質與規模的雙重提升。在整理成果方面，蔣玉斌寫定殷墟花園莊東地甲骨刻辭的最新釋文，王子楊摹寫殷墟花園莊東地甲骨的最新字形，在此基礎上，本研究進而推出甲骨命名實體標注（Jiagu Named Entity Annotation）、貞卜焦點標注（Divinatory Focus Annotation）、刻辭部位可視化（Inscription Layout Visualization）、辭兆關係圖（Inscription－Crack Graph）、辭際關係圖（Inscription Mapping Graph）等多種面向甲骨文重點疑難問題的全新體例，由此產生殷墟花園莊東地甲骨刻辭新的整理本、文字編和類纂。經過實踐驗證，這套新的流程和工作模式在整理出土古文字文獻材料時，除了在"精密化"和"立體化"方面表現突出，以順應領域研究的發展需求外，還大幅提高原有的速度和減少重複勞動，有利於研究者將工作重心專注於深化內容、提升品質與拓展學術洞察，故具有比較大的優勢，值得進一步挖掘其價值。

關鍵詞：計算甲骨學　出土古文字文獻整理　甲骨命名實體　貞卜焦點　刻辭部位　辭兆關係圖　辭際關係圖

---

* 研究過程中，作者在與董珊先生、呂嘯先生的多次討論中深受啓益，謹致謝忱！文中圖1至圖8見文末彩插。

一、引論

　　基礎材料的整理，歷來是古文字文獻研究領域的核心命題，也是相關研究工作得以有序展開的基礎條件。古文字資料整理本與工具書的編纂，是典型的基礎材料整理工作。裘錫圭先生就曾指出："不論是進行比較具體的研究，還是進行理論性的總結，都離不開有關的資料總集和工具書。這些書的質量的高低，直接影響着研究工作的速度和質量。""按照目前的需要，已有的各種資料總集和工具書幾乎都應該高標準重編。它們的各種缺點應該盡可能加以消滅，或使之減少到最低限度。"① 在第四次工業革命如火如荼、科技發展日新月異的今天，這些話仍有很強的指導意義，且其標準理應再次被拔高。

　　但是，這樣的古文字基礎材料整理工作，存在重重困難。首先，古文字資料數字化程度低，影響現代數字化工具的介入以及使用效率，尤其是缺乏完善的 Unicode 編碼體系和統一管理機制，已經成爲古文字數字化進程中的一個主要瓶頸。其次，專業研究者的匱乏以及人力資源的有限在面對繁重任務時，難以在速度和完成度上提供有效保障。第三，人爲操作的局限性導致誤差逐步累積，使得精度和統一度也難以得到有效保障。第四，處理深層且複雜的對應關係時，缺乏有力和規模化的分析計算工具，常顯力不從心。第五，缺少靈活可變的系統框架設計，結構僵化混亂，缺乏聯動性，吸收學術新知進行更新維護猶且不易，更難以實現快速迭代增長與持續演化。

　　"支點（LeverX）"古文字文獻數智整理系統的誕生，就是爲應對這些關鍵且具有挑戰性的問題，提供切實可行的解決方案，以順應古文字與出土文獻研究領域日趨精密化、立體化的迫切發展需求。本研

---

① 裘錫圭《推動古文字學發展的當務之急》，《學術史與方法學的省思》，臺北："中研院"史語所，2000 年；收入《裘錫圭學術文集·金文及其他古文字卷》，上海：復旦大學出版社，2012 年，第 510、513 頁。

究首先以《殷墟花園莊東地甲骨》^①（以下簡稱"花東"）爲例，將"支點"古文字文獻數智整理系統運用於甲骨文材料的整理實踐，下文具體展開介紹。

二、正文

"數智"，指的是數字化與智能化。"數智增强"，指的是通過引入數字化與智能化的計算工具，在品質和規模上，雙重提升原有的工作成效。

在數字化方面，本研究制定以及優化了一系列古文字文獻信息處理的規範與流程，其中着重對這批古文字資料進行了全面的數字化編碼工作，將它們完整轉換成了符合 Unicode 標準的格式，確保這些文字符號能够被現代計算機系統準確識別和廣泛應用。這步深加工的工作，精細化到每個具體的字形，乃至每個殘字的個體。實踐證明，這一改進可以顯著增强研究中的精準控制能力與計算性能。

在智能化方面，本研究綜合運用多種計算機視覺、自然語言處理、多模態大模型等前沿人工智能技術（例如清華大學計算機系自然語言處理實驗室劉知遠"計算甲骨學〈Computational Jiaguology〉"課題組研發的"JiaguNet"）來承擔工作。隨着任務工作量與新的複雜功能的增加，智能化生產工具的引入是本研究得以推進的關鍵保障。

"支點"是一個集成了一系列數字化和智能化工具的研究輔助系統，旨在優化信息管理，加强可視分析，提供建模機制，整合智能輔助，以助力古文字研究者在複雜信息環境中獲得更精準深入的理解。通過這套工具，研究者可以將工作重心專注在深化內容、提升品質與拓展學術洞察上，而將資料處理和分析的繁重工作交由系統智能化處理。"支點"系統進行了結構性的生態重構，增强多任務之間的聯動

---

① 中國社會科學院考古研究所編著《殷墟花園莊東地甲骨》，昆明：雲南人民出版社，2002 年。

性，打破原有的混亂低效狀態，建立統一高效的秩序。由此，幾何級數地減少重複勞動，不必反復被卷入“牽一髮而動全身”導致推倒重來的低效混亂的工作模式，進入井然有序、真正聯動、持續演進的新生態模式。[①]

根據不同的受衆，人工智能系統的導向與工作重心也會有所差異。“支點”主要面向古文字前沿研究者，致力於作原創的古文字文獻資料整理，其核心目標是爲領域研究提供更精密、立體的整理資料。

（一）釋文部分

本研究的重點内容之一，是寫定深度加工的花東最新釋文。

新釋文採用嚴式加括注的形式，除了常見的用“（ ）”“[ ]”“〈 〉”“{ }”分别代表用作表示某字、闕文、訛文、衍文之外；還用“▨”“□”“…”三種符號標識殘字，分别代表殘一字（有殘留筆畫）、缺一字（無任何殘留筆畫）與殘缺之字數目不詳；用“⌊ ⌋”來標識合文；用間隔符號“ ”（即空格）將卜辭與兆序隔開；另外還以“〖 〗”標識一些值得注意的隨文簡注。經過這樣的統一規劃，取得標記信息豐富密集、體例統一的新釋文。

新釋文也對兆序字、殘字進行了一一清點，在能辨認的範圍内儘可能收錄全面。

1. 新釋舉例

關於釋文中的新釋意見，另撰文説明。[②]下面僅舉幾例説明：

例一，花東 168：

---

① 計算層面的具體實現方法在《面向古文字文獻的信息與智能處理統一框架》一文中詳細展開。

② 詳參蔣玉斌《殷墟花東卜辭若干字詞考辨》，北京大學“2023 年古文字與出土文獻學術研討會”，北京，2023 年 11 月 18、19 日，第 388—396 頁；王子楊《釋花東卜辭表示牡豕之字》，北京大學“2023 年古文字與出土文獻學術研討會”，第 380—387 頁。

(1) 其又（右）賈馬于新（新）**黑**。　一

(2) 其又（右）耦于兩（賈）覞（視）。　　一

其中"**黑**"字，整理者原摹虚框，《甲骨文摹本大系》闕如，今新補出。字形在彩照中尚存，參看"圖1"。168.01 與 168.02 是選貞關係。

例二，花東 067：

(6) 己卜：丁**心**，槲（虞）于子狀（疾?）。　　一

(7) 己卜：丁**心**，不槲（虞）于子狀（疾?）。　　一　　．

"**心**"字，舊皆釋終。彩照給出較清晰一形：，今改釋"心"。"心"即表負面意義、或加口之字。

例三，花東 229：

(2) 壬卜：子其入**白** ，丁衍（侃）。　　一

"**白**"字，姚萱據花東 223 擬補爲"黄"，《甲骨文摹本大系》釋文從之。[①] 字形實作（彩照）、（拓片），當係"白"字。白璧、白圭等數見。

2. 釋文的高階標注（新體例）

除了繼承以上古文字研究領域傳統作釋文的優點而外，爲了置入更豐富的已解讀的信息，擴大甲骨釋文文本的利用價值，本研究還引入了"甲骨命名實體標注（Jiagu Named Entity Annotation）"[②] 體例，並新增"貞卜焦點標注（Divinatory Focus Annotation）"這一全新體例（參看圖 2）。

除了甲骨命名實體標注（與專名有一定相似性）、貞卜焦點標注，

---

① 姚萱《殷墟花園莊東地甲骨卜辭的初步研究》，北京：綫裝書局，2006 年，第 293 頁。黄天樹主編《甲骨文摹本大系》第卅八册，北京：北京大學出版社，2022 年，第 4056 頁。

② 甲骨文命名實體採用李霜潔的分類體系，在其博士學位論文中首次推出。李霜潔《〈甲骨文合集補編〉類纂及相關問題研究》，復旦大學博士學位論文，2021 年，第 14—16 頁。

本研究整理釋文的過程中還對同版中的辭際關係進行了深度加工和系統清理。這部分成果除了按對貞、選貞、重貞、同事這四種類別進行層次分組外，也作出所對應的辭際關係圖，參看下文“辭際關係模式（新體例）”一節。

（二）摹本部分

本研究的另一重點內容，是採用全面、深度加工的最新花東摹本。

字形摹本恪守原形，忠於原貌。甲骨文作爲手工作業的遺痕，本是“世界上沒有兩片相同的葉子”，字形摹本一一對應原形，務求體現原貌。現代化的摹本應力圖反映當時的刻（書）寫層面的信息乃至情境，字形摹寫若仍是過去那種僅在文字層面作區別，沒有仔細區分到刻（書）寫層面的摹寫方式，局限性將越來越明顯。

字形摹本一網打盡，竭澤而漁。過去的古文字資料整理，對甲骨兆序字和殘字的重視程度不高。但若無兆序字、殘字的系統整理，難以説是對古文字文獻資料的全面占有，局部資料的缺漏，隨着時間推移，將越來越顯示出局限性，不斷留下遺憾。本研究使用的摹本力圖全量收錄所有甲骨字形，兆序字、殘字等只要能辨識或推知，毋使遺漏。

1. 摹本改進舉例

新摹本除了上文所述隨新釋文修改的部分外，本身亦在持續改進。

例如，花東001，在《甲骨文摹本大系》中，摹本整版誤被鏡像翻轉，新摹本改之。

再如，花東037的“茜”字，中間有象玉璧之形的“囗”，整理者及《甲骨文摹本大系》皆未摹出。此處彩照不清，但約略可辨。新摹本補出作“茜”。花東178.1的“茜”亦補出玉璧形作“茜”。

2. 殘字的分類處理

殘字的處理進一步精細化，區分出表面泐損和邊緣殘損兩種，分別以斜綫和虛框標識。① 例如 "𝌆" "𝌇" "𝌈" "𝌉" 和 "𝌊" "𝌋" "𝌌" "𝌍"，這些標識表明該字字形不完整，業經本研究摹寫者擬補而成。這樣的區別標識力保其他研究者既能獲取更多已解讀信息，又能貼近骨版上的刻寫原貌。並且 "支點" 系統對這部分殘字進行了一一 "追蹤"，確保與常見字一樣可檢索利用、可自動處理、可計算分析。

3. 字形的方向表徵（新體例）

重新整理時，我們特別加入了甲骨刻辭的 "方向" 表徵。雖然古文字常正反無別，且甲骨文鏡像刻寫司空見慣，但方向（或稱朝向）在甲骨文字中其實一直是值得重視的問題。多位學者早已指出，卜辭有外内之別，卜辭中 "卜兆形" 的朝向並不隨意，例如甲骨文 "外" 與 "卜" 都可以寫作 "卜" 或 "⼘"，彼此之間是以與所處 "卜兆形" 朝向的順逆作區別。② 但傳統甲骨資料整理受限於人力，難以集中針對大宗材料展開系統的乃至全量的清理，往往限於舉例示意。

本研究系統地區分了部位定位方向、卜兆方向、行款順逆方向這三種不同層次的方向，對花東甲骨刻辭進行了逐字的清理，並且將相關整理成果，部署在新的整理本、文字編和刻辭類纂上。在刻辭部位可視化以及辭兆關係圖中可查知甲骨文的這三類方向。部位定位方向可從刻辭部位可視化中獲得，參看圖 3；卜兆方向與行款順逆方向，

---

① 我們過去也提倡在處理殘字形體時精細區分殘損與泐損部分，如李霜潔以 "𝌎" "𝌏" 表示字形有所殘損，以 "𝌐" "𝌑" 表示字形有所泐損，以 "𝌒" "𝌓" 表示疊加殘損與泐損。相關詳細條例參看李霜潔編著《殷墟小屯村中村南甲骨刻辭類纂》，北京：中華書局，2017年，《凡例》第 1 頁。

② 陳夢家、林澐、裘錫圭、張玉春、姚萱等多位先生皆有論述，參看姚萱《殷墟花園莊東地甲骨卜辭的初步研究》，第 120—123 頁。

可從辭兆關係圖獲得，參看圖 4。

（三）刻辭部位可視化（新體例）

甲骨刻辭的部位分布，往往有一定的傾向。例如卜辭間的對貞、選貞、重貞等關係，與其所在部位或存在密切對應，或有一定傾向。又如甲橋、甲尾、骨臼常分布着記事刻辭，其刻寫部位與刻辭的性質有一定關聯。再如同版之上，重要事項優先選用何種部位，時常體現貞卜者一定的偏好。從甲骨形態學的角度辨識甲骨部位，進行更立體的甲骨分類整理，越來越受到研究者的重視。

本研究推出的刻辭部位可視化（Inscription Layout Visualization），用以直觀呈現甲骨刻辭的區域分布，以及揭示不同區域間可能存在的聯繫和差異，爲研究上述問題提供新的計算工具。刻辭部位可視化將甲骨刻辭的部位分布特徵轉化爲可計算的數據，有助於從宏觀角度考察刻辭區域分布的模式和規律，以滿足後續研究需要。

通過刻辭部位可視化示意，可以清晰明瞭地查看每條卜辭的刻寫部位，如圖 3 所示。刻辭部位可視化除體現區域分布外，也可兼表甲骨部位定位這類方向信息，藉此考察甲骨文的方向（朝向）。在新整理本，逐條加入了這一信息單元。

值得注意的是，經過"支點"這一處理，花東甲骨不僅刻寫部位的區域分布數據可以非常簡便地統計出來，不同部位區域之間的協同對照、銜接呼應等深層聯繫，都會轉入到可進行大規模計算和分析的新形態。

（四）辭兆關係模式（新體例）

卜辭的刻寫，經常看起來錯亂無序；卜辭與卜兆的關係，亦顯得錯綜複雜，無有定規。過去要系統地、全量地清理這些關係，幾乎難以實現。尤其是忽略兆序字僅僅採用卜辭"正文"的做法，至此便显出其局限性。由此可見，系統地、全量地準備基礎材料，爲未來留下儘可能大的發展空間，從方向上來說是刻不容緩的大勢所趨。

本研究提出一種新的圖式：辭兆關係圖（Inscription－Crack Graph），用以揭示甲骨卜辭和卜兆錯綜複雜的對應關係和深層聯繫，爲研究甲骨辭兆關係模式提供新的計算工具。這樣一種圖式，將甲骨學領域亟需研究的卜辭與辭兆的關係、行款布局特徵的問題，通過建模轉化爲可計算的分析模型，可以促進結構抽象、模式捕捉、規律發現和機制探查，以滿足後續研究需要。

通過辭兆關係圖示意，可以清晰明瞭地察看甲骨刻辭"於無章中見有序"的排布規律——"守兆"。如圖 4 所示，這些新的圖式除可以體現辭兆關係與行款布局，進行結構和模式抽象之外，還可以藉由它來反映卜兆的左（卜）右（⼁），與卜辭相對的卜兆的順逆之勢，兼表這兩類方向信息。

值得注意的是，辭兆關係圖這一新圖式的推出，也意味着卜辭與卜兆之間深層複雜的聯繫，已轉入到可進行大規模計算和分析的新形態。①

（五）辭際關係模式（新體例）

甲骨同版之上的卜辭與卜辭之間的關係，歷來是非常重要又富有挑戰性的問題，提煉這些信息也是相關研究者的迫切需要。然而過去限於條件和傳統工具，難以系統地、規模化地進行研究探討。

本研究提出一種新的圖式：辭際關係圖（Inscription Mapping Graph），用以揭示甲骨卜辭之間錯綜複雜的深層聯繫，爲研究甲骨辭際關係模式提供新的計算工具。② 它通過圖的抽象形式，來展示卜辭之間的關聯性，便於幫助研究者分析考察卜辭之間的内在關聯。這樣一種圖式，將甲骨學領域過去難以清理的卜辭之間複雜關係和深層結

---

① 董珊先生看過本研究的早期成果後提示，甲骨卜辭普遍存在着一辭多兆的情況，其中未刻兆序的卜兆也很常見，殷人常採用刻劃欄綫的方式來表示。"支點"可以把這些卜兆也納入，力求版無遺兆，各有屬辭。董先生這一提示非常有價值，將以爲之，謹致謝忱！

② 董珊先生看過本研究的早期結果後，建議將整版關係以專門圖式加以抽象及表徵，以便學界使用。董珊先生的動議對本研究推出辭際關係圖有重要貢獻，謹致謝忱！

構的問題，通過建模轉化爲可計算的分析模型，可以促進結構抽象、模式捕捉、規律發現和機制探查，以滿足後續研究需要。

如圖 5 所示，通過"辭際關係圖"，整版辭際關係和結構變得一目瞭然、邏輯鮮明。本研究構造此圖式的數據來源，爲整理過程中逐版通過貞卜事項、人、時、地等要素的綜合對比，按照對貞、選貞、重貞、同事這四種辭際關係，勾連分割得出一版之中的辭際關係組。①

值得注意的是，辭際關係圖這一新圖式的推出，意味着卜辭與卜辭之間交互參照、銜接呼應等深層複雜關係，也已轉入可進行大規模計算和分析的新形態。

綜上，通過本研究框架（包括多種新增體例）的支持，這些依賴高階認知的、過去需要一一往復爬索方能釐清的深層而又複雜的關係，現在都可以通過計算分析來規模化、系統化地獲取，爲研究者利用這部分資料提供相當不錯的基礎。可預見這樣"精密化"和"立體化"的資料整理，將會爲古文字研究帶來新的增長點。

（六）研究成果匯聚

本研究的新整理成果匯聚爲新整理本、文字編、刻辭類纂這三種形式，它們也屬於最有代表性和實用價值的古文字資料整理。如前引裘文："爲了推動古文字學更快更好地發展，古文字研究者當前必須以主要力量投入的首要任務，就是編出高質量的各種資料總集和工具書，提供儘可能完整的各種古文字資料，全面反映古文字研究已達到的水平，以適應研究工作及其電腦化的需要。工其書多種多樣，最重要的、研究者使用得最頻繁的，是逐字索引和文字編這兩類。"② 整理本類似於資料總集類，刻辭類纂即最具代表性的逐字索引類工具书，文字編如其名。下面逐一介紹本研究的這三種整理成果。

---

① 異版之間的辭際關係，同樣可用同版辭際關係組的構造方法。
② 裘錫圭《推動古文字學發展的當務之急》，《裘錫圭學術文集·金文及其他古文字卷》，第 510 頁。

1. 新整理本

新的整理本是後續工作的基礎前提。新整理本逐片、逐條、逐字地展開。只要能够辨識，新整理本儘量完整地收入所有甲骨字形，兆序字和殘字亦應收盡收。在呈現形式上，新整理本按照著録編號、字形、釋文、部位、辭兆關係、辭際關係這幾項關鍵要素分别列出。前文所述所有成果和新體例，都在整理本中得到具體呈現。

本研究的整理工作本如"圖6"所示。

2. 文字編

與其他甲骨文字編相比，本研究的文字編新增"定位方向"標識。這麼做的目的是爲了更具象地彰顯字形寫法與定位方向位置（部位、卜兆、行款順逆）的對照關係，以便研究者使用和深入考察。

本研究的文字編全量收入花東所有甲骨字形，包含兆序字和殘字。總體框架則分出單字、合文、殘字三部分，按照甲骨文自然分類法編排。

本研究的文字編工作本如"圖7"所示。

3. 刻辭類纂

刻辭類纂的編排形式是逐字索引、歸納辭條、列舉辭例，同時還力求體現古文字字形。這一特殊形式的古文字工具書，對領域研究作用很大，學界歷來有爲專屬資料編纂類纂的傳統。[①] 類纂式工具書除可以供人查閱之外，通過閱讀類纂式工具書（尤其是基於可信釋文的類纂），也是培養古漢語語感的重要途徑與聯繫考釋綫索的重要橋梁。我們認爲即使在現代，類纂式工具書在古文字文獻研究領域中仍難以被取代。

本研究刻辭類纂的編排，採用字頭下分列辭條，辭條下列舉辭例

---

① 其中尤以《殷墟甲骨刻辭類纂》影響深遠，學界簡稱"類纂"時甚至專指此書。姚孝遂、肖丁主編《殷墟甲骨刻辭類纂》，北京：中華書局，1989年。

的方式。其中字頭的編排與文字編一致，總體框架也分爲單字、合文、殘字三部分，按照甲骨文自然分類法編排。辭條及辭例的編排流程，據先前有益經驗，採用數據－知識雙驅動模式："逆轉傳統的編纂流程，採用'一網打盡，系統分解'的方式。先把涉及該詞的所有辭例全部列出，從中歸併用法，然後剔除同一用法中的大量重複或辭例不佳者。這樣做實際是改用基於數據的方法，由原始數據自下朝上生成，階梯式提升。這樣的系統方法，更容易做到由博返約、先全後精，並且更容易緩解因人爲因素導致的樣本偏差問題，能更充分地體現不同質的原始語料，實現更均匀的抽樣效果。"①

本研究的刻辭類纂，除了繼承傳統的收入著録號、字形、釋文、類組或分期（此處因皆爲花東子卜辭，無須重複標明）的體例，還將甲骨命名實體標注、貞卜焦點標注、刻辭部位可視化、辭兆關係圖和辭際關係圖等新工具和新體例引入類纂，以便研究者使用和深入考察。

本研究的刻辭類纂工作本如"圖8"所示。

由以上新的整理本、文字編、刻辭類纂可看出，處理這種多層次和多樣化的信息，過去是一項極其繁重的任務，難以有效執行，更難説大規模推行。如今，在數字化與智能化工具賦能之下，古文字研究者現在能够更高效地處理複雜任務，實現品質與規模的雙重提升，並爲應對日趨精密化與立體化的研究需求奠定基礎，是爲"數智增强"。

三、結語

綜上，本研究提出一種新的古文字文獻整理的研究框架，並概述目前取得的幾種新成果：寫定全面、精審、深加工的花東甲骨刻辭的新釋文，在新釋文的基礎上標注甲骨命名實體（專名），並增加貞卜

---

① 李霜潔《〈甲骨文合集補編〉類纂及相關問題研究》，第13頁。

焦點標注、辭際關係劃分的全新體例；此外，摹寫並數字化最新花東甲骨字形；並且實現文本－圖像（語言－視覺）多模態融合，在多模態融合的基礎上，實現對刻辭方向、刻辭部位、刻辭行款、辭兆關係、辭際關係建模分析等全新功能。

　　本研究的相關整理成果將進一步匯聚在"數智增强"的花東甲骨新整理釋文、文字編與刻辭類纂中。我們計劃下一步將新的整理成果正式公開，以供學界研究使用。

　　可預知將本研究框架推廣到其他古文字文獻資料時，亦可帶來品質與規模的雙重提升，產生多種有益的整理成果。YH127 坑以及子卜辭等重要甲骨材料，也將作爲我们後續研究的重點对象。

　　此外，本研究在交叉學科領域的新探索——特別是通過運用新型計算工具來賦能古文字研究，將有助於揭示各種深層聯繫及複雜機理，洞察隱含模式和潛在規律。這是一個值得繼續深入研究和探索的方向。[1]

[作者單位] 李霜潔：清華大學計算機科學與技術系
　　　　　　蔣玉斌：復旦大學出土文獻與古文字研究中心、"古文字與中華文明傳承發展工程"協同攻關創新平臺
　　　　　　王子楊：清華大學出土文獻研究與保護中心、"古文字與中華文明傳承發展工程"協同攻關創新平臺
　　　　　　劉知遠：清華大學計算機科學與技術系
　　　　　　孫茂松：清華大學計算機科學與技術系

---

① 這部分內容具體將在《基於時空數據挖掘的甲骨文辭際關係與位置布局研究》一文中繼續探討。

圖 1 花東 168 照片局部

(a) 甲骨命名實體標注

> 壬亥（子）^{紀時}卜：子^{貞卜主體}昌（以）帚（婦）好^{婦名}入于狀^{地名}，子^{貞卜主體}乎（呼）多卲（御）正見于帚（婦）好^{婦名}，叺紉十，生（往）𐎜^{地名}。 一 二 三 四 五
>
> （花東037.19）
>
> 壬亥（子）^{紀時}卜：子^{貞卜主體}昌（以）帚（婦）好^{婦名}入于狀^{地名}，子^{貞卜主體}乎（呼）多西（賈）見于帚（婦）好^{婦名}，叺紉八。 一
>
> （花東037.20）

(b) 貞卜焦點標注

> 壬亥（子）卜：子昌（以）帚（婦）好入于狀，子乎（呼）多卲（御）正^{貞卜焦點}見于帚（婦）好，叺紉十，生（往）𐎜。 一 二 三 四 五
>
> （花東037.19）
>
> 壬亥（子）卜：子昌（以）帚（婦）好入于狀，子乎（呼）多西（賈）^{貞卜焦點}見于帚（婦）好，叺紉八。 一
>
> （花東037.20）

圖 2 甲骨命名實體標注（Jiagu Named Entity Annotation）、
貞卜焦點標注（Divinatory Focus Annotation）舉例

(a) 刻辭部位可視化（單一區域）

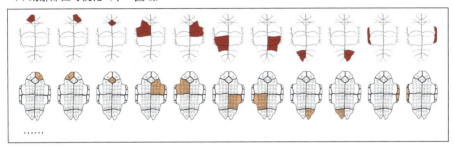

(b) 刻辭部位可視化（多個區域）

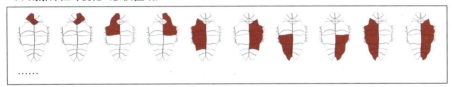

圖 3　刻辭部位可視化（Inscription Layout Visualization）舉例

其中帶鑽鑿者表示反面，餘則爲正面。① 大多數情況下，一條卜辭劃定在單一區域；也有一些跨區的卜辭，則可視化多區域表現之。由於篇幅所限，圖示中並未包含所有的部位分布情況。

---

① 龜腹甲正面、背面圖版分別修改自黃天樹《甲骨形態學》，《黃天樹甲骨金文論集》，北京：學苑出版社，2014 年，第 372 頁；《關於卜骨的左右問題》，《黃天樹甲骨金文論集》，第 354 頁。原圖版分別出自陳夢家《殷虛卜辭綜述》插圖一，董作賓《甲骨實物之整理》圖版肆，黃先生在其上已作修改，今又在黃先生圖版之上繼續修改。

(a) 辭兆關係圖（單一卜兆）

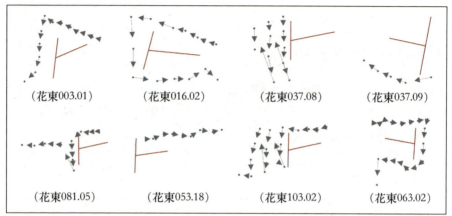

（花東003.01）　　　（花東016.02）　　　（花東037.08）　　　（花東037.09）

（花東081.05）　　　（花東053.18）　　　（花東103.02）　　　（花東063.02）

(b) 辭兆關係圖（多個卜兆）

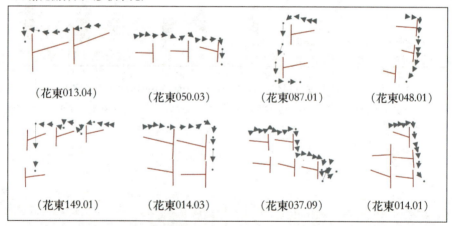

（花東013.04）　　　（花東050.03）　　　（花東087.01）　　　（花東048.01）

（花東149.01）　　　（花東014.03）　　　（花東037.09）　　　（花東014.01）

圖 4　辭兆關係圖（Inscription Crack Graph）舉例

其中縱橫紅色綫段表示卜兆的兆幹與兆枝，箭頭表示單個的字形及刻寫走向。用此圖式可以扼要地查看刻寫行款布局，以及分析辭兆關係模式。

(a) 花東037

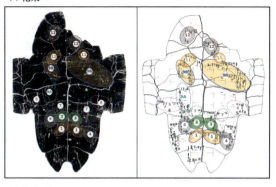

(b) 花東103

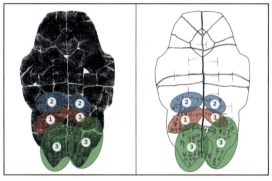

(c) 花東113

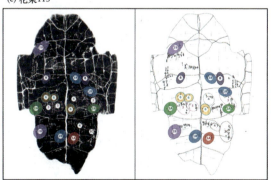

圖 5　辭際關係圖（Inscription Mapping Graph）舉例

其中每個橢圓形圈示一條卜辭，同色的外框代表同組關係。進一步細分，則實綫邊框且底色相同的提示有對貞關係；黄底提示有選貞關係；灰底提示有重貞關係；虛綫邊框且無底色代表同事關係。數字和字母則用以標識組號。①

---

① 辭際關係圖中，每個橢圓形也可以作爲圖的頂點（vertex），根據組號連成圖的邊（edge）。

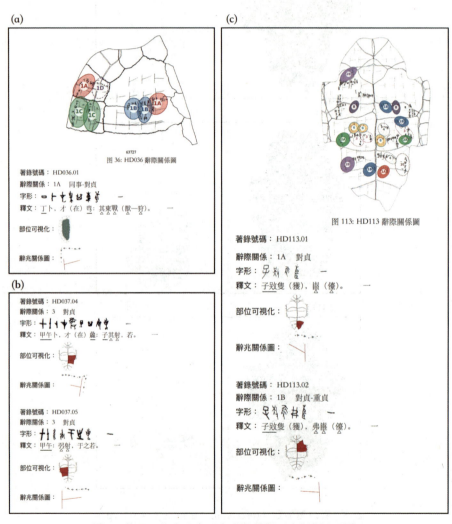

圖 6　整理工作本示意（内容及排版以出版版本爲準）

圖 7　文字編工作本示意（内容及排版以出版版本爲準）

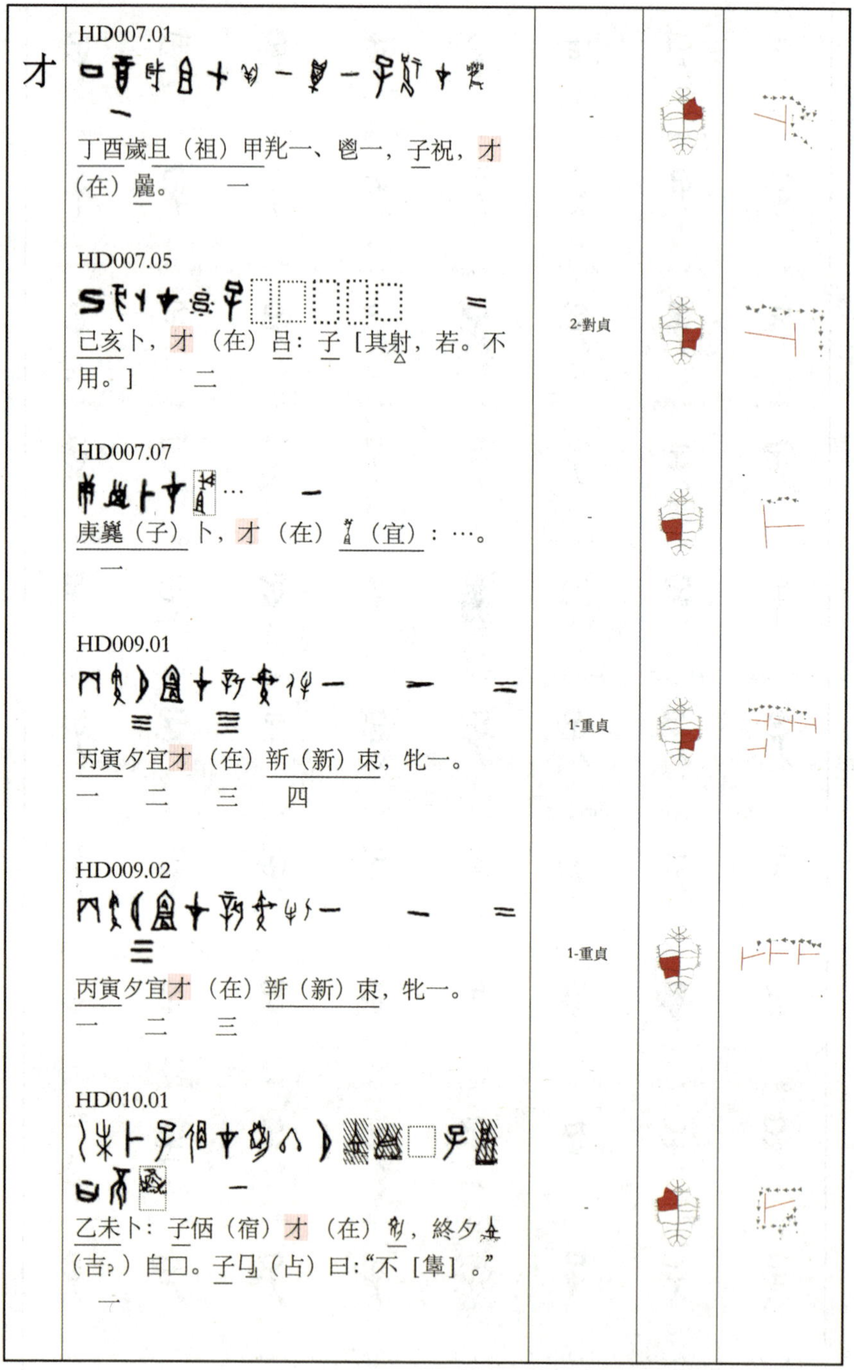

HD007.01 丁酉歲且（祖）甲牝一、妾一，子祝，才（在）麗。　　一			
HD007.05 己亥卜，才（在）昌：子 [其射，若。不用。]　　二	2-對貞		
HD007.07 庚巽（子）卜，才（在）宜（宜）：…。　　一			
HD009.01 丙寅夕宜才（在）新（新）束，牝一。 一　　二　　三　　四	1-重貞		
HD009.02 丙寅夕宜才（在）新（新）束，牝一。 一　　二　　三	1-重貞		
HD010.01 乙未卜：子佰（宿）才（在）劓，終夕 （吉？）自口。子弓（占）曰："不 [隻]。"　　一			

図8　刻辭類纂工作本示意（內容及排版以出版版本爲準）

完整龜腹甲的整理方法與運用

門　藝

提　要：完整龜腹甲是了解商代占卜制度的重要材料，從占卜的角度對完整龜腹甲進行整理和分析，有助於更爲深刻地理解甲骨卜辭的内容。出於不同的研究目的，以往對完整龜腹甲也有各種綜合研究和定點研究，而以逐一展現龜腹甲的面貌，並進行點（龜腹甲客觀情況）、綫（同版卜辭關係）、面（與其他版卜辭聯繫）全面綜合研究的卻不多見。以逐層提取法對一版完整龜腹甲進行整理，可以更清晰地了解單版龜腹甲上的客觀情況，並分出占卜組作爲同版卜辭關係和各版卜辭繫聯的基礎，是細緻整理分析龜腹甲的有效方法。本文以《合集》7352 爲例演示了這種方法的基礎操作，以期推廣這種方法，加深對商代腹甲占卜的理解。

關鍵詞：完整龜腹甲　占卜　《合集》7352

一、完整龜腹甲整理研究述評

完整甲骨是進行甲骨研究的重要材料，只是甲骨易碎，早期完整材料不易得，研究者們就非常渴望得到更爲完整的材料。殷墟科學發掘之初，董作賓在《商代龜卜之推測》一文中甚至以已有的甲骨碎片，根據推論出的龜腹甲文例拼湊出兩版完整的龜腹甲，以考其部位與刻辭體例的關係，並以未見商人龜甲之完整者深以爲憾。[①] 就在《推測》一文寫完的當年年底，殷墟第三次發掘中就獲得了較完整的四版龜腹甲，董作賓稱之爲"大龜四版"，並寫作《大龜四版考釋》

---

① 董作賓《商代龜卜之推測》，《安陽發掘報告》第一期（1929 年），第 113—115 頁。

一文，[①] 這是一篇全面考察相對完整龜腹甲的典範之作。對這四版幾近完整的龜腹甲，作者不僅著録了照片，做出摹本、釋文，而且將鑽、鑿、灼、兆也以圖示的方式一一標明，還列出了鑽鑿統計表和辭兆對應表。從卜法、事類、文例、時代、種屬五個方面進行了論述，其中卜法一節是這篇文章的重點，總結了龜腹甲上占卜的左右對稱和正反對貞、選貞等現象，列出了占卜組，考察占卜的先後和每版龜腹甲所用時日，對這四版上的卜辭之間的關係也進行了一些探索性的工作。這篇文章對較完整龜腹甲的呈現是全方位的，研究的問題也很細緻，由此四版卜辭提出了"貞人説"，對甲骨的時代問題進行了初步探索，最終促成了《甲骨文斷代研究例》的完成。

　　此後科學發掘出土的完整龜腹甲逐漸多了起來，由於出土甲骨數量多、卜辭的內容相對更爲重要等原因，後來的研究就主要側重於文字、卜辭內容等，像《大龜四版考釋》這樣對完整龜腹甲的甲面各種情況進行詳細統計與細緻描述的便不多見了。1936 年董作賓《安陽侯家莊出土之甲骨文字》一文對出土的大龜七版也進行了一些説解，但明顯不如大龜四版詳細。其後如胡厚宣《戰後殷墟出土的新大龜七版》、嚴一萍《關於〈戰後殷墟出土的新大龜七版〉》等都是以釋文爲主，對於卜甲的表面信息説明得非常少。之後的有關完整龜腹甲的單篇論文，如張秉權《武丁時的一版復原龜甲》，[②] 蔡哲茂《讀史語所 YH127 坑札記——〈合〉892 正、反釋讀校正》《〈殷虛文字乙編〉4810 號考釋》，[③] 宋鎮豪《記國博所茂甲骨及其與 YH1127 坑有關的大龜六版》，[④] 王藴智、陳彦潔《〈甲骨文合集〉6482－6486 成套卜辭

---

①　董作賓《大龜四版考釋》，《安陽發掘報告》第三期（1931 年），第 423—442 頁。

②　以上四種文獻均見於宋鎮豪、段志宏主編《甲骨文獻集成》，成都：四川大學出版社，1999 年。

③　以上兩篇文章見《蔡哲茂學術文集》第三册，新北：花木蘭文化事業有限公司，2021 年。

④　宋鎮豪《記國博所藏甲骨及其與 YH127 坑有關的大龜六版》，《中國國家博物館館藏文物研究叢書：甲骨卷》，上海：上海古籍出版社，2007 年，第 282—291 頁。

語料繫聯》，① 王蘊智《讀〈合集〉6571札記》② 等，對於了解一片或多片完整龜腹甲很有幫助，但多是就完整龜腹甲中卜辭釋文或相關問題進行探索，而没有進行比較全面的説明。

張秉權通過對《殷虚文字乙編》的整理和綴合，在《殷虚文字丙編》中著録出很多完整或近於完整的龜腹甲，"考釋"部分對這些甲骨片進行了比較詳細的説明與考釋，説明的信息有甲骨片的時代、刻兆和書寫情況、填塗色彩的情況等，以及甲面上的一些特殊現象，如剷削、犯兆、未灼情況等。張秉權對完整龜腹甲的研究成果集中在卜兆和序數，通過序數總結出"成套卜辭"和"成套甲骨"的概念，使甲骨內容和占卜的研究達到了一個新的高度。其後還有很多研究是循着序數的思路來探索商代占卜的特點和規律，以較完整的甲骨材料爲觀察對象，進而研究商代的占卜制度。

據統計目前著録的甲骨文材料中完整龜腹甲有 362 片，③ 多集中於 YH127 坑和花園莊東地諸坑所出，對這兩種材料進行研究的論著多數涉及完整龜腹甲，研究也更加全面，涉及卜辭釋文、文字考釋、內容排譜、文例、鑽灼、兆序等各個方面。如魏慈德《殷墟 YH127 坑甲骨卜辭研究》④ 在內容的排譜方面做了很多工作，將不同版之間的卜辭相互繫聯起來；張惟捷《殷墟 YH127 坑賓組甲骨新研》⑤ 做的內容相對多一些，有 YH127 坑賓組卜辭的釋文、刻辭內容分類研究和腹甲尺寸、鑽鑿以及甲面上其他信息的探索等，張惟捷與蔡哲茂共同編著的《殷虚文字丙編摹釋新編》⑥ 爲 YH127 坑的深入研究提供了相對應的摹本，更利於對完整龜腹甲的觀察和使用；楊熠《殷墟

① 王蘊智、陳彥潔《〈甲骨文合集〉6482—6486 成套卜辭語料繫聯》，《殷都學刊》，2017 年第 4 期，第 1—8 頁。

② 王蘊智《讀〈合集〉6571札記》，《古文字研究》第三十三輯，北京：中華書局，2020 年，第 53—59 頁。

③ 曲正清、劉源《殷墟甲骨文材料中整龜、整骨之統計》，《故宮博物院院刊》2021 年第 10 期。

④ 魏慈德《殷墟 YH127 坑甲骨卜辭研究》，新北：花木蘭文化事業有限公司，2011 年。

⑤ 張惟捷《殷墟 YH127 坑賓組甲骨新研》，臺北：萬卷樓，2013 年。

⑥ 張惟捷、蔡哲茂編著《殷虚文字丙編摹釋新編》，臺北："中研院"史語所，2017 年。

YH127 坑賓組龜腹甲兆序的整理與研究》①綴合和復原了一些完整龜腹甲，從兆序排列、兆序位置等角度進行觀察和總結。花園莊東地出土完整龜腹甲也比較多，學界在花園莊東地甲骨研究方面成果斐然，姚萱《殷墟花園莊東地甲骨卜辭的初步研究》②一書，綜合考察了花園莊東地甲骨的關鍵問題，如人物子與丁，一些字詞的考釋，還對關聯卜辭的異版關係進行了總結；孫亞冰《殷墟花園莊東地甲骨文例研究》③從文例的角度，全面對花東的行款特點、段落結構等進行了分類考察，還對花東卜辭的貞卜次序進行了認真的分析。與針對單片龜腹甲進行考證的單篇文章相比，這些論著對完整龜腹甲的研究是多角度、多方面的。只是每種論著都是從全部材料整體出發，着眼於某一方面或某幾方面進行綜合整理與研究，對於單片甲骨的情況並未有更加詳細的説明。

黃天樹先生主張進行"甲骨占卜學"研究，已經開展的有甲骨形態、鑽鑿布局、文例等的研究，④與占卜有關的鑽鑿形態與布局的研究、文例研究、卜兆與卜辭關係研究等，都涉及完整龜腹甲。其中鑽鑿形態與布局研究、文例研究的成果已經蔚爲大觀，⑤以完整甲骨爲對象進行卜辭與卜兆的對應、同版卜辭關係、占卜關係等的全面整理與研究，也應該提上日程。在卜辭與卜兆對應關係方面，何會的《殷墟賓組卜辭正反相承例研究》，⑥胡雲鳳《由正反面卜辭論兆序的正確讀法——以〈殷虛文字丙編〉爲例》《殷墟卜辭兆序校讀七則》，⑦陳

---

① 楊熠《殷墟 YH127 坑賓組龜腹甲兆序的整理與研究》，西南大學碩士學位論文，2019 年。

② 姚萱《殷墟花園莊東地甲骨卜辭的初步研究》，北京：綫裝書局，2006 年。

③ 孫亞冰《殷墟花園莊東地甲骨文例研究》，上海：上海古籍出版社，2014 年。

④ 黃天樹《甲骨占卜學》，南京大學古文字名家講壇，2022 年 7 月 8 日。

⑤ 關於甲骨鑽鑿形態與布局研究成果可參看趙鵬《殷墟甲骨鑽鑿研究述評》一文，《甲骨文與殷商史》新九輯，上海：上海古籍出版社，2019 年；有關甲骨文例的研究成果可參看何會《殷墟王卜辭龜腹甲文例研究》的"緒論"部分，北京：中國社會科學出版社，2020 年。

⑥ 何會《殷墟賓組卜辭正反相承例研究》，首都師範大學碩士學位論文，2009 年。關於正反相承的文例特點在其專著《殷墟王卜辭龜腹甲文例研究》中也有體現，第 144—185 頁。

⑦ 胡雲鳳《由正反面卜辭論兆序的正確讀法——以〈殷虛文字丙編〉爲例》，《古文字研究》第三十三輯，北京：中華書局，2020 年，第 29—35 頁；《殷墟卜辭兆序校讀七則》，《甲骨文與殷商史》新十一輯，上海：上海古籍出版社，2020 年，第 515—536 頁。

冰琳《甲骨卜辭兆序對應校讀六例》^①等文章，都是在全面考察一版完整龜腹甲的基礎上，對卜兆、兆序、卜辭的關係進行重新梳理。這些文章尤其注意刻寫在反面的卜辭與正面卜兆、兆序的對應關係，對完整龜腹甲的觀察和分析也越來越細緻。

由以上研究成果可以看到，董作賓《大龜四版考釋》雖然是龜腹甲研究的開山之作，體例形式和研究内容最爲全面和完備，但仍是以單片龜腹甲爲對象，還有很多内容可以補充。張秉權《殷虛文字丙編考釋》以著録爲目的，也進行了全方位的説明和考證，但研究和説明有詳有略，有一些腹甲上的信息説明也並不算完備。張惟捷、蔡哲茂《殷虛文字丙編摹釋新編》重新繪製了摹本，補充了一些信息，但於占卜信息不是特別重視，對鑽鑿和卜兆採取選擇性描繪的方法，不利於對腹甲上全部信息的掌握。以鑽鑿、兆序、文例、排譜等爲着眼點的研究，研究結論對完整龜腹甲的分析有幫助，完整龜腹甲只是作爲其研究的材料而非對象，研究目的各有不同。

我們進行完整龜腹甲的研究，是以每一片完整龜腹甲爲研究對象，全面而細緻地描繪龜腹甲上的各種信息，爲總結鑽鑿、文例的規律提供更爲詳細的材料；分清同版之上卜辭與卜辭之間、占辭與命辭之間的關係，爲卜辭内容的繫聯排譜研究、占卜制度的深入研究準備更爲充分的條件。

二、完整龜腹甲整理方法與示例

就完整龜腹甲而言，有些整版内容繁雜、卜辭數量衆多，再加上拓本不清晰等客觀原因，分析和研究實在不是一件容易的事情。整理

---

① 　陳冰琳《甲骨卜辭兆序對應校讀六例》，甲骨文與古代文明青年學者論壇，2021 年 12 月 5 日，河南大學。

中可以採取逐層提取的方法，即以龜腹甲形態和齒縫爲基底，[1] 將鑽鑿、燒灼、卜兆、兆辭、刻辭逐層離析出來。在數量上，一般情況下是鑽鑿＞燒灼＝卜兆＞兆序＞卜辭。現以《合集》7352 爲例，以展示這種整理方法。

（一）《合集》7352 的基本信息和鑽灼呈兆情況

《合集》7352 正反出土於 YH127 坑，由《乙編》的兩片碎甲拼合而成，著録於《丙編》3、4，是一版比較完整的龜腹甲。僅在右側有兩處破損，缺失幾個兆序和兩條卜辭中的個別字，目前還未見到有新綴。這一版版面較大，長 27.3 公分，寬 18.8 公分，背面鑽鑿爲密集型，可見鑽鑿共 77 個。以橫向齒縫爲分界，分布情況爲首甲 1 排 4 個，中甲 2 個，前甲夾角 1 排 2 個，[2] 前甲 3 排 24 個，後甲 5 排 33 個，尾甲 3 排 12 個。鑽鑿以中縫對稱左右相等，右後甲[3]近甲橋處有殘缺，缺失一個鑽鑿，因此本版本應有鑽鑿 78 個。張秉權描述本版鑽鑿情況爲：

> 其上有雙聯凹穴 67，棗核形凹穴 10，共爲 77 穴，除有 7 穴未灼之外，餘均灼過，棗核形穴遲在其右（或左）側施灼，惟左橋上有二個棗核凹穴，因已殘損過半，不能定其究已灼否。7 個未灼之穴的部位是：

---

[1] 盾紋也是龜腹甲上的自然紋路，對於龜腹甲碎片來講盾紋有定位的作用，可以幫助綴合，而對完整龜腹甲來説，盾紋只會妨礙整個版面的清淅與乾净，因此對於一些看不清盾紋的龜腹甲，我們對這一層都做了隱藏處理，只在有綴合必要時才將其顯現出來。齒縫也對刻辭的清楚表達有一定的影響，但作爲腹甲上的天然分區，商人在整治和占卜中也是有所利用的，因此予以保留。

[2] 前甲夾角即前甲與中甲、首甲相接處到甲橋腋凹這一塊呈三角形的區域，賓組中貫穿首甲的大字卜辭有很多是屬於這一區域的占卜，有時與中甲或首甲上的兆序相續，與前甲其他地方的占卜關係不大，黃組中這一區域會占卜與其他部位不同的內容。可見其占卜地位比較特殊，因此將這一塊稱前甲夾角，對其上的鑽鑿排數與個數單獨計算。

[3] 本文所述左右是以文字面爲基準，所以即使鑽鑿面在左者，仍以右稱之。下文引張秉權《殷虛文字丙編考釋》中的描述，則是以鑽鑿面爲基準進行述説，鑽鑿面在右者爲右，在左者爲左。另外本文提及第幾排鑽鑿或卜兆時，均是從上向下數。

一，右甲橋上的第一，第二兩棗核穴（自上向下數）。

二，左甲橋上的第一個棗核穴（自上向下數）。

三，左右兩邊的第二行之最上及最下端的四個雙聯凹穴。①

正面呈兆情況應與燒灼相符，但因爲殘斷，右後甲第一排最右邊 1 個卜兆，第二排 4 個卜兆，以及第五排最右邊 1 個卜兆均不見，所以正面可見卜兆爲 64 個。兆序字在本版內一共有 37 個，而止反面卜辭加起來只有 28 條，兆序與卜辭之間存在對應關係，但並非一一對應。背面本版甲骨鑽鑿和燒灼情況，以及呈兆和兆序情況請參見圖 1、圖 2。

並非每一處鑽鑿都有燒灼，也就是說那些鑽鑿沒有用來占卜，這種現象在武丁時期還是比較常見的。至於有燒灼呈兆卻沒有兆序的情況，參考汪寧生在《彝族和納西族的羊骨卜——再論古代甲骨占卜習俗》所記，涼山彝族爲了驗證羊骨是否在撒謊，會先"試卜"，即問一些不可能發生的事情，商代的占卜中也可能有此種試卜程序。對於《合集》7352 來說，不記兆序和卜辭的情況似乎有些多，有 30 个，也許是一些不重要的占卜事宜。在龜腹甲上還可見到個別有卜兆、卜辭，而無兆序的情況，如《合集》1822 中左後甲第一排兩個卜兆以及尾甲最後一排兩個卜兆，都有對應卜辭，卻不見兆序。②

(二)《合集》7352 卜辭與卜兆的對應

"甲骨上有許多卜兆是沒有兆序的，有許多卜兆雖有兆序，但無卜辭，我們不能將那些卜兆任意隸屬於某一卜辭。"③ 這是張秉權先生總結的甲骨上的常見現象，已經是甲骨學的常識，但在具體的甲骨版

---

① 張秉權《殷虛文字丙編考釋》，《殷虛文字丙編》上輯（一），臺北："中研院"史語所，1957 年，第 19 頁。本文在行文中簡稱《丙編考釋》。其稱"雙聯凹穴"即我們常說的長形鑿與圓形鑽。

② 這種情況也可能是由於拓本或照片不清晰所造成的誤解，但從目前的資料來看，這四個卜兆三條卜辭是沒有相應的兆序的。

③ 張秉權《殷虛文字龜之卜兆及其有關問題》，《"中研院"院刊》第 1 輯，1954 年，又見《甲骨文獻集成》第 17 冊，成都：四川大學出版社，2001 年，第 24 頁。

面上，哪條卜辭對應哪個或哪些卜兆，仍有很多錯誤或弄不清楚的地方。就本版來説，大多數卜辭與卜兆和兆序一一對應，少量卜辭對應兩個以上卜兆和兆序。

各家釋文將兆序附於卜辭釋文後的有《丙編考釋》《甲骨文合集釋文》和《甲骨文校釋總集》，在本版兆序與卜辭的對應關係上，三家都是一樣的，釋字和辭序方面稍有不同，現以《合集釋文》①爲藍本，將本版的釋文抄録如下②，同時按《合集釋文》卜辭條編號製作正面卜辭位置及行文方向圖（圖3）：

正：（1）己未卜，爭，貞王亥希我。　一

　　　（2）貞王亥不我希。　一

　　　（3）貞我其屮囚。　一　二告　二

　　　（4）貞我亡囚。　一　二

　　　（5）己未卜，殻，貞我于雊㞷。　一　二告

　　　（6）貞勿于雊㞷。　一

　　　（7）貞王于糞［㞷］。　一

　　　（8）勿于糞㞷。　一

　　　（9）□□卜，殻，［貞］𠂤。　一　二　三　四

　　　（10）貞𠂤弗其。　一　二　三　四

　　　（11）叀子不乎陷。　一

　　　（12）弜隹子不乎。　一

　　　（13）叀子嚞乎。　一

　　　（14）弜隹子嚞乎。　一

　　　（15）叀王往。　一

　　　（16）弜隹王往。　一

---

① 胡厚宣主編《甲骨文合集釋文》，北京：中國社會科學出版社，1999年。本文在行文中簡稱《合集釋文》。

② 抄録的釋文一仍其舊，但在本文行文過程中會將某些字改換爲比較通行和易於處理的字形，如"弜"改爲"勿"，"叀"改爲"宙"。

（17）［叀］王往。　一

（18）弜隹王。　一　二　二告

（19）叀王。　一

（20）弜隹。　一

（21）今夕雨。　一　二　三

（22）今夕不其。　一　二　三

（23）靳。　一

（24）弜于。　一

反：（1）翌［辛］酉其屮。

　　（2）其改。

　　（3）于姚己卻。

　　（4）弜于姚。

　　（5）奠［入］□。　　　　　　　　　　　　　　　　　（甲橋刻辭）

　　關於龜腹甲上單條卜辭的刻寫規律，研究文例的學者們都做了比較詳細的描述和總結，其常例正如董作賓在 1931 年的《商代龜卜之推測》一文中的總結：“則由中縫起者向外行，即在右右行，在左左行也。由邊緣起者向內行，即在右左行，在左右行也。”① 位於腹甲中間的卜辭多是由兆枝梢部起始在兆枝上下豎行向兆幹方向行進，即在右右行，在左左行，而位於腹甲邊緣的卜辭，則會在兆幹一側或向內行，或向外行，總的來説首甲、前甲夾角、後甲最下面一排外側的卜辭會從邊緣向內行文，而處於靠近甲橋處的卜辭則內外無定。總之卜辭均是守兆的，在卜兆的周圍刻寫，一般不會遠離卜兆，尤其是一版中有很多內容的時候，更是井然有序。《合集》7352 就屬於特別符合刻寫規律的一版。

① 董作賓《商代龜卜之推測》，《安陽發掘報告》第三期（1931 年）。又見《甲骨文獻集成》第 17 册，成都：四川大學出版社，2001 年，第 16 頁。

（三）發現問題及其處理

從《合集釋文》中可以看出，絕大多數卜辭對應的兆序均是"一"，兆序有兩個以上的卜辭辭條分別是（3）（4）（9）（10）（18）（21）（22），其中第（9）（10）條的兆序是"一二三四"。這兩個兆序"四"，我們認爲它們並不屬於這兩條，而是第（19）（20）條的兆序。

《合集》7352上的兆序最大爲"四"，整版只有這兩個，屬於尾甲第一排外側的兩個卜兆。在這兩個卜兆的範圍內有兩條相應的卜辭即（19）由王。（20）勿隹。卜辭雖然很簡短，從兆枝梢部起始向兆幹方向行進的趨勢是存在的，符合龜腹甲上的卜辭刻寫規律。並且在第（19）條卜辭和兆序的上方，有一條界劃綫，明確指示出此兆序四與上面的兆序沒有關係。《合集釋文》中原屬於第（19）（20）條的兆序"一"屬於尾甲內側的兩個卜兆，對應卜辭爲反面的第（3）（4）辭。第（9）（10）卜辭所對應的兆序只是後甲最下面一排的左右各三個卜兆，右邊兆序三和卜兆殘缺，正反各占卜了3次，而不是4次。（9）（10）兩條卜辭刻寫在了靠近第三卜的邊緣位置，很容易讓人找到其餘相連的兩卜，仍然是守兆的。

尾甲上鑽鑿有12個，均灼燒呈兆，而只有第一排的四個卜兆有兆序，正反兩面共有卜辭4條，正好與卜辭對應。第（19）（20）條卜辭"由王＼勿隹"兆序"四"，説明爲第四次占卜，那麼前三次占卜是否也在這版腹甲上呢？循着這個思路，位於後甲第四排從中縫向外數第二個卜兆的兆序，左右兩邊對稱位置上均是"三"。《合集釋文》似乎將這兩個兆序歸到了"今夕雨＼今夕不其"，即（21）（22）兩條對貞卜辭上，孤立來看，似乎也無問題，但與"四"相應的兆序"三"就沒了着落，況且這兩條卜辭沿着中縫直行而下，在內側兩個卜兆範圍內，並未向左右轉行佔據外側卜兆的範圍。這與（9）（10）守着第三卜兆不同，第三卜兆自然讓人以爲與一二是相連的，而（21）（22）守的僅僅是第一、第二卜兆，與外側兆序爲三的卜兆沒有必然的聯繫。因此我們以爲後甲第四排的這兩個"三"及卜兆與

（21）（22）這兩條卜辭没有關係，這兩個兆序"三"是獨立的，没有相應卜辭。至於兆序"三"之側的卜辭"斲＼勿于"，應屬於上方一排的卜兆及兆序"一"。將簡短的卜辭寫在兆枝下方，在這一版中還有兩處，即第（16）條"勿隹王往"和第（20）條"勿隹"，其原因有可能是避免與其他卜辭混淆。再向上，左後甲第二排左數第二個卜兆兆序爲"二"，還有兆辭"二告"，相對應的卜辭是"勿隹王"，右後甲對稱位置上的卜兆與兆序殘缺，有殘辭"□王往"，是"勿隹王"的正貞卜辭"叀王往"，殘缺的兆序應該是"二"。這兩條即《合集釋文》的（17）（18），其中（18）《合集釋文》所附的兆序爲"一 二 二告"，不知這個兆序"一"所從何來，此區域範圍内僅有"二告"下邊的兆序一，但這個兆序及卜兆無疑是屬於第（6）條的，萬無兩屬的可能。因此（18）的卜辭兆序只有一個"二"，另有兆辭"二告"。第二卜和第四卜的卜辭表明，這一組卜辭是占卜是否讓王往於某地的，因此位於前甲第二排從中縫向左右數第二個卜兆，兆序爲"一"，卜辭爲"叀王往＼勿隹王往"，就是這一組卜辭的第一卜。由此可知在這一版上以"王往"爲主題的占卜從上到下由正反兩方面共進行了8次，除第二卜有殘缺及位於中縫左右數第三個卜兆外，其餘三卜都在中縫左右數第二個卜兆上，第三卜没有刻寫相關卜辭。這一組卜辭的釋文兆序應修訂爲：

（15）叀王往。　　一

（16）弜隹王往。　　一

（17）［叀］王往。　　［二］

（18）弜隹王。　　二　二告

　　　　　　　　三

　　　　　　　　三

（19）叀王。　　四

（20）弜隹。　　四

　　這種就一件事情在龜腹甲左右相對稱位置正反對貞、兆序從上到下依次增加的占卜，在武丁時期的龜腹甲上是一種常見的形式。如《合集》203、《合集》1657、《合集》18800 的占卜即是如此，三版都是疏鬆型的鑽鑿，占卜内容相對單一，比較容易辨别。《合集》7352中的這一版鑽鑿比較密集，這組卜辭又穿插於同版其他卜辭之中，使得其辭序與兆序歸屬未能如以上諸版明顯。在仔細分析了鑽鑿、卜兆、兆序、卜辭位置之後，這種自上而下的連續占卜在版面上還是可以顯露出來的。

（四）《合集》7352 的占卜組

在辭序方面，《合集釋文》將相關卜辭進行了類聚，把帶有前辭的卜辭放在了前面，而《丙編考釋》則是按照從上到下、先内後外的順序排列。這兩種辭序排列都有優點，《丙編考釋》更容易在版面上找尋卜辭以便使用，《合集釋文》則更容易看清同版卜辭之間的關係。《合集釋文》按卜辭内容之間的關係把全版卜辭進行了分條釋文，有關係的放在一起，這些有關係的卜辭就是占卜組。

除上文提到的"王往"占卜組以外，本版還有以下幾個占卜組：

1. "于某"占卜組（圖 5）[①]

（5）己未卜，設貞：我于雉𠃱。　一　二告

（6）貞：弖于雉𠃱。　一

（7）貞：王于龔□。　一

（8）弖于龔𠃱。　一

（23）靳。　一

（24）弖于。　一

第（23）（24）條卜辭極其簡略，從内容上來看，應該是與（5）到（8）爲一組構成了對選卜辭，在三個地點之間進行選擇，每個地

[①]　在占卜組中仍使用《合集釋文》的釋文序號，是爲了與其進行對照。對釋文則根據我們的釋文習慣重新標點和選擇用字。

點都從正反兩方面進行了卜問。這一個占卜組與"王往"占卜組可能有關係，在選擇去某地之後，對王是否親自前往又進行占卜，是很自然而然的事情。

2. 禍事占卜組（圖 6）

（3）貞：我其虫田。　一　二告

（4）貞：我亡田。　一　二

（1）己未卜，爭貞：王亥希我。一

（2）貞：王亥不我希。　一

反（3）于妣己卻。　一

（4）弓于妣。　一

這一組與"于某"占卜組一樣，都是在己未日占卜的，只是貞人換成了爭。從卜辭所在位置以及有無前辭來看，應該按（1）（2）（3）（4）的順序排列，沈培説："從同版就可以看出，大概就是因爲有'王亥'爲祟於我的事情，所以'我有憂'，因此先卜問'我其有憂'。可以説，'我有憂'對於占卜主體來説，已經差不多是一個事實了。"[①]占卜的一般習慣往往是有憂在前，具體的作祟人在後，最後再占卜對前面所得具體作祟人的祭祀。如《合集》6482－6486 這幾版成套卜甲中，與病齒有關的卜辭在腹甲的正反兩面共有 12 條卜辭，可以分成兩個占卜階段，第一個階段是反面的 8 條，分別在前甲第二排外側、前甲第四排內側、後甲第一排內側和後甲第三排內側，占卜在"父甲、父庚、父辛、父乙"四個祖先中究竟是哪一位祖先作祟，對選的位置形成自上而下的連續占卜。[②] 第二個階段是占卜祭祀父庚，以及對病齒進行處理後可否痊癒，再進一步占卜能否痊癒。在彝族的

---

① 沈培《殷墟卜辭正反對貞的語用學考察》，《漢語史研究：紀念李方桂先生百年冥誕論文集》，臺北："中研院"語言學研究所，2005 年，第 211 頁。

② 張秉權《甲骨文與甲骨學》，《甲骨文獻集成》第 37 册，成都：四川大學出版社，2001 年，第 115 頁，總結龜腹甲兆序的排列形式以自上而下的爲多，雖然本版的占卜不排除自下而上的可能，但我們仍然只以自上而下占卜爲正例。

骨卜中，有"涅式"和"所住"兩種占卜，"涅式"要求的是一個結論性的答案，"所住"要求得到各種具體的指導。① 有無災咎所要的答案即是結論性的，而誰帶來的災咎則是需要一個個卜問，如果已經知道是王亥作祟，也不必再去占卜是否有田，直接占卜祭祀即可。所以我們對其辭序進行了調整。

至於反面的（3）（4）兩條卜辭，是對妣己進行禦祭的占卜，可能屬於此組。《合集》2415 有兩組卜辭，一組是"河求我。/不求我。"另一組是"貞：钔于妣己。/勿钔于妣己。"在殷墟卜辭中王亥是一個與河、嶽等類似的神祇，會對農業生產、雨水等產生影響，常常放在一起選擇卜問，如《合集》32064、《合集》34240、《合集》34291 等。《合集》2415 僅有這兩組卜辭，相互之間可能有一定的聯繫。以此類推我們以爲《合集》7352 的反面占卜向妣己進行禦祭的，很可能也是屬於"王亥求我"這一組卜辭中。如有關係，這是一組有關災咎並祭祀的占卜。

第（3）（4）條卜辭位於後甲第一排近中縫處，兩條卜辭的文字均跨越了中縫向左向右第一、二兩個卜兆，而第（3）辭"田"字所在的第二個卜兆兆序卻是"一"，由卜辭占卜對稱原則，以及卜辭位置判斷，這個"一"有可能是誤刻，當然也有其他的可能性②。《合集釋文》將其直接寫爲"二"不合適，我們暫時將這個兆序單獨處理，不列於（3）之後。

3. 天氣占卜組（圖 7）

（21）今夕雨。　　一　　二

---

① 汪寧生《彝族和納西族的羊骨卜——再論古代甲骨占卜習俗》，《文物與考古論集》，北京：文物出版社，1986 年，又見於宋鎮豪主編《甲骨文獻集成》第 17 冊，成都：四川大學出版社，1999 年，第 154 頁。

② 在賓組龜腹甲占卜中，尤其是數次占卜合用一條卜辭時，正問可比反問的卜數多一卜。這是彭裕商在《殷代卜法新探》（《夏商文明研究》，鄭州：中州古籍出版社，1995 年，第 231 頁）中所總結的，沈培在《殷墟卜辭正反對貞的語用學考察》一文中將此總結爲"正反對貞中兩辭兆序不等是常見現象"（《漢語史研究：紀念李方桂先生百年冥誕論文集》，第 194 頁）。所以此處兆序"一"不排除有"誤刻"以外的可能性。

（22）今夕不其。　　一　　二

反　（1）翌［辛］酉其屮。　　一　　　［二］

　　（2）其戙。　　一　　二

　　這是一組占卜天氣的卜辭，沒有前辭，從"翌辛酉"來看，爲己未或庚申占卜。（21）和（22）的兆序，據"王往"占卜組改，雨或不雨正反各占卜了兩次，與反（1）和反（2）的序數正同。反（1）所在區域殘斷，缺少一個兆序"二"。反（1）和反（2）也是一組對貞，只是意義上的相對，而不是語句形式上的相對。"戙"在殷墟甲骨文中一般是指天氣放晴，作爲對貞的反（1），應是對有雨的卜問，這條卜辭中很有可能殘去了"雨"字，或省略了"雨"字。正面的（22）"今夕不其"也是省略了"雨"字，由（21）辭已有"雨"字，可以看作承前省略。反（1）（2）繼續占卜天氣情況，卜問的是占卜日之後的辛酉日是否也有雨，可能也是承前省略。

4. "乎某"占卜組（圖8）

　　（11）叀子不乎麗。　　一

　　（12）弓隹子不乎。　　一

　　（13）叀子薔乎。　　一

　　（14）弓隹子薔乎。　　一

　　"子不"和"子薔"均是武丁時期的人物，從卜辭看，應爲武丁子輩。"子薔"比"子不"出現的頻率高得多，是一位既帶兵打仗又參與祭祀的核心人物。而在子不出現的少量卜辭中，還有3條是關於子不疾病的（《合集》223、《合集》6855、《合集》14007），可能爲武丁早夭的兒子。（11）（12）卜辭是呼子不田獵，應爲子不未病前的占卜。

5. "薔"占卜組（圖9）

　　（9）□□卜，殼貞：□（?）薔。　　一　　二　　［三］

　　（10）貞：薔弗其。　　一　　二　　三

（9）（10）兩辭分別占卜了三次，序數已據"王往"占卜組修訂。"𢦏"字在甲骨文中既有動詞用法（如《合集》6571），也有名詞用法（如《合集》8218），做名詞時是國族人名和地名，做動詞則如其字形所描述的，是一種擒獲的手段。此一組兩條卜辭正貞殘，反貞語句不完整，以致這兩條卜辭的内容無法確定。

三、完整龜腹甲整理的意義

從占卜的角度，采用逐層提取的方法，將現有完整龜腹甲進行全面整理與研究，將有助於瞭解商代的龜腹甲占卜情況，能更深入理解商代占卜制度，對甲骨分類斷代、綴合、排譜等工作也很有意義。

當然用此方法研究的前提是有比較清晰的彩色照片和拓片，現在史語所開放了所藏文物的彩照資源，對於甲骨的研究價值極大，讓我們對甲骨的原貌有了更加清晰的認識，也廓清了以前對卜辭的一些錯誤理解。如《合集》11497正反（丙207、208）是龜腹甲的上部，缺後甲和尾甲，反面有刻辭，從拓片上看不出任何區別，而彩色照片則可以清楚地看到這些刻辭上有的塗朱，有的塗墨，還有不塗顔色的。這些不同的顔色就起到了區分不同辭條的作用。反面的釋文多是：

（1）己丑屮于上甲一伐卯十小宰。（未塗色）
（2）九日甲寅不酚雨（黑色），乙巳夕屮齒于西（紅色）。

第（2）條將黑紅兩種文字雜糅到一起是不對的，並且兩者字體大小也差別很大，作爲參考《合集》11498反面也有"乙巳夕屮齒于西"，卻没有"九日"等字，就已經很能證明這兩段文字絕不是一起的。《合集》11497正有大字紅色的卜辭一條：

丙申卜，㱿貞：來乙巳酚下乙。王占曰：酚，隹屮求，其屮齒。乙巳酚，明雨，伐，既雨，咸伐，亦雨。㫔卯鳥星。

紅字"乙巳夕"顯然是接續此條。而黑字"九日甲寅"推斷占卜日期，應是丙午日，爲正面首甲左邊緣小字卜辭"丙午卜，争貞：來甲寅酒大甲"的驗辭。第（1）條則對應正面右前甲靠近中甲的一條"尘于上甲"卜辭。

　　對完整龜腹甲進行細緻的研究，對一些特殊的占卜與刻寫現象也會有比較完整的認識。如刮削重刻現象，在逐層提取的基礎上，就可以把被刮削的卜辭作爲一個層面，從而提取被刮削卜辭的一些信息。再如《合集》930＋14019上有很多刻意挖制的小窩，胡厚宣以爲是"刻字又復挖去之痕跡"，而其中一些小窩是圍繞着左前夾的卜兆，此卜兆反面對應的鑽鑿則完全没有燒灼的痕跡，正面的卜兆是刻畫出來的，不知是哪個環節出現了差錯，最後的結果是就用一些小窩以示此卜兆不用，要將其去掉。

　　運用逐層提取法對完整龜腹甲進行整理，其好處首先就是可以找到很多以前釋文有問題的地方。以前有很多釋文多不重視兆序，或是序數無處安置，或不能將卜辭和兆序一一對應，如上文示例片。對於釋文的體例，現大多正反面分書，由於有正反相承的現象，所以有些釋文已經改作將反面釋文括在中括號裹放於正面卜辭釋文之後，如林宏明、張惟捷等均是如此處理，這樣就使正反面刻辭的關係更加明確。可是仍有正面序數不能與反面卜辭對應的問題，孔琳冰在《〈合集〉903内容指要》[①]一文中采用了表格形式，將正反釋文和相應兆序對應，也是一種很明朗的方法。

　　隨着甲骨學研究的深入和細化，完整甲骨材料的重要性日益體現，近一二十年來對甲骨綴合方法的重視和綴合成果的使用，就反映了學者們對完整材料的渴求。對已有的完整材料進行更爲細緻的整理和研究，可以有效地推進甲骨學的進步。最後，以布衣山水對完整甲骨的總結作爲我們對完整材料的渴望。如果所有的甲骨都是完整的，我們"首先會看到甲骨（主要是龜腹甲和牛肩胛骨）被整治後的形態以及其表面的一些整治現象。其二，會看到卜辭，也就是占卜的内

---

① 孔琳冰《〈合集〉903内容指要》，公衆號"解字説文坊"，2023年9月13日。

容，也可能會看到刻辭。其三，會看到各條卜辭之間的關係以及卜辭與刻辭之間的關係。其四，會看到整版甲骨上的卜辭布局、占卜的先後次序以及整版的刻寫行款。其五，會看到反面鑽鑿的形態以及整版甲骨上的鑽鑿布局。其六，會看到卜辭與鑽鑿也就是卜兆的對應關係。其七，會更明確相關各版之間的關係等等。這些信息不但可以告訴研究者當時所發生的事件，同時會啓示研究者關於占卜的種種綫索，比如：占卜的程序、占卜預設、占卜的執行、占結束的終點"。[①]

附：《合集》13505 逐層分析情況

張秉權《卜龜腹甲的序數》討論序數在發現卜辭成套關係時舉此片爲例，將"肅眔㲋"與"甫耤于姄，受年"兩條分釋，[②]《殷墟甲骨刻辭摹釋總集》（下文稱《摹釋總集》）也是將這兩條分釋，而《合集釋文》《甲骨文校釋總集》和《殷墟卜辭摹釋全編》則是合爲一條。在用"逐層提取法"將此片進行分析之後，證明張秉權和《摹釋總集》是正確的。

《合集》13505 背面共有 26 個鑽鑿，其中左後甲第一排内側未燒灼，左後甲第四排外側可能也未燒灼，正面呈 24 個卜兆均有刻兆痕跡。左後甲第三排外側卜兆和尾甲内側兩個卜兆都没有刻寫兆序，兆序一共是 21 個，有卜辭 15 條。背面鑽鑿燒灼及正面呈兆兆序情況參見圖 10、圖 11。根據卜辭内容與兆序可分爲 4 個占卜組：

第一組（圖 12）：丁酉卜，爭貞：乎甫㲋於姄，受屮年。從前甲夾角開始，從上到下，先右後左，正反兩面共貞卜了 12 次，第二和第三卜共用一條卜辭，第五和第六卜共用一條卜辭，這個占卜組共有 8 條卜辭。

第二組（圖 13）：戊戌卜，㲋貞：肅眔㲋亡囚。可能占卜了 4 次，

① 布衣山水《談談最近發表的幾組甲骨綴合》，復旦大學出土文獻與古文字研究中心網站，http://www.fdgwz.org.cn/Web/Show/2699，2015 年 12 月 25 日。
② 張秉權《卜龜腹甲的序數》，《慶祝胡適先生六十五歲論文集》（上册），《史語所集刊》第 28 期，1956 年，第 244 頁。

都在右腹甲上，第一卜位於右前甲第一排外側，第二卜位於右後甲第一排內側，第三卜在右後甲第二排外側，第四卜在右後甲第三排內側，此卜兆之側沒有卜辭，根據其位置和兆序進行推斷，應爲此組占卜的第四卜。這個占卜組共有 3 條卜辭。

第三組（圖 14）：己亥卜，内貞：王屮石在鹿北東，乍邑於之。在左腹甲占卜了 3 次，第一卜位於左前甲第一排外側，第二卜位於左後甲第二排外側，第三卜在左後甲第三排內側。與第二組的第一、三、四卜左右對稱。共有 3 條卜辭。

第四組（圖 15）：貞：奉于祖乙。右後甲第三、四排外側兩個卜兆和兆序"一二"屬於這條卜辭。

這一版龜腹甲，在相連續的三天裏，由爭、殻、内三位貞人相繼使用，占卜內容之間沒有聯繫。爭的占卜形成腹甲對稱位置正反對貞連續占卜，殻和内在一側腹甲進行了連續的正問，而沒有反問。占卜的次序均是從上到下，位置大致在一豎列裏，如果不在一豎列，則是先外後內。

附圖：

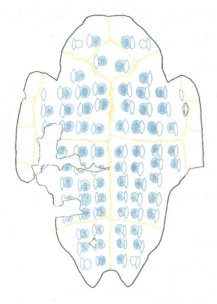

圖 1　《合集》7352 鑽鑿及燒灼情況

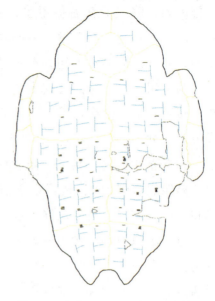

圖 2　《合集》7352 呈兆及兆序情況

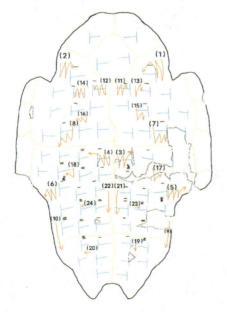

圖 3　《合集》7352 卜辭位置及行文方向

圖 4　《合集》7352 "叀王往" 占卜組

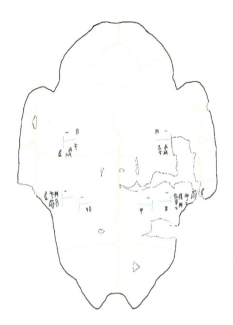

圖 5　《合集》7352 "于某" 占卜組

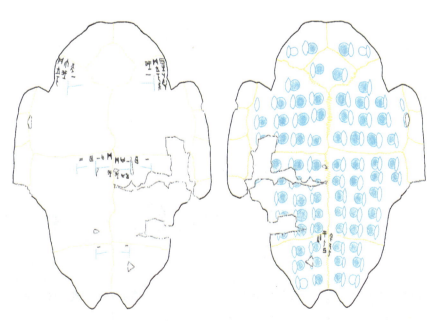

圖 6　《合集》7352 禍事占卜組

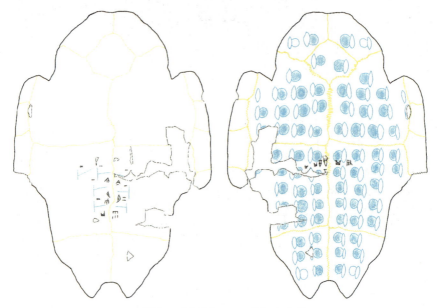

圖 7　《合集》7352 天氣占卜組

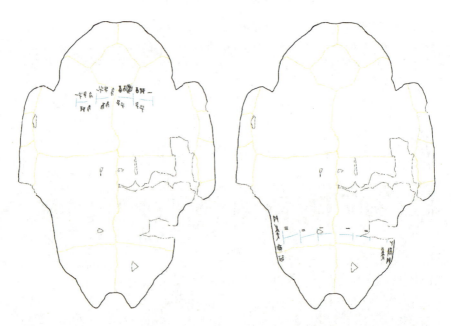

圖 8　《合集》7352 "乎某" 占卜組　　　圖 9　《合集》7352 "龜" 占卜組

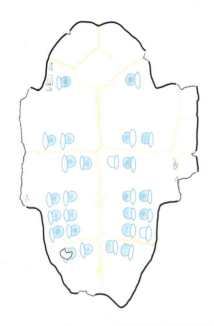

圖 10　《合集》13505 背面鑽鑿和燒灼情況

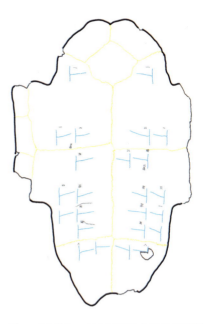

圖 11《合集》13505 正面呈兆和兆序情況

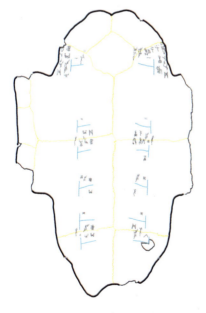

圖 12　《合集》13505 丁酉日占卜

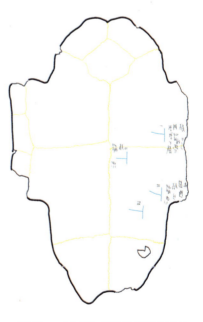

圖 13　《合集》13505 戊戌日占卜

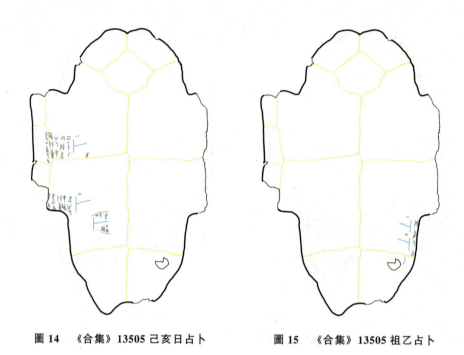

圖 14　《合集》13505 己亥日占卜　　　　　圖 15　《合集》13505 祖乙占卜

［作者單位］門藝：河南大學黄河文明與可持續發展研究中心

商代方伯"辝伯"名考[*]

周忠兵

提　要：文章對甲骨文中所見"辝伯"的相關材料進行分析，對其被誤爲"薛伯"作了考辨；其私名用字存在不同的寫法，文章對這些異體從甲骨文用字習慣角度作了説明；其稱呼中有一種私名前綴"屮蠱"者，文章對"屮蠱"一詞該如何理解提出了一種可能性解釋。

關鍵詞：辝伯罢　屮蠱瞿　屮蠱网

一、辝伯非薛伯

《合集》6827（典賓 A）上有"辝伯"的相關卜辭：

（1）貞：旨弗其伐辥（辝）白（伯）罢。［〖一〗〗【二】［〖三〗〗〖四〗

（2）辛酉₅₈卜，古貞：旨戋（翦）［辥（辝）］白（伯）罢。正王固（占）曰："戋（翦），引戋（翦）。"反【一】【二】【三】【四】【五】【六】

（3）貞：旨弗其［戋（翦）辥（辝）］白（伯）［罢］。〖一〗〖二〗〖三〗〖四〗〖五〗〖六〗

* 本文爲國家社科基金項目"甲骨文字形考辨及全編編纂研究"（23BYY001）的階段性成果。

辝伯私名原篆作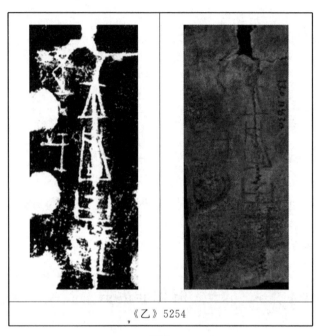（■①），此字或摹原篆（《合集釋文》），或將之隸定爲罷。其字形還可作（《合集》10732），下部所從爲標準的虎，隸定爲罷可行。

《乙》5254

圖 1

第（2）辭中的反面卜辭，多種釋文類工具書將之釋爲"王固曰伐，戋（或戋）"（如《合集釋文》、《摹釋》第 171 頁、《校釋》第 849 頁、《全編》第 691 頁）。據較清晰的拓片和照片（見圖 1）可知其應爲"王固曰戋，引戋"。

辝伯罷在甲骨文中還可有以下不同的稱呼：

（4）壬戌₅₉卜，爭貞：旨伐䛒（辝），戋（翦）。正王固（占）曰：吉，"戋（翦）。佳（唯）甲，不叀（惠）丁。"反【一 二告】【三】

（5）貞：弗其戋（翦）。【一】【三】

（6）弜（勿）呼伐䛒（辝）。【三】

---

① 此字照片及此版甲骨照片采自考古資料數位典藏資料庫（sinica.edu.tw）。

（7）貞：奴人呼伐辝（辝）。正王固（占）曰：吉，"戈（翦）。"反
〖二 三告〗〖三〗〖四〗〖五〗

《合集》248（典賓A）【《合集》947上有第4（正面之辭，反面刻辭
不清晰）、6辭的同文卜辭，《乙》3129＋（林宏明綴合第838例，先秦史研
究室網站2019－01－28）上有第5、6、7（殘辭）的同文卜辭】

（8）辛未₀₈卜，賓貞：旨戈（翦）辝。〖一 二告〗〖二〗〖三〗
〖四〗

（9）貞：旨弗其戈（翦）罜。〖一〗〖二〗〖三 二告〗〖四〗

《合集》940（典賓A）

《合集》6827、248、947、940這几版甲骨的占卜干支相連，内
容皆爲旨翦伐辝伯，它們爲同一事所卜。根據這些卜辭，可知"辝伯
罜"還可用"辝""亐""罜"來指代，即可只用方國名"辝""亐"
或私名"罜"來表示。其方國名用字甲骨文原篆如下（圖2）：

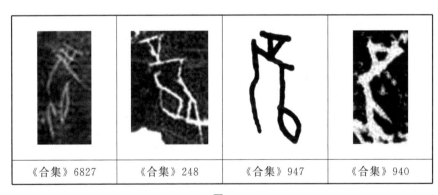

| 《合集》6827 | 《合集》248 | 《合集》947 | 《合集》940 |

圖2

學者或據《合集》6827之▉（亐外字形近似"月"形）將它釋爲
"薛"，其更清晰更標準寫法作▉、▉，從亐以聲，可知此字實應釋爲
"辝"。且其字形還可作▉（亐），"辝"可用亐類字形代替，這是因爲亐
在甲骨文中有"司"類讀音，如"司虫父工"（《合集》19207＋19437，

賓三），亦可作“肻屮父工”（《合集》5623、5625 等，賓三）。① “辥”“司”音近，故“辥”“吋”可通用。從吋類寫法也可説明此字不宜釋爲“薛”。

二、屮蠱瞿、屮蠱㞷及辥伯㞷

在賓組卜辭中旨征伐的對象還有“屮蠱瞿”，相關卜辭如下：

（10）癸丑₅₀卜，㱿貞：旨戈（翦）<u>屮蠱〔瞿〕</u>。正王固（占）曰：戈（翦），佳（唯）庚。不佳（唯）庚，叀（惠）丙。反〖一〗

（11）旨弗其戈（翦）<u>屮蠱瞿</u>。〖〔一〕二告〗

《合集》5775（典賓 A）

（12）乙卯₅₂卜，爭貞：旨戈（翦）<u>瞿</u>。正王固（占）曰：吉，戈（翦）。反〖一〗〖二〗

（13）貞：旨弗其戈（翦）<u>瞿</u>。〖一〗〖二〗 《合集》880（典賓 A）

（14）庚申₅₇卜，爭貞：旨其伐<u>屮蠱瞿</u>。〖一〗〖二〗

（15）旨弗其伐<u>屮蠱瞿</u>。〖一 二告〗〖二〗 　《合集》6016（典賓 A）

“<u>屮蠱瞿</u>”這樣一種稱謂組合應如何理解？或認爲“<u>屮蠱瞿</u>”是卜問在戈瞿的過程中會不會有災禍；② 或認爲“有蠱”可看作名詞詞頭虚詞＋氏族名。③ 學界皆將之視爲與“辥伯㞷”無關的另一人物。

其實，仔細排比旨征伐“辥伯㞷”“屮蠱瞿”的相關卜辭，可以看出它們干支可繫聯，占卜内容相似度很高。且這些甲骨上還存在其他占卜内容相同者，如《合集》880 與 248 皆有“祖乙肇王”的記録。這説明旨征伐“辥伯㞷”“屮蠱瞿”的相關卜辭很可能也是爲同一事所卜。也就是説“辥伯㞷”“屮蠱瞿”應該指代同一人，即兩者中的

---

① 參看裘錫圭《説“以”》《説“婟”》兩文，《裘錫圭學術文集·甲骨文卷》，上海：復旦大學出版社，2012 年，第 182—183 頁；第 523—524 頁。

② 魏慈德《殷墟 YH 一二七坑甲骨卜辭研究》，新北：花木蘭文化出版社，2011 年，第 328 頁。

③ 張惟捷《殷墟 YH127 賓組刻辭整理與研究》，輔仁大學中文系博士學位論文，2011 年，第 376 頁。

"罠""翟"皆爲"徸伯"的私名。

"罠"還可稱爲"㞢蠱罠",結構與"㞢蠱翟"完全相同。"㞢蠱罠"這一稱呼對"兩者是同一人"的觀點來説,提供了一種積極的證據。"㞢蠱罠"之稱見於以下几版甲骨(圖3):

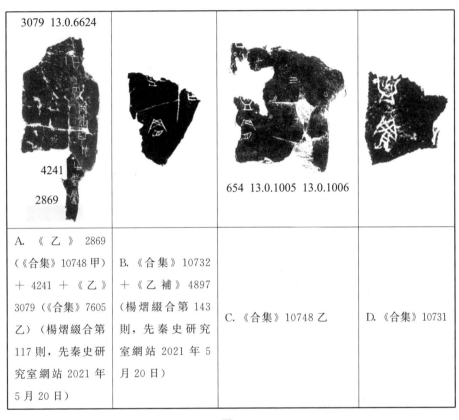

3079 13.0.6624 4241 2869		654 13.0.1005 13.0.1006	
A.《乙》2869(《合集》10748甲)+ 4241 +《乙》3079(《合集》7605乙)(楊熠綴合第117則,先秦史研究室網站2021年5月20日)	B.《合集》10732 +《乙補》4897(楊熠綴合第143則,先秦史研究室網站2021年5月20日)	C.《合集》10748乙	D.《合集》10731

圖 3

圖3A上有完整卜辭"辛酉卜,丙貞:旨其伐㞢蠱罠"。它與《合集》6827之"辛酉卜,古貞:旨翦徸伯罠"顯然占卜的是同一件事情,"㞢蠱罠"即"徸伯罠"。也就是説,在單稱徸伯的私名"罠"時,可在其名字前加上修飾語"㞢蠱"。"㞢蠱罠"與"㞢蠱翟"稱謂的構成方式一致,若能從字形上對罠、翟是一字異體作出合理解釋,則兩者爲同一人也就可以確定。

在甲骨田獵卜辭中,有一種田獵方法爲用網捕捉動物,此田獵動詞即作"网"，如《合集》10752"网，獲"；10976 之"网鹿"等。此動詞還可根據網獲對象不同而用不同的字形來表示，如网虎之字作"麑"（《合集》20708）、网兔之字作"冤"（《合集》20772）等。此類麑、冤"應該分別即'网虎'、'网兔'的合文或專字。在念一個音節時，它們可以説應該就是'网'的繁體"。①

如此一來，罞、翟兩字自然可以説是爲网虎、网隹造的專字，它們皆可視爲"网"字的一種繁體。以往學者一般將翟釋爲"羅"，此觀點現在看來可能有問題。"屮蠱罞"與"屮蠱翟"中罞、翟爲一字異體，故而它們指代的應爲同一人，即辥伯罞（网）。

既然知道了"屮蠱网"指代的是辥伯网，那麼將其中的"屮蠱"理解爲"名詞詞頭虚詞＋氏族名"就不合適了，因爲"网"的國族名爲"辥"。

三、"屮蠱"一詞的可能性解釋

"蠱"在甲骨文中表示災禍類詞義，② 如"有疾齒，唯蠱虐"（《合集》13658），"有災，不唯蠱"（《合集》17183）。此類詞義的"蠱"多作圖形（從兩虫），少量作圖形（從一虫，如《合集》13796）。而與人名連用的"屮蠱"中的蠱皆作圖形，孫俊先生認爲此現象反映了"蠱的兩個異體圖、圖有可能存在異體分工現象"。③

甲骨文中的異體分工指書寫者選用同一字的不同異體來記錄這個字的不同用法，此現象在甲骨文中較爲常見，如以往學者指出的

---

① 陳劍《楚簡"羿"字試解》，中國簡帛學國際論壇 2008，2008 年 10 月 30 日－11 月 2 日，芝加哥大學東亞語言與文明系。

② 此類詞義在傳世文獻和出土簡牘中皆有體現，如《詩經》中的"烈（癘）假（蠱）""罪罟（蠱）"；清華簡《祭公之顧命》簡 15—16 中的"庚災罪蘁（蠱）"，陳劍先生指出其中的"蠱"可泛指災禍。參看其《清華簡"庚災罪蠱"與〈詩經〉"烈假"、"罪罟"合證》，《饒宗頤國學院院刊》第二期，香港：中華書局，2015 年。

③ 孫俊《殷墟甲骨文賓組卜辭用字情況的初步考察》，北京大學中文系碩士學位論文，2005 年，第 17—18 頁。

“鼎”的兩種異體🜚（本義、祭法）、🜚（貞卜之貞）；“發”字的異體
🜚（多爲人名）、🜚（否定詞），皆屬於此類“異體分工”的用字例證。[1]
將上述“蠱”字的兩種異體用法不同看作是其異體分工的表現，應該
説是合理的。

　　“㞢蠱网（罟、罛）”該如何理解？“㞢”可用作代詞，相當於
“厥”“其”。[2]“蠱”字讀音與“古”近（皆爲見母魚部），“古”聲字
與“瓜”（見母魚部）、“巨”（群母魚部）聲字皆可相通，[3] 所以“蠱”
可讀爲“孤”或“渠（𤭛）”，指一族的首領或統帥。“㞢蠱”構詞方
式與子犯編鐘銘文中的“厥🜚”[4]相近。“㞢蠱网”即他們的首領（或
統帥）网，所指即“辝伯网”。

　　因“㞢蠱网”出現的語境較爲單一，可類比的材料較少，我們的
解釋是否符合事實，希望今後能有更多資料來加以驗證。

　　至於“辝”方國的地理位置，據討伐他的主將“旨”在甲骨文中
可稱爲“西史旨”，可推知“辝”應位於商的西面，其具體位置待考。

［作者單位］周忠兵：吉林大學考古學院古籍研究所、“古文字與中華
　　　　　文明傳承發展工程”協同攻關創新平臺

---

① 更多甲骨文字“異體分工”例證可參看王子楊《甲骨文字形類組差異現象研究》，上海：中西書
　局，2013 年。
② 較爲系統論述“有”的此類用法的論著，如裘燮君《商周虛詞研究》，北京：中華書局，2008
　年，第 19—40 頁；袁金平《新蔡葛陵楚簡“大川有𣲚” 語試解　兼論上古漢語中“有”的
　特殊用法》，《語言學論叢》第 42 輯，2010 年，北京：商務印書館，第 367—378 頁，等等。
③ 蠱與古，古與瓜、巨相通的例證參看張儒、劉毓慶《漢字通用聲素研究》，太原：山西古籍出版
　社，2002 年，第 376 頁。
④ 子犯編鐘銘此字讀爲“渠”或“孤”，參看李學勤《補論子犯編鐘》，《中國文物報》，1995 年 5
　月 28 號（讀爲“渠”，訓爲“帥”）；裘錫圭《也談子犯編鐘》，《故宮文物月刊》13 卷 5 期（總
　149 期），1995 年（讀爲“孤”，指孤卿之孤）。陳劍先生贊同“孤”説，參看其《釋“瓜”》，
　《出土文獻與古文字研究》第九輯，上海：上海古籍出版社，2021 年，第 66—67 頁。

甲骨文"吉"字構形補説*

侯乃峰

提　要：甲骨文"吉"字上部所从，黄錫全先生最新提出"笄首"説，仍有些不好解釋之處。陳邦懷先生有"斤首"説，結合所謂的"天斧"銘文，似有其合理之處。甲骨文"吉"字之構形，仍當分析爲在具有質地堅實這一特點的勾兵的象形符號上加上區别性意符"口"，造成"吉"字來表示當堅實之義講的"〔吉〕"這個詞。甲骨文"ᗄ""ᗄ"字形釋爲"圭"，應當既可以指玉器"圭"，也可以指與"圭"形類似的金屬鑄造的戈頭之類器物，包括斧斤之首。甲骨文"吉"字上部所从的字符，至少在商周時期的古人心目中，更有可能是指以戈頭之形爲代表的金屬鑄造器物（包括斧斤之首）。

關鍵詞：甲骨文"吉"　甲骨文"圭"　笄首　斤首　區别性意符"口"

　　"吉"字，在甲骨文、金文中已經大量出現，直至今日，仍屬於常用字。然甲骨文"吉"字構形的分析，學界意見不一，迄今尚有争議。今在吸收辨析諸家已有研究成果的基礎上，同時結合甲骨文字的構形系統，尤其是甲骨文形容詞造字的一般規律，對"吉"字的構形試作補充討論。

---

* 本文係"古文字與中華文明傳承發展工程"規劃項目"甲骨文字詞合編"（項目號 G3021）的階段性成果。2023 年 11 月 18—19 日，在北京大學參加古文字與出土文獻學術研討會期間，承蒙趙鵬老師惠示相關諸家説法還有劉一曼先生《考古學與甲骨文的釋讀》一文、林澐先生將無名組卜辭按"吉"字的形體分爲"戈頭吉系"和"鉞頭吉系"兩大類之説，會後對原稿進行了增補，謹致謝忱。

一、甲骨文"吉"字構形分析已有的諸家看法

《説文》："吉，善也。从士、口。""吉"有美善、吉利之義，無論傳世典籍還是出土文獻例證甚多，研究者對此幾乎公認，並無異辭。然"吉"字在甲骨文階段的構形，如何衍生出美善、吉利之義，學界卻是衆説紛紜，莫衷一是。甲骨文"吉"字常見，異體衆多。李宗焜先生根據"吉"字各種寫法的形體特徵，將其分成三大類。[①] 如果再加上下引黄錫全先生之文據以討論的那個字形，則甲骨文"吉"字形體大致可以分成如下四類寫法（見圖1）：

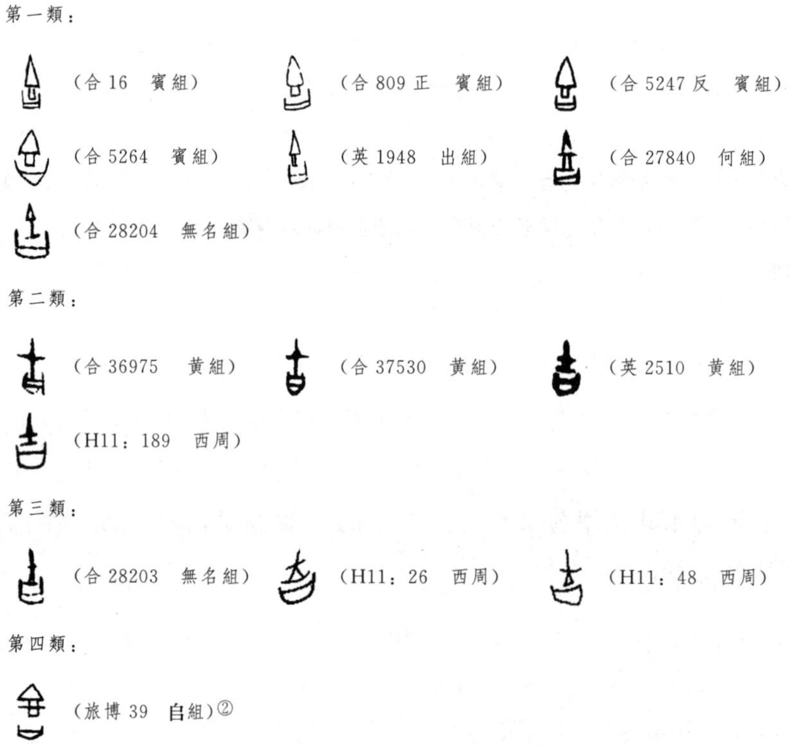

第一類：

（合 16　賓組）　　　（合 809 正　賓組）　　　（合 5247 反　賓組）

（合 5264　賓組）　　　（英 1948　出組）　　　（合 27840　何組）

（合 28204　無名組）

第二類：

（合 36975　黄組）　　　（合 37530　黄組）　　　（英 2510　黄組）

（H11：189　西周）

第三類：

（合 28203　無名組）　　　（H11：26　西周）　　　（H11：48　西周）

第四類：

（旅博 39　自組）[②]

圖 1　甲骨文"吉"字形體的分類

---

① 李宗焜編著《甲骨文字編》，北京：中華書局，2012 年，第 240—244 頁。
② 劉釗主編《新甲骨文編（增訂本）》，福州：福建人民出版社，2014 年，第 57—58 頁。

　　以上所列舉的"吉"字四大類字形，總體來看，下部從"口"字符是其共同特徵。四類字形之間的差别，主要在於上部字符的寫法。具體説來，第一類字形最爲常見，上部從""作；第二類上部近似於"士"字形；第三類上部近似於甲骨文的"王"字形；第四類上部所從較爲特殊，是在第一類""形的基礎上，再在下部添加一横筆。由此可知，甲骨文"吉"字構形的分析，關鍵是上部的字符""究竟如何解釋的問題。

　　對甲骨文"吉"字構形最新的研究成果，是黄錫全先生《甲骨文"吉"字新探》一文（以下或簡稱"黄文"）①。黄文既對以往的各家研究成果進行了較爲全面的歸納總結和辨析，又提出了自己獨特的看法。爲清眉目，下面主要依據黄文所引，將諸家對甲骨文"吉"字及其上部字符較爲重要的説法列表展示如下（見表 1）。

表 1　甲骨文"吉"字及其上部字符已有的諸家説法

序號	討論的字形	作者	主要觀點	出處
1		王襄	釋"言"。	于省吾主編《甲骨文字詁林》，北京：中華書局，1996 年版，第 1976—1977 頁。
		孫詒讓	疑爲"豆"之省，又疑是"宫"字。	
		張秉權	孫詒讓釋"皀"近是。"皀"讀若"香"，與"享"音近，疑假爲"享"。	
		高鴻縉（笏之）	釋"煇"。	
		白玉崢	笏之先生釋"煇"之説，可從。	
		考古所	字不識，疑爲祭名。	
		鮑鼎	釋"吉"。	
		姚孝遂	張秉權疑爲"言（享）"字，極有可能。	

----

① 黄錫全《甲骨文"吉"字新探》，《紀念甲骨文發現 120 周年國際學術研討會論文集》，河南安陽，2019 年 10 月 18—19 日，第 141—154 頁；此文後來正式刊發於宋鎮豪主編《甲骨文與殷商史》新十輯，上海：上海古籍出版社，2020 年，第 145—160 頁。

續表

序號	討論的字形	作者	主要觀點	出處
2	☖（吉）上部所从"☖"	葉玉森	象矢鋒形。	于省吾主編《甲骨文字詁林》，第710—713頁。
		吳其昌	象斧形。（一斧一碪爲吉。）	
		勞榦	象圭形。	
		姚孝遂	矢鋒之説不可據。戈、斧之類則較爲近是。用爲吉凶之吉，與其本形無涉。	
		王輝	"吉"字所从的☖，我們也不妨看作圭形。	王輝《殷墟玉璋朱書文字蠡測》，《文博》1996年第5期。
3	☖（吉）	于省吾	"吉"字上所从，象勾兵形，下从口爲笶盧；☖形本象置勾兵於笶盧之中，凡納物於器中者，爲防其毀壞，所以堅實之寶愛之，故引申有吉利之義。"要之，吉之初文，象勾兵於笶盧之上，本有保護堅實之義，故引申之爲吉善、吉利也。"	于省吾主編《甲骨文字詁林》，第711頁。
4	"吉"字所从的"☖"	朱芳圃	"吉"字所从的"☖"是"鍺"的初文，古音與"吉"相近，从"口"乃附加之形符，☖爲利器，"故引申有善實堅固之意"。	朱芳圃《殷周文字釋叢》，北京：中華書局，1962年，第5—6頁。
5	☖（吉）、☖（吉）	林澐	在典型的無名組卜辭中，有一個很值得注意的現象：很常用的吉字，可分爲☖和☖兩種，這兩種形體的吉是不同版的。而左出支的卜只和☖形的吉同版，右出支的卜只和☖形的吉同版。這一現象似乎只能解釋爲不同刻手各自固定的刻寫習慣。	林澐《無名組卜辭中父丁稱謂研究》，《古文字研究》第十三輯，北京：中華書局，1986年，第27頁。

序號	討論的字形	作者	主要觀點	出處
			劉義峰總結封口其類 A 群 "吉字有三種寫法：……" 比以前各家都詳細，而和其他無一類卜辭的吉字比較，特徵是字較大，上部的戈頭形的三角形較寬大。和無名組二類卜辭的吉字上部作鉞頭形明顯有別。……所以，雖然現在各種按字體對甲骨分類的著作中，仍沿用我把無名組分爲 "左支卜系" 和 "右支卜系" 的名稱，我現在認識到，按卜字出支方向把無名組卜辭分爲兩大類是不正確的，還是按吉字的形體分爲 "戈頭吉系" 和 "鉞頭吉系" 兩大類，更符合字體實際。特以此文糾正我過去的錯誤。至於不屬無名組一 A 類的其他字體類卜辭中出現的戈頭形吉字和右出支卜辭的共存現象，以及鉞頭形吉字和左出支卜辭的共存現象，將另撰文討論之。	林澐《無名組卜辭分類名稱糾誤》，《出土文獻與古文字研究》第六輯，上海：上海古籍出版社，2015年，第 11—12 頁。
6	☖（吉）	裘錫圭	于、朱二氏認爲 "吉" 所從的 ☖ 象兵器，"吉" 有堅實之義，這兩點是可取的。至於 ☖ 所象兵器的具體種類，當從于説定爲勾兵。朱氏爲了遷就 "吉" 字之音，以 ☖ 爲 "穡" 字初文，恐不可信。"古人是在具有質地堅實這一特點的勾兵的象形符號上加上區别性意符 '口'，造成 '吉' 字來表示當堅實講的 '吉' 這個詞的"。"由此可知，'吉' 字的本義就是堅實。吉利之義究竟是 '吉' 字的引申義還是假借義有待研究"。	裘錫圭《説字小記·五、説"吉"》，《北京師院學報（社會科學版）》1998年第 2 期；收入《裘錫圭學術文集·金文及其他古文字卷》，上海：復旦大學出版社，2012年，第 416—418 頁。

序號	討論的字形	作者	主要觀點	出處
			銅器銘文常見的"吉金"之"吉"用的正是堅實這一本義。近人往往認爲吉金之"吉"取吉祥、吉利之義，這是不正確的。《辭海》説"吉金猶言善金"，也不够確切。	
		裘錫圭	"吉"之所从爲"圭"，來源於形音相近的"戈"；圭由玉戈頭變化而來，原始的圭應即玉戈頭，象戈頭形的字可以釋爲"圭"，"戈""圭"音近；"吉"字較早字形的上部仍應看作表示堅實意義的戈頭形。	裘錫圭《談談編纂古漢語大型辭書時如何對待不同於傳統説法的新説》，《辭書研究》2019年第3期。
7	(字形)	《花東》整理者	殷墟所出的商代玉器中，玉戈、圭、璋等頭部均作三角形，體呈長條形，與(字形)形近，(字形)可能是玉戈類器物的泛稱。	中國社會科學院考古研究所編著《殷墟花園莊東地甲骨》193片；又見劉一曼、曹定雲《殷墟花園莊東地甲骨卜辭考釋數則》，《考古學集刊》第16集，北京：科學出版社，2006年，第244—248頁。
	(字形)（《花東》480）	劉一曼	有較多的學者將之隸釋爲圭。這種看法有一定道理，可備一説。但對照商代玉器的形態，我們認爲值得商権。因爲在考古發掘的商代墓葬出土的玉器中，圭的數量極少，婦好墓出土過幾件"圭"，但對其定名尚有不同看法。（夏鼐認爲，	劉一曼《考古學與甲骨文的釋讀》，《殷都學刊》2019年第1期，第10頁。

序號	討論的字形	作者	主要觀點	出處
			殷墟婦好墓所出的尖首圭實際是戈，婦好墓所出的 8 件圭，都不能算是圭。）在商墓中，玉戈相當常見，其數量遠較圭爲多。玉戈（包括玉援銅戈），前鋒較鋭，呈鋭角三角形，下部之柄（即内）呈長方形，形態與 ◬ 字最相似。再者，從卜辭辭例上也可找到證據。……此條卜辭的戈，學者認爲指玉戈，"戈一、緷（珥）九"相當於《花東》480（1）的"◬ 一、緷（珥）九"。既然 ◬ 爲玉戈，將之遲隸爲圭就不大妥貼了。	
8	◬	李學勤	◬ 是象形字，上端有三角形尖，下部爲長方條形，當釋作"圭"。	李學勤《從兩條〈花東〉卜辭看殷禮》，《吉林師範大學學報（人文社科版）》2004 年第 3 期。
		蔡哲茂	傾向於釋"圭"，並將從"◬"諸字均釋從"圭"。	蔡哲茂《説殷卜辭中的"圭"字》，《漢字研究》第一輯，北京：學苑出版社，2005 年，第 308—315 頁。
		張玉金	"吉"字的上部分可獨立成字，並不象勾兵之形，而是象圭之形。"圭"也具有堅實的特點，"吉"的本義仍應視爲堅實。	張玉金《殷墟甲骨文"吉"字研究》，《古文字研究》第二十六輯，北京：中華書局，2006 年，第 70—75 頁。

序號	討論的字形	作者	主要觀點	出處
		陳劍	傾向釋爲"圭"，認爲"近年不止一位研究者進一步結合辭例明確將上舉字形釋爲'圭'字，當可信"。同時，也傾向孫慶偉的"推斷"，認爲實用兵器"戈"用爲禮器後，其取得新名的"圭"，就是將原來的讀音略加改變而來。	陳劍《説殷墟甲骨文中的"玉戚"》，《"中研院"史語所集刊》第 78 本第 2 分，臺北：中研院史語所，2007 年，第 423 頁；又，陳劍《婦好墓"盧方"玉戈刻銘的"聯"字與相關問題》，《中國文字》2019 年夏季號，第159—176 頁。
		一些學者	傾向釋爲"圭"。	楊州《甲骨金文中所見"玉"資料的初步研究》，首都師範大學博士學位論文，2007 年；《説殷墟甲骨文中的"圭"》，《山西檔案》2016 年第 3 期。董蓮池、畢秀潔《商周"圭"字的構形演變及相關問題研究》，《中國文字研究》第十三輯，2010 年。高玉平、陳丹《"吉"、"圭"蠡測》，《古漢語研究》2015 年第 4 期。

續表

序號	討論的字形	作者	主要觀點	出處
		王藴智	商代甲金文的 ⚲ 之形應是"士"字的初文,可讀爲"圭","士"與"圭"乃同源字。	王藴智《釋甲骨文⚲字》,《古文字研究》第二十六輯,北京:中華書局,2006 年,第 76—79 頁。
		丁軍偉	贊同王説。	丁軍偉《士、吉淺論》,《華夏考古》2018 年第 2 期。
9	⚲	王暉	不同意將 ⚲ 釋讀爲"圭",同意戈頭説,認爲其字即"戞"(戟),戟頭同戈頭。	王暉《卜辭⚲字與古戈頭名"戞"新考——兼論⚲字非"圭"説》,《殷都學刊》2011 年第 2 期。
	吉	李發	"吉"字"從圭,從口,圭亦聲",字形源於兵器戣。	李發《説甲骨文中的"圭"及相關諸字》,《出土文獻綜合研究集刊》第二輯,成都:巴蜀書社,2015 年,第 104—115 頁。
10	吉	許進雄	"吉"字象型範置於坑中之形。	許進雄《談與金有關的字》,《殷都學刊》1992 年第 2 期。
	吉	季旭昇	上端所從的勾兵也就是"鉞"的象形。	季旭昇《談甲骨文中"耳、戉、巳、士"部中一些待商的字》,《第三屆國際中國古文字學研討

序號	討論的字形	作者	主要觀點	出處
				會論文集》，香港：香港中文大學，1997年，第 199—201 頁。
	吉	沈培	上部象"簋"形。	何景成編撰《甲骨文字詁林補編》，北京：中華書局，2017年，第 491、663 頁；可參見沈培：《殷墟花園莊東地甲骨"𠂤"字用爲"登"證説》，《中國文字學報》第一輯，北京：商務印書館，2006年，第40—52 頁。

此外，謝明文先生也對相關字形有過詳細辨析，認爲"𠁣"釋作"圭"應該是没有疑問的；"吉"字上部作斧鉞形的部分實即"𠁣"形的訛變。①

黄錫全先生之文，在辨析以上諸家説法的基礎上，根據出土實物以及花園莊東地甲骨所見𠁣（475 版）、𠁣（203 版）等文例，認爲甲骨文"吉"字上部所從之𠁣、𠁣形、𠁣形（近年多傾向釋從"圭"或勾兵"戈"），應是商代一種斗笠狀的筓首形（筓帽）（作"𠁣"形）。筓頭大致分爲有裝飾與無裝飾兩種。有裝飾的一種，斗笠形筓出現較早，簡潔美觀，造字便捷，故殷人選擇以這種筓頭（筓帽）代表筓。

---

① 謝明文《試論"揚"的一種異體——兼説"圭"字》，宋鎮豪主編《甲骨文與殷商史》新九輯，上海：上海古籍出版社，2019年，第 234—246 頁。

用笄頭表示笄，猶如以牛頭、羊頭等代表整頭牛、羊，不足爲怪。"🔺（吉）"字就是从"口"、"🔺（笄）"聲的形聲字。笄（見母脂部）、吉（見母質部）雙聲，韻部陰入對轉。🔺、🔺是笄首，爲頭飾，束髮、束冠牢固結實，並且美觀，因而"吉"及从"吉"之字有結實牢固及首、始、善、好、吉利等義。[①] 這是目前對甲骨文"吉"字最新的研究成果。

二、"笄首"説的不足之處

黃文將甲骨文"吉"字上部所从之🔺、🔺、🔺形與商代那種斗笠狀的笄首形（笄帽）（作"🔺"形）聯繫起來，從字形來看，上列甲骨文"吉"字第四類形體的上部寫作"🔺"，確實與"🔺"極其相像。同時，"笄"（見母脂部）與"吉"（見母質部）的上古音也非常接近。如果説"吉"字上部兼有聲符功能的話，則將其釋爲"笄"也很有説服力。從字義上講，由笄首引申出牢固結實、美善、吉利之義，也非常自然。綜合來看，黃文所提出的看法無疑是很有理據的。

不過，"笄首"説也有幾點不好解釋之處。

首先，從甲骨文字形和考古出土實物對應的角度來看。甲骨文中"🔺""🔺"這類字形，目前各發現一例，畢竟屬於少數；説明甲骨文字形當以"🔺""🔺"類寫法爲常。同時，商代那種帶有斗笠狀的笄首（笄帽）之骨笄，據黃文所引考古出土實物資料來推測，其形制似乎並非普遍如此。其實，商代出土的骨笄之笄首（笄帽）部分，各種樣式的都有。例如，殷墟婦好墓發現的髮笄包括玉質和骨質兩種，其中玉笄 28 件，骨笄 499 件。婦好墓的近五百枚骨笄大都放在一個木匣内。數百件骨笄大致包括七種樣式，其中鳥頭骨笄 334 件、方牌頭骨

---

① 黃錫全《甲骨文"吉"字新探》，《紀念甲骨文發現 120 周年國際學術研討會論文集》，第 141—154 頁；此文後來正式刊發於宋鎮豪主編《甲骨文與殷商史》新十輯，第 145—160 頁。

笄 74 件、圓蓋頭骨笄 49 件、夔頭骨笄 35 件、雞頭骨笄 2 件、四阿屋頂頭骨笄 3 件。[①] 其中所謂"圓蓋頭骨笄 49 件"，只有那些上部笄帽呈雙重圓蓋形者，才勉强可以和甲骨文"𠃬""𠤏"字形對應起來；而其他的笄帽形狀，既不能和甲骨文"𠃬""𠤏"字形完全對應，也不能和"𠅊""𠅗"字形對應。故從甲骨文字形和殷商考古出土實物對應的角度來看，並非密合無間。

其次，首端帶有精美裝飾之笄，應該是社會物質文化與精神文化發展到一定階段才出現的。換句話説，笄在最初剛發明的階段應當不會帶有非常精美的裝飾，甚至笄帽也不大可能是在剛發明笄的時候就出現的。那種帶有斗笠狀笄帽之笄，目前無法證明是當時社會上所普遍使用的形制。殷墟婦好墓所出的骨玉笄，屬於商王室之物，其形制不具有普遍性。當時的一般民衆與中間主體階層所戴之笄，在笄首加有何種形制的裝飾，據目前考古出土資料來看，似乎也並不統一。如果説當時社會上普遍使用的笄，其首端並非經常製作成那種斗笠狀的笄帽，則殷人在造字時是否會取用那種相對較爲特殊的斗笠狀的笄首之形，就值得商榷了。

復次，甲骨文中出現過"笄"形。如黃文所舉甲骨文"妍"字，象女子頭上插兩枚或多枚平頭笄，"丁"爲"开"所从"干"的本來寫法。[②] 既然甲骨文中的"笄"形已有"丁"字符表示，殷人是否還會再以這種斗笠形的笄頭（笄帽）代表笄，也令人生疑。

最後，以笄之首端部分的笄帽之形來表示"笄"之全體，也不無疑問。雖然黃文已經做過解釋，用笄頭表示笄，猶如以牛頭、羊頭等代表整頭牛、羊，不足爲怪；但是我們知道，甲骨文之所以要以牛

---

① 中國國家博物館、中國社會科學院考古研究所編著《商邑翼翼 四方之極：殷墟文物裏的晚商盛世》，合肥：安徽人民出版社，2013 年，第 156—162 頁。

② 裘錫圭《史牆盤銘解釋》，《文物》1978 年第 3 期，第 32 頁注 13；收入《裘錫圭學術文集·金文及其他古文字卷》，上海：復旦大學出版社，2012 年，第 7 頁注 13，第 272 頁注 2。又，方稚松《談甲骨文中"妍"字的含義》，《古文字研究》第三十一輯，北京：中華書局，2016 年，第 46—53 頁。

頭、羊頭代表整頭牛、羊，是因爲牛、羊之全體不好摹畫表現出來，或者説在文字書寫時使用摹畫牛、羊之全體的方式太過費時費力，故采用這種只摹畫牛頭、羊頭的簡省辦法。而笄之本體（笄杆），不過是一根細長的棒狀物，形狀相較於笄首（笄帽）部分還要簡單得多，只需要筆畫稍加延長即可表現出來。在這種情況下，殷人造字是否還會再用笄首（笄帽）部分來代指“笄”之整體，同樣值得懷疑。

此外，黃文舉花園莊東地甲骨中的辭例爲佐證，認爲“🔱”爲笄，爲頭飾，均屬於“子”向商王“丁”貢獻的首飾。然從情理上講，“笄”作爲首飾，無論古今都是細物，僅僅是向商王貢獻一支骨玉笄（即使上面附屬有其他飾物，也不可能太過貴重），就要舉行占卜，似乎小題大做，未免有瀆神之嫌。同時，花園莊東地甲骨中與“🔱”有關的辭例，如“白🔱”“玄🔱”“吉🔱”等，若是釋爲“笄”，除了黃文所舉的“吉笄”見於《儀禮·喪服傳》外，其他的如“白笄”“玄笄”辭例在先秦兩漢典籍文獻中似乎找不到。此現象或可證明，古人對“笄”之顏色並不是非常關注。因爲從情理上推測，“笄”作爲首飾，使用時是插在冠上或髮髻上，而不是全部顯露在外，或者説露在外面的部分相對較少，故毋需特別在意吧。而且，“吉笄”辭例目前僅見於《喪服傳》，很可能是屬於喪禮中所用物品的特殊稱呼，並不具有普遍性。與此相反，若是從原來學者的釋讀意見，將“🔱”釋爲“圭”，則“白圭”“玄圭”“吉圭”在先秦兩漢典籍文獻中皆能找到文例。“白圭”的辭例，如《詩·大雅·抑》：“白圭之玷。”《穆天子傳》卷之三：“乃執白圭玄璧以見西王母。”“玄圭”的辭例，如《尚書·禹貢》：“禹錫玄圭。”《史記·秦本紀》：“帝錫玄圭。”今本《竹書紀年》“帝堯陶唐氏”：“贊用玄圭。”《焦氏易林·坎之第二十九》：“束帛玄圭。”《姤之第四十四》：“錫我玄圭。”《論衡·恢國篇》：“得玄圭。”“吉圭”的辭例相對較少，但也是可以見到的。如《周禮·秋官·蜡氏》“除不蠲”，鄭玄注：“蠲讀如‘吉圭惟饎’之圭。”論者多以爲毛詩《小雅·天保》"吉蠲爲饎"，三家詩本作"吉圭爲饎"。此外，以"吉"修飾玉器類名詞的辭例，古書所在多有。如黃文所舉的《山海經》中"吉玉"多見，詛楚文有"吉玉宣璧"。又如秦駰玉版銘文有"介圭吉璧"。作爲兩個並列結構的定中短語，既然"吉"字能用來修飾"玉""璧"，自然也可以用來修飾同爲玉器的"圭"。由此推測，"吉圭"的辭例應該也是存在的。

又及，黃文認爲⊕、⊕、⊕形當釋爲"笄"，"⊕（吉）"字就是從"口"、"⊕（笄）"聲的形聲字，下部的"口"字符是盛笄首之器（不同於表示言語的"口"）。這種對"吉"字形分析的思路，如果從甲骨文字的構形系統尤其是甲骨文形容詞造字的一般規律來看，也不够確切（具體分析見下）。

綜上可知，學界對甲骨文"吉"字構形的分析，當前仍然存在一些不易確定之處，此問題尚有繼續討論的餘地。

三、甲骨文"吉"字上部或有可能是"斤首"

其實，當前學界除了上面所列舉的諸家説法外，還有一種現在看來比較有理據的意見，即陳邦懷先生提出的"⊕"爲"斤首"説。由於陳邦懷先生提出此説的文稿生前未能公開發表，且其説也並非直接討論"吉"字形，故不爲人知。2019 年，陳邦懷先生的遺稿《嗣樸齋叢稿》得以出版，此説才公諸於世。

《嗣樸齋叢稿》收録有《古器物古文字考釋》，在"自序"中，陳邦懷先生據于省吾先生所藏二件古兵之形制，指出：

> 雙劍誃藏古兵二，其形作◁。余以殷虛卜文"斤"字作"ʔ"，知斤首如矢鏃，但有小大之別耳，考定◁即古斤首。世人但識古斧而不識古斤，故自宋以來，金石書中未一見"斤"之名也。

在《古器物古文字考釋》之《説斤》一文中，陳邦懷先生考證云：

> 近見《雙劍誃吉金圖録》"兵器類"有作"⌂"形者二（卷下弟九頁及弟十三頁）。"斤"爲斫木之斧（説本許書），而非直刺之兵，故其首向側裝柄，則爲"⌂"形，而與卜辭"⌂"字脗合。據此，余因審定雙劍誃所藏之"⌂"爲斤。蓋自宋以來，考古家均不識"斤"爲何形，著録吉金之書多至數十種而卒未一見"斤"之名也。余參稽卜辭，結合實物，始證明"斤"之象焉。[①]

陳邦懷先生所引據的《雙劍誃吉金圖録》二件古兵，形制如下（見圖 2、圖 3）：

圖 2　饕餮勾兵一（器影、拓片）

圖 3　蟠夔勾兵（器影、拓片）[②]

如果根據字形與考古出土文物形制的對應關係來看，"⌂"字形和此二器形如出一轍，極爲近似，將"⌂"視爲此類器物顯然更有理據。陳邦懷先生將此二器定爲"斤"，與現代考古文博學界對此類文物的命名不一致。現代考古文博學界一般是將此種形制的器物視爲"戈"（舊稱"勾兵"），此類上部呈等腰三角形、下部作長條方形、整體上大致呈中軸對稱形制之戈，屬於商代的一種"直内無胡戈"。[③] 這

---

① 陳邦懷《嗣樸齋叢稿》，天津：天津人民出版社，2019 年，第 510—511、526—527 頁。
② 于省吾《雙劍誃吉金圖録》，北京：中華書局，2009 年，第 159—160、167—168 頁。
③ 井中偉《早期中國青銅戈·戟研究》，北京：科學出版社，2011 年，第 29、31 頁。

樣的話，對"吉"字上部所從"<img_1 />"字形的考釋，又回到學者原先所
提出的勾兵"戈"的觀點上來了。

　　那麼，陳邦懷先生將此二器定名爲"斤"、將"<img_1 />"視爲斤首，
是否合適呢？個人以爲，根據現在考古文博學界對"斤"的認識（見
下），其說將此二器定名爲"斤"不一定合適，但將"<img_1 />"視爲斤首，
還是有一定道理的。要想說明這個問題，首先需要談談上引諸文以及
黃文大都關注到的陝西扶風飛鳳山西周初期墓葬 M7 所出銅斧，發掘
報告稱之爲"天斧"。此銅斧形制如下（見圖 4）：

圖 4　"天斧"（器影、拓本）①

　　目前考古文博學界似乎都遵從發掘簡報的稱呼，將此器視爲
"銅斧"。此器形體較長，平頂，近方形直銎，一側邊靠銎部位有一半
環鈕，雙面刃，刃略呈弧狀，身微束。長 10.5 釐米、銎口徑 3.5 釐
米×3 釐米、銎深 6.5 釐米、刃寬 4.5 釐米。正面靠銎部位有一陽刻
"<img_1 />"形符號，中部有一陽刻"<img_2 />（天）"字。發掘簡報執筆者劉明科
將此器看作生產工具，認爲"天"是商末周初的一個重要的族氏名，
與周王室聯繫緊密；"<img_1 />"可能亦是族徽。② 之所以將此器定爲"斧"，
可能是根據其有雙面刃，且帶有半環鈕的形制特徵。③ 發掘簡報將此
器看作生產工具，根據同出的器物有兩件戈和其他車器來看，似有可
疑。作爲西周時期的貴族階層，墓主其人本身應該並不從事生產活
動，恐怕不會隨葬生產工具，此器有可能還是屬於兵器之類。當然，

① 寶雞考古隊、扶風縣博物館《扶風縣飛鳳山西周墓發掘簡報》，《考古與文物》1996 年第 3 期，
　第 16 頁圖五、第 17 頁圖七。
② 寶雞考古隊、扶風縣博物館《扶風縣飛鳳山西周墓發掘簡報》第 16、18 頁。
③ 朱鳳瀚《中國青銅器綜論》，上海：上海古籍出版社，2009 年，第 498—505 頁。

在外出征戰的戰車上放有此類器具，宿營時可以砍斫木頭用於搭建帳篷、生火做飯等，也是可以理解的，但這類東西大概還是屬於軍用器具，而不能直接看成純粹的生產工具。發掘簡報將 "天" 看作是族徽很有可能，但是將 "⚿" 形符號也看作族徽，恐怕不可信。若兩個字符都是族徽，則屬於複合族徽。商周複合族徽基本都放在一處，且書寫大都是同方向的。[1] 此器上的兩個符號之間的相對位置和刻寫方向，都不符合複合族徽的特徵。由此推測，"天" 很有可能是族徽，而 "⚿" 則不是族徽。

那麼，此器上的 "⚿" 字符如何解釋呢？我們認爲，這個字符應當是表示其器之種類（青銅鑄造物），可以根據陳邦懷先生的看法，將其視爲没裝柄的 "斤首"。但此字符不能直接釋爲 "斤" 字，因爲文字系統中的 "斤" 字已經被那種裝有曲柄的字形所專用，而此字符僅是表青銅鑄造的 "斤首" 之意，並不能直接對應文字系統中的 "斤" 字。這就猶如文字系統中的 "戈" 字對應的是戈頭加裝有柄部的那種字形（即 "╆" "╈"），而單獨拿出來的戈頭之形（即 "⚿"），並不能直接釋爲 "戈"，只能理解爲 "戈頭"，是同樣的道理。

原來多將此器視爲 "斧"，現在我們將其上所刻的類似戈頭之形的字符理解爲青銅鑄造的 "斤首"，看似矛盾，其實是可以解釋的。這就涉及先秦銅器 "斧" "斤" 之別的問題。過去很長一段時間內，由於先秦兩漢文獻中常見 "斧斤" 連用，導致大多數字典、詞典、一般讀物和教科書等，都説 "斤" 就是 "斧"。經過學者們的考辨，現在我們知道，"斤" 就是 "錛"；"斤" 與 "斧" 是兩種形狀和用途不同的工具；"斤" 與 "斧" 形制類似，而裝柄的方式不一樣，斤之刃橫，斧之刃縱，故使用時斧橫斫，而斤直斫。[2] 也就是説，青銅鑄造出來的 "斤" 之首與 "斧" 之首，在裝柄之前，其形制是可以完全一樣的。當然，古人在實際鑄造 "斧" 與 "斤" 時，也會有 "雙面刃"

---

① 何景成《商周青銅器族氏銘文研究》，濟南：齊魯書社，2009 年，第 182—217 頁。
② 李家浩《談 "斤" 説 "錛"》，《中國文字學報》第四輯，北京：商務印書館，2012 年，第 1—10 頁。

與"單面刃"之別；[①] 但如果單純從外觀形狀來看，二者的正面直視圖是完全相同的。

綜上所述，將此器上的"⚶"字符根據陳邦懷先生的看法理解爲青銅鑄造的没裝柄的"斤首"，此字符就是表示其器所屬的大類——青銅鑄造的金屬器物，包括"斧""斤""戈"等之首，還是有一定理據的。我們知道，早期那些長條形援的戈頭，與"斧""斤"等器物之首的外觀形狀非常接近；且那種類似"⚶"形的"直內無胡戈"，其裝柄的方式也和早期無銎之斧的裝柄方式近似。質地、形制類似之物，古人常會賦予相同或相近之名。此"⚶"字符出現在青銅斧之首上，學界又多將此字符視爲戈頭之形，則將其理解爲青銅鑄造的金屬器物大類之名，可以統括"斧""斤""戈"等之首而言，字符的表意方式是以具體（戈頭之形）代指一般（所有類似的金屬器物），應當是目前最爲直接自然的思路。從這個角度而言，陳邦懷先生的"斤首"説，雖然未免片面，但也有其合理之處，不能斷然予以否定。

設若以上對"⚶"字符的理解不誤，則所謂"天斧"上刻寫此銘文就很容易解釋了。考古文博學界據此器之形制，定其名爲"斧"。即便古人鑄造時確實是想當作斧頭來用，在没有裝柄時，於其上刻寫表示此金屬器物大類之名的"⚶"字符，也是很自然的。此"⚶"字符作爲青銅鑄造的金屬器物大類之名，可以統括"斧""斤""戈"等之首而言。若此器是"斧"，則可以具體指"斧首"；若是"斤"，則可以具體指"斤首"。當然，如果此器屬於兵器，我們懷疑其裝柄後有可能就是典籍中的"斨"。《説文》："斨，方銎斧也。從斤、爿聲。《詩》曰：'又缺我斨。'"所引詩句出自《豳風·破斧》："既破我斧，又缺我斨。"在詩句中是作爲兵器。"斨"又見於《豳風·七月》："蠶月條桑，取彼斧斨，以伐遠揚，猗彼女桑。"在詩句中是作爲工具。此器有近方形直銎，正符合"方銎斧"的特徵。

---

① 朱鳳瀚《中國青銅器綜論》，第 498、501、502、504 頁。

陳邦懷先生的"斤首"説，從語音上看，也有其道理。我們上面認爲"𠮡"字符雖然可以用來表示"斤首"之意，但不能直接釋爲"斤"字，這是從文字的系統性來説的，並不意味着二者語音上沒有任何聯繫。上引諸説中，主張象戈頭形的"𠮡"可以釋爲"圭"的學者，有不止一位指出"戈""圭"音近。"斤"字上古音屬於見紐文部，和"戈"（見紐歌部）、"圭"（見紐支部）的讀音也不遠，三者或有親屬關係。此外，如果説"吉"字上部所從的字形具有表音作用，則"斤"（見紐文部）視爲"吉"（見紐質部）字的聲符，也很合適。

以上我們對陳邦懷先生提出的"斤首"説進行了辨析，並據其説解釋了所謂"天斧"上刻寫的"𠮡"字符之含義，進而試圖彌合學者多傾向於將"𠮡""𠮡"形釋爲"圭"或勾兵"戈"與陳邦懷先生"斤首"説之間的分歧。

從以上討論中可以看出，我們並非完全贊同陳邦懷先生提出的"斤首"説，而只是認爲此説在一定場合（比如在所謂的"天斧"上）有其合理之處。

四、甲骨文形容詞多有添加區別性意符"口"而造字者

上文我們認爲將"𠮡（吉）"字分析爲從"口"、"𠮡（笄）"聲的形聲字，下部的"口"字符看作是盛笄首之器（不同於表示言語的"口"），不够確切。這是因爲，如果按照這種字形分析的思路，則"吉"字就是形聲兼會意字；下部的"口"作爲形符（意符），若是盛笄首之器，則笄首盛放於器中，並未使用，如何產生束髮、束冠牢固結實等含義，似乎不好解釋。再者，根據古文字一般的造字原理，某類物品盛放於某種容器之中，產生的字形通常並非指這類物品本身，而是指盛放這類物品的那種容器。如"箙""医""函"皆是盛放箭矢之容器，古文字字形都是象矢盛放於某種容器之中；"韣"是弓袋，古文字字形

像弓放在袋子之中。依此類推，"吉"字形下部的"口"若是看作盛笄首之器，則笄首盛放於器中，所表之意更有可能是盛笄首之容器，而非笄首本身。由此推測，"口"字符也不可能是盛笄首之器。

目前來看，"吉"字下部所從的"口"，還是應當遵從上引裘錫圭先生的說法，看作是添加的區別性意符爲妥。裘先生在討論"吉"字形時，舉了"古""强"等添加區別性意符"口"的字例，指出："古"是堅固之"固"的古字。"古"所從的"丗"象盾牌。盾牌具有堅固的特點，所以古人在"丗"字上加區別性意符"口"（跟"吠""鳴"等字所從的有具體意義的"口"旁不同），造成"古"字來表示堅固之"固"這個詞。拉弓需要很强的力量，所以古人在"弓"字上加區別性意符"口"，造成"弜"（弜）字來表示强弱之"强"這個詞。"吉"字的形義，也應該用類似的方式來解釋。古人是在具有質地堅實這一特點的勾兵的象形符號上加上區別性意符"口"，造成"吉"字來表示當堅實講的"吉"這個詞的。[①]

林澐先生也有類似的看法，曾經指出："古"字的構造究竟應怎樣理解？我認爲，盾是防護性武器，必須做得堅固。在盾形符號下加一"口"符，就是强調這個盾不再表示這種物品，而是用來表示這種物品的特性——堅固。就好像在"弓"形符號中加一"口"符構成的 弜（强）字是表示弓之强勁，在高屋建築下加一"口"符構成的 高（高）字是表示建築物之高聳，所以"古"字也就是"固"的初文。[②]

又如，古文字中的"魯"，也是在"魚"的下部添加區別性意符"口"而形成的。姚孝遂先生指出："'魯'字所從之'口'，亦與'口舌'之'口'無關，純粹是一個區別符號。"[③] 古文字中的"喜"，也

---

① 裘錫圭《說字小記·五、說"吉"（社會科學版）》，《北京師院學報》1998年第2期，收入《裘錫圭學術文集·金文及其他古文字卷》，第416—418頁。

② 林澐《說干、盾》，《古文字研究》第二十二輯，北京：中華書局，2000年，第94—95頁；又收入《林澐文集·文字卷》，上海：上海古籍出版社，2019年，第160頁。

③ 姚孝遂《再論古漢字的性質》，《古文字研究》第十七輯，北京：中華書局，1989年，第315頁。

是在"壴"（鼓之初文）的下部添加區別性意符"口"而形成的。[①]

　　近年來，也有學者對此種構形現象進行研究。如雷縉碚先生討論"昌""名"二字之本義，認爲："昌（昌）"所從的"口"非口舌之口，而是用作區別符號的"口"。"昌（昌）"的造字理據應分析爲在象物字"日"的基礎上，加指事符號"口"以表與日相關的某一性狀，指日光或者日光之明。"名"之本義與"昌"相對，當指月光之明。所從之"夕"乃"月"，甲骨文"月、夕"二字常互用。"名"所從之"口"亦爲區別符號，起區別字形的作用。"月"加區別符號"口"成"名"字，以表月的某一性狀，即月光之明。"月"與"名"爲名物與性狀之關係，"月"爲名物，"名"爲性狀。[②] 其文分析"昌""名"二字之構形，思路與以上所舉字例完全一致，結論應當也是可信的。

　　根據我們對此種構形方式的理解，上舉字例確切無疑屬於添加區別性意符"口"而造字者，如"古（固）""吕（强）""高""魯""喜"以及"昌""名（明）"等，都屬於形容詞，表示一種抽象的含義。大概古人造字之時，那些表示事物之性狀的抽象形容詞不易表現，故經常采用這種在具體的名物字下添加區別性意符"口"的方式來造字吧。

　　由此反觀甲骨文"吉"字的構形，作爲形容詞，裘先生將其分析爲在具有質地堅實這一特點的勾兵的象形符號上加上區別性意符"口"，造成"吉"字來表示當堅實講的"｛吉｝"這個詞，就順理成章了。甲骨文字中，那些由具體的名物字下部添加"口"字符而造成的抽象意義的形容詞，下部的"口"字符應當絕大部分都是屬於添加的區別性意符，似不能另作他解。

　　另外，分析以上所舉的字例，那些居於區別性意符"凵"之上的具體的名物字與其所表示的形容詞之間，除了"魚"和"魯"古音接

---

① 季旭昇《説文新證》，臺北：藝文印書館，2014 年，第 274、398 頁。
② 雷縉碚《"昌、名"二字本義考——兼論〈詩經〉"安且吉兮"》，《古文字研究》第三十四輯，北京：中華書局，2022 年，第 69—74 頁。

近外，其他的幾個如"盾"與"古（固）"、"弓"與"吕（强）"、"京"與"高"、"壴（鼓）"與"喜"、"日"與"昌"、"夕（月）"與"名（明）"之間，古音並不接近。這或許可以反過來證明，"吉"字上部所從，並不一定是具有表音作用的字符。由此，將"吉"字分析爲形聲字，將上部所從視爲聲符，也不具有必然性。

五、結語：甲骨文"吉"字構形補説

對於甲骨文中獨立成字的"⬒""⬓"字形，我們目前仍然贊同上引裘錫圭先生的意見，認爲此類象戈頭形的字單獨使用時可以釋爲"圭"，圭由玉戈頭演變而來，原始的圭應即玉戈頭，"戈""圭"音近，二者當有同源關係。而陳邦懷先生提出的"斤首"説，從語源的角度來分析，或許也有其合理之處。

再説回"吉"字上部所從的字符。我們也贊同裘錫圭先生"吉"字較早字形的上部仍應看作表示堅實意義的戈頭形的看法。但是，根據以上討論，尤其是陳邦懷先生提出的"斤首"説以及"天斧"上的銘文，我們認爲從甲骨文造字表意的角度來看，至少在殷商時期的商人心目中，"吉"字上部所從更有可能是指以青銅鑄造的戈頭之形爲代表的金屬器物，可以統括"斧""斤""戈"等之首而言。換句話説，甲骨文中獨立成字的"⬒""⬓"字形釋爲"圭"，可以指玉器"圭"，也可以指與"圭"形類似的金屬鑄造的戈頭之類器物，包括斧斤之首；但在甲骨文"吉"字形中，上部所從更應該解釋成和"圭"形外觀相像的青銅戈頭類器物（包括斧斤之首）。再具體地説，"吉"字形當是商人在表示青銅鑄造的戈頭之形下添加區別性意符"口"，造成"吉"字來代表堅實意義的"{吉}"這個詞的。古人之所以采用戈頭形，一方面可能由於戈頭爲當時常見的堅實之物，另一方面大概也是考慮到"戈"（"圭"）與"吉"古音接近，使用"戈"（"圭"）字符同時具有表音的作用。當然，"吉"字上部所從的字符若是改成其他類似的青銅鑄造物（如斧斤之首），根據古文字的構形原理，應該也可以表示堅實之義。從這個角度來看，如果贊同陳邦懷先生的"斤首"説，即認爲"吉"字上部所从的字符爲"斤首"，自然也能講通，同時"斤"在"吉"字中也具有表音的作用。

又及，《合集》21124 有"🔨"字形，上引諸家之文或認爲此字也當是"吉"字。[1] 《新甲骨文編》初版"吉"字頭下，收録有"🔨"（合 21054）、"🔨"（懷 1518）、"🔨"（懷 1518）三個字形；[2] 而增訂版則將三個字形全部删除了，[3] 大概是覺得此三字釋"吉"可疑。其實，懷 1518 第二條文例爲："辛卯卜，禦🔨。"而《合集》28203 有兩條刻辭都有"禦吉"之文例，或可證明此三字釋"吉"還是有可能的。若是這類字形釋"吉"可信，則此字上部呈長條狀，與"斧首"或"斤首"形尤其相像，似可作爲陳邦懷先生"斤首"説之佐證。

此外，上列第二類和第三類"吉"字形，上部近似於"士"字形或近似於甲骨文的"王"字形。根據"王""士"同源説，[4] 這兩類字形似乎也未嘗不可以如季旭昇先生那樣將"王""士"看作斧鉞類兵器、工具，[5] 下部添加區別性意符"口"，來表示堅實意義的"｛吉｝"這個詞。——因爲從字形演變的角度來看，由"♤""♠"字形變成近似於"士"（第二類）或上面没有一横筆的甲骨文"王"字形（第三類），其間好像有些缺環：原本的字形是上部等腰三角形大、下部長條方形小，而演變之後卻變成下部大、上部小了。這似乎不大符合文字筆畫演變的一般規律。而若是看作直接改換表意的字符，古人是將"口"字符上部青銅鑄造的戈頭改換成斧鉞之頭，進行造字理據的重構，字形分析的思路反而顯得更爲直截了當，且所表示的意義並没有

① 王藴智《釋甲骨文♤字》，《古文字研究》第 26 輯，北京：中華書局，2006 年，第 76 頁。
② 劉釗、洪颺、張新俊編纂《新甲骨文編》，福州：福建人民出版社，2009 年，第 56 頁。
③ 劉釗主編《新甲骨文編（增訂本）》，福州：福建人民出版社，2014 年，第 57 頁。
④ 林澐《王、士同源及相關問題》，《林澐學術文集》，北京：中國大百科全書出版社，1998 年，第 22—29 頁；又收入《林澐文集·文字卷》，第 103—112 頁。
⑤ 季旭昇《説文新證》，第 99 頁。

變化（不過，由於"士"或"王"與"吉"古音遠隔，"口"上部所從的字符不再具有表音功能）。或許有學者會對此提出質疑：西周時期的甲骨文"王"字上部基本都有一橫筆，而"吉"字上部所謂的"王"字符皆不加橫筆，若是認爲西周甲骨"吉"字上部所從是"王"字符，明顯和同時代的西周甲骨"王"字寫法不合。其實，這種現象也可以解釋。劉釗先生曾經指出：

> 古文字形體演變中有這樣一個規律：一個獨立形體的發展演變，要快於以這個形體爲偏旁組合成複合形體後這個形體的發展演變。①

這就可以很好地解釋，爲何西周甲骨獨立的"王"字上部大都添加一橫筆，而作爲偏旁的"吉"字上部的"王"字符卻保持早期的寫法，上部沒有一橫筆了。

上引裘錫圭先生之文，曾經擬了一個"殷墟卜辭'吉'字字形演變示意圖"如下（見圖5）：

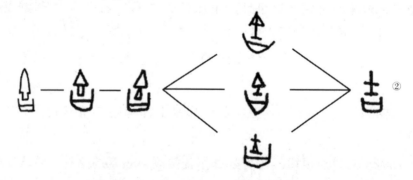

圖5　殷墟卜辭"吉"字字形演變示意圖

由此可見，裘錫圭先生認爲"吉"字上部字形的演變過程是：戈頭之形上部的等腰三角形綫條化，變成近似"⊥"的字形；下部長條方形

---

① 劉釗《古文字構形學（修訂本）》，福州：福建人民出版社，2011年，第22頁。

② 裘錫圭《談談編纂古漢語大型辭書時如何對待不同於傳統説法的新説》，《辭書研究》2019年第3期，第2頁。

的上面收斂，變成近似“△”的字形；從而整體上變成類似甲骨文
“王”（“士”）的字形。這種對字形演變的看法也能講通，而且甲骨文
中也能找到處於中間環節的字形。如花東 228 的“”（摹本“”）
字，[①] 上部字形已經接近綫條，而下部字形的寬度已經超過上部字形
了。因此，上述認爲“吉”字上部從“王”（“士”）形是古人改換意
符進行造字理據重構的分析思路，目前只能算是一種相對合理的推
測，難以定論。

　　根據以上裘先生所擬“吉”字字形演變示意圖，可以推測“圭”
字形的演變當是（見圖6）：

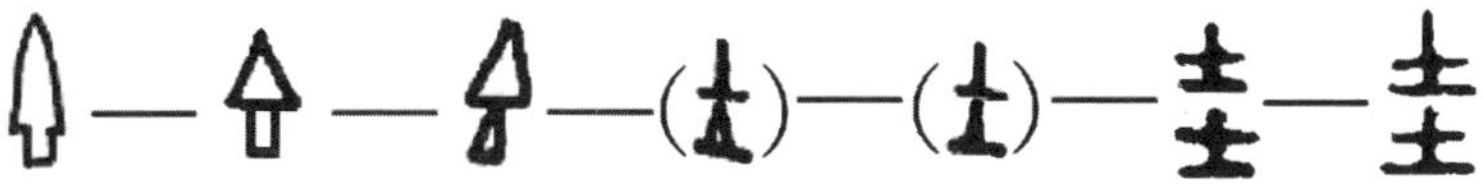

圖6　“圭”字形演變示意圖

其中括號内的字形是設想的演變環節。“圭”字形後來寫作從二
“土”，大概是古人誤認爲第三個字形上下兩個近似三角形的筆畫爲
“土”字形，借鑒或者説沿用了“土”字形的演變方式，從而寫成
“圭”字形了。[②]

　　最後補充説明一下，之所以認爲甲骨文“吉”字形上部所從更有可
能應該解釋成和“圭”形外觀相像的青銅戈頭，主要出於以下幾點考慮。

　　第一，既然知道“吉”字的本義是堅實，而玉器“圭”質地不可
能太過堅實，若是“圭”字符添加區別性意符“口”，似乎產生不了
此類含義。當然，在早期青銅鑄造技術尚未出現的石器時代，“圭”
形玉器如果用作戈頭，是可以表示堅實之義的。然隨着語言文字的發
展演變，文字系統中“”“”這種字形應該是逐漸被語言裏表示玉
器“{圭}”的這個詞所專用，如上舉花園莊東地甲骨中有“白圭”

---

① 中國社會科學院考古研究所編著《殷墟花園莊東地甲骨》，昆明：雲南人民出版社，2003 年，
　第 492、493 頁。
② 謝明文《試論“揚”的一種異體——兼説“圭”字》，宋鎮豪主編《甲骨文與殷商史》新九輯，
　第 234—246 頁。

"玄圭""吉圭"等文例（語言中似乎不大可能出現"白戈頭""玄戈頭""吉戈頭"等文例），可見殷商時期二者的分化應該已經開始，且"｛圭｝"這個詞逐漸固定用"⛢"這種字形來表示（後來順次演變成"圭"字形）。當時的文字系統中雖然有"戈"字，但並没有專門爲"戈頭"之義另外再造字（或者説"戈頭"之義並没有再産生另外的獨立字形）。"戈頭"之義仍然是和語言裏表示玉器"｛圭｝"的詞共用"⛢""⛢"這種字形，故"⛢""⛢"這種字形即便釋爲玉器"圭"，仍然含有青銅鑄造的"戈頭"（包括斧斤之首）之義。後來大概是以整體代局部，"戈"字形也承擔了部分的"戈頭"之義，故單獨説"戈"也可以指不納柲的"戈頭"（"斤"與"斤首"之間大概也是如此）。從社會發展的實際情況來看，當時已經是青銅時代。"吉"字的本義既然是堅實，"吉"字形上部所指，至少在當時的古人心目中，更有可能是指質地較爲堅實的青銅鑄造的戈頭。從這個角度來看，以上所舉甲骨文字中，上部呈長條狀的字形釋爲"吉"，上部所從解釋成"斧首"或"斤首"；"吉"上部所從的"王"（"士"）形解釋成斧鉞之首；如果這些字形確實是古人改換意符進行造字理據的重構，那麼這些新造的"吉"字形，是否含有古人造字時想要避免和玉器"圭"字形衝突的心理，或者説想要對字形與詞語之間的對應關係重新進行分工，似乎也是可以考慮的。

　　第二，上引所謂"天斧"上的銘文"⛢"，如果承認此字符是指其器物本身，則其器本身就是青銅鑄造的斧斤之首，和戈頭同屬於金屬鑄造物。銘文與實物的對應，亦可從側面證明此字符含有青銅鑄造的"戈頭"（包括斧斤之首）之義。同時，設若以上理解不誤，"天斧"上的銘文也可以證明，直至鑄造此斧的西周時期（發掘者據墓葬時代推測當是西周早期），文字系統中"圭"字形仍未徹底分化獨立，除了表示語言裏"｛圭｝"這個詞外，還可以兼指金屬鑄造的斧斤之首、戈頭等。

　　第三，金文中"吉金"是常見詞。在"吉金"這個詞語中，"吉"

是用其本義“堅實”之義，上引諸家多有論述，毋庸贅言。既然“吉”“金”構成一個相對固定的搭配，或可證明“吉”字之義本身就與金屬相關，將“吉”字形上部所從理解成青銅鑄造的器物也就順理成章了。

以上所論，或可借用勞榦先生之説做個概括：

> 圭之形制正由石器轉變而來。故與斧形有關，金文之吉或作斧形，非如吳其昌所謂一斧一砧謂之吉也。夫一斧一砧，何吉之有？金文中之吉，誠有類斧者在其上，但決不可率然以斧砧釋之。按上世石斧石刀製作匪易，而其用甚廣，故石斧石刀可以代表權威，可以代表貴重，亦可以代表吉祥。從其形制而變者，在玉則有圭璋，在金則有句兵，則有矛鋋，則有斧戚。雖其用不同，而形制相關，仍一貫也。其在吉字上部所從，在甲骨者自以類似句兵之圭而有邸者爲主，再就各種變化及省略者言之，實亦兼具有圭之親屬中各種形制之器物。但若溯其命意，自不外兩事，一爲增祥，一爲除祟。而此二者，自皆吉之表徵，不得謂爲他事矣。[①]

雖然勞榦先生對“吉”字形及其含義的分析或有可商之處，但是他對於字形各種變化的總體認識，如認爲“吉字上部所从”“實亦兼具有圭之親屬中各種形制之器物”，説法較爲通達，似可作爲以上論述之總結。

綜上所述，甲骨文字系統中獨立出現的“⇧”“⇧”字形，當釋爲“圭”，既可以指玉器“圭”，也可以指與“圭”形類似的金屬（當時主要是青銅）鑄造的戈頭之類器物，包括斧斤之首。甲骨文“吉”字上部所從的字符，至少在商周時期的古人心目中，更有可能是指以戈頭之形爲代表的金屬鑄造器物（包括斧斤之首）。

［作者單位］侯乃峰：山東大學文學院

---

① 勞榦《古文字試釋·釋吉》，《“中研院”史語所集刊》第 40 本上册，臺北：“中研院”史語所，1968 年，第 44 頁；又收入《勞榦學術論文集·甲編》，臺北：藝文印書館，1976 年，第 1267 頁。

還原一場遺忘的競争：殷墟甲骨所見占卜未驗史料[*]

馬　尚

提　要：古書中常見占卜應驗的記載，史官信從卜筮的史料擇録傾向，無疑掩蓋了一部分歷史真相，而直接用於占卜場景的甲骨材料，則能給我們提供更多的信息碎片。殷墟卜辭的占斷雖有“商王一貫正確”的傾向，卻也保留了一些占卜未能應驗的實際記録。卜辭中命辭、占辭或用辭所體現出的占斷意圖，可能與驗辭所體現的實際情況不符。占卜未驗記録的存在，既反映了甲骨卜辭的性質——專門記録占卜的、流傳範圍較小的特種文獻，也説明了商代末期占卜仍然發揮着決疑的作用，未變爲例行公事。

關鍵詞：甲骨　占卜　文獻　用辭

先秦時期，占卜是古人用以預知未來、輔助決策的重要方法。“筮短龜長”，龜卜在上古時期有着極爲重要的地位。

占卜行爲以鬼神崇拜爲思想依託，不具備科學依據，完全可能預測失敗。商周時人可能已經明白“卜筮不可純用”[①]的道理，《尚書·洪範》中記載“立時人作卜筮，三人占，則從二人之言。汝則有大疑，謀及乃心，謀及卿士，謀及庶人，謀及卜筮”，卜筮僅僅是決疑的手段之一，且占卜結論還需經過人爲的選剔。

占卜結果有很大概率是不能應驗或無法施行的，但相對於占卜未驗的情況，古書（尤其是史書）中，占卜應驗的記録更爲常見，如顧

---

* 本文爲國家八部委“古文字與中華文明傳承發展工程”資助項目（G3929）階段性成果。
① 〔東漢〕王充撰，黃暉校釋《論衡校釋》卷二十四，北京：中華書局，1990年，第1005頁。

炎武所言，"昔人所言興亡禍福之故不必盡驗，《左氏》但記其信而有徵者爾"。① 即使占卜結果未被採用（也即"違卜"），亦往往能預言成功，如《左傳·昭公十三年》記載楚靈王占卜是否能得天下，未獲吉兆，楚靈王言將自取天下，却終於失位自縊；又如"清華簡"《説命》記載失仲違卜殺子、另一子逃出劫難的故事。即使占卜實際未驗，時人也會找出理由開脱，如《左傳·昭公五年》蹶由言"城濮之兆，其報在邲"，楊伯峻注："城濮晉、楚之戰，楚卜吉，而實敗，則此吉兆應在邲之勝。"②

出土文獻與傳世文獻對周公自代武王之禱的兩種不同記載，頗值得玩味。傳世本《尚書·金縢》中，武王有疾，周公在舉行以身代武王的祭祀與祈禱之後，用龜卜來問於先王，"乃卜三龜，一習吉，啓籥見書，乃并是吉"，並言"王翼日乃瘳"，也即占卜得到效驗。但在清華簡《金縢》中，有關龜卜的内容則全然不録，亦未言武王是否一度疾愈。李學勤據此認爲清華簡本《金縢》與傳世本分屬不同的流傳系統③。武王的死亡時間應在周公金縢之禱的當年，④ 無論是否一度疾瘳，從最終結果來説，周公祈禱代王而死、得先王應允的占卜，其實是没有應驗的。《金縢》《周本紀》《龜策列傳》等文獻，都强調武王一度病愈。而清華簡《金縢》對占卜行爲避而不談，模糊化處理，很可能就是在删減容易引人懷疑的細節。

由上可知，古人對占卜應驗故事的記載是一種選擇性行爲。這種信從卜筮的記録傾向，無疑掩蓋了一部分歷史的真相。在這場"遺忘的競争"⑤ 中，太多未能應驗的占卜記録消逝在歷史長河中。而直接

① 〔清〕顧炎武撰，〔清〕黄汝成集釋，欒保群、吕宗力校點《日知録集釋》卷四，石家莊：花山文藝出版社，1990年，第203頁。
② 楊伯峻《春秋左傳注》，北京：中華書局，1990年，第1272頁。
③ 李學勤《清華簡九篇綜述》，《文物》，2010年第5期，第54頁。李鋭進一步指出，清華簡本《金縢》與傳本同源異流，一早一晚。參李鋭《清華簡〈金縢〉初研》，《同文與族本——新出簡帛與古書形成研究》，上海：中西書局，2017年，第174—187頁。
④ 參李鋭《由清華簡〈金縢〉談武王在位四年説》，《學術交流》，2015年第7期，第214—218頁。
⑤ 羅新《遺忘的競争》，《有所不爲的反叛者：批判、懷疑與想象力》，上海：上海三聯書店，2019年，第25—50頁。

用於占卜場景的甲骨材料，則能給我們提供更多的信息碎片，可以挖掘古代占卜事件的本來面貌，還原多元化的權力結構。

殷墟卜辭的占斷大多由商王和貴族首腦"子"主持進行，[①] 吉德煒指出，卜辭的驗辭顯示出"商王一貫正確"的記錄傾向。[②] 事實上，未能應驗的占卜，作爲史官的如實記錄，更值得引起注意。吉德煒指出了 18 例"驗辭既不證實也不否定占辭"、1 例"驗辭幾乎與占辭矛盾"的卜辭，但它們並不都能反映出占卜未驗情況，且數量尚少。甲骨占卜未驗的史料，還有很多有待揭示。

我們把實際情況與占卜中體現的判斷意圖相左的情況叫作"占卜未驗"。所謂"實際情況"，既可能是天氣、吉凶、遭遇等客觀情況，也可能是主動發出的行爲造成的客觀事實。從卜辭的結構而言，"占卜未驗"分爲三種情況：一、命辭與實際情況不符；[③] 二、占辭與實際情況不符；三、用辭與實際情況不符。

一、命辭與實際情況不符

甲骨卜辭一般分爲叙辭（或曰前辭）、命辭、占辭、驗辭、用辭[④]、孚辭[⑤]等部分。其中，用辭、孚辭出現較少，占辭、驗辭也經常不作記錄，而叙辭、命辭一般都會出現。據司禮義、吉德煒、裘錫

---

① 除商王和子外，"王臣""由""左卜"等人也曾參與占斷。參韓勝偉《甲骨卜辭占辭研究》，西南大學碩士學位論文，2015 年，第 26—31 頁。

② 吉德煒《中國正史之淵源・商王占卜是否一貫正確？》，《古文字研究》第十三輯，北京：中華書局，1986 年，第 117—128 頁。

③ 命辭與實際情況不符，包含了吉德煒所言"不記占辭，但驗辭使人對占辭的準確性發生懷疑"的情況。［美］吉德煒《中國正史之淵源：商王占卜是否一貫正確？》，《古文字研究》第十二輯，第 120—123 頁。

④ "用辭"的概念參下文。

⑤ "孚辭"指"兹卬"這類辭，裘錫圭稱爲"果辭"（參裘錫圭《釋"厄"》，《裘錫圭學術文集・甲骨文卷》，上海：復旦大學出版社，2012 年，第 457 頁），實際只是名稱不同。初，裘先生結合《說文》釋卬爲"厄"，後參釋虩公盨"永卬于寧"時，將"卬"改釋爲"孚"（參裘錫圭《虩公盨銘文考釋》及文末追記，《裘錫圭學術文集・金文及其他古文字卷》，上海：復旦大學出版社，2012 年，第 161、166 頁）。

圭等學者的研究，卜辭中大多數命辭都是陳述句而非疑問句。① 命辭
作爲陳述句，對意圖占卜的事項存在一種預先的判斷（即沈培所謂
"先設"②）。在占辭未出現的情況下，命辭内容（正反對貞中則指正貞
卜辭的命辭）也可視爲一種預測。這種判斷可能被驗辭或實際情況所
證實，也可能未能效驗，譬如：

(1) □□卜，貞：弓（勿）戰（狩）……屮二百六十九。

（《合集》③ 10761［師賓間］④）

(2) a. 丙申卜，翼（翌）日丁雨。茲用。不雨。

b. 戊雨。茲用。不雨。　　　　（《屯南》2542［無名］）

(3) ……又（侑）歲大甲三十牢，易（錫）日⑤。茲用。不
易（錫）日，祀，雨。

（《合集》32501＋《合補》10626＋《掇三》183＋《合集》32501 右
半＋《合集》35200⑥［歷二］）

(4) 乙未卜，子其田从坒，求豕，遘。用。不豕。

（《花東》50［花東］）

(5) 丙戌卜，子其往于𥝢，若。用。子不宿，雨。

（《花東》451［花東］）

----

① 見裘錫圭《關於殷墟卜辭的命辭是否問句的考察》，《裘錫圭學術文集·甲骨文卷》，第 309—
337 頁。

② 沈培借用沈家煊"先設"的概念，"表示説話者根據當時的實際情況事先假定的一種看法"。參
沈培：《殷墟卜辭正反對貞的語用學考察》，丁邦新、余靄芹編《漢語史研究：紀念李方桂先生
百年冥誕論文集》，"中研院"語言學研究所，2005 年，第 204 頁脚注 11.

③ 本文行文多用簡稱，繁簡稱對照如下：《丙編》——《殷虛文字丙編》；《合集》——《甲骨文合
集》；《合補》——《甲骨文合集補編》；《花東》——《花園莊東地甲骨》；臺歷博——臺灣歷史
博物館所藏甲骨；《屯南》——《小屯南地甲骨》；《校釋》——《甲骨文校釋總集》；《摹
釋》——《殷墟甲骨刻辭摹釋總集》。

④ 本文甲骨各類名稱依黄天樹《殷墟王卜辭的分類與斷代》，北京：科學出版社，2007 年。

⑤ "易日"即"錫日"，錫爲賜意，日即光霽（參吳其昌《殷虛書契解詁》，《甲骨文獻集成》第八
册，2001 年，成都：四川大學出版社，第 144 頁）。"易日"與"啓"意同，表示出太陽，參李
學勤《"三焰食日"卜辭辨誤》，《夏商周年代學札記》，瀋陽：遼寧大學出版社，1999 年，第
19 頁。

⑥ 本版由陳夢家、許進雄、林宏明綴合，參林宏明《醉古集》第 247 組，臺北：萬卷樓圖書公司，
2011 年，第 156 頁；又參《綴彙》第 5 組。

（6）乙未〔卜〕，歲且（祖）□三十牢，易（錫）〔日〕。兹用。羞中日歲、礿，雨，不征（延）雨。　　　　（《合集》33986〔歷二〕）

（7）……辰卜，桒（禱）自……兹用。雨。……雨。

（《合集》32342〔歷二〕）

（8）癸未卜，争貞：翼（翌）甲申易（錫）日。之夕月出（有）食，甲雀（陰），不雨。　　　　　　（《丙編》59〔典賓〕）

（9）……〔今〕日其雨。至于丙辰雀（陰），不雨。

（《合集》13451〔賓類〕）

（10）辛丑卜，争貞：翼（翌）壬寅易（錫）日。壬寅雀（陰）。　　　　　　　　　　　　（《合集》13445〔賓一〕）

（11）辛丑卜，賓：翼（翌）壬寅夃（啓）。壬寅雀（陰）。

（《合集》13074甲＋《合集》13074乙＋《合集》13449＋《北珍》2108①〔賓一〕）

（12）癸巳……翼（翌）甲〔午〕夃（啓）。甲雀（陰）。六月。　　　　　　　　　　　　（《合集》13452〔賓一〕）

（13）辛未卜，丙：翼（翌）壬申夃（啓）。壬終日雀（陰）。　一

（《合集》13140＋13126＋13110②〔賓一〕）

（14）辛酉卜，㱿：翼（翌）壬戌不雨。之日夕雨，不征（延）。③

（15）壬戌卜，㱿：翼（翌）癸亥不雨。癸亥雨。　三

《合集》＋臺灣某收藏家藏品＋《乙補》5318＋《乙補》229④

辭（1）命辭認爲不當狩獵，而驗辭則説擒獲了二百六十九頭獵

---

① 本版由蔡哲茂、林宏明、吳麗婉綴合，參黃天樹主編《甲骨拼合五集》第1174組，北京：學苑出版社，2019年，第342頁。

② 本版由崎川隆、蔣玉斌綴合，參蔣玉斌《蔣玉斌甲骨綴合總表（300組）》第250組，先秦史研究室網站，https://www.xianqin.org/blog/archives/2305.html，2011年3月20日。

③ 辭（8）—（14）爲吉德煒所舉“驗辭既不證實也不否定占辭”的部分句例。

④ 本版由鍾柏生、張秉權綴合，參蔡哲茂主編《甲骨綴合彙編》第218組，新北：花木蘭出版社，2013年。

物，實際情況與占斷意向不符。辭（2）的兩條命辭分別認爲丁日、戊日會下雨，但兩條驗辭表明均未下雨。辭（3）叙述用三十牢對大甲進行侑、歲之祭，認爲會賜日，即放晴，但驗辭説明未能賜日，在祤祭時還下雨了。辭（4）的命辭叙述"子"在圭地獵捕野猪，認爲會遇到目標，但驗辭則説明遇到的不是野猪。辭（5）叙述"子"去往𣪘地，認爲一切順利，驗辭説明子没有在𣪘地止息，遇雨。辭（6）叙述將以三十牢對祖先進行歲祭，認爲會賜日，這種判斷被采用，但接近正午①、進行歲祭、祤祭之時下雨了，雨没有持續太久。辭（7）命辭説要舉行祭禱，用辭肯定了這一行爲，但驗辭却表明有雨，其實是不宜祭禱的。辭（8）的命辭明言甲申日會放晴，但當晚發生了月食，甲申日也是陰天，與貞卜者的判斷不一致。辭（9）命辭判斷今日會下雨，但驗辭説明一直到丙辰日都只是陰天，没有下雨。辭（10）（11）的命辭均言壬寅日會放晴，但驗辭説明壬寅日是陰天。辭（12）命辭言甲日會放晴，驗辭言該日陰天。辭（13）命辭言壬申日會放晴，但驗辭説明該日天氣一直陰鬱。辭（14）命辭言壬戌日不會下雨，驗辭説明當天傍晚下雨了。辭（15）命辭説癸亥日不會下雨，驗辭説明癸亥日下雨了。以上均爲實際情況與命辭所體現的占斷意向不符的實例。

二、占辭與實際情況不符

吉德煒指出有一部分卜辭"驗辭既不證實也不否定占辭"，如：

（16）甲申卜，𣪘貞：［帚（婦）］好娩，妌。王固（占）曰：其佳丁娩，妌。其佳庚娩，引吉。三旬虫一日甲寅娩，不妌，佳女。　一

（《合集》14002 正［典賓］）

---

① "羞中日"即"日羞中"，太陽即將運行到視運動軌跡的正中，參陳劍《"羞中日"與"七月流火"》，《古文字與古代史》第四輯，"中研院"歷史語言研究所，第130—135頁。

辭（16）占卜婦好生產是否"妬"，① 商王占斷結果是丁日生則妬，庚日生則"引吉"。而驗辭說明，婦好是在甲日分娩的。驗辭既沒有證實也沒有否定占辭，但隱約地指出"王的占卜能力並不那麼高明"②。這部分卜辭的占辭與實際情況無關，不能作爲占辭與實際情況不符的例子。

吉德煒還舉出一例"驗辭幾乎與占辭矛盾"的卜辭：

（17）a. 癸巳卜，爭貞：今一月雨。王固（占）曰：□丙雨。

b. 癸巳卜，爭貞：今一月不其雨。

c. 旬壬寅雨。甲辰亦雨。　　　　　　　（《丙編》368［典賓］）

商王占斷中言及丙日會下雨，而驗辭中說壬寅、甲辰兩日下了雨，未提及丙日是否下雨。這表面上看是占辭與實際情況無關，但也有可能是從側面反映出商王的占斷有誤。

正面反映占辭與實際情況不符的例子，卜辭中其實也存在：

（18）a. □子卜，㱿貞：五百寇用。

b. 癸丑卜，㱿貞：五百寇用。｛王固（占）曰：其用。｝反旬壬戌㞢（侑），用寇一百。三月。

c. □丑卜，㱿貞：五百……

d. 貞：五百寇弜（勿）用。　　　　　　（《合集》559正反［典賓］）

辭（18）占卜祭祀使用五百名寇，該版反面的占辭肯定了這種方案，但驗辭則言用寇數僅爲一百，實際情況與商王的占斷相衝突了。

（19）a. 貞：翼（翌）庚申我伐，易（錫）日。｛王占曰："易（錫）日。其明雨，不其夕。風，小。"｝反庚申明雀（陰），王

---

① "妬"字考釋歧說頗多，以釋"嘉"、釋"男"二說最有影響力，參郭沫若《卜辭通纂》，北京：科學出版社，1983年，第400頁眉批；黃天樹《甲骨拼合四集》序言，北京：學苑出版社，2016年。

② ［美］吉德煒《中國正史之淵源：商王占卜是否一貫正確?》，《古文字研究》第十三輯，第120頁。

來送①首，雨小。

　　　　b. 乙未卜，瓅貞：翼（翌）庚申不其易（錫）日。

（《合集》6037 正反 ［典賓］）

辭（19）的命辭言庚申日舉行伐祭，天氣放晴。商王占斷結果爲庚申日會放晴，明時下雨，不會下到夕時，有風，風力不大。驗辭則表明庚申日明時爲陰天，王來送首之時下了小雨。驗辭内容（尤其是明時的天氣狀況）與商王的占斷有所不同。

三、用辭與實際情況不符

用辭是"占卜結果取用與否的專用辭"，② 包括"兹用""兹不用""不"等成語。這一概念首先由胡厚宣提出，③ 胡厚宣聯繫《易·爻辭》"勿用"，指出"兹用"之"用"表施行之意。但胡厚宣將"兹用"解釋爲"按照此卜而施行"，這句的闡釋仍有未盡之處。這關涉到用辭的性質與出現時間④："用"究竟是指占卜者認爲可施行/會應驗，還是事實上已施行/已應驗，也即用辭的出現時間是在事實上有結果之前，還是事實上有結果之後。

用辭與孚辭的性質最爲接近。⑤ 裘錫圭認爲，用辭與孚辭是在占卜之後、事實上有結果之前刻寫的。其證據主要有：①占卜是否應驗，驗辭已能説明，無需孚辭或用辭；②孚辭與用辭或來自占卜時對卜兆等情況的考察，或是記録針對前次占卜的二次占卜的結果，都應立即刻下，不應事後記録；③一些甲骨（《合補》11642、《合集》

---

① "送"字考釋，參陳劍《昔雞簋銘用爲"送"之字與相關問題》，《有鳳來儀：夏含夷教授七十華誕祝壽論文集》，上海：中西書局，2022 年，第 327—362 頁。

② 黄天樹《殷墟王卜辭的分類與斷代》，第 11 頁脚注③。

③ 胡厚宣《釋丝用丝𤔔》，《中研院歷史語言研究所集刊論文類編（語言文字編·文字卷）》，北京：中華書局，2009 年，第 559—576 頁。

④ 這裏的"出現"指在某次占卜活動中出現。用辭的出現時間與刻記時間可能是不同的，本文用"用辭的出現時間"代替前輩"用辭的刻記時間"的説法。

⑤ 孫亞冰《殷墟花園莊東地甲骨文例研究》，上海：上海古籍出版社，2014 年，第 101 頁。

33402）上的孚辭或用辭的刻寫靠近命辭而非驗辭。姚萱則提出了懷疑，認爲《花東》卜辭中的孚辭也可以看作"事後追記的對占卜情況是否'符合事實'的記錄"，與驗辭性質接近。① 孫亞冰同意姚説，認爲孚辭是占卜有結果後刻記的，並提出了證據，逐條反駁裘説：①孚辭、用辭有的是針對被省略的占辭，與驗辭並不重複；②裘説將用辭與孚辭亦視爲一種占斷，而卜辭中並無"允不孚""允孚"之説；③從文例而言，《合補》11642、《合集》33402 皆當自右向左讀，其孚辭或用辭其實更靠近驗辭。②

孫亞冰的第①點反駁，即用辭或針對被省略的占辭的觀點，有可能難以成立。現列出孫文所舉之例，討論其説：

(2) a. 丙申卜，翼（翌）日丁雨。兹用。不雨。

b. 戊雨。兹用。不雨。　　　　　　　（《屯南》2542［無名］）

(3) ……又（侑）歲大甲三十牢，易（錫）日。兹用。不易（錫）日，祝，雨。

《合集》32501＋《合補》10626＋《掇三》183＋《合集》32501 右半＋《合集》35200［歷二］）

孫亞冰認爲，辭 (2) (3) 並非占卜未能應驗，而是省略了與命辭內容相反的占辭，譬如辭 (2) 命辭爲雨，省略了占辭"不雨"，結果果然"不雨"。這種"占辭省略"説仍存在一定爭議。卜辭中省略占辭的情況是常見的，但在命辭與驗辭內容相悖的情形中，則很難斷定存在一個與命辭內容相反的、且被省略了的占辭。在一場占卜中，命辭是貞卜的內容，如前所述，往往帶有一定的判斷傾向，而占辭是根據兆象作出的判斷，如根據兆象作出的判斷與之前的判斷不一致，則更應該記錄下來以作存檔，而非省略不記。吳盛亞指出，這種"占辭省略"説預設了用辭是客觀事實的記錄，事實上所謂"省略"是缺

---

① 姚萱《殷墟花園莊東地甲骨卜辭的初步研究》，北京：綫裝書局，2006 年，第 97 頁。

② 孫亞冰《殷墟花園莊東地甲骨文例研究》，第 101—105 頁。

少内證的。吴盛亞認爲，用辭針對的是貞卜信息的重點。[①] 這就把討論的焦點置於用辭的指向上了。

用辭的指向問題，卜辭中可能有内證。姚萱曾舉出兩例用辭置於占辭之前的卜辭：

（20）丁丑卜：其🔲于🔲，叀入人，若，用。子固（占）曰：毋有屮（孚），雨。　　　　　　　　　　　　　（《花東》252［花東］）

（21）辛巳卜：新馭于以，隹（舊）在麗入，用。子固（占）曰：未艱[②]。屮（孚）。　　　　　　　　　　　（《花東》259［花東］）[③]

孫亞冰認爲，這兩條辭中的"用"表示"是否會應驗或采用"，這是很有見地的。但孫文將"用"屬之命辭，實無確證。還有一條卜辭，可能也是類似情況：

（22）庚辰貞：其陟🔲高且（祖）、上甲。兹［用］。王固（占）：兹🔲。　一　　　　　　　　　　　　　（《屯南》2384［歷二］）

這條辭的性質，如李學勤所言，當是卜辭。[④]"用"字從拓本上僅可見左邊的一竪，《屯南》釋文釋爲"用"，《小屯南地甲骨考釋》[⑤]《摹釋》《校釋》及"漢達文庫"皆從之。如果這種擬補可信，在這條卜辭中，用辭的位置也在占辭之前。

由此可總結，一條卜辭中，如僅考慮命辭、占辭、用辭，用辭的出現情況有以下四種：

A. 命辭＋占辭＋用辭

B. 命辭＋用辭＋占辭［如辭（20）—（22）］

C. 命辭＋用辭［如辭（2）—（6）］

---

① 吴盛亞《關於殷墟卜辭中用辭刻記時間的考察》，《出土文獻》第十五輯，上海：中西書局，2019年，第35—39頁。

② "未艱"從孫亞冰釋。參孫亞冰《殷墟花園莊東地甲骨文例研究》，第123頁。

③ 姚萱《殷墟花園莊東地甲骨卜辭的初步研究》，第69頁。

④ 李學勤《殷墟甲骨兩系説與歷組卜辭》，《李學勤集——追溯·考據·古文明》，哈爾濱：黑龍江教育出版社，1989年，第100—103頁。

⑤ 姚孝遂、肖丁《小屯南地甲骨考釋》，北京：中華書局，1985年，第33—34頁。

D. 僅記用辭

雖然情況 A 更爲常見，但是有情況 B 的用例，似可説明用辭本身並不專門針對占辭，而是表示用辭之前的判斷是否被采用。在情況 B 的占卜活動中，用辭先於占辭出現，用辭所代表的行爲被安排在占卜活動之中，而非占卜之後進行，不可排除用辭亦屬占卜活動的一環的可能。情況 A 中，若命辭與占辭一致，則無需區分用辭的指向；若命辭與占辭衝突，如吳盛亞所言，貞卜信息的重點在於占辭，用辭自然針對占辭。[①] 情況 C 中，用辭直接置於命辭之後，貞卜的信息重點在於命辭的内容，則用辭自當指命辭的采用情況。命辭即使與實際情況相違背，也不可以據此憑空補出與命辭相反的占辭。因此，孫文對裴文第①點的反駁是不成立的。

上文所述的孫亞冰針對裴文的第②點反駁亦難以成立。根據上文，用辭中的“用”，應當理解爲認爲可施行或會應驗，《説文》卷三“用，可施行也”，徐鉉注“卜中乃可用也”，皆是此意。用辭表示一種主觀判斷，並不需要應驗，無需“允用”。孫亞冰的第③點反駁值得考慮。裴文所列《合補》11642、《合集》33402 及孫文所舉《合集》30204，這三版的孚辭/用辭確實看起來相對靠近驗辭。但這不能排除以下可能：首先，命辭、孚辭/用辭的刻寫已用去骨邊上大部分位置，驗辭只能與孚辭/用辭緊鄰而刻；其次，相當多的甲骨材料可能屬二手材料，[②] 甲骨的刻寫時間與刻辭内容的發生時間極有可能並不一致。幾版甲骨的行款疏密，並不能説明孚辭/用辭與驗辭、命辭的關係遠近。

此外，黄天樹在分析“兹用＋時間詞”的卜辭（如《合集》32224“丙辰貞：又（侑）伐于父丁。兹用，丁巳”）時，認爲這裏的時間詞

---

① “當占辭的内容與命辭不同時，占辭提供了新的信息，貞卜信息的重點全落在占辭上，用辭自然針對占辭。”參吳盛亞《關於殷墟卜辭中用辭刻記時間的考察》，《出土文獻》第十五輯，第 35 頁。

② 吉德煒《貞人筆記：論商代甲骨刻辭屬二次性資料》，游順釗、麥里筱合編《甲骨文發現一百周年國際研討會論文集》，《倉頡》首特輯，2001 年，第 11—25 頁；又見《商承祚教授百年誕辰紀念文集》，北京：文物出版社，2003 年，第 239—252 頁；還可參夏含夷《海外夷堅志：古史異觀二集》，上海：上海古籍出版社，2016 年，第 10—11 頁。

表示“采用並施行命辭中所卜問的事情”的時間。[①] 但時間詞非常簡省，無由判斷其屬於用辭還是驗辭。黄天樹認爲用辭“表示采用此卜之問並予以施行”，[②] 對用辭的出現時間也未遽下結論。

總之，我們認爲，“用”指可施行/會應驗，用辭是在事實上有結果之前出現的。因此，我們認爲用辭與實際情況不符亦當屬占卜未驗的情況。這種情況見：

（23）a. 乙卯卜，子丙速[③]。不用。（《花東》294［花東］）

b. 壬子卜，子丙速。用。［丁］各，乎（呼）畬。（《花東》420［花東］）

（24）a. 丙辰卜，子其丐黍于帚（婦），叀配呼。用。（《花東》379［花東］）

b. 丙辰卜，子灸[④]其丐黍于帚（婦），若，侃。用。

c. 丙辰卜，子灸叀今日丐黍于帚（婦），若。用。（《花東》218［花東］）

（25）a. 己卯，子見（獻）晵以琡、璧于丁。用。

b. 己卯，子見（獻）晵以圭眔、璧丁。用。

c. 己卯，子見（獻）晵以圭于丁。用。

d. 己卯，子見（獻）晵以琡丁，侃。用。

e. 己卯卜，丁侃子。卩（孚）。（《花東》490［花東］）

（26）a. 甲戌卜，祝鬯甲祖一。用。

b. 甲戌卜，祝鬯甲祖二。用。（《花東》157［花東］）

（27）a. 甲子卜，王曰貞：翼（翌）乙丑咸毓祖乙歲，其皋

---

① 黄天樹《關於無名類等的用辭》，《殷墟王卜辭的分類與斷代》附録二，第 304 頁。

② 黄天樹《關於無名類等的用辭》，《殷墟王卜辭的分類與斷代》附録二，第 306 頁。

③ “速”字考釋參陳劍《説花園莊東地甲骨卜辭的“丁”——附：釋“速”》，《甲骨金文考釋論集》，北京：綫裝書局，2007 年，第 93—98 頁。

④ “灸”字，黄天樹以爲从火从今，釋“金”（黄天樹《花園莊東地甲骨中所見的若干新資料》，《古文字論集》，北京：學苑出版社，2006 年，第 452 頁）；蔡一峰以爲从山从今，改釋爲“陰”字初文（蔡一峰《“陰”字異構補釋》，《中國文字研究》第二十六輯，2017 年，第 53—55 頁）。該字字形分析似以黄説更爲允愜。

（遊），方虫其□。

　　　　　　b. 甲子卜，王曰貞：叙，毋塁（遊）。兹不用。卬

（孚）于雨。　　　　（《合補》8378＋《合集》25015＋《合補》7518①［出二]）②

　　辭（23）a "子丙速" 意爲貴族 "子" 於丙日延請商王，據 "不用" 可知，這條占卜未能採用。但據辭（23）b 可知，之後的實際情況是 "丁各"，也即丙日 "子" 延請了商王，商王來了。辭（23）a 的占斷意向與實際情況正好相反。辭（24）—（26）的解釋，可參吳盛亞文章。③ 辭（27）a 貞卜對毓祖乙祭祀完畢後是否出游，（27）b 的 "叙"，詞義與 "戠（待）" 相似，④ 命辭認爲不當出游，用辭没有采用命辭的説法（即認爲應當出游），而驗辭⑤則説明天氣狀況是下雨，是不適宜出游的。命辭的預測是準確的，而用辭却未采用命辭的説法，如將用辭視爲占卜的一環，則此次占卜無疑是未驗的。

　　辭（23）—（27）占卜的内容是可控的，如呼令誰、獻給丁什麽物品等。命辭給出了一種實施方案，爲用辭所肯定，但驗辭却表明，（由於種種原因）這種方案並未真的被施行；或者用辭否定了命辭的這種方案，但驗辭却證明命辭的方案已被施行或應該被施行。

　　還有一些卜辭也可能體現了占卜未驗，如：

---

① 本版爲嚴一萍、王雪晴綴合，彭裕商亦曾將《合補》8378 與《合編》25015 相綴。參王雪晴《甲骨綴合一則》，先秦史研究室網站，https://www.xianqin.org/blog/archives/14482.html，2020 年 11 月 9 日。

② 辭（23）（24）（25）爲孫亞冰所列的所謂用辭針對占辭的例句，見孫亞冰《殷墟花園莊東地甲骨文例研究》，第 99—142 頁；辭（26）爲沈培所列，見沈培《甲骨文 "巳"、"改" 用法補議》，《古文字與古代史》第四輯，"中研院" 歷史語言研究所，第 63 頁。此外，沈培還列出《花東》237 "（1）弜告丁，肉弜入［丁]。用。（2）入肉丁。用。不率。" 該辭的 "不率"，姚萱認爲是 "不盡" 之義，"可以視爲是一種折中，對兩卜來説都可認爲是施用了"（姚萱《殷墟花園莊東地甲骨卜辭的初步研究》，第 88 頁）。在此從姚萱之説，未將《花東》237 視爲占卜未驗之例。

③ 吳盛亞《關於殷墟卜辭中用辭刻記時間的考察》，《出土文獻》第十五輯，第 37—38 頁。

④ 陳劍《甲骨金文用爲 "遊" 之字補説》，《出土文獻與古文字研究》第八輯，上海：上海古籍出版社，2019 年。

⑤ 裘錫圭推測此句的 "卬（孚）于雨" 爲驗辭。參裘錫圭《釋 "厄"》，《裘錫圭學術文集·甲骨文卷》，第 451 頁。

（28）庚寅卜，出貞：今夕亡囚（憂）。虫（害）。

（臺歷博 574 ［出一］）

（29）……牢，易（賜）日。兹用。不易（錫）日。

（《合集》34029 ［歷二］）

（30）a. 癸未［貞］：甲申酒出入日，歲三牛，兹用。

　　　 b. 癸未貞：其卯出入日，歲三牛。兹用。

（《合集》34029 ［歷二］）

（31）a. ［癸亥］卜，古貞：肇于唐。用。

　　　 b. 癸亥卜，古貞：肇丁。用。　　（《合補》1247 ［賓三］）①

不過，辭（28）的“害”、辭（29）的“不易日”亦可能屬另一條辭；辭（30）（31）不一定是占卜有誤，亦有可能爲兩種方案同時被施行。在此僅列備參考。

以上共列舉了 21 條未能應驗的甲骨卜辭［辭（1）—（15）（18）（19）（23）—（27）］。這些卜辭作爲商代占卜的“實錄”，給我們以如下啓示：

其一，甲骨卜辭是用於記録占卜的特殊文獻。如前所述，古書信從卜筮的傾向显著，而在記録占卜的一手資料——甲骨文中，則仍然可見到占卜未能應驗的記載。《周禮·春官》記載“凡卜筮，既事則繫幣以比其命，歲終則計其占之中否”，説明負責占卜的古人也承認，占卜有不中者。可知在卜筮語境之中，因爲占卜的隨機性，不可避免會留下占卜不中、不驗的記録；占卜記録的傳播範圍極小，② 對占卜不驗的情況也無妨實録。但轉換書寫載體和語境，將卜事記録在以簡册爲載體的官方正式檔案之中時，史官則不會輕易將占卜未驗這類既損害宗教權威、又破壞占卜者威信的事情記録下來。在閱讀文獻時，不僅要區分文獻是否爲一手資料，也要對文獻的用途加以考量，要了

① 辭（29）—（31）爲吴盛亞所列，見吴盛亞《關於殷墟卜辭中用辭刻記時間的考察》，《出土文獻》第十五輯，第 36—37 頁。

② 蔣玉斌師在“識古知新：談談甲骨文字的考釋”講座中已提到，“甲骨卜辭用於特殊場合（占卜）、專業領域（巫史），其使用範圍較小，難與簡册、金文比擬”。

解並關注到甲骨卜辭作爲一種占卜文獻的特殊性質。

其二，商代末期占卜仍發揮着獨立作用。夏含夷認爲，商代末期，占卜的性質已經由卜疑預知，變爲對未來的一種控制；[①] 吉德煒也認爲，晚期卜辭變成商王生活中的例行公事。[②] 以上例子中時代最晚者屬無名類［辭（2）］，時代屬殷墟甲骨第三、四期。[③] 這些占卜結果與實際情況不符的記録，説明了占卜實際上仍參與決策，會提出不同意見，具備一定程度上的獨立性。誠如裘錫圭所説，“占卜決疑的性質一直到商末仍然没有改變”，[④] 未完全成爲一種例行公事，更没有變爲與祭禱相類的一種對未來的控制，仍在發揮着預知未來的作用。

附記：本文初稿蒙吴盛亞先生審閲指正，提供了中肯而詳盡的修改意見；在“古文字與出土文獻”會議上宣讀後，承蒙多位師友提出寶貴意見。此致衷心感謝！

［作者單位］馬尚：南開大學文學院

---

① 引自裘錫圭《關於殷墟卜辭的命辭是否問句的考察》，《裘錫圭學術文集·甲骨文卷》，第 335—337 頁。
② 吉德煒《中國正史之淵源·商王占卜是否一貫正確?》，《古文字研究》第十三輯，第 127 頁。
③ 黃天樹《殷墟王卜辭的分類及各類所占年代總表》，《殷墟王卜辭的分類與斷代》，北京：科學出版社，2007 年，第 9 頁。按馬智忠的分類，辭（2）《屯南》2542 當屬無名二 A 類，時代在康丁時期。參馬智忠《殷墟無名類卜辭的整理與研究》，吉林大學博士學位論文，2018 年，第 434 頁。
④ 引自裘錫圭《關於殷墟卜辭的命辭是否問句的考察》，《裘錫圭學術文集·甲骨文卷》，第 336 頁。

卜辭中"不惟"與"非"同義

莫伯峰

提　要：甲骨卜辭中"不惟"與"非"意義相同，"不惟"是"非"的來源，"非"是"不惟"的語音急讀。四個方面可以佐證：一、相同的形式對立：卜辭中"不惟"與"惟"對貞，"非"與"惟"不僅對貞，而且常搭配對舉。二、類組互補："不惟"主要在自小字、自賓間類、賓一、典賓和賓三等村北系卜辭中使用；"非"主要在花東、圓體等非王卜辭和歷一、歷二、無名等村南系卜辭中使用，類組差異造成了用語不同。三、語音關係："非"和"不惟"古音近同，"非"即"不惟"的急讀。四、演變痕跡：卜辭中"非惟"與"非"同義，是"不惟"向"非"演變的殘餘形態。

關鍵詞：甲骨　不惟　非　詞源

　　"不"和"非"都是甲骨卜辭中常見的否定詞，二者關係密切。我們認爲，"不惟"與"非"意義相同，卜辭類組差異造成二者用語不同，"不惟"就是"非"的來源。[①] 以下我們將通過四個方面論證這一觀點。

一

　　對貞卜辭中"不惟"與"惟"常常對立存在，量可至數百，兹按類組略選幾則爲例：

[①] 卜辭中"非"有兩類字形，一類作𠨍，一類作𠨌。于省吾《釋非》（載《甲骨文字釋林》）一文早已辨之甚詳。卜辭中"非"主要有兩種詞義，一種表否定，另一種是地名，這裏只討論作爲否定詞的"非"。

（1）貞：王夢啓，惟☒。

　　　王夢啓，不惟☒。　　　　　　　　　　　　　　《合集》122［典賓］①

（2）惟延岐。

　　　不惟延岐。　　　　　　　　　　　　　　　　　《合集》190［賓一］

（3）丁未卜貞：王夕深惟有由。

　　　不惟有由。二月。　　　　　　　　　　　　　　《合集》10506＋［賓三］

卜辭中"非"的數量要少很多，只有數十例，但同樣可充分體現與"惟"的對立。比如在對貞方面：

（4）丙寅夕卜：子有言在宗。惟泳。

　　　丙寅夕卜：非泳。　　　　　　　　　　　　　　《花東》234［花東］

（5）甲卜：子其往田，曰有求。非憂。

　　　惟憂。　　　　　　　　　　　　　　　　　　　《花東》181［花東］

（6）戊申卜：羸惟若。

　　　非若。　　　　　　　　　　　　　　　　　　　《屯南》2677＋［歷二］

（7）癸酉貞：日月有食，惟若。

　　　癸酉貞：日月有食，非若。

　　　　　　　　　　　　　《合集》33694＋（《合集》34149＋同文）［歷二］

在一些卜辭中，"非"和"惟"搭配對舉，同樣體現了這種對立：

（8）庚辰貞：日有戠。非☒惟若。　　　　　　　　《合集》33698＋［歷二］

（9）辛未歲祖乙黑牡一又鬯一。子祝曰：毓祖非曰云兕正祖，惟曰录畎不醇。　　　　　　　　　　　　　　《花東》161［花東］

雖然由於數量較少和甲骨殘破的原因，很多使用"非"的卜辭只剩下一條或半條卜辭，難以都體現與"惟"的對立關係。但是，這些卜辭所卜問的事項，有很多與使用"惟"或"不惟"的卜辭類似，可

---

① 本文中甲骨著錄書簡稱對照如下：《甲骨文合集》簡稱《合集》，《甲骨合集補編》簡稱《合補》，《小屯南地甲骨》簡稱《屯南》，《殷墟花園莊東地甲骨》簡稱《花東》，《殷墟小屯村中村南甲骨》簡稱《村中南》。

比照説明二者關係非常緊密，如以下這些例子：

A. 都爲占卜“𡆥”的卜辭

a. 使用“非”的卜辭

（10）乙巳貞：**非**𡆥。　　　　　　　　　　　《合補》10639［歷二］

（11）丁丑貞：卜求**非**𡆥。　　　　　　　　　《合集》34708［歷二］

（12）丁卯貞：**非**𡆥。　　　　　　　　　　　《合集》34709［歷二］

（13）己巳貞：**非**𡆥。　　　　　　　　　　　《合補》10639［歷二］

b. 使用“不惟”的卜辭

（14）癸丑卜方貞：**惟**𡆥。

　　　　貞：**不惟**𡆥。　　　　　　　　　　《合集》9741 正［賓一］

（15）貞：王夢**惟**𡆥。

　　　　貞：王夢**不惟**𡆥。　　　　　　　　《合集》272 正［典賓］

B. 都爲占卜“若”的卜辭

a. 使用“非”的卜辭

（16）**非**若。　　　　　　　　　　　　　　　《合集》32722［歷一］

（17）……王……東**非**若。　　　　　　　　《合集》34710［歷二］

b. 使用“不惟”的卜辭

（18）癸亥卜永貞：兹雨**惟**若。

　　　　貞：兹雨**不惟**若。　　　　　　　　《合集》12898 正［賓一］

（19）貞：王夢**惟**若。

　　　　貞：王夢**不惟**若。　　　　　　　　《合集》17397 正［賓一］

C. 都爲占卜“辛”的卜辭

a. 使用“非”的卜辭

（20）貞：**非**辛**惟**广。　　　　　　　　　《合集》13845［賓三］

b. 使用“惟”的卜辭

（21）**惟**辛。　　　　　　　　　　　　　　　《合集》12312 正十［賓一］

D. 都爲占卜“兹”的卜辭

a. 使用“非”的卜辭

（22）丙辰**非**［茲］，亡若。　　　　　　　　《合集》21985［圓體］

b. 使用"不惟"的卜辭

（23）貞：**不惟**茲，亡若。　　　　　　　　《合集》12312 正十［賓一］

E. 都爲占卜"𠦜"的卜辭

a. 使用"非"的卜辭

（24）**非**𠦜……　　　　　　　　　　　　《合集》32683［歷一］

（25）**非**𠦜。　　　　　　　　　　　　　《合集》34709［歷二］

b. 使用"惟"的卜辭

（26）□辰卜王貞：千**惟**𠦜余□。　　　　　《合集》21295［𠂤小字］

　　後世文獻中，"不惟"不再與"非"表示相同的意義，而表示
"不僅、不但"這樣的意義。因此，卜辭是唯一可見"不惟"與"非"
同義的語言材料。而"非"與"惟"的對立一直延續下來，在傳世文
獻中多見，茲略舉幾例：

（27）**非**先王不相我後人，**惟**王淫戲用自絕。《尚書·西伯戡黎》

（28）**惟**汝衆自作弗靖，**非**予有咎。　　　　　　《尚書·盤庚》

（29）黍稷**非**馨，明德**惟**馨。　　　　　　　　　《尚書·盤庚》

二

　　由於"不惟"和"非"都廣泛存在於甲骨卜辭之中，因此過去常
常認爲二者只是意義具有某些相似點的一組近義詞。但是"隨着甲骨
卜辭分類斷代研究的不斷深入，許多學者都注意到不同時期不同類組
的卜辭在文字形體和用字習慣上存在着明顯的差異，有時這些差異還
具有明顯的類組互補性"。[①]"不惟"和"非"實際上就是類組用語差
異的一種體現。下面我們用表格的方式展現"不惟"和"非"在甲骨
卜辭中類組分布的情況（表1）（甲骨卜辭類組體系，見文後"殷代卜

---

① 王子楊《甲骨文字形類組差異現象研究》，上海：中西書局，2013 年，第 2 頁。

辭分類分組表"):

表 1　"不惟"和"非"的類組分布表

不惟			非		
類組		來源舉例	類組		來源舉例
自組	自小字	《合集》21019、21297、21298	非王卜辭	花東	《花東》5、161、181、234
	自賓間類	《合集》9619、1917059＋、32607		圓體	《合集》21985、21987
賓組	典賓	《合集》122、176、201、440	歷組	歷一	《合集》32683、32722
	賓一	《合集》376、456、717、808		歷二	《合集》33147、33698、34709
	賓三	《合集》253＋、557＋、2233	無名組	無名	《合集》27251、31934
出組	出一	《合集》25029			
	出二	《合集》24901			
	歷二	《合集》34176＋		賓三	《合集》13845、15836
	婦女	《合集》22357		出二	《合集》24156、26808

　　從上表可以看出，"不惟"和"非"的分布具有很强的互補性。村北系從最早的自組卜辭（自小字、自賓間類）到賓組卜辭（賓一、典賓、賓三）再到出組卜辭（出一、出二），這一條不間斷的發展綫是"不惟"最主要分布的類組。而"非"則主要分布於非王卜辭（花東、圓體）以及村南系卜辭的歷組（歷一、歷二）和無名組（無名）中。在時代最靠後的歷二、賓三、出二等類型卜辭中，出現了極個別"不惟"和"非"並用的情況。從以上這種分布狀況來看，可以説村北系主要使用"不惟"，花東子卜辭和村南系主要使用"非"。

　　而從時間上來看，自小字和自賓間類是這些卜辭中最早的類組，因此宜將"不惟"看作是一種更早的形式。

三

　　除了相同的形式對立和分布上的互補，"不惟"與"非"還有十分密切的語音關係。

　　從上古音來看，"不"爲幫母之部，"惟"爲喻母微部，"非"爲幫母微部。將"非"理解爲"不惟"的急讀是非常適合的。"急讀"或稱之爲"急聲""合音"，宋人王觀國《學林》、清人顧炎武《音論》即有揭示，清人陳澧更充分舉例總結過這種語音現象——"何不"爲"盍"，"不可"爲"叵"，"如是"爲"爾"，"而已"爲"耳"，"之乎"爲"諸"，"者焉"爲"旃"等等，而且認爲"其語皆出於周秦時"。[①]

　　以陳澧所舉例子來看，"急讀"現象主要出現於虛詞領域。語言中的虛詞，要用文字記錄是很困難的，大多數漢語虛詞都是通過假借字來記音。"惟""不惟""非"這些虛詞，由於意義較虛，采用什麼樣的文字形式來記錄它們，常常就會出現一些差異。比如表示虛詞意義的〔惟〕，在文字上就有"惟、唯、維"多種不同字形。

　　"不惟"與"非"這種類組用語差異的現象，正是"急讀"現象的反映。雖然與通常的類組用字差異現象略有不同（不是一字對一字，而是一字對二字），但從語言和語音方面來看，是沒有問題的。

四

　　上文已提到，"不惟"與"非"語音十分密切，"非"的讀音就是"不惟"急讀所產生的。但"非"作爲"不惟"的急讀形式並不是一下就固定下來了，在這個演變過程中存在一種殘餘形態——"非惟"，

---

① 〔清〕陳澧《切韻考·卷六》，廣州：廣東高等教育出版，2004年，第157頁。

它是佐證這一演變過程非常好的材料。[①]

"非惟"在卜辭中數見,例如下:

(30) **非惟**。

惟之厂子腹。　　　　　　　　《花東》241［花東子卜辭］

(31) **非惟**焌。

允惟焌。　　　　　　　　　　《合集》34479［歷二］

(32) 戊午**非惟**咎……　　　　　　《合集》21987［圓體類］

(33) 貞:**非惟**二月。　　　　　　　《合集》26808［出二］

(34) 貞:**非惟**十一月。　　　　　　《合集》26809［出二］

(35) **非惟**。

己丑卜:惠……　　　　　　　《合集》31934［無名］

(36) **非惟**。

惠毋……　　　　　　　　　　《屯南》773［無名］

通過這些例子,可以清晰地看到,"非惟"也是"惟"的對立形式。而除了以上所舉,還有一個非常好的例子,更可以説明"非惟"與"非"的意義是完全一樣的,見下:

(37) 辛亥［卜］:商老**惟**若。

非惟若。　　　　　　　　　《村中南》356［歷二］

《村中南》是 2012 年公布的考古新出甲骨材料,可將這版卜辭與前引同爲歷二類的卜辭(6)進行比較:

(6) 戊申卜:贏**惟**若。

非若。　　　　　　　　　　《屯南》2677＋［歷二］

[①] 我們過去曾認爲"非惟"是"不惟"和"非"的中間過渡形態,孟蓬生先生和黄易青師提示,將"非惟"看作是"不惟"向"非"轉變後的一種殘餘形式更好。這種情況在合音詞中經常見,比如"盍"已是"何不"的合音形式,但之後卻可見"盍不"的形式;"諸"已是"之乎"的合音形式,而之後也還可見"諸乎"的形式。我們認爲兩位先生的意見比我們的看法更合理,今採納。

　　通過比較可以發現，二者都是占卜是否"若"的卜辭，"非惟"就是"非"的一種變化形式。對於［不是］這一意義，有時用"非"，有時用"非惟"，二者意義完全相同。"非"表示［不是］，"惟"表示［是］，二者連用其實存在明顯的詞義重複。因此，"非惟"是卜辭記錄［不是］這一意義時的一種殘餘形式，是"不惟"的使用慣性所導致的。而從類組情況來看，這些"非惟"出現於"花東""圓體""歷二""無名"等類型中，都是其中時代最晚的那些類型，也正可符合這種時間判斷。

　　綜上，通過對甲骨卜辭的分類組分析，並從多個方面將"不惟"與"非"進行了聯繫比對，可以對漢語中"非"的來源有更好的認識。

　　附記：洪波先生提示筆者，蒲立本在《古漢語語法綱要》中已經提到，名詞的否定詞"非"可能是"不惟"的合音。梅廣在《上古漢語語法綱要》也提到"卜辭'隹'是上古漢語前期通用繫詞，它的否定形式是'不隹'或'非'，後者是前者的合音形式"。武亞帥先生提示筆者，高亨在《老子正詁》中亦指出過"非"是"不惟"的合音。在此對二位先生表示感謝！

附：殷代卜辭分類分組表（見《甲骨拼合續集》，第 606 頁）

	全稱	簡稱	相當時代
村北系列王卜辭	自組肥筆類	自肥筆	武丁早期至武丁中、晚期之交
	自組小字類	自小字	武丁早期至武丁晚期
	☷類	☷類	武丁中期
	自賓間類	自賓間類	武丁中期
	賓組☷類	☷類	武丁中期
	賓組一類	賓一	武丁中期
	賓組二類（典型賓組類）	賓二（典賓）	武丁中期至祖庚之世，主要是武丁晚期
	賓組三類（賓組賓出類）	賓三	武丁晚期至祖甲之初，主要是祖庚之世

續表

	全稱	簡稱	相當時代
村北系列王卜辭	賓出類	賓出	武丁晚期至祖甲之初
	出組一類（出組賓出類）	出一	祖庚之初至祖甲之初
	出組二類	出二	祖甲時期
	事何類	事何類	祖庚、祖甲之交
	何組一類	何一	祖甲晚期至武乙之初
	何組二類	何二	廩辛至武乙
	黃類（黃組）	黃類	文丁至帝辛
村中南系列王卜辭	自歷間類	自歷間	主要是武丁中期，下限爲武丁晚期
	歷組一類	歷一	主要是武丁之物，下限爲祖庚之初
	歷組二類	歷二	主要是祖庚之物，上限爲武丁晚期
	歷草體類	歷草	主要是祖庚時期
	歷無名間類（歷無名間組）	歷無名間	祖甲晚世至武乙初年
	無名類（無名組）	無名	康丁（或上及廩辛之世）至武乙、文丁之交
	無名黃間類（無名黃間組）	無名黃間	武乙、文丁之世
非王卜辭	子組（丙種卜辭）	子組	武丁早期至武丁中、晚期之交
	午組（乙種卜辭）	午組	武丁早、中期之交至武丁晚期之初
	婦女卜辭（甲種卜辭）	婦女	武丁中期
	圓體類（丙種a屬）	圓體	武丁中期
	劣體類（丙種b屬）	劣體	武丁中期
	侯南子類	侯南	廩辛之世
	屯西子類	屯西	康丁至武乙之世
	花東子類（花東子組）	花東	武丁中晚世

[作者單位] 莫伯峰：首都師範大學甲骨文研究中心、"古文字與中華文明傳承發展工程"協同攻關創新平臺

殷墟甲骨文"从皀从収"之字重議

陳　劍

　　提　要：殷墟甲骨文中所謂"从皀从収"之字，可分爲"叀""敻"和"叡"三類字形。諸形應認同爲一字，且與"戏（登）"字徹底區分開。其字或與僅作"皀"形者通用，後者亦與"豆"或"戏（登）"無關。"叡"等用於謂戰争聚集人衆或祭祀聚集犧牲之辭者，可從已有研究者提出的讀"勹"之説。用作祭祀動詞，以"黍""祭""宜""牛""羌"或"及"等爲賓語者，應釋讀爲"饋"；"叀"等形作"雙手奉簋實以進"，即表饋食之"饋"義；〔饋〕之語源/得義之由，應本即"皀（簋）"，故"皀（簋）"字亦可同表〔饋〕。

　　關鍵詞：甲骨文　考釋　皀　饋　登

一、"从皀从収"之諸形當爲一字

　　殷墟甲骨文中極爲常見的所謂"从皀从収"之字，以其"収"形與"皀"形之相對位置爲別，可大致分作三類：隸定作"叡"者，其"収"形位於上方簋中"食物形"的兩側；"敻"之"収"形位於全字中下部（上兩類"収"形或省而只作"又"形）；"叀"之"収"形位於下部簋形圈足兩側或全字下方。如下所舉：

　　A. "叡"（此類形最多，主要見於典賓類，下僅擇要略舉）：

　　《合集》358

　　《合集》7323

　　《合集》6835

《合集》13390 正

、　《合集》698 正（《乙編》751）

《英藏》150 正

《甲拼五》1194（《合集》7339＋《合集》7424）

《合集》6619（《乙編》4598）

《懷特》904

【以下歷類】

《合集》33018

、　《村中南》228

【附出二類省形】

《合補》7581

《英藏》2140[①]

B. "燉"：

《合集》7310（下略殘；辭爲 "貞：燉☒舀□☒"，應屬後述軍事卜辭類之 "燉人" "聚集" 類義者）

《合集》15862 正（《乙編》5002）

《英藏》657＋（ "☒貞：王～三千人呼伐☒" ，《契合集》13）

《合集》18223（《乙編》4202；辭殘用法不明）

《輯佚》665

【附出二類省形】

/　/　《合集》25239（《北珍》351）[②]

---

① 以上兩形辭例相類（見後），結合起來看可定爲係省去左上部分手形者（另《合集》18582 殘辭單字亦可參）。後者《金璋》37 摹本作，前者研究者或疑係 "訊" 字之殘，恐皆不確。

② 此字多被誤釋作 "殷"。兩拓本形前者採自《合集》25239，後者採自《北珍》351。據《北珍》拓本結合彩照可以斷定，其形右半就是 "又" 形。《甲骨文字編》第 1086 頁摹作，《新甲骨文編（增訂本）》第 187 頁處理作，《北珍》摹作，《甲骨文摹本大系》36736 號摹作，皆嫌不確。

C1. "𣅀":

/《合集》15859（《閒博》027）

《合集》30984（按放寬一點看，上兩形亦未必不可歸入上"㷉"類）

《合集》34525

《屯南》2833①

、《合集》34596（《安明》2344）

C2. "𣅀":

《合集》8712（辭殘甚，用法不明）

《合集》15860（《安明》292；辭殘甚，用法不明）

《屯南》2345

現所見各種文字編或字形表類工具書，多將諸形收爲一字，我認爲是可信的。對其釋讀，則諸書或從釋"登"之説，或以爲未識字。同時，從有關工具書和研究論著看，不以諸形爲一字，尤其是將其中"𣅀"類分出、單釋讀爲"戥（登）"之説，仍有很大影響。故先對此略作辨析。

從字形來看，諸形實無區分爲兩字之理。其間不同既難構成區別性特徵，從文字學上講亦難説清其爲不同之字的道理所在。"䀱"之"収"形恒位於"皀（簋）"中所盛"冒尖"的食物形兩旁，是其特徵所在；但此點既"無所取義"，亦不合情理，恐只能看作書寫之變而無關於文字系統本身。同類變化，如"戥（登）"之既可作（《屯南》2567）、（《合集》21221），亦可作（《合集》30306）、（《合集》376正）；"畟/畁（具）"之既可作（《花東》333），亦可

---

① 此形可與《屯南》1088"戥（登）"（用於講"新鬯"）形對比，其上不作"尖頭"形，仍可看出從"豆"與從"皀"之別。

作▨（《合集》22153），等等。其例甚多，不必備舉。又甲骨文“薦”字多作“収”形在“鷹頭”之下方或兩旁者（參看《甲骨文字編》第330—331頁），但亦可位於上方作▨（《合集》30949），皆其例。

從各類字形與用法的對應關係看，其間也有交叉，難以截然分爲不同之字。

“叠”多用於與軍事有關之辭，謂“叠人呼伐”“叠人若干（或‘若干人’）呼伐某方”等等，常見於典賓類卜辭。大家都很熟悉，不贅舉。研究者多解此類“叠”義爲“徵召”“徵集”“召集”“會集”“會聚”“聚集”，等等。按所謂“徵召”“徵集”，多半係源於其字與所謂“登（徵）”之糾葛（實際卜卜辭真正的“登”字亦本並無可靠的讀爲“徵”之例）；“會聚”“聚集”類之解，則確實是施於相關卜辭皆甚通的。

此類義之“叠”，有少數用於賓語爲“牛”“羊”“黍”者。例如（釋文皆用寬式）：

(1) 貞：其叠牛，飲于唐。　　　　　　　　　　　　　《合集》13390 正

(2) 癸巳卜，亙，貞：叠牛五▨

《甲拼三》612（《合集》3671 正＋《合集》8957）

(3) ▨叠羊三百▨　　　　　　　　　　　　　　　　《合集》8959

可對比《合集》698 正：“叠射三百。○勿叠射三百。”

(4) ▨叠羊▨　　　　　　　　　　　　　　　　　　《合集》8960

皆可與“叠人”類同以“聚集”義貫通作解。此與後舉“叠大甲牛三百”一類不同者，係謂先聚集其牲而後再於祭祀用之，“叠”本身尚並非祭祀動詞。

(5) 壬午卜，爭，貞：令叠取洛黍。

《懷特》448 正（《合補》1405 正）

卜辭未見“叠”有作人名之例，此“叠取”結構可理解爲連動關

係，謂"聚集而取之"。

此外，《合集》15862 正（《乙編》5002）殘辭存"啜（⿱⿳字）生"二字，亦應屬"聚集"類義者，與"収生"可相聯繫印證（《合集》20637："己巳卜，王，貞：呼𝄃収生于東。四月"），蔡哲茂先生讀"収生"之"生"爲犧牲之"牲"，[①] 如符合事實，則與上舉"餈牛""餈羊"更爲接近。另此⿱字形可對比《合集》8959 之⿱字，即前引(3) 中我們歸爲"餈"類者，亦可見其間"漸變"關係與"或難強分"此點。又《合集》39767（中圖 212）："［□］巳卜，爭，貞：叀□餈多屯☑"，[②] 按卜辭有"呼取有屯"（《合集》13515＋）、"擇多屯"（《合集》817）等，又多見"戠多屯"，聯繫起來看，則此"餈多屯"之"餈"或屬"聚集"類用法，或爲下述祭祀動詞，兩種可能皆有之。

"餈"又多見用作祭祀動詞，最典型的爲"餈＋祭祀對象＋祭品"成雙賓語結構，列舉如下。

　　(6) 貞：餈（⿱字）王亥羌。

　　　　《合集》475，同辭又見《甲拼》140（《合集》7690＋《存補》4.1.1)、《甲拼續》430（《合集》358｜349＋14637）

　　(7A) 餈父乙十羌。

　　(7B) 勿餈。　　　　　　　　　　　　　　　　《合集》914 反（《丙摹》33）

　　(8) ［□］巳卜，［□］，貞：餈［妣］己罘妣庚十仅。

　　　　　　　　　　　　　　　　　　　　　　　　《合集》699（《復旦》146）

　　(9) 餈大甲牛。　　　　　　　　　　　　　　　　　《合集》8958

---

① 蔡哲茂《卜辭生字再探》，收入《蔡哲茂學術文集·第一卷：甲骨文卷（二）》，新北：花木蘭文化事業有限公司，2021 年，第 287—289 頁。

② 金祥恒《"中央圖書館"所藏甲骨文字原稿》，宋鎮豪主編《甲骨文與殷商史》新七輯，上海：上海古籍出版社，2017 年，第 208 頁。"餈"字上方多殘，金祥恒先生所作摹本僅作"皀"形，本文初稿將其作爲後文所論"餈"可僅作"皀"之例。楊熠看後告訴我，金先生臨摹之形並不十分準確；"餈"字所從之"収"形，有一些是刻得比較靠上甚至有接近頂端的，故此片"餈"字中"収"形整個殘去也不是沒有可能，不好據其斷言該形是不從"収"的云云。其説有理，今據作刪改。

(10) 登大甲牛三百。 《懷特》904

(11A) 貞：登伐，燎。

(11B) 勿燎。 《合集》6477 反（《丙葦》160）

《合集》7613 一辭殘存"登""伐"兩字，或亦應連讀爲"登伐"。以上舊多被釋作"登"。又：

(12) 壬辰卜，[□]，貞：王賓登，亡［憂］。 《英藏》2140

(13) 甲子卜，大，貞：王賓上甲登叔，☒ 《合補》7581

其字形問題已見前述。另外，《合集》22598 三見亦用爲祭祀動詞之䰱字，研究者或認爲其右部即"登"，看作"燬"之異體，[①] 似可信。

同時，"燬"亦見用爲祭祀動詞：

(14) ［□］寅卜，旅，［貞：王］賓☒燬☒，［亡］憂。

《合集》25239

其字形問題亦已見前述。此與（12）、（13）同屬出二類，辭例亦相類。又：

(15) 甲午 [□]：翌乙未酒燬黍。 《輯佚》653＋665[②]

此例很重要。因其形䰱與多見於軍事卜辭、作"聚集"義講之䰱（《英藏》657），恐斷難説爲兩字。同時，其用法又與下舉所謂"𡴆"類形（皆作祭祀動詞用法）全同，可視爲連接兩類形之關鍵：

(16) ☒卜：𡴆黍☒ 《合集》30984

(17A) 丙午：𡴆宜。

---

① 見黃博《讀契札記四則》之"二、祭祀卜辭中的'燬'——兼釋何組卜辭中'燬'字異體"，及其所引楊熠説。黃德寬、劉紀獻主編《第八屆中國文字發展論壇論文集》，鄭州：中州古籍出版社，2022 年，第 207—211 頁。

② 周忠兵《〈輯佚〉綴合一例》，"先秦史研究室網站" https://www.xianqin.org/blog/archives/579.html，2008 年 12 月 29 日。

（17B）貞：勿㠯，酒翌丁未。　　　　《合集》34596（《安明》2344）

（18A）乙卯［卜］：來乙［□］酒品。

（18B）乙卯卜：勿㠯，丁卯酒品。　　　　　　　《合集》34525

（19）勿㠯，于之若。　　　　　　　　　　　　《屯南》2345

（20）丙午卜：㠯。　　　　　　　　　　　　《屯南》2833

以上祭祀動詞用法之"㠯"皆屬村中南系卜辭。又：

（21）貞：惠㠯（⬚）用。　　　《合集》15859（《合補》4483）

此辭一般斷爲賓出類或賓三類，應屬村北系没有問題。如欲將村北系中同作祭祀動詞之⬚、⬚分爲兩字，恐怕也是難以想象的。

二、諸形同樣用法者又多作"㠯"

先來看研究者多已注意到的典賓類中如下一例：

（22A）丙子卜，永，貞：王㠯（⬚）人三千呼［□］，翦畓。

（22B）［丙子卜］，永，貞：王勿餐（⬚）☒

《合集》6990 正甲（《乙編》6581）＋《合集》3895 正＋《合集》6990 正乙＋①

即"餐"之最常見用法者，可僅作"㠯"。此並非"缺刻"，因卜辭缺刻的一般規律，是普遍缺横畫或竪畫，與此不合。論者或會將其看作偶然的"省刻""省形"，此可能性確實難以完全排除。不過，研究者已多有討論的卜辭見於同版之"省形"情況，亦頗多所謂"省"

---

① 林宏明《〈殷虚文字乙編〉新綴十五例》之第 7 組，王宇信、宋鎮豪、徐義華主編《紀念王懿榮發現甲骨文 110 周年國際學術研討會論文集（2009 中國福山）》，北京：社會科學文獻出版社，2009 年，第 271—272 頁。上舉兩形分別位於《合集》6990 正甲、正乙，林宏明先生將《合集》3895 正遥綴入時曾謂："合 6990 甲乙是否一版之折，有待驗證。且即使爲一版之折，合 6990 兩版的綴合位置肯定是有問題的。"後楊熠新綴證實兩者確係一版之折，且已將其相對位置固定。見林宏明《甲骨新綴第 924 例》（"先秦史研究室網站" https://www.xianqin.org/blog/archives/16577.html，2022 年 4 月 26 日）下楊熠評論。

作者本即另一常見形的固有聲符之例，如"午—卬"（《合集》22047、22226）、"宁—賈"（《花東》7、352、367）、"禾—年"（《甲拼》233）、"〓—昔"（《合集》1772）、"刀—召"（《村中南》66）、"✕—妻"（《合集》822 正）、"♉—岳"（《村中南》451），等等。也就是説，"𠬝—餈"同版並見，亦完全可能係前者即後者聲符、二者爲讀音相通關係。

更爲顯著者，則是下述沈培先生所揭示出的大量祭祀動詞用法的"𠬝"與"㡆"相通之例。

花東子卜辭"𠬝"字多見，沈培先生認爲應釋讀爲"登"。[①] 此説的主要根據，是由花東卜辭"𠬝自西祭"[4（3 見）、170]與"登（登）自西祭"（214），[②] "𠬝自丁黍"（48）與"登（登）自丁黍"[363、416（兩見）]的辭例對比，推出"𠬝"即表"登"；[③] 同時又將前舉王卜辭諸"㡆"字皆釋爲"登"字異體，援王卜辭"豆"可讀爲"登"或者説"聂（登）"可只作"豆"之例（見《合集》1652"豆（登）□來祭"、《合集》32572 反"豆（登）黍"，同版有"聂（登）黍"），以説明"㡆"與"𠬝"之間同樣的字形交替關係。

此説將"㡆"與"𠬝"更普遍地聯繫了起來，肯定二者當表同一詞，是一個重要貢獻。我自己過去也曾長期信從（題中所謂"重議"，即與此有關）。但後來仔細考慮，感到將其皆釋爲"登"，還是很有問題。

最大的衝突，就是釋"㡆"爲"登"，跟前述與"㡆"應爲一字異體之"餈""𤈦"（沈文未論及此）難以兼容，因後者是肯定不能釋"登"的。從文字學上看，釋"㡆"爲"聂（登）"，其間應存在"𠬝、

---

① 沈培《殷墟花園莊東地甲骨"𠬝"字用爲"登"證説》，《中國文字學報》第一輯，北京：商務印書館，2006 年，第 40—52 頁。
② 《合集》4064 有"登𦎧來祭"，後出《村中南》65 亦有"于大乙聂（登）祭"，"祭"皆謂"祭肉"。
③ 宋鎮豪先生亦主張花東卜辭"𠬝"字"讀如登"，所舉主要亦即上述辭例對比證據。見宋鎮豪《花東甲骨文小識》之"五、釋𠬝—登"，《東方考古》第 4 集，北京：科學出版社，2008 年，第204—207 頁。

豆意符交替"這層關係,也缺乏强證。

再仔細檢查花東所有辭例,就會發現,"𠦶自西祭"與"登(登)自西祭","𠦶自丁黍"與"登(登)自丁黍",雖然辭例分別極爲近似,但有關諸辭卻全都並非同卜、卜同事、同文或同辭一類關係(包括僅言"𠦶祭"之265、僅言"𠦶黍"之171)。亦即,諸辭關係並不能完全保證"𠦶"與"登(登)"二者必然爲換用無別、表同詞關係,而完全可能係在不同時間場景下所云對同一祭品的不同進祭方式。花東卜辭"登(登)"字共6見,與"𠦶"辭例大致相同者,即"～自西祭"與"～自丁黍"兩類。其餘兩例爲39兩見的"登(登)妣己友象",與"𠦶"字用例亦並無可聯繫認同之證。花東卜辭"𠦶"字共23見,絕大多數都作祭祀動詞用,其間亦未可見只能釋讀爲"登"之理。

另外還有一個疑點,或者説從字詞關係考慮不够自然直接之處。即花東卜辭既已數見"登(登)"字,則如其用省體表"登",也應該是作"豆"形更爲自然直接,而非如現所見大量作"𠦶"形者。就情理言,諸辭完全可能本係對同一"自西祭/自丁黍"分別就用"登之"抑或"𠦶之"而貞卜;就用字習慣言,則將其區分作兩字兩詞,不但完全可能,毋寧説還更爲自然合理——如此則存續時間並不太長的花東卜辭之用字習慣即更爲統一、不那麼複雜。

沈培先生文已詳舉前述"𥄗"之字形與辭例,與王卜辭4例所謂"𠦶"用爲"登"者對比,即《屯南》2040("其𠦶黍"),《屯南》1114、《合集》32653(皆"勿𠦶"),和《合集》34602("其𠦶"與"勿𠦶"對貞)。再略補充如下:

(23)☑貞:乙亥陷麋,擒七百麋,用𠦶()☑。《屯南》2626

此辭略作變換亦即"𠦶麋",與前舉"督伐""𥄗黍""𥄗宜"等相類。

(24)丙辰卜:王于來丁𠦶()祖丁。 《屯南》附14

（25）□寧方惠皂（☒）比翌用。 　　　　　　　　　　《屯南》2380

從他辭看，"寧方"係謂"寧某（風、雨、疾、蠱等）于方"義。此貞謂以"皂"祭而寧定某災患，關心"用皂"的具體時間。

（26）□皂（☒）翌丁未其陟用。 　　　　　　　　　　《英藏》1249

此據上辭及前（21）"惠皂用"而確定"皂"字用法。另外，《合集》30499"又皂（☒）"連文，據花東多見的"又皂"辭例，可能也是同一用法。

花東卜辭"皂"字作祭祀動詞用法者，如171："乙巳：歲祖乙三豕，子祝，皂黍。在□。"與前舉（15）"燹黍"、（16）"裊黍"同。又170："癸丑：宜鹿。在入。○甲寅，在入：皂。用。""皂"單作一句讀，如前舉（20）之"裊"；再考慮到其兩干支相連，則後辭之"皂"指向的賓語最可能就是前一天所説之"（鹿）宜"，此則又與前舉（17A）"裊宜"同。

總結上述，有關字形和用法關係可列爲表1：

表1

字形	豎	燹	裊	皂
"聚集"類義	+	+	—	+
祭祀動詞	+	+	+	+

其中唯一的缺環，是"裊"類形還沒有看到有用於"聚集"類義者。這可以解釋爲，"豎""燹"形數量衆多，絕大多數見於本就占殷墟卜辭大部分的賓組卜辭（"豎"形可看作典賓類的特色），故其用法分布可以較爲全面（同時也容易使人產生"豎"形才是"標準寫法"的某種"錯覺"）；而典型的"裊"形，如前所舉，本多見於村中南系卜辭；由於其出現頻次與所屬類組卜辭內容的限制，故未見用爲"聚集"義者。此算不上什麼反證。同時由以上所論又可知，"皂""豎、燹、裊"與"豆""戜（登）"，皆可從字形到用例都徹底區分開，本無關係。

三、“聚集”類義者讀爲“勼/鳩”可從

張亞初先生曾援引前舉“皀人”之例，解釋“畟”字謂：

> ……可證這是從攴從皀以皀爲基本聲符之字。舊釋饗、釋
> 登，均不確。這是勼字初文。《説文》：“勼，聚也。從勹九聲，
> 讀若鳩。”勼字文獻假爲鳩。皀（殷）字或作朹、匭和軌，與勼、
> 鳩都以九爲聲符，故可相通。卜辭畟人即召集、斂聚人，于文意
> 正相合。①

當時所論，其根據還是很薄弱的，故不爲人所信。由上舉大量
“皀”與“畟”相通之例，可知確應據“皀”音立論；據此而讀爲“勼/
鳩”（按本文看法，“畟”並非所謂“勼字初文”），亦甚爲直接且相通
之證衆多，於辭意也最合。捨此很難想到更好辦法。

《説文・勹部》“勼”字段注：“《釋詁》曰：‘鳩，聚也。’《左傳》
作‘鳩’，古文《尚書》作‘述’，《辵部》曰：‘述，斂聚也。’《莊
子》作‘九’。今字則‘鳩’行而‘勼’廢矣。”所舉諸書之例分別
爲，《左傳・昭公十七年》“（少暤摯）爲鳥師而鳥名”一段，“祝鳩
氏，司徒也”云云，而結以“五鳩，鳩民者也”，杜預注：“鳩，聚
也。治民上聚，故以鳩爲名。”《尚書・堯典》“共工方鳩僝功”，《説
文・辵部》“述”字下引“《虞書》曰‘旁述孱功’”（《人部》“僝”下
引“《虞書》曰‘旁救僝功’”），僞孔傳：“鳩，聚也。”《史記・五帝
本紀》作“共工旁聚布功”。《莊子・天下》“禹親自操橐耜而九雜天
下之川”，陸德明《釋文》：“（九）音鳩，本亦作‘鳩’，聚也。”常訓
爲“聚”的幽部字，還有聲母爲齒音的“遒”（《詩經・小雅・桑扈》
“萬福來求”，王引之《經義述聞》讀“求”爲訓“聚”之“述”，按
《商頌・長發》“百祿是遒”，毛傳：“遒，聚也”）、“摯”等，可能也

---

① 張亞初《古文字分類考釋論稿》，《古文字研究》第十七輯，北京：中華書局，1989 年，第 254 頁。

有同源關係。

如上引段注所言，後世"鳩"字更爲通行，有"鳩衆""鳩兵""鳩工"（聚集工匠）等詞，近義連用之"鳩集"則更爲常見（較早用例如《後漢書·孔融傳》"鳩集吏民"云云），"鳩"皆一般之"聚集（人）"義。《後漢書·馬融傳》（融所作《廣成頌》）："然後舉天網，頓八紘，摯斂九藪之動物，繯囊四野之飛征，鳩之乎兹圃之中。"《文選》卷三張平子（衡）《東京賦》："悉率百禽，鳩諸靈囿。"薛綜注："鳩，聚也。……謂集禽獸於靈囿之中。"卜辭"鳩犧牲若干"以備祭祀，"叝"可接動物爲賓語，此亦略可相印證。

附帶談兩個略爲特別之例。近來新綴的一條卜辭：

(27) 貞：今早叝（鳩）下戸*人三千，呼盡伐，受有祐。

《合集》7311＋《英藏》1404[1]

此辭"戸*"與"呼"之間只作"三千"一字合文形式者，應讀作三字（此於 2023 年 9 月 23 日"大連市甲骨文研究與應用中心成立暨甲骨文研究高端論壇"聞之於黃天樹先生），[2]"人三千"或"三千人"皆有可能。聯繫參照亦言"盡伐"、辭例更密合之《合集》32276＋《合集》33018："辛丑貞：王叝（鳩）人三千盡伐召，受佑。"[3] 可知作如上釋讀，是最合適的。由此再來看舊有著名的如下之辭：

(28) 辛巳卜，殼，貞：叝（鳩）婦好人三千，叒（登）旅萬，呼伐 [□] 方，受 [有祐]。

《英藏》150 正[4]

首先，此"叝"（圖）與"叒（登）"（圖）恰好出現在同辭，足

---

[1] 展翔《殷契綴合第 92 則》，"先秦史研究室網站" https://www.xianqin.org/blog/archives/18890.html，2023 年 9 月 20 日。

[2] 參看黃天樹《甲骨文副詞"盡"和"二"字補說》，"2023 年古文字與出土文獻學術研討會"論文，見本書第 211—220 頁。

[3] 周忠兵《歷組卜辭新綴》，"先秦史研究室網站" https://www.xianqin.org/blog/archives/547.html，2007 年 3 月 26 日。

[4] 另研究者已指出，《合集》5822 殘辭"☑三千，叒（登圖）旅☑受☑"，與此應係同辭。

證其爲兩字，舊所謂釋 "𤔲" 爲 "登" 之説，完全沒有成立的可能（此點前人多已指出）。流行頗廣之所謂卜辭 "登" 或讀爲 "徵" 之説亦難信，因除去此例以及舊或誤與 "登" 相混之 "𤔲" "燈"，卜辭確定的一般之 "登" 字，其實並不存在所謂 "徵集" 或 "會聚" 一類用法。研究者多從羅琨先生説訓此辭之 "登" 爲 "成" "定"，解作 "組織編定萬人軍旅" 云云，[①] 應可信。

此外尚成問題者是，研究者對 "𤔲" 字釋讀及其與 "婦好" 的語法關係等，舊有認識亦頗爲分歧。按原 "好" 字與 "𢽏" 字之間，亦只作 "三千" 合文形式而無獨立之 "人" 字；據上引 "𤔲（鳩）下𠂆﹡人三千"，此辭釋讀作同樣結構的 "𤔲（鳩）婦好人三千"，就不存在問題了。卜辭稱 "屬於某（族）之人/某（族）領屬之人" 爲 "某人" 之例多見（如 "戈人" "束人" 分別即戈族之人、束族之人，等等）；卜辭常見的 "𤔲（鳩）人"，擴展爲 "𤔲（鳩）某人"，其意義並無實質性出入，不必牽連所謂 "爲動" 或 "與格賓語" 云云爲説。此辭意謂，鳩集婦好領屬之人三千（加上其他人）組成一萬人的軍旅，呼令征伐某方，是否受保祐。所謂 "加上其他人" 這層意思，應係此貞卜當時有辭中不必説出的背景，我們今天已難以明瞭，而並非憑空添出、"增字作解"。

四、祭祀動詞用法者疑讀爲 "饋"

前述祭祀動詞用法之 "𤔲" 等，字形與辭例相結合，研究者多已指出應表 "奉食以進獻於鬼神" 這一類義。上古漢語中有關之詞尤其是常用詞，如 "獻、烝、御、羞、薦、尊、進" 等等，殷墟卜辭中或是已有其詞，或是已有其字。其餘可供選擇者，要既常見而又音義相合，除了 "饋" 我想不到更好的。

---

① 羅琨《試析 "登婦好三千"》，吳榮曾主編《盡心集：張政烺先生八十慶壽論文集》，北京：中國社會科學出版社，1996 年，第 35—44 頁。

　　"饋"這個詞是很古老常見的。早期文獻中，《詩》《書》《易》皆已有之（均一見）。《詩經·小雅·伐木》"陳饋八簋"（此亦可見後述"簋"與"饋"之密切關係），《尚書·酒誥》"爾尚克羞饋祀"，《周易·家人》六二爻辭"無攸遂，在中饋，貞吉"。《左傳》《國語》中亦皆多見。釋讀殷墟卜辭"嗀"等爲"饋"，就正好填補上了出土文獻所見早期古漢語中這一"詞語空位"。

　　《周禮·春官·大宗伯》"以饋食享先王"，《説文·食部》及衆多舊注皆訓"饋"爲"餉也"，舊注亦多訓爲"進食也"。《周禮·天官·膳夫》："凡王之饋，食用六穀，膳用六牲。"鄭玄注："進物於尊者曰饋。"孫詒讓《正義》："凡經典於生人飲食、鬼神祭享通謂之饋，亦並取進餉之義，本不辨尊卑。"所"饋"之物，除了黍稷稻粱類"主食／'飯'"，亦多可包"肉食"而言，如上引"膳用六牲"；進獻於鬼神者亦同，故前舉卜辭多見所"饋"之物爲羌、🝕、牛、麋等"牲"或"肉餚"義之"宜"者。戰國楚卜筮祭禱簡中多有"舉禱（或"罷禱""賽禱"等）某某若干犧牲（或再加"酒食"），饋之"一類語，又新蔡簡單言"饋"者亦多見，皆可與殷墟卜辭相印證。

　　從讀音關係看，也沒有太大問題。"皀（簋）"古音在見母幽部，"饋"爲群母物部，中古都是合口三等字。其間韻部關係，係上古漢語多見的幽覺部與微物部相通轉，對此已有衆多研究者作過專門討論。與此所論密切相關的相通之例如，"饋""餽"一字異體，而古書所載商紂王時人"鬼侯"亦作"九侯"，二者多錯見互出，是其最顯著者。另如，與"簋"音韻地位極近、亦常與"九"聲字相通之"頄"字，又或與"頯"相通，此亦略可爲證。《莊子·大宗師》"其頯頯"《釋文》："向（秀）本作'頯'，云'頯然，大朴貌'。"又《莊子·天道》"而頯頯然"《釋文》："（頯），司馬（彪）本作'頯'。"

　　"𠂤"等形"象兩手奉皀（簋）"以表"進獻食物"義（且"皀"形本身，就是已在簋器中畫出表食物之形者），説爲"饋"之表意初文，亦最爲自然直接。雙手奉"皀（簋）"而"饋／餽"，猶如雙手奉

"豆"而"戠(登)",雙手奉"酉(酒尊)"而"尊"(尊進、進獻)、雙手奉"鼎"而"具"(具食、供食)。"𣪊"形中之"皀"又兼表音,亦猶"𡙸(奉)"形中之"丰"旁亦兼表音。所不同者,起表音作用之"皀"與"𣪊(饋)"還具有語源上的關係,此層則爲"𡙸(奉)"與"丰"之關係所無。

所謂"語源上的關係",亦即我認爲,"〔饋〕"詞應即得義於"皀(簋)"。"簋"乃上古最爲常用、最具代表性的盛食之器;表示"進食"義的"饋",即由"(盛食之)皀(簋)"所派生,是很自然的事。由此,卜辭或單用"皀(簋)"字表"〔饋〕",就更好理解了。其間關係,並非單純的假借,而係以母字兼表其派生詞。"𣪊"等則應理解作,係爲此派生詞另造的圖形式表意字。一方面,由於本存在此層特別關係,故卜辭多見"皀"與"𣪊"等二者相通之例;另一方面,由殷墟卜辭"皀"與"𣪊"等尚皆可兼表其假借義"〔鳩〕"來看,當時兩字還遠未分化開。

〔作者單位〕陳劍:復旦大學出土文獻與古文字研究中心、"古文字與中華文明傳承發展工程"協同攻關創新平臺

日本慶應義塾大學所藏殷墟甲骨[*]

崎川隆　陳曲　董晶卉　李　静

提　要：日本慶應義塾大學文學部、圖書館、斯道文庫等三處單位共收藏 80 多片殷墟刻字甲骨。本文對這三批甲骨實物材料重新進行了全面的整理、調查研究，以拓本、照片、摹本形式著録全部有字材料，進而對刻辭文本進行釋讀分期、分類等基本整理工作，並對每一批材料的來源、流傳、以往著録情況等問題進行初步考察。

關鍵詞：殷墟甲骨文　古文字　流散海外文物　林泰輔　慶應義塾大學

前　言

日本慶應義塾大學共收藏三批 87 片殷墟刻字甲骨，分藏於如下三個機構：第一，文學部史學科民族學考古學研究室（70 片）；第二，斯道文庫（16 片）；第三，圖書館（1 片），其來源和入藏時間不同。對於其中的第一、第三批材料，曾有學者做過初步調查研究，主要以摹本形式將其部分材料發表於《甲骨學》《史學》等刊物上，但未見公布全片材料及其照片、拓本、釋文等。至於第二批材料，目前還没有人做過基本整理工作。鑒於此，本文對這三批甲骨實物材料重新進行了全面的整理、調查研究，以拓本、照片、摹本形式著録全部有字材料，進而對刻辭文本進行釋讀分期、分類等基本整理工作，並對每一批材料的來源、流傳、以往著録情況等問題進行初步考察。

---

*　本文係“古文字與中華文明傳承發展工程”項目“日本收藏殷墟甲骨實物材料的再統計和重新整理”（G3904）的階段性成果。

一、文學部民族學考古學研究室所藏甲骨（70 片）

該研究室現藏的 70 片殷墟刻字甲骨分裝於兩個鐵盒和一個桐箱之中，保存狀況良好。據慶應大學圖書館的相關記錄可知，這批材料購藏時間大致在 1904 年至 1921 年之間，[①] 原爲該校圖書館所藏，後被移交至文學部考古學研究室（即現藏單位前身）。

20 世紀 40 年代，該校講師保坂三郎第一次對這批甲骨做了初步調查研究，1941 年發表《慶應義塾大學圖書館藏甲骨文字》（簡稱《慶藏》）一文，[②] 文中公布了 18 片甲骨的縮印拓本及釋文。遺憾的是，當時期刊雜誌用紙不佳，印刷效果相當惡劣，而且紙張酸化嚴重，拓本上的字跡很難辨析。後來，在 20 世紀 60 年代，東京大學松丸道雄教授對這批材料重新做了學術調查，在《日本散見甲骨文字蒐彙（三）》（簡稱《日彙》）[③] 中以摹本形式介紹了 22 片刻辭甲骨（其中包括《慶藏》中已公布的 18 片）。此摹本又收入《古文字研究》第三輯（1981 年）[④] 以及《甲骨文合集》第 13 册[⑤]中，後來 2019 年出版的《〈甲骨文合集〉第十三册拓本搜聚》（中華書局，2019 年）將其中的 16 片摹本替換成曾經在《慶圖》中公布過的舊拓本。

此外，20 世紀 70 年代，慶應義塾大學鈴木公雄教授和武者章先生對該研究室所藏考古資料進行通盤整理時發現，該研究室除了已公布的 22 片以外，還收藏有 40 多片刻字甲骨材料。但由於此時的整理工作時間十分緊張，人員、經費有限，對這些新見甲骨材料未能展開

---

① 購藏這批甲骨的時間爲"田中一貞任慶應義塾大學圖書館館長時期（即 1904—1921 年）"。參看《慶應義塾大學圖書館史》，慶應義塾大學三田情報センター，1972 年。

② 載於《史學》第 20 卷第 1 號，1941 年。

③ 載於《甲骨學》第 9 號，1961 年。

④ ［日］松丸道雄著，劉明輝譯，東由校《散見於日本各地的甲骨文字》，《古文字研究》第三輯，1981 年。

⑤ 郭沫若主編《甲骨文合集》，北京：中華書局，1978—1982 年。

全面、深入的調查研究。①

　　本次調查則以如上整理、研究爲基礎，對該研究室所藏的全部刻字甲骨材料進行了編號、拍攝、拓印、摹録、釋讀、分期、分類以及著録情況調查等基本整理工作。拍攝、拓印由崎川隆負責，摹録、釋讀以及相關調查工作則由陳曲負責。②

二、斯道文庫所藏甲骨（15 片）

　　該文庫收藏日本著名漢學家、甲骨學家林泰輔（Hayashi Taisuke，1854—1922）舊藏的殷墟刻字甲骨 15 片（書號：林.17.1）。這批甲骨爲林氏後人林直敬先生 1963 年委託給該文庫的 "林泰輔稿本類資料"（該資料後歸爲斯道文庫所藏）的一部分。該文庫藏書目録將其記爲林氏遺稿《龜甲獸骨文字表》（6 册，未刊稿）的附件材料。③ 15 片甲骨集中裝在定製的中式紙盒中（長 21.5 釐米×寬 17.4 釐米），保存狀況良好。經過初步調查可知，這 15 片刻字甲骨似乎都是以往没有著録過的新見材料，松丸道雄《日本蒐儲の殷墟出土甲骨について》④、孫亞冰《百年來甲骨文材料統計》⑤、葛亮《一百二十年來甲骨文材料的初步統計》⑥ 等以往的甲骨材料統計工作也没有提及這批材料。

　　本次整理工作應當是對這批材料所做的第一次比較系統、全面的學術調查。我們對每一片刻字甲骨材料進行了編號、拍攝、拓印、摹録、釋讀、分期、分類以及著録情況調查等基本整理工作。拍攝、拓印由崎川隆負責，摹録、釋讀以及排版等相關調查工作由董晶卉、李

① 20 世紀 90 年代鈴木公雄教授告知。
② 參看陳曲《日本慶應義塾大學所藏殷墟甲骨的整理與研究》（吉林大學碩士學位論文，2018 年）。
③ 參看《慶應義塾大學附屬研究所斯道文庫貴重書蒐選·圖録解題》第 140—141 頁，東京：汲古書院，1997 年。
④ 載於《東京大學東洋文化研究所紀要》第 86 册，1981 年。
⑤ 載於《故宮博物院院刊》，2006 年第 1 期。
⑥ 載於《漢字漢語研究》，2019 年第 4 期。

静負責。

三、圖書館所藏甲骨（1 片）

慶應義塾大學圖書館收藏 1 片刻字甲骨，平時由該圖書館"貴重書室"保管。保存狀況良好，裝在圖書館定製的無酸紙盒（長 18 釐米×寬 14 釐米）中。粘貼在甲骨反面的紙條上有記載，"中村三之助君寄贈"，但其入藏時間則不明。20 世紀 60 年代，松丸道雄先生對這片甲骨進行了學術調查，並在《日本散見甲骨文字蒐彙（三）》①中第一次介紹了該片甲骨的摹本及其收藏情況。該摹本隨後收入《古文字研究》第三輯②以及《甲骨文合集》第 13 册中。由於該圖書館"貴重書室"不允許製作拓本，我們只好以拍攝、摹録方式記録了此片甲骨。

四、釋文

（一）慶應義塾大學文學部民族學考古學研究室所藏甲骨釋文

慶民考 001

【材質】龜

【著録】《慶藏》保 2.1；《日彙》
　　331 甲（慶考 4）；《合集》40226

【分類】師小字類

【釋文】甲申［卜］。鼎（貞）：
　　今…乇（秳）…■…。

慶民考 002

【材質】骨

【著録】無

【分類】師賓間

【釋文】…㗊（禱）…又…。

---

① 載於《甲骨學》第 9 號，1961 年。

② ［日］松丸道雄著，劉明輝譯，東由校《散見於日本各地的甲骨文字》，《古文字研究》第三輯，1981 年。

慶民考 003

【材質】龜

【著録】《慶藏》保 2.2；《日彙》
　　328 甲（慶考 1）

【分類】師賓間類

【釋文】（1）甲 □ ［卜］。鼎
　　（貞）：■…允…丙…。
　　　　（2）□□卜。王 … 庆
　　（侯）…□…。

慶民考 004

【材質】龜

【著録】無

【分類】師賓間類

【釋文】…不夕…。

慶民考 005

【材質】龜

【著録】無

【分類】師賓間類

【釋文】□ ■ 卜。乎（呼）… 敖
　　…雀…。〖三〗

慶民考 006

【材質】不詳

【著録】無

【分類】師賓間類

【釋文】…雀。不其以伐…。

慶民考 007

【材質】骨

【著録】《慶藏》保 1.5；《日彙》
　　347 甲（慶考 20）；《合集》
　　41344

【分類】無名類

【釋文】…年…。

慶民考 008

【材質】骨

【著録】無

【分類】師賓間類

【釋文】… ［王其乇（逐）］。喪
　　鹿。〖一〗

慶民考 009

【材質】骨

【著録】《慶藏》保 1.8；《日彙》

慶民考 010

【材質】骨

【著録】無

333 骨（慶考 6）；《合集》40235

【分類】賓一類

【釋文】辛子（巳）雨。

【分類】師賓間類

【釋文】戊申…。

慶民考 011

【材質】龜

【著録】無

【分類】師賓間類

【釋文】子（巳）。

慶民考 012

【材質】龜

【著録】無

【分類】師賓間類

【釋文】用。

慶民考 013 正

【材質】骨

【著録】無

【分類】師賓間類

【釋文】（正）〖一〗
　　　　（反）不。

慶民考 014

【材質】骨

【著録】《慶藏》保 1.3；《日彙》
　　　　330 甲（慶考 3）；《合集》40231

【分類】師賓間類或賓一類

【釋文】（1）庚…。
　　　　（2）己…。

慶民考 015 正

【材質】龜

【著録】無

【分類】賓類

【釋文】（正）〖小告〗
　　　　（反）…方（賓）…。

慶民考 016

【材質】龜

【著録】無

【分類】典賓類

【釋文】鼎（貞）：…蚊（殺）…
　　　　才（在）涂。

慶民考 017

【材質】不詳

慶民考 018

【材質】骨

【著録】無

【分類】典賓類

【釋文】…■…弗隻（獲）。

【著録】無

【分類】典賓類

【釋文】…鼎（貞）：翼（翌）…。

慶民考 019

【材質】龜

【著録】無

【分類】典賓類

【釋文】小臣。

慶民考 020

【材質】龜

【著録】無

【分類】典賓類

【釋文】己未。

慶民考 021

【材質】骨

【著録】無

【分類】典賓類

【釋文】…鼎（貞）：…。

慶民考 022

【材質】骨

【著録】無

【分類】典賓類

【釋文】□□卜。亙［鼎（貞）］：…。

慶民考 023

【材質】龜

【著録】《日彙》48甲（慶考21）

【分類】典賓類

【釋文】□■卜…。

慶民考 024

【材質】骨

【著録】無

【分類】賓類

【釋文】…鼎（貞）：■…。

慶民考 025

【材質】龜

【著録】無

【分類】賓類

【釋文】…其…。

慶民考 026

【材質】龜

【著録】無

【分類】賓類

【釋文】〖二告〗

慶民考 027

【材質】骨

【著録】無

【分類】賓類

【釋文】〖二告〗〖三〗

慶民考 028

【材質】骨

【著録】無

【分類】賓類

【釋文】〖二〗

慶民考 029

【材質】骨

【著録】無

【分類】賓類

【釋文】〖二〗

慶民考 030

【材質】骨

【著録】無

【分類】賓類

【釋文】…■（十₌）■（月₌）…。

慶民考 031

【材質】龜

【著録】無

【分類】賓出類

【釋文】…戌［卜］。…■鼎（貞）：
　　…㞢（往）…。

慶民考 032

【材質】龜

【著録】無

【分類】賓出類

【釋文】…鼎（貞）：示■…。

慶民考 033

【材質】骨

【著録】《慶藏》保 2.5；《日彙》
　　334 骨（慶考 7）

【分類】歷二類

【釋文】弜（勿）。

慶民考 034

【材質】龜

【著録】　《慶藏》保 1.9；《日彙》
　　329 甲（慶考 2）；《合集》41142

【分類】出二類

【釋文】彗…歲…［亡（無）］戈（咎）。

慶民考 035

【材質】骨

慶民考 036

【材質】骨

【著録】《慶藏》保 1.10;《日彙》
　　339 甲（慶考 12）;《合集》41124
【分類】出二類
【釋文】辛子（巳）卜。行鼎（貞）:
　　王宜（賓）…歲…亡（無）文
　　（咎）。

【著録】《慶藏》保 1.2;《日彙》337
　　甲（慶考 10）;《合集》41268
【分類】出二類
【釋文】癸亥［卜］。□鼎（貞）:
　　今夕亡（無）囚（憂）。四月。
　　〖一〗

慶民考 037

【材質】骨
【著録】《慶藏》保 1.6;《日彙》
　　338 甲 （慶 考 11）;《合
　　集》41213
【分類】出二類
【釋文】□□卜。行［鼎（貞）］:
　　王宜（賓）…。

慶民考 038

【材質】骨
【著録】無
【分類】出類
【釋文】(1) 壬…王…。
(2) □戊卜。… 又（出）…
　　其…。

慶民考 039

【材質】骨
【著録】 《慶藏》保 2.3;《日彙》
　　336 甲（慶考 9）;《合集》41583
【分類】出類
【釋文】［□□卜］。涿［鼎（貞）］:
　　［王］宜（賓）戠（待）。［亡
　　（無）囚（憂）］。三月。

慶民考 040

【材質】龜
【著録】《日彙》335 甲（慶考 8）
【分類】出類
【釋文】…鼎（貞）:未…。

慶民考 041

【材質】骨
【著録】無

慶民考 042

【材質】骨
【著録】無

【分類】出類

【釋文】…鼎（貞）：乇（祜）…
■…。

慶民考 043

【材質】龜

【著録】無

【分類】出類或何類

【釋文】丁亥卜。王窐（賓）…。

慶民考 045

【材質】龜

【著録】無

【分類】出類

【釋文】…［亡（無）］文（咎）。

慶民考 047

【材質】骨

【著録】《慶藏》保 1.7；《日彙》340
骨（慶考 13）；《合集》41325

【分類】歷無名間類

【釋文】己卯卜。父甲𡚦勿牛。

慶民考 049

【材質】骨

【著録】無

【分類】無名類

【分類】出類

【釋文】…子…。〖一〗

慶民考 044

【材質】龜

【著録】無

【分類】出類

【釋文】□戌卜…。

慶民考 046

【材質】骨

【著録】無

【分類】出類

【釋文】吉。

慶民考 048

【材質】骨

【著録】《慶藏》保 2.8；《日彙》342
骨（慶考 15）；《合集》41421

【分類】無名類

【釋文】(1)重（惠）羊。又（有）正。
(2)重（惠）勿牛。又（有）正。

慶民考 050

【材質】骨

【著録】《慶藏》保 1.1＋2.6；《日
彙》344＋343 骨（慶考 17＋

【釋文】⺤囲（上甲）。

16)；《合集》41361＋41382

【分類】無名類

【釋文】…翊（翌）日乙王其逤于
向。亡（無）戋（災）。引吉。

慶民考 051

【材質】骨

【著録】《慶藏》保 2.7；《日彙》341
骨（慶考 14)；《合集》41408

【分類】無名類

【釋文】弜（勿）至酌。又（有）
大雨。

慶民考 052

【材質】龜

【著録】無

【分類】黃類

【釋文】…■鼎（貞）：…歲…。

慶民考 053

【材質】龜

【著録】無

【分類】黃類

【釋文】今［夕亡（無)］𡆥（憂）。

慶民考 054

【材質】龜

【著録】無

【分類】黃類

【釋文】…［王］宐（賓）…亡
（無）尤（咎）。

慶民考 055

【材質】骨

【著録】《慶藏》保 1.4；《日彙》346
骨（慶考 19)；《合集》41921

【分類】黃類

【釋文】(1) 癸酉卜。鼎（貞）：
王旬亡（無）𡆥（憂）。

(2) 癸未卜。鼎（貞)：

慶民考 056

【材質】骨

【著録】《慶藏》保 2.4；《日彙》345
骨（慶考 18)；《合集》41860

【分類】黃類

【釋文】甲子。乙丑。丙寅。丁
卯。戊辰。己子（巳)。庚午。
辛未。壬申。癸酉。□子。

王旬亡（無）囚（憂）。

慶民考 057

【材質】不詳

【著録】無

【分類】黄類

【釋文】□□卜。戊寅…。〖一〗

慶民考 058

【材質】龜

【著録】無

【分類】黄類

【釋文】甲申…■…。

慶民考 059

【材質】骨

【著録】無

【分類】黄類

【釋文】癸酉…。

慶民考 060

【材質】龜

【著録】無

【分類】黄類

【釋文】…鼎（貞）：王…。

慶民考 061

【材質】骨

【著録】無

【分類】黄類

【釋文】用。

慶民考 062

【材質】骨

【著録】無

【分類】待考

【釋文】□午…。

慶民考 063

【材質】龜

【著録】無

【分類】待考

【釋文】…■…十月。

慶民考 064

【材質】骨

【著録】無

【分類】待考

【釋文】八月。

慶民考 065

【材質】骨

慶民考 066

【材質】骨

【著録】《日彙》349 甲（慶考 22）　　　　【著録】無

【分類】待考　　　　　　　　　　　　　　　【分類】待考

【釋文】■卜…。　　　　　　　　　　　　　【釋文】〖五〗

慶民考 067　　　　　　　　　　　　　　**慶民考 068**

【材質】骨　　　　　　　　　　　　　　　　【材質】龜

【著録】無　　　　　　　　　　　　　　　　【著録】《日彙》332 甲（慶考 5）

【分類】待考　　　　　　　　　　　　　　　【分類】待考

【釋文】〖三〗〖三〗　　　　　　　　　　　【釋文】甲…。〖一〗

慶民考 069　　　　　　　　　　　　　　**慶民考 070**

【材質】骨　　　　　　　　　　　　　　　　【材質】骨

【著録】無　　　　　　　　　　　　　　　　【著録】無

【分類】待考　　　　　　　　　　　　　　　【分類】待考

【釋文】…■…■…　　　　　　　　　　　　【釋文】……。

（二）慶應義塾大學附屬斯道文庫所藏甲骨釋文

慶斯道 001　　　　　　　　　　　　　　**慶斯道 002**

【材質】龜甲　　　　　　　　　　　　　　　【材質】龜甲

【著録】無　　　　　　　　　　　　　　　　【著録】無

【分類】賓類或出類　　　　　　　　　　　　【分類】典賓類

【釋文】…■（李?）。　　　　　　　　　　【釋文】鼎（貞）：告于…。

慶斯道 003　　　　　　　　　　　　　　**慶斯道 004**

【材質】龜甲　　　　　　　　　　　　　　　【材質】龜甲

【著録】無　　　　　　　　　　　　　　　　【著録】無

【分類】不明　　　　　　　　　　　　　　　【分類】不明

【釋文】■（殘字）…。

【釋文】〖二〗（兆序）。

慶斯道 005

【材質】龜甲

【著録】無

【分類】黃類

【釋文】鼎（貞）：遘祭自囲（上甲）至于［多］毓（后）。

慶斯道 006

【材質】龜腹甲（左首甲＋左前甲＋中甲）

【著録】無

【分類】賓類（?）

【釋文】(1)〖一〗。

(2) …丁…〖二〗。

慶斯道 007

【材質】龜甲

【著録】無

【分類】賓類

【釋文】(1) 鼎（貞）：弜（勿）告。〖一〗。

(2) …□…。

慶斯道 008

【材質】龜甲

【著録】無

【分類】不明

【釋文】無字

慶斯道 009

【材質】龜甲

【著録】無

【分類】賓類或出類。

【釋文】…鼎（貞）…〖二〗。

慶斯道 010

【材質】龜甲

【著録】無

【分類】典賓類

【釋文】壬…自…子（巳）…。

慶斯道 011

【材質】龜背甲

【著録】無

【分類】典賓類

慶斯道 012

【材質】龜甲

【著録】無

【分類】師賓間類

【釋文】甲午卜，鼎（貞）：隻（獲）虎…。

【釋文】辛□卜，…員…〖一〗。

慶斯道 013

【材質】龜甲（左首甲）

【著録】無

【分類】賓三類或出一類

【釋文】（1）庚戌…屰（擒）■…夕（月）庚■…。

（2）…■…■…。

慶斯道 014

【材質】龜甲

【著録】無

【分類】典賓類

【釋文】正（1）…［母］庚…■…〖一〗。

（2）十二月。

反…兹（兹）曰：隹（唯）…。

慶斯道 015

【材質】牛肩胛

【著録】無

【分類】歷類（?）

【釋文】（1）…鼎（貞）：■…。

（2）□亥…。

（三）慶應義塾大學圖書館所藏甲骨釋文

慶圖 001

【材質】牛肩胛

【著録】《日彙》350（摹），《古文研》3—附録 45 頁（摹），《合集》（摹）

【分類】歷二類

【釋文】…鼎（貞）：翌丁未，步…。

五、圖版

（一）慶應義塾大學文學部民族學考古學研究室所藏甲骨

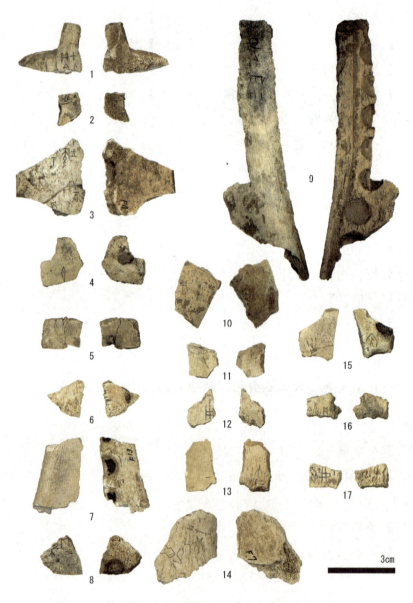

圖 1－1　慶應義塾大學文學部民族學考古學研究室所藏甲骨

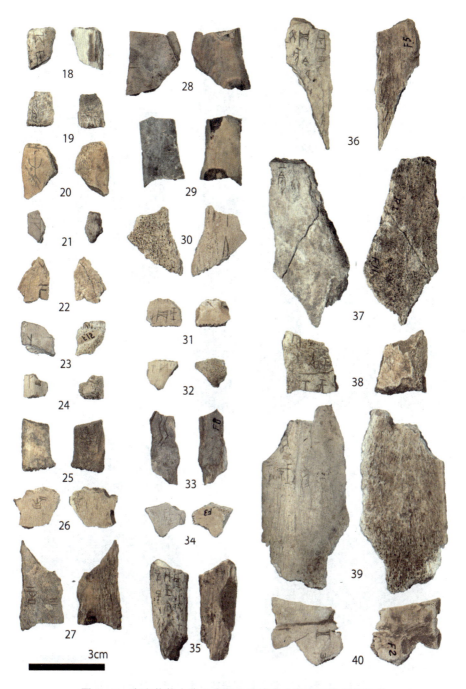

圖1－2　慶應義塾大學文學部民族學考古學研究室所藏甲骨

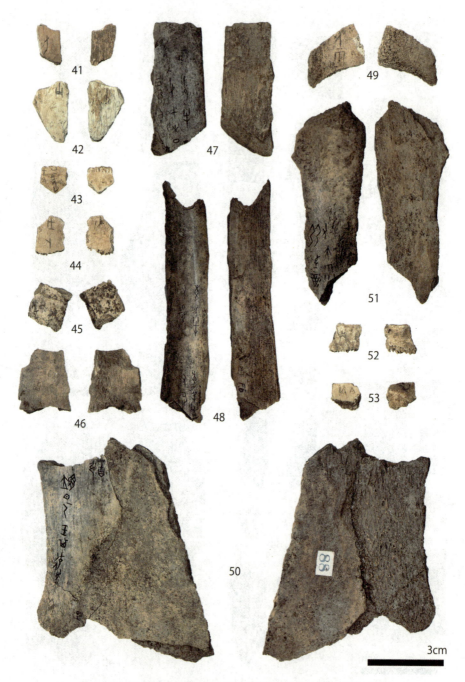

圖1-3 慶應義塾大學文學部民族學考古學研究室所藏甲骨

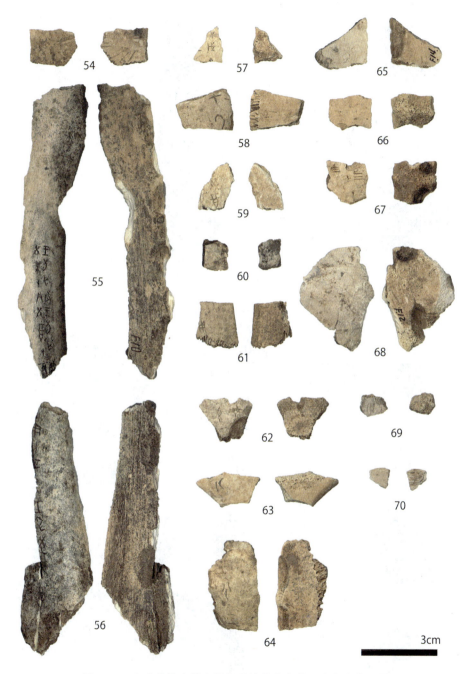

圖1-4　慶應義塾大學文學部民族學考古學研究室所藏甲骨

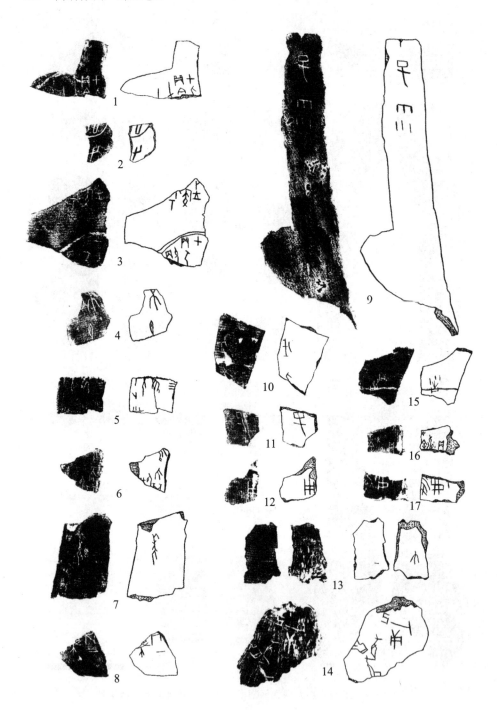

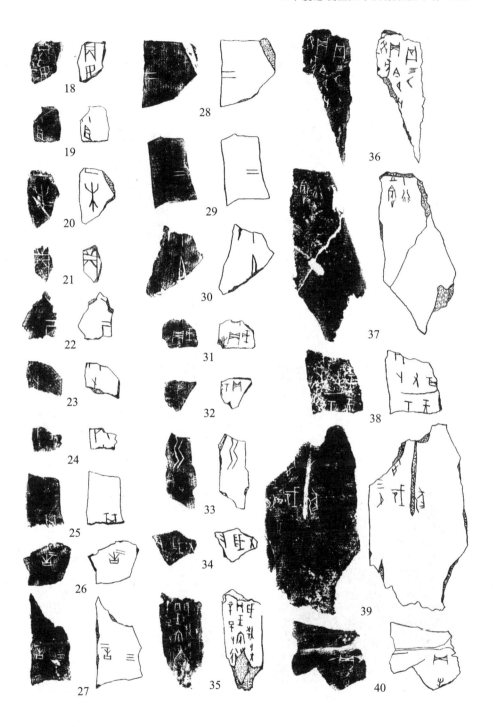

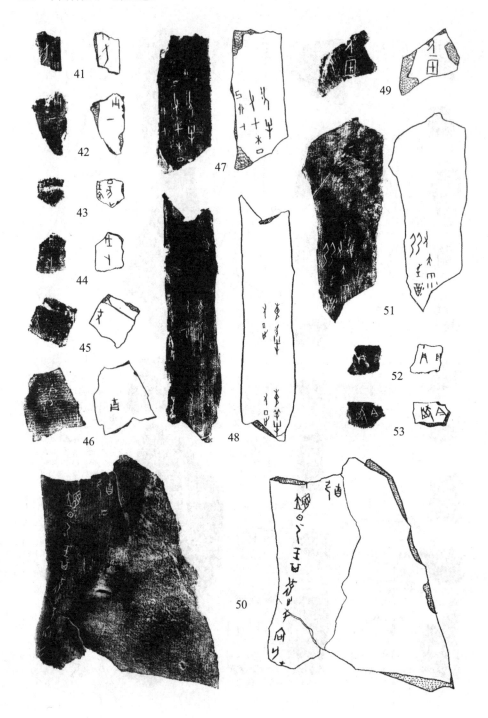

3cm

（二）慶應義塾大學附屬斯道文庫所藏甲骨、慶應義塾大學圖書館所藏甲骨

圖 2－1　慶應義塾大學附屬斯道文庫所藏甲骨、慶應義塾大學圖書館所藏甲骨

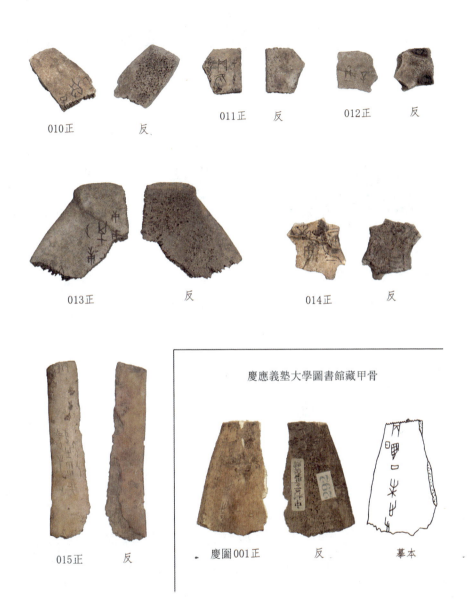

圖 2－2　慶應義塾大學附屬斯道文庫所藏甲骨、慶應義塾大學圖書館所藏甲骨

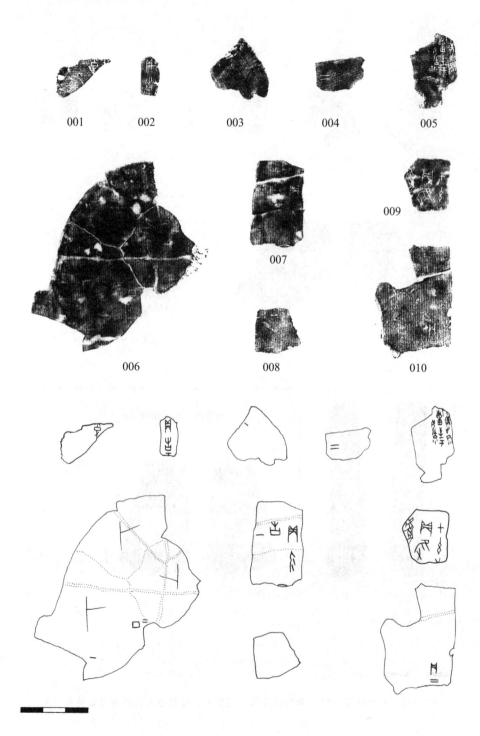

001　　002　　　003　　　004　　　005

009

007

006　　　　　008　　　　010

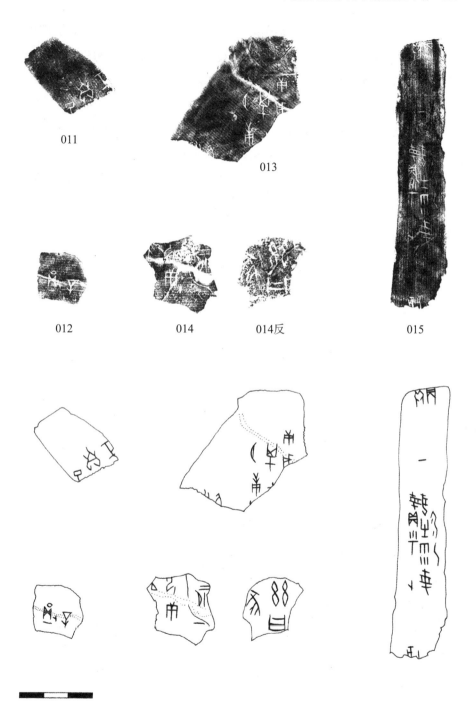

011

013

012　　　014　　　014反　　　015

　　附記：本文寫作、調查過程中承蒙日本慶應義塾大學文學部安藤廣道教授以及斯道文庫堀川貴司教授、住吉朋彥教授的幫助和指教，在此表示衷心感謝。

［作者單位］崎川隆、陳曲、董晶卉、李靜：吉林大學考古學院古籍
　　　　　　　研究所、“古文字與中華文明傳承發展工程”協同攻關創
　　　　　　　新平臺

甲骨文副詞"盡"和"二"字補説[*]

黄天樹

提　要：本文對甲骨文副詞"盡"和"二"字作些補説。首先，根據新綴的一條完整卜辭"眢下危人三千呼盡伐"，筆者認爲，"盡"是總括"下危人三千"的，即商王將要把徵集到的"下危人三千"全部投入戰爭。其次，筆者認爲，有些用在動詞之前的甲骨文數詞"二"字可以看作頻率副詞，表示同一動作行爲進行了兩次。例如《大系》50084説"弜疾，肩二往"之"二"是頻率副詞，卜辭卜問，由於人物"弜"患病而卜問能否"二往"即再次前往。

關鍵詞：　甲骨文　副詞　"盡"和"二"　補説

一、甲骨文範圍副詞"盡"字補説

我曾在《甲骨文中的範圍副詞》一文中談到甲骨文範圍副詞"盡"字用在動詞之前，表示總括全部，可譯爲"皆""全部",[①]並舉了下面三條例子。爲排印方便，下引卜辭釋文儘量用通行字。

（1）丙寅：隹（唯）不千盡降。

　　丙寅：降盡千。

《大系》62695＝《合集》21960［圓體］，圖1

---

* 本文爲"古文字與中華文明傳承發展工程"規劃項目"甲骨刻辭類纂新編"（YWZ－J001）、"甲骨文字新編"（YWZ－J005）的階段性成果。

① 黄天樹《甲骨文中的範圍副詞》，原載《文史》2011年第三輯；後收入《黄天樹甲骨金文論集》，北京：學苑出版社，2014年，第304—305頁。

（2）辛丑貞：王替人三千盡伐召，受又（祐）。

《大系》50462＝《合集》32276＋33018① ［歷一］，圖 2

（3）貞：今早☐替下危人☐呼盡伐☐受有祐。

《合集》7311 ［典賓］

我們再補充一條例子：

（4）貞：今早王叹人，呼盡［伐］☐。

《合集》7281＋南博網 817② ［典賓］

近日，展翔博士將《合集》7311 和《英藏》1404 綴合，見圖 3。③ 吳麗婉博士加綴《合集》923 正，見圖 4。④ 上引《合集》7311 原爲殘辭，經過展翔博士和吳麗婉博士綴合之後，得到下列這條完整的卜辭：

（5）貞：今早替下危年，呼盡伐，受出（有）又（祐）。

《合集》7311＋《英藏》1404＋《合集》923 正 ［典賓］，圖 4

在談我們對甲骨文範圍副詞“盡”字的釋讀之前，先要對上引新綴卜辭中的一些問題稍作交代和解釋。商王軍隊構成的基本力量是其民衆，因此要進行大規模的戰爭，只能臨時徵集、徵調民衆組成軍隊。徵調民衆在卜辭中稱爲“替人（或作“叹人”）”。被替者通常是“衆”（或作“人”“衆人”）。“這種廣義的‘衆’，意思就是衆多的人，大概可以用來指除奴隸等賤民以外的各階層的人。”⑤ 例如：

（6）己未卜，殼貞：王替年人，呼伐妍方，敀（捷）。

《大系》7065＝《合集》6640 ［賓一］，圖 5

---

① 周忠兵《歷組卜辭新綴》，https://www.xianqin.org/blog/archives/547.html，2007 年 3 月 26 日。
② 展翔《殷契綴合第 96、97 則》之第 97 則，https://www.xianqin.org/blo/archives/19016.html，2023 年 11 月 20 日。
③ 展翔《殷契綴合第 92 則》，https://www.xianqin.org/blog/archives/18890.html，2023 年 9 月 20 日。
④ 吳麗婉《甲骨拼合第 82－83 則》之第 82 則，https://www.xianqin.org/blog/archives/18939.html，2023 年 10 月 8 日。
⑤ 裘錫圭《關於商代的宗族組織與貴族和平民兩個階級的初步研究》，原載《文史》第十七輯，北京：中華書局，1983 年；後收入《裘錫圭學術文集》第五卷，上海：復旦大學出版社，2012 年，第 141 頁。

(7) 貞：餐人𠦏，呼伐舌方，受㞢（有）又（祐）。

《大系》13266＝《合集》6168［典賓］，圖 6

　　下危，方國名。卜辭提到"下危"多爲敵對方國，是商王征伐的對象。但是上引第（5）例新綴卜辭中的"下危"卻成爲商王的友邦，卜辭卜問商王是否徵調下危人去作戰。這條卜辭中的下危人爲什麼又能被商王徵調去作戰呢？裘錫圭先生解釋説：從《合集》7881賓組卜辭"貞危人率奠于☒"可以明白其原因。此辭卜問是否將危人奠於某地。這裏所説的危人無疑是由於戰敗而臣服於商，並被遷移到商王所能控制的地區定居的危方之人①。上引例（5）"今早餐下危𠦏"的主語應該是商王。"𠦏"是三字合文，在此應該讀爲"三千人"或"人三千"，皆文從字順。甲骨文裏常見兩字合文，也有三字合文，例如《合集》27310"惠𤔔奏"之"𤔔"字應是"父庚庸"三字的合文，"庸"即當大鐘講的"鏞"的初文②。"盡伐"之"盡"，是範圍副詞，當"皆"講，修飾動詞謂語"伐"字。《合集》7311原殘辭中的"盡伐"之"盡"字，劉釗先生説："典籍'盡'訓'終'，訓'止'，訓'竭'，皆全部徹底之義。'盡伐'義爲徹底地殺伐。"③張宇衛先生説："其説可從，'盡伐'亦有全面地殺伐之意。"④展翔博士説："此辭似乎要理解爲，徵集方國下危的三千人，呼令其對某方國進行趕盡殺絶式的征伐，是否會受到庇祐。"⑤大家知道，甲骨文範圍副詞可以分成兩類。一類總括主語，另一類總括賓語⑥。這條新綴卜辭省略了主語

① 裘錫圭《説殷墟卜辭的"奠"——試論商人處置服屬者的一種方法》，原載《"中央研究院"歷史語言研究所集刊》，第 64 本 3 分，第 661 頁，1993 年；後收入《裘錫圭學術文集》第五卷，第 169—192 頁。

② 參看《裘錫圭學術文集》第一卷，第 88 頁。

③ 劉釗《卜辭所見殷代的軍事活動》，《古文字研究》第十八輯，北京：中華書局，1989 年，第 113 頁。

④ 張宇衛《甲骨卜辭戰爭刻辭研究——以賓組、出組、歷組爲例》，臺灣大學文學院中國文學研究所博士學位論文，2013 年，第 29 頁。

⑤ 展翔《殷契綴合第 92 則》，https://www.xianqin.org/blog/archives/18890.html，2023 年 9 月 20 日。

⑥ 黃天樹《甲骨文中的範圍副詞》，原載《文史》2011 年第三輯；後收入《黃天樹甲骨金文論集》，北京：學苑出版社，2014 年，第 294—309 頁。

和賓語，以下根據我們的理解，用"［］"號補出主語和賓語：

> 貞：今早［王］餕下危♠，［王］呼［下危♠］盡伐［某方國］，受有祐。

從新綴卜辭可知，"盡伐"之"盡"字，並非總括賓語"某方國"，舊的解釋認爲是對"某方國"進行趕盡殺絶式的征伐，非是。我們認爲，這裏的"盡伐"之"盡"字，是總括主語"下危人三千"的，也就是説，應該解釋爲商王將要把徵集到的"下危人三千"一個不落地全部投入征伐"某方國"的戰爭中去。

二、甲骨文頻率副詞"二"字補説

我在《甲骨文中的頻率副詞》一文中曾談到五個頻率副詞"复""畐（畾）""尋""或""亦"，它們都用在動詞之前，是表示同一動作重複的一類副詞①。

2021 年，方稚松博士在《由一類特殊的占辭刻寫現象談甲骨刻辭的重刻——從〈合集〉1075 中的刮削談起》一文中提到甲骨文裏的"二"字有的用在動詞之前，② 他舉了下面兩個例子。

> （8）甲午卜，亘貞：翌乙未易（賜）日。王占曰："屮（有）求（咎），丙其屮（有）來艱。"三日丙申允屮（有）來艱，自東畫告曰："兒伯☒。"（以上刻在正面）王占曰："屮（有）求（咎）。"之日二屮（有）來艱，乃𣂤卸（御）史𡥈亦蚑（殺）人。（以上刻在反面）。

《大系》8597＝《合集》1075 正反［典賓］，圖 7—圖 8

① 黄天樹《甲骨文中的頻率副詞》，原載《首都師範大學學報（社會科學版）》2015 年第 1 期；後收入《黄天樹甲骨學論集》，北京：中華書局，2020 年，第 84—97 頁。
② 方稚松《由一類特殊的占辭刻寫現象談甲骨刻辭的重刻——從〈合集〉1075 中的刮削談起》，《文獻》2021 年第 1 期，第 4—18 頁。

（9）二虫（有）來艱。

《大系》14028＝《合集》7165 反［典賓］，圖 9

例（8）中的"之日二有來艱"是接在正面"甲午卜……三日丙申允有來艱，自東畫告曰兒伯☒"這條卜辭之後的，其中"之日"指的就是驗辭中提到的"三日丙申"，之所以說"二有來艱"是因爲前面已有一次關於"兒伯"的"艱"，而這第二次的"艱"就是後面所說"乃𡕥御史𤔲亦殺人"這件事。關於"二有來艱"的表述又見上引例（9）。

下面，我們補充三個"二"字用在動詞之前例子：

（10）癸酉卜，殼貞：旬亡（無）𡆥（憂）。王二曰："𡆥（害）。"王占曰："俞！虫（有）求（咎）虫（有）𡆥（痛）。"五日丁丑，王賓（儐）中（仲）丁，彶（蹶）陞才（在）𡩡（庭）𦥑。十月。

《合集》10405，《合集》10406 同文［典賓］

（11）乙丑卜：弜田助𤑗，受年。一月。

　　　［丙］寅卜：弜疒（疾），肩二往。一月。

《大系》50084＝《合集》20653＋《合補》6654［𠂤小］，圖 10

（12）其乎（呼）茲𚛕，叀（惠）☒。

　　　叀（惠）人二乎（呼）茲，王弗每（悔）。

《大系》60822＝《合集》31161［無名］

先談例（10）。

董作賓先生在《王二曰𡆥》一文解釋上引例（10）中的"王二曰𡆥"一句說：

　　這一次癸酉日殼來卜旬，武丁干親臨查看卜兆，進門之後曾說"𡆥"！"𡆥"！意思是"害，害"，如今人連稱"壞了"，"壞了"！或"糟了"，"糟了"！……這可知商代史臣"記言"的細心負責，能够把王所説的話和説話時的心情神態，描繪得如此逼真。①

《説文·氒部》："氒，木本，从氏，大於末，讀若厥。"唐蘭先生《中國文字發生史綱要》説：

> （清代）劉心源始釋金文 𠂆 爲氒字，是也。然《説文》之釋氒字則誤甚。氒象人蹶仆之形，乃蹶之本字，非木本也。②

"氒"字讀爲"蹶仆"之"蹶"。第一個例子中的"王二曰害"之"害"，即驗辭所記載的"五日丁丑，王儐仲丁，蹶陹在庭阜"這件壞事。甲骨文"陹"字與甲骨文"阩"字相對。"阩"字象人面阜（階梯）舉趾而上；"陹"字象人背阜（階梯）舉趾而下。"五日丁丑，王儐仲丁，蹶陹在庭阜"是一段驗辭，記載到癸酉日之後的第五天丁丑日，商王武丁在大庭祭壇舉行完對仲丁的迎神典禮後，在從大庭祭壇下階梯時跌倒了。這就呼應了前面"王二曰害"之"害"。

再談例（11）。

第二個例子中"乙丑"和"丙寅"干支相連，都在"一月"。説明這兩條卜辭的内容是有聯繫的。弜，人名。田，用作動詞，耕田。助，幫助③。𣪊，人名。受年，即得到好收成。"疒"字，我們曾指出，《合集》21054 與《懷特》1518 有一組在同一天爲人物"𠃜"患病而占卜的卜辭，《合集》21054 用"𤕫（疾）"字，《懷特》1518 用"疒（疾）"字，這組同文卜辭可以證明"疒"是"疾"字的異體。肩，助動詞，當能够講。"丙寅"條之所以説"弜疾，肩二往"是因爲"乙丑"條已有一次關於"弜田助𣪊"之事，而這是第二次的"弜田

---

① 董作賓《王二曰勹》，原載《董作賓先生全集》乙編第三册，臺北：藝文印書館，1977 年；後收入《甲骨文獻集成》第十八册，成都：四川大學出版社，2001 年，第 144 頁。

② 唐蘭《中國文字發生史綱要》，北平聚魁堂裝訂講義書局，1932 年；後收入《唐蘭全集》第一册，上海：上海古籍出版社，2015 年，第 240—241 頁。

③ 李學勤《試論董家村青銅器群》，原載《文物》1976 年第 6 期；後收入氏著《李學勤文集》，南昌：江西教育出版社，2023 年，第 341 頁。黃天樹《禹鼎銘文補釋》，原載張光裕、黃德寬主編《古文字學論稿》，合肥：安徽大學出版社，2008 年；後收入《黃天樹甲骨金文論集》，第 412—414 頁。

助𪊨"之事。但是由於人物"弜"患病而卜問能否"二往"即再次前往"助𪊨"。

最後談例（12）。

第三個例子中前一條卜辭説"其呼"，後一條卜辭説"二呼"，可知"二呼"即"再次呼令"。

大家知道，甲骨文裏的虚詞或者是由實詞虚化演變而成的，或者是假借實詞來記録虚詞。甲骨文"二"字，大多數是用作數詞的，少數用在動詞之前，可以看作頻率副詞，表示同一動作行爲進行了兩次。例如"王二曰"就是"王接連着説"。

2023 年 11 月 3 日初稿
2024 年 1 月 7 日改定

附圖

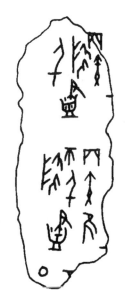

圖 1　《大系》62695　　　　　圖 2　《大系》50462

A:《合集》7311

B:《英藏》1404

圖 3

圖 4

圖 5 《大系》7065

圖 6 《大系》13266

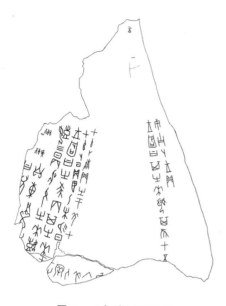

圖 7　《大系》8597 正　　　　　圖 8　《大系》8597 反

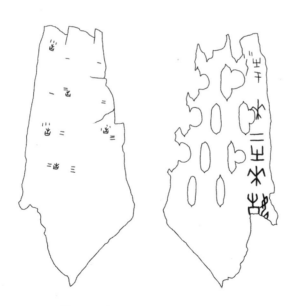

圖 9　《大系》14028 正　14028 反

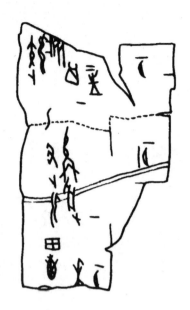

圖 10　　《大系》50084

［作者單位］黃天樹：清華大學出土文獻研究與保護中心

試論典賓類胛骨鑽鑿布局與占卜形式的關係[*]

趙　鵬

提　要： 本文旨在探討典賓類胛骨鑽鑿布局的分類及各類型鑽鑿布局與占卜形式的關係。典賓類胛骨根據骨首骨頸部位的鑽鑿分布情況分爲稀疏與密集兩種類型。密集型又分爲兩列與三列鑽鑿布局。密集型鑽鑿布局頸扇交界部位鑽鑿密集，骨條部位鑽鑿與骨首骨頸部位鑽鑿延續爲一列。稀疏型鑽鑿布局頸扇交界部位鑽鑿稀疏，骨條部位鑽鑿與骨首骨頸部位分開。正面骨扇部位多預留，用以刻寫邊面對應或頸扇對應的完整卜辭，較少施加鑽鑿。稀疏型鑽鑿布局多用異版成套的形式占卜。三列鑽鑿布局多一辭多卜，且多按行使用鑽鑿進行占卜。也有成套占卜。第一行 2 個鑽鑿時，便於實現一辭五卜，也便於使用異版成套占卜。兩列鑽鑿布局既可以使用一辭多卜，也可以使用異版成套占卜。一辭多卜時可以按行或按列使用鑽鑿，占卜更靈活。

關鍵詞： 典賓類胛骨　鑽鑿布局　占卜形式

卜法一直是甲骨學研究的一個課題。李學勤先生曾指出：“其中 5 個是甲骨方面的，即卜法和文例的研究、分期的研究、綴合與排譜、曆法的研究及地理的研究，今天看來都仍有待探討。”[①] 新近黄天樹師提出了“甲骨占卜學”這一甲骨研究的分支領域。[②]

[*]　本文爲“古义字與中華文明傳承發展工程”（G3030）階段性成果。

① 李學勤《甲骨學一百年的回顧與前瞻》，《文物》1998 年第 1 期。

② 何會《殷墟王卜辭龜腹甲文例研究・序》，北京：中國社會科學出版社，2020 年，第 2 頁。黄天樹《甲骨占卜學》，“南大古文字名家講壇”，網址：https://www.bilibili.com/video/BV1UY4y1E7xi/？spm_id_from＝333.337.search－card.all.clicK，2022 年 7 月 8 日。黄天樹《甲骨占卜學——談談守兆的九種方法》，《出土文獻研究》第二十一輯，上海：中西書局，2022年，第 1—8 頁。

　　殷墟甲骨在不同的時期有不同的占卜形式。村北系以賓出類爲界，分爲前後兩個時期。[①] 前期基本用多卜的形式進行占卜，也有一卜、兩卜。後期除卜旬辭用三版一套的形式進行占卜，基本一辭一卜。賓出類作爲前後期的過渡階段，多爲三版一套與一辭一卜。

一、典賓類胛骨鑽鑿布局類型

　　典賓類胛骨鑽鑿布局主要分布在胛骨反面的骨首骨頸、對邊、頸扇交界部位及正面的骨扇下部。以往一般按列劃分鑽鑿布局類型，且有時劃分列的部位不固定。本文認爲典賓類胛骨鑽鑿布局類型劃分有必要把骨首骨頸作爲主要部位，且根據胛骨整版鑽鑿布局及鑽鑿布局與卜法的關係，有必要先分出密集型與稀疏型這個層次。

(一) 骨首骨頸部位

　　骨首骨頸是劃分殷墟前期胛骨鑽鑿布局類型的主要部位。根據這個部位的鑽鑿分布情況，可以分爲**密集**與**稀疏**兩種類型。密集型又可分爲三列和兩列兩種鑽鑿布局類型。

---

① "根據我們考察，殷墟甲骨在占卜方法上可以分早晚兩期，二者的卜法是有明顯區別的。屬早期的有賓組、師組、非王卜辭、歷組、出組一類；屬晚期的有出組二類，何組、黃組。此外無名組（包括晚期）大都不記兆序，故而無法詳論，從少數記兆序的來看，其卜法可能介於早晚期之間……綜上所述，早晚期卜法的主要區別是早期正反問、選擇問都各爲兆序，而晚期則合爲兆序，甚或只要是同一件事，正反問和選擇問也同爲兆序，極少有早期那種相同的反復卜問。顯而易見，晚期的卜法要簡單得多，因而殷代卜法的演變是由繁至簡的，但另一方面，爲數不多的 '卜旬' 辭仍然保留了早期的手法，作 B 式問卜，以三卜爲限。"彭裕商《殷代卜法初探》，《夏商文明研究》，河南：中州古籍出版社，1995 年，第 229、241 頁。

1. 密集型鑽鑿布局

（1）三列鑽鑿布局

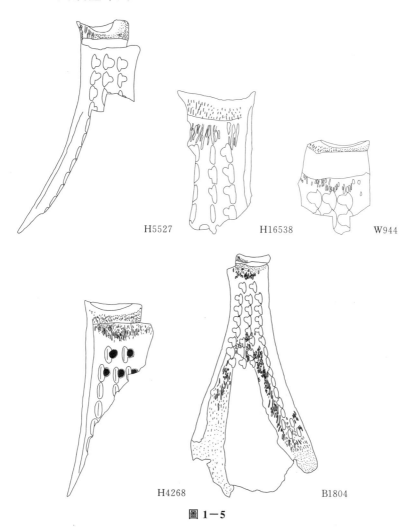

圖 1－5

　　以上胛骨《合集》5527、16538，《懷特》944 骨首骨頸部位有三列
鑽鑿。《合集》4268（《甲編》3342）、《合補》1804 骨首骨頸部位爲最
上一行 2 個的三列鑽鑿布局，這是占卜集團的有意設計。（見圖 1－5）

（2）兩列鑽鑿布局

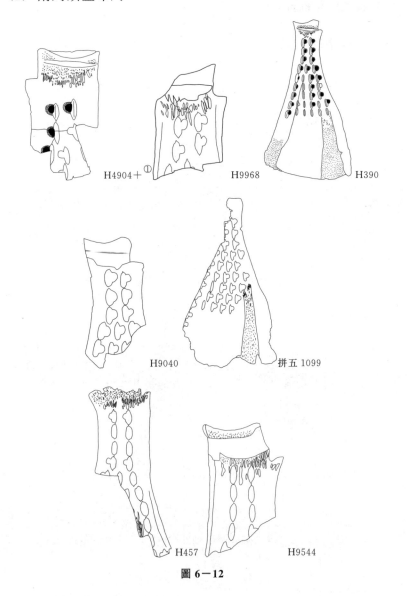

圖 6—12

　　以上胛骨《合集》4904＋、9968 骨首骨頸部位兩行兩列鑽鑿。《合集》390（《甲編》3333＋）、9040、《拼五》1099 骨首骨頸部位三行兩列鑽

---

① 《合集》4904＋《合集》7982（《旅藏》102），林宏明《甲骨新綴第 717－718 例》，第 718 例，
　先秦史研究室網站：http://www.xianqin.org/blog/archives/6729.html，2016 年 9 月 20 日。

鑿。《合集》457、9544骨首骨頸部位四行兩列鑽鑿。[1]（見圖6—12）

從典賓類胛骨骨首骨頸部位三列和兩列鑽鑿布局排列的有序性來看，鑽鑿很可能是在胛骨整治後即施加完成。

2. 稀疏型鑽鑿布局

稀疏型鑽鑿布局，骨首骨頸部位有相對獨立分布的一個、兩個或三個鑽鑿。

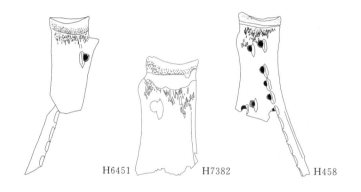

H6451　　　H7382　　　H458

---

[1]　鵬按：雖然骨首骨頸部位兩列鑽鑿布局貌似"對邊一列臼邊半列"布局，但二者還是有着根本不同的。首先，二者的布局理念不同。兩列布局，鑽鑿呈點陣式分布且分布較均勻，鑽鑿大小基本相同。"對邊一列臼邊半列"布局，鑽鑿沿對邊與臼邊兩條路徑來布局。其次，二者頸扇交界部位的鑽鑿布局不同。兩列鑽鑿布局頸扇交界部位密集布局且與骨首骨頸部位的鑽鑿渾爲一體。"對邊一列臼邊半列"布局通常在臼邊半列鑽鑿下級一行兩個或兩行四個左右的鑽鑿，且所綴鑽鑿比同版其他鑽鑿短小。其三，二者占卜理念不同。這體現在整版胛骨的卜辭構成、卜辭布局與兆序排列上。兩列鑽鑿布局，一般骨首部位有成套卜辭，對邊骨條部位有相關或不相關的對貞或選貞卜辭，可以相間刻寫。骨扇部位有邊面對應或頸扇對應的完整卜辭。"對邊一列臼邊半列"布局，一般爲幾組同一天對同一事件不同環節焦點的占卜，一辭一卜，兆序數逐辭遞增。二者有着不同的占卜理念和占卜形式。腹甲上，複環稀疏型鑽鑿布局貌似"兩列"，但與兩列密集鑽鑿布局也是有着本質不同的。首先，二者所在的龜腹甲大小不同。兩列布局通常在16—23釐米左右的中小型龜腹甲上使用（如《乙編》7226）。複環稀疏型布局通常在27釐米以上的大龜腹甲上使用（如《丙》6）。其次，二者鑽鑿布局的理念不同。兩列布局屬於密集型布局。無論龜腹甲大小，要施滿鑽鑿。複環布局屬於稀疏型布局。是在三列空間觀念中進行點綴。一般在近腋凹區1個鑽鑿，舌下縫上下各一行2個鑽鑿，跨凹内側兩列5個鑽鑿，下劍縫下側一行2個鑽鑿，後甲尾甲鑽鑿呈大致圓形。其三，二者占卜理念不同。兩列布局可以按列使用鑽鑿占卜。複環布局可以用一版内的多辭一套或異版成套的形式占卜。兩列密集型鑽鑿布局基本未見用整版兆序數相同的異版成套的形式占卜。複環稀疏鑽鑿布局基本未見用整版按列使用鑽鑿的形式占卜。在武丁中晚期王卜辭内部，在村北系占卜集團内部，二者有着不同的占卜理念和占卜形式。占卜集團對以上幾種鑽鑿布局的占卜思考、占卜使用是不同的，這體現了他們不同的占卜思想。我們的認知與研究應該儘可能向占卜集團靠近。

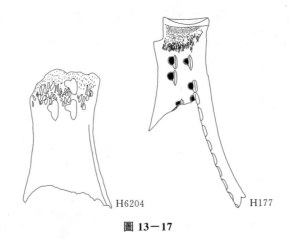

H6204　　　H177

圖 13—17

　　以上胛骨，《合集》6451（《甲編》3329＋）、7382 骨首骨頸部位 1 個鑽鑿。《合集》458（《旅藏》418）、6204 骨首骨頸部位兩個鑽鑿。《合集》177（《甲編》甲 3338）骨首骨頸部位 3 個鑽鑿。（見圖 13—17）

（二）對邊骨條部位

　　胛骨對邊骨條部位通常會有沿對邊的一列鑽鑿。

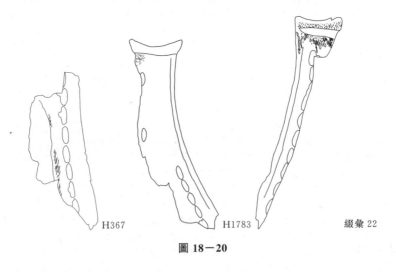

H367　　　　　H1783　　　　　綴彙 22

圖 18—20

　　《合集》367 沿對邊骨條一列鑽鑿。稀疏布局時，對邊一列鑽鑿基本與骨首骨頸部位鑽鑿分開布局（如《合集》1783）。密集布局時，對邊一列鑽鑿基本與骨首骨頸部位近對邊的鑽鑿接續爲一列（如《綴彙》22）或略有參差（如《合集》390）。（見圖18—20）

（三）頸扇交界部位

頸扇交界部位的鑽鑿可以密集布局，也可以稀疏布局。

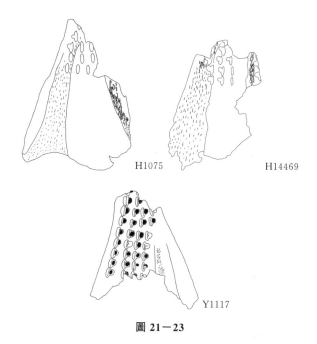

H1075　　　H14469

Y1117

圖 21—23

《合集》1075、14469，《英藏》1117頸扇交界部位鑽鑿非常密集。（見圖21—23）

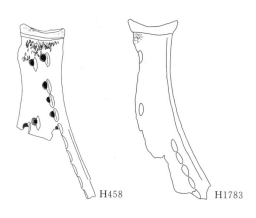

H458　　　H1783

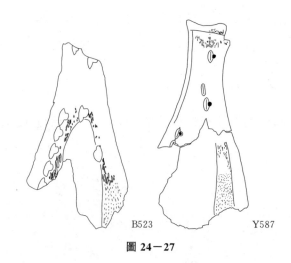

B523　　　　　　　　Y587

圖 24—27

《合集》458（《旅藏》418）、1783，《合補》523，《英藏》587 頸
扇交界部位有一個或二個稀疏的鑽鑿。（見圖 24—27）

稀疏布局時，頸扇交界部位通常也極稀疏布局，沒有或有一二個
鑽鑿。密集布局時，頸扇交界部位通常也密集布局，且與骨首骨頸部
位的鑽鑿混爲一體（如《合集》390、《拼五》1099）。

（四）正面骨扇部位

典賓類胛骨正面骨扇下部鑽鑿材料很少，基本稀疏有序。

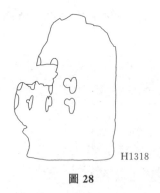

H1318

圖 28

《合集》1318 正面骨扇下部至少四列鑽鑿。（見圖 28）

賓組胛骨的正面骨扇下部，通常要預留出來，用以刻寫若干條頸

扇對應或邊面對應的豎行向下的完整卜辭。空間上也就不便於再施加
鑽鑿。目前未見在同一個胛骨的骨扇部位既有頸扇對應或邊面對應的
完整卜辭，又施加鑽鑿，二者基本不共見。

綜上，典賓類胛骨反面有密集型和稀疏型兩種鑽鑿布局。密集型
包括骨首骨頸部位三列和二列鑽鑿布局。稀疏型骨首骨頸部位有一
個、兩個或三個鑽鑿。其中，稀疏型和兩列爲主要鑽鑿布局類型。沿
對邊骨條部位通常有一列鑽鑿。密集布局時，頸扇交界部位鑽鑿密集
且與骨首骨頸部位的鑽鑿渾爲一體。稀疏布局時，頸扇交界部位没有
或有極稀疏幾個鑽鑿。正面骨扇下部多用來刻寫邊面對應或頸扇對應
的完整卜辭，施加鑽鑿的材料非常少，基本稀疏有序。從整版鑽鑿布
局以及鑽鑿與卜辭的對應關係來看，鑽鑿基本是在胛骨整治後即施加
完成。

二、典賓類胛骨鑽鑿布局與占卜形式的關係

（一）稀疏型鑽鑿布局的占卜形式

稀疏型鑽鑿布局常用異版成套的形式進行占卜。

（1）［庚］申卜，㱿，［貞］：王勿［正］舌方，［下上］弗
若，不我［其］受又。一　二告　　　　　　　　　《合集》6318［典賓］

（2）庚申卜，㱿，貞：王勿正舌方，下上弗若，不［我其受
又］。二　　　　　　　　　　　　　　　　　　　《合集》6319［典賓］

（3）庚申卜，㱿，貞：王勿正舌方，下上弗若，不我其受
又。三　二告　　　　　　　　　　　　　　　　　《合集》6320［典賓］

（4）庚申卜，㱿，貞：王勿正舌方，［下］上弗若，［不］我
其受又。五　二告　　　　　　　　　　　　　　　《合集》6321［典賓］

以上四版胛骨拓本骨頸部位没有卜兆痕跡，骨首骨頸部位很可能是稀
疏型鑽鑿布局中的 1 個鑽鑿，正面是異版成套卜辭的第一、二、三、

五卜，占卜王不要征伐舌方，不順利，不會受到保佑。

> （5a）己巳卜，爭，貞：侯告冓册，王勿卒^①臌。二
>
> （5b）庚午卜，爭，貞：王臌。二 二告　　《合集》7408［典賓］
>
> （6a）己巳卜，爭，貞：侯告冓册，王勿卒［臌］。
>
> （6b）庚午卜，爭，貞：王叀易伯臌。五　　《合集》7410［典賓］
>
> （7a）己巳卜，爭，［貞］：侯告冓［册］，王勿卒臌。
>
> （7b）庚午卜，爭，貞：王叀易伯姦臌。六　　《合集》7411［典賓］
>
> （8a）己巳卜，爭，貞：侯告冓册，［王勿］卒［臌］。八
>
> （8b）庚午卜，爭，貞：王叀易伯姦臌。八　　《合集》7412［典賓］

以上《合集》7408 拓本骨頸部位沒有卜兆痕跡，四版胛骨骨首骨頸部位很可能是兩個鑽鑿，正面是兩組異版成套卜辭的第二、五、六、八卜，己巳日占卜侯告冓册，王勿卒臌。庚午日占卜王臌。

> （9a）辛丑卜，㱿，貞：霝妃不屯（殠）^②。一 小告
>
> （9b）辛丑卜，㱿，貞：舌方其來，王勿逆伐。一
>
> 　　　　　　　　　　　　　　　　　　　　《合集》6197［典賓］
>
> （10a）辛丑卜，㱿，貞：霝妃不屯（殠）。二
>
> （10b）辛丑卜，㱿，貞：舌方其來，［王勿］逆伐。二
>
> 　　　　　　　　　　　　　　　　　　　　《合補》1853［典賓］
>
> （11a）辛丑卜，㱿，貞：霝妃不屯（殠）。三
>
> （11b）辛丑卜，㱿，貞：舌方其來，王勿逆伐。三
>
> 　　　　　　　　　　　　　　　　　　　　《合集》6199［典賓］
>
> （12a）辛丑卜，㱿，貞：霝妃不屯（殠）。四

---

① 裘錫圭《釋殷墟卜辭中的"卒"和"裨"》，《中原文物》1990 年第 3 期，第 8—16 頁。

② 陳劍《殷墟卜辭的分期分類對於甲骨文字考釋的重要性》，《甲骨金文考釋論集》，北京：綫裝書局，2007 年，第 427—436 頁。沈培《殷墟卜辭正反對貞的語用學考察》，丁邦新、余靄芹編《語言暨語言學》專刊外編之二《漢語史研究：紀念李方桂先生百年冥誕論文集》，臺北："中研院"語言學研究所，美國華盛頓大學，2005 年，第 191—234 頁。陳劍《"備子之責"與"唐取婦好"》，《第四屆國際漢學會議論文集：出土材料與新視野》，臺北："中研院"，2013 年，第 182—183 頁。

(12b) 辛丑卜，殼，貞：舌方其來，王勿逆伐。四

《綴集》107［典賓］

以上《合集》6197 拓本骨頸部位没有卜兆痕跡，四版胛骨骨首骨頸部位很可能是兩個鑽鑿，正面是成套卜辭的第一、二、三、四卜，辛亥日占卜需妃不殟和舌方來犯，商王不要迎戰。

因爲缺乏反面信息，很可能有密集鑽鑿布局中的鑽鑿没有使用的情況。這種可以看作跨鑽鑿布局的占卜（見下文）。

典賓類胛骨骨首骨頸部位稀疏鑽鑿布局時，通常用異版成套的形式進行占卜。

（二）三列鑽鑿布局的占卜形式

三列鑽鑿布局通常用一辭多卜的形式占卜，也有異版成套。

1. 一辭多卜

(13a) 丁丑卜，凹，貞：使人于我。一 不🦴黿 二 二告 三 不
🦴黿

(13b)〔貞：勿使人于我〕。一二 不🦴黿 三 不🦴黿

《合集》5527［典賓］

這版胛骨骨首骨頸部位三列鑽鑿。（13a）辭占卜使人於我，使用骨首骨頸部位第一行 3 個鑽鑿，（13b）辭刻寫在反面，對貞不要使人於我，使用骨首骨頸部位第二行 3 個鑽鑿。兩辭兆序數一至三逆骨臼方向依次横排，按行使用鑽鑿進行占卜。

(14) 乙亥卜，永，貞：令或[①]來歸。三月。一 二告 二 二告
三四五　　　　　　《合集》4268（《甲編》3342）［典賓］

這版胛骨骨首骨頸部位三列鑽鑿布局。（14）辭占卜令或來歸，使用

---

① 謝明文《“或”字補説》，《出土文獻研究》第十五輯，上海：中西書局，2016 年，第 14—33 頁。

骨首骨頸部位第一、第二兩行 5 個鑽鑿，兆序數一至五逆骨臼方向依次橫排，按行使用鑽鑿進行占卜。

最上一行兩個鑽鑿的三列鑽鑿布局，在一辭多卜時，便於形成"五卜"。"五卜"是賓一及典賓類胛骨或腹甲比較常見、也比較重要的卜數。

（15）壬子卜，方，貞：我受年。一二三四 二告 五六七八九

《合集》9677［典賓］

這版胛骨骨首骨頸部位三列鑽鑿。（15）辭占卜我受年，至少使用骨首骨頸部位最上三行 9 個鑽鑿，兆序數一至九逆骨臼方向依次橫排，按行使用鑽鑿進行占卜。

（16）壬子卜，亘，貞：至于丙辰雨。一二三四五六 二告 七八九

《合集》12335［典賓］

這版胛骨骨首骨頸部位三列鑽鑿。（16）辭占卜到丙辰日下雨，至少使用骨首骨頸部位最上三行 9 個鑽鑿，兆序數一至九逆骨臼方向依次橫排，按行使用鑽鑿進行占卜。

典賓類胛骨骨首骨頸部位三列鑽鑿布局時，通常用一辭多卜的形式進行占卜且多按行使用鑽鑿。

2. 異版成套/同貞占卜[①]

（17）辛卯卜，爭，貞：勿令望乘先歸。九月。一

《合集》7488（《旅藏》218）［典賓］

（18）辛卯卜，殻，貞：勿令望乘先歸。九月。一 二告

《綴續》380［典賓］

（19）辛卯卜，殻，貞：勿令望［乘先歸。九月］。四

《合集》7492［典賓］

---

① 趙鵬《論同貞卜辭》，《出土文獻與古文字研究》第十輯，上海：上海古籍出版社，2022 年，第 1—37 頁。

以上（17）（19）胛骨最上一行 2 個鑽鑿。（18）胛骨是最上一行 2 個
鑽鑿的三列鑽鑿布局。（18）（19）辭是由貞人殼占卜的成套卜辭的第
一、四兩卜，辛卯日占卜不要令望乘先歸。（17）辭由貞人爭占卜，
與（18）（19）辭爲同貞卜辭。

典賓類胛骨骨首骨頸部位三列布局，最上一行兩個鑽鑿時，便於
用異版成套的形式占卜。

（三）兩列鑽鑿布局的占卜形式

典賓類胛骨骨首骨頸部位兩列鑽鑿布局，既可以用異版成套，也
可以用一辭多卜的形式進行占卜。

1. 異版成套/同貞占卜

    （20a）乙巳卜，殼，貞：來辛亥酒。一

    （20b）戊申卜，殼，貞：五羌卯五牛。一　　《合集》369［典賓］

    （21a）乙巳卜，殼，貞：來辛亥酒。五

    （21b）戊申卜，殼，貞：［五羌卯五牛］。五

                              《合集》15724［典賓］

    （22a）乙巳卜，殼，貞：來［辛］亥［酒］。

    （22b）戊申卜，殼，貞：五羌卯五牛。六　　《綴集》96［典賓］

以上《合集》369 拓本骨頸部位兩列鑽鑿，三版很可能是骨首骨頸部
位兩列鑽鑿布局。正面是兩組異版成套卜辭的第一、五、六卜，乙巳
日占卜來辛亥酒，戊申日占卜用五羌五牛祭祀。

    （23a）壬戌卜，方，貞：叀甲子步。一

    （23b）丙午卜，爭，貞：垩[1]其係羌。二

                       《合集》495（《中歷藏》468）［典賓］

    （24a）壬戌卜，方，貞：叀甲子步。二

---

① 林澐《釋史牆盤銘中的"逆虘彭"》，《陝西歷史博物館館刊》第一輯，西安：三秦出版社，1994
年，第 22—30 頁。

（24b）丙午卜，争，［貞：叀其］係［羌］。　《拼集》265［典賓］

以上《合集》495拓本骨頸部位兩列鑽鑿，兩版很可能是骨首骨頸部位兩列鑽鑿布局。（23）正面是丙午日叀係羌和壬戌日甲子出行的占卜，兩組爲異版成套卜辭的第一、二卜，（23a）（24a）是壬戌日占卜甲子出行的第一、第二卜。

（25a）乙酉卜，宁，貞：翌丁亥桒（禱）^①于丁。十一月。一

（25b）己丑卜，宁，貞：翌庚寅令入戈人。一

《合集》8398［典賓］

（26a）乙酉卜，宁，貞：翌丁亥桒（禱）于丁。二

（26b）己丑卜，宁，貞：翌庚［寅］令入［戈人］。二

《綴集》338（《北珍》302＋）［典賓］

以上（25）（26）拓本骨頸部位兩列鑽鑿，是兩組異版成套卜辭的第一、第二卜，乙酉日占卜下一個丁亥日禱祭丁，己丑日占卜下一個庚寅日令納貢戈人。

（27a）丙午卜，宁，貞：旨弗其山（堪）^②王事。

（27b）貞：叀韓呼往于宁。一　　　　　《合集》5478［典賓］

（28a）丙午卜，宁，貞：旨弗其山（堪）王事。三　二告

（28b）貞：叀韓令往于宁。三　不䋇黽　　《合集》5479［典賓］

以上（27）（28）拓本骨頸部位兩列鑽鑿，正面是兩組異版成套卜辭的第一、第三卜，丙午日占卜旨不堪王事和令韓前往宁地。

（29a）癸丑卜，宁，貞：旬亡囚。一

（29b）癸亥卜，宁，貞：旬亡囚。一　　　《合集》16886［典賓］

---

① 冀小軍《説甲骨金文中表祈求義的桒字——兼談桒字在金文車飾名稱中的用法》，《湖北大學學報（哲學社會科學版）》，1991年第1期，第35—44頁。

② 陳劍《釋出》，《出土文獻與古文字研究》第三輯，上海：復旦大學出版社，2010年，第1—89頁。

(30a) 癸丑卜，[方]，貞：旬[亡]田。三

(30b) 癸亥卜，方，貞：旬亡田。三

《拼三》794（《中歷藏》606＋）[典賓]

以上《拼三》794 拓本骨頸部位兩列鑽鑿，兩版很可能是骨首骨頸部位兩列鑽鑿布局。正面是癸亥、癸丑日卜旬的成套卜辭的第一、第三卜。

(31) 辛丑卜，方，貞：令多紲比望乘伐下危，受虫又。一二

《綴興》13 [典賓]

(32) 辛丑卜，方，貞：令多紲比望乘伐下危，受虫又。二月。一二

《綴興》14 [典賓]

以上《綴興》13、14 拓本骨頸部位兩列鑽鑿，正面是一辭兩卜的同貞卜辭。辛丑日占卜王命令多紲配合望乘征伐下危，受到保佑。

典賓類胛骨骨首骨頸部位兩列鑽鑿布局，可以使用異版成套和同貞占卜。異版成套占卜時，整版兆序數不必全同。

2. 一辭多卜

兩列鑽鑿布局一辭多卜時，可以按列使用鑽鑿，也可以按行使用鑽鑿。

(33a) 甲子卜，亘，貞：立事。一二 二告 三

(33b) 貞：呼取丘汰。一 不❖黽 二三　　　《合集》5510 [典賓]

這版胛骨骨首骨頸部位兩列鑽鑿，(33a) 辭占卜立事，使用近臼邊一列相連續至少 3 個鑽鑿。(33b) 辭占卜取丘汰，使用近對邊一列相連續至少 3 個鑽鑿。兆序數一、二、三自上而下依次縱排，按列使用鑽鑿進行占卜。

(34) 戊申卜，永，貞：望乘虫保在啓。一二 二告 三四

《英藏》1555 [典賓]

這版胛骨骨首骨頸部位兩列鑽鑿，(34) 辭占卜望乘有保，使用近對

邊一列相連續至少 4 個鑽鑿。兆序數一至四自上而下依次縱排，按列使用鑽鑿進行占卜。

　　　　（35）〔貞：使人于…〕一 不🔹龜 二告三 二告 四

《拼集》293〔典賓〕

這版胛骨骨首骨頸部位兩列鑽鑿。（35）辭占卜使人到某地，使用骨首骨頸部位近臼邊一列相連續至少 4 個鑽鑿，兆序數一至四自上而下依次縱排，按列使用鑽鑿進行占卜。

　　　　（36）唯父庚蚩（害）①。一二 二告　　　　《合集》2151〔典賓〕

這版胛骨骨首骨頸部位兩列鑽鑿。（36）辭使用骨首骨頸部位第二行 2 個鑽鑿占卜父庚施害，兆序數一、二逆骨臼方向依次橫排，按行使用鑽鑿進行占卜。

　　　　（37a）庚辰卜，宁，貞：丁亥其雨。〔王占曰：其雨。㞢娃。〕
　　一 二告 二

　　　　（37b）貞：翌丁亥不雨。一二　　　　　　《合集》9040〔典賓〕

這版胛骨骨首骨頸部位兩列鑽鑿，（37a）辭占卜丁亥日下雨，使用骨首骨頸部位第一行 2 個鑽鑿。（37b）辭對貞丁亥日不下雨，使用骨首骨頸部位第二行 2 個鑽鑿。兩辭兆序數一、二逆骨臼方向依次橫排，按行使用鑽鑿進行占卜。

　　　　（38）甲寅卜，古，貞：婦姘受添年。一二三 二告 不🔹龜 四
　　五　　　　　　　　　　　　　　　　　　《合集》9968〔典賓〕

這版胛骨骨首骨頸部位兩列鑽鑿。（38）辭使用骨首骨頸部位最上兩行 4 個和第三行 1 個鑽鑿占卜婦姘受添年，兆序數一至五逆骨臼方向依次橫排，按行使用鑽鑿進行占卜。

　　　　（39a）貞：㞢于妣甲。一二 二告

---

① 裘錫圭《釋"蚩"》，《古文字論集》，北京：中華書局，1992 年，第 11—16 頁。

(39b) 貞：宜虫追。〔王占曰：虫追。〕一二　二告

《拼五》1075〔典賓〕

這版胛骨骨首骨頸部位兩列鑽鑿。（39a）辭占卜侑祭妣甲，使用骨首骨頸部位近臼邊最上一列相連續的 2 個鑽鑿進行占卜，兆序數一、二自上而下依次縱排。（39b）辭占卜宜有追，使用骨首骨頸部位第三行外側 2 個鑽鑿，兆序數一、二逆骨臼方向依次橫排。該版既有按行使用鑽鑿，又有按列使用鑽鑿進行占卜。

典賓類胛骨骨首骨頸部位兩列鑽鑿布局，使用一辭多卜的形式時，可以按行或按列使用鑽鑿。

方稚松（2016）提出了"分區占卜"的概念[①]。我們在對鑽鑿布局與占卜關係分析的過程中，注意到按行或按列使用鑽鑿進行占卜是殷墟前期甲骨占卜的常規操作之一，是甲骨占卜中比分區占卜更小的單位。按行使用鑽鑿進行占卜，一辭的卜數通常與一行的鑽鑿數以及占卜所使用的行數相關（如一行兩個鑽鑿則兩卜，一行三個鑽鑿則三卜。不會過多糾結於要兩卜，還是三卜）。當占卜使用三行以上鑽鑿時，就呈現出分區占卜的特徵。

（四）跨鑽鑿布局的占卜

施加好鑽鑿的胛骨，占卜時不一定每個鑽鑿都要使用，密集型鑽鑿布局的胛骨可以按稀疏型鑽鑿布局來使用。

(40) 己亥卜，爭，貞：王勿立中。二　不𢼄黿

《合集》7367〔典賓〕

(41) 己亥卜，爭，貞：王勿立中。三　不𢼄黿

《合集》7368〔典賓〕

《合集》7368 拓本骨頸部位有兩個鑽鑿的痕跡，占卜時只使用了近臼角的 1 個鑽鑿。（40）（41）是己亥日占卜王不要立事成套占卜的第

---

① 趙鵬《殷墟 YH127 坑賓組龜腹甲鑽鑿布局探析》，《考古學報》2017 年第 1 期，第 42 頁。

二、第三卜。

（42）□亥卜，爭，［貞］：呼伐吾方受屮又。三。

《合集》6234［典賓］

《合集》6234 是第一行 2 個鑽鑿的三列密集鑽鑿布局，占卜時使用了近臼角 1 個鑽鑿，占卜征伐吾方受到保佑，爲異版成套占卜的第三卜，是三列密集鑽鑿布局按稀疏型布局來使用。

　　胛骨和腹甲上都存在跨鑽鑿布局的占卜，這並不影響鑽鑿布局與占卜形式的關係。

（五）密集型鑽鑿布局頸扇交界部位的占卜

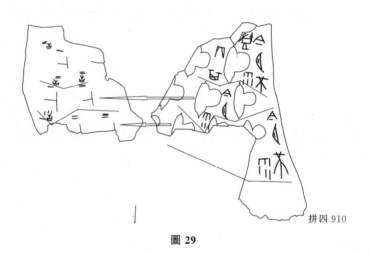

拼四 910

圖 29

（43a）｛今夕其雨｝。一　小告　二
（43b）｛今夕不雨｝。一二三

《拼四》910［典賓］

以上這版胛骨應該是骨首骨頸部位密集鑽鑿布局，（43a）（43b）對貞今夕是否下雨，使用頸扇交界部位上下緊鄰兩行 5 個鑽鑿進行占卜，（43a）辭使用上行 2 個鑽鑿，（43b）辭使用下行 3 個鑽鑿，兆序數一、二或一至三逆骨臼方向依次橫排。（見圖 29）

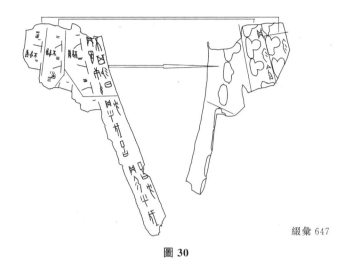

綴彙 647

圖 30

(44a)　貞：翌庚午不其易日。一　不𣥂黽　二　三

(44b)　{勿⋯}　一　不𣥂黽　二

(44c)　{貞：勿令⋯}［一］　二　不𣥂黽　三　小告　四

《綴彙》647［典賓］

這版胛骨骨首骨頸部位應該爲密集鑽鑿布局，正面頸扇交界部位近對邊位置，（44a）辭占卜下一個庚午日不會出太陽。使用其左側沿對邊一列相連續的 3 個鑽鑿，兆序數一至三。反面頸扇交界部位近臼邊位置（44b）辭占卜不要做某事，至少使用近臼邊一列相連續的 2 個鑽鑿，兆序數一、二。中間位置（44c）辭占卜不要命令做某事，至少使用頸扇交界部位中間一列相連續的 4 個鑽鑿，兆序數一至四。以上三條卜辭兆序數皆自上而下依次縱排，按列使用鑽鑿進行占卜。（見圖 30）

　　綜上，典賓類胛骨骨首骨頸部位稀疏鑽鑿布局時，多用異版成套的形式進行占卜。三列密集鑽鑿布局時，多用一辭多卜的形式進行卜，也有異版成套占卜。一辭多卜時，多按行使用鑽鑿進行占卜。異版成套基本出現在第一行爲 2 個鑽鑿的布局中。兩列密集布局時，既可以使用異版成套的形式進行占卜，也可以使用一辭多卜的形式進行

占卜。一辭多卜時，可以按行或按列使用鑽鑿。兩列鑽鑿布局，可以較靈活自由地選擇占卜形式，使用的空間更大。

［作者單位］趙鵬：中國社會科學院古代史研究所、中國社會科學院甲骨學殷商史研究中心

殷墟花東卜辭若干字詞考辨*

蔣玉斌

提　要：殷墟花園莊東地甲骨卜辭内容重要，已有研究基礎較好，學者在字詞考辨、釋讀方面已經取得很大成績。不過，甲骨上不少文字漫漶不清，完全辨識出來是很難的事情；在文辭考釋方面，也有持續研究的必要，需要學者合力推進。本文舉出花東卜辭中一些值得注意的字詞現象並加以考辨，包含新辨出的一些文字 8 例、涉及字詞關係的一些考辨 4 例，祈請方家指教。

關鍵詞：殷墟花園莊東地甲骨卜辭　字詞　考辨

　　殷墟花東卜辭晚出，學者對這批材料的考釋研究，從一開始就是在很高水平上開展的。整理報告《殷墟花園莊東地甲骨》①（簡稱"花東"）體例完善，正式公布後，姚萱女士很快撰成並出版了《殷墟花園莊東地甲骨卜辭的初步研究》②（下簡稱"《初步研究》"），解決了大批疑難問題。學者還從多個方面專研花東卜辭，或編纂讀本、工具書，很多論文也針對具體問題，提出大量新見。近年出版的《甲骨文摹本大系》③（下簡稱"大系"）"花東"部分，工作扎實而富有創新，又將文字辨識和文辭考釋向前推進了一大步。

　　甲骨上不少文字漫漶不清，完全辨識出來是很難的事情。研究者

＊　本文係古文字與中華文明傳承發展工程規劃項目"殷墟子卜辭的整理與研究"（G3020）成果之一。

① 中國社會科學院考古研究所《殷墟花園莊東地甲骨》，昆明：雲南人民出版社，2003 年；修訂本，2016 年。
② 姚萱《殷墟花園莊東地甲骨卜辭的初步研究》，北京：綫裝書局，2006 年。
③ 黄天樹主編《甲骨文摹本大系》，北京：北京大學出版社，2022 年。

觀察甲骨時，由於視角的不同，以及敏感點的差異，能辨識出的文字常常不同。至於文辭考釋方面，就更見仁見智了。花東甲骨卜辭的釋讀，無疑需要學者持續研究，合力推進。我們在研讀花東卜辭過程中，發現了一些值得注意的字詞現象，今檢其中較容易説清者，列爲十餘條札記，向大家求教。

一、新辨出的一些文字舉例

推敲辭例，細核圖版，可以認清一些過去缺釋、漏釋或辨識不確的文字。

1. 白（《花東》229）

《花東》229o[1]有一辭作：

　　o（1）壬卜：子其入白𢎗，丁衍（侃）。　一

"𢎗"是花東的"子"要向"丁"貢納的一種器物（最有可能是玉器），《花東》223"子其入黃𢎗"五見。本辭"𢎗"上一字不清，舊釋皆依前述多見之"黃𢎗"辭例擬補爲"黃"。按該字照片、拓本作：

圖 1

當係"白"字。其形可比較　（《花東》37b）、　（《花東》63e）

---

① 甲骨大版内容多，爲顯示文字或文辭等在甲骨上的具體坐標，彰顯其位置關係，在片號後或辭號前標記分區。腹甲分區規定如下：按先下後上、先右後左的次序，以齒縫爲界，將各區標注爲a～h、o，如。

等。白色玉器於花東卜辭數見，如"白璧"（《花東》37）、"白圭"（《花東》193；359"小白圭"）等。《花東》286上有一對選貞辭，以"毳（皎/皦，姚萱釋讀）吉圭"與"玄圭"相對，亦可參。

2. 黑（《花東》168）

《花東》168一組選貞辭作：

c（1）其又（右）賈馬于新(新) 黑。　一
d（2）其又（右）縶（索馬）于丙（賈）貝（視）。　一

圖 2

"新"字左下方的"黑"字，舊皆缺摹或漏釋，照片尚可辨出。"新黑"即"新黑馬"，新的黑馬。

花東卜辭説到馬，常僅用其特徵來指稱，省略中心語"馬"，只説限定性成分。辭（2）的"賈視"即"賈視馬"之省稱，指賈人所視之馬。此處用"新黑"指稱馬，與"賈視"情況同。

3. 豕（《花東》439）

《花東》439刻痕深淺不一，字迹潦草混亂，文辭很難辨認。有一條卜辭作：

e（1）其▨豕于司庚…。　三

其中"豕"字尚較清晰：

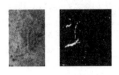

圖 3

以上爲未放大的照片及拓本。兩相彌補，可知是"豕"字。舊皆釋"夕"，不確，也無法通讀卜辭。

4. 又（《花東》241）

《花東》241一對對貞辭作：

　　e（1）辛亥卜，鼎（貞）：玘羌（羌）又（有）疒（疾），不死。子𠄰（占）曰："羌（羌）其死，佳（唯）今；其又（有）𤴐（瘳），亦佳（唯）今。"　一　二

　　f（2）辛亥卜：其死。　一　二

　　"其"下"又"字舊不釋，唯《初步研究》指出此處還有一字，"但從照片看除此形之外很清楚別無筆畫，則此當是字之未刻全即廢棄者，不知本擬刻何字"（第298頁）。細辨照片：

　　局部放大照片　　　　縮小照片

圖 4

該字當是"又"，手臂較長、手形靠上，寫法可參照其左側"瘳"字所從之"又"。辭例爲"又（有）瘳"，卜辭習見。

5. 妣庚（《花東》223）

《花東》223前後甲的卜辭均被刮削過，右後甲有一條辭，舊釋"戊卜：歲牡。用。三"。對照照片：

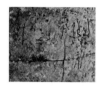

圖 5

知道原辨出的諸字均是，但"歲""牡"之間顯然還有殘畫。《大系》摹作"卯"，已注意到這些殘畫。不過，細辨當是"匕（妣）庚"二字，因有刮削，字畫或隱或現，但根據輪廓尚可復原。其辭當釋作：

c（1）戊卜：歲ㄴ匕（妣）庚」牡。用。　三

"歲妣庚牡"，花東卜辭習見。

6. 稽 （《花東》221）

《花東》221"質地差，嚴重碎裂，甲面受腐蝕"（《花東》第 1647 頁）。該版下部有一組貞問何時外出的辭：

a（1）乙出。　一

b（2）丙…。

d（3）戊。　一

c（4）己。　一

d（5）丁庚其出。　一

c（6）弗权（？—稽）庚出。　一

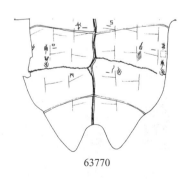

63770

圖 6　《大系》摹本局部

辭（6）"弗"下一字舊釋空缺。按其照片作▇，結合辭例看，頗疑爲"权（稽）"字，左側爲舉手人形，右爲"禾"。

不過，僅憑照片，前述判斷亦未敢必。一是"禾"形下端不清，筆畫無法落實（拓本▇更看不出）；二是花東卜辭中該字多見，作如下諸形：

圖 7

雖在細部富有變化，但結構上已經比較穩定地寫作"禾"旁在左、人形在右。因此，▇是較特別的"权（稽）"字，抑或根本就是別的字，還可再多考察。

如是"权（稽）"字，辭例上當然文從字順。另可參《花東》366：

ec（1）乙丑卜：臯〖也可能是從"臯"之字〗…▨宗，丁权（稽）乙亥不出狩（獸—狩）。　一　〔二〕　三

fd（2）乙丑卜：丁弗权（稽）乙亥其出。子口（占）曰："庚、辛出。"　一　二　三

7. 休（《花東》446）

《花東》446有貞問"子"之首疾的幾條辭：

e（1）甲卜：子疒（疾）。　一

e（2）甲卜：子首疒（疾），亡征（延）。　一　二

f（3）甲卜：子其圭（往）休，子首亡征（延）。　一

辭（3）"休"字舊皆缺釋。按其拓本、照片作：

拓本　　局部照片　　縮小全圖

圖 8

此形可對照花東卜辭"休"字（53d），唯方向相反。彩照中，字形各部分幾乎都可以落實，可以確定爲"休"字。其辭例作"子其往休"，可與賓類卜辭數見的"王往休"（《類纂》第73—74頁）對讀。"子"擬外出，而首疾之憂未除，所以作出上揭三辭的貞問。

花東卜辭中舊已認定的"休"，人形皆在蔭庇之木的左側，寫法比較穩定。如《花東》446"休"形所辨無誤，則説明書寫習慣漸趨穩定的大勢之下，仍存在一些具體的變化。

8. 作（《花東》284）

《花東》284有：

> eo（1）戌卜：厌（侯）奠其乍（作）子𪚥（齒）。　一　二
>
> fo（2）戌卜：厌（侯）奠不乍（作）子𪚥（齒）。　一　二
>
> gh（3）戌卜：其乎（呼）乍（作），蚊（殺）十豕于吕。　一　二
>
> c（4）戌卜：歲十豕⌐匕（妣）庚」。才（在）吕。　一

辭（3）"乍"字舊缺釋。照片作，可比較同版（1—2）辭的確定。過去可能對（3—4）與（1—2）的密切關係關注不夠，因而没有往"乍"字的方向考慮。按所謂"齒"是一種不好的事情，《花東》已引于省吾先生説，"指差錯或災害言之"（第1570頁）。花東卜辭數見"禦齒"，又曾問"齒"是何人所作（《花東》28，見下第12條引）。（1—2）説侯奠親作子"齒"，（3）辭則説"呼作"，也就是讓别人而不是親自作"齒"。其辭説完作"齒"之事，又云到吕地去殺豕，（4）辭則歲豕，這些祭祀行爲可能跟"禦齒"一樣，都是袪"齒"的具體措施。

二、涉及字詞關係的一些考辨

與其他類型卜辭相比，花東類子卜辭的字詞關係有一定的特殊性。《初步研究》就曾指出"花東子卜辭在用字習慣方面有自己的特

點"，並舉其以"麥"爲"來"、以"未"爲"妹"、以"哭"爲"慭/
宓"作爲例證（第 148 頁）。其他如該類〔毅〕除作常見的象形字外，
也見用"家"爲"毅"（《花東》61。《大系》釋文已指出）之例；表
示〔賈〕時，從"貝"與不從"貝"的寫法同時交替使用，等等，都
很特別。卜辭文字具體表示哪個詞，需要綜合考察，下面就談談我們
對幾個字詞的一些思考。

9. 匕（《花東》314、391）

《花東》314 有如下一辭：

    c（1）乙亥卜：叀（惠）賈貝（視）罘匕。用。　　一

"賈視"實指"賈視馬"，見前第 2 例所論。該辭與《花東》397
一組選貞辭關係密切：

    f（1）庚辰卜：叀（惠）賈貝（視）罘匕。用。　　一
    e（2）庚辰卜：叀（惠）乃馳*。不用。
    f（3）叀（惠）乃馳*罘賈貝（視）。用。　　一

命辭同爲"惠賈視罘匕"的兩條，卜日分別爲乙亥$_{12}$、庚辰$_{17}$，
《初步研究》指出，"乙亥後第五日爲庚辰，此兩辭當係卜同事"（第
327 頁），甚是。《初步研究》並爲"罘匕"之"匕"括注"（比）"。
後來的釋文多從其說。

按上引兩版四辭，貞問的都是馬匹如何配合駕車。讀"匕"爲
"比"，當然符合卜辭的用字習慣，"罘匕"即參與到配比駕車之事中，
整條辭也能講通。不過，推究《花東》397 這組選貞辭的貞問焦點，
尤其是拿"惠賈視罘匕"來對照"惠乃馳*罘賈視"，可以看出貞問
者關注的，是這種馬跟那種馬配比（駕車），要在多種方案中作出選
擇。據此，"惠賈視罘匕"當理解爲"以賈視馬跟匕馬一起配合駕
車"；也就是說，"匕"當是指稱馬的。

《花東》296 有如下一辭：

　　b（1）戊戌卜：駆又（右）①于馳＊。　　一

　　命辭謂將"駆"置於馳＊馬之右。可見花東卜辭確有一種被稱做"駆"的馬，擬議中曾被安排與馳＊馬配合駕車。在此基礎上，回看"惠賈視罘匕"之"匕"，其所指顯然就是"駆"。

　　"駆"即"匕（牝）馬"的合文或專字。在花東卜辭中，"駆"曾與"馳"一起作爲選貞對象："其買，叀（惠）又（右）駆。○叀（惠）又（右）駆。"（《花東》98g−h。"駆"字還見於《花東》259c、369a，也都是馬名）

　　如把"駆"字看作"匕（牝）馬"合文，卜辭稱"駆"即稱牝馬；"罘匕"之"匕"則是其省稱。如把"駆"字看作牝馬專字，"罘匕"之"匕"可以看作"駆"的借字。

　　總之，《花東》314、391的"匕"是表示馬的，與"駆"所指相同。

10. 人（《花東》125）

《花東》125有一條辭作：

　　ca（1）丁卜：子令庚又（侑）又（有）母，乎（呼）求凶，
　　斁②子人。子曰："不于戊，其于壬人。"　　一

　　這條辭説，花東卜辭的主人——族長"子"命庚（人名）侑祭庚的亡母，需要讓人求取凶，問"斁子"會否"人"。"子"的判斷是，到明日不會"人"，到五日後將會"人"。

　　此處爲祭祀而求凶，可聯繫卜辭"用危＊方凶""羌方凶其用"等以人頭致祭的例子。關於甲骨文中獵首風俗的資料，黃天樹先生已有很好的研究，所論亦包含花東此例。③"斁子"即斁族之長。斁人的職

---

① "又"字舊缺釋，此係據照片█新辨出。

② 關於"索""剌"等的討論，參看郭永秉、鄥可晶《説"索"、"剌"》，《出土文獻》第三輯，上海：中西書局，2013年，第103—105頁。

③ 黃天樹《甲骨文中有關獵首風俗的記載》，《黃天樹古文字論集》，北京：學苑出版社，2006年，第418頁。

事，可能就包括提供或處理人牲，如《合集》880"辛酉卜，丙貞：往西，多𦏪其以王伐"。"伐"是砍頭的人牲，"凵"是砍下的頭顱，兩者相類。

辭中"人"可以作謂語，用法特別。頗疑當讀爲"仞/牣"。

文獻中"仞/牣"有充實之義，訓"滿""實"。裘錫圭先生曾舉出並考辨"根（墾）田人（仞）邑"（睡虎地秦簡《爲吏之道》）、"狠（墾）草仁（仞）邑"（銀雀山漢簡《王法》）、"墾草仞邑"（《韓非子·外儲説左下》）、"墾草入〈人〉邑"（《管子·小匡》《史記·范睢蔡澤列傳》），以及"充仞"（《史記·平準書》）等例。① 花東卜辭所言，需要求凵、獵首，問"𦏪子"可否充入人頭，以滿足祭祀所需。符合要求的人頭可能一時難以備齊，所以按照"子"的判斷，五日後"𦏪子"才能充入。

若照此考慮，《花東》125（1）辭中的"人"可括注爲"人（仞/牣）"。②

11. 心（《花東》69）

《花東》69 有如下對貞辭：

　　c（1）己卜：丁心，槑（虞）于子狀（疾）。　　一
　　d（2）己卜：丁心，不槑（虞）于子狀（疾）。　　一

這裏釋爲"心"的字，舊皆釋"終"，並與下文屬讀。按其出現兩次，拓本作■、■，均難辨清。辭（2）即左後甲一例，《花東》有放大照片，作■。該圖仍不足以辨清所有綫條，但顯示出一個明顯特徵，即右側中部有斜下歧出的短畫。大家知道，甲骨文"終"字象

---

① 裘錫圭《考古發現的秦漢文字資料對於校讀古籍的重要性》，《裘錫圭學術文集·語言文字與古文獻卷》，復旦大學出版社，2012年，第370—371頁。

② 《花東》320："何于丂（逆）。○于母帚（婦）。○其圉何。一○其𦏪。一○丁卜：弗其人何，其𦏪。"其中"人"字用法也很特別，似亦有讀"仞/牣"的可能。不過也有可能讀"扴"，"人何"指以桎扴禁錮何，與"圉何"相類。

絲繩打結之形，例如花東卜辭"終"字作：（《花東》10e、61e、85d），其形體中部無由出現斜下的短畫。因此，我認爲《花東》69上當非"終"字。

花東卜辭"心"字作：，从"心"聲的"阠"作。綜合判斷，上揭一字應以釋"心"爲宜。

甲骨文"心"主要表示兩個詞，一是心臟之心；二是一個表示某種不好的行爲的詞，其或加"口"作"𢆡"，可能是分化字。上引對貞辭中"心"的用法當屬後者。對於這種"心/𢆡"，陳劍先生已經講得很清楚：

> 我們看《合集》17311正："貞：王屮（有）𢆡，不之。○貞：王屮（有）𢆡，允之。"《合集》17311反："王固（占）曰：隹（唯）之。"《合集》21661（子組）："癸巳子卜：于緐月又（有）𢆡。""𢆡"更像是不吉、不好的一類意思。《合集》2606正："丙午卜，韋，貞：𢆡□犬由。""𢆡"也像是跟"丁𢆡我"之"𢆡"一樣用作動詞的。《花東》401："丙卜：丁乎（呼）多臣复（復），囟非心、于不若，隹（唯）吉，乎（呼）行。"《花東》446："甲卜：子又（有）心，蚰匕（妣）庚。"《花東》409："丁卜：子令，囟心。"疑"𢆡"即此類用法的"心"字繁體。但這類用法的"𢆡"和"心"應讀爲何字尚不可知，謹記此備考。①

《花東》69以"丁心，虞于子疾""丁心，虞于子疾"對貞，當是認定商王武丁會做出"心"這種對"子"不好的行爲，在此基礎上，問其會否對"子"之疾患感到憂虞。

12. 亲（《花東》28）

《花東》28有如下一組卜辭：

---

① 陳劍《釋"屮"》，《出土文獻與古文字研究》第三輯，上海：復旦大學出版社，2010年，第36—37頁。

e（1）丙卜：丁㦰（虞）于子，由从中。　　一

f（2）丙卜：丁㦰（虞）于子，隹（唯）亲齒（齒）。　　一

e（3）丙卜：隹（唯）帚（婦）好乍（作）子齒（齒）。　　一

f（4）丙卜：隹（唯）「小臣」乍（作）子齒（齒）。　　一

c（5）丙卜：隹（唯）亞奠乍（作）子齒（齒）。

這些辭主要問"子"所遭遇的不好的事情，是如何或由誰造成的。關於"齒"字，已見前第 8 條所述。（3—5）逐項問何人對"子""作齒"。對於（1—2）辭，《初步研究》説："'隹（唯）亲齒'與'由从中'意思當相對，'亲'字到底該如何解釋待考。"（第 161 頁）《花東》《大系》等釋文均照録"亲"字。

（1—2）辭固然有關，但從貞問的焦點看，辭（2）的"丁……唯亲齒"顯然是與（3—5）的"唯婦好/小臣/亞奠 齒"分別相對的。前第 8 條也見到"侯奠作子齒"與"其呼作"的對比。可見，"丁……唯亲齒"指的就是商王武丁親自作齒，"亲"讀爲"親"。

親自、躬親之｛親｝在西周金文和後世文獻中頗爲常見，甲骨文中則似以此例爲首見。

以上僅是從個人研讀甲骨文辭的角度談的一些看法，一孔之見，未必允當，祈請方家指教。文中新辨識的若干花東甲骨文字，均以拓本、照片等的比勘爲基礎，再次説明清晰甲骨圖版對研究的重要作用。近年，甲骨影像攝製和數字圖像增强技術都有很大進步，已採集加工的部分花東甲骨圖像上，能辨出不少舊有圖版顯示不清的字迹和其他一些重要現象。熱切期待更多甲骨經過高清著録，爲卜辭字詞考辨提供更加有利的條件。

［作者單位］蔣玉斌：復旦大學出土文獻與古文字研究中心、"古文字與中華文明傳承發展工程"協同攻關創新平臺

甲骨文中一組戰争卜辭的重新解讀[*]

劉　影

提　要：本文認爲甲骨文中的 "🈁" "🈁" "🈁" 等字可隸作 "羖"，"羖" 是一个表示打擊、攻擊義的動詞，"舟" 是方國名，而非舟船之 "舟"。"羖舟" 類卜辭本質上是一組與戰争相關的卜辭。在此基礎上，本文對甲骨文中的一組 "羖舟" 卜辭進行了重新解讀。

關鍵詞：舟方　羖舟　戰争卜辭

甲骨文中的🈁、🈁、🈁，以及🈁、🈁、🈁等字考釋意見很多，如🈁、🈁等形，郭沫若先生釋爲 "枚"，認爲 "枚舟" 指汎舟或操舟。[①] 于省吾先生將 "舟" 前諸字分别對待，將🈁釋爲 "析"，謂 "析舟" 即解舟，卜辭是説解纜以行舟；將🈁釋爲 "穀"，"穀" 爲 "索" 的繁構，"索舟" 即繫舟；將🈁隸作 "殳"，認爲是 "設" 之異文。舟、凡（盤）、皿三字，早期古文字每互作。"設舟（盤）" 是就陳列器皿以祭言之。[②] 温少峰、袁庭棟從于省吾先生意見，認爲 "穀" 爲 "索" 之繁體，"穀舟" 與 "縤舟" 同義，均謂以索挽舟之事。[③]

---

* 本文是國家社科基金項目 "基於語義相似度的甲骨卜辭聚類研究"（23BYY004）的階段性成果。

① 郭沫若《殷契粹編》，東京：文求堂書店，1937 年，第 137 頁；又郭沫若《郭沫若全集·考古編》（第三卷），北京：科學出版社，2002 年，第 624 頁。
② 于省吾《釋 "析舟"》，《甲骨文字釋林》，北京：中華書局，1988 年，第 283—285 頁。
③ 温少峰、袁庭棟《殷墟卜辭研究——科學技術篇》，成都：四川省社會科學院出版社，1983 年，第 272 頁。

　　裘錫圭先生對 ▮、▮、▮、▮ 等字加以認同，他認爲“叚舟”“毄舟”“枚(?)舟”似是同語的異寫，並懷疑“叚舟”“毄舟”“枚(?)舟”是與製造舟船有關的一種工作。[①] 李旼姈先生將郭沫若隸作“枚”的字形改釋爲“叏”字異體“枚”，認爲“从朱 s 从束者很可能是改意符‘木’爲音符‘朱’或‘束’的變形音化現象”，同時認爲“玫”是从玉、叏聲的形聲字，因爲音近與“毄”“毄”等形爲通用關係。[②] 朱鳳瀚、沈建華先生將“▮”“▮”等形隸作“毄”，讀爲“救”，謂“救舟”即“備舟”，此類卜辭是貞問令下屬備舟以渡水之事。[③] 陳劍先生在《釋“屮”》一文中，對相關卜辭做了全面繫聯，據此，這些字形表同一個詞的觀點當可論定，其後接“舟”字的卜辭，也可以肯定所卜爲同一事件。陳文中認爲“舟”前一字从“朱”或从“束”同，▮字左半的“▮”是“束”旁變體，並將“毄舟”“毄舟”等讀爲“斲舟”，“斲舟”即斲木爲舟。[④] 郭永秉、鄔可晶先生從于省吾先生意見，認爲▮字左半所从之“▮”爲“索”，“毄”似可看作以“叏”斲“索”的表意字。[⑤] 何景成先生認爲▮字左半是表示“纏束樹木”之形，並認爲“▮”“▮”“▮”等字是“整”字初文。[⑥]

　　我們在對甲骨文中的“束”“朱”二字進行辨析後，認爲甲骨文

---

① 裘錫圭《説殷墟卜辭的“奠”——試論商人處置服屬者的一種方法》，《歷史語言研究所集刊》第六十四本三分，臺北：“中央研究院”歷史語言研究所，1993 年，第 674 頁；收入《裘錫圭學術文集·古代歷史、思想、民俗卷》，上海：復旦大學出版社，2012 年，第 182 頁。

② 李旼姈《甲骨文字構形研究》，臺灣政治大學中國文學系博士學位論文（指導教師：蔡哲茂），2005 年，第 171—172 頁。

③ 中國國家博物館編（分卷主編：朱鳳瀚、沈建華）《中國國家博物館藏文物研究叢書·甲骨卷》，上海：上海古籍出版社，2007 年，第 219 頁。

④ 陳劍《釋“屮”》，劉釗主編《出土文獻與古文字研究》第三輯，上海：復旦大學出版社，2007 年，第 42—50 頁。

⑤ 郭永秉、鄔可晶《説“索”“剌”》，李學勤主編《出土文獻》第三輯，上海：中西書局，2012 年，第 110 頁。

⑥ 何景成《試釋甲骨文字“整”——從楚文字“整”字説起》，復旦大學歷史學系、復旦大學出土文獻與古文字研究中心編《簡帛文獻與古代史——第二屆出土文獻青年學者國際論壇論文集》，上海：中西書局，2015 年，第 1—7 頁。

"❋"以及"❋""❋"等所从之"❋"才是真正的"束"字，"束"形中的圈畫表"捆束"義，是會意的構件。"❋""❋""❋"等形非"束"字，而是"朱"字。甲骨文中可以肯定的朱字"❋"是以點畫爲指事符號，"❋""❋""❋"等則是以圈畫爲指事符號，與實心點的指事符號作用相同。[①]"朱"字除上述"❋""❋""❋""❋"等寫法外，還可以省略爲"中"或"木"。《合集》33690、《合集》33215中"❋"字左半省略爲"中"的現象，《合集》32834中"❋"字左半省略爲"木"的現象，與周忠兵先生在《釋甲骨文中的"楝"》一文中提到的"从'中'與从'木'均爲'朱'之省"[②]的結論是一致的。因此，陳劍先生繫聯的❋、❋、❋、❋等字都是从朱从殳的，❋不過是多兩個圈畫的"朱"字。從朱字還可作"❋"形來看，❋字左半也很有可能是截取的樹幹之形，本質上也是从朱的，都可以隸定爲"殺"。

甲骨文中有一組與"殺舟"相關的卜辭，裘錫圭先生指出"殺舟"疑指製造舟船有關的一種工作，"奠殺舟"辭例中的"殺舟"則指從事這種工作的人。[③]蔡哲茂先生據《合集》7415正與《合集》7416指出卜辭"殺舟由"可省稱爲"殺由"或"舟"。[④]陳劍先生關於"殺舟"的意見與裘先生基本一致，並在此基礎上有進一步的闡釋，他將"殺"讀爲"斲"，認爲"'斲舟'即斲木爲舟……'斲舟'本來當指斲大樹爲獨木舟，在殷代可能已經發展爲可泛指斲木板製造舟船"。[⑤]同文中，陳劍先生還指出"殺舟由"是個複合人名，"殺舟"

① 劉影《甲骨文"朱""束"考辨》，待刊稿。

② 周忠兵《釋甲骨文中的"楝"》，《古文字研究》第二十九輯，北京：中華書局，2010年，第23—24頁。

③ 裘錫圭《説殷墟卜辭中的"奠"——試論商人處置服屬者的一種方法》，《"中研院"歷史語言研究所集刊》第六十四本第三分，第674頁；收入《裘錫圭學術文集・古代歷史、思想、民俗卷》，第182頁。

④ 蔡哲茂《歷組卜辭遙綴一則》，先秦史研究室網站，http://www.xianqin.org/xr_html/articles/jgzhh/615.html，2007年12月5日。

⑤ 陳劍《釋"山"》，《出土文獻與古文字研究》第三輯，第48頁。

應係其所從事的工作（也可説是職官），"由"則應係其私名。① 謝明
文先生同意蔡、陳兩位先生的意見，認爲"殼舟由""殼由""舟"
"由"係同一人，同時將"商殼舟"一類卜辭理解爲"輔相、輔助、
配合殼舟這個人"的意思，並敏鋭地將"商殼舟"一類卜辭看作戰爭
卜辭。② 謝明文先生將"商殼舟"一類卜辭看作戰爭卜辭是非常正確
的意見，但是這類戰爭卜辭究竟該怎樣理解，我們與之有相異之處，
以下詳述之。

　　首先來看卜辭中的"舟"。武丁晚期至祖庚時期涉及"舟"的卜
辭如下：

　　（1a）癸丑卜，方（賓）鼎（貞）：今春商殼舟由。十一月。

　　（1b）鼎（貞）：弓（勿）商殼由，戠（待）。

　　（1c）己未卜，方（賓）鼎（貞）：舌方其亦延（犯）③。十一
月。　　　　　　　　　　　　　　《合集》18596＋《合集》6073④［賓三］

　　（2a）甲寅卜，□鼎（貞）：叀（惠）☑。

　　（2b）［乙］卯卜，方（賓）鼎（貞）：舟再册，商若。十一
月。　　　　　　　　　　　　　　　　　　　　《合集》7415 正［賓三］

　　（3）鼎（貞）：弓（勿）商殼舟再册。　　　《合集》40718［賓三］

　　（4）鼎（貞）：商［殼］舟，若。　　　　　　《合集》7416［賓三］

　　（5）☑鼎（貞）：［叀（惠）］自（師）［般］☑商再册☑。
　　　　　　　　　　　　　　　　　　　　　　　《合集》7417［賓三］

　　（6a）乙卯卜，鼎（貞）：叀（惠）兴令比殼受（舟）由。

　　（6b）乙卯卜，鼎（貞）：叀（惠）𡥏令比殼［受（舟）由］。

---

① 陳劍《釋"屮"》，《出土文獻與古文字研究》第三輯，第 46 頁。
② 謝明文《試説殷墟甲骨文中"商"的一種用法》，宋鎮豪主編《甲骨文與殷商史》新十三輯，上
　海：上海古籍出版社，2023 年，第 175—185 頁。
③ 從陳劍先生釋。見陳劍《尋"詞"推"字"之一例：試説殷墟甲骨文中"犯""圍"兩讀之字》，
　鍾柏生、季旭昇主編《中國文字》2020 年冬季號（總第四期），臺北：萬卷樓圖書股份有限公
　司，2020 年，第 71—115 頁。
④ 周忠兵《甲骨綴合一則》，先秦史研究室網站（舊站），2006 年 9 月 9 日。

(6c) 乙卯 [卜，鼎（貞）]：叀（惠）介令比殼受（舟）由。

《合集》4025＋《京人》195＋《合集》8731① [賓三]

(7) 乙 [卯卜]，鼎（貞）：[叀（惠）] □令 [比殼受（舟）由]。

《合集》13178＋《合補》1330② [賓三]

(8) [乙] 卯卜，[鼎（貞）]：叀（惠）□令 [比] 殼 [受（舟）由]。

《合集》465 [賓三]

(9) ☒弓（勿）商 [殼] 舟，叀（惠）☒妻☒。

《合集》3039 [賓三]

(10a) 癸酉卜，鼎（貞）：商再册（册）。

(10b) 鼎（貞）：弓（勿）商，戜（待）𡴴。 《合集》557 [賓三]

(11) 鼎（貞）：于☒𡴴比☒舟☒。 《合集》19202 [賓三]

(12) 乙 [卯卜]，鼎（貞）：[叀（惠）] 大 [令] 比 [殼] 受（舟）[由] ☒崔𠭯☒。七月。 《合集》294 [賓三]

(13) [乙] 卯卜，鼎（貞）：叀（惠）大 [令] 比 [殼] 受（舟）由☒崔 [𠭯] ☒。 《合集》19202 [賓三]

(14) 鼎（貞）：于☒𡴴比☒舟☒。 《合集》4927 [賓三]

(15a) 癸子（巳）卜：夒（退），枚（殼）舟。

(15b) 叀（惠）枚（殼）舟商。

《合集》33214＋《合集》33216＋《合集》33690＋《存上》2239③ [歷二]

---

① 《合集》4025 與《京人》195 爲林宏明先生綴合，見林宏明《契合集》第 310 組，臺北：萬卷樓圖書股份有限公司，2013 年。趙鵬先生曾加綴《合集》465，見黃天樹主編《甲骨拼合集》第 62 則，北京：學苑出版社，2010 年。《合集》465 兆序辭爲 "一"，《合集》4025 兆序辭爲 "三"，二者恐非一版之折。陳劍先生指出《合集》8731 與《合集》4025 爲一版之折，可以遙綴，見陳劍《釋 "屮"》，《出土文獻與古文字研究》第三輯，第 49 頁。張志强先生有同樣的遙綴，見黃天樹主編《甲骨拼合五集》第 1156 則，北京：學苑出版社，2019 年。
② 蔣玉斌《甲骨新綴 35 組（更新第 30 組）》之第 25 組，見中國社會科學院先秦史研究室網站：https://www.xianqin.org/blog/archives/2576.html，2012 年 2 月 22 日。
③ 《合集》33214＋《合集》33216＋《合集》33690 爲蔡哲茂先生綴合，見蔡哲茂主編《甲骨綴合集》第 141 組，臺北：樂學書局，1999 年，此組綴合收於《合補》10486。《存上》2239 爲蔣玉斌先生加綴，見蔣玉斌《甲骨綴合總表（300 組）》之第 227 組，中國社會科學院先秦史研究室網站：https://www.xianqin.org/blog/archives/2305.html，2011 年 3 月 20 日。

（16）叀（惠）杸（殺）舟商。　　　　　　　《屯南》220下半①〔歷二〕

（17a）庚午卜：王令�臿杸（殺）〔舟〕。

（17b）庚午卜：叀（惠）大史杸（殺）舟。

（17c）叀（惠）小史杸（殺）舟。

（17d）叀（惠）兴令杸（殺）舟。

（17e）叀（惠）介令。

（17f）叀（惠）戈令。　　　　　《合集》32834＋《掇》一399②〔歷草〕

（18a）庚〔午卜〕：其〔令〕杸（殺）〔舟叀（惠）〕大〔史〕。

（18b）叀（惠）小史。

（18c）庚午卜：王令兴。

（18d）叀（惠）介令。

（18e）叀（惠）戈令。

（18f）叀（惠）�臿令。　　　　　　　　　　　　《合集》32835〔歷二〕

甲骨卜辭中的“舟”，可以指水上交通工具，也可以作地名或族名。以往多將上述卜辭中的“舟”看作水上交通工具，我們認爲上述卜辭中的“舟”是地名、族名的用法，卜辭均與對“舟”的戰争相關。同時期“舟”作地名、族名之例，還見於下列卜辭：

（19）鼎（貞）：弜（勿）乎（呼）伐舟，叀（惠）▉用。

《合集》5684〔賓出〕

（20）鼎（貞）：弜（勿）令舟比母斐。　　　《合集》4924〔賓出〕

（21）□寅卜，鼎（貞）：〔乎（呼）〕多尹〔伐〕舟。

《懷特》348〔賓出〕

作爲地名、族名的“舟”，饒宗頤先生指出：“舟爲方國名。舟與州通。《荀子·君道》：‘禿姓舟人，則周滅之矣。’韋注：‘禿姓，彭

---

① 林宏明先生指出《屯南》220“從拓片上看，斷痕不合”，見林宏明《小屯南地甲骨研究》，臺灣政治大學中國文學系博士學位論文（指導教師：蔡哲茂），2002年，第49頁。

② 許進雄《甲骨綴合新例》，《中國文字》新一期，臺北：藝文印書館，1980年，第69、95頁；收入蔡哲茂主編《甲骨綴合彙編》第7組，新北：花木蘭文化出版社，2011年。

祖之別。舟人，國名。'"① 彭邦炯先生從饒先生意見，認爲"甲骨文
中所講的舟人就是被周所滅的秃姓舟人……商時舟人主要集中在今河
南新鄭南，長葛、禹縣、密縣間"。② 孫亞冰、林歡先生認爲"應在今
豫、魯、徽三省交界處"。③ 唐英傑先生認爲"舟地很可能在瑕丘附
近，今濮陽縣在商代黄河東側，距離黄河很近，將舟地置於濮陽一帶
與舟地在黄河外側吻合"。④

　　雖然各家以"舟"的説法不一，但武丁時期舟方⑤的存在提示我
們：上述卜辭的"舟"看作水上之運輸工具恐有不妥，畢竟奠置一個
職位是斯舟之官的人理由不那麽充分。蔡哲茂先生説："殻舟由被置
奠是因爲軍事和政治上的需要，他的地位崇高，深受商王器重，和那
些因爲戰敗而被奠的氏族明顯不同。"⑥ 這也充分説明"殻舟由"被奠
置實際上是與衆不同的，是特例，也是值得懷疑的地方。將"舟"看
作戰敗的方國而被奠，似乎更符合常理。我們認爲"殻"是一個表示
擊打、攻擊義的動詞，"殻舟"則爲擊伐、攻打"舟"方之意。以下
試重新分析與"殻舟"相關的這類戰争卜辭。

　　(1a) 的"商殻舟由"這個短句，有兩個問題需要解決——對
"商"與"由"的理解。郭沫若先生在大龜第三版⑦考釋意見中認爲
"商再册"與"勿商哉皁"之"商"字"殆假为賞"。⑧ 此説有較大影
響，如裘錫圭先生在解釋相關卜辭時，即認爲"商"假作"賞"，在
"由"字後括注"胄"，但在"胄"字後面打了一個問號，並説"如果

---

① 饒宗頤《殷代貞卜人物通考》，香港：中華書局（香港）有限公司，2015 年，第 371 頁。

② 彭邦炯《甲骨文所見舟人及相關國族研究》，《殷都學刊》1995 年第 3 期，第 4 頁。

③ 孫亞冰、林歡《商代地理與方國》（宋鎮豪主編《商代史》卷十），北京：中國社會科學出版社，2010 年，第 177 頁。

④ 唐英傑《商代甲骨文地名統計與地望研究》，西南大學博士學位論文（指導教師：鄒芙都），2021 年，第 306 頁。

⑤ "舟"爲方國名或地名，不必如饒宗頤先生所説與"州"通。

⑥ 蔡哲茂《歷組卜辭遥綴一則》，見中國社會科學院先秦史研究室網站，http://www.xianqin.org/xr_html/articles/jgzhh/615.html，2007 年 12 月 5 日。

⑦ 即《合集》557。

⑧ 郭沫若《卜辭通纂 卜辭通纂考釋》（別一），東京：文求堂書店，1933 年，第 5 頁；又郭沫若《卜辭通纂》，北京：科學出版社，1983 年，第 570 頁。

把'戠由'讀爲'待由（胄?）'，辭義顯然不易講通"。① 蔡哲茂先生
也認爲"商"假作"賞"，"由"用作本義"胄"。② 陳劍先生認爲卜辭
並没有可以確定用爲"甲胄"之"胄"的"由"字，但也在"商"字
後括注"賞"，認爲"商"可以假作"賞"。③ 謝明文先生通過商周金
文中有關"商"的語法現象指出："商代金文以及之後的西周金文中
皆從未見〔賞〕的此類用例……如果排除上述這些舊讀爲'賞'的
'商'字外，在現有的甲骨文中我們幾乎找不到用'商'爲'賞'的
確定例子。"④ 謝文的重要價值在於明確提出甲骨文中的"商"並不假
爲"賞"，以及將"商"所在的一類卜辭定性爲戰爭卜辭。但是謝文
認爲"商"和"比""又"相當，將戰爭卜辭中的"商"解釋爲"輔
相""輔助""配合"一類意思，似乎也較爲迂曲。《甲骨文字詁林》
2146號"商"字按語説："卜辭'商'字除用作地名外，亦有用作人
名者……'商再册'與'弖商戠阜'之'商'均當用爲人名。"⑤ 這是
非常正確的意見。

　　解決了"商"字的問題，再來討論"由"字的含義。卜辭中
"由"字用法比較複雜。（1a）的"商戠舟由"可以有兩種解釋，一種
是將"由"看作私名，"舟由"即私名爲"由"的舟族族長；一種是
將"由"解釋爲"憂""咎"義，在"由"前點斷，"商戠舟，由"的
意思是"商"方攻打"舟"方，會有不好的事情發生。"由"就是不
好的意思，與（4）辭的"商〔戠〕舟，若"是從正反兩個維度進行
的占卜。"由"字兩種用法的可能性均存在，尚有可探討的空間。從

① 裘錫圭《説甲骨卜辭中"戠"字的一種用法》，吕叔湘等著《語言文字學術論文集——慶祝王力
　　先生學術活動五十周年》，上海：知識出版社，1989年，第171頁；收入《裘錫圭學術文集·
　　甲骨文卷》，上海：復旦大學出版社，2012年，第164頁。
② 參蔡哲茂《説殷卜辭的"🔾"字》，《"中研院"歷史語言研究所集刊》第七十六本第三分，
　　2005年，第414頁。
③ 陳劍《釋"屮"》，《出土文獻與古文字研究》第三輯，第32、44頁。
④ 謝明文《試説殷墟甲骨文中"商"的一種用法》，宋鎮豪主編《甲骨文與殷商史》新十三輯，上
　　海：上海古籍出版社，2023年，第178頁。
⑤ 于省吾主編《甲骨文字詁林》，北京：中華書局，1996年，第2063頁。

"惠某令殼舟由"的辭例來看，占卜的焦點是"惠"字後的某人，而非"由"（"憂""咎"義），且"殼舟"後的"由"字可有可無，所以"由"作人名的可能性更大。上述卜辭中"舟"的寫法，歷草類與歷組二類卜辭逕作"舟"，賓組三類某些卜辭中"舟"或作"受"，蔡哲茂先生說"受字從舟得聲"，[①] 朱鳳瀚、沈建華先生指出"'受'、'舟'，聲母相近，分別爲定母與端母，且皆爲幽部韻，可通"。[②] 因此"舟"与"受"應當是同一方國名的異寫。

另外还有一点值得注意：（4）辭中的"商"字下尚有刻辭空間，不能直接與"舟"連讀，從《合集》18596＋《合集》6073、《合集》40718 等同卜一事之辭來看，"商"字下當擬補一個"殼"字。（1c）的"舌方其亦显（犯）"也説明這是一版與戰爭相關的卜辭，因爲有"亦犯"，推斷"商［殼］舟"的原因可能是"舟"方來犯。（2b）的"舟再册，商若"表達的真正含義是"對舟再册"，"再册"的主語並不是"舟"，而是"商"。所以（3）辭説"勿商殼舟再册"，這是從反面占問，意思是商不要因爲"殼舟"之事而"再册"。（5）与（10）辭是在對再册的主語進行選擇性貞問：（5）辭不全，從殘辭推斷，卜辭是在貞問"商不要再册"，要令"師般"比並"商"再册。（10）辭是在貞問"商不要再册"，要等待"皋"再册。上述（1）—（18）辭，除（2）（5）（10）辭是對再册的主語進行貞問外，其餘均是對"殼舟"的主語進行選擇性貞問。"殼舟"的主語涉及"商""𡊀""妻""大史""小史""介""戈""宍"等，[③] 從側面反映出"殼舟"之事涉及的是戰事，所以重大。"殼舟"如果指製造舟船一類的工作，在情理上恐怕難以講通。

以上（1）—（18）辭時代相近，所卜内容均爲攻打舟方的戰事，

---

① 蔡哲茂《歷組卜辭遙綴一則》，先秦史研究室網站，http://www.xianqin.org/xr_html/articles/ jgzhh/615.html，2007 年 12 月 5 日。

② 中國國家博物館編（分卷主編：朱鳳瀚、沈建華）《中國國家博物館藏文物研究叢書·甲骨卷》，第 219 頁。

③ 《合集》294、《合集》19202 因爲辭殘，令的對象可能是"大"，也可能是"大史"。

（15a）的"退，杸舟"，以前很難理解它的辭意，現在從戰爭卜辭的角度來看，很有可能是從戰術上後退再擊打舟方之意。另外，從《合集》32854（《合集》32855同文）、《合集》39763等辭的"令𠮷比杸舟，塑乃奠"來看，"杸舟"是"奠"之前的必要步驟，因爲要先打敗舟方，才能實現"奠"的目的。從這個角度來推斷，"杸舟"也非"斲舟"之事。

綜上，本文對甲骨卜辭中的"殺舟由"卜辭進行了重新釋讀，認爲"殺"應是一個與軍事相關的動詞，"商"是人名，"舟"是方國名，"舟由"或是一個複合名詞，賓組卜辭的"舟由"又寫作"受由"。"殺舟"類卜辭本質上是一組與戰爭相關的卜辭，相關闡釋是否妥當，懇請批評指正！

［作者單位］劉影：首都師範大學甲骨文研究中心、"古文字與中華文明傳承發展工程"協同攻關創新平臺

薛尚功《款識》校勘記

李宗焜

提　要：本文針對宋代薛尚功《歷代鐘鼎彝器款識法帖》宋拓本跟流通最廣的明代朱謀垔刻本進行校勘，並論其優長得失。

關鍵詞：薛尚功　鐘鼎彝器　款識法帖　版本校勘

一、前言

宋薛尚功撰《歷代鐘鼎彝器款識法帖》（以下簡稱"款識"），二十卷。《款識》全書收有夏至漢器凡五百十一器（以該書的認知而言），其中以商、周兩代器最多。惟周代磬、鼓爲石製，周琥、秦璽爲玉器，餘均銅器。《四庫全書提要》稱本書：

> 所録篆文雖大抵以《考古》《博古》二圖爲本，而蒐輯較廣，實多出於兩書之外。……未免真僞雜糅，然大致可稱博洽。……箋釋名義，考據尤精。……其立説並有依據。蓋尚功嗜古好奇，又深通篆籀之學，能集諸家所長而比其同異，頗有訂譌刊誤之功，非鈔撮蹈襲者比也。

《款識》是宋代金石著述中輯録銅器銘文最豐富的一部書，自是十分重要，尤其所著録的鐘鼎彝器多已不傳，獨見於此書，其重要性不言而喻。

《款識》紹興間曾有刻石，可知初爲石刻本。宋亡以後，石刻散佚，現僅存若干宋拓本。石本之外，後世另有木刻與傳寫本，而以明崇禎六年（1633）朱謀垔校刊本（以下稱“朱本”）流傳最廣，影響最大。黃丕烈稱：“約略定之，朱爲勝矣。……既無石刻，則朱本可據。”容庚説：“朱氏所得是吴江史氏本，是否薛氏手書未可必，其於原石本則未見也。”1935 年于省吾曾將朱本印行，現在《款識》的各種出版品，主要就是于省吾印的這個本子，可以説世人所認識的《款識》，主要就是朱本。至於宋代的石刻本，過去只有極少數的人，各自看到一部分或個别殘葉，一般人是無從知道的。

　　2021 年中華書局出版了《宋刻宋拓〈歷代鐘鼎彝器款識法帖〉輯存》。我把當世所能找到的宋拓《款識》彙爲一編，世人乃可看到該書的真面。《款識》全書二十卷，宋拓現存十四卷，卷一至卷六未聞，或已佚。卷七至卷二十除卷十五缺卷前十三面外，基本完整，詳見該書拙稿《宋拓〈歷代鐘鼎彝器款識法帖〉知見》。

　　我還在書後附了校勘，没有任何説明。今補充若干遺漏，並加以必要的論證。

二、校勘長編

　　説明：引述《款識》釋文直接引用，其説明考釋文字，加“（按）”以爲分别。

　　卷七

　　（1）遟父鐘（按），石本“而龍光者又言其承天子之寵光也”，朱本無“者”字。

　　（2）盅和鐘，石本“故名曰旹邦”，“旹”朱本作“㫿”。按其摹形作“”，朱本所釋爲近。

　　（3）（按）“據本紀自襄公爲始則桓公爲十二公而銘鐘者爲景公也按秦本紀自非子”，朱本脱中間一節，當因上之“本紀自”，誤接下之“本紀自”。此器考釋云：“歐陽文忠公《集古録》以爲：太史公《史記》於《秦本紀》云襄公始列爲諸侯，而《諸侯年表》則以秦仲爲始。今據年表始秦仲，則至康公爲为十二公，此鐘爲共公時作也；據本紀自襄公爲始，則桓公爲十二公，而銘鐘者爲景公也。按《秦本紀》自非子爲周附庸……”。按此文論作器之時，據年表爲共公，據本紀爲景公，文意完足，若脱“景公”一節，則但有共公無景公，甚悖文理。

（4）齊侯鎛鐘，石本“汝以恤**于**朕身”，“于”爲“余”之誤，齊侯鐘作“余”不誤。朱本作“余”。

（5）（按）石本“按太公**呂**望**周**封於爽鳩之墟”，朱本無呂、周二字。

（6）石本“**此**海”，朱本作“北海”，朱本是。

（7）第七行石本“恐是嫢字”“字書無從出，恐是妃字，音乏，女好皃”，均爲注文，朱本均誤爲正文。又“皃”朱本作“貌”。

（8）“厚以**厂**物爲大，薄以薄物爲小”，朱本“厂物”作“厚物”。按以對文觀之，朱本是。

（9）“**鎛以**薄訓小故也”，“鎛以”朱本誤作“鑄从”。

（10）朱本“鎛鐘比**特**鐘爲小，比編鐘爲**大**”，石本“大”誤作“天”，“特”誤作“持”。

（11）朱本“**今**此鐘銘曰鎛，考其形制乃大於**特**鐘”，石本“今”誤作“令”，“特”誤作“時”，“考”作“攷”。

（12）“妄**自**夸大”，“自”朱本誤作“有”。

（13）石本“**一**曰錫汝車馬”，“一”朱本作“二”，朱本是。其文曰：“受賜者三：一曰錫汝釐清都……，二曰錫汝車馬……三曰錫乃吉金……”

卷八

（14）齊侯鐘三，石本“錫休命，公曰**反**”，“反”朱本作“及”，石本他處亦作及，此處是誤字。此爲人名，或釋尸而名其器爲叔尸鐘。

（15）"**左**右余一人"，"左"石本誤作"力"。其形作""。

（16）"以**敷戒**公家"，"戒"石本誤作"成"，朱本不誤。石本他處亦不誤。

（17）齊侯鐘（按），"是器必首稱**於**桓公者**其以**此也"，朱本"於"作"于"，"其以"誤乙作"以其"。

（18）窖磬釋文左行，石本"辟公**日**始之釐樂**又**"，"日"當作"王"，朱本不誤。"又"朱本誤作"人"。

（19）（按）"**右**銘五十七字"，按語依例在銘釋之後，故用"右"。朱本此器按語移置銘釋之前，改"右"爲"此"，可能是遷就版面的權宜之計。

卷九

（20）象鼎（按），"此**畫**象形，其亦準易而箸之耶"，"畫"朱本誤析爲"書一"二字。

（21）鮮鼎（按），"治大國若烹小**鮮**"，"鮮"朱本誤作"鱗"。其下"烹鮮之術"，朱本不誤。

（22）"何**其**純素如此"，"其"朱本作"以"。

（23）子父舉鼎（按），"是**祭**父皆從其子"，朱本誤脱"祭"字。按其按語曰："右銘曰子父。按古者父爲大夫子爲士，則葬以大夫祭以士；父爲士子爲大夫，則葬以士祭以大夫。是祭父皆從其子。"是葬依父之身份，而祭父則依子之身份。若無"祭"字，"是父皆從其子"，葬、祭皆依子之身份，顯非其義。

"其下又爲**舉字**，蓋取其以手致而與人之意"，"舉字"朱本誤作"子字舉"。

（24）豐鼎，"豐用作**玖**"，朱本缺"玖"，其按語則有釋。

（25）魯公鼎（按），石本"今考其銘識**文書**，尚類于商，則知周公之時去商未遠，故篆體未有變**省**"。"書"朱本作"畫"，是。"省"朱本作"者"，疑非。按其按語釋銘文""爲鹵，並引《説文》"从

西省，象鹽形"，説鹵即魯字也。而周公之時篆體尚未變省，"省"呼
應《説文》从省之説。

（26）娟氏鼎（按），"册象其札"，"札"朱本誤作"禮"。蓋先誤
認爲"礼"，又改爲"禮"。

（27）伯部父鼎，"寶尊鼎"，"寶"朱本誤作"實"。其他多器
"永寶用"，朱本誤作"保"。

（28）唯叔鼎（按），"誨作寶鬲鼎"，朱本無"鼎"字，當有，銘
文有。

（29）孔文父飲鼎（按），"銘云惟三月孔文父作"，石本脱"文"
字，銘文有。

（30）仲偈父鼎（按），"則禮樂自天子出"，朱本"禮樂"下多
"征伐"二字。按此引"博古云"，查《博古圖》"天下有道禮樂自天
子出"。（3.16）當從其所引。

卷十

（31）王子吳鼎（按），"鼾字字書所不見"，"鼾"朱本作"鼾"。
按于、干楷書只是直畫與勾的細微差別，但古文字字形差異較大，且
銘文字所從作于，當從石本。

"鼎旁作于"，朱本亦誤作干。

（32）季娟鼎。器名及銘文"娟"，朱本均誤作"婦"。其字形作
鼎，絕非婦字。

（33）（按），"如書言大麓之類"，"大"朱本誤作"文"。《尚書·
舜典》"納于大麓，烈風暴雨弗迷"。

（34）"先命小臣夌往見"，"夌"朱本作"陵"，當從石本原形。

（35）師秦宮鼎（按），"猶師儵師毀也"，"毀也"朱本誤乙爲
"也毀"。其文曰"其曰師秦宮，則師秦之宮以名其人，猶師儵師毀
也"。從其文例可知。

（36）"然後可以作鼎，寶用而祝之，以萬年爲詞云"，"祝"朱本

誤作"祀"。"以萬年爲詞"所謂祝詞耳。

（37）微欒鼎釋文"用享**孝**于朕皇考"，"孝"石本誤作"考"。銘文享孝（🔲）、皇考（🔲）二字分別顯然。《爾雅·釋詁》"享，孝也"，釋曰"享祀孝道"。

（38）"永**寶**用享"，石本多處"寶"誤作"保"。

（39）伯姬鼎（按），"作此**尊鼎**也"，朱本"作此鼎尊也"。按銘文作"用作朕皇考鄭伯姬尊鼎"，朱本此釋文並不誤，按語誤作"鼎尊"。銘文中尊鼎習見，如寶尊鼎、寶尊簋、寶尊鬲等，但絶不見"鼎尊"。

（40）"字畫**妙絶**，使人觀之，盡日不厭云。"朱本"妙絶"作"絶妙"，此雖修辭無關閎旨，然晉姜鼎"款識條理，有周書誓誥之辭，而又字畫妙絶，可以爲一時之冠"。是"字畫妙絶"似爲作者習用語。"云"朱本誤作"去"，石本"云"爲語末助詞。《説文》："猒，飽也，足也。"

（41）晉姜鼎，"遠**廷**君子"，"廷"朱本作"延"，均誤。此作"🔲"，當爲通字，摹寫有出入，釋文亦誤。

（42）（按）"保其**孫子**"，朱本作"保其子孫"，雖無害文意，然銘文明是"孫子"，其後"保我孫子"，朱本亦作"子孫"。

（43）穆公鼎，"眉壽**子**佑"，"子"朱本空白，銘文具在，又非難字，何以從缺？或朱所據底本殘損，朱但據以照刻，未加考訂。

（44）（按）"元王**元**撥"，"元撥"應作"桓撥"，蓋承上而誤。朱本不誤。"玄王桓撥"見《詩·商頌·長發》。

卷十一

（45）乙𤾁尊（按），"皆**相**因而得名也"，朱本無"相"字，義自不殊，唯文氣不若石本足耳。

（46）師𦥑尊（按），"字書德**字**从彳"，朱本"字"處空格。或亦底本殘損不能辨識。

（47）召**公**尊，朱本誤作"召夫尊"。按銘文釋"公"，器名乃誤作"夫"。

釋文"中**執**王休"，及（按）"中鼎曰'王**執**'而此尊曰'**執**王'"、"中鼎言'貫行**執**'"（依其文意斷句），朱本均誤爲"執"。

（48）（按）"亦曰南宮括**而**"，朱本無"而"字。

（49）"錫于**瑹玉**"，朱本"瑹玉"作"踐土"（朱本於南宮中鼎釋文仍作"**瑹玉**"，與石本同）。按其銘文摹本作"■"，當釋"斌王"。

（50）高克尊"對揚天佑**王**伯友"，"王"朱本誤作"主"。銘文選以爲"右"當爲"君"字鑄誤或摹誤。讀此句爲"對揚天君皇伯休"（銘文選298）。

（51）伯寶卣（按），"則**宜**有以作彝器"，"宜"朱本誤作"官"。按此論其爲伯，則當作彝器以告於前人，非官府爲之作器也。

（52）師淮父卣（按），"**戌**則如詩言"，"戌"朱本誤作"戊"，文中他處均不誤。"此**曰**文考"，"曰"，朱本作"言"。

（53）召仲考父壺，銘釋"用祀**用**饗"，"用"朱本誤作"出"。按語"文曰用祀用饗"則不誤。

（54）（按）"周禮朝踐用兩壺尊，用祀之謂也。左傳周景王燕晉文伯尊以魯壺，用**饗**之謂也"。朱本"饗"作"享"，與銘釋不符。

（55）"年已加**千**"，按指銘文"年"作"■"，已加爲千。較古文字從"人"，後來訛爲"千"，《說文》則說"从千聲"。此言已加千"周宣以後物也"。時代雖無法確指，但薛氏認爲其時代較晚，殆以石鼓爲周宣之物爲說。朱本誤"千"爲"干"。

　　卷十二

（56）司空彝（按），"右銘云：司空作寶彝，空則借用**工**字，蓋三代之時未必字字皆有，必依聲託事，假借而用之耳"。"工"朱本誤作"二"。其銘文摹作"■"，亦不如石本作"■"爲準確。

（57）召父彝（按），"錫命孝**享**"，"享"朱本作"饗"。按《詩》

《易》均作孝享，此引經文，亦當從之作"孝享"。

（58）"以**愚**觀之"，"愚"朱本作"余"，似兩可。然薛書慣作愚，如邾敦"以愚攷之"，朱本亦作愚。仍以作愚爲是。

（59）司寇彝（按），"按周官大司寇之職，掌**建**邦之六典，以佐王刑邦國，詰四方"。朱本無"建"字，依《周禮》當有。"六典"當爲"三典"，所謂"刑新國用輕典，刑平國用中典，刑亂國用重典"。朱本亦作六典。

（60）孟姜匜（按），"云**子**孟姜盥匜"，朱本脱"子"字，銘文有。

卷十三

（61）周虎敦（按），"博古録云……師行一軍而爲旅者已衆，故其敦不一，則**一二**以數之。此特得其二而已"。"一二"，朱本作"三"。按：《宣和博古圖》作"一二"。

（62）達敦（按），"達**从辵**而此**从走**"，朱本"達從辵而此從走"。按《説文》之例，皆當作"从"。

（63）伯囧父敦（按），"是以古之君子，器必用銅，取其不爲燥濕寒暑所變爲可貴**者**以此也"。朱本無"者"字，雖無關對錯，而文氣不如石本。"者"字所以總結上文。

（64）蒯仲敦（按），"春秋之時齊有**申**蒯"，"申"朱本誤作"中"。申蒯見《左傳》襄公二十五年。

（65）師望敦（按），"博古録云**按**《史記·齊世家》"，朱本無"按"字，據《博古圖》應有。

（66）齊世家謂太公吕尚"以漁釣**奸**西周伯"，"奸"朱本作"干"。《史記正義》"奸音干"，知原文作"奸"。"與望語大**説**"，"説"朱本作"悦"，當從《史記》作"説"。

（67）叔獢敦銘釋"永寶用享**孝**"，"孝"朱本作"考"。依其所摹字形當釋"考"，石本此語均作"享孝"。朱本此作"考"，其後之仲駒敦蓋器"寶用享孝"，凡五見，皆釋"孝"，以此例之，不排除其原形誤摹的可能。朱本又於仲駒敦蓋器完整之二件釋"孝"，於存蓋缺

器之件又誤釋爲"考"。（摹形則均爲孝）

（68）仲駒敦（按），"當是時，綴學之士所**得**（朱本作"以"）**斷**簡遺編，補緝詁訓，**斷**以臆説，故三代禮文雜以漢儒之學，由是漢世祖述者異端紛糾，無所**指歸**（朱本誤作"歸止"），今復見三王之完器，乃可以知聖人製作之**旨**（朱本誤作"有"），俾有志於古者，有所考信，豈小補**之**哉（朱本無"之"）"。按此節異文較多，有仁智互見者，有朱本實誤者，如指歸誤歸止，製作之旨誤製作之有，皆不待述説者。

卷十四

（69）散季敦（按），"博古録云，**攷**其銘乃散季爲王母叔姜作也"。"**攷**"朱本作"考"，查《博古圖》作"攷"。"又以神道**饗**乎人"，"**饗**"朱本作"享"，《博古圖》作"饗"。"文王者得此數臣以**爲之輔**"，朱本作"以之爲輔"，誤。古文獻中"以爲之"數見，與"以之爲"意不同。"以爲之輔"以數臣作爲文王（之）的輔佐，跟"以數臣（之）作爲輔佐"，"之"所指稱的對象不同。《論語·先進》"顏淵死，顏路請子之車以爲之椁"，"以爲之椁"（以爲顏淵之椁），之指顏淵。何晏《集解》"請孔子之車賣以作椁"。如改爲"以之爲椁"就成了以車爲椁了，之指車子。《左傳》襄公元年"鄭之師侵楚焦夷，及陳，晉侯、衛侯次于戚，以爲之援"（作爲楚的援軍），"以之爲援"就變成以楚爲援軍。《左傳》昭公十二年"尹喜帥師圍徐以懼吳，楚子次于乾谿以爲之援"，是作爲尹喜的後援，而不是以尹喜爲後援。因此朱本當誤。

（70）"大統**未**集"見《尚書·武成》，孔安國傳"謂大業未就"。"未"朱本誤作"末"。

（71）師毛父敦"錫**赤**市"，"赤"朱本誤作"亦"。

（72）（按）"亦云**毛伯**"，朱本誤作"伯毛"。全文皆論毛伯，自無可疑。

（73）孟姜敦（按），"出**於**桓公之後"，"於"朱本作"于"。

（74）敦敦"服□五服"，朱本作"服五服"。按依其摹形應釋爲"取□五服"，"取"石本作""，尚可識，朱本摹作""，形不可識。"五"上一字不可釋，石本空一格，是正確的做法。

（75）（按），"晉文公城濮之戰"，朱本無"公"字。

（76）邾敦一，"錫汝赤市彤冕齊黃"，"市"朱本作"芾"，以全文通例，作"市"爲是。朱本他處亦作"市"。

（77）邾敦（按），"發掘所得"，"發掘"朱本作"掘發"。

（78）"原父爲余攷按其事"，"攷"朱本誤作"孜"。

（79）"而此敦曰"，"曰"朱本誤作"口"。

（80）"因名其室曰射"後雙行小注"音謝，後從木"。朱本注文竄入正文作"因名其室曰射，音謝，後從木"。"故凡無室者謂之榭"後雙行小注"爾雅云"，即《爾雅》所注爲"無室謂之榭"。朱本作"故凡無室者謂之榭，爾雅云宣王之廟……"注文闌入正文，則"爾雅云"即不是"榭"之注，而爲其後之文字。

（81）"宣王之廟制如榭"，朱本奪"制"字。

（82）"降立于阼階"，朱本無"于"字。

（83）師馗敦（按），"知刺公者乃……"朱本無"者"字。

（84）師毀敦（按），"復見兼戈矛……"朱本無"兼"字。

（85）牧敦（按），"所錫有秬鬯一卣及虎冕練裏之類"，"及"朱本誤作"皮"。

（86）敔敦"作尊敦"，"敦"朱本誤作"彝"。

（87）（按），"言月所以謹時也。曰王在成周者……""也"朱本誤作"又"，似可讀爲"言月所以謹時。又曰王在成周者……"其實不然，本文所釋各詞，皆以"曰"開頭，沒理由第一次曰即説"又曰"。

卷十五

（88）張仲簠（按），"其文皆同而轉注偏旁左右或異"，"旁"朱本作"傍"。四部叢刊《歐陽文忠公文集·集古録跋尾》卷作"偏傍"。石本卷十六方寶甗（按）亦作"偏傍"。

（89）"不然何**丁寧**重複若此之煩也"，"丁寧"朱本作"叮寧"，《集古録跋尾》作"丁寧"。當作"丁寧"，文獻屢見。"叮嚀"爲後起字。

（90）"君子之於道不汲**之**而志常在於遠大也。""之"石本不清楚（　），疑是"之"字。朱本爲重文號，是讀爲"汲汲"，謂急切追求，當是。石本"之"字或經改造而致不明所以。

（91）師望簋（按），"吾太公望子久矣，故號**之**曰太公望"，朱本無"之"字。

（92）寅簋（釋音後），石本無文字（即無按語）。朱本獨一"右"字。依例底下應有按語，不應獨此一字。石本此處更無一語，表示本無按語。

卷十六

（93）方寶甗（按），"左右上下不拘**偏**傍位置"，"偏"朱本誤作"邊"。

（94）父乙甗"**埶**位在廟"，"埶"朱本多誤作"執"，説已見前召公尊。

（95）慧季鬲（按），"按**慧**與惠通"，朱本作"按惠與慧通"。此釋器銘的"慧"字，自當云"慧與惠通"。

（96）丁父鬲（按），"蓋**在**周之太公望"，朱本無"在"字。

（97）師鬲（按），"**昔者以**師稱其官"，朱本在"昔""師"之間空一格位置，或其所據寫本（抄本）因不識其文字而留白，又不知其爲二字，而只空一格。

（98）"**製**作簡古"，朱本作"制作簡古"。仲父鬲（按）"考其**製**作"，朱本亦作"制"。

（99）蔑敖鬲（按），"右銘十有一字，所可**辨**者九字而已"，"辨"朱本誤作"辯"。據《説文》"辨，判也"，古辨、判、別三字義同。

"辯，治也。"仲父鬲（按）"不可**辨**者"，朱本"辨"亦作"辯"。

（100）冀師盤（按），"冀乃其**族**裔"，"族"朱本誤作"旅"。

卷十七

（101）鳳棲鐸（按），"作鳳棲**木**之狀"，朱本無"木"字。按其字形作"🌿"，当有"木"字。

（102）石鼓五"□淖"、石鼓六"□走"、石鼓七"□序"，朱本亦均作空格，蓋不識其字而闕疑。其形作"🔲"，平津館本作"彼"，當是後見之明，非所以傳古。

（103）"其**盜氏**鮮"，朱本作"其益氏鮮"。按"盜氏"字形作"🔲"，當以石本所釋爲是。

（104）石鼓八"其來**趨**"，"趨"字作"🔲"，朱本誤爲"趨"。

（105）石鼓九"其**奔**"，奔字作"🔲"，朱本誤釋作"弃"。

（106）石鼓十，"載西載**北**"，石本"北"誤釋"比"，朱本不誤。

以上是考釋文字的部分，至於石鼓文的字形摹寫，石本、朱本亦有若干差異，如：

（107）石鼓三"🔲"，朱本作"🔲"，矢當以不**斷**爲是，但石本亦有斷者。

（108）石鼓四"🔲"，朱本作"🔲"，當以石本爲是。唯石鼓三朱本作"🔲"，字形又是可靠的。

（109）石鼓三"🔲"，朱本作"🔲"，但石鼓九朱本又作"🔲"與石本同。石鼓四"🔲"，朱本作"🔲"，但石鼓十朱本又作"🔲"，與石本同。

（110）石鼓四"🔲"，朱本作"🔲"，但石鼓九朱本又作"🔲"。

（111）石鼓六釋奔的字形，石本作"🔲"，朱本作"🔲"。中華書局版第 445 頁，朱本字形重複貼了石本的字形，當時未校出，藉此更正。

（112）周琥（按），"加**方明於**其上"，朱本作"加文□□其上"。可證朱本所據非石本，此處其所據本當已漫漶。

（113）"蓋以日辰爲**號**"，"號"朱本誤作"琥"。此云周琥上之文字"午"，以日辰之午爲名，本與琥形無關。

（114）"或**云**午與五同"，朱本"云"作"以"，以石本爲是。

（115）"此器**之**虎形"，朱本無"之"字。

卷十八

（116）璽一（按），"石本在畢景**儒**家"，"儒"朱本誤作"傳"。

（117）秦權"元年**制**詔丞相"，朱本空"制"字。"**如**後嗣爲之者"，"如"朱本誤作"始"。（其後之平陽斤，詔文此二處朱本均不误。）

（118）平陽斤（按），"始皇**帝**所爲也"，朱本脱"帝"字，二世元年詔有"帝"字。

（119）"循環**刻**之"，"刻"朱本誤作"列"。

（120）"肉**倍**好者，周旋無端，周而復始"，"倍"朱本誤作"陪"。《爾雅·釋器》"肉倍好謂之璧，好倍肉謂之瑗，肉好若一謂之環。"郭璞注："肉，邊；好，孔。肉倍好謂之邊大而孔小。"

（121）谷口角（按），"古器物銘云"，朱本"古"上有"**右**"字。以全書體例觀之，當有"右"。

（122）武安侯鈁（按），"**元壽**元始中"，朱本無"元壽"二字。孫星衍平津館本、阮元刊本俱有。翁方綱題跋説：

今重刻《款識》誤脱"元壽"二字，可見後來鋟木之本不依原石舊拓，失真者多矣。

翁氏又説：

然此王子慢以建平四年（3B. C.）封武安侯，元始元年（1A. D.）復封武安侯，此跋誤讀史表，乃以其元壽失侯之年爲其初封武安侯之年，則亦誤也，安得備見薛氏石本詳校證之，庶

有神益耶。（見上海圖書館藏本，中華書局版第 403 頁）

據《漢書·王子侯年表》："楚思王子慢，建平四年三月丁卯封武安侯，二年；元壽二年坐使奴殺人免。元始元年復封，八年免。"

準此，則依石本所言，石本説武安侯銗"器銘無年月，未知果誰所做"，武安侯銗的時代有四種可能：

一、按漢書景帝後三年田蚡封武安侯；

二、建平四年—元壽二年，（二年）（3BC—1AD）；

三、元始元年之後的八年（1AD—8AD）；

四、楚懷王嘗封高祖爲武安侯，然驗其刻畫，非高祖時器。

如果依朱本，則上列的第二種可能即不存在（即元壽前的二年期間），但這段史實是客觀存在且不能排除其可能性的，當以石本爲是。

（123）汾陰侯鼎（按），"未知此昌之鼎與？開方之鼎與？"兩"與"字，朱本分別作與、歟，例不統一，不如石本。孫氏平津館本均作"歟"，例亦統一。

（124）定陶鼎（按），"是鼎於蓋間有高廟二字"，"間"朱本誤作"問"。

（125）汾陰宮鼎（按），"按前漢地理志河東郡屬縣有汾陰"，朱本誤作"河南郡"。《漢志》汾陰在河東郡。

（126）"有曰汾陰有曰平陽"，朱本無兩"曰"字。

（127）"漢書郊祀志云孝武皇帝始建上下之祀"，石本"下"誤作"丁"。師古注："上下，謂天也。"

（128）好畤鼎（按），"及始皇東遊"，"東"朱本誤"更"。

（129）"於是後世咸有五畤之祠"，"咸"朱本誤"成"。

（130）"回中宮在汧"，"宮"朱本誤作"言"。回中宮爲秦漢宮名，遺址在今寧夏固原。

（131）"三輔黃圖云"，石本爲雙行注，朱本闌入正文。

（132）"太官從帝行幸"，"太"朱本作"大"。秦時有太官令，兩漢因之，掌皇帝膳食及燕享之事。

卷十九

（133）蓮勺鑪，石本題名及按語均作勺，唯釋文作"芍"，不當。

（134）"皆漢五鳳年中造林華觀"，朱本脱"林"字。

（135）"困於蓮勺鹵中"，"困"朱本誤作"用"。《漢書·宣帝紀》如淳注："爲人所困辱也。蓮勺縣有鹽池，縱廣十餘里，其鄉人名爲鹵中。"按語前文云"蓮勺則宣帝居民間時嘗困處也"，"困"字朱本不誤。

（136）"自周穆王以來"，"自"朱本誤作"目"。

（137）博山鑪（按），"云得於投子山"，朱本作"云□宮太子山"，云、宮之間空格，想所據之本殘損，"宮"或是"於"之殘畫所誤認。平津館本作"云□□□子山"，恐所據本更殘。

（138）"太子服用則有銅博山香爐。一云鑪象海中博山"，"一云"朱本作"二□"，按"二"或是"一"與"云"之上畫誤合；而"云"只存上畫，其下殘損，故空缺。依朱本則變成"太子服用則有銅博山香爐二"，似有二香爐，其實非是。

（139）"此器世間多有之，形制大同而不一"，朱本"多"作"亦"，當以"多"爲是。後文"形制大同而不一"，可見其數爲多。"亦"則不能説其多，平津館本亦作"多"。

（140）太官壺，釋文"太官銅鍾"，石本"鍾"誤作"鐘"，朱本不誤。按石本均作"鍾"，不誤。朱本"鐘者字書从金从重"，"鐘"爲"鍾"之誤，此處全在説鍾，且从金从重必是鍾字。

（141）注水匜（按），"元年正月則當是明年己巳"，朱本無"當"字，此無關是非，但"當"字則有推論意味，文氣更足，此論"按漢新室當孺子嬰初始元年戊辰十二月改爲建國，此言元年正月，則當是明年己巳歲制此器也"，有判斷之意。

（142）"此器形制……與匜略不相類，迨見其識文，乃知匜也。""迨"石本誤作"治"。

（143）"然所容五合"，"五"朱本作"三"。

（144）陽嘉洗（按），"象而規之"，"規"朱本誤作"視"。按此銘作"陽嘉四年朔蛉"，"蛉"字作""。考釋："曰朔者，朔月也。曰令者，時令也。字之右狀魚之形，字之左復作鷺，以鷺習水而捕魚，其猶習於禮而得民之譬也。洗，盥手之器，於此以奉祭祀，交神人，非苟然者。謹其歲時，且象而規之，蓋不能無微意耳。"依此解釋，在釋蛉的造型，很隆重地"象而規之"（依其象形規畫），不僅視之而已。

又按蛉或作器者或監工之名，未必有此隆重之意。

（145）宣子孫洗（按），"洗，**承**盤棄水之器"，"承"朱本誤作"丞"。

（146）"上元一年"，朱本作"上元二年"；"於**澗曲**疏建陰殿"，"澗曲"朱本作"曲澗"；"掘得古銅**器**似盆"，朱本無"器"字。考釋云據《唐會要》。依《唐會要》卷三十所記，其事在上元二年，石本誤；其他各處皆朱本誤。《唐會要》"掘得古銅器如盆而淺"。

（147）平陽鉦（按），"**蓋此**鉦先藏平周，後歸圖陰，復以授平定"，朱本"蓋此"誤作"此蓋"。"蓋"爲發語詞。

卷二十

（148）林華觀行鐙（按），"漢書**不載**"，朱本誤作"漢書六載"。《漢書》未見林華觀。

（149）上林榮宮鐙，釋文"二百**卅**"，"卅"朱本誤作"廿"。

（150）（按）"言**榮**宮未攻"，"榮"朱本誤作"槃"。銘文實是"榮"，朱本釋文及此上按語均作"榮"。

（151）首山宮鐙（按），"攷古**云**漢宣帝時器"，朱本無"云"字，依例當有。唯此無關是非。

（152）甘泉上林宮行鐙，"王回夫山**工**誼作"，"工"朱本誤作"二"，銘文是工。

（153）（按）"惟**承**槃存銘"，"承"朱本誤作"永"。

（154）車宮銅承燭槃，"五鳳四年　扶"，朱本"年"下有"**造**"

字，依銘文當有，石本誤脫。

（155）周陽侯甋（按），"説文鎬**大口**釜也"，"大口"朱本誤合爲"吞"。《説文》："鎬，釜大口者。"

（156）館陶釜（按），"竇皇后女**嫖**封館陶長主"，"嫖"朱本作"則"。按當以石本爲是。《漢書・外戚傳》："竇姬爲皇后，女爲館陶長公主"。師古曰："年最長，故謂長公主。"又竇太后崩，"遺詔盡以東宮金錢財物賜長公主嫖"，可證竇皇后女名嫖。朱本或不知而改爲則，孫本該處空一格。

（157）"**然**則景帝時**官**名長信"，"然"朱本誤作"長"。按"官"當作"宮"，朱本同誤。

（158）軹家甋（按），"亦藏京兆**孫氏**"，朱本無"孫氏"。按前軹家釜云"藏京兆孫氏"，此云"亦藏京兆孫氏"，合於文情。

（159）書言府弩機（按），"**東漢**孝安皇帝"，"東漢"朱本作"後漢"。

（160）"天禄石渠之屬**也**，蓋漢之武庫"，朱本"也"字處空格，或所據底本殘損。

（161）"漢之武庫，隨府有**之**，如盾**省**是也"，朱本脫"之"字，"省"孫本作"者"。疑不能定。

三、石本與朱本優長

段玉裁曾説：校書之難，不在照本改字不訛不漏，而在於難定是非。（《經韻樓集卷六・與諸同志書論校書之難》）我把《款識》石本跟朱本對勘，按段玉裁的説法，這種"照本改字"不是難事，卻花了很大功夫。校勘之後，還要定其是非，難不難且不説，耗費很多心力是一定的。

根據校勘、分析的結果，我們發現，石本的優勢是很明顯的，有些朱本無法理解的内容，用石本對勘即可迎刃而解。當然也有個别地方，石本的錯字因爲朱本而得到改正。還有一些兩本雖有不同，但無關是非對錯的，可以不論。石本與朱本的出入，前文"長編"已有說明，這裏只是扼要舉其大者。

石本明顯優長的例子如（下引據前"長編"號次）：

（3）卷七盠和鐘"據本紀"一節。

（23）卷九子父舉鼎"是祭父皆從其子"一節。

（120）卷十八平陽斤"肉倍好者"一節。

（156）卷二十館陶釜"寶皇后女嫖封館陶長主"一節。

其他朱本錯字，得石本勘正之處甚多。而銘文形體的摹寫，石本也明顯比朱本好。

石本有些錯字而朱本是正確的，如：

（6）卷七齊侯鎛鐘的"此海"應如朱本作"北海"。（10）（11）"持鐘""時鐘"，應如朱本作"特鐘"。（13）"一曰"應如朱本作"二曰"。

（146）卷十九宣子孫洗（按），"上元一年"，應如朱本作"上元二年"。

不過石本的錯字，有些很明顯可以看出來，有些利用"本校"也很容易發現，真正需要朱本才得以改正的不多。

過去學者已經注意到，朱本所根據的底本並不是石本，而從這次的校勘中，我們有理由相信，朱本刊刻時根本沒看到石本，當然也就沒有"復石本之舊"的意圖了。

目前石本卷一至卷六不知是否還在人世，卷十五缺卷前十三面，卷十七缺卷前一面，這些內容仍然只能藉朱本去認識。

[作者單位] 李宗焜：北京大學中國古文獻研究中心

金文翻拓本辨識

葛　亮

提　要：在清代民國的金文舊拓中，有一類將金文摹本翻製到硬板上，再捶拓製成的“翻拓本”。其形態近乎原拓，材料性質則與摹本類似。當代集成類金文著録及相關研究論著中，仍有未識別出翻拓本，而誤以之爲原拓，或徑以之爲僞銘的現象，均應注意辨析。

關鍵詞：金文　翻拓本　辨僞

在清代民國的金文舊拓中，有一類將《積古》《筠清》等書中的金文摹本翻製到硬板上，再捶拓而成的拓本（如圖 1.2，翻自圖 1.1摹本），一般稱爲“翻刻本”或“翻本”。《奇觚》等書多收録此類拓本，且誤以之爲原拓。

1.《筠清》1.23.2	2.《介堪》464 翻拓 又見《奇觚》17.2.1	3.《集成》6475 原拓

圖 1　朕作父癸觶

　　觀察此類拓本銘文字口的變形情況、底板的表面形態、拓包捶打的痕跡等，可知其翻製的介質可能多爲金屬板或石板，而非木板；上版方式多爲腐蝕，而非鑿刻；轉製方式則是捶拓，而非印刷。因其關鍵特徵不在“刻”，而在“翻”與“拓”，故可稱爲“翻拓本”。

　　翻拓本雖有所本，材料性質與摹本類似，但仍是作僞的産物。正如張光裕先生所説：

　　　　當時古彝器及其他古器物拓本，在國内是頗有市場的；而所謂翻刻的拓本，著録者既未加以説明，翻刻者又以牟利爲目的，這種翻刻本便犯有極大的作僞的嫌疑。①

因此，一方面，在金文的著録及研究中，我們應當將翻拓本明確地標識出來，或剔除出去；另一方面，也不能將其所翻銘文直接認定爲僞銘，而應根據原摹本、原拓等，作具體的判斷。

　　以下擬就筆者所見，歸納金文翻拓本的特徵、辨識方法及著録，並舉例説明《集成》《銘圖》等誤收翻拓本的情況。

一、金文翻拓本的特徵與辨識方法

　　（一）翻拓本的銘文行款、字形與早出摹本重合，主要是與清代《積古》《筠清》《懷米》《攈古》等書著録的摹本②重合。摹本如存在缺字，或筆畫走形、殘缺，或個別筆畫較原拓清晰完整等情況，翻拓本均與之近同（如圖 2 缺字若干，圖 1.1、圖 1.2“朕”字走形、“彝”字殘缺，圖 4.1、圖 4.2“邁”字較原拓完整）。

---

① 張光裕《僞作先秦彝器銘文疏要》，香港：香港書局，1974 年，第 61 頁。
② 《積古》等書是將金文摹本刻版印刷的，因此也稱“摹刻本”。不過，其所用摹本多是描摹拓本而來，又忠實依據摹本原樣板，而與字形失真的宋人金文摹刻本、“西清四鑑”摹刻本不同。因此本文仍稱之爲摹本（《集成》銘文説明等亦稱之爲“摹本”）。

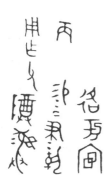

原拓未见

1.《積古》1.21.1

2.《奇觚》17.6.2 翻拓
又見《介埌》462

圖 2　執尊

　　（二）《積古》等書對原拓的描摹較爲忠實，因此，如有原拓存世，翻拓本的行款基本也能與原拓重合。少數筆畫的形態或殘完有別，反映的仍是摹本與原拓的差距（如圖 1）。

　　（三）翻拓本有明顯的拓包捶打痕跡，如邊緣位置多見不規則的拓痕（如圖 1.2、圖 4.2 等），可見並非出於雕版印刷或毛筆繪製。

　　（四）部分翻拓本的字口較摹本有所變形，筆畫柔弱，多內縮、變窄（如圖 3.2、圖 7.2 等）。對比摹本或原拓，翻拓本筆畫交叉處多較粗，非交叉處則較細（如圖 3.2、圖 1.2 "尊"字 "酉"內筆畫）；有些筆畫還會發生不規則變形（如圖 4.2 "白"字右側）。以上兩點特徵似爲液體侵入字口，或稍稍流動形成的狀態，而與鑿刻形成的、相對平直爽利的字口不同。也有些翻拓本仿製較精，字口與摹本差別不大。

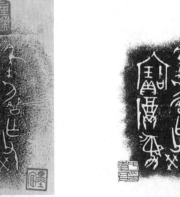

1.《懷米》上21　　　　2.《介堪》451 翻拓又見《奇觚》1 7.1 1 .3　　　3.《集成》3657 原拓

圖 3　屠作父癸簋

1.《筠清》3.12.1　　　2.《介堪》454 翻拓　　　3.《集成》4394.1 原拓（《集成》
　　　　　　　　　　　又見《奇觚》17.30.3　　　4394.2、4395 與之重合，均偽）

圖 4　伯大師盨

（五）翻拓本一般不見銹跡，有的雖在底板上仿製出銹層（如圖5.1、圖6.2、圖20.3），但對比原拓（圖5.2、圖6.3、圖20.1），便可知兩者銹跡的形態完全不同。已知翻拓本的"銹層"多呈現"減地"狀態，表面平、厚度薄（圖6.2、圖20.3較明顯），似是在金屬板或石板上腐蝕形成的。

1.《奇觚》17.21 翻拓，翻自《積古》7.4　　　　　2.《集成》4620 原拓

圖 5　叔朕簠

1.《積古》5.4.1　　2.《介堪》461 翻拓　　　3.《集成》5819 原拓　　4.《集成》5820①
　　　　　　　　　　又見《奇觚》17.6.1

圖 6　黿尊

---

① 《集成》5820 水平翻轉後即與 5819 重合，兩者或出自同一器，或一真一偽；《積古》《奇觚》兩條著錄一般歸入《集成》5819，也不排除出自另一器的可能。參看《介堪》考釋編 461（卷下第 938 頁）。

（六）原器銘文所在位置多有弧度，因而拓本邊緣常見褶皺（如圖7.3、圖10.2、圖1.3）。弧度大的，往往還需要在紙上開刀。翻拓本則不見此類痕跡（如圖7.2、圖10.1、圖1.2），可見其捶拓的底板並非立體器物，而是平板。以下第（七）條亦可説明此點。

1.《積古》1.34.3　　　　　2.《介堪》459 翻拓　　　　　3.《集成》5334 原拓
　　　　　　　　　　　　又見《奇觚》18.3.2

圖 7　屚作父癸卣

（七）原器銘文接近器物邊緣的，翻拓本一般不能反映邊緣形態（如圖8.3、圖9.3原拓所見爵柱外側及尾部邊緣，圖8.2、圖9.2翻拓本均付闕如）。有些翻拓本仿製出器物邊緣，但也與原器有別（如圖22.1與圖22.3有別）。

1.《積古》5.16.4　　　　　2.《介堪》469 翻拓　　　　　3.《集成》9059 原拓

圖 8　能作父庚爵

4.《積古》5.16.2　　　　5.《奇觚》18.6.1 翻拓　　　6.《集成》9053 原拓
　　　　　　　　　　　　　又見《介堪》468

圖 9　獸作父戊爵

　　（八）少數翻拓本會割裂或合併銘文。如原銘文偏長，則可能分段製作，以就紙形（如圖 10）；如所翻摹本未區分器、蓋，翻拓時可能誤併於一紙（如圖 11）。

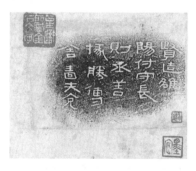

1.《介堪》487 翻拓，翻自《積古》9.12.2–9.13.1，後者完整

2.《漢金》4.18.3 原拓

圖 10　漢陽泉熏爐

1.《積古》9.10.2　　　2.《奇觚》11.9.2 翻拓　　　3.《小校》11.41.3–4 原拓
　　　　　　　　　　　注曰"後一行當是蓋文，
　　　　　　　　　　　此拓工并入一紙也"

圖 11　漢二斤六兩鼎

　　從銘文字口具有液體侵蝕或流動的特徵、銹跡呈現"減地"狀態等（以上第四、五條）可以推知，此類翻拓本所用底板多應是金屬板或石板，而非木板；文字上板的方式應是腐蝕，而非鑿刻。當然，在石板、木板上鑿刻銘文，再捶拓製成的翻拓本，應該也是存在的。其字口、"銹跡"等狀態，應與腐蝕而成者有所不同。①

　　不論哪一種翻拓本，最顯著的特徵都是銘文與曾經著録的摹本重合。其他各方面，如有摹本、原拓或原器作對照，自然容易明瞭。如缺乏可作對照的資料，觀察字口變形的狀態則較爲關鍵。

　　此外，翻拓本的著録也有一些規律可循，著録情況也是辨識翻拓本的重要依據。

---

① 如陳介祺所製毛公鼎翻拓底板中，有石刻銘文底板，其"銹跡"凹陷，均低於表面，拓本上表現爲白斑；又有木刻全形拓底板，表面以大漆堆疊成突起的假銹，均高於表面，拓本表現亦與真銹不同。兩種底板的實物均見濰坊市博物館"吉金永壽——陳介祺與仿古銅器的對話"展（2023 年 11 月 24 日開幕）。其清晰圖像可參看"簠齋後生"微信公衆號《十鐘餘韵 大吕饗之｜｜吉金永壽——陳介祺與仿古銅器的對話》（2023 年 12 月 1 日）、《按圖索驥（二）簠齋毛公鼎全形拓與原器物對照探究》（2023 年 12 月 10 日）二文。

二、金文著録中的翻拓本與既有認識

在金文舊著録中，收録翻拓本最多的，是《奇觚》卷十一及卷十六至十八。其中卷十一爲秦漢金文拓本，凡"楊惺吾守敬贈本"均爲翻拓；卷十六至十八爲補録商周金文拓本，多爲"門人丁仲康編修贈本"，除少數"濮辰農贈本"外幾乎全爲翻拓。《奇觚》編者劉心源未意識到翻拓本的存在，而認爲翻拓與原拓是"同銘異範"的關係（圖12）。

王國維先生在1914年編成的《國朝金文著録表》（以下簡稱《國朝》）中已指出：

> 《奇觚室吉金文述》并將近人翻刻阮、吳諸書之法帖本視爲拓本，盡行入録。此表遇翻刻之本悉注明於下。[①]

"阮、吳諸書"即阮元《積古》、吳榮光《筠清》。《國朝》初版多在"著録"欄標注"奇觚翻"（圖13.1第2欄），羅福頤校補之《海寧王忠愨公遺書》本《國朝》則改在"雜記"欄注明"奇觚乃翻本"等（圖13.2第4欄），[②] 並爲後出之《三代秦漢金文著録表》（《羅表》）所繼承，標注爲"奇翻本"等（圖13.3第7欄）。

容庚先生在1941年出版的《商周彝器通考》中也曾批評《奇觚》曰：

> 彝器凡楊守敬贈本及購本大抵皆屬翻刻。補商周一百九十四器中，真本僅得仲殷父敦、魚尊、虢叔簠、邾王鰀三器及祖癸卣七器。如康侯鼎既録真本復録翻本，伯晨鼎兩本、大鼎三本皆翻，是真不辨黑白者矣。[③]

---

① 王國維《國朝金文著録表》"略例"，雪堂叢刻，1915年。"視爲拓本"句，羅福頤校補之《海寧王忠愨公遺書》本《國朝》（1928年）改爲"視爲別一拓本"，文意較準確。

② 又墨緣堂影印本（1933年）、《海寧王靜安先生遺書》本（長沙：商務印書館，1940年），均爲羅福頤校補本。

③ 容庚《商周彝器通考》，哈佛燕京學社，1941年，第277頁。參看容庚《清代吉金書籍述評（下）》，《學術研究》1962年第3期，第81—82頁。後者所列"真本"數量稍有差別，又引李葆恂《舊學盦筆記》云："《奇觚室吉金文述》……斤斤與各家著録較其同範與否……此等議論，直同囈語。"

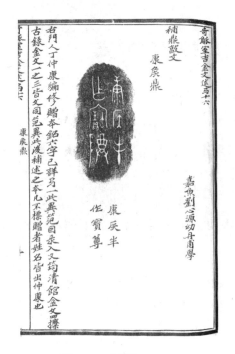

圖 12　《奇觚》16.1.1

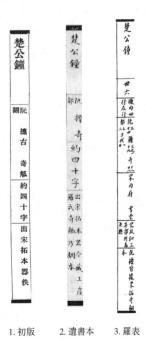

1. 初版　　2. 遺書本　　3. 羅表

圖 13　《國朝》及《羅表》

《奇觚》以外，與楊守敬有關的金文翻拓本還見於新近出版的《方介堪藏吉金拓片集》。其中收録翻拓本 57 件（《介堪》442—493），均不見原器藏家印記，而鈐有楊守敬"星吾所藏金石文字"印（徐星州 1907 年刻，① 圖 14）。這批翻拓本的内容包括商周秦漢金文及一件唐代造像座，整體面貌與《奇觚》所收者近似，其中 8 件未見於《奇觚》。

北京東方大觀國際拍賣有限公司 2015 年秋拍"金石契"專場有"張廷濟藏商周金文册"一部（Lot. 723），包含拓本 115 件。其中已公布照片的拓本均爲翻拓，且多可見"楊守敬"三字印（圖 15）。②

---

① 此印見西泠印社 2012 年春拍"文房清玩·近現代名家篆刻"專場（Lot. 837），相關信息見 http://www. xlysauc. com/auction/detail/id/54046/order/lot_no/sort/asc. html，瀏覽日期：2023 年 11 月 10 日。印蜕及邊款參看張俊峰《楊守敬與印人的交往及其用印特點》，《書法》2020 年第 6 期，第 136 頁。

② 相關信息見 https://auction. artron. net/paimai—art0051160723/，瀏覽日期：2023 年 11 月 10 日。

圖 14　楊守敬 "星吾所藏金石文字" 印

圖 15　"張廷濟藏商周金文册" 及 "楊守敬" 印

以上三批的金文翻拓本均與楊守敬有關，可見楊守敬至少是其經手人，也可能就是製作的發起人。

此外，民國以後的金文著録中，《小校》等也收録了少量翻拓本，並已混入原拓之中。如下文要舉到的黄大子伯克盤、己祖乙尊，《小校》所收均屬翻拓。

三、《集成》《銘圖》等誤收翻拓本舉例

根據金文翻拓本的性質、特徵與著録情況，在當代的金文研究中，尤其是集成類金文著録的編纂中，對待翻拓本，可以遵循以下四條處理原則：

1. 有原拓者，應收原拓，不應收翻拓本。
2. 僅有摹本、翻拓本而無原拓者，應收摹本，不應收翻拓本。
3. 著録信息中，可將翻拓本與《積古》等摹本並列，但不應析出爲另一器，或簡單將翻拓本標注爲僞銘。
4. 僅有翻拓本，而未見所翻摹本者（目前未見，可能並不存在），應審慎辨别所翻銘文的真僞。如收翻拓本，應作説明。

實際上，《集成》《銘圖》等書應該就是按 1—3 條的原則來操作的，但没有繼承《國朝》《羅表》逐條標注 “翻本” 的做法。

如《集成》“銘文説明” 僅 2787 史頌簋一條注明 “奇觚爲翻刻本”，僅 2674 征人鼎一條注明 “奇觚乃翻本”，其餘百餘處均無標注。《銘圖》承襲《集成》，也只在備注欄抄録了以上兩條注文，著録信息中則不作區分。凡《奇觚》兼收原拓及翻拓本者，只括注 “重出”，如《銘圖》1575 康侯丰鼎條，作 “奇觚 1.1（奇觚 16.1 重出）”。後者實爲翻拓本（圖 12）。

《銘圖》出版後，經修訂的 “金文通鑒” 數據庫（2020 年版本）增加了兩條針對《奇觚》翻拓本的標注。5627 遟盨條有 “奇觚 5.32—33（奇觚 17.28 似依此僞作）”，5978 陳逆簠條有 “奇觚 17.26（翻鑄本）”，

但其餘百餘處仍未作標注。

除標注問題外，《集成》《銘圖》及其他當代金文研究論著中，還存在誤收、誤析翻拓本等現象，更值得注意，下面舉例説明。

(一) 已有摹本或原拓而誤收翻拓者

1. 小臣静卣（《銘圖》13315）

摹本：《積古》5.31.3、《攈古》2 之 3.58.1（《銘圖》13315b）等

翻拓本：《奇觚》17.17.1（《總集》2655、《銘圖》13315a）

原拓：未見

小臣静卣銘文僅有摹本及翻拓本存世，《集成》未收。《銘圖》小臣静卣下收録一件拓本（13315a，圖 16.1）及一件摹本（13315b，圖 16.3），文字基本重合。其中的拓本採自《總集》，《總集》則採自《奇觚》卷十七（圖 16.2），實爲翻拓本，應剔除，保留摹本。

《銘圖》所收翻拓本與摹本字形稍有區別（如 "子" 之頭部），實因翻拓本翻自《積古》（圖 16.4）而摹本則源自《攈古》（圖 16.3，實際採自《銘文選》1.171）。《積古》《攈古》均未摹出左上角 "父" 下天干字，《總集》用《奇觚》而印刷不佳，"父" 下略似一 "丁" 字（圖 16.1）。《銘圖》 "備注" 曰 "摹本中未摹出 '丁' 字"，即誤以翻拓本爲原拓所致。

2. 黄大子伯克盤（《銘圖》14520）

摹本：《筠清》4.31.1 等

翻拓本：《奇觚》18.24.2、《小校》9.76.4（《總集》6780、《銘圖》14520 之一）、《介堪》475

原拓：《集成》10162（《銘圖》14520 之二）等

黄大子伯克盤銘文有摹本、翻拓本及原拓存世。《銘圖》黄大子伯克盤下收録兩件拓本，其一採自《小校》（圖 17.1，或轉引自《總

1.《總集》2655、《銘圖》13315a 翻拓

2.《奇觚》17.17.1 翻拓

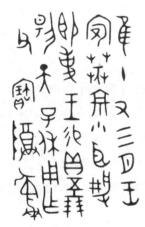

3.《攈古》2 之 3.58.1、《銘圖》13315b

4.《積古》5.31.3

圖 16　小臣静卣

集》），其二採自《集成》（圖 17.2），兩者行款基本重合，但文字結構及殘完程度多有不同。其中《小校》拓本實爲翻拓，翻自《筠清》（圖 17.3），應剔除。《集成》拓本則爲原拓，應保留。

1.《小校》9.76.4、《總集》6780、	2.《集成》10162、《銘圖》	3.《筠清》4.31.1
《銘圖》14520 之一翻拓	14520 之二原拓	

圖 17　黃大子伯克盤

（二）有原拓而誤析翻拓爲另一器者

3. 作寶彝鬲（《銘圖》2770/2771）

摹本：《積古》7.25.2 等

翻拓本：《奇觚》18.20.2（《集成》570、《銘圖》2771）、《介堪》442

原拓：《集成》569（《銘圖》2770）等

《集成》570（《銘圖》2271）收錄作寶彝鬲拓本一件（圖 18.1），據《集成》"銘文説明"，其來源爲《奇觚》卷十八（圖 18.2）。然而兩者形態略有不同，《集成》"寶"字右半幾不可見。比對字形細部、板面痕跡、墨色濃淡分布等，可知《集成》所用確爲《奇觚》翻拓本，因印刷不佳而有所漫漶。《奇觚》則翻拓自《積古》（圖 18.3）。

《集成》569（《銘圖》2270）亦收錄作寶彝鬲拓本一件（圖 18.4），來源爲"考古所藏猗文閣拓本"。經重疊比對可知，《集成》570 與《集成》569 行款幾乎完全重合，唯字形小異，兩者很可能是同一件銘文的翻拓與原拓。如是，翻拓應併入原拓；如不能確定，前者則應改收《積古》摹本。

此外，銘文曰"作寶彝，子其永寶"，與金文常例不甚相合，本身也未必可靠。

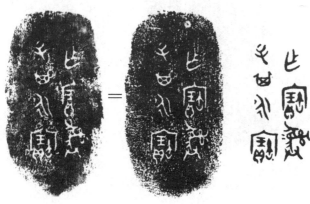

1.《集成》570、《銘　　2.《奇觚》18.20.2 翻拓　3.《積古》7.25.2　　4.《集成》569、《銘
　圖》2771 翻拓　　　　　　　　　　　　　　　　　　　　　　　　圖》2770 原拓?

圖 18　作寶彝鬲

4. 鄭義羌父盨（《銘圖》5582/《銘三》536）

摹本：《筠清》3.15.1 等

翻拓本：《奇觚》17.31.2（《銘三》536）

原拓：《集成》4392（《銘圖》5582）等

《集成》4392（《銘圖》5582）收錄鄭義羌父盨拓本一件（圖19.1），著錄信息包含《筠清》摹本（圖19.2）、《奇觚》卷十七翻拓本（圖19.3）。《銘三》536 將《筠清》《奇觚》析出，單列爲一器，圖像採用《奇觚》翻拓本。

比較三件銘文圖像，翻拓本與摹本基本重合，"羌"字走形部分亦同。兩者另有部分字形與原拓小異，如"奠"下兩點的距離、"盨"字頭部的筆畫、"孫"字右下的筆畫等。但經重疊比對，可知翻拓本與原拓的行款幾乎完全重合，絕大多數字口，都能落入原拓字口位置。因此，兩者很可能是同一件銘文的翻拓與原拓。如是，則應將

《銘三》536 併入《銘圖》5582。

1.《集成》4392、《銘　　　　2.《筠清》3.15.1　　　　3.《奇觚》17.31.2、《銘
圖》5582 原拓　　　　　　　　　　　　　　　　　　　三》536 翻拓

圖 19　鄭義羌父盨

5. 番君召簠（《銘圖》5914/《銘三》567）

摹本：《積古》7.2.1 等

翻拓本：《奇觚》17.20.1（《銘三》567）

原拓：《集成》4582（《銘圖》5914）等

《集成》4582（《銘圖》5914）收錄番君召簠拓本一件（圖 20.1），
著錄信息包含《積古》摹本（圖 20.2）、《奇觚》卷十七翻拓本（圖
20.3）。《銘三》567 將《積古》《奇觚》析出，單列爲一器，圖像採
用《奇觚》翻拓本，備注“應是另一件番君召簠”。

比較三件銘文圖像，翻拓本與摹本基本重合，因摹本左下角不全
（或繪製於剔銹之前），部分字形與原拓稍有區別，如“孝”（从食）、
“壽”等字筆畫。經重疊比對，可知翻拓本與原拓的行款幾乎完全重
合，絶大多數字口，都能落入原拓字口位置。因此，兩者應是同一件
銘文的翻拓與原拓，《銘三》567 應併入《銘圖》5914。

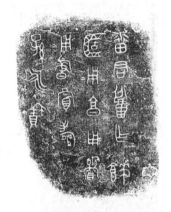

1.《集成》4582、《銘圖》　　　2.《積古》7.2.1　　　3.《奇觚》17.20.1、《銘
5914 原拓　　　　　　　　　　　　　　　　　　　　　三》567 翻拓

圖 20　番君召簠

6. 己祖乙尊（《銘圖》11294/11295）

摹本：《積古》1.18.2 等

翻拓本：《奇觚》17.1.3、《小校》5.7.3（《集成》5597、《銘圖》
11295）、《介堪》460

原拓：《三代》11.6.5（《集成》5596、《銘圖》11294）等

《集成》5597（《銘圖》11295）收錄己祖乙尊拓本一件（圖
21.1），採自《小校》，而與《奇觚》卷十七翻拓本（圖 21.2）全同，
亦屬翻拓。兩者均翻自《積古》（圖 21.3）。

《集成》5596（《銘圖》11294）亦收錄己祖乙尊拓本一件（圖 21.4），
採自《三代》，爲原拓，字口較平直。原器見紐約蘇富比 2014 年春拍
"金石斯文：重要中國古代青銅器暨吳大澂《吉金圖》"專場（Lot. 3），有
照片發表（圖 21.5）。[①] 觀察字口與銹跡等可知係真銘無疑。

經重疊比對可知，《集成》5597 一系與《集成》5596 一系銘文行

---

① 相關信息見 https://www.sothebys.com/zh/auctions/ecatalogue/2014/archaic－bronzes－wu－
dacheng－jijintu－scroll－n09123/lot.3.html，瀏覽日期：2023 年 11 月 10 日。

款、字口幾乎完全重合，僅筆畫形態小異（圖 21.6）。兩者應是同一件銘文的翻拓與原拓，翻拓應併入原拓。

1.《小校》5.7.3、《集成》5597、
《銘圖》11295 翻拓

2.《奇觚》17.1.3 翻拓
又見《介堪》460

3.《積古》1.18.2

4.《三代》11.6.5、《集成》5596、
《銘圖》11294 原拓

5. 蘇富比銘文照片

6.《積古》摹本與《三代》原拓
重疊比對

圖 21　己祖乙尊

7. 馬戈（《銘圖》16311/16312）

摹本：《積古》2.25.2 等

翻拓本：《奇觚》18.31.2－3（《集成》10858、《銘圖》16311）

原拓：《集成》10857（《銘圖》16312）等

《集成》10858（《銘圖》16311）收録馬戈拓本（圖 22.1），採自《奇觚》卷十八，應爲翻拓本，翻自《積古》（圖 22.2，可對比馬尾等細部）。

《集成》10857（《銘圖》16312）亦收録馬戈拓本（圖 22.3），用考古研究所藏原拓，其著録信息包含《集成》10858 所翻《積古》摹本。

經重疊比對可知，《集成》10858 與《集成》10857 銘文字口幾乎完全重合，僅筆畫形態小異。兩者應是同一件銘文的翻拓與原拓，翻拓應併入原拓。

1.《奇觚》18.31.2–3、《集成》10858、　　　　　　2.《積古》2.25.2
《銘圖》16311 翻拓

3.《集成》10857、《銘圖》16312 原拓

圖 22　馬戈

（三）逕以翻拓爲僞銘者

8. 玼册父乙方鼎（《銘圖》1130）

摹本：《積古》1.3.1 等

翻拓本：《奇觚》16.2.3、16.2.4、《介堪》444

原拓：《集成》1821（《銘圖》1130）等

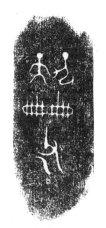

1.《集成》1821、《銘圖》1130 原拓　　2.《奇觚》16.2.3 翻拓　　3.《奇觚》16.2.4 翻拓

又見《介堪》444

4.《積古》1.3.1　　5.《兩罍》1.2 偽銘　　6.《愙齋》3.8.1 偽銘

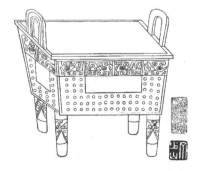

7.《兩罍》1.1（偽銘所在）　　8.《十六》1.1、《銘圖》1130 器形（真器）

圖 23　瑪册父乙方鼎

《集成》1821（《銘圖》1130）收錄𣱩册父乙方鼎拓本一件（圖 23.1），用考古研究所藏原拓，著錄信息有"三代 2.47.5，十六 1.1，積古 1.3，從古 10.9，攈古 1 之 3.39"。《集成》"備注"曰："羅表在五字册册父乙方鼎下誤將兩罍、窓齋及奇觚之僞器收作一器。"

在所謂"兩罍、窓齋及奇觚之僞器"中，《奇觚》兩件拓本（圖 23.2、圖 23.3）均是翻自《積古》（圖 23.4）的翻拓本①，並非另有僞器。《兩罍》1.2 摹本（圖 23.5）、《窓齋》3.8.1 拓本（圖 23.6）則出自另一器，確係僞銘（可觀察跪跽人形手部的區別等）。其所在之器爲吳雲舊藏，器形見《兩罍》1.1（圖 23.7），亦與《十六》1.1（圖 23.8）所見真器不同。

因此，《集成》1821（《銘圖》1130）不收《兩罍》《窓齋》僞銘是正確的，但不應以《奇觚》翻拓本爲僞，而應補入著錄信息之中。

金文翻拓本的辨識，是以"圖像重合法"進行金文辨僞的一個特殊類別②，對於直接利用舊著錄的研究者、集成類著錄書的編纂者而言，可能只是一般的常識，但對於較少利用舊著錄的當代研究者而言，則仍是一個需要注意的問題。

2023 年 11 月 10 日初稿

2024 年 1 月 15 日寫定

---

① 《奇觚》誤以爲"此拓器蓋獨全也"。羅福頤校補本《國朝》注曰："奇觚有二銘，乃翻本，肥瘦不同，非二器也。"《羅表》同。

② 關於圖像重合與金文辨僞，參看崎川隆《"非機械複製時代"青銅器銘文的真僞判定——以集層簋及其相關器物銘文爲例》，《浙江大學藝術與考古研究》第 4 輯，浙江大學出版社，2019 年，第 1—20 頁。

引書簡稱表

漢金——容庚《漢金文録》，上海：商務印書館，1931 年

懷米——曹載奎《懷米山房吉金圖》，京都：文石堂翻刻木本，1882 年

積古——阮元《積古齋鐘鼎器款識》，1804 年

集成——中國社會科學院考古研究所《殷周金文集成（修訂增補本）》，北京：中華書局，2007 年

介堪——方廣强主編、葛亮編注《方介堪藏吉金拓片集》，上海：上海書畫出版社，2023 年

攈古——吳式芬《攈古録金文》，1895 年

愙圖——周亞《〈愙齋集古圖〉箋注》，上海：上海古籍出版社，2012 年

愙齋——吳大澂《愙齋集古録》，上海：商務印書館，1918 年

兩罍——吳雲《兩罍軒彝器圖釋》，1872 年

羅表——王國維、羅福頤《三代秦漢金文著録表》，1933 年

銘三——吳鎮烽《商周青銅器銘文暨圖像集成三編》，上海：上海古籍出版社，2020 年

銘圖——吳鎮烽《商周青銅器銘文暨圖像集成》，上海：上海古籍出版社，2012 年

奇觚——劉心源《奇觚室吉金文述》，1902 年

三代——羅振玉《三代吉金文存》，1937 年

十六——錢坫《十六長樂堂古器款識考》，1796 年

小校——劉體智《小校經閣金文拓本》，1935 年

筠清——吳榮光《筠清館金文》，1842 年

總集——嚴一萍《金文總集》，臺北：藝文印書館，1983 年

［作者單位］葛亮：上海博物館、復旦大學出土文獻與古文字研究中心（“古文字與中華文明傳承發展工程”協同攻關創新平臺）

重讀笄伯簋

董　珊

　　提　要：本文重新討論笄伯簋銘文。一、重新分析"王命仲致歸笄伯狐裘"的句法結構，指出動詞"致"的語義特點，拆解出"致"所關聯的四個論元；二、新釋讀"我亦弗奪享邦"的"奪"字，分析"奪"在奪取政權語境下所携帶的雙賓語情況；三、新釋"小福邦"的"福"字，試讀爲"陋"；四、對銘文中出現的四個名號"歸笄伯""笄伯""歸舀""笄幾王"重作分析，指出"幾""笄""歸"是兩代君主的都邑或邦國名稱，並作新解釋；五、讀"用好宗廟"之"好"爲"羞"，申説金文與傳世文獻"朋友"的含義；六、提出金文常見詞"不杯"應讀爲"丕副"的新看法；七、指出西周的邦君與諸侯有不同來源，不可混淆；庶邦應視爲周邦的友邦，二者是名義對等的政治體。

　　關鍵詞：邦君　諸侯　城市國家　雙賓語　金文釋讀

　　本文討論的笄伯簋，即舊稱乖伯簋（銘圖 05385）。"乖伯"之"乖"字，應重新分析爲從艹、"开"聲，隸定爲"笄"。[①]

　　這是一件瓦楞紋簋，清末出現時其蓋已佚，器底有長銘。原爲吳縣潘祖蔭舊藏，現存國家博物館。從器形與字體來看，該器適宜放在西周共、懿時代。[②]

---

① 上海博物館編《上海博物館藏青銅器》中該器的題名已寫作"笄"，上海：上海人民美術出版社，1964 年。

② 王世民、陳公柔、張長壽《西周青銅器分期斷代研究》，北京：文物出版社，1999 年，第 69頁，編號第 29。該書指出，這種環耳圈足簋，大都屬於西周中期共、懿前後器。笄伯簋"器形與師虎簋等器相同，應是同時或年代相近之器"。又 67 頁講師虎簋"此簋與舀簋曆日相接，爲懿王前後器"。

王國維在提出"古諸侯境内稱王"① 這一著名學説時，曾引用該器銘"武乖幾王"爲證。後來有許多著名學者繼起討論。所以該銘在學術史上一直引人矚目。②

我過去讀此銘時，積累了一些淺見。近來又看到有些學者就此銘寫有專論。③ 因檢舊稿重寫，以促進相關的討論。

先按照我的意見，分三段寫出全篇銘文的寬式釋文：

> 唯九年九月甲寅，王命益公征眉敖，益公至告。二月，眉敖至視④，獻帛。⑤
>
> 己未，王命仲致（致）歸夅伯狐裘。王若曰：夅伯，朕丕顯祖玟、珷，膺受大命，乃祖克逑先王，異（戴）自它邦，有㤅（功）于大命。我亦弗忘（奪）享邦，錫汝狐裘。
>
> 夅伯拜手稽首，天子休弗忘小福（陋）邦。歸夅⑥敢對揚天子不（丕）杯（副）魯休，用作朕皇考武夅幾王尊簋，用好（差）宗廟，享夙夕，好朋友雩（與）百諸婚媾，用祈純禄永命、魯壽子孫，歸夅其萬年日用享于宗室。

銘文的主要内容是册賞。銘文的結構，在"己未"之前的，是以眉敖朝聘周王作爲紀年，也是與銘文内容有關的大事。自"己未"至"錫汝狐裘"，是册賞。自"夅伯拜手稽首"以下，是答謝、作器及祈祝之辭。下面做一些解釋。

---

① 王國維《散氏盤考釋》，（《觀堂古金文考釋五種》之一，收入《王國維全集》第十一卷第305頁、第313頁），《古諸侯稱王説》第1152—1153頁，《羌伯敦跋（甲子）》第1195—1197頁，《觀堂別集》（附在《觀堂集林》後），謝維揚、房鑫亮主編《王國維全集》，杭州：浙江教育出版社、廣州：廣東教育出版社，2010年。

② 參看何浩、羅運環《論乖伯簋的年代及國别》，收入四省楚文化研究會編《楚文化研究論集》第三集，武漢：湖北人民出版社，1994年。

③ 劉卓異《〈乖伯簋〉補論》，《史學月刊》2021年第11期，第128—132頁。

④ "視"字從裘錫圭先生釋，即《周禮·春官》"大宗伯"職的"殷覜曰視"。

⑤ 斷句參看張懷通《乖伯簋與〈世俘〉文例》，《中國史研究》2018年3期，第192—197頁。

⑥ "夅"，見鄔可晶《"夅、若"補釋》討論，《古文字研究》第三十二輯，北京：中華書局，2018年，第274—280頁。

一、王命仲致歸㝬伯狐裘

　　"九月甲寅，王命益公征眉敖"之"征"，訓爲"行""往"，而不是征伐。周王遣使往行眉敖之邦，目的是徵召眉敖來見。"二月"或被解釋爲次年的二月，則"至告"與"至視"之間隔長達五個月，不甚合理。我曾認爲此銘的"二月"應是以當年九月爲起點的時長，這個"二"不是序數詞，而是作基數詞用。"眉敖至視獻帛"之時應在兩個月之後的夏正十一月，即周正的歲首。[①]

　　"己未，王命仲致歸㝬伯狐裘"句的"致"字，從至從人，應隸定爲"𦫵"釋爲"致"。該字的用法值得注意。[②]《説文》"致，送詣也"，當作"送詣"講的"致"，是一個既關聯物品，也關聯物品的收、發雙方，同時還常常要關聯傳遞者（也就是使者）的動詞。例如，秦封宗邑瓦書（19920）"周天子使卿大夫辰來致文武之胙"，又如《古詩十九首》之"庭中有奇樹"章有"路遠莫致之"句，"致"都可支配四個論元。

　　從動詞"致"的特點來看，周王是派遣"仲"這個使者送狐裘到㝬伯處，並非周王當㝬伯之面賜裘，因此這是一次遣使册賞。[③] 㝬伯很可能並未來到周都參加朝會。這樣去理解"致"的詞義，則"王命仲致歸㝬伯狐裘"句可以作如下分析：

---

① 董珊《據金文重釋〈小雅·巷伯〉——兼談早期的流放刑與西周四至》第 149 頁注釋 1，《出土文獻綜合研究集刊》第十三輯，成都：巴蜀書社，2021 年 6 月。

② 裘先生説："在古漢語裏，'致'既可以當'送給''給與'講，也可以當把東西弄到自己這裏來講，所以送東西和領東西用的文書都可以叫作致。"裘錫圭《漢簡零拾》，原載《文史》第十二輯，收入《裘錫圭學術文集·簡牘帛書卷》，上海：復旦大學出版社，2012 年，第 79—81 頁。

③ 銘文只稱使者排行"中（仲）"，這與其他銘文所見稱榮氏爲"榮"（㝬簋，05180；榮簋，05099），都是稱氏不稱名的情況，應是尊稱的筆法。

王	命	仲	致	歸邘伯	狐裘
施事主語	致使動詞	兼語	雙賓語動詞	間接賓語	直接賓語

　　由這種分析，則句中析出"致"的間接賓語是"歸邘伯"。把"歸邘伯"看作一個獨立的名詞性成分，再去看銘文所見他的另外兩種稱謂"邘伯"與"歸芻"，就比較容易解釋了。詳後所述。

　　簋銘所記賞賜品"狐裘"，值得注意。利用裘服的材質、樣式等的不同來表現等級差異，是西周輿服制度的内容之一。金文以及傳世文獻所見裘服種類甚多。但賞賜狐裘的例子，目前在西周金文中僅此一見。簋銘記載以狐裘賞賜小邦之君邘伯，而其他金文所見虎裘、豹裘、貂裘的賞賜對象，都是周王朝官員，彼此可以形成對比。從《禮記·玉藻》等傳世文獻看，"君衣狐白裘，錦衣以裼之，君之右虎裘，厥左狼裘。士不衣狐白"。又"錦衣狐裘，諸侯之服也"。《左傳》襄公四年魯人諷刺臧紇被小邾打敗，説"臧之狐裘，敗我於狐駘"。先秦時對狐裘有特殊的重視，一般作爲有土有民的君主之服。

　　在周王的册命語中，講邘伯的祖先能够述匹周之先王，接着説的"異自它邦"是對"克述先王"的進一步説明。"異"字形像頭上戴物，可讀爲同源詞"戴"，舊訓爲"在首"（《慧琳音義》卷四十七引《國語》注），《玉篇》、《説文》"戴"字段注"凡加於上皆曰戴……言其上曰戴，言其下曰載也"。"異（戴）"的詞義是"奉""輔"，其賓語應是周人的"先王"，承上文省略。舊注或讀"異（翼）"，訓爲"敬"，乃是隨文注釋。

　　"它邦"，傳世文獻作"他邦"或"它國"。《論語·公冶長》"至于他邦"，《論語·鄉黨》"問人于他邦"，《儀禮·喪服》"兄弟皆在他邦"；《漢書·賈誼傳》"及燕、梁它國亦然"，《漢書·宣元六王傳》"至成帝即位，以淮陽王屬爲叔父，敬寵之，異於它國"。還可以比較《史記·周本紀》"及他旁國聞古公仁，亦多歸之"以及《大宛列傳》"使遺之他旁國"中的"他旁國"。這些例子説明，簋銘的"它邦"乃是"周邦"的對稱，早期周王與邘之君王具有一定程度的對等關係。

"有丮（功）于大命"句，"丮（功）"字釋讀，曾有好幾位學者先後發明，[1]本文後面還將談到，此不贅述。

二、我亦弗奪享邦

"我亦弗宪（奪）享邦"之"享邦"前之字，舊不識。原形寫作：

夨伯簋	兌盆（40623）	兌丙（30252）	卌三年逨鼎甲（02530）	逨盤（14543）

應分析爲從穴、從兌，隸定爲"宪"。常見"兌"字的"八"形皆在口上，此則作左右兩點分布在口下之左右，類似的寫法，還見於大河口 M6069 號墓出土的兌盆（40623）。張天恩先生通過對比楊家村窖藏出土四十三年逨鼎（02530）與逨盤（14543）都出現的"兌"字，恰好有這兩種寫法，已指出兌盆銘所見仍應是"兌"字。[2]

段玉裁《說文解字注》在"閱"字下指出：

> 古叚閱爲穴。《詩》：蜉蝣堀閱。傳曰：堀閱，容閱也。閱即穴。宋玉賦：空穴來風。莊子作空閱來風。司馬彪云：門户孔空，風善從之。《道德經》：塞其兌，閉其門。兌即閱之省。《詩》：我躬不閱。傳云：閱，容也。言我躬不能見容，如無空穴以自處也。

由此可見，"兌""穴"音近。《老子》"塞其兌"，俞樾《諸子平議》認爲此"兌"當讀爲"穴"。兌、穴的字義也接近。由此看來，夨伯簋銘"宪"字的兩個構件"穴""兌"的音、義皆相近，可以理

---

① 參看白於藍《釋包山楚簡中的"巷"字》，《殷都學刊》1997 年 3 期；趙平安《釋包山楚簡中的"衕"和"道"》，《考古》1998 年 5 期；何琳儀、徐再國《釋"丮"及相關諸字》，《中國文字》新二十七期，臺北：藝文印書館，2001 年；李學勤《秦封泥與齊陶文中的"巷"字》，《陝西歷史博物館館刊》（第八輯），西安：三秦出版社，2001 年，第 24—26 頁。

② 張天恩《新出西周兌盆器主名另釋》，《文博》2020 年第 3 期，第 77—78 頁。又付强《新出兌盆銘文補釋》也已釋出兌盆之"兌"字，見微信公衆號"古文字强刊"2020 年 2 月 7 日。又張天恩《大河口出土兌盆銘文相關問題淺議》注釋 [7]，《文物》2021 年第 5 期，第 55 頁。

解爲糅合字或兩聲字。

“宼”從兊聲，可以讀爲“敓”或文獻中更通用的假借字“奪”①。《説文》“敓，彊取也。《周書》曰：敓攘矯虔。”左冢棋局（19919）有“襄（攘）敓（奪）”一詞。

及物動詞“敓／奪”要求帶雙賓語。② 例如，清華簡《繫年》第十五章“連尹襄老與之争，敓（奪）之少盉”，間接賓語“之”指代申公屈巫。又例如，2008 年安徽蚌埠雙墩春秋鍾離公柏墓出土徐子伯嗣此戈（M1.47，《金文通鑒》31248），戈内鑄銘“徐子伯勽此之元［用］戈”，這原本是一件徐戈，但被鍾離公柏奪取之後，在其胡部又加刻銘文“童（鍾）麗（離）公柏奪邾（徐）人”，因爲銘文加刻在戈上，所以省略了“奪”的直接賓語“戈”。可見，在不同的語境下，“敓／奪”的間接賓語或直接賓語可以省略。

簋銘“弗奪享邦”句的特點，在於“奪”的直接賓語“享邦”是一個短語。與之完全相同的辭例，在傳世文獻未見，但不乏類似的説法。“奪”與“享”搭配之例，見《左傳》僖公三十一年“衛成公夢康叔曰：相奪予享”，這個“享”指享食的祭品。下面再舉些相關的例子。

先説“奪”的直接賓語“享邦”，即文獻屢見的“享／饗國”：

　　（1）《左傳》桓公元年：“夏，四月，丁未，公及鄭伯盟于越，結祊成也，盟曰：渝盟無享國。”

　　（2）《晏子春秋·内篇諫下》“景公欲殺犯所愛之槐者晏子諫”篇：“君享國，德行未見於衆，而三辟著于國，嬰恐其不可以蒞國子民也。”

　　（3）《説苑·敬慎》：“晉文公出亡，修道不休，得至于饗國。”

　　（4）《大戴禮記·四代》：“天道以視，地道以履，人道以稽。

---

① “奪”是脱衣之“脱”之本字，與“祖”爲同源詞。
② 大西克也《上古漢語“奪取”類雙及物結構研究》，《語言學論叢》第四十九輯，北京：商務印書館，2014 年，第 41—65 頁。

廢一日失統，恐不長饗國。"

(5)《國語·晉語四》："商之饗國三十一王。"

(6) 清華簡《厚父》簡 04："其在時後王之卿（享）或（國）。"

這些"享國"都是借用對宗廟社稷鬼神的不斷祭祀來指代政權的獲得與存續。

在傳世文獻中，"不奪"的文例很常見：

(7)《淮南子·道應》講漢取秦天下："秦皇帝得天下，恐不能守，發邊戍，築長城，修關梁，設障塞，具傳車，置邊吏。然劉氏奪之，若轉閉錘"，又説（周人得天下）："諸侯執幣相朝，三十四世不奪。""奪"的直接賓語是周、秦的"天下"，也即政權。

(8)《淮南子·氾論》："此所以三十六世而不奪也，周公可謂能持滿矣。"

(9)《淮南子·人間》："夫孫叔敖之請有寢之丘，沙石之地，所以累世不奪也"。

(10)《史記·淮陰侯列傳》："韓信猶豫不忍倍漢，又自以爲功多，漢終不奪我齊，遂謝蒯通。"

這些例子的"不奪"都是講對世襲領土、政權的不剝奪。這類深具政治涵義的"奪"，在文獻的用例中，一般都不省略直接賓語。請看間接賓語、直接賓語俱全的例子：

(11) 銀雀山漢簡佚書類中有一篇内容爲"選卒"，講："湯以篡（選）卒七千人遂〈逐〉桀，挩（奪）之天下。"

(12)《新序·節士》："魯宣公者，魯文公之弟也，义公薨，文公之子赤立爲魯侯。宣公殺子赤而奪之國，立爲魯侯。"

(13) 馬王堆帛書《戰國縱橫家書·朱己謂魏王章》："秦與式〈戎〉翟同俗，有〔虎狼之〕心，貪戾好利，無親，不試（識）禮儀德行。苟（苟）有利焉，不顧親戚弟兄，若禽守（獸）

耳……兩弟無罪而再挩（奪）之國。"此章事又見《戰國策·魏策三》《史記·魏世家》，"挩"字作"奪"。"兩弟"指秦昭王之弟涇陽君與高陵君。

（14）《論語·憲問》："（管仲）奪伯氏駢邑三百。"

（15）《左傳》哀公十七年："宋皇瑗之子麇，有友曰田丙，而奪其兄鄭般邑，以與之。"

（16）《史記·匈奴列傳》："匈奴右賢王怨漢奪之河南地而築朔方"

（17）《左傳》昭公二十年："衛公孟縶狎齊豹，奪之司寇與鄄，有役則反之，無則取之。"

（18）《左傳》哀公二十五年："公（衛出公）之入也，奪南氏邑，而奪司寇亥政。"

（19）《史記·晉世家》："（晉惠公夷吾）亦不與里克汾陽邑，而奪之權。"

（20）《史記·五宗世家》："諸侯獨得食租稅，奪之權。其後諸侯貧者或乘牛車也。"

（21）《左傳》昭公元年："莒展輿立，而奪群公子秩。"

以上諸例，間接賓語都是人物，或用"之"來指代。直接賓語可分兩類。A、"天下""國""邑"（包括具體地名）等處所地點，間接賓語對這些處所的人群或事務有領屬和支配的權力。B、"秩"、"政"（職官）、"權"等表示抽象事務的詞，間接賓語對所表示的事務有領屬關係。

枏伯簋銘"奪"的直接賓語"享邦"，即（枏伯）擁有邦的政權，可兼有 A、B 兩類涵義。

綜合來看"奪"的政治性意涵，是使人物（間接賓語）對某個處所的人群或事務（A 類直接賓語）舊有的領屬關係（B 類直接賓語）分離開。在句法形式上，A、B 兩類直接賓語，只要在謂語動詞"奪"後面出現其中之一，就能實現這種"人、權分離"類的語義表達。

（22）《管子·形式解》："古者武王地方不過百里，戰卒之衆不過萬人，然能戰勝攻取，立爲天子，而世謂之聖王者，知爲之之術也。桀紂貴爲天子，富有海内，地方甚大，戰卒甚衆，而身死國亡，爲天下僇者，不知爲之之術也；故能爲之，則小可爲大，賤可爲貴；不能爲之，則雖爲天子，<u>人猶奪之也</u>；故曰：巧者有餘，而拙者不足也。"

看此例上下文出現的要素，"人猶奪之"的"之"，指代的是"地"或"國"。若要與上下文四次出現的"爲之"的"之"保持一致，那就直接解釋爲以"之"指代"政權"這種複雜的人地關係。

（23）《潛夫論·賢難》："齊侯之以<u>奪國</u>，魯公之以放逐，皆敗績厭覆於不暇，而用及治乎？"

（24）《潛夫論·浮侈》："景帝時，原侯衛不害坐葬過律<u>奪國</u>。"

（25）《潛夫論·三式》："其（引按：指列侯）懷奸藏惡尤無狀者，<u>削土奪國</u>，以明好惡。"

（26）《漢書·衛青霍去病傳》："自衛氏興，大將軍青首封，其後支屬五人爲侯，凡二十四歲而五侯皆<u>奪國</u>。"

以上諸例都是被動式，受事主語（即施動式中的間接賓語）前置。

瞭解了謂語動詞"奪"的句法表現，我們回頭看簋銘"我亦弗奪享邦"句如何理解。丁聲樹先生指出：

"弗"字似乎是一個含有"代名詞性的賓語"的否定詞，略與"不之"二字相當，"不"字則只是一個單純的否定詞。①

卜弼德（Boodberg 1934/1979：430）进一步推測出"弗"是"不之"

---

① 丁聲樹《釋否定詞"弗""不"》，《慶祝蔡元培先生六十五歲論文集》，國立中央研究院歷史語言研究所，1935 年，第 965—996 頁。

的合音，即"不"＊piuə＋"之"＊ti＞"弗"＊piuət。① 許多學者都同意這一看法，魏克彬還指出了侯馬盟書"弗殺"有異文作"不之殺"，有力證明了"弗"相當於"不之"合音之説。②

循此，把簋銘"我亦弗奪享邦"的"弗"也理解爲"不之"，"之"指代㐭伯家族，是"奪"的間接賓語，在否定句式中前置。銘文或可理解爲"我亦不奪之享邦"，這應該是對周王册命的直接引語。前已指出，"奪享邦"也即奪政權。"我亦弗奪享邦"，意思是當今周人也承續歷史上周、㐭交好的傳統，不奪㐭邦宗廟鬼神之祭祀，也就是不强行剥奪（㐭伯）繼續擁有舊有土地人民的政權。由此句以及"克述先王，異（戴）自它邦"句，可以確知㐭伯家族所享有的邦，不是周人分封的，而是久已存在的王位世襲的邦國。

三、小褊邦

㐭伯的答謝話語"天子休弗覍（忘）小褊邦"，"邦"前之字原形作：

我認爲該字从"匸"（音傒）、从"衣"，"㞷"聲。"㞷"已見於㐭伯簋銘"有㞷（功）于大命"。陳劍先生曾對"㞷"做過精彩的解釋。他認爲，該字像囗下有巾，應即《説文》"褊，編枲衣。从衣

---

① Boodberg, Peter A. 1934/1979. Note on morphology and syntax I. The final－t of 弗. *Selected Work sof Peter A. Boodberg*, 430－435, Berkeley: University of California Press, 1979.

② ［美］魏克彬（Crispin Williams）《從出土盟書中的有關資料看戰國時代"弗"字記録"不之"合音的現象》，《中國語文》2019 年第 2 期，第 131—154 頁。珊按：是否需要把"弗"解釋爲"不之"的拼合，取決於"弗"的及物動詞是否有指人的賓語。就"我亦弗奪享邦"句來説，僅看作承上省略間接賓語，亦無不可。并不是所有的"弗"都要相當於"不之"。例如本銘"天子休弗忘小褊邦"的"弗"大約就僅相當於"不"，但可能"弗"還要攜帶一點情態方面的因素，因此不用"不"而用"弗"。

區聲。一曰頭褔。一曰次裏衣"之"次裏衣"，次即涎，"褔"即今所謂"圍嘴兒"。《方言》卷四"繄袼謂之褔"，郭注"即小兒次衣也"。①

從字音方面説，妛伯簋銘"有芇（功）于大命"之"芇"應讀"功"，"功"見母東部字；"褔"諧"區"聲，"區"是影母侯部字，聲母皆爲喉音，韻部陰陽對轉，所以這幾個字能有如上的諧聲、假借關係。

該字从"匸"（音徯）、褔聲，從形聲關係理解，或可能是"陋（匢）"字替換聲符的異體。"陋"是來母侯部字。《説文》"傴，僂也"，是聲訓。睡虎地簡《日書》甲種所見，秦人稱宅宇四角爲"匢"，例如睡虎地《日書》甲種 14 背－20 背，講困、井、圂等附屬建築物位於宅宇的東北匢、東南匢、西北匢、西南匢，又睡虎地《日書》甲種 40 背有一例稱房屋内"西臂（僻）"的"西南隅"，可見在"角落"的意義上，"隅"指建築物内部，"匢"則指室外宇内，二字音、義相近，有同源關係。"區"與"陋"都是侯部字，都可訓爲"小"，都是指在大的範圍内所劃分出來的小塊。《説文》"陋，阸陝也"，段玉裁注："阸者，塞也。陝者，隘也。䪜部曰：隘者，陋也。然則陋與隘爲轉注。阸陝者，如邊塞狹隘也，故从𨸏。引申爲凡鄙小之偁。《賈子》曰：反雅爲陋。《淮南》注曰：陋，鄙小也。"可見"陋"是指與中間部分有區隔的邊緣地區，"區"與"匢（陋）"大概也是同源詞。"小褔邦"很可能讀爲"小陋邦"，即僻陋小邦。這是妛伯的外交辭令。

四、歸妛伯、妛伯、歸夠、武妛幾王

如上所分析，銘文第二段中第一次出現器主的稱謂，是"歸妛伯"，周王册命語中稱他"妛伯"，第三段中器主先自稱"妛伯"，之

---

① 見陳劍《古文字源流資料長編》（未刊稿），又陳劍兄在 2023 年 10 月 6 日與我微信中所賜示意見。

後又自稱“歸敔”，並且該器是器主爲祭祀他的皇考所作，稱皇考爲“武珘幾王”。這些稱謂之間的關係如何理解，是歷來困擾學者的難題。

我曾指出，在都邑國家的時代，因爲國族遷徙至新地點爲都邑，或者以舊地名來作族氏，或者以族氏來命名新都邑。[①] 我曾舉例説：

> “晉唐叔虞”與“衛康叔封”都是將新邑名加在舊邑名前。“延州來季子”則是舊邑名在前，新邑名在後。一時想不到可比的合適例子，唯有《左傳》襄公二十四年記載范氏“在周爲唐杜氏”，乃是唐人子孫被周人遷於杜，謂之杜伯，而稱“唐杜氏”。[②]

這可以作爲研究上古名號的一條規律。

劉卓異先生最近發表的《〈乖伯簋〉補論》，文中指出：“武乖幾王”是“謐法或美稱＋國族名＋地名＋爵稱”的稱謂方式。他説：

> 在周代非諸夏貴族中，有一種“國族＋地名＋爵稱”的稱謂方式。如莒國國君就有以地名爲稱的慣例，如“莒渠丘公”，渠丘即爲莒渠丘公在位時莒國都城所在（《左傳》成公八年）。另外，莒紀公之“紀”、莒著丘公之“著丘”、莒郊公之“郊”，都顯係地名（楊伯峻：《春秋左傳注》，北京：中華書局2009年版，第840頁）。先秦時期有些國族遷徙頻繁，往往新君即位就遷都，因此國君或以地名爲稱。據清華簡《楚居》對楚國先君居地的記載：“若敖熊儀徙居郒。至焚冒熊帥自郒徙居焚。至宵敖熊鹿自焚徙居宵”，楚先君若敖、焚冒、宵敖均以地名爲稱。在周王稱謂中也有“地名＋王”的形式，如《詩·大雅·韓奕》“韓侯取妻，汾王之甥，蹶父之子”；鄭玄箋曰“汾王，厲王也。厲王流於彘，彘在汾水之上，故時人因以號之”。

---

① 董珊《從“曾國之謎”談國、族名稱的沿革》，李宗焜主編《古文字與古代史（第五輯）》，（臺北）“中研院”歷史語言研究所，2017年。

② 董珊《清華簡〈繋年〉所見的“衛叔封”》，羅運環主編《楚簡楚文化與先秦歷史文化國際學術研討會論文集》，武漢：湖北教育出版社，2013年，收入《簡帛文獻考釋論叢》。

……既然楚國、莒國國君均可以地名爲稱，則"武乖幾王"
之"幾"，亦可解釋爲地名。金文中所見之"幾"亦有作地名者，
如商代晚期金文中有族名"幾庚册"（《銘圖》，編號：09662），
在此族名中，"幾"當爲地名，表示幾地之庚册家族。"乖幾王"
即與"莒渠丘公"一樣，均爲"國名＋地名＋爵稱"的稱謂
方式。①

劉卓異先生提出"幾王"之"幾"是地名，這是很有見地的。

管文韜先生在其未刊稿《談商周金文中的邦君稱王現象——兼駁
西周異姓諸侯"在野稱王"說》也分析過"武乖幾王"稱號，他
指出：

"武"應是其諡號，"乖"和"幾"應該都是其先後擁有的封
地，中間應經歷過一次由幾到乖的遷封。這種稱謂的構成方式與
我們所熟悉的"晉唐叔虞""衛康叔封"一致。

也是與劉卓異相類似的意見。這些看法，都合乎我所提出的族群遷徙
狀態下名號命名的規律。

循此來看"歸珊伯""珊伯""歸夗""珊幾王"這四個稱謂，我
認爲"幾""珊""歸"分別是這兩代君主的都邑名以及邦國名稱，因
此以疊加的方式構成稱號的專有名詞。可以設想兩種可能的情況：

1、周初以來的傳統國族名爲珊，珊爲大地域名與邦國名，幾與
歸是其中兩個都邑名。武珊幾王時的都邑在幾，故稱"珊幾王"，其
子珊伯又徙歸，即以歸爲氏；

2、武珊幾王自幾徙珊，珊伯自珊徙歸，此時習用的邦國名爲珊，
其傳統國族名稱不知爲何。

這裏還應說回"珊"字的釋讀。所謂"乖"字，學者已指出與
《說文》"乖（菲）"之字形不合，在釋字上是有疑問的。該字寫作：

---

① 劉卓異《乖伯簋補論》，《史學月刊》2021年第11期，第131頁。

　　從字形上説，可分析爲從丫①、开聲，爲方便引用，或可隸定爲“羋”。②

　　據“开”聲，很容易想到今陝西西部的汧水流域之“汧”。此地的山、水、澤藪、縣邑，皆以“汧”爲名。③ 從先周及西周時代的地緣政治來看，汧水流域在關中西部周人控制區的西部邊緣，即今陝西與甘肅交界隴山東、西地帶，存在着許多與周人同盟的政治體。這一地區，李零先生曾形象地稱作“西周的後院”。④ 這些政治體的君主，既稱“王”，又稱“伯”，例如寶雞、鳳翔一帶的虞（舊隸定爲“矢”，此從陳劍先生説⑤），有“虞王”與“虞伯”（紙坊頭 M1 矢伯鬲 02700）兩種稱號；在甘肅靈臺白草坡 M2 出土了許多隁伯銅器，近又見流散一件隁王尊（11684，隁王作虞姬寶尊彝）。以上“虞”“隁”都是與周異姓的政治體。

　　這裏討論的簋銘國族“羋”若讀爲“汧”，從上文“異自它邦”“小褊（陋）邦”的分析來看，在各方面都是比較合適的。羋邦的徙都範圍應該不會太大，“歸”與“幾”兩個地點可能都位於關中西部邊緣“汧”地的附近。下一步考慮，就是如何在此地區找出西周中期

---

①　丫象羊角之形，《説文》：“丫，羊角也。象形。讀若乖（乖）。”（工瓦切。《廣韻》乖買切。）

②　《説文》中從开聲作爲動物名稱之字，有豜、豣、麛，均有强大義，是同源詞（殷寄明《漢語同源詞大典》，上海：復旦大學出版社，2018 年，上册第 450—451 頁）。這個“羋”字，本義也可能是大羊。

③　《水經注·渭水上》：“水（汧水）出汧縣之蒲谷鄉弦中谷，決爲弦蒲藪（引按：《周禮職方氏》鄭玄注引鄭司農：弦或作汧）。《爾雅》曰：水決之澤爲汧。汧之爲名，實兼斯舉。……汧水又東會一水，水發南山西側，俗以此山爲吳山，三峰霞舉，疊秀雲天，崩巒傾返，山頂相捍，望之恒有落勢。《地理志》曰：吳山在縣西，古文以爲汧山也。《國語》所謂虞矣。”

④　李零《西周的鄰居與後院》，《青銅器與金文》第一輯，上海：上海古籍出版社，2017 年，第 46—59 頁。

⑤　陳劍《據〈清華簡（伍）〉的古文虞字説毛公鼎和殷墟甲骨文的有關諸字》，《古文字與古代史》第五輯，“中央研究院”歷史語言研究所，2017 年，第 261—286 頁。

的“歸”與“幾”兩個地點。① 當然，若想論定這個看法，只能寄希望於此地再出土新材料。

五、用好宗廟享夙夕好朋友雩（與）百諸婚媾

我認爲這句話前面一個“好”應讀爲“羞”，訓爲薦。“好”字有從“丑”聲的兩個異體字，或从子、丑聲，或从女、丑聲。

《説文》：“妞，人姓也，从女、丑聲。商書曰：無有作妞。”此引《洪範》，今本作“無有作好”。段注：“妞本訓人姓，好惡自有真字，而壁中書古文叚妞爲好。”

《汗簡》《古文四聲韻》中的傳抄古文“好”字頭下有“丑”字形，此形也見於郭店簡《語叢一》89 簡、《語叢二》21－22 簡、上博簡《緇衣》1 簡，並都用爲“好”。②

由以上兩例，可以知道，“好”是個抽象表意字，“妞”“丑”則是省略部分意符的形聲字。

“好”既與從丑得聲的“妞”“丑”爲異體字，則與諧“丑”聲之“羞”字也可以通假。清華簡《説命中》“且唯口起戎出好”，句見《禮記·緇衣》引《説命》作“惟口起羞，惟甲胄起兵”，③ 整理者已指出簡本“好”讀爲傳本“羞”字，《緇衣》鄭注“羞，猶辱也。……惟口起羞，當慎言語也”。

聅伯簋銘“好宗廟”之“好”讀爲“進獻”義的“羞”，“羞”字本義是以手奉羊，引申爲“進獻”義，《説文》“羞，進獻也。從羊，

---

① 《漢書·地理志》右扶風有“回中”縣，又稱“回城”，“回”“歸”音近。“武聅幾王”的“幾”或可通假爲天水冀縣的“冀”。傳世文獻記載西伯戡黎，過去認爲西伯是文王，清華簡《耆夜》“武王八年征伐邙（耆），大戡之”，學界認爲耆爲山西黎城，又認爲西伯戡黎是誤記。珊按：據《商書·西伯戡黎》與《耆夜》，先周或可能有兩次戡黎，文王所伐之黎，或可能就在西周的後院，黎可通假为“武聅幾王”的“幾”。可設想文王伐黎之後，黎遷徙入山西黎城，是武王所戡之黎。

② 趙立偉《〈尚書〉古文字編》，第 263 頁“好”字頭下，北京：中國社會科學出版社，2012 年。

③ 《清華三》127 頁注釋［二五］。

羊，所進也。从丑，丑亦聲”，《爾雅》“羞，進也”，《周禮·天官冢宰》“籩人”職“凡祭祀，共其籩薦羞之實。喪事及賓客之事，共其薦籩羞籩。爲王及后、世子共其内羞”，《周禮·醢人》“共薦羞之豆實”，《左傳》隱公三年“可薦於鬼神，可羞於王公”。

　　從語句結構上説，“用好宗廟”句“好”無疑是動詞。但“享夙夕好朋友與百諸婚媾”的結構和語義層次怎麽劃分，是個問題。“好宗廟”是説進薦的對象或地點，“享夙夕”是講享薦的時間或頻次，“好宗廟”與“享夙夕”在語義上應該可以構成互文，都是説經常性的獻祭祖先宗廟。那麽，動詞“好（羞）”與“享”的動作支配範圍，是不是應該再向下也支配“好朋友與百諸婚媾”這另外兩類社會關係呢？這或者是很有可能的。在這種認識下，“好朋友”的“好”應是“朋友”的修飾語，跟“百諸婚媾”的“百諸”位置相同，所以“好朋友”跟“百諸婚媾”之間用金文常見的等立連詞“雪（與）”。由此可見，耕伯簋銘的“好宗廟”跟“好朋友”，兩處“好”字用法不相同。杜伯盨（05642—05646）“杜伯作寶盨，其用享孝于皇神祖考，于好朋友。用禱壽，匄永命，其萬年永寶用”。可見“好朋友”能自成一詞。

　　金文中常提及器主作器宴饗“友”“多友”“多諸友”“朋友”“多朋友”。“友”是西周重要人倫范疇。

　　《周禮·地官司徒》“聯朋友”鄭玄注“同師曰朋，同志曰友”，又見於《論語》“與朋友共”鄭玄注“同門曰朋，同志曰友”。《説文》“友，同志爲友”。西周金文的“友”與傳世文獻相同，是強調人與我在某一範圍内能同志共事的關係。這本來是古今普遍認同的看法。

　　但朱鳳瀚先生卻認爲：“西周青銅器銘中所見的朋友、友是對親族成員的稱謂，其義不同於現代漢語詞彙中的朋友”，“作爲人稱用的友，本義似即是指同族的兄弟”。[1] 這是很令人詫異的新説，但有信從者。[2]

①　朱鳳瀚《商周家族形態研究》，北京：商務印書館，2022年，第348、349頁。
②　何景成《西周王朝政府的行政與運行機制》，北京：光明日報出版社，2013年，第184—191頁。

　　至目前爲止，明確撰文反對這一新説、回歸舊説的學者，似乎只有林澐先生。[①] 林澐先生説："朋友是社會生活中形成的個人間的關係"，"在字形上作方向相同的兩個手形表示'同志爲友'，作爲一種互助的社會關係，是學界普遍認同的"。這非常平實準確。若細想"朋友"新説與舊説的關係，也還有些新的意思。下面也談談對先秦"朋友"的認識。

　　研究者之所以認爲金文"朋友"指同族兄弟，大概都是因爲對讀《左傳》以下兩段文獻：

　　　師服曰："吾聞國家之立也，本大而末小，是以能固，故天子建國，諸侯立家，卿置側室，大夫有貳宗，士有隸子弟，庶人工商，各有分親，皆有等衰，是以民服事其上，而下無覬覦。"（《左傳》桓公二年）

　　　（師曠對曰：）天生民而立之君，使司牧之，勿使失性，有君而爲之貳，使師保之，勿使過度，是故天子有公，諸侯有卿，卿置側室，大夫有貳宗，士有朋友，庶人工商、皁隸牧圉，皆有親暱，以相輔佐也，善則賞之，過則匡之，患則救之，失則革之，自王以下，各有父兄子弟，以補察其政，史爲書，瞽爲詩，工誦箴諫，大夫規誨，士傳言，庶人謗，商旅於市，百工獻藝。故夏書曰："遒人以木鐸徇于路，官師相規，工執藝事以諫。"正月孟春，於是乎有之，諫失常也，天之愛民甚矣，豈其使一人肆於民上，以從其淫，而棄天地之性？必不然矣。（《左傳》襄公十四年）

　　師服所説的"士有隸子弟"，在師曠説"士有朋友"，所以有研究者就認爲"朋友"即"隸子弟"這種親族成員。這種看法較早見於童書業，他比較兩條文獻，又根據《小雅·六月》"張仲孝友"毛傳

---

① 林澐《商史三題》，"中研院"歷史語言研究所，2018 年，第 93—94 頁。又林澐《季姬方尊銘文試釋》，載《慶祝宿白先生九十華誕文集》，北京：科學出版社，2017 年。收入《林澐文集古史卷》，上海：上海古籍出版社，2019 年，第 327—333 頁。2024 年 1 月 24 日收到北京大學碩士生吳奇隆同學的課程作業《金文中"友"（朋友）所指社會關係小議》，也是反對新説的，此文的論説有參考價值，待刊。

“善兄弟爲友”，説：“‘朋友’古義爲族人也。”① 又如楊伯峻在襄公十四年師曠語下做注釋説：

> 桓二年傳云“士有隸子弟”，似此“朋友”即指隸子弟。以桓二年傳“各有分親”及此下文“皆有親暱”推之，朋友一詞，非今朋友之義。或其同宗，或其同出師門。②

錢宗範③也有類似的看法。至朱鳳瀚先生遂明確説“友”的本義是指同族的兄弟。

師服與師曠的話語雖有相同和相近的句子，但所要表達的意思根本不同。師服講君臣上下之分，“各有分親”的重點在“分”而不是“親”，他的話強調縱向的階層等差關係，所以確定了上下秩序，而下位者才不會造反。而師曠是講地位相近者能相互幫助輔佐，“皆有親暱”強調的是有對等意味的“親”，這是横向的匹配合作關係，重點剛好與師服所説的“分”相反，所以師曠最後講不會讓君王獨自亂來，而有各種人爲之做補察保諫。上下秩序中的“士有隸子弟”是士的下級，説的是“差異”；合作關係中的“士有朋友”則與士有對等關係，重點是“近同”。這是不可不辯的。

西周時代的“朋友”與親族子弟有重要差別。朋友首先是講人群外部關係，因爲族外關係遠，所以要説成“各有親暱”，其實並不親暱；只有強調對等性，才能逐漸把關係遠的非血緣的個人或群體納入同一政治秩序。西周金文大量提到“友”，遠多於商代的文字材料。

與“朋友”相反，親族子弟是基於血緣的内部關係。這種内部親屬事務的親疏遠近，早已先由宗法、喪服等制度確定，但是親屬關係

---

① 童書業《春秋左傳研究》（71）“宗法制與分封制”，北京：中華書局，2006 年，第 121—122 頁；又上海：上海人民出版社，2019 年，第 117 頁。

② 楊伯峻《春秋左傳注（修訂本）》，北京：中華書局，1990 年，第 1016—1017 頁。

③ 錢宗範《“朋友”考（上、下）》，《中華文史論叢》第八輯，上海：上海古籍出版社，1978 年，第 272、282 頁。錢文説“至於先秦文獻中出現作現代意義解的‘朋友’，當非本義，這是宗法制度逐漸解體，不同宗族人之間的接觸，開始頻繁起來的結果。”這種論調，既誇大了宗法的作用，又低估了西周時代氏族外部人際關係的發達程度。

隨着家族擴大的過程會變得疏遠。《禮記·大傳》“四世而緦，服之窮也，五世袒免，殺同姓也”，爲五世同族所服的袒免，不是正式的喪服。郭店簡《六德》“袒免，爲宗族也，爲朋友亦然”，此“宗族”特指五世同姓，爲朋友之喪可無服，而服袒免是加服。這是將朋友關係比擬爲血緣關係。

《小雅·六月》“張仲孝友”毛傳“善兄弟爲友”，其所謂“善兄弟爲友”主要指對待諸弟中的疏遠無服者、地位不對等者的態度。對於已經由近變遠的分族，要給予對等的名分，因此族內的遠親也可以稱“友”。所以，林澐先生説：“孝友之友，是表示兄弟間感情的，並非‘友’的原始義，而只是一種借喻。”“友”的本義與血緣無關，族人稱“友于兄弟”，是借用了族外人際稱謂的修辭。

因爲“友”是講對等關係，“友”常被用作對等關係的修辭，所以“朋友”並不限於士階層，其他階層也有各自的朋友。不同等級的人有不同等級的友。《國語·晉語四》“孝友二虢”，是文王以同宗的虢仲、虢叔爲友，虢仲、虢叔于文王既是同宗，也是文王之大臣。這是師曠所説的“天子有公”的例子。《列女傳》“魯季敬姜”講到“齊桓公坐友三人，諫臣五人，日舉過者三十人，故能成伯業”。這是諸侯之友。上博簡八《命》篇，講葉公子高掌楚國之政時，有“坐友五人，立友七人”，[1] 這是執政者之友。不但各階層的人有朋友，邦國政治體也有朋友，即所謂“友邦”。林澐先生説：“天子對諸侯和群臣稱友，也只是借喻。”上述情況也都是借喻。

上博簡六《天子建州》篇有“朋友不語分”，“不語分”是不談論階層分別，句意是朋友求同存異。在階級社會，上層可屈尊向下兼容下層的“朋友”，但下層不能向上要求對等性的“朋友”關係。由此可見，相對的平等關係大多是由上向下降落的。《孟子·萬章下》：“萬章曰：敢問友。孟子曰：不挾長，不挾貴，不挾兄弟而友。”其中

---

[1]　參看蘇建洲《〈上博八·命〉簡9“必內瓜之於十友又三”釋讀》，《簡帛研究二〇一一》，桂林：廣西師範大學出版社，2013年，第9頁，注釋1、2。

“弟”無可挾，“兄弟”詞義偏指“兄”。孟子所説的“長”“貴”“兄”三者都是人際關係中的上位者，正説明“朋友”僅有向下兼容的屬性。《論語·學而》孔子説“（君子）无友不如己者”，這是東周時代下層的願望，但西周以來的傳統並非如此。

㪉伯是小邦君，他製簋作銘所稱的“好朋友”，應包含其他名義對等的友邦之君，例如周邦之王。但在㪉伯簋銘文所見，過去㪉與周的友邦對等關係，早已隨着彼此地位的升降變成了君臣關係。

六、歸芻敢對揚天子不㔻魯休

“不㔻”常見於西周金文，其含義一直没有太好的講法。在最近發表的新資料中，“㔻”字出現了幾次：

(1) 安大簡《君子偕老》“君子皆壽，㔻开六加”，今本《毛詩》作“副笄六珈”。[①]

(2) 清華簡《四告》簡23：“酬貢蹇飤，㔻嗌增多，勿結勿旗，禳去蠡疾，畢逖庶尤。”[②]

(3) 伯克父盨（30474、30475）：“伯克父甘婁自作㔻（副）。”[③]

從安大簡本《詩經》與今本對讀來看，“㔻”音“副”，“㔻”應分析爲從“不”聲。“副”之訓爲“副貳”、訓爲“倍”“陪”等義，其基本詞義是“配”；“副”籀文寫作“疈”，《説文》訓爲“判”“剖析”等義，指原爲一體的東西被分判爲兩個部分，這兩個部分原本是

---

① 徐在國《據安大簡考釋銅器銘文一則》，《戰國文字研究》第一輯，合肥：安徽大學出版社，2019年，第62—65頁。

② 清華大學出土文獻研究與保護中心編、黄德寬主編《清華大學藏戰國竹簡（拾）》，上海：中西書局，2020年，第119頁。抱小（蔡偉）《釋清華簡〈四告〉篇中的一個同義複詞》，復旦大學出土文獻與古文字研究中心網站，http://www.fdgwz.org.cn/Web/Show/4705，2020年12月1日；又收入蔡偉《讀清華簡札記》之十二，《古文獻叢札》，新北：花木蘭文化事業有限公司，2022年，第36—37頁。

③ 夏宸溥《試釋伯克父盨自名“㔻”》，《中國文字學報》第十一輯，北京：商務印書館，2021年，第78—86頁。

可以相互配合的，因此"判"與"配"兩類詞義也有引申關係。進而引申，被剖析開的東西，在數量上增加一倍，"不"很可能是"倍數"的"倍"的本字。《四告》"不嗌增多"之"不嗌"可讀爲"副益"，指"酬貢饗餼"將加倍獲得。

伯克父盨的器物自名"䉂"應讀"副"，是指盨類器物器蓋相配副的狀態。這是個分析式命名。

金文所見的"不不"，有以下幾種用例：

（4）常見的"不不魯休"或"不不休"，約 10 例，都出現在冊賞類金文的答謝辭中。例如師遽簋蓋（05236）"敢對揚天子不不休"，師虎簋（05371）"對揚天子不不魯休"；

（5）番生簋（05383）："番生不敢弗帥型皇祖考不不元德"；

（6）召尊、召卣（11802、13325）："唯九月，在炎𠂤（師）。甲午，伯懋父錫召白馬毒（督）[1] 黃髮徽，用𠬝（桴－報）不不召多，用追于炎，不𩰧（譖）伯懋父友召，萬年永光，用作團宮旅彝。"

（7）班簋（05401）："嗚呼！不不乩（淑）[2] 皇公受京宗懿釐，毓文王、王姒聖孫，登于大服，廣成厥功。"

"不不"所修飾的詞有"魯休""元德""召多""皇公"。從"副"有"配"的含義來看，我認爲"不不"應讀爲"丕副"，是"非常適合""非常相配"的意思，冊賞類金文的"對揚天子丕副〔魯〕休"是說天子的休美與受賜者的地位功勞相配；召尊卣的"用𠬝（桴－報）丕不（副）召多"是說用白馬作爲賞賜品，與召的戰功相匹配，"多"的詞義見《周禮·夏官司馬》"司勳"職"戰功曰多"；"不副元德"是說番生與祖先元德之匹配；班簋"丕副乩（淑）皇公受京宗懿釐"之"丕副"，也許可以理解爲"公"的功業與他所得到的"京宗

---

[1]　從陳劍《釋金文"毒"字》所釋，《中國文字》2020 年夏季號，總第三期，第 212—213 頁。

[2]　謝明文《說夙及相關之字》，《出土文獻與古文字研究》第七輯，第 45 頁。謝明文提出了幾種解釋，其一解釋認爲"不不""乩（淑）""皇"三者皆爲"公"的修飾語，"不不"詞義相當於"丕顯"。

懿鑿"非常相配，"丕副"所修飾的中心詞是"懿鑿"。

《尚書》有兩處"丕丕基"：

> （8）《大誥》："已！予惟小子，不敢替上帝命。天休于寧王，興我小邦周，寧王惟卜用，克綏受茲命。今天其相民，矧亦惟卜用。嗚呼！天明畏，弼（昇）我丕丕基。"①

> （9）《立政》："亦越武王，率惟敉功，不敢替厥義德，率惟謀從容德，以並受此丕丕基。"

一般都據《爾雅·釋訓》釋"丕丕"爲"大"。從金文來看，此"丕丕"可能也是西周文本"不杯"轉寫的結果，"不（丕）杯（副）基"的意思是周王的德、功與天所賜的基業相匹配。"基"訓爲"始"，指武王克商成功作爲周政的新起點。

總之，這個西周詞語"不（丕）杯（副）"，大致都是講兩種抽象事物的相合相副，有功與德相配、德與業相配這類的含義。

順便講常被拿來與"不杯（副）"相比較的詞"不（丕）顯"。"顯"故訓爲"光""明""見""代"，均見《爾雅·釋詁》，由"顯"有"光明"義而引申出其他含義，是説因更加光明而可以被看見，從而成爲不如其明者的更代者。"顯"的詞義中含有比較類含義，是對事物的突出程度做比較性的説明。

七、論邦君與諸侯、周邦與庶邦

上古中國曾有萬邦時代。邦國君主的延續基於一族一姓的血緣。邦國大小不同，但這些政治體之間，並不存在天然的隸屬關係。以夏商周爲代表的那些大政治體成爲盟主之後，參盟的邦國爲主邦提供軍需貢賦，其君長稱爲邦君，庶邦與主邦的關係是盟友。這是政治體外

---

① 弼讀昇，據陳劍《清華簡與〈尚書〉字詞合證零札》，《出土文獻與中國古代文明——李學勤先生八十壽誕紀念論文集》，上海：中西書局，2016 年。

部事務，是國際關係。主邦在勢力範圍的外圍封建軍事性的諸侯，爲中央主邦提供軍事候望服務。所以諸侯首先應被理解爲職官，諸侯與主邦的關係是君臣，這是同一政治體的内部事務。

從싸伯簋銘文來看，싸國族最初不是接受周王朝封建而來的政治體，而是周人最初的政治盟友。像싸這樣的衆多國族，被周人稱爲"爾多邦""爾庶邦"，其邦君被稱爲"友邦君"或"庶邦君"（皆見《書·大誥》）。싸的君主與周人諸侯的性質根本不同。一般來説，邦君的地位比諸侯高。下面舉《大誥》與《顧命》所見做些説明。

《大誥》是講二次克殷前周人對同盟庶邦的動員。周公、成王爲了帶領文王時代的"舊人"（"爾惟舊人"），去完成"前寧人圖功"，"以爾庶邦于伐殷逋播臣"，所以誥多邦的君與其臣。周公告訴庶邦"朕卜並吉"，但庶邦反過來勸周公違卜，理由是"艱大，民不静，亦惟在王宫邦君室"，以"王宫"與"邦君室"對舉，是説周王室、庶邦君室情況都不太好，所以認爲不可征殷。曾運乾《尚書正讀》："此大誥之所以作也。"（151頁）

《顧命》所記儀式上，"卿士、邦君麻冕蟻裳，入即位。……諸侯出廟門俟"。可見邦君居於廟堂上的賓位，諸侯則是在廟門外的臣衛。

《康王之誥》是康王即位後所作的誥，康王説："庶邦、侯、甸、男、衛，惟予一人釗報誥。……綏爾先公之臣服於先王，雖爾身在外，乃心罔不在王室。""庶邦"與"侯"是不同性質的政治體。

盟友地位高於君之臣。《小雅·雨無正》以"邦君諸侯"對舉，士百父盨（05664、05665）"南邦君諸侯"，義盉蓋（14794）"合次邦君諸侯"等，皆説明"邦君"在名義上的政治地位排在"諸侯"之前。邦君的土地的性質是采邑，是一族一姓主導的多族複合政治體，而諸侯土地最初僅是軍事基地與防衛所。

從周人的立場看，庶邦對周人有定期朝貢、提供軍賦的義務。싸伯簋"王命益公征眉敖"，即是命令眉敖來朝，"眉敖至視，獻帛"即眉敖順從周人而來朝。班簋（05401）記載"王令毛公以邦冢君、徒

馭、或（役）① 人伐東國瘄戎"，應該是講庶邦之君跟隨毛公伐東國。班簋又提到"王令吳伯曰：以乃師左比毛父，王令吕伯曰：以乃師右比毛父"，作爲毛公東征左、右翼的吕伯和吳伯，又見同屬穆王時期的静簋（05320）"王以吳宗、吕牆合幽、蓝師（次）邦君射于大池"，以及最近發現的吕伯簋（40501、40502）"吕伯率邦君于西宫"，其中吳、吕之君位居庶邦君之上，地位特殊，很像某一區域内的庶邦② 之長，與所謂諸侯之長的"侯伯"相類。學者早就注意到，吕、吳在西周晚期皆有稱王的情況，例如：吳王御士尹氏叔緐瑚（05825）、吕王鬲（02877）、吕王壺（12292）等，而晚至春秋早中期的吕王之孫戈（17062）與黝編鐘銘（15351—15359；15797—15804）皆自稱"吕王之孫"。西周晚期的吳、吕之稱王，無疑應來自更早期吳、吕作爲庶邦君時就已稱王的傳統，只是有待發現早期的資料。

王國維《散氏盤考釋》指出矢稱王，説"當宗周中葉，邊裔大國往往稱王"，又舉彔伯終簋和乖伯簋銘文，説："二器皆紀王命，並稱其祖考有勞於周邦，則非不臣之國，又非周之子弟分封於外者，而並稱其考爲王，可見當時諸侯並有稱王之俗。"在《古諸侯稱王説》的結論説："蓋古時天澤之分未嚴，諸侯在其國内自有稱王之俗，即徐楚吳越之稱王者亦沿周初舊習，不得盡以僭竊目之。苟知此，則無怪乎文王受命稱王而仍服事殷矣。"

張政烺先生則認爲，王國維《古諸侯稱王説》的證據不足，除吳不論，"周時稱王者皆異姓之國，處邊遠之地，其與周之關係若即若

---

① 黄聖松《釋金文"或人"、"遄或徒"》，《成大中文學報》，2006 第 15 期，第 1—25 頁。黄聖松《左傳後勤制度考辨》，臺北：臺灣學生書局，2016 年，第 169—175 頁，又見第 213—289 頁。詳參吳雨睿《班簋銘文的語文學分析》第 21 頁，北京大學中文系本科學年論文，2023 年 6 月。

② "幽、蓝師邦君"很可能分屬吳、吕。由此或可推論吳、吕的位置。周人眼裏庶邦分區域的綫索，又見士百父盨（05664、05665）"南邦君諸侯"。春秋晚期的吳王餘眛劍（18077）"荆伐徐，余親逆攻之。敗三軍，獲［車］馬，攴七邦君"，"七邦君"是臣服於楚的庶邦君，隨楚伐徐，被吳所禽，這仍然是沿用了早期邦國軍事聯盟的形式，常見於春秋時代的戰争。梁其鐘（15522—15526）"天子俗肩（夷）事梁其身邦君大正"，説明周王有權任命邦君朝廷的大官正；豆閉簋（05326）"用續乃祖考事，司窆俞邦君司馬、弓、矢"，説明周王有權命人去管理"窆俞邦君"的軍事事務。設此理解不誤，也可以看出周人對"庶邦"這種傳統地方政治體的行政管理方式。

離，時親時叛，而非周室封建之諸侯。文王受命稱王，其子孫分封天下，絕無稱王之事"。①

又張政烺先生的自述《我與古文字學》説：

出土的有銘青銅器，其文字常會改變史學中過去一些流行的説法。如《文物》一九八四年第四期刊載了一九七三年陝西寶雞市博物館徵集的西周中期的夨王簋蓋。以往著録的西周銅器銘文，除周天子稱王外，亦見有"夨王"、"卲王"、"吕王"等稱，又录伯、乖伯所作器銘亦自稱其皇考爲王。王國維作《古諸侯稱王説》，以爲這是由於古時天澤之分未嚴，故諸侯亦可稱王。王氏享有盛名，所云曾對古史學者有相當大影響，在史學界引起過不符合史實的觀念。陳盤《左氏春秋義例辨》一書卷一論"春秋杞子用夷貶爵"問題，附《補顧氏列國爵姓異文表》，在"爵"這一欄内標出許多王字，晉、鄭皆列爲王，也當是受王氏之説的影響。我於是作《夨王簋蓋跋——評王國維〈古諸侯稱王説〉》（載《古文字研究》第十三輯），據夨王簋銘文所云"夨王作奠（鄭）姜尊簋"，參考器銘中女子稱謂的規律，説明鄭姜之稱和蔡姞、虢姜、晉姜是同類，當是姜姓之女而嫁於鄭者。而鄭姜大約是夨王之女，夨王簋應爲夨王所作以媵鄭姜。夨王姓姜當無問題。夨出於羌，與周不同姓，稱王是姜姓舊俗，由承襲而來，非僭王號，也並非由於周王之賜命。隨後又一一分析了器銘中稱王者之姓，證明皆非姬姓，由此得出如下結論：周時稱王者皆爲與周人異姓之國，並非周室封建之諸侯。而周人所謂伯，事實上也是一族一方之霸主，其上代是戎狄之王，本身則由於勢力弱小歸附於周，遂不稱王而稱伯。文章由考釋金文論到古代民族關係與

① 張政烺《夨王簋蓋跋——評王國維〈古諸侯稱王説〉》，《張政烺文集　甲骨金文與商周史研究》，北京：中華書局，2012 年 4 月，第 224—233 頁。首刊於《古文字研究（第十三輯）》，北京：中華書局，1986 年 6 月。收入《張政烺文史論集》，北京：中華書局，2004 年 4 月，第 706—713 頁。張先生在《我與古文字學》（《學林春秋》，北京：中華書局，1998 年）一文中，亦曾提及此文（《張政烺文史論集》第 861—862 頁），可見張先生對此事的重視。

政治制度史問題，希望消除王國維《古諸侯稱王説》一文的
影響。

張政烺先生的説法比較謹慎。王國維之誤判，僅在於未能分清邦君與
諸侯之區別。這也可以説是一種經學的蒙蔽。

周人克商之後，成爲政治主導勢力，對於不服從的邦國以及舊與
殷人同盟的邦國，採取了征伐翦滅並强制遷徙的措施，其事例可參見
《逸周書・世俘》篇，以及清華簡《繫年》講遷秦之先被遷於朱圉山。
但還是會遺留很多的隸屬關係分親疏遠近的“庶邦君”。可以設想，
西周對於西部的異姓部族，首先採取了懷柔的政策，直至西周中晚期
都允許這些部族的君長稱王，這免除了周人東進的後顧之憂。近年甘
肅張家坡馬家塬發現的戎人墓葬，也説明秦統一東方六國之前對西方
採取了相似的策略。

由於早期邦君與諸侯的來源不同，周王朝對待二者的態度與方式
有別。隨時間的推移，大多數存而未滅的舊友邦，逐漸被周王朝同
化。同時，周人分封的地方諸侯勢力漸强而失控，諸侯的地位逐漸超
過邦君，也開始謀求傳統上更高級的名號與禮制，所以諸侯也要被稱
爲“邦君”。《禮記・玉藻》“錦衣狐裘，諸侯之服也”，大概就是諸侯
的等級地位追平庶邦君之後的情況。

豣伯簋銘“我亦弗奪享邦”句，説明周天子有權決定豣的政權存
亡與君主廢立。這種虎狼之辭已能説得出口，代表此時此刻正是豣國
族已被周人同化、將被吞併之前的重要時間節點。《史記・周本紀》
記載周共王時代，僅有滅密一事：

> 穆王立五十五年，崩，子共王繄扈立。共王游於涇上，密康
> 公從，有三女奔之。其母曰：“必致之王。夫獸三爲群，人三爲
> 衆，女三爲粲。王田不取群，公行不下衆，王禦不參一族。夫
> 粲，美之物也。衆以美物歸女，而何德以堪之？王猶不堪，況爾
> 之小醜乎！小醜備物，終必亡。”康公不獻，一年，共王滅密。
> 共王崩，子懿王囏立。懿王之時，王室遂衰，詩人作刺。

此事又見《國語·周語上》，應即《史記》所本。舊注謂密在安定郡陰密縣，康公爲姬姓，其名號、地點皆承襲自文王所伐密須，考古學者認爲，密須即今涇水上游甘肅靈臺白草坡。[①] 可見周共王時期承穆王西征之餘緒，仍在肆力於西北後院。同時的士山盤（14536）也記載了周王朝對南方異族的干預。共王標準器牆盤（14541）銘文説當時"方蠻亡不觚視"，可視爲共王世對西、南方向異姓邦國廢立安撫的總結。[②]

大概在共王九年之後的不久，夨國族就被周人奪了享邦。《史記·秦本紀》記載："非子居犬丘，好馬及畜，善養息之。犬丘人言之周孝王，孝王召使主馬於汧渭之間。"設若簋銘所見夨即位於汧，則西周中期的周之滅夨，正是爲秦族的興起提供了地理條件。兩事可以構成因果關係。

[作者單位] 董珊：北京大學中文系

---

① 甘肅省博物館文物隊《甘肅靈臺白草坡西周墓》，《考古學報》1977 年第 2 期，第 99—130 頁。
② 董珊《談士山盤銘文的"服"字義》，《故宮博物院院刊》，2004 年 1 期，第 78—85 頁。

説寽*

謝明文

提　要：結合金文中的字形與辭例，"寽"字應表示兩手授受銅餅之形，就上面的"手"而言，它有"給予""交付"一類意思。就下面的"手"而言，它有"獲取"一類意思。因此，"寽"在金文中同時有"予"與"取"兩類意思。"寽""孚"本是形音有别的兩個字，但在字形演變過程中，兩者有部分字形形近易混。"寽""爰"亦是最初構形無關的兩個字，但在字形演變過程中，兩者有部分字形形近易混。

關鍵詞：金文寽　孚　爰　訛變

一、寽字構形

《説文》："寽，五指持①也。从受、一聲。讀若律。"金文中"寽"作 "⿰" "⿰" "⿰" "⿰" 等形。關於其構形，研究者有不同的意見。郭沫若先生認爲："金文均作一手盛一物，别以一手抓之，乃象意字，説爲五指捋甚是，然非从受一聲也。金文均用爲金量之單位，即是後

---

*　本文爲國家社科基金冷門絕學研究專項學術團隊項目"中國出土典籍的分類整理與綜合研究"（20VJXT018）、國家社科基金一般項目"商周甲骨文、金文字詞關係研究"（21BYY133）的階段性研究成果。其第一、二兩部分的主要内容曾在 2023 年上半年本科生强基班課程"商周金文概論"上講授。
①　前人或認爲"持"是"捋"或"寽"之誤（參看丁福保主編《説文解字詁林》，北京：中華書局，1988 年，第 4362—4364 頁）。

起之銿字。"①《古籀篇》（六十一）根據古文字"𣪠"類形認爲："此一在𠬪間。疑象所指持之意，實指事而非形聲。或移在下作𣪠，亦同意耳。又手部：'捋，取易也。从手、寽聲。'《詩·芣苢》：'薄言捋之'，傳：'取也。'寽、捋元同字無疑。寽手同意。已从𠬪。又从手，爲複矣。"② 《金文形義通解》認爲"寽"即"捋"之初文，並云："'寽'字爲上下二手間一圓點形。圓點連下手形即類'𢎫'（子）字，全字遂與从爪从子之'孚'形混，而'寽''孚'爲動詞皆訓'取'，故不易辨。《金文編》謂'寽''孚'一字，非是。今據形別之，然'孚'字下（如𡏟生盨字）仍有或當釋'寽'者。後象物之圓點簡爲'一'，篆文復誤迻於'又'下，《説文》謂'从𠬪一聲'固非是，然析字爲'𠬪''一'則仍存古意。"③《戰國古文字典——戰國文字聲系》認爲"甲骨文作𣂲（乙八七三〇）。从𠬪，从一，會雙手持一物之意。金文作𣪠（毛公鼎）。戰國文字承襲金文。"④《商周古文字源流疏證》認爲《説文》"从𠬪一聲"之"聲"當爲衍文，並云："古文字不从一，而从●，爲銅餅呂之省。呂、寽都是來母字。𠬪爲上下相付，此作雙手捋取的意符。呂爲所取物，既是義符，也是聲符。寽是會意兼形聲字。這是過去都沒有弄清的問題。如解爲捋禾，●不象禾或穀粒狀。寽是从呂省聲。呂爲銅餅，所以後人也以寽爲計量單位，這是由於聲亦兼義的緣故。寽、捋是古今字，寽是捋的初文，捋是寽的加旁字。《説文》：'捋，取易也，从手、寽聲。'取易即五指持。寽後來分化出捋取之捋和鋝銿之銿。"⑤《文源》認爲："一非聲。寽，捋

---

① 郭沫若《兩周金文辭大系考釋》，《郭沫若全集·考古編》第 8 卷，北京：科學出版社，2002 年，第 41 頁。

② ［日］高田忠周《古籀篇》，香港：宏業書局，1975 年。

③ 張世超、孫淩安、金國泰、馬如森著《金文形義通解》，東京：中文出版社，1996 年，974—975 頁。

④ 何琳儀《戰國古文字典——戰國文字聲系》，北京：中華書局，1998 年，第 934 頁。《古文字譜系疏證》（黃德寬主編《古文字譜系疏證》，北京：商務印書館，2007 年，第 2467 頁）除了將"从一"改作"从●（或●）"，其餘與《戰國古文字典——戰國文字聲系》意見相同。

⑤ 張亞初《商周古文字源流疏證》，北京：中華書局，2014 年，第 2266、2267 頁。

之古文，取也。从𠬞从彐，彐亦又也。篆从寸之字古多从又。蓋與叉同形而聲義異，故變又爲寸以別之耳。"① 《説文新證》認爲："金文作一手持一物，另一手奪取之，並没有强調'五指'寽的味道。所寽取的東西，早期多作一圓點，晚期多作一横筆。《説文》以爲'从叉、一聲'，不可信。"② 《漢字源流字典》將甲骨文中一般釋作"爰"的字釋作"寽"，認爲："甲骨文像下邊一隻手（又）抓住一根棍的一端，另一隻手（爪）五指輕握，向另一頭滑動抹取之狀，會捋取之意。金文將條狀的棍改爲横截面（圓點）視之。篆文將又改爲寸，也是手，其義不變。隷變後楷書寫作寽。當是'捋'的本字。"③

《説文》所謂"一聲"之"一"是"又"旁飾筆演變而來，上引《文源》"彐亦又也"的意見是正確的，《古籀篇》等認爲 䍂 是"一"移在下的意見是不妥的。其實，從金文中作"𤔔""𤔔""𤔔""𤔔"類形的"寽"到《説文》作"䍂"類形的"寽"，最主要的變化有二點。一是下部的"又"形添加飾筆演變爲"寸"形，這在文字演變過程中習見。二是兩手中間表示某種物體的填實圈形或横筆省略了，這比較特殊。從"寽"之字亦有同樣的變化，如"埒"，漢代封泥文字中或作"𡑭""𡑭"類形，④ 居延漢簡中或作"埒"類形，⑤ 兩手形中間皆有一横筆，《倉頡篇》作"埒"類形，⑥ 則省掉了兩手中間表示某種物體的横筆部分，下部亦添加了飾筆變作"寸"形。敦煌俗字中，"捋"或作"捋"，或作"捋"，⑦ 後者亦省掉了兩手中間表示某種物體的横筆部分。從"埒""捋"所從"寽"旁的變化可知舊將金文中的"𤔔"類形釋作"寽"是正確的（"寽"形之所以省略横筆，有可

① 林義光《文源》，上海：中西書局，2012 年，第 188 頁。
② 季旭昇《説文新證》，臺北：藝文印書館，2014 年，第 330 頁。
③ 谷衍奎《漢字源流字典》，北京：語文出版社，2008 年，第 464 頁。
④ 趙平安、李婧、石小力編纂《秦漢印章封泥文字編》，上海：中西書局，2019 年，第 1159 頁。
⑤ 白海燕《"居延新簡"文字編》，吉林大學博士學位論文，2014 年，第 882 頁。
⑥ 劉婉玲《出土〈蒼頡篇〉文本整理及字表》，吉林大學碩士學位論文，2019 年，第 224 頁。
⑦ 黃徵《敦煌俗字典》（第二版），上海：上海教育出版社，2019 年，第 511 頁。

能是兩手中間的橫筆與"寸"共用部分筆畫）。

　　兩手形中間作填實圈形/圓點與作一橫筆之形，哪一種是"寽"字較早的字形呢？古文字中，"●"演變爲"━"比較自然，反之則不太自然。據"【字形】"演變作"【字形】"，"【字形】"演變作"【字形】"等，[1] 可知兩手形中間作填實圈形或圓點的"寽"應是較早的寫法，"【字形】"類形應該是由"【字形】""【字形】"類形演變而來。古文字中習見在豎筆上添加一填實的小點作飾筆，然後這一小點常常演變爲一橫筆，亦是類似的變化。

　　"寽"在金文中的用法，研究者比較熟悉的主要有兩種。一種主要用於軍事銘文中，有取一類意思。[2] 一種用作重量單位。這一種又可細分爲兩類，一類是用作"金"的重量單位，金文中習見。一類是用作"絲"的重量單位，見於商尊（《集成》[3] 05997，《銘圖》[4] 11791，西周早期前段）、商卣（《集成》05404，《銘圖》13313，西周早期前段）、乃子克鼎（《集成》02712、《銘圖》02322，西周早期）等。還有一種"給予""付與"意用法的"寽"字，研究者關注不多，下面先將相關字形揭示如下：

　　　　A1【字形】《集成》04264 蓋銘　　A2【字形】《集成》04262 器銘　　A3
【字形】《集成》04262 蓋銘　　【字形】《集成》04264 器銘　　【字形】《集成》
04265　　A4【字形】《集成》04263

---

① 參看謝明文《金文叢考（二）》，《出土文獻綜合研究集刊》第三輯，成都：巴蜀書社，2015 年，第 26—37 頁。收入氏著《商周文字論集》，上海：上海古籍出版社，2017 年，第 333—343 頁。

② 卯簋蓋（《集成》04327，《銘圖》05389，西周中期）"隹（唯）王十又一月既生霸丁亥，龏（榮）季入右卯，立中廷，龏（榮）白（伯）乎（呼）令（命）卯曰：𩁹（在）乃先且（祖）考死（尸）嗣（司）龏（榮）公室，昔乃且（祖）亦既令（命）乃父死（尸）嗣（司）荅人，不盩（淑）△我家寍，用喪"，其中"我家"前一字，原作"【字形】"，一般釋作"寽（捋）"。從字形看，它與揚簋（《集成》04295，《銘圖》05350，西周中期）"【字形】"、畯簋（《銘圖》05386，西周中期後段）"【字形】"等確定的"寽"寫法基本相同，都是銅餅形與上部的手形筆畫粘連。從文義看，此字有取義，它與軍事銘文中常見的"寽"用法相同。卯簋蓋之字舊釋作"寽"是正確的。

③ 中國社會科學院考古研究所《殷周金文集成》，北京：中華書局，1984—1994 年。

④ 吳鎮烽《商周青銅器銘文暨圖像集成》，上海：上海古籍出版社，2012 年。

B （）

C 

D1 　D2 

它們所處文例如下：

（1）隹（唯）正月初吉癸子（巳），王才（在）成周，格白（伯）A良馬乘于倗[①]生，氒（厥）賈卅田，鼎（則）析，格白（伯）履，殹妊彶佮氒（厥）從格白（伯）厈（按）彶佃（甸）：殷氒（厥）剢（割）雩谷杜木、邍（原）谷旅桑，涉東門，氒（厥）書史戠武，立臿（臿）成壁，鑄（鑄）保（寶）殷（簋），用典格白（伯）田，甘（其）邁（萬）年子二（子子）孫二（孫孫）永寶用。。（格伯簋，[②]《集成》04262—04265，《銘圖》05307—05310，西周中期）

（2）隹（唯）卅又一年三月初吉壬辰，王才（在）周康宮徲（夷）大（太）室，噣比吕（以）攸衛牧告于王，曰：女（汝）B我田，牧弗能許噣比，王令（命）眚（省）史南吕（以）即虢二旅二（虢旅，虢旅）廼事（使）攸衛牧誓，曰：敢弗具（俱）付匕（比），甘（其）且（沮）射（斁）分田邑，則𢼄（殺），攸衛牧鼎（則）誓，比乍（作）朕（朕）皇且（祖）丁公、皇考叀（惠）公隮（尊）鼎，噣攸比甘（其）徫（邁—萬）年子二（子子）孫二（孫孫）永寶用。（噣比鼎，《集成》02818，《銘圖》02483，西周晚期）

（3）隹（唯）卅又［一］年三月初吉壬辰，王才（在）周康

① 此字舊一般釋爲“倗”，實應徑釋爲“朋”（參見黄文傑《説朋》，《古文字研究》第22輯，北京：中華書局，2000年，第278—281頁。李家浩《〈説文〉篆文有漢代小學家篡改和虚造的字形》，《安徽大學漢語言文字研究叢書·李家浩卷》，合肥：安徽大學出版社，2013年，第366—369頁），本文爲了討論的方便以及與朋貝之朋相區别，仍按一般習慣將此字釋寫爲“倗”。

② 《集成》04264、《銘圖》05307器銘脱“氒剢雩”3字，蓋銘脱“保”字。《集成》04262、《銘圖》05308器銘奪“涉”字，子孫下似無重文號。《集成》04263、《銘圖》05309奪“白（伯）履”至“雩”17個字。《集成》04265，《銘圖》05310“孫”下無重文號。

宫徲（夷）大（太）室，𤼈比㠯（以）攸衛牧告于王，曰：女（汝）C我田，牧弗能許𤼈比，王令（命）眚（省）史南㠯（以）即虢＝旅＝（虢旅，虢旅）迺事（使）攸衛牧誓，曰：敢弗𤔲（俱）付𤼈匕（比），甘（其）且（沮）射（斁）分田邑，則㩻（殺），攸衛牧𠟭（則）誓，比乍（作）朕（朕）皇且（祖）丁公、皇考叀（惠）公隮（尊）毁（簋），比甘（其）邁（萬）年子＝（子子）孫＝（孫孫）永寶用。褱。（𤼈比簋蓋，《集成》04278，《銘圖》05335，西周晚期）

（4）隹（唯）王二十又五年七月既□□□，〔王在〕永師田宫。令（命）小臣成友逆里［尹］□、內史無夥（忌）、大（太）史旟。曰：章氒（厥）𢍰夫D1𤼈比田，甘（其）邑旃、𢆶、𨞧，𠭯（復）友（賄）𤼈比甘（其）田，甘（其）邑复歒、言二扈（邑），臭（畀）𤼈比。𠭯（复）氒（厥）小宫D2𤼈比田，甘（其）邑彶眔句、商、兒，眔讎、𢦏。復限余（予）𤼈比田，甘（其）邑兢（競）、㯱、甲三邑，州、瀘二邑。凡復友（賄）復付𤼈比日〈田〉十又三邑。氒（厥）右𤼈比譱（膳）夫克。𤼈比乍（作）朕（朕）皇且（祖）丁公，文考叀（惠）公盨，甘（其）子＝（子子）孫＝（孫孫）永寶用。褱。（𤼈比盨，《集成》04466，《銘圖》05679，西周晚期）

關於A的釋讀，舊有“受”“假”“取”“叉”“爰”等不同釋法。[①] 這些不同的釋法從語義上可分爲取類動詞和予類動詞，而“受”則包含施受兩個方面。贊同釋作取類動詞者，自然會將簋名稱作倗生簋。贊同釋作給予類動詞者，自然會將簋名稱作格伯簋。

𤼈比鼎、𤼈比簋蓋銘文幾乎相同，完全可以肯定B、C是一字異

① 諸家釋法參看裘錫圭《釋“叉”》，《裘錫圭學術文集》第三卷，上海：復旦大學出版社，2012年，第77—82頁。劉桓《倗生毁試解》，《西周史論文集》，西安：陝西人民教育出版社，1993年，第258—262頁。王晶《倗生簋銘文集釋及西周時期土地轉讓程序窺探》，《農業考古》2012年第1期，第59頁。

體。D 則是將上部的"爪"形省寫作兩指形"**ひ**"，又結合用法，可知它與 B、C 顯係一字異體。B—D 皆是作上下各一手形，中間則是一曲筆形。B—D 舊有"孚""嚳""覓""受""尋""釣"① "叱"② 等釋法。裘錫圭先生指出釋此字爲"孚""嚳""覓""釣"，於字形、文義皆不合。釋"受"於文義勉強可通，但與字形不合。釋"尋"在字形上可以說是合理的，但與文義不合。裘先生接着考釋了此字，他根據金文中"ꢀ/ꢁ"後來演變爲"尋"之例，認爲 B—D 也有可能演變作"受"。還根據銘文中 B—D 是一個有付與之意的動詞以及前人關於受像兩人手相付形、本義是付的意見，主張 B—D 是"受"字，並贊成郭沫若先生將格伯簋 A 釋作"受"，認爲 A—D 這些"受"，也許就可以讀爲訓"致"和"授"的"效"，至少可以看作它的一個音義皆近的同源詞。同時還認爲卯簋蓋（《集成》04327，《銘圖》05389，西周中期）"ꢂ"以及所謂 尊（《銘圖》11807，《集成》06008，西周中期前段）"ꢃ"應該釋作"受"或"尋"。裘先生還認爲"受"和"尋"這兩個詞應曾混用過相同的字形。③

將 A 釋作"爰"主要是據甲骨文、金文中的"ꢄ"類形釋作"爰"字的意見，④ 字形方面似乎有一定道理。但 A2 中間作圓點狀，由圓點狀演變爲一橫或一豎筆皆很自然，反之，由一豎筆演變爲圓點則不自然。更何況"ꢄ"類形與古文字中確定的"爰"字之間還缺乏字形演變的相關資料（參看下文），前者能否釋作"爰"還有待進一步認定。因此，A 不宜與"爰"相聯繫。A3 與 C 的聯繫是顯而易見的，因此裘先生將他們聯繫起來是正確的。從字形看，它們皆作兩手形，中間一般作一直筆或一曲筆。前引諸說中，"受""假""孚""嚳""覓""釣""叱"的釋法顯然與形不合。影響很大的釋"取"之說，

① 前引諸家說法參看裘錫圭《釋"受"》。
② 吳鎮烽《商周青銅器銘文暨圖像集成》第十二卷，第 464 頁。
③ 裘錫圭《釋"受"》。
④ 劉桓《佣生敦試解》。

只有 A4 左邊勉强有點接近耳形，比較可知，不難發現其左側所謂耳形只不過是中間的豎筆稍微接近左邊的又形所致，因此釋"取"一説是應該徹底擯棄的。裘先生根據金文中"⚯/⚯"後來演變爲"寽"即兩手形中間的部分後來丢失的例子認爲 A—D 演變作"受"是合理的，而且將它們釋作"受"也符合文義。從字形與文義兩方面看，釋"受"是目前諸説中最合理的。但問題是，商代族名金文中有"⚯"（父辛爵，《集成》08951，《銘圖》08337）、"⚯"（受聯觚，《集成》06934，《銘圖》09433）、"⚯"（受聯觚，《集成》06935，《銘圖》09434）等形（第一形如果只保留雙手部分，那麼它與後兩形的關係就猶如 C 與 A3 的關係，即上下豎置與左右横置之别），研究者一般亦釋作"受"。如果僅從形體表意以及與小篆"受"的偏旁對應來看，將上述商代族名金文釋作"受"也是合理的。如此一來，就會産生一個問題，那就是爲何商代金文與小篆的"受"雙手間皆無交付之物，而西周金文皆畫出交付之物呢？這是需要回答的。此外，東周文字缺乏"受"的相關資料，A—D 這些字形與小篆"受"之間還缺乏字形演變的過渡環節，小篆"受"本身的來源並不清楚，因此"受"的釋法亦可疑。①

　　A2 中間作圓點狀，仔細分辨，A1 中間亦有一小筆，《古文字譜系疏證》將它摹作"⚯"，并認爲係小篆"受"字形所本，② 這是不正確的。A2 "⚯" 之於 A3 "⚯"，猶如"⚯（寽）"之於"⚯（寽）"，A2 豎置（順時針旋轉九十度）則與"⚯"同，A3 豎置（順時針旋轉

---

① 《詩經・摽有梅》之"摽"，《魯詩》《韓詩》作"芰"，《齊詩》作"薰"。《安大簡（壹）・詩經》簡 34 相應之字作"⚯""⚯""⚯"，整理者隸作"莜"，釋作"芰"（黄德寬、徐在國主編《安徽大學藏戰國竹簡（壹）》，上海：中西書局，2019 年，第 92 頁）。《安大簡》這些字形的分析以及它們與"受"的關係有待進一步研究（相關討論可參看徐在國《安大簡〈詩經・召南・摽有梅〉之篇名試解》，《北方論叢》2019 年第 6 期，第 5—6 頁。張峰《利用〈安大一・詩經〉文字考釋楚文字舉例——兼釋〈安大一〉"⚯"與"敊"字》，《古漢語研究》2023 年第 3 期，第 8—18 頁）。

② 黄德寬主編《古文字譜系疏證》，第 904 頁。

九十度）則與“〔字〕”同。且 A2 與髖簋（《集成》04215，《銘圖》05242，西周晚期）銘文中確定的“尋”作“〔字〕”寫法基本相同。B“〔字〕”、D2“〔字〕”中間作類似“乙”形，可能即小徐本從乙聲的“〔字〕”[大徐本從“己”作“〔字〕”（受）”]。① 《説文》此字與從“尋”聲的“鉩”等字讀音相同。據 A—D 係一字來看，“尋”“〔字〕”亦本係一字異體，《説文》則誤分爲兩字。總之，從字形方面看，將 A—D 釋作“尋”是最有根據且合理的。

從語義的角度看，裘先生已指出 B—D 有付與的意思，可從。特別是嚭比盨“凡復賄復付嚭比田十又三邑”，十又三邑是指嚭比先後從貴族“章”和貴族“复”處總共得到十三個邑。② “復賄”之“賄”指的是銘文中“復賄嚭比其田，其邑復歔、言二邑，畀嚭比”之“賄”，“復付”之“付”則包括銘文中的 D、“畀”、“舍”，這是 D 有付與義的强證。又 B、C，據文義，用的也是付與義。既然 B—D 是付與義，那與它們是一字異體且詞例與 D 基本相同的 A 表示付與義是非常自然的。研究者或將 A 所在之簋稱倗生簋，以爲受田作器者是倗生，但“格伯 A 良馬乘于倗生”這一句後，倗生不再出現，而格伯反復出現，明顯不合情理。既知 A 是付與義，那整篇銘文講述的就是格伯給予了倗生價格相當於三十田的良馬，倗生用田交換，格伯帶人勘定田界，並且作寶簋用來記錄自己受田一事，這都是順理成章的。受田作器者是格伯，器名當稱格伯簋。善夫克盨（《集成》04465，《銘

---

① 安徽出土的一件商代青銅卣，其銘文摹本或作“〔字〕”（《集成》04961，《銘圖》12794）類形，或作“〔字〕”（《安徽通志金石古物考稿》1.33.2）、“〔字〕”（《安徽出土金文訂補》2）類形，“父”下之字，前者作“己”，後者的“己”近似“乙”，研究者或釋作“乙”（參看徐乃昌《安徽通志金石古物考稿》，劉慶柱、段志洪主編《金文文獻集成》第 23 册，香港：明石文化國際出版有限公司，2004 年，第 524 頁。崔恒昇《安徽出土金文訂補》，合肥：黄山書社，1998 年，第 3—4 頁。孫合肥《安徽商周金文彙編》，合肥：安徽大學出版社，2016 年，第 7—8 頁）。這説明“己”“乙”兩形有時近似。這與“〔字〕”“〔字〕”或作“〔字〕”似可合觀。
② 參看吳闓生《吉金文録》第四卷，北京：中華書局，1963 年，第 5 頁。裘錫圭《釋“受”》。黄天樹《觚比盨銘文補釋》，《黄天樹古文字論集》，北京：學苑出版社，2006 年，第 464—470 頁。

圖》05678，西周晚期）、大克鼎（《集成》02836，《銘圖》02513，西周晚期）出自同一窖藏，盨銘"王令尹氏友史趛典膳夫克田人"的"田人"指的可能是鼎銘周王所賜的各種田與人，典是記錄一類意思。周王所賜的各種田與人已歸克所有，因此盨銘可稱"膳夫克田人"。"用典格伯田"與"典膳夫克田人"可合觀，由後者可知前者的"典"也應是記錄一類意思，作器時"田"應歸屬格伯，也就是說"田"原不屬於格伯而是屬於倗生，這也能反推出 A 是給予一類意思。如果 A 是取類動詞，那是格伯從倗生那獲取良馬後，格伯用田交換，作器者應是倗生，作器時"田"應歸屬倗生，以"典膳夫克田人"例之，應說成"用典倗生田"才合理。因此，據"用典格伯田""典膳夫克田人"也可推出 A 是給予一類意思，作器者應是格伯。

　　通過上文的分析，可知"寽"有"給予""付與"的意思，又"寽"有研究者熟悉的、訓"取"一類意思。這樣我們就可以進一步分析"寽"字的構形了。"寽"作"𤔼""𤔼""𤔼"一類比較早的寫法中，中間的"●"，前引諸說中《商周古文字源流疏證》認爲是銅餅呂之省的意見值得重視。"●"表示的應是銅餅之形，但沒有必要看作是"呂"之省。從構形來看，"寽"與"受"頗有相類之處，彼此恰可合觀。類比"受"字，"𤔼""𤔼""𤔼"類形應表示兩手授受銅餅之形，就上面的"手"而言，它有"給予""交付"一類意思。就下面的"手"而言，它有"獲取"一類意思。因此，"寽"在金文中同時有"予"與"取"兩類意思，那是非常自然的。[①] 古書中訓"取易"的"捋"可看作"寽"的後起本字或其引申義的分化字，"捋"在詞義上與金文中訓"取"的"寽"實略有別，宜看作詞義引申的結果。"寽"同時有"予"與"取"兩類意思，雖然在古書中沒有相應的詞，但通過與"受"字構形的對比以及金文具體辭例的分析，這應該是没

[①] 西周金文中多見的"取△"之"△"，以往諸說中認爲它從"商"的意見較合理，"△"在銘文中當指圖形的金餅或銅錠（參看謝明文《説商及相關諸字》，《文史》2020 年第 3 輯，第 5—18 頁）。據此說，表示圖形的金餅或銅錠之詞當讀"商"音，它在"寽"中可能兼有一定程度的表音作用，與"受"中之"舟"類似。

有疑問的。這些是西周金文資料給予我們的新知，我們並不能根據古書中"寽"沒有"給予""交付"一類意思，從而懷疑 A—D 釋作"寽"的意見。

二、寽、孚的糾葛

寽的字形表示兩手授受銅餅之形（參看上文），孚的字形"🔲""🔲"表示用手抓取子形，孚是"俘"的初文。寽、孚最初的字形除了上部都是手形外，其餘部分並不相同，它們是形音皆不同的兩個字。疌簋（《集成》04322，《銘圖》05379，西周中期前段）"卑（俾）克氒（厥）啻（敵），隻（獲）馘（馘）百，執噝（訊）二夫，孚（俘）戎兵；擘（盾）、矛、戈、弓、備（箙）、矢、裨、冑（冑），凡百又卅又五叔（介），寽（捋）戎孚（俘）人百又十又三（四）人"，其中"孚（俘）戎兵""孚（俘）人"之"孚"，蓋銘分別作"🔲""🔲"，所從與同銘"🔲""🔲""🔲""🔲""🔲"中的"子"形寫法相同；器銘分別作"🔲""🔲"，所從與同銘"🔲""🔲""🔲""🔲""🔲"中的"子"形寫法亦相同。而簋銘另有"寽"字，蓋銘、器銘分別作"🔲""🔲"，中間的銅餅形演變作一橫筆。可見寽、孚是不同的兩個字。陳世輝先生曾在考釋師同鼎銘文時探討了寽、孚訛混的情況，認爲："寽字中間的一筆，金文有時寫成扁圓形的實心點，作'🔲'形。孚字所從的子，有時則寫成🔲。這樣一來，寽孚二字有時就相同了，儘管如此，從二字的整體結構看，是有所不同的。那就是：寽字中間的實心點，不應當和上下邊接觸；子字的頭部決不能與下邊的筆畫分離。但是，製造銅器時並不能做到完全這樣嚴格。因此就造成了金文中這兩個字的混亂。"陳先生還認爲師同鼎的寽讀作捋，是獲取的意思。捋、攎、掠是一聲之轉，字義相近，本是一個來源。①上引《金文形義通解》所言"'寽'字爲上下二手間一圓點形。圓點連下手形即類'Ψ'（子）字，全字遂與从爪从子之'孚'形混，而'寽''孚'爲動詞皆訓'取'，故不易辨"也探討了寽、孚訛混的情況。也就是説，在字形的演變過程中，由於"寽"字下部"又"形中間的那一筆與銅餅形連寫作"𢑒"類形，就很容易與"𡥀（孚）"相混。董妍希女士認爲："金文早期'孚'字作𡥀（過伯簋3907），字从爪从子。而與金文'寽'字偶有相混之例。如商卣（5404）'絲廿寽''寽'字作𢑒、商尊（5997）'絲廿寽''寽'字作𢑒、師旂鼎（2809）'二百寽''寽'字作'𢑒'，下所從Ψ、Ψ、Ψ等形即與'子'字作子字形相同。又如師寰簋（4313）：'毆孚士女羊牛'、'孚吉金''孚'字作𡥀、𡥀等形，與'寽'字作𢑒（趞簋4266）字形亦相近。因此，西周早中期金文中，確有'孚''寽'難別的現象存在。但也並非絕無分別，如戜簋'寽戎孚人''寽'字作𢑒，'孚'字作𡥀，仍然有明顯的區分。"②劉釗先生曾在一次會議匯報中對下部作類似"子"形的"寽"與"孚"作了區分，認爲"子"形頭部作填實者如"𢑒"類形即是"寽"字，"子"形頭部作勾勒輪廓而沒有作填實者如"𡥀"類形即是"孚"字，並將金文中訓取的"寽"讀作"掠"。"寽""掠"上古韻部不近，讀"掠"之説雖不可信，但劉先生對"寽""孚"的區分大體可信。在軍事銘文中，由於"孚""寽"皆可訓"取"，後面皆可接人或物作賓語，辭例基本相同，按劉釗先生的意見基本上可辨析出哪些是"寽"，哪些不是"寽"。金文中，有下列字形：

E：𢑒　F：𢑒　G：𢑒　H：𢑒　I：𢑒𢑒𢑒𢑒　J：𢑒𢑒𢑒
𢑒𢑒𢑒𢑒

---

① 陳世輝《師同鼎銘文考釋》，《史學集刊》1984年第1期，第3頁。
② 董妍希《金文字根研究》，臺灣師範大學碩士學位論文，2003年，第256、257頁。

它們所處文例如下：

（1）甗從王成①刏（荆），E，用乍（作）饎餿（簋）。（甗簋，
《集成》03732，《銘圖》04585，西周早期後段）

（2）過（過）白（伯）從王伐反㭉（荆），F金，用乍（作）
宗室寶隣（尊）彝。（過伯簋，《集成》03907，《銘圖》04771，西周早期）

（3）女（汝）不㘴戎，女（汝）光長父呂（以）追博戎，乃
即宕伐于弓谷，女（汝）執嘾（訊）隻（獲）戓（馘），G②器車
馬。（卅二年逑鼎甲，《銘圖》02501，西周晚期）

（4）昔須冞趞（遣）東征，多剢（勳）工（功），H戈，用
乍（作）父乙寶隣（尊）彝。糞，日庚。（昔須甗，《銘圖》03349，西周
早期）

（5）師裒虔不象（惰）妝（夙）夜，衈（恤）㐺（厥）牆
（將）旋（事）③，休既又（有）工（功），折首斞（執）嘾（訊），
無諆（期）④徒駿（馭），毆（驅）I士女、羊牛，I吉金，今余
弗叚（暇）組（沮），余用乍（作）朕（朕）後男鼄隣（尊）殷
（簋），其懙（萬）年子〓（子子）孫〓（孫孫）⑤永寶用高
（享）。（師裒簋（《集成》04313、04314，《銘圖》05366、05367，西周晚期）

（6）王征南淮尸（夷），伐角濆（津），伐桐遹（通），翏生
從，執嘾（訊）、折首，J戎器，J金，用乍（作）旅盨。（翏生盨，
《集成》04459—04461，《銘圖》05667—05669，西周晚期）

---

① 應是"伐"的訛字。
② 卅二年逑鼎乙（《銘圖》02502，西周晚期）相應之字殘存手形。
③ 謝明文《說師裒簋"衈㐺牆旋——兼論西周金文中的卿事"》，首都師範大學華夏語言文字文明
研究中心和《民族語文》編輯部聯合舉辦"華夏語言文字文明中心首屆學術年會暨《民族語文》
第十六屆學術研討會"論文，2023年12月21—23日。
④ 參看謝明文《〈詩經〉與金文合證零札》，北京師範大學歷史學院主編"出土文獻與歷史研究的
新進展"暨第十屆出土文獻青年學者論壇論文，2023年8月23—25日。
⑤ 師裒簋（《集成》04314，《銘圖》05367）作"子子孫"，師裒簋（《集成》04313，《銘圖》
05366）器銘作"子子孫孫"，蓋銘作"孫孫子子"，且該蓋銘脫"折"，"懙"作"萬"。

《銘圖》將 E—J 皆釋作"孚（俘）"。① 《金文形義通解》將 E、F、J 釋作"孚"。② J 所從與同銘的"孫"所從"子"形截然有別，J 的第一形中間所從近似一圓點，後面幾形中間明顯從一橫筆，H 中間亦從一橫筆，它們是"寽"字無疑。I 中間所從作填實肥厚的一橫筆，且下部"又"形與肥厚橫筆基本上未相接，又 I 中下部所從與同銘的"子"以及"孫"所從"子"形截然有別，它顯然也是"寽"字。G 所從亦與同銘的"子"以及"孫""孝"所從"子"形亦有別，它宜釋作"寽"而非"孚"。E、F 中部作填實的圈形，且文例與 G—J 文例相同，因此它釋作"寽"即可，沒有必要釋作"孚"或看作"孚"的訛字。小盂鼎（《集成》02839，《銘圖》02516，西周早期）銘文中多見舊或釋作"孚"的字，作"𤔲""𤔲"等形，似皆應改釋作"寽"。敔簋（《集成》04323，《銘圖》05380，西周晚期）"長榜（榜）截（捷）首百，執噝（訊）卌，襄（奪）人三（四）百，膚（獻）于焚（榮）白（伯）之所，于炑衣（卒）諫復（復）付𠬪（厥）君"，"奪"後之字釋"寽"或"孚"於文義皆可通，從字形看，釋作"寽"更好。"奪寽人四百"大意指敔奪回被南淮夷所獲取的四百人。

不過古文字中填實與勾勒輪廓有時無別，不排除"寽""孚"有相混的可能。③ 如趞鼎（《集成》02731，《銘圖》02354，西周早期前段）銘文，有拓本、摹本傳世。④ 銘文"戈"前之字，原作"𤔲"（𤔲）"，中間部分作填實的圈形或圓點，這一點與"寽"字相同。但

---

① 參看吳鎮烽《商周青銅器銘文暨圖像集成》第五卷第 395、398 頁，第七卷第 229 頁，第九卷第 332 頁，第十卷第 49 頁，第十二卷第 125、128、435、438、440 頁。
② 張世超、孫淩安、金國泰、馬如森著《金文形義通解》，第 598、599 頁。
③ 商卣（《集成》05404，《銘圖》13313，西周早期前段）器銘"寽"字，《銘圖》所錄拓本作"𤔲"，銅餅形似作勾勒輪廓形，乍看之下，整個字形與"孚"寫法相同，似可看作"寽"訛作"孚"之例。但《集成》05404 所錄拓本作"𤔲"，《陝集成》0153 所錄彩照與拓本分別作"𤔲""𤔲"，可知銅餅形實作填實形，與"寽"寫法相同，此例並不能看作"寽"訛作"孚"之例。
④ 詳細情況參看劉青文《西周早期征東夷銅器銘文集釋及相關問題考略》，遼寧師範大學碩士學位論文，2020 年，第 73—75 頁。

此字最下部與"又"形不接近，除去上部手形外的部分與頭部作填實形的"子"接近，又考慮同銘的"子"以及"孫"所從"子"形的頭部皆作填實形，鼎銘此形更宜釋讀作"孚（俘）"。[1]

多友鼎（《集成》02835，《銘圖》02500，《陝集成》[2] 12 册 62 頁1348，西周晚期）有銘文如下：

　　（7）唯十月，用嚴（玁）婁（狁）放（方）牌（興），寅（廣）伐京自（師），告追于王，命武公："遣乃元士，羞追于京自（師）。"武公命多友衛（率）公車，羞追于京自（師）。癸未，戎伐筍（筍，荀），衣（卒）□，多友西追。甲申之屚（晨），搏（搏）于郯（?），多友厷（弘）折首、執哎（訊），凡吕（以）公車折首二百又□又五人，執哎（訊）廿又三人，□戎車百乘一十又七乘，衣（卒）匋（復）筍（筍，荀）人□。或搏（搏）于龏（龔），折首卅又六人，執哎（訊）二人，□車十乘。從至，追搏（搏）于世，多友或厷（弘）折首、執哎（訊），乃轚追，至于楊冢（冢），公車折首百又十又五人，執哎（訊）三人，唯□車不克吕（以），衣（卒）焚，唯馬毆（驅）。盡（悉）匋（復）襄（奪）京自（師）之□。多友廼獻（獻）□、誠（誠）、哎（訊）于公，武公廼獻（獻）于王。

鼎銘中，□、□兩類字形並見，一般將它們都釋作"孚（俘）"。據字形，前一類字形自然應釋作"孚（俘）"，後一類字形中間的部分作填實圈形，按劉釗先生的意見應釋作"寽"。"凡以公車折首二百又□又五人，執訊廿又三人，□戎車百乘一十又七乘"之"□"，僅從

---

[1] 《銘三》（吳鎮烽《商周青銅器銘文暨圖像集成三編》，上海：上海古籍出版社，2020 年）0506 著錄了一件寰篡，與寰鼎銘文基本相同，但在銘首多了一句"唯王九月丁亥，王客（格）于鬲"。與寰鼎"□"對應之字，正作"孚"。不過篡銘寫法笨拙，而且有很多誤字，疑寰篡應是偽銘。

[2] 張天恩《陝西金文集成》，西安：三秦出版社，2016 年。

詞例看，釋作"孚"或"寽"皆可。如釋作"孚（俘）"，則與同銘"或搏于鼻，折首卅又六人，執訊二人，孚車十乘""至于楊冢，公車折首百又十又五人，執訊三人，唯孚車不克以"辭例相同，皆是先言折首、然後言執訊、最後言俘獲車輛之事。戫簋（《集成》04322，《銘圖》05379，西周中期前段）"獲馘百，執訊二夫，孚戎兵"之"獲馘"，其義實與"折首"相當，都是指死俘，其文例亦可合觀。如釋作"寽"，則與例（6）"執訊、折首、寽戎器，寽金"之"寽"用法相同，又例（3）卌二年逑鼎"汝執訊、獲馘、寽器車馬"與"凡以公車折首二百又□又五人，執訊廿又三人，🔲戎車百乘一十又七乘"可合觀。又根據字形，我們傾向"戎車"前之字釋作訓"取"的"寽"即可，沒有必要看作是"孚"的訛字。"卒復苟人🔲"，"人"後之字釋作"寽"或"孚"於文義皆可通，從字形看，應是"寽"字。但結合上下文來看，"卒復苟人🔲"一句應該是照應前文的"癸未，戎伐苟，卒🔲（孚）"一句的，前者的"🔲"應該對應後者的"🔲（孚）"，因此我們傾向前者的"寽"應該是"孚"的訛字。"多友廼獻🔲、馘、訊于公"，"獻"後之字據字形宜釋作"寽"。但金文中確定的"寽"沒有用作名詞之例，而🔲與馘、訊並列，都是獻的受事，因此"🔲"宜釋作"寽"，看作是"孚"的訛字。

綜上所述，"寽""孚"本是形音有別的兩個字，但在字形演變過程中，兩者有部分字形形近易混。

三、寽、爰的糾葛

《説文》："爰，引也。从受、从于。籀文以爲車轅字。"甲骨文"🔲""🔲""🔲"等形（參看《甲骨文字編》第331—332頁），舊一般釋作"爰"。羅振玉認爲"爰"像人君上除陛以相引，古瑗、援、爰爲

一字。① 《文源》認爲爰即援之古文，猶取也。在將 🔣、🔣 等形釋作
"爰"的基礎上，認爲這些字形象兩手有所引取形。又認爲虢季子白
盤（《集成》10173，《銘圖》14538，西周晚期）"🔣"中部的"🔣"象
所引之端。② 李孝定認爲"爰"字象二人相引之形。③ 《戰國古文字
典——戰國文字聲系》認爲："爰（引者按：原文"爰"字皆用"🔣"
表示，下文不再説明），西周金文作🔣（虢季子白盤）。从帀（師之省
文），从孚（帀、孚借用一橫筆），會以師旅援助之意。援之初文。
《廣韻》：'援，接援救助也。'孚亦聲。爰，匣紐元部；孚，來紐月
部。匣、來複輔音通轉，月、元爲入陽對轉。爰爲孚之準聲首。春秋
金文作🔣（楚子暖臣暖作🔣）。戰國文字承襲兩周金文。齊系文字帀旁
或省作🔣、🔣，晉系文字作🔣、🔣，楚系文字或作🔣、🔣、🔣、
🔣、🔣，秦系文字作🔣、🔣。其中楚系文字爰作🔣、🔣，與孚作🔣
僅一筆之別，頗易相混。侯馬盟書'𢼨孚'，或作'𢼨爰'。典籍鍰與
鋝混用，見《書·吕刑》。凡此説明，孚與爰形、音、義均有關涉，
應爲一字分化。"④ 《商周古文字源流疏證》認爲："爰爲援字初文，援
是爰的加旁字……爰、援音義皆同。爰字初文作一人手持一棍棒援引
另一人之形，🔣作一手持棍援引，牽引另一手形，是省寫體。爰、援
本義是以手持棍相引，引申爲凡援引之稱。西周時期出現了从殳、从
🔣（帀、師）的新形體，當時用軍旅之師作援助的義符。後世🔣謡作
🔣（于），許氏講爰从殳、从于，就是根據形謡後的小篆形體來説的。
戰國文字又常加飾點作🔣、🔣，所以爰也出現了🔣、🔣。🔣、🔣是爰的
異構。"⑤ 《説文新證》將《乙》7041 反"🔣"、辛伯鼎（引者按，即克

---

① 羅振玉《殷虛書契考釋三種》，北京：中華書局，2006 年，第 465、466 頁。
② 林義光《文源》，上海：中西書局，2012 年，第 188、189 頁。
③ 李孝定《甲骨文字集釋》，臺北："中研院"歷史語言研究所，1970 年，第 1440 頁。
④ 何琳儀《戰國古文字典——戰國文字聲系》，第 936 頁。《古文字譜系疏證》（黃德寬主編《古文
　字譜系疏證》，第 2469 頁）意見基本相同。
⑤ 張亞初《商周古文字源流疏證》，第 2254—2255 頁。

鼎，《集成》02712，《銘圖》02322，西周早期）"🖼" 釋作 "爰"，認爲它們兩手形中間的部分與《説文》"爰，引也。从受、从于"之"于"係甲骨文類形兩手形中間所援引之物的訛變。[1]《上博楚簡文字聲系（1～8）》對 "爰" 字的變化加以敘述，認爲："楚文字或作🖼（包山 110 '愋'）、🖼（上博二・從政甲 5 '愋'）、🖼（上博三・仲弓 13 '緩'）。楚文字標準的 '爰' 中間多作四筆，如🖼（鄂君啓舟節）、🖼（包山 174）；或省而少一筆，如🖼（上博三・周易 54、55 用爲 '涣' 之字）；再省一筆，即成爲以上最簡形的 '爰'。"[2] 駱珍伊女士在將《乙》3787 "🖼"、《乙》7041 反 "🖼"、辛伯鼎 "🖼" 等形釋作 "爰" 的基礎上，認爲楚簡承甲金文之形作🖼（《清華簡（叁）・芮良夫毖》簡 24），所援引之物🖼底下或再加兩撇筆作🖼（《清華簡（壹）・楚居》簡 2）。[3]

　　爰、寽的關係，或認爲爰、寽本異字異量，古字形形近而譌。或認爲爰、寽古同字，戰國時分化。或認爲爰、寽二字形音都相近，它們互稱係假借。[4] 爰、寽關係的認定，影響到 "鍰" "鋝" 關係的認定。典籍中 "鍰" "鋝" 或互用，研究者或認爲 "鍰" 是 "鋝" 的訛字，或認爲 "鍰" "鋝" 是兩個字，所計是兩種衡制，或認爲它們係假借關係。[5]

　　不少研究者認爲商代與西周時期的寽、爰關係非常密切，或係一字之分化，主要是誤析字形以及没有注意文字的時代性導致的。如字形方面，甲骨文中一般釋作 "爰" 的 "🖼" 等形，其異體或横置作 "🖼" "🖼"（《乙》8730），這與金文中作 "🖼" 類形的 "寽" 寫法基本

---

[1]　季旭昇《説文新證》，臺北：藝文印書館股份有限公司，2014 年，第 327 頁。

[2]　徐在國《上博楚簡文字聲系（1～8）》，合肥：安徽大學出版社，2013 年，第 2869 頁。

[3]　駱珍伊《〈上海博物館藏戰國楚竹書（七）～（九）〉與〈清華大學藏戰國竹簡（壹）～（叁）〉字根研究》，臺灣師範大學國文學系碩士論文，2015 年，第 215 頁。

[4]　參看張世超、孫凌安、李國泰等著《金文形義通解》，第 965 頁。張亞初《商周古文字源流疏證》，第 2267—2269 頁。

[5]　張亞初《商周古文字源流疏證》，第 2267—2269 頁。

相同。辭例方面，克鼎（《集成》02712，《銘圖》02322，西周早期）
"絲五十![字]"中的量詞，舊或摹作"![字]"一類形體並釋作"爰"，這樣
它與曶鼎（《集成》02838，《銘圖》02515，西周中期）"絲三寽"、商
尊（《集成》05997，《銘圖》11791，西周早期前段）、商卣（《集成》
05404，《銘圖》13313，西周早期前段）"絲廿寽"的"寽"用法相
同。據此，寽、爰似乎關係密切。實際上，金文中確定的"寽"字，
比較早的寫法，兩手形中間的一部分皆作填實圈形/圓點，而作一橫
筆或一豎筆是較晚的寫法，因此甲骨文的"![字]"與"寽"的較晚寫法
是異代同形，並不能將它們加以繫聯。又克鼎"絲五十"後面之字，
清晰彩照作"![字]"，[①] 可大致復原作"![字]"，仍是標準的"寽"字，只
是上部手形與中間橫筆相接而已。金文中未見確定的"爰"字用作量
詞的例子。因此，字形與詞例兩方面都沒有證據證明寽、爰係一字之
分化。

　　虢季子白盤（《集成》10173，《銘圖》14538，西周晚期）"王各
（格）周廟宣廝（榭），![字]卿（饗）"，"饗"前之字"![字]"兩手形中間作
類似"帀"形。從字形上，它與東周文字中習見的"爰"字關係非常
密切。從詞例看，釋作"爰"當作承接連詞也極其合適。此形是西周
金文中能够確釋的最早的"爰"字。曾侯與鐘（《銘續》[②] 1034，春秋
晚期）"爰"字作"![字]"，與虢季子白盤"爰"字寫法完全相同，兩手
形中間皆作類似"帀"形。《乙》7041 反（《合集》656 反）中舊或被
釋作"爰"而摹作"![字]"之形（參看上文），拓本作"![字]"，它實是甲骨
文中多見的"馘"字異體。甲骨文"![字]"類形與東周文字中確定的
"爰"字在字形方面並沒有直接的關係，如果它舊釋作"爰"的意見
正確的話，字形方面似可類比"冒"字。"帥"從巾、冒聲。冒，甲骨

---

① 吉林大學考古與藝術博物館編《吉林大學考古與藝術博物館館藏文物叢書·青銅器卷》，上海：
　　上海古籍出版社，2022 年，第 15 頁。
② 吳鎮烽《商周青銅器銘文暨圖像集成續編》，上海：上海古籍出版社，2016 年。

文中或作“”類形，象兩手循着木棍而上，“帥”的遵循、效法意當得義於“目”。甲骨文、族名金文中的“”等形，象兩手攀援木棍之形，可看作“攀援”之“援”的初文。《説文》：“楥，履法也。”《廣雅·釋詁一》：“楥，法也。”“楥”之訓法，似是得義於“”，這與遵循、效法義之“帥”得義於“（目）”正可合觀。不過，“”類形與虢季子白盤、曾侯與鐘等周代金文中以及戰國文字中確定的“爰”形寫法有别，它們之間缺乏過渡的字形資料。因此，甲骨文、族名金文中的“”能否釋作“爰”還有待進一步的研究。

《清華簡（拾）·四告》簡 31“爰”字作“”，中間“帀”形部分還比較明顯，只不過“”形部分往上位移與“帀”形的横筆相接。“帀”形的横筆與其下“”部分稍分離即演變爲“”（鄂君啓舟節，《集成》12113，《銘圖》19181，戰國中期）、“”（鄂君啓舟節，《銘圖》19182，戰國中期）等形。古文字中“”與“—”常可换作，[①] 虢季子白盤、曾侯與鐘“爰”字所从類似“帀”形中的“”换作“—”，它就演變爲秦漢文字中从“于”的“爰”。楚系文字中習見的“爰”字常常分解“帀”形部分並進行重新組合，如將“帀”形中“”的右部“”與上部的横筆或斜筆相結合，它就演變爲“”[②] 類形，此類寫法若增加一筆就演變爲“”（《安大簡（貳）·仲尼》簡 12）、“”（《清華簡（陸）·子産》簡 23）；若省掉“帀”形中部那一豎筆就演變爲“”“”類形，[③] 省掉“帀”形右側的那一斜筆就演變爲“”（《郭店簡·尊德義》簡 23）類形。

---

① 謝明文《金文叢考（三）》，《商周青銅器與先秦史研究論叢》，北京：科學出版社，2017 年，第 48—56 頁。收入氏著《商周文字論集續編》，上海：上海古籍出版社，2022 年，第 175—184 頁。

② 參看清華大學出土文獻研究與保護中心編，黄德寬主編《清華大學藏戰國竹簡（拾壹）》，上海：中西書局，2021 年，第 161 頁。

③ 參看清華大學出土文獻研究與保護中心編，李學勤主編《清華大學藏戰國竹簡（陸）》，上海：中西書局，2016 年，第 171 頁。

《清華簡（叄）·芮良夫毖》簡 24 "□"，整理者釋作 "爰"。[1]
《清華簡（壹）·祭公》簡 16 "□"，整理者釋作寰，認爲："讀爲
'遠'，《説文》：'遴也。'"[2] "□" 類寫法係 "□" 類寫法省掉一筆而
來。[3] 漢簡中，"爰" 或作 "□""□""□" 類形，[4] 係在秦漢文字
中從 "于" 這類寫法的基礎上省去 "于" 形下部的一橫筆。正如研究
者所言，"□""□" 類寫法與孚 "僅一筆之差，頗易相混"（參看上
文）。《安大簡（壹）·詩經》簡 14 "将" 作 "□"，與簡 81 "□"、
簡 89 "□"、簡 90 "□"、簡 91 "□"、簡 93 "□" 等 "爰" 字寫法
有別，説明同一書手對 "孚""爰" 還是有所區分的。不過簡 14 "将"
所從 "孚" 與作 "□""□" 類寫法的 "爰" 非常接近，説明東周時
期的 "爰""孚" 有時會形近易混。如《上博簡（六）·孔子見季桓
子》簡 9 "□（□）"，舊主要有釋作 "爰" 讀爲 "援" 訓 "援引" 與
釋作 "孚" 讀爲 "将" 訓 "取" 兩類意見。[5] 從字形上看，此字既可
能是 "爰" 的省體，也可能是 "孚" 字增加一筆。從文義上看，宜從
前一類意見。

侯馬盟書中，同一人名用字或作 "□""□"，這是標準的 "孚"
字，或從 "彳" 從 "孚" 作 "□""□"，或從 "辵" 從 "孚" 作
"□"，或從 "木" 從 "孚" 作 "□"，或從 "犬" 從 "孚" 作 "□"，
或偶作 "□"，[6] "□" 中間類似 "帀" 形，此形與 "爰" 形接近。

---

[1] 清華大學出土文獻研究與保護中心編，李學勤主編《清華大學藏戰國竹簡（叄）》，上海：中西
　　書局，2012 年，第 146 頁。
[2] 清華大學出土文獻研究與保護中心編，李學勤主編《清華大學藏戰國竹簡（壹）》，上海：中西
　　書局，2010 年，第 178 頁。
[3] "爰" 字作爲偏旁，還有省去下部 "又" 形者，如 "圜" 字異體 "圌"，《安大簡（壹）·詩經》簡
　　44 作 "□"、簡 74 作 "□"、簡 75 作 "□"，後兩形所從 "爰" 就省去了下部的 "又" 形。
[4] 白海燕《"居延新簡" 文字編》，吉林大學博士學位論文，2014 年，第 272、273 頁。黃艷萍、
　　張再興編《肩水金關漢簡字形編》，北京：學苑出版社，2018 年，第 647、648 頁。
[5] 參看徐在國《上博楚簡文字聲系（1～8）》，第 2869 頁。劉信芳編著《楚簡帛通假彙釋》，北京：
　　高等教育出版社，2011 年，第 313 頁。
[6] 湯志彪編著《三晉文字編》，北京：作家出版社，2013 年，第 557—560 頁。

　　古璽文字以及楚竹書文字中有從"糸"從""得聲之字，研究者或釋作"絑"。①《上博簡（二）·容成氏》簡1""、簡6""與《上博簡（九）·陳公治兵》簡11""係標準的"緩"字，《上博簡（八）·蘭賦》簡2"緩"作""，"爰"形省掉一筆。《上博簡（二）·從政（甲）》簡5"愞"作""""，《上博簡（三）·中弓》簡13""既可以分析爲从"糸""愞"聲，或从"心""緩"聲，還可以看作是"緩""愞"的糅合字形。從"爰"旁的變化（參看上文）以及偏旁組合來看，古璽文字以及楚竹書文字中研究者或釋作"絑"的從"糸"從""之字，宜釋作"緩"。《清華簡（陸）·管仲》簡27"然則或攸（弛）或張，或或縊（亟）"，整理者將""釋作"緩"，將"縊"括注爲"急"。②亟、急韻部並不近，又古文字中"亟"訓"疾""急"常見，③簡文"縊"更宜讀作"亟"，它從"糸"可能是受""字的類化。""文義與"疾""急"相反，整理者釋作"緩"無疑是正確的，這更是從"糸"從""之字釋作"緩"的強證。

　　包山簡110"鄗連敖競"，"競"後一字，《楚文字編》隸作"忞"，釋作"㤅"，認爲："㤅字見《玉篇》心部。據文例或爲快之壞字。"④《楚系簡帛文字編（增訂本）》亦隸作"忞"，釋作"㤅"，並指出《玉篇》心部有"㤅"字。⑤《古文字譜系疏證》《包山楚墓文字全編》等釋作"慁"。⑥包山簡118有""字，"心"上部分爲兩手形

① 徐暢編著《古璽印圖典》，天津：天津人民美術出版社，2016年，第421頁。李守奎《楚文字編》，上海：華東師範大學出版社，2003年，第745頁。
② 清華大學出土文獻研究與保護中心編，李學勤主編《清華大學藏戰國竹簡（陸）》，第113頁。
③ 參看謝明文《談甲骨文中的兩例"舌"字及相關問題》，《甲骨文與殷商史》新十一輯，上海：上海古籍出版社，2021年，第234—242頁。
④ 李守奎《楚文字編》，第623頁。
⑤ 滕壬生《楚系簡帛文字編（增訂本）》，武漢：湖北教育出版社，2008年，第926頁。
⑥ 黃德寬主編《古文字譜系疏證》，2007年，第2470頁。李守奎、賈連翔、馬楠編著《包山楚墓文字全編》，上海：上海古籍出版社，2012年，第406頁。

中間作一斜筆，這是"冔"的常見寫法。據文例，它與簡 110 ""係一字異體。包山簡 182 ""，所從係"爰"的典型寫法，簡文中作爲右司馬的私名。""類形是"爰"常見的省體（參看上文），雖然"冔"字也可能訛成""類形，但考慮到確定的从心、冔聲之字較晚出來，包山簡 ""宜釋作"㥶"，它與簡 182 ""可看作同一字的不同寫法，""則訛从"冔"。這是"爰""冔"形近相混之例。2006 年 6 月湖南張家界一座墓葬中出土了一件銅矛，其時代，或認爲是戰國早期，或認爲是戰國中晚期。器主之名，舊有"競（景）敗（畏）""競（景）爭"等釋法，郭理遠先生改釋作"競爰"，認爲是見於典籍的楚平王之孫、子期之子公孫寬。[①]"競爰"的改釋可信，它與"競㥶"都是以"競（景）"爲氏，都係景平王（即楚平王）的後裔，又"爰""㥶"皆从"爰"聲，它們極可能表示同一人。如可信，則銅矛的年代更可能屬於戰國中晚期，"競爰"則不會是公孫寬。

《上博簡（五）·三德》簡 18 "食虎"，""前一字，據字形可隸作""。，李零先生隸定爲"犷猊"，認爲：

> "犷猊"，應即狻猊的別名。《爾雅·釋獸》："狻麑如虥貓，食虎豹。"（虥貓是淺毛虎）《穆天子傳》卷一也提到"狻猊"，郭璞注："狻猊，獅子，亦食虎豹。"獅子原產地爲非洲，爲中國所無。獅子傳入中國，目前的可靠記載是在漢代，但其別名"狻猊"卻見於戰國文獻。"狻猊"、"獅子"都是外來語，前者可能來源於塞語 sarvanai 或 sarauna，後者可能是來源於梵語 siṃha 或吐火羅 A 方言 sisäk。"犷猊"則是新發現的第三種名稱。"犷"字從字音分析，應是來母字，此名與希臘語表示獅子的 leōn、拉丁語表示獅子的 leo（今英文作 lion）非常接近，對研究早期東西方的文化交流非常重要。參看林梅村《獅子與狻猊》（收入所著

---

① 諸家説法參看郭理遠《楚金文人名考釋一則》，《出土文獻》2023 年第 1 期，第 59—61 頁。

《漢唐西域與中國文明》，文物出版社，一九九八年，八七至九五頁）。①

許無咎先生對李先生説加以補充。②"𪕮貎"即"狻猊"的意見，已被學界廣泛接受。③ 𪕮，徐在國先生分析爲："從鼠，孚聲。"④《戰國文字字形表》隸作"犳"，讀作"狻"。⑤ 雷黎明先生分析𪕮字爲："从鼠，孚聲。'狻'字異體。"⑥

　　從上引李零先生提及的文獻看，《上博簡（五）·三德》"𪕮貎食虎"的"𪕮貎"即"狻猊"，⑦ 應該沒有問題。問題是將"𪕮"或"犳"分析爲"孚"聲，與"狻"讀音並不近，因此舊釋值得商榷。《上博簡（九）·陳公治兵》簡3"⿰犭爰（䝝）"，即"猨/猿/猿"的異體。根據偏旁組合以及東周文字中"爰""孚"有時形近易混，《上博簡（五）·三德》"𪕮"宜看作是《上博簡（九）·陳公治兵》"䝝"的訛體。《上博簡（三）·周易》簡54、55中，相當於今本卦名"渙"的字多次出現，从"睿"从"爰"（或又增"廾"），一般認爲"睿""爰"皆聲。⑧《上博簡（三）·周易·恒卦》初六"敭亘"（簡28），今本《周易·恒卦》作"浚恒"。"疏濬"之"濬"，古書中又常作"浚"，這與竹書中的"𪕮〈䝝〉"即古書中的"狻"止可合觀。可

---

① 馬承源主編《上海博物館藏戰國楚竹書》，上海：上海古籍出版社，2005年，第301頁。

② 許無咎《驪吾、狻猊與孚（從鼠）兒（從鼠）——淺談上博楚簡〈三德〉篇的重要發現》，武漢大學簡帛網，https://m.bsm.org.cn/? chujian/4479.html，2006年3月4日。

③ 陳劍《談談〈上博（五）〉的竹簡分篇、拼合與編聯問題》，武漢大學簡帛網，https://www.bsm.org.cn/? chujian/4424.html，2006年2月19日。劉信芳《楚簡帛通假彙釋》，第313頁。徐在國《上博楚簡文字聲系（1～8）》，第2869、2870頁。曾憲迪、陳偉武主編《出土戰國文獻字詞集釋》卷10，北京：中華書局，2019年，第4988頁。雷黎明《戰國楚簡字義通釋》，上海：上海古籍出版社，2020年，第537頁。

④ 徐在國《上博楚簡文字聲系（1～8）》，第2869、2870頁。

⑤ 徐在國、程燕、張振謙編著《戰國文字字形表》，上海：上海古籍出版社，2017年，第1350頁。

⑥ 雷黎明《戰國楚簡字義通釋》，第537頁。

⑦ 秦簡中出現"浚兒"一詞，研究者或認爲即"狻猊"（參看方勇《讀秦簡札記（一）》，武漢大學簡帛網，http://www.bsm.org.cn/? qinjian/6457.html，2015年8月15日）。

⑧ 《清華簡（拾）·四告》簡19"⿰氵睿（濬）"，侯乃峰先生認爲當直接釋爲"渙"（侯乃峰《清華簡〈四告〉篇字詞箋釋》，《出土文獻綜合研究集刊》第十三輯，成都：巴蜀書社，2021年，第32—33頁）。

證將《三德》的"爵"看作是"矍"的形近訛字是非常合適的。

從戰國時期的古文字資料看，"爰""寽"有的字形確實形近易混。[1] 古文字中"又"形旁常添加小點作飾筆，有的又形與小點飾筆會進一步演變爲"寸"。"寽"字後來的變化就屬於此類，即"寽"下部所從"又"形在東周文字中常添加小點作飾筆，後來演變爲"寸"形。不過值得注意的是，"爰"與從"爰"之字下部所從的"又"形則一般不添加小點作飾筆。"寽""爰"下部的"又"是否添加小點飾筆，可能對形近的兩字有區別的作用。

［作者單位］謝明文：復旦大學出土文獻與古文字研究中心、"古文字與中華文明傳承發展工程"協同攻關創新平臺

---

① 從古文字中"寽"常見作量詞而確定的"爰"字未見作量詞來看，我們贊同傳世古書中用作量詞的"鋝"應是"鍰"的形近誤字。

清華簡《五紀》補釋一則

陳偉武

　　提　要：《清華大學藏戰國竹簡（拾壹）》所載《五紀》簡1"乃叢（聳）乃思（懼）"一句，"**叢**（叢）"字整理者釋作"叢"，讀為"聳"，訓"懼"。本文認為整理者釋義雖近是，而構形分析有誤。《五紀》另有"叢"字作**叢**，從"耳"與"**叢**（叢）"字從"聑"有別。"聑"若是聲符，則此字當改讀為"懾"，"懾"亦懼也。此字上部非"聳"之所從，應是"業"字之省，從"業"從"聑"音相近，則《五紀》簡1此字似為雙聲符字，可能讀為"慴"。"叢"字無論讀為"懾"，還是讀為"慴"，都指恐懼，但不能釋為"叢"讀作"聳"。

　　關鍵詞：清華簡　《五紀》　叢　懾　慴

　　《清華大學藏戰國竹簡（拾壹）》所載《五紀》簡1-2稱："后帝、四軌（幹）、四楠（輔），乃叢（聳）乃思（懼），偁（稱）纕（攘）以煮（圖）。"

　　"**叢**（叢）"字整理者釋爲"叢"，讀爲"聳"，注釋説："叢即'叢'，讀爲'聳'。《左傳》襄公四年'邊鄙不聳'，杜注：'聳，懼也。'"[①]

　　今按，整理者釋義雖近是，而構形分析恐有誤。

　　清華簡中有"叢"字，如《五紀》簡63-64："我异（期）［豊（禮）］乍（作）寺（時），叢群愗（謀）旬（詢），天下怵嶅（察）之。""叢"字作**叢**，當是用爲群聚之義。

---

①　清華大學出土文獻研究與保護中心編，黃德寬主編《清華大學藏戰國竹簡（拾壹）》下册，上海：中西書局，2021年，第90頁。

清華簡中亦有从"叢"之字，如清華二《繫年》簡54："秦康公衛（率）自（師）以邍（送）瘫（雍）子。""邍"字作![字形]，用爲"送"，但除去辵旁，右旁與《五紀》"![字形]（叢）"字不同。从"耳"與从"聑"有別。![字形]字亦見於清華六《子儀》簡10："龏（翌）明，公邍（送）子義（儀）。"用法同於《繫年》簡54。

筆者認爲《五紀》簡1![字形]字下从"聑"，非从"耳"。"聑"若是聲符，則此字當改讀爲"懾"，"懾"亦懼也。此字上部非"聳"之所从，應是"業"字之省，从"業"从"聑"音相近。業，疑紐葉部字；聑，端紐葉部字，謂《五紀》簡1此字爲雙聲符字似無不可。[1]如此，則亦可能讀爲"慴"。

《説文·耳部》："聑，安也。从二耳。"段玉裁注："二耳之在人首，帖妥之至者也。"段氏用聲訓的辦法，以"帖"訓"聑"。郭店簡《緇衣》簡45引《詩》："僴（朋）友卣（攸）聶，聶以悇（威）義（儀）。"聶，《毛詩·大雅·既醉》作"攝"。"聶"字見於甲骨金文，爲"聶耳"之"聶"（用爲攝持義）的象形初文，从大，聑聲，又分化出"聑"字。謝明文先生有詳細考證，讀者可以參看。[2]

"聶、僕、慴"均可通。《逸周書·五權》："地庶則荒，荒則聶。"朱右曾校釋："聶當爲僕，懼也。"睡虎地秦簡《爲吏之道》："凡治事，敢爲固，謁私圖，畫局陳卑（棋）以爲耤（藉），肖人聶心，不敢徒語恐見惡。"整理小組注："肖人，即宵人、小人。聶，讀爲慴，畏懼。"[3]

---

① 雙聲符字内部兩個聲符的音近關係，筆者曾在小文《雙聲符字綜論》中略有涉及（《愈愚齋磨牙集》，上海：中西書局，2014年，第220頁；原載《中國古文字研究》第一輯，長春：吉林大學出版社，1999年）。宋專專女士在2023年11月5日給筆者的電子郵件中指出："按'業'爲牙音，'聑'爲舌音，雖韻部相同，但發音部位有別，似不宜逕視爲雙聲符字。或許可以將'業'視爲意符，表恐懼之義，'聑'作聲符。"所説有理，至爲感謝。只是雙聲符字兩個聲符常有音近關係者，不必都是聲韻密合的同音關係。故暫未放棄拙説。

② 謝明文《商代金文研究》，上海：中西書局，2022年，第158—160頁。此處承蔡一峰君指示。

③ 睡虎地秦墓竹簡整理小組編《睡虎地秦墓竹簡》，北京：文物出版社，1990年，第174頁。

中山王大鼎："憚=业=。"《金文編》謂"业"爲《説文》所無。此字上從"業"，下從"心"，有重文號。陳邦懷先生指出："此業字從心，當釋懥。《集韻·業韻》：'懥，懼也。通作業。'鼎銘'憚憚懥='，重言懼也。"①《書·皋陶謨》："兢兢業業，一日二日萬幾。"偽孔傳："業業，危懼。"清華三《周公之琴舞》簡5—6："廠（嚴）余不解（懈），業業畏載（忌）。""業業"重文，表恐懼義，用法與中山王大鼎同。清華三《説命下》簡6："女（汝）亦佳（惟）又（有）萬福業業才（在）乃備（服）。"此"業業"別是一義，指衆盛貌。

總之，《五紀》簡1"乃蘁乃懼"，"蘁"字無論讀爲"懾"還是讀爲"懥"，都指恐懼。但不能讀爲"聳"。

附記：小文電子文檔承蔡一峰君補字校訂，謹志謝忱。

［作者單位］陳偉武：中山大學中文系、"古文字與中華文明傳承發展
工程"協同攻關創新平臺

---

① 陳邦懷《中山國文字研究》，原載《天津社會科學》1983年1期，又見氏著《一得集》，濟南：
齊魯書社，1989年，第155頁。

清華簡《別卦》札記[*]

鄔可晶

提　要：本文就清華簡《別卦》的卦名與出土、傳世各本《周易》和王家臺秦簡、輯本《歸藏》卦名的有些異文進行討論：第一節討論《別卦》所抄"小有"與他本"大有"的關係，推測其卦名演變的原因；第二節討論"大畜""小畜"卦名的各種異文；第三節比較集中地討論從《別卦》與他本的異文看不同卦名糅合爲一和卦名、卦爻辭存在同義或義近之詞換用的現象。三節的討論均圍繞"六十四卦"卦名的形成、流傳、演變問題展開。

關鍵詞：《別卦》　卦名　異文

　　《清華大學藏戰國竹簡（肆）》所收《別卦》，[①]抄有"六十四卦"的卦象和卦名（上爲卦象，下爲卦名），但卦象只有上卦而無下卦，且一簡之中所抄之卦的上卦均相同。每一簡只抄 7 個"別卦"的卦象和卦名，自相重的"經卦"省去不抄；也有可能所抄上卦的卦象本身就隱含了"經卦"的卦象和卦名。

　　《別卦》現存 7 簡（已遺失一簡，所缺者應是上卦爲坎卦的 7 個

---

[*]　本文爲國家社科基金重大招標項目"出土文獻與商周至兩漢漢語上古音演變史研究"（22&ZD301）的階段性成果。

[①]　清華大學出土文獻研究與保護中心編，李學勤主編《清華大學藏戰國竹簡（肆）》，上海：中西書局，2013 年，上冊第 55—58 頁，下冊第 128—134 頁。下引清華簡《別卦》材料皆出於此，不另注。

"別卦"），其卦名與上海博物館藏戰國楚簡本（以下簡稱"上博簡
本"）①、長沙馬王堆漢墓帛書本（以下簡稱"帛書本"）②、安徽阜陽
漢墓竹簡本（以下簡稱"阜簡本"）③和今本《周易》以及王家臺秦墓
出土簡本（以下簡稱"王家臺秦簡本"）④、輯本《歸藏》⑤的卦名存
在不少異文。有些異文僅是音近通用的關係，有些則有較爲複雜的原
因，涉及"六十四卦"的形成、演變等問題。本文擬對成因較爲複雜
的一些卦名的異文加以討論。

一、"小有"變"大有"

清華簡《別卦》簡7所抄爲上卦是離卦的7個別卦，第一卦卦名
作"少又"合文，當讀爲"小有"。不過，與此卦相對應的帛書本、
今本《周易》和輯本《歸藏》皆作"大有"，王家臺秦簡本《歸藏》
作"右"。按今本《周易》卦名只有"大有"而未見"小有"，如同只
有"大壯"而未見"小壯"。但"大過"與"小過"、"大畜"與"小
畜"則卦名大小成對。

關於"小有""大有"的異文，目前大抵有兩派意見：一派認爲
《別卦》的"少（小）又（有）"爲"大又（有）"的誤抄；⑥一派認爲
"小有"不誤，"大有"反而是後改的。後一派學者中具體看法亦不

---

① 馬承源主編《上海博物館藏戰國楚竹書（三）》，上海：上海古籍出版社，2003年，圖版第11—
　　70頁，釋文考釋第133—260頁。下引上博簡本《周易》材料皆出於此，不另注。
② 裘錫圭主編《長沙馬王堆漢墓簡帛集成》，北京：中華書局，2014年，第壹册第3—69頁，第
　　叁册第3—162頁。下引帛書本《周易》材料皆出於此，不另注。
③ 韓自強《阜陽漢簡〈周易〉研究（附：〈儒家者言〉章題、〈春秋事語〉章題及相關竹簡）》，上
　　海：上海古籍出版社，2004年，第3—86頁。下引阜簡本《周易》材料皆出於此，不另注。
④ 王明欽《王家臺秦墓竹簡概述》，艾蘭、邢文主編《新出簡帛研究》，北京：文物出版社，2004
　　年，第29—39頁。下引王家臺秦簡本《歸藏》材料皆出於此，不另注。
⑤ 傳世《歸藏》宋代已佚，清人多有輯佚（如馬國翰《玉函山房輯佚書》、嚴可均《全上古三代秦
　　漢三國六朝文》等），王寧《傳本〈歸藏〉輯校》作過新的輯校（復旦大學出土文獻與古文字研
　　究中心網：http://www.fdgwz.org.cn/Web/Show/1003，2009年11月30日）。今用王輯，不
　　另注。
⑥ 季旭昇主編《〈清華大學藏戰國竹簡（肆）〉讀本》，臺北：萬卷樓圖書股份有限公司，2019年，
　　第204頁。

同。如何益鑫先生認爲《別卦》"小又"、王家臺秦簡《歸藏》"右"之名較古，此卦名當取自"上九"爻"自天祐之，吉，无不利"的"祐"。他推測早期可能另有與"小又"相對的"大又"卦，即今之"豐"卦，取《豐》卦"九三"爻"折其右肱"之"右"以題卦名（"又""右"古通），後"大又"卦被重新命名爲"豐"卦，故去掉原先"小又"之"小"字爲"又/右"，或改"小又"爲"大有"（"又""有"亦古通）。① 蔡飛舟先生認爲"大畜""小畜"之"畜"與"大有"之"有""義近"，"取象當不遠，疑皆以乾在下爲所畜有者"，以世傳後天圖視之，"大有"卦乾下離上，陰卦在陽卦之上，故當名"小"而不當名"大"；"需"卦乾下坎上，坎爲中男、爲陽卦，故當名"大"。上卦爲坎卦的7個"別卦"正在清華簡《別卦》的闕簡之中，蔡先生懷疑《別卦》所闕的"需"卦可能初名"大又（有）"，與此"小有"相對。②

何益鑫先生所說《豐》卦"折其右肱"之"右"與《大有》卦"自天祐之"之"祐"是兩個不同的詞，它們的詞義也有較大距離，古人是否會用"大又""小又"加以區別，恐怕是值得懷疑的。蔡飛舟先生之說頗具巧思，然"畜""有"義近，未必可信（關於"大畜""小畜"之"畜"的詞義，詳本文第二則），建立在此基礎上的"需"卦本名"大有"的推論，亦難考實。何、蔡二説爲了解釋"小有"改爲"大有"，需要假設另有一相應的卦名也經歷過改名，但後者在現有的出土與傳世文本中得不到任何證明，這一點也不容易取信於人。雖然如此，他們提出的"大有"卦改名之説還是很有啓發的。

前面説過，在今傳"六十四卦"中，"大壯"卦也沒有與之相對的"小壯"卦名。這是　條值得注意的綫索。我認爲"大有"卦本來確名"小有"，它應該與"大壯"卦相對。

---

① 何益鑫《〈周易〉卦名問題與早期易學的傳流》，《周易研究》待刊稿。蒙何先生惠賜此文，謹致謝忱。
② 蔡飛舟《清華簡〈別卦〉解詁》，《周易研究》2016年第1期，第20—21頁。

　　高亨《周易古經今注》對“大有”卦名作過很好的解釋：

　　　　古者謂豐年曰“有”，謂大豐年曰“大有”。《詩·甫田》：
“自古有年。”《有駜》：“歲其有。”毛《傳》：“歲其有，豐年也。”
《春秋·桓公三年》經：“有年。”《宣公十六年》經：“大有年。”
《公羊傳》：“此其曰有年何？僅有年也。彼其曰大有年何？大豐
年也。”《穀梁傳》：“五穀皆熟爲有年也。五穀大熟爲大有年。”
並其例。古者預占歲之豐歉。……占歲者筮遇此卦，則大豐，故
曰“大有”。①

古代“有”有“富足”義，《詩·大雅·公劉》“爰衆爰有”，朱熹
《集傳》：“有，財足也。”又有“保有”“保存”義，《韓非子·飭令》：
“兵出必取，取必能有之。”豐收、富饒與保存，義正相涵。“大有”
“小有”之“有”很可能是指“保有”“保存”而言的。《大有》卦
“九二”爻：“大車以載，有攸往，无咎。”以大車運載，便是物資儲
存富足的表現。②

　　“大壯”卦名，《別卦》簡4作合文形式的“𢦔”，下一字從“宀”
從“臧”，即蓄藏之“藏”字。“秋收冬藏”之“藏”亦有“保存”
義。《周禮·天官·宰夫》“五曰府，掌官契以治藏”，鄭注：“治藏，
藏文書及器物。”“藏”“有”義近。陰主蓄藏，陽主生長。從卦象看，
“大有”卦乾下離上，全卦只有一陰爻（“六五”爻），謂之“小有”
是合適的；“大壯”卦乾下震上，全卦有二陰爻（“六五”“上六”
爻），較“小有（大有）”多一“陰”（上爻），謂之“大藏”也是合
適的。

　　由此可見，清華簡《別卦》“大壯”卦作“大藏”，乃用其本字。
帛書本“藏”作“壯”，與今本同，帛書《繫辭》作“莊”，《衷》作
“牀”，雖皆與“藏”音近可通，但很可能其卦名在流傳過程中早已被

---

① 高亨《周易古經今注》，《高亨著作集林》第一卷，北京：清華大學出版社，2004年，第240頁。
② 參看王化平《〈周易〉卦爻辭校釋》，重慶：西南師範大學出版社，2020年，第110頁。

誤讀爲强壯之“壯”（如《彖》曰“剛以動，故壯”）或戕傷之“戕”（《象》曰“雷在天上，大壯。君子以非禮弗履”，或以爲《象》傳作者理解“壯”爲“戕”①）。“壯”“戕”均與“有”義無涉，“大壯”與“小有”卦名的聯繫就完全看不出來了，人們於是改“小有”之名爲“右（有）”或“大有”（可能是先改爲王家臺秦簡《歸藏》那樣的“右（有）”，再增改爲“大有”的）。但是這樣一改，“大壯”“大有”二卦都缺乏相應的以“小”開頭的卦名，造成“六十四卦”的卦名系統出現了不對稱，無法自圓，這也説明今所見“大有”卦名恐非其原貌。

　　“藏”“有”雖義近，終非一詞，也許有人會因此而致疑“大藏”“小有”本爲一對的推測。這確實跟“小過”與“大過”、“小畜”與“大畜”的情況有所不同。不過，後文將説到，《別卦》中的有些卦名異文反映出《周易》卦爻辭和“六十四卦”卦名中存在同義或義近之詞換用的現象，如下面要討論的“閑”與“闌”、“噬”與“嗑”、“潾”與“涣”、“解”與“離（劙/劚）”等。既然如此，古人把意義相近的“大藏”與“小有”看作相應的一對卦名，也並非没有可能。根據本文第二則的意見，帛書本“大畜”卦名作“泰（大）蓄”，“小畜”卦名作“少（小）蓻”，“蓄”“蓻”所記亦非一詞，彼此只是同義而已，這跟“大藏”“小有”的關係尤爲相似。正因爲“大藏”“小有”的用詞有別，它們的聯繫很容易被人忽視，故而才有誤讀“大藏”爲“大壯”、改“小有”爲“右（有）”或“大有”之事的發生。

二、關於“大畜”“小畜”之“畜”

　　《別卦》簡2“大箮”、簡8“少箮”原皆作合文形式，此二卦名相當於《周易》的“大畜”“小畜”。上博簡本《周易》未見“小畜”卦，其“大畜”卦的卦名作“大篁”（簡22）；帛書本《周易》“大畜”

---

① 參看王化平《〈周易〉卦爻辭校釋》，第244—245頁。

卦卦名作“泰蓄”（11 上），“小畜”卦則作“少藙”（84 上）；王家臺
秦簡《歸藏》未見“大畜”卦，其“小畜”卦卦名作“少督”（簡
206）；輯本《歸藏》二卦名作“大毒畜”“小毒畜”。各家大都將出土
諸本之“簹”“竺”“蓄”“藙”“督”“毒”與今本之“畜”通讀。① 輯
本《歸藏》的“大毒畜”“小毒畜”，一般認爲是不同用字的異本誤合
爲一或是爲“毒”旁注“畜”而混入正文，② 這實際上也是建立在
“毒”當讀爲“畜”的認識之上的。

　　我們認爲“簹、竺、藙、督、毒”與“蓄、畜”應該從字音上分
爲兩組，彼此不得通用。

　　《説文・五下・亯部》訓“簹”爲“厚也”，“讀若篤”；同書《十
三下・二部》亦訓“竺”爲“厚也”。前人多以爲“竺”即篤厚之
“篤”，“簹”“篤”是古今字，故“簹”“竺”爲一字。廖名春先生指
出“竺”應是“簹”的省寫，③ 可信。楚文字常見以“＝”爲省形符
號，如“則”“馬”“翏”“達”等字皆用之，④“竺”中的“＝”省代
的大概就是“亯”。上博簡本“竺”字從“土”、“竺”聲。《説文・六
上・木部》“築”字所收古文，大徐本有訛誤，當從小徐本作從
“土”、“簹”聲。《上博（二）・容成氏》簡 38“築爲璿室”的“築”
正作“簹”。既然“竺”“簹”一字，那麼上博簡“竺”應該就是“古
文‘築’”“簹”的異體（《清華（叁）・説命上》簡 2“竺”用爲築
城之“築”，“竺”可能是“竺”的進一步簡省）。《説文・一下・屮
部》“毒”字古文，據小徐本作“從刀、簹”（大徐本“亯”訛作
“冨”），段注已指出“從簹爲聲”。⑤“督”與“毒”有直接通用、相諧

① 參看侯乃峰《〈周易〉文字彙校集釋》，臺北：臺灣古籍出版有限公司，2009 年，第 209—211
　頁；季旭昇主編《〈清華大學藏戰國竹簡（肆）〉讀本》，第 175 頁。
② 李學勤《周易溯源》第四章《戰國秦漢竹簡與〈易〉》第六節《王家臺簡〈歸藏〉小記》，成都：
　巴蜀書社，2006 年，第 292 頁。王寧：《傳本〈歸藏〉輯校》。
③ 廖名春《楚簡〈周易・大畜〉卦再釋》，氏著《周易經傳與易學史續論——出土簡帛與傳世文獻
　的互證》，北京：中國財富出版社，2012 年，第 107 頁。
④ 參看張峰《楚簡省形符號“＝”及相關字略説》，《江漢考古》2015 年第 6 期，第 112—116 頁；
　孫合肥《戰國文字形體研究》，北京：中華書局，2020 年，第 86 頁。
⑤〔清〕段玉裁注，許惟賢整理《説文解字注》，南京：鳳凰出版社，2007 年，第 36—37 頁。

的例證。陳劍先生在考釋西周金文"毒"字的文章中指出，召卣"白馬毒黃髮微"（《集成》05416）的"毒"當讀爲指背脊的"督"。①《説文·八上·衣部》："襡，衣躬縫。从衣，毒聲。讀若督。"《廣韻·沃韻》有讀"冬毒切"的"褶"字，訓"衣背縫也"。"襡""褶"都是當"背縫"講的"裻"的異體。②《方言》卷四："繞衿謂之㮇襬。"郭璞注："衣督脊也。""㮇"即"裻""褶/襡"。③可見"毒""督"與"篤（管/竺）"的聯繫。"蓻"從"埶"聲，"埶"與"管/竺"的密切關係可以通過"築"看出來。

　　"管"所從的"亯"，《説文》訓爲享獻之"獻"；前人如吳大澂《説文古籀補》認爲"亯""象宗廟之形"，④雖仍有遷就所謂"享獻"之嫌，但已看出"亯"本象某類建築物。⑤甲骨文"京"或作 𡌆、𡅽、𡌟，⑥與作 𡄹 形之"亯"相比，只是建築物的下部基脚較高而已；"臺（敦）"字多數作 𡌿、𡌾，也有寫作 𡄤（《合集》00339）、𡅾（《屯》1581）的，⑦"亯""京"作爲意符可以通用。"亯（*qʰaŋʔ）""京（*kraŋ）"讀音亦近，⑧它們很可能本是一字異體，後分化爲二字。"郭、墉"的共同表意初文作 𡇃、𡇄，"亯/京"取其上半形體，當亦象城郭一類建

① 陳劍《釋金文"毒"字》，《中國文字》2020 年夏季號（總第三期），臺北：萬卷樓圖書股份有限公司，2020 年，第 212—213 頁。

② 施瑞峰《上古漢語聲母諧聲類型在古文字資料釋讀中的效用》，香港中文大學博士學位論文，2022 年，第 261 頁。

③ 華學誠等《揚雄方言校釋匯證》，北京：中華書局，2006 年，第 306 頁。

④ 吳大澂、丁佛言、强運開輯《説文古籀補三種（附索引）》，北京：中華書局，2011 年，第 29 頁。

⑤ 參看謝明文《説夙及其相關之字》，氏著《商周文字論集續編》，上海：上海古籍出版社，2022 年，第 261—262 頁。

⑥ 李宗焜《甲骨文字編》，北京：中華書局，2012 年，第 738 頁。

⑦ 李宗焜《甲骨文字編》，第 745 頁。按"臺（敦）"或作 𡇅、𡇆（李宗焜《甲骨文字編》，第 745 頁），頗象羊角逼觸城牆之形（短橫指示迫觸之處），應該就是"敦伐其至""敦商之旅"的"敦"的本字，"敦伐"意謂"迫伐"，"臺（敦）"即"逼迫"之義（參看方稚松《談甲骨文中"臺"的一種異體》，《出土文獻綜合研究集刊》第十六輯，成都：巴蜀書社，2022 年，第 10 頁注②。此蒙蘇建洲先生惠示）。

⑧ 裘錫圭先生有"京"從"亯"具有表音作用的説法，見郭永秉《"京"、"亭"、"亳"獻疑》引，氏著《古文字與古文獻論集續編》，上海：上海古籍出版社，2015 年，第 144 頁注 15。

築（"京"多指國都，其形當象高大的城郭，故取較高基脚一體）。《合集》33029"亯（敦）"作，上面的構件似即"郭、墉"的變體。"筥"既從"亯"，顯然不會是篤厚之"篤"字。我們認爲"筥"當由"埶"變來，而"埶"是從"築"的表意初文分化出來的一個字。

《説文·三下·丮部》以"食飪也"爲"埶"的本義，分析其字形"从丮，亯聲"。裘錫圭先生早已指出"埶"本從"亯"而不從"亯"，《説文》篆形有誤。[1] 既知"亯"象城郭一類建築物，用爲享獻之"享"乃是假借，"埶"的本義當然也不能再説爲"食飪"或"祭享時進獻埶（熟）物"。[2] 甲骨文"埶"作、，[3] 象一人建築城郭之形，應與"築"的表意初文有關。傳抄古文以"塾""埶"爲"築"，[4] 戰國楚簡屢見"筥"用爲"埶""熟"，"筥"也可以用爲"築"，[5] 並"埶""築"音通之證。

《商周青銅器銘文暨圖像集成》01058～01061 著録 4 件同銘的西周早期鼎，其器主名作如下之形：

襽健聰先生釋爲"築"的表意初文，[6] 正確可從。此字象一人手持杵築一類東西（《左傳·宣公十一年》："稱畚築，程土物。"孔疏："築者，築土之杵。"）搗築城郭之類的建築物，説爲"築"之古體是很直接的。《合集》20313 有字，舊或釋"饗"，不可信，當釋爲"埶"之繁體。此"埶"字與鼎銘"築"之古體顯然頗爲近似，可惜

① 裘錫圭《釋殷墟卜辭中與建築有關的兩個詞——"門塾"與"自"》，《裘錫圭學術文集·甲骨文卷》，上海：復旦大學出版社，2012 年，第 299—300 頁。
② 季旭昇《説文新證》，臺北：藝文印書館，2014 年，第 196 頁。
③ 李宗焜《甲骨文字編》，第 748 頁。
④ 李春桃《古文異體關係整理與研究》，北京：中華書局，2016 年，第 158 頁。
⑤ 白於藍《簡帛古書通假字大系》，福州：福建人民出版社，2017 年，第 633—634 頁。
⑥ 襽健聰《銅器銘文識小録》，《中國文字研究》第二十一輯，上海：上海書店出版社，2015 年，第 21 頁。

褵先生没有把它們聯繫起來。我們認爲甲骨文中一般的"執"字當視爲"築"之古體的簡省（省去了手中所持的杵築以及外圍表示區域的弧綫，"高"亦省作"亯"），"収"或作"丮"，又見於"執""對"等字，是古文字中常見的表意偏旁的異寫。"執"本應是"築"的異體，所以從"築"之古體簡省分化出獨立的"執"字（"執"與"築"之古體的關係，跟上面所説的"亯"與"京"的關係差不多），大概由於殷墟卜辭裏"執"已不表"築"，另有常用的假借義的緣故。上引鼎銘"築"爲人名，因而采用了比較保守的"築"之古體。

周家臺秦簡《日書》簡299壹："置居火，築囚、行……""築"原作"籥"，似可看作在"築"的初文"誳（執）"上加注聲符"竹"。"管"則是"籥"省"丮"的簡體。楚帛書丙篇有用爲"築邑""築室"的"筱"字，一般分析爲從"攴"、"管"聲。但此字的"攴"旁實在"竹"下。"築"的初文"誳（執）"可能曾有從"攴"的別體，後加注"竹"聲即成楚帛書之"筱"；也有可能"筱"是直接改"籥"之"丮"爲"攴"而成的（"執"本從"丮"，楚簡多從"攴"作，可類比）。"筱""籥""管"都是一字異體。"篁""筌"應是在已不知"執"爲"築"之初文以及"筱""籥""管"與"執（築）"的關係的情況下，爲"築"而造的後起本字。秦漢文字"竹"頭、"艸"頭常混用，頗疑帛書本"小畜"卦卦名"萩"即"籥"字。

馬王堆帛書本"小畜"卦名作"少萩"，"大畜"卦之"畜"則作"蓄"，"萩"與"管、筌、督、毒"爲一組，這是否可以作爲溝通"管、筌、萩、督、毒"與"畜、蓄"的證據呢？問題恐怕並不如此簡單。帛書本《易》傳《衷》提到"小畜"卦，"畜"都作"蓄"而不作"萩"（3下、23上），經文獨作"萩"，究竟只是用字之別，還是用詞亦有別？這是有待研究的。上博簡本《周易》的《无妄》卦"六二"爻"不耕而獲，不畜之［餘］"（簡20）、《遯（豚）》卦"九三"爻"畜臣妾，吉"（簡30），"畜"皆不寫作"大筌"之"筌"而就寫作"畜"。這似乎反映出"大筌"之"筌"並非"畜"。

"管、筌、萩、督、毒"聲母皆屬*T-。"畜""蓄"同音，我們取

"畜"爲代表。"畜"的上古聲母爲何，需要討論。"畜"中古有"丑六切""許竹切"二讀，前一讀爲徹母，後一讀爲曉母。牲畜之"畜"既可讀徹母，也可讀曉母，其他義位的"畜"則只有曉母一讀。"畜"字本身無表音成分；從"畜"聲之字也不出曉母、徹母二讀，對於推定"畜"的上古聲母並無幫助。馬王堆帛書《老子》甲本《道經》"六親不和，案有畜兹""絕仁棄義，民復畜兹"（126～127行），"畜兹"，今本作"孝慈"。《廣雅·釋言》有"孝，畜也"之訓，王念孫《疏證》："《祭統》云：'孝者，畜也。順於道，不逆於倫，是之謂畜。'……孝、畜，古同聲，故孝訓爲畜，畜亦訓爲孝。"[1] 其實，古人訓"孝"爲"畜"，這裏的"畜"仍是畜養、養育之意，養育父母乃"孝"之大端，故以"畜"爲"孝"之聲訓，並不是"畜"有"孝"義。所以帛甲本的"畜兹"只能從今本讀爲"孝慈"。安徽大學藏戰國竹簡《詩經》所收《魏風·無衣》，與今本"安且燠兮"的"燠"相當之字，簡本作從"衣"、"畜"聲（簡114）。整理者指出"畜""燠、奧"音近可通，簡文此字可能是"襖"的異體。[2] 其說可從。上古音"孝"爲 *qʰruus，"燠"爲 *quk，"襖"爲 *quuʔ，"畜"的上古聲母也應該是 *qʰ- 之類的。[3] 至於"畜"後有徹母一讀，當與從曉母的"虖"得聲的"樗"讀徹母，從"區"聲的"嫗"屬曉母、"貙"屬徹母，情況相類。[4] 我們決不能據此把"畜"也歸於上古 *T-。

《大畜》卦、《小畜》卦的全部卦爻辭裏都未出現"畜"或"篜、

---

① 〔清〕王念孫撰，張靖衞等校點《廣雅疏證》，上海：上海古籍出版社，2016年，第787頁。

② 安徽大學漢字發展與應用研究中心編，黃德寬、徐在國主編《安徽大學藏戰國竹簡（一）》，上海：中西書局，2019年，釋文注釋第148頁。

③ Axel Schuessler（許思萊）, "Minimal Old Chinese and Later Han Chinese", University of Hawai'i Press, 2009, p.188. 白一平、沙加爾《上古漢語新構擬》（來國龍、鄭偉、王弘治譯），上海：上海教育出版社，2020年，第465、502頁。李豪《古文字的諧聲系統及相關問題研究》，復旦大學博士學位論文，2022年，第178頁。

④ 參看李豪《古文字的諧聲系統及相關問題研究》，第135頁。其具體音變路徑待考，上注所引諸書有不同的解釋，可參考。

笪、筥、藭、督、毒"一類讀音的詞，此二卦卦名顯然不是"依筮辭而題"①的。一般認爲，"大畜"卦下乾上艮，乾是純陽卦，但艮能止之，且乾在下，是爲"大畜（蓄）"；"小畜"卦下乾上巽，巽爲柔順，不能止之，但乾終在下，或曰巽能"以陰畜陽"，是爲"小畜（蓄）"；"物止便可有所積聚，所以止也是畜的意義"②。這種講法比較勉强。從訓詁上看，"畜（蓄）"只有積蓄義，並無限止義。

不過，"小畜""大畜"之義應結合卦畫來解釋的思路還是對的。二卦皆以"乾"爲下卦，"乾"卦六爻皆爲陽爻，純陽、純剛之象。"小畜"卦六爻之中，只有"六四"是陰爻，餘皆陽爻；陰爻象徵地、母、柔順、生生、養育等，但這裏只有一爻爲陰，故曰"小畜"。"大畜"卦六爻之中，"六四""六五"二爻爲陰爻，上卦較"小畜"多一陰爻，故曰"大畜"。"畜"當訓爲"養育"，指陰爻之屬性而言。《小畜》卦辭"小畜，亨"，鄭玄注："畜，養也。"《詩·小雅·節南山》"以畜萬邦"，鄭箋："畜，養也。"③"大畜"卦"六四"爻"童牛之牿"、"六五"爻"豶豕之牙"説的正是畜養牲畜的方法。④

如果作"畜/蓄"之本的"大畜""小畜"確指"養育"之事，那麽作"笪、筥、藭、督、毒"之本所記錄的那個讀*Tuk音的詞，就可以順利推知。我認爲此即文獻寫作"毒"者。

《老子·德經》第五十一章云：

> 道生之畜之（引者按：傳本"畜"前多有"德"字，但馬王堆帛書甲乙本和北大漢簡本皆無，《長沙馬王堆漢墓簡帛集成》注疑有"德"之本涉上文"道生之，德畜之"而衍⑤），長之育

---

① 高亨《周易古經今注》卷首《周易古經通説》第三篇《周易卦名來歷表》，《高亨著作集林》第一卷，第 48 頁。

② 參看尚秉和《周易尚氏學》，北京：中華書局，1980 年，第 66、131 頁；金景芳、吕紹剛《周易全解》，長春：吉林大學出版社，1989 年，第 95、206 頁；王化平《〈周易〉卦爻辭校釋》，第 73、187 頁。

③ 參看宗福邦等主編《故訓匯纂》，北京：商務印書館，2003 年，第 1487—1488 頁。

④ 參看金景芳、吕紹剛《周易全解》，第 210 頁。

⑤ 裘錫圭主編《長沙馬王堆漢墓簡帛集成》，第肆册第 21 頁。

之，亭之毒之，養之覆之（引者按：傳本"養"或作"蓋"）。

"亭之毒之"，或作"成之孰（熟）之"，前人有訓"亭""毒"爲"平/定""安"者，也有讀"亭""毒"爲"成""熟"者。裘錫圭先生指出"也有可能古代傳寫《老子》者中對此句就存在'亭之毒之'和'成之熟之'兩種理解"，[①] 甚是。"亭之毒之"不必用"成之熟之"去通讀。另一方面，"毒"訓"安"在古書中頗爲罕見（只見於《廣雅·釋詁一》），或以爲實當讀爲"督"，然"督"只有"治""正"義，是否有"安"義難於肯定。

陸德明《經典釋文》："'毒'，今作'育'。"似表明當時人認爲"亭之毒之"的"毒"之義近於"育"。從《老子》行文脈絡看，"生""長""亭""養"的意義逐步推進，指人從出生、慢慢長大、成人定形直至衰老待養的四個階段。"畜""育""毒""覆"四詞則義近，就"道"畜育顧覆人生的每一階段而言。下引《文選》所載《辯命論》的李善注引《老子》王弼注：

> 亭，謂品其形；毒，謂成其質。[②]

所言雖涉玄虛，庶幾近之。"品其形"的"品"猶《國語·周語中》"品其百籩"的"品"，"品其形"的意思是說成各類之形。陸德明《釋文》訓"別也"，意與"品其形"同。陳劍先生認爲《上博（四）·昭王與龔之脾》簡 7"定冬"、《銀雀山漢墓竹簡［貳］》所收"陰陽時令、占候之類"之《禁》簡 1704～1708"定夏""定秋""定冬"以及傳世古書和出土秦漢簡牘中所記時稱"定昏""定昏時"等"定"，"皆應即後世'亭/停午'之'亭/停'字的前身"，"此類'定'、'亭/停'字……應就是'定止'、'停定'之意。季節、時段皆爲連續發展的過程；至某一季節、某一時段的頂點並持續，即'停定'於此最高

---

① 裘錫圭《説〈老子〉中的"無爲"和"爲"——兼論老子的社會、政治思想》，氏著《老子今研》，上海：中西書局，2021 年，第 141 頁注 5。

② 參看樓宇烈《老子道德經校釋》，北京：中華書局，2008 年，第 137、138—139 頁。

點；也可以説，發展至此，該季節或時段始得‘定’”。① 他對此類
“定”“亭/停”的詞義的體會很值得參考。“亭/停午”之“亭/停”與
“定”至多算是音義皆近而不是同一個詞（音義皆近也未必有語源上
的關係，“停止”義的“亭/停”當來源於“人所停集”者）。“亭之毒
之”的“亭”應即“亭午”之“亭/停”，這裏就指人長成、“定形”，
相當於現在説的“成人”。《老子》此句或作“成之熟之”，“成”“亭”
音近義通，亦可爲證。《文選》卷五十四載劉孝標《辯命論》：“生之
無亭毒之心，死之豈虔劉之志。”李周翰注：“亭、毒，均養也。”訓
“亭”爲“養”不確，訓“毒”爲“養”則可從。但劉孝標以“亭毒”
與“虔劉”對文，大概就是按“亭、毒，均養也”來理解的，所以李
周翰注對於《辯命論》還是適用的，只是此訓不合乎《老子》的
本意。

《周易·師卦》的《彖》傳云：

> 師，衆也。貞，正也。能以衆正，可以王矣。剛中而應，行
> 險而順，以此毒天下，而民從之，“吉”又何咎矣？

“以此毒天下”的“毒”即《老子》“亭之毒之”的“毒”。② 李道平
《周易集解纂疏》云：

> 外坤（引者按：“師”卦爲下坎上坤，故曰“外坤”），故云
> “亭毒天下”。《老子道德經》“亭之毒之”，注“亭以品其形，毒
> 以成其質”。毒，徒篤反，今作“育”。亭毒者，化育之意也。蓋
> 以坤有“萬物致養”之義，故以“亭毒”言之。③

其説甚是。此卦《象》傳曰：“地中有水，師。君子以容民畜衆。”
“容民畜衆”無疑就是“以此毒天下而民從之”的意思，此亦“毒”

---

① 陳劍《關於〈昭王與龔之脾〉的“定冬”》，復旦大學出土文獻與古文字研究中心網：http://
　www.fdgwz.org.cn/Web/Show/1712，2011 年 11 月 18 日。
② 參看〔清〕王引之撰，虞思徵、馬濤、徐煒君校點《經義述聞》，上海：上海古籍出版社，2018
　年，第 87—88 頁。
③ 〔清〕李道平撰，潘雨廷點校《周易集解纂疏》，北京：中華書局，1994 年，第 130—131 頁。

"畜"義近之證。①

　　"大畜""小畜"卦名作"筈、筀、蓺、督、毒"者，其所記之詞應即"亭之毒之"的"毒"，意爲"畜""育"，故而可以換用同義的"畜/蓄"爲之。但由《老子》之"畜""毒"前後並見，足證"毒""畜"絕非一詞。

　　因此，輯本《歸藏》的"大毒畜"，或可解釋爲"大毒""大畜"兩種同義的卦名的糅合。古書中也有類似雜糅的例子，如《吳越春秋·夫差內傳》"天子有命，周室卑弱約，諸侯貢獻，莫入王府"，與《國語·吳語》"天子有命，周室卑約，貢獻莫入"對照一下，可以知道《吳越春秋》的"弱""約"應是不同用詞之本糅合爲一。② 本文下一則還將專門討論"六十四卦"中不同卦名糅合的現象，茲不贅述。

　　馬王堆帛書本《周易》"小畜"卦名作"少蓺"，我們傾向於采用的是一個與"泰（大）蓄（畜）"有別的古本，亦即仍宜讀爲"小毒"而非"小畜"。所以如此考慮，除了"蓺"的讀音外，還可注意的是"少"的用法。從古文字看，"小、少"二形都既可用爲"小"，也可用爲"少"，屬於一形多用（上古音"小"爲*sewʔ，"少"爲*tewʔ、*tews，③ 二詞聲母相差甚遠，應無音通關係）。帛書本《周易》中，大小之"小"都寫作"小"；今本作"小"而帛書本作"少"者，仔細考察，全是用爲程度副詞，意爲"稍稍"，如《訟》卦"初六"爻

① 〔東漢〕王符《潛夫論·衰制》："夫法令者，人君之銜轡箠策也，而民者，君之輿馬也。若使人臣廢君法禁而施己政令，則是奪君之轡策，而己獨御之也。……是故陳恒執簡公於徐州，李兌害主父於沙丘，皆以其毒素奪君之轡策也。《文言》故曰：'臣弑其君，子弑其父，非一朝一夕之故也，其所由來者漸矣，由辯之不蚤辯也。'是故妄違法之吏，妄造令之臣，不可不誅也。"彭鐸云："毒、蓄古音同部，例得借用，《老子》：'亭之毒之'，以'毒'爲'蓄'，即其證。"（汪繼培箋，彭鐸校正《潛夫論箋校正》，北京：中華書局，1985年，第241頁）其說非是。"毒""蓄"聲隔不可通。"皆以其毒素奪君之轡策也"之"素"即"夙願"，"毒"當讀爲"篤"，訓"厚"，不當訓"養"或"蓄"。此"毒"與"亭之毒之"無關。
② 胡敕瑞《讀〈吳越春秋〉札記》，未刊稿；鄔可晶《"弱"、"約"有關字詞的考察》，《漢語字詞關係研究（二）》，上海：中西書局，2021年，第97頁。
③ 〔俄〕C. A. 斯塔羅思京《古漢語音系的構擬》（張興亞譯），北京：北京大學出版社，2012年，第79、300頁。張富海《試說書母的塞音來源》，《語言研究集刊》第二十九輯，上海：上海辭書出版社，2022年，第375頁。

"少有言"（5 上）、《蠱》卦"九三"爻"少有悔"（20 下）、《習坎》卦"九二"爻"求少得"（21 上）、《需》卦"九二"爻"少有言"（22 上）、《萃》卦"六三"爻"少閵（吝）"（59 下）、《旅》卦卦辭"少亨"（73 上）、《噬嗑》卦"少閵（吝）"（79 上），這些"少"今本皆作"小"，實不必破讀。只有"小過"卦和"小畜"卦的卦名"小"，雖也寫作"少"，卻必須看作"小"，因二卦名與"大過"卦、"大畜"卦相對而言。"少（小）"的這種與卦爻辭用字不一致的現象，透露出帛書本所用的卦名當有較古的來源，沿襲至漢初而未對其用字加以統改。我懷疑帛書本《周易》所從出的戰國古本，"大畜""小畜"二卦名本是作"大藏（籥—毒）""少（小）藏（籥—毒）"的，帛書的抄寫者已據漢初流行的卦名改前者爲"泰（大）蓄（畜）"，後者則照抄未改，因而不慎遺留下了這樣一個不同系統的卦名。當然，如果西漢早期的傳《易》者還能知道卦名"毒"有"畜育"義，以"少（小）藏（籥—毒）"與"泰（大）蓄（畜）"相配也是合理的。

三、從《別卦》與他本的異文看不同卦名糅合爲一和卦名、卦爻辭存在同義或義近之詞換用的現象

《別卦》簡 8 第六卦"㦸"，左半適殘，右爲"連"是清楚的。此卦與今本《周易》的"家人"卦相當，帛書本卦名亦作"家人"，但王家臺秦簡《歸藏》作"散"，輯本《歸藏》作"散家人"。清華簡整理者把從"連"聲的"㦸"直接讀爲"散"，[①] 不可信。我在《古文字中舊釋"散"之字辨析》一文中指出，古文字中有一個長期被誤釋爲"散"的從"竹"從"月"從"攴"的"敝"字，從字形演變角度看，"敝"極有可能隸變之後形體混同爲"散"，"覛"在出土戰國西漢竹簡中皆從"見"聲，其聲符"散"本當作"敝"；清華簡《良臣》中"散宜生"之"散"作"柬"，傳世文獻裏的散宜生之"散"也應是

---

① 清華大學出土文獻研究與保護中心編、李學勤主編《清華大學藏戰國竹簡（肆）》，下冊第 134 頁。

"㪔"的形誤（"柬""霰""見"古音相近，"散"則與它們聲韻皆不合）；"㪔"當讀*Kreen 一類音，王家臺秦簡《歸藏》"散"卦之"散"也是"㪔"字之訛。《家人》卦"九三"爻："家人嗃嗃，悔厲，吉。婦子嘻嘻，終吝。"卦名"家人"取自此爻首二字。"初九"爻："閑有家，悔亡。"王家臺秦簡《歸藏》的"散〈㪔〉"應讀爲"閑"，此卦名取自"初九"爻首字。[①] 不過，我在上引拙文中把清華簡《別卦》的"嗹"也讀爲"閑"，從上古主元音看，是有問題的（"連"當爲*ran，"閑"爲*green，二者主元音不合）。"閑有家"之"閑"，《釋文》引馬融説訓爲"闌也，防也"，《説文·十二上·門部》亦以"闌"訓"閑"。《別卦》從"連"聲的"嗹"當依何益鑫先生説讀爲"闌（*raan）"。[②] 由此可知《別卦》所從出的《家人》卦"初九"爻辭應作"闌有家"，與王家臺秦簡《歸藏》卦名所從出之本、今本《周易》之"閑有家"同意。"家人""閑""闌"爲一卦之異名，但都屬"依筮辭而題卦名"之例，其中"閑""闌"係同一卦名的同義詞換用。輯本《歸藏》作"散〈㪔—閑〉家人"，則是把同一卦的兩種卦名糅合在一起，與上一則所言輯本《歸藏》糅合"大毒""大畜"二同義卦名爲"大毒畜"屬於同類情況。由此可知，"六十四卦"卦名在歷史上不但出現過"異名"，還有不同卦名糅合爲一的演變傾向，並且卦名、卦爻辭存在同義或義近之詞的換用。據此可以對有些卦名的異文試作新的解釋。

　　《別卦》簡 7 第六卦"㗊"，相當於今本《周易》的"噬嗑"卦。從文字學上説，"㗊"即"咬齧"義的"噬"的本字。[③] 此卦名阜簡

---

① 鄔可晶《古文字中舊釋"散"之字辨析》，《第 33 屆中國文字學國際學術研討會論文集》，臺中：臺灣中國文字學會、輔仁大學中國文學系，2022 年，第 397—415 頁。

② 何益鑫《〈周易〉卦名問題與早期易學的傳流》。

③ 關於此字的討論，可參看王子楊《關於〈別卦〉簡 7 一個卦名的一點意見》，復旦大學出土文獻與古文字研究中心網：http://www.fdgwz.org.cn/Web/Show/2212，2014 年 1 月 9 日；趙平安《戰國文字"噬"的來源及其結構分析》，氏著《新出簡帛與古文字古文獻研究續集》，北京：商務印書館，2018 年，第 23—28 頁；謝明文《釋魯侯簠"逝"字兼談東周文字中"噬"字的來源》，氏著《商周文字論集續編》，上海：上海古籍出版社，2022 年，第 86—93 頁。

本作“筮閘”，帛書本《周易》適殘，《繫辭》作“筮蓋”、《衷》作“筮閘”，並當讀爲“噬嗑”。唯王家臺秦簡《歸藏》卦名作單字“筮（噬）”，與《別卦》相合。按《噬嗑》全卦只見“六二”爻“噬膚滅鼻”、“六三”爻“噬腊肉”、“九四”爻“噬乾胏”、“六五”爻“噬乾肉”之“噬”，未見有“嗑”。所以，從“依筮辭而題卦名”的通例來看，此卦卦名顯然以《別卦》、王家臺秦簡《歸藏》作“噬”爲妥。[1] 王家臺秦簡《歸藏》雖以“筮（噬）”爲名，其筮辭卻說“筮□之□筮盍之□□☑”（簡537），已是“筮（噬）盍（嗑）”複言。可能古代單字卦名“噬”與雙字卦名“噬嗑”曾經並用過一段時間。

　　單字卦名“噬”何以變爲雙字的“噬嗑”呢？何益鑫先生根據王家臺秦簡《歸藏》、阜簡本《周易》、帛書本《易傳》“噬”皆作“筮”，認爲“或許是因爲‘筮’字見於《蒙卦》《比卦》，爲顯示本卦是噬咬的‘噬’”，故改爲雙字“噬嗑”。[2] 這是有道理的。不過，雙字卦名的後一詞所以選用“嗑”而不選用其他詞，尚有待解釋。《序卦》：“嗑者，合也。”王弼注：“嗑，合也。”但“合”義與“噬”不相侔，難以並列連文，恐有問題。疑訓“合”之“嗑”本也有“咬齧”一類意思（咬齧必然要閉合），與“唅”音義相關（《説文·二上·口部》：“唅，食也。从口，㖑聲。讀與含同。”同部“噬”即訓“唅也”。《詩·小雅·十月之交》“豔妻煽方處”之“豔”，《漢書·谷永傳》顏師古注引魯詩作“閻”。“豔”從“盍”聲，“閻”從“㡃”聲，猶“嗑”之於“唅”）。此卦《彖》傳曰：“頤中有物，曰‘噬嗑’。”《京氏易傳》釋之曰“物有不齊，齧而噬”。《雜卦》：“噬嗑，食也。”有些《易》傳的作者大概就是把“噬嗑”整體看作“齧”“食”之義的。“合”則是“噬嗑”的自然結果（故《彖》傳説“雷電

① 季旭昇主編《〈清華大學藏戰國竹簡（肆）〉讀本》，第214頁；王化平《〈周易〉卦爻辭校釋》，第153頁；何益鑫《〈周易〉卦名問題與早期易學的傳流》。
② 何益鑫《〈周易〉卦名問題與早期易學的傳流》。

合而章"）。可能此"噬"卦之名曾被人换作同義或義近之"嗑（咭）"，甚至不排斥爻辭"噬膚滅鼻""噬腊肉""噬乾胏""噬乾肉"之"噬"也换用過"嗑（咭）"的可能性，後爲了避免"筮（噬）"與筮占之"筮"混淆（從何益鑫説），有意合"噬""嗑"二異名爲一，乃成雙字卦名"噬嗑"。

《别卦》簡8第五卦"惥"，相當於今本《周易》的"涣"卦。此卦名帛書本《周易》、王家臺秦簡《歸藏》亦作"涣"，帛書本《繫辭》、輯本《歸藏》作"奂"。上博簡本《周易》此卦名作"夑"，爻辭中皆作"夑"，"夑"從"夑"聲。一般認爲"夑"是一個雙聲字，"睿""爰"皆聲。①《别卦》"惥"從"心"、"夐"聲，"夐"即"叡"之省文，②"叡"乃疏濬之"濬"的表意初文，"惥"大概是"思口睿"的"睿"的專字。各家多據上博簡"夑"字讀《别卦》之"惥（睿）"爲"涣"。季旭昇先生則認爲此卦名本作"睿"，上博簡本因音近而加聲符"爰"，至秦漢再音轉爲"涣"。③事實上"睿"與"爰""涣"上古的主元音並不相近（"睿"音 $^*G^w ets$，"爰"音 $^*G^w an$，"涣"音 $^*q^{hw}aans$④），"睿"很難通讀爲"涣"，"夑"也不可能是雙聲字（但"爰""涣"確實音近可通）。所以，季旭昇先生未逕讀"睿"聲字爲"涣"，是其可取之處。但他的説法仍不免蹈虚。如果卦名本是"睿"，怎麽會發生"音轉"而成爲"涣"呢？

高亨《周易古經今注》引《説文》訓"涣"爲"流散也"，認爲

---

① 參看侯乃峰《〈周易〉文字彙校集釋》，第462—463頁。

② 鄔可晶《説金文"夑"及相關之字》，《出土文獻與古文字研究》第五輯，上海：上海古籍出版社，2013年，第224—226頁。按"濬"讀"私閏切"，當是"浚"的同義换讀，"濬"本來應該讀"睿"一類音。

③ 季旭昇主編《〈清華大學藏戰國竹簡（肆）〉讀本》，第217—219頁。

④ 西周中期史牆盤銘講昭王"佳（唯）奂南行"（《集成》10175），"奂"讀爲貫通之"貫"（裘錫圭《史牆盤銘解釋》，《裘錫圭學術文集·金文及其他古文字卷》，第11頁）。"貫"上古音爲 $^*koons$，所以"奂、涣"最初應該讀 $^*q^hoons$，"爰"原也是圓脣元音 $^*Gon$。後由於圓脣元音雙元音化，鋭音韻尾前的圓脣元音 $^*-o$ 裂化爲 $^*-wa-$，這種音變在《詩經》押韻中已經出現（白一平《漢語上古音手册》（龔群虎、陳鵬、翁琳佳譯），上海：上海教育出版社，2020年，第257—258、641—642頁）。依此説，上列戰國時代"爰""涣"讀音中的-w-應視爲介音。

“水流盛”之“渙”“或借灌字爲之”，“本卦渙字皆水流之義”，“渙者，水流有所盪滌也”。① 他在《周易大傳今注》裏明謂“水流也”之“渙”指“水沖洗”而言，但在有的爻辭裏，如“九五”爻“渙汗其大號”、“上九”爻“渙其血”則訓“流”。② 然而“渙”只有“散、離”義，並無“沖洗”義，高説在訓詁上很難站住脚。

其實，本卦“渙”字所在諸爻辭不能説明“渙”的字義。茲舉相關爻辭如下（“初六”爻無“渙”字，從略），並隨文括注出土本重要異文：

九二：渙奔其机（上博簡本作“霰走丌（其）尻”，帛書本“机”作“階”），悔亡。

六三：渙其躬，无悔（上博簡本、帛書本“悔”皆作“咎”）。

六四：渙其羣，元吉。渙有丘，匪夷所思（上博簡本“夷”作“旬”）。

九五：渙汗其大號（上博簡本作“霰丌（其）大虖”，帛書本《周易》及《二三子問》皆作“渙/奐丌（其）肝”）。渙王居（上博簡本“王居”作“丌（其）尻”），无咎。

上九：渙其血，去逖出，无咎（上博簡本、帛書本皆無此二字）。

有些異文需先加以校正。“九二”爻上博簡本的“尻”當涉“九五”爻“丌（其）尻”誤抄，且“机”“尻”字形亦近。從上博簡本作“走”來看，“奔”之義當與之近，“奔”“走”意指奔逃。“机”似從帛書本讀“階”爲好，“奔/走其階”意謂從其階梯奔逃而去。“六三”爻今本的“悔”，各家多據出土本校作“咎”，可從。“九五”爻上博簡本有脱字，當以帛書本“渙其肝”爲善，今本“汗”“其”二字誤倒，“汗”從帛書本讀爲“肝”，“渙其肝”與“上九”爻“渙其血”

① 高亨《周易古經今注》，《高亨著作集林》第一卷，第404—407頁。
② 高亨《周易大傳今注》，《高亨著作集林》第二卷，第501—504頁。

同例。"九五"爻可校正爲："渙其汗（肝），大號（按'號'也可能讀爲'虖'。上博簡本'虐'即《説文》古文'虖'）。渙王居，无咎。"我們認爲"渙奔/走其階""渙其躬""渙其羣""渙有丘""渙王居""渙其肝""渙其血"等"渙"都指渙卦而言，意思是説本卦應驗在"奔/走其階"之事、應驗在當事人的"躬身""羣""肝"以及"有丘""王居"等處。《渙》卦"初六"爻"用拯馬壯，吉，〔悔亡〕"，上博簡本、帛書本皆無"用"字，實則"用"指渙卦用於此爻，故無妨省略，由此可證諸爻辭"渙"就是卦名，代指本卦。《咸》卦"初六"爻"咸其拇"、"六二"爻"咸其腓"、"九三"爻"咸其股"、"九五"爻"咸其脢"、"上六"爻"咸其輔頰舌"等，"咸"也都指咸卦，意謂本卦應驗在身體的某處，與《渙》卦之"渙"同例。前人不明此理，解釋這些爻辭裏的"咸""渙"等詞往往十分牽強。

既然爻辭對於理解"渙"之詞義無甚助益，我們只能從"渙"的字面意思上加以推測。《渙》卦卦辭云："渙：亨，王假有廟，利涉大川。利貞。"此卦卦象爲坎下巽上，故《象》傳曰"風行水上，渙"。《序卦》云："兑者，説也。説而後散之，故受之以渙。渙者，離也。"皆以"離散"義解"渙"。韓康伯注解釋《序卦》"渙者，離也"説："渙者，發暢而無所壅滯。"《繫辭下》"蓋取諸渙"韓康伯注："渙者，乘理以散通也。"韓氏指出"渙"之"水流散離"含有"無所壅滯""通"義，甚確。由此反觀《別卦》的"悆（睿）"，讀爲疏濬、濬通之"濬"是最恰當的。蓋水道本壅塞滯礙，疏濬之乃"散而通"，故曰"渙"，"濬""渙"意義相涵。"濬"正是韓注所謂的"發暢而無所壅滯"。思慮通達爲"睿"（《尚書·洪範》"思曰睿"，孔疏："王肅云：睿，通也，思慮苦其不深，故必深思使通於微也"），"通川"爲"濬"，二者顯然是同族詞，《別卦》以"悆（睿）"爲"濬"恐非偶然。上博簡本的"黌"，很可能當分析爲從"睿（濬）"、爰聲，表示"渙"（"黌"從"廾"與"奐"從"廾"一致，也許"黌"就是

“夬”的異體①）；即使如此，也顯示出“瀿”與“渙”的聯繫。不過，我們還有些懷疑“霩”字本是“睿（瀿）爰（渙）”雙字卦名的合文形式（《別卦》雙字卦名皆寫作合文，如不計“＝”，只占一字地位），也就是説，此卦也有過“瀿”“渙”兩種義近的單字卦名的糅合，與上文所説“噬嗑”相仿，只是雙字名“瀿渙”後來無人承用，“霩”才被當作瀿渙的“渙”字的。

上面講到“噬嗑”卦有過“噬”“嗑（喈）”兩個義近的卦名，“渙”卦有過“瀿”“渙”兩個義近的卦名，“大畜”卦、“小畜”卦有過“大毒/小毒”“大畜/小畜”兩個同義的卦名，這裏再討論一個類似的例子。

《別卦》簡4相當於今本《周易》解卦之“解”之字，其形如下（以下用“△”代替）：

整理者隸定爲“纏”，提出兩種分析：一種認爲此字從“鹿”得聲，可與“解”通；一種認爲此字從“廌”得聲，可與“解”通。②從字形看，“△”除去“糸”“止”的構件，雖然確實是“鹿”，但釋爲“廌”也是完全可能的。因爲楚簡文字中“廌”有時也寫作正面之形，與“鹿”混同，如《上博（九）·陳公治兵》簡11“瀘”所從之“廌”即其例。但是，學者們多已認識到，釋“△”從“鹿”聲，就

① 李零《讀上博楚簡〈周易〉》認爲“韠”字中“睿旁加廾，其實就是夬字”（《中國歷史文物》2006年第4期，第65頁），與我們的看法不同，我們主張“霩加廾”可能才相當於“夬”。《清華大學藏戰國竹簡（拾）·四告》第二篇“弋（式）卑（俾）曾孫有瀿墾—（乩乩）”（簡19），“瀿”原作，整理者釋讀爲“瀿”。侯乃峰《清華簡〈四告〉篇字詞箋釋》釋此字爲“渙”，讀爲“寬”或“桓”，“有寬/桓壯壯”猶言“寬寬/桓桓壯壯”（《出土文獻綜合研究集刊》第十三輯，成都：巴蜀書社，2021年，第32—33頁）。侯説似可從。不過，我們認爲“瀿（渙）”當分析爲從“水”、“韠”省聲，其聲旁把標示讀音的“爰”省掉了，因“韠”相當於“夬”，故“瀿”或可釋爲“渙”。
② 清華大學出土文獻研究與保護中心編、李學勤主編《清華大學藏戰國竹簡（肆）》，下冊第132頁。

不能讀爲“解”，二者古韻相差實在太遠。

　　單育辰先生力主“△”從“廌”聲一説。他指出《上博（三）·周易》所收《訟》卦“上九”爻“終朝三褫之”（簡5～6）的“褫”作𧝑，應分析爲從“衣”、“廌”聲，古代神獸“獬廌”“解豸”或作“觟𧣾”，是“廌”“虒”音通之證，上博簡此字就是“褫”的異體。單先生又舉九店56號楚墓所出《日書》簡20貳的𦊒字（摹本作𧂝），分析爲從“止”、“庶（褫）”聲，作爲連結上博簡《周易》“褫”與《別卦》“△”（分析其聲符爲從“止”、“廌”聲）的中間環節。[1] 九店簡《日書》這個字當如何釋讀，由於文義不明，尚難論定；如果僅從字形着眼，單育辰先生的繫聯不能説没有道理。問題在於要把從“廌”聲之字通讀爲“解”，這在上古聲母方面是有困難的。

　　“廌”字中古讀“池爾切”“宅買切”，從它在上博簡本《周易》中可以充當從“虒（*le）”聲的“褫（*lreʔ、*lreʔ）”的聲符來看，其上古音當擬作*lreeʔ、*lreʔ，聲母屬*L-。[2] “解”的上古音爲*kreeʔ（中古“佳買切”）或*greeʔ（中古“胡買切”），聲母屬*K-。二者雖都有流介音-r-，但聲基截然不同，一般來説是無法相通的。出土與傳世文獻中“解”聲字只與聲母爲*K-類之字通諧，[3] 也可以證明這一點。看來，無論把“△”的聲符釋爲“鹿”還是釋爲“廌”，都難與“解”取得溝通。

　　上博簡本《周易》此卦名作“繲”，已有學者指出即“解”之異體，“解”字從“糸”，與“繫”字從“糸”相反相成。帛書本卦名就作“解”，與今本同。唯輯本《歸藏》卦名作“荔”，十分特異。尚秉和《周易尚氏學》引《上林賦》“答遝離支”，“離支”即“荔支”，

---

① 單育辰《由清華四〈別卦〉談上博四〈東大王泊旱〉的“庶”字》，《古文字研究》第三十一輯，北京：中華書局，2016年，第312—313頁。

② 李豪《古文字的諧聲系統及相關問題研究》，第53—54頁。

③ 參看白於藍《簡帛古書通假字大系》，第434—435頁；徐俊剛《非簡帛類戰國文字通假材料的整理與研究》，吉林大學博士學位論文，2018年，第219頁；孫超傑《傳抄古文札記一則》，《出土文獻》2021年第3期，第103—106頁；高亨、董治安《古字通假會典》，濟南：齊魯書社，1989年，第446、452—453頁（按“解”聲與“鮮”聲字通用之例，實際上“鮮”是“觧（解）”之形訛，非關音通）。

《干禄字書》"離支，俗作荔支"，謂"荔"當讀爲"離"，"離即解也，義與《周易》同"。[①] 其説可從。北京大學藏西漢竹簡《反淫》簡 15 "卑離要（幽）惠（蕙）"，整理者注指出"卑離"即"薜荔"，《玉篇·艸部》："薜荔，香草也。"[②] "卑"與"薜"、"離"與"荔"的韻部關係平行，"卑離""薜荔"可謂"一聲之轉"。《説文·一下·艸部》分析"荔"字"从艸，劦聲"。"劦"在《集韻·帖韻》中有"力協切"一讀，訓"力不輟也"。從"劦"聲的"飍"，見於《山海經·北山經》"北望雞號之山，其風如飍"，郭璞注："飍，急風貌也。"《玉篇》收此字讀"力計切"，與"荔"同音，《集韻·帖韻》讀"力協切"。《説文》分析"荔"從"劦（力協切）"聲似乎可取。"荔"本當讀*reeps，後發生 *-ps ＞ *-ts 音變讀爲*reets，[③] 漢以後方有可能與"離"通轉。《歸藏》卦名爲"離"，固然有源自先秦的頗古依據（清華簡《別卦》《筮法》卦名與《歸藏》相合者數見），但輯本《歸藏》以"荔"爲"離"，這種用字當非先秦古貌，至早也早不過漢代。

　　從《歸藏》此卦名爲"荔（離）"來看，《周易》"解"卦之"解"不能像有些學者那樣讀爲"懈"，"解"也不是解脱、化解的意思。《解》卦中"解"字見於"九四""六五"二爻辭：

　　　　九四：解而拇，朋至斯孚。

　　　　六五：君子維有解，吉。有孚于小人。

"九四"爻"而"，上博簡本、帛書本作"其"。"解而（或'其'）拇"之語與上面講過的《咸卦》"初六"爻"咸其拇"、《涣卦》"九五"爻"涣其肝"等同例，都是説此卦象應驗在身體的某處，這個"解"就

---

① 尚秉和《周易尚氏學》，第 187 頁。

② 北京大學出土文獻研究所編《北京大學藏西漢竹書［肆］》，上海：上海古籍出版社，2015 年，第 126 頁。

③ 睡虎地秦簡《秦律十八種·田律》簡 4 "取生荔、麑卵"，整理者疑"荔"讀爲孚甲之"甲"，也有人疑爲衍文（陳偉主編《秦簡牘合集［壹］·睡虎地秦墓簡牘》，武漢：武漢大學出版社，2014 年，第 45 頁）。按如"荔"非衍文，與其讀爲"甲"，不如讀爲"介（*kreeps＞*kreets）"。"介"也有"甲"義，可能也可以指植物的外殼、種皮。

指卦名。"六五"爻的"解"則有具體用義。"君子維有解"的"維"指繫縛之繩，"解"當訓"判""割"，意思是説君子被繫縛的大繩能分割開，是爲吉。"解"卦之名即取自此爻辭之"解"。與此相應的《歸藏》的"離"，也應是"割"的意思。《儀禮·士冠禮》："離肺，實於鼎。"鄭玄注："離，割也。割肺者，使可祭也，可嚌也。"《莊子·外物》："任公子得若魚，離而腊之。"成玄英疏："若魚，海神也。海神肉多，分爲脯腊。""分割"義的"離"與古書中訓"解也"（《方言》卷十三）、"割也"（《荀子·彊國》"則劙盤盂"楊倞注）的"劙"應該表示的是同一個詞（二字中古皆讀"吕支切"）。此"劙"在字書中有作"劚"的或體。

　　有了這樣的認識，我們可以再來討論《别卦》的"△"字。就字形而言，"△"視爲從"鹿"是毫無問題的。蔡飛舟先生指出，包山簡"䴢"字作𪋿（簡175、190），或從"止"作𪋱（簡174）。[1] 按其辭例爲"䴢邑人××""酀邑人××"，"䴢""酀"顯然指同一邑名。從"鹿"從"止"即《别卦》"△"的右旁，説明此字的讀音確與"鹿"相同或相近（包山簡"䴢"非後世讀"芳無切"之"䴢"字，據《説文》，後者本從"廡"聲）。在《清華大學藏戰國竹簡（肆）》公布後不久，我曾用"陸離"的網名發表過《清華簡〈别卦〉讀"解"之字試説》一文。[2] 在那篇小文裏，我引用不少學者的研究成果，[3] 指出春秋戰國文字中"鹿"字兼有"麗"的讀音，由此推測

---

① 蔡飛舟《清華簡〈别卦〉解詁》，第18頁。

② "陸離"《清華簡〈别卦〉讀"解"之字試説》，復旦大學出土文獻與古文字研究中心網：http://www.fdgwz.org.cn/Web/Show/2208，2014年1月8日。

③ 何琳儀《楚王熊麗考》，《中國史研究》2000年第4期，第13—16頁；范常喜《上博簡〈容成氏〉和〈天子建州〉中"鹿"字合證》，《古文字研究》第二十八輯，北京：中華書局，2010年，第431—434頁；闞緒杭等《鳳陽卞莊M1鑄鐘銘文"童鹿"即"鍾離"初識》，安徽省文物考古研究所、鳳陽縣文物管理所編《鳳陽大東關與卞莊》，北京：科學出版社，2010年，第197—203頁；劉信芳等《安徽鳳陽縣卞莊一號墓出土鑄鐘銘文初探》，《鳳陽大東關與卞莊》，第207—208頁；郭永秉《清華簡〈尹至〉"綠至在湯"解》《補説"麗"、"瑟"的會通》，氏著《古文字與古文獻論集續編》，第249—250、20頁。可補充者如：李家浩《"越王者旨於賜"新考》，《歷史語言學研究》第七輯，北京：商務印書館，2014年，第142—148頁。

《別卦》"△"所從的"麀"當分析爲"鹿（麗）"聲。當時我輾轉溝通"麗"與"解"的讀音，當然是錯誤的；但所説"△"可能从"麗"聲，現在看來仍有考慮的價值。既知《歸藏》此卦名"荔"即"割""解"義的"離/劙/劚"，《別卦》的"△"就正好可據"鹿（麗）"聲讀爲"離/劙/劚"，而不必硬與《周易》的"解"牽合。上舉包山簡中的邑名"郂"，一般認爲即今河南鹿邑縣一帶。[①] 不過此地春秋時代叫"鳴鹿"，與"郂（鹿）"不完全合拍。《戰國文字字形表》把楚文字"郂""鄜"都歸在"酈"字條下，與秦文字"酈"並列。[②] 可見此書的編者認爲包山簡邑名"郂""鄜"的"鹿"當讀"麗"音。其説極是。《史記·楚世家》："楚之故地漢中、析、酈可得而復有也。""酈"本爲楚之邑，秦改置爲縣，其地在今河南省南陽市西北。包山簡"郂/鄜（酈）"可與《別卦》"纏（纙—離/劙/劚）"的釋讀互證。

　　清華簡《治政之道》數見"麗"字（簡16、40，簡3下部"止"訛作"出"），从"止"、"麗"聲，用爲"離""罹"，可能就是"邐"的異體。从"鹿（麗）"聲的"麀"與"麗"當是一字。但《治政之道》簡28又有"麀"字，文曰"飛鳥、趣麀、水鼠歲生"，整理者讀"麀"爲"鹿"。[③] 有研究者引《莊子·齊物論》"鳥見之高飛，麋鹿見之決驟"，作爲簡文"飛鳥、趣（驟）鹿"的印證。[④] 如果本篇"麀"確當讀爲"鹿"，表明這個"麀"與《別卦》"纏"、包山簡"鄜"所從的"麀"並非一字。又疑所謂"麀"的"止"乃"匕"之誤書，此字實爲"鹿牝曰麀"（《詩·小雅·吉日》"麀鹿麌麌"毛傳）的

---

① 參看朱曉雪《包山楚簡綜述》，福州：福建人民出版社，2013年，第280頁。
② 徐在國、程燕、張振謙《戰國文字字形表》，上海：上海古籍出版社，2017年，第894—895頁。
③ 清華大學出土文獻研究與保護中心編，黃德寬主編《清華大學藏戰國竹簡（玖）》，上海：中西書局，2019年，下册第128頁。
④ 簡帛論壇"清華九《治政之道》初讀"第126樓"激流震川2.0"發言，簡帛網：http://www.bsm.org.cn/forum/forum.php? mod＝viewthread&tid＝12426&extra＝page%3D5&page＝13，2020年5月22日。參看劉德臨《清華九〈治政之道〉集釋與研究》，聊城大學碩士學位論文，2022年，第184頁。

"庿"。説"趣（驟）庿歲生"似乎更爲精確。

　　總之，按照我們的看法，《別卦》的"纏（纑—離/劕/劂）"、輯本《歸藏》的"荔（離/劕/劂）"與《周易》"解"卦的"解"也屬於同義或義近换用卦名之例。很可能在《別卦》、輯本《歸藏》所從出的此卦"九四""六五"爻辭中，"解而（或'其'）拇""君子維有解"的"解"也是作"離/劕/劂"的。

[作者單位] 鄔可晶：復旦大學出土文獻與古文字研究中心、"古文字與中華文明傳承發展工程"協同攻關創新平臺

郭店簡《語叢四》“流澤而行”新解

馮勝君

提　要： 郭店簡《語叢四》簡文“破邦亡將，流澤而行”，當與典籍中的“接淅而行”聯繫起來考慮。“澤”當讀爲“糪/釋”，“流糪而行”的意思是淘洗過的米還在流水（不及炊煮），也要迅速離開。“流糪而行”與“接淅而行”雖然表述方式不同，但表達的意思是一樣的。

關鍵詞： 流澤　接淅　糪　淅

郭店簡《語叢四》有如下一段簡文：

> 凡敚（説）之道，級（急）者爲首。既旻（得）亓（其）級（急），言必又（有）及＝（及。及）【5】之而弗亞（惡），必聿（盡）亓（其）古（故）。聿（盡）之而㤁（疑），必攸（審）鋊（喻）＝【15】之＝（喻之。喻之）而不可，必廛（文）以訛，母（毋）命（令）智（知）我。皮（破）邦岂（亡）【6】𤕌（將），澅（流）澞（澤）而行。【7】①

這段簡文是講游説之道的，陳劍先生將上引簡文除最後兩句外的文義串講如下：“游説之道，首先要明白對方之所急；如已明瞭對方之所急，則言説必有以及其急；已試探性地説到其所急之事而對方不反感厭惡，則必進一步盡言其事；盡言之而對方有所懷疑，則必須明白詳

---

① 簡文編聯及釋讀，參看陳劍《郭店簡〈窮達以時〉、〈語叢四〉的幾處簡序調整》，艾蘭、邢文編《新出簡帛研究》，北京：文物出版社，2004年，第316—322頁。

細地加以説明開導；曉喻開導而不能釋對方之疑，則必以不實之言加以掩飾，不要讓對方知道自己的真實意圖。"① 簡文"破邦亡將"，林素清先生認爲與《孫臏兵法·月戰》篇中的"復（覆）軍殺將"語意相近。② 實際上"覆軍殺將"只相當於"破邦亡將"中的"亡將"；"破邦"意思是國家敗亡。典籍中常見"破國"一詞，如《戰國策·中山策》："破國不可復完，死卒不可復生。"《韓非子·説疑》："若夫周滑之、鄭王孫申、陳公孫寧、儀行父、荆芋尹、申亥、隨少師、越種干、吳王孫頷、晉陽成泄、齊豎刁、易牙，此十二人者之爲其臣也，皆思小利而忘法義，進則揜蔽賢良以陰闇其主，退則撓亂百官而爲禍難；皆輔其君，共其欲，苟得一説於主，雖**破國殺衆**，不難爲也。"不難體會，上引《韓非子》文中的"破國殺衆"，與"破邦亡將"語意更加接近，都是説國破家亡、將衆被屠戮的嚴重局面。"破邦亡將"是語義色彩較爲强烈的一句話，對於"流澤而行"的文義有較强的限定作用。過去將"流澤而行"或解釋爲"如水澤流瀉，順勢自然而行"；或將"流澤"讀爲"絡繹"，指連續不斷的樣子。③ 這些解釋在語義上都嫌泛而不切，與"破邦亡將"缺乏必然聯繫，因而難以信從。楊澤生先生將"流澤而行"理解爲逃亡方式，即"順水流離開或選擇水路逃走"，④ 亦不可信。

以常理度之，在"破邦亡將"的危機局勢下，"XX 而行"應該表示匆遽、迅速離開一類的意思方爲恰當。基於這樣的認識，我們自然想到了典籍中的"接淅而行"。《孟子·萬章下》："孔子之去齊，**接淅而行**；去魯，曰：'遲遲吾行也，去父母國之道也。'可以速而速，可

---

① 陳劍《郭店簡〈窮達以時〉、〈語叢四〉的幾處簡序調整》，《新出簡帛研究》，第 321 頁。
② 參看陳偉、彭浩主編《楚地出土戰國簡册合集（一）》，北京：文物出版社，2011 年，第 170 頁注釋〔14〕。《孫臏兵法·月戰》篇釋文注釋，參看山東博物館、中國文化遺産研究院編，張海波整理《銀雀山漢墓簡牘集成（貳）》，北京：文物出版社，2021 年。
③ 參看陳偉主編《楚地出土戰國簡册合集（一）》，第 170 頁注釋〔15〕。
④ 參看朱惠琦《郭店〈語叢四〉集釋》，吉林大學碩士學位論文，2015 年，第 61 頁。

以久而久，可以處而處，可以仕而仕，孔子也。"① 趙岐注："淅，漬米也。"朱熹《集注》："接，猶承也；淅，漬米也。漬米將炊，而欲去之速，故以手承水取米而行，不及炊也。"以"接淅"來形容孔子離開齊國時的匆遽之狀，無疑是非常生動形象、令人印象深刻的。又《説苑·權謀》：

> 鄭桓公東會封於鄭，暮舍於宋東之逆旅，逆旅之叟從外來曰："客將焉之？"曰："會封於鄭。"逆旅之叟曰："吾聞之，時難得而易失也，今客之寢安，殆非封也。"鄭桓公聞之，援轡自駕，**其僕接淅而載之**，行十日夜而至，釐何與之爭封。故以鄭桓公之賢，微逆旅之叟，幾不會封也。

亦以"接淅"一詞喻況離開的匆忙。典籍中用來描述快速離開的文例還有一些，如《孟子·告子下》："孔子爲魯司寇，不用，從而祭，燔肉不至，不税冕而行。不知者以爲爲肉也，其知者以爲爲無禮也。"《吕氏春秋·權勳》："中山之國有厹繇者。智伯欲攻之而無道也，爲鑄大鐘，方車二軌以遺之。厹繇之君將斬岸堙谿以迎鐘。赤章蔓枝諫曰：'《詩》云："唯則定國。"我胡以得是於智伯？夫智伯之爲人也貪而無信，必欲攻我而無道也，故爲大鐘，方車二軌以遺君。君因斬岸堙谿以迎鐘，師必隨之。'弗聽。有頃，諫之，君曰：'大國爲懽，而子逆之，不祥。子釋之。'赤章蔓枝曰：'爲人臣不忠貞，罪也；忠貞不用，遠身可也。'斷轂而行，至衛七日而厹繇亡。"上引文獻中的"不税（脱）冕而行""斷轂而行"與"接淅而行"所要表達的語義相近，但似均不如後者生動且富有生活氣息。

上引朱熹注謂："淅，漬米也。"《説文》："淅，汰米也。"《儀禮·士喪禮》："祝淅米于堂，南面，用盆。"《儀禮·既夕禮》："夏祝淅米，差盛之。"馬王堆帛書《五十二病方》206/193："孰（熟）析

（淅）汰以水。"① 這些"淅"的用法均用爲動詞，是淘洗的意思。但"接淅"之"淅"，用爲名詞，則指淘洗過的米。

如果"流澤而行"意思與"接淅而行"相關，那麼"澤"字無疑當讀爲"釋"。大徐本《説文》："釋，潰米也。从米睪聲。"小徐本及《玉篇》等均作"漬米也"，段注："《大雅》曰'釋之叟叟'，傳曰：'釋，淅米也。叟叟，聲也。'按，漬米，淅米也。漬者初湛諸水，淅則淘汰之。《大雅》作'釋'，'釋'之假借也。"魯《詩》"釋之叟叟"之"釋"作"淅"，② 當屬同義換讀。"釋"從《説文》訓釋及《詩經》用例來看，均用爲動詞，即淘米的意思。但在出土文獻中"釋"有名詞的用例，如《五十二病方》375/365："癰自發者，取桐本一箭所，以澤（釋）泔煮□□泔。"③ 帛書中的"澤（釋）泔"即淘米水，《説文》："泔，周謂潘曰泔。"又"潘，淅米汁也。"古有"潘沐"一詞，即用於洗頭的淘米水。所以"流澤而行"當讀爲"流釋而行"，意即淘洗過的米還在流着水（不及炊），也要迅速離開。"接淅"與"流釋"實際上是同一行爲的兩個方面，用手捧着淘洗過的米（"接淅"），自然會有"釋泔"從指縫流出（"流釋"）。這樣看來，"流釋而行"就相當於"接淅而行"，只不過表述方式不同而已。

《説文》："釋，解也。从釆，釆取其分別物也。从睪聲。"先秦秦漢文字材料中似見从"釆"的"釋"字，表示｛釋｝這個詞的時候，甲骨文寫作形，④ 象兩手從刑具中脫離出來，是釋放之｛釋｝的本字。戰國文字或用"睪"表｛釋｝，如上博簡《姑成家父》9－10號簡："女（如）出内庫之繇（囚），而余（予）之兵。强門大夫率，以睪（釋）長魚矯（矯），惻（賊）參（三）郤。"或用從"臭"聲的"叙""愳"表｛釋｝，如郭店簡《窮達以時》3－4號簡："咎（咎）

① 裘錫圭主編《長沙馬王堆漢墓簡帛集成（伍）》，北京：中華書局，2012年，第251頁。
② 參看王先謙《詩三家義集疏》，臺北：明文書局，1988年，第882—883頁。
③ 裘錫圭主編《長沙馬王堆漢墓簡帛集成（伍）》，第282頁；張雷《馬王堆漢墓帛書〈五十二病方〉集注》，北京：中醫古籍出版社，2017年，第443—444頁。
④ 李宗焜《甲骨文字編》，北京：中華書局，2012年，第1003頁。

綸衣胸（胎—枲）蓋（褐），冒袿（經）尾（蒙）懂（巾），叙（釋）板箁（築）而差（佐）天子，壐（遇）武丁也。”同篇尚有“叙（釋）杕（械）槹（柙）”（6 号简）、“叙（釋）板（鞭）柽（箠）”（7 号简）等，均以“叙”表〔釋〕。郭店簡《老子甲》9 號簡：“臚（渙）虖（乎）亓（其）奴（如）悥（懌—釋）。”

先秦璽印及兩漢魏晉碑刻文字材料中，則多以“檡”爲“釋”，如戰國三晉璽印文字有“檡”字（《古璽彙編》1863、1873 號），辭例均爲“檡之”，即常見人名“釋之”，如《史記》中即有吕釋之（《吕太后本紀》）、張釋之（《張釋之馮唐列傳》）。張遷碑及漢印文字中亦有“檡”字，[①] 均用爲人名。費鳳別碑銘文中“檡”字辭例爲“耕夫檡末耜”，無疑應該讀爲“釋”；三體石經《君奭》“天弗庸釋于文王受命”，篆文一體“釋”亦寫作“檡”（古文形體寫作“澤”）。敦煌文書及魏晉隋唐碑刻中“釋”字亦多寫作“檡”，[②] 在北魏墓誌中“釋”字開始出現，至唐代石刻文字中“釋”字數量逐漸增多，並成爲官方認可的用字（唐石經用“釋”不用“檡”）。[③] 可見“從釆”之“釋”，當是“從米”之“檡”的晚起形體。類似的情況如《説文》謂“審”字“從釆”，但古文字材料中均寫作從“米”，如楚王酓審盞（《江漢考古》1992 年第 2 期）、上博簡《孔子詩論》21 號簡、清華簡《越公其事》53 號簡等；《説文》謂“悉”字“從釆”，但陳劍先生指出秦漢簡帛材料中“悉”字多不“從釆”而從“米”寫作“恣”，[④] 都是平行的字形演變現象。《説文》收有“釋”字，與當時的用字習慣不合，不排除係後人竄入。

“檡”字的詞義可以從兩個方面去理解。《説文》將“檡”訓爲

① 羅福頤《漢印文字徵補遺》卷七·四，北京：文物出版社，1982 年。

② 參看黄徵《敦煌俗字典》，上海：上海教育出版社，2005 年，第 370 頁；臧克和、典郭瑞主編《中國異體字大系·隸書編》，上海：上海書畫出版社，2010 年，第 575 頁；秦公《碑別字新編》，北京：文物出版社，1985 年，第 447 頁。

③ 參看臧克和主編《漢魏六朝五代隋唐字形表》，廣州：南方日報出版社，2011 年，第 1544 頁。

④ 陳劍《上博（六）·孔子見季桓子重編新釋》，《出土文獻與古文字研究》第二輯，上海：復旦大學出版社，2008 年，第 178—179 頁。

"漬米"，而訓"漬"爲"漚也"，段注："謂浸漬也。"而"澤"亦有浸潤義，如"潤澤"一詞現在還是常用詞。類似的詞還有"膏澤"，如《國語·晉語四》："重耳之仰君也，若黍苗之仰陰雨也；若君實庇廕膏澤之，使能成嘉穀，薦在宗廟，君之力也。"可見"釋"的以水浸潤義，當與"澤"有關。另外一方面，"釋/釋"與"擇"關係密切，前文提到甲骨文"釋"字本像雙手從刑具中解脱出來，所以"釋"的核心詞義是本來結合在一起的東西被分開，解釋、訓釋之"釋"是把難以理解的問題條分縷析地分辨清楚；"涣然冰釋"是結合在一起的冰塊分解開來；由"釋"分化出來的"懌"是鬱結的心緒被打開；"繹"可能是爲抽絲義所造的後起分化字（《説文》："繹，抽絲也。"），抽絲就是把絲從蠶繭中抽離、分解出來，也可表示抽象意的分析、解析，如《論語·子罕》："巽與之言，能無説乎？繹之爲貴。"邢昺疏："繹，尋繹也。"既然"釋"的意思是把整體分解開來，那麼在分解後捨棄一部分就是"捨棄"義的"釋"，[1] 而保留另外一部分就是"選擇"義的"擇"。"釋/釋"的動詞義淘米，實際上就是選擇的過程，通過淘洗的動作，選擇一部分留下（米），而淘汰、捨棄另一部分（米中的雜質）。可見"釋"的淘洗、淘汰義，當與"擇"有關。"釋/釋""澤""擇"聲符相同，可以看作是一組關係密切的親屬詞。

有了這樣的認識，我們回頭再來看與"釋"同義的"淅"，其詞義的來源和演變就非常清楚了。首先"淅"與"漬"古音極爲接近，"漬"的基本聲符爲"束"（如郭店《太一生水》9 號簡、上博《孔子詩論》9 號簡等"責"字均寫作從貝束聲，例全多，不煩贅舉），出土文獻材料中從"束"聲的"策"往往寫作從"析"聲的"箖"或"笁"（《説文》："片，半木也。"古文字中獨體或偏旁中的"片"均爲"析"之省），如中山王方壺"策賞"之"策"即寫作"箖"（《殷周金文集成》9735 號），馬王堆帛書《老子》甲本"策"字亦作"箖"，

---

① 參看宗福邦等《故訓匯纂》，北京：商務印書館，2003 年，第 2354 頁。

乙本則寫作"笲"。① 清華簡《赤鵠之集湯之屋》9、13 號簡讀爲
"刺"之字，寫作"析"之省體"片"。可見從"束"聲的"瀆"，與
從"析"聲訓爲"瀆米也"的"淅"音義俱近，是一對親屬詞。《説
文》訓"淅"爲"汏米"，前引《五十二病方》"淅汰"連言，可見
"淅"與"釋"都是通過以水淘洗的動作，達到淘汰雜質的目的。
"淅"的這一義項無疑來源於分析、解析之"析"，"析"字本像以斧
斤破木，故有分開、分解義，把整體分開，選擇一部分留下而淘汰另
一部分，就自然分化出"淅"字。

[作者單位] 馮勝君：吉林大學考古學院·古籍研究所、古文字與中
　　　　　　華文明傳承發展工程

---

① 參看劉釗主編《馬王堆漢墓簡帛文字全編》，北京：中華書局，2020 年，第 504—505 頁。

楚文字中舊釋爲"冥"之字再議*

蘇建洲

提　要：楚簡文字有寫作"🔺""🔻"等字形（下文以"果"表示），可分爲上部圈形是否塗黑兩種寫法。上博簡《周易》"果"對應今本豫卦作"冥"，所以多數研究者釋爲"瞑"。另外，根據清華簡《參不韋》簡 95 "🔻（䨓）勉"的用法，說明"🔺"可以還原爲"🔺"（下文以"奊"表示）。本文認爲"奊""果"釋爲"冥/瞑"並不可從。一方面目前看到的"冥"字都作"🔳"，筆者認爲象"覆面"之形，而人面之形從來只作"白"或"日"形，與"🔺"一系字作中豎筆貫穿完全不同。而且"🔺"表示一邊明亮一邊暗昧形也與"瞑士未嘗照"的形象不合。筆者認爲"🔺"中塗黑的部分是指"眼珠"，整個字形表示"裹視"的樣子，是"眄"的初文。"眄"與"冥"聲音相近，而且有"裹視"及"目盲"之義。"果"當非由"奊"直接演變而來，而是表示人眼裹視樹木之意。

關鍵詞：清華簡　上博簡　冥　眄　文字考釋

（一）

清華簡《參不韋》有幾個讀爲〔䨓〕的字形值得關注，依據整理者的釋文，分別見於簡 95 "某所敢不奊（䨓）勀（勉）【九五】潜（措）乃心腹（腹）圣（及）乃四僼（體）"；簡 47 "敭（播）䇞（簡）乃化（過）而冥（䨓）之"；簡 102 "自上洗（省）之，自下翼（䨓）之"。三處文字分別寫作：

---

* 本文爲"清華簡《五紀》疑難字詞暨相關問題研究"階段性成果，獲得"國科會"的資助（NSTC 112－2410－H－018 －040 －MY2），特此致謝。

〔圖〕95　〔圖〕47　〔圖〕102

整理者注釋簡 47 的内容比較重要，原文如下：

〔五〕罞，从网，从吴，所从"吴"旁字形下部作"大"形，簡九五"吴"字下部亦作"大"形，這種寫法的"吴"字還見於詛楚文，與楚簡常見的下部作"木"形者不同，據此可知，所謂"木"形當由"大"形演變而來。類似演變如"樂"字下部本從"木"作，在戰國文字中或演變作"大"形。"吴"字字形象正面人形附帶畫出人的面部，乃整體表意字，與古文字"黑"密切相關。參周波《説上博簡〈容成氏〉的"冥"及其相關諸字》（復旦大學出土文獻與古文字研究中心網二〇二〇年六月二十三日）。罞，還見於簡一〇二，下部所從"大"形變作"木"形，與楚簡常見"冥"字寫法相同，此字還見於上博簡《三德》簡一二。簡文讀爲"黽"，黽勉。①

其中"吴"是整理者根據形體的嚴式隸定，跟《字彙補·日部》："昗，與戾同。"無關。不過這個隸定並不精準，其上顯然不從"日"形，本文以"果""吴"來表示。《參不韋》簡 95、47 從"大"形的寫法是首次出現，根據"吴（黽）孨（勉）"的文例，"黽"讀"武盡切"相應爲 *mlin?，與冥 *meeŋ 音近，説明"吴"字跟讀爲｛冥、瞑｝的"〔圖〕""果"等字有關，"〔圖〕"可以還原爲"〔圖〕"，確實是表示人之器官行爲或特徵的字。此外，比對《參不韋》簡 47、102 的字形亦可證明"果""吴"有密切關係。

"果"這個形體已多次見於楚簡，主要分爲上部圈形是否塗黑兩種寫法：

a. 〔圖〕上博簡《周易》15、〔圖〕清華簡《禱辭》19〔圖〕望山簡 2—15

---

① 清華大學出土文獻研究與保護中心編，黃德寬主編《清華大學藏戰國竹簡（拾貳）》，上海：中西書局，2022 年 10 月，第 123 頁注〔五〕。

　　b. ⿰ 清華簡《祝辭》02 ⿰ 清華八《八氣五味五祀五行之屬》5 ⿰ 上博簡《三德》19、⿰ 信陽 1—23、⿰ 清華簡《子産》15、⿰ 上博簡《三德》12、⿰ 包山 143、⿰ 曾侯 65、⿰ 曾侯 201、⿰ 望山 2—24

　　由於上博簡《周易》15 對應今本豫卦"上六：冥豫，成有渝，无咎"之"冥"，所以學者釋字都從這個角度考慮，各組字例讀爲從"冥"聲或與"冥"音近的詞確實也很合適，但是對於這個字的結構尚有討論的空間，[①] 目前以釋爲"瞑"爲主流意見。比如范常喜先生説：《説文·目部》"瞑，翕目也"，"瞑"可以表示閉上眼睛，也可以用來表示"目盲"。《逸周書·太子晉》："師曠對曰：'瞑臣無見，爲人辯也，唯耳之恃，而耳又寡聞而易窮。王子，汝將爲天下宗乎！'"孔晁注："師曠，晉大夫，無目，故稱瞑。"《呂氏春秋·知接》："瞑士未嘗照，故未嘗見。瞑者目無由接也，無由接而言見，讔。"《晏子春秋·内篇·雜上》："冥臣不習。"《韓詩外傳》、《文選·演連珠》李注引"冥"作"盲"。范先生認爲："'⿰'的構字意圖當是在表示眼睛的圓圈中有意塗黑兩筆來表示目盲、眢目之義，是用象意的方法造出來的'瞑'字。"《容成氏》下文講到"官其材"的諸種殘疾之人，其中"⿰"對應"矇工鼓瑟"（簡 2），"古代盲人多爲樂官，以發揮其耳聰之長"，此正與"矇工鼓瑟"相合。[②] 此説在文義上十分合理。

　　周波先生不同意這個意見，他認爲楚文字"目"多寫作⿰或⿰形，與"⿰"字外框形體差異較大。郭店簡《唐虞之道》簡 26"目"書作⿰，雖與"⿰"接近，但這類寫法具有齊魯文字的特點，與典型楚文

---

① 各家説法參見周波《説上博簡〈容成氏〉的"冥"及其相關諸字》一文的介紹。文載復旦大學出土文獻與古文字研究中心網，2020 年 6 月 23 日。

② 范常喜《試説〈上博五·三德〉簡 1 中的"瞑"——兼談楚簡中的相關諸字》，簡帛網，http://www.bsm.org.cn/show_article.php? id=278，2006 年 3 月 9 日；又范常喜《楚簡"⿰"及相關之字述議》，《簡帛》第十一輯，上海：上海古籍出版社，2015 年，第 53—66 頁；又收入其《簡帛探微——簡帛字詞考釋與文獻新證》，上海：中西書局，2016 年，第 103—121 頁。

字有別。清華簡《祝辭》的整理者將 "🐾" 直接釋爲 "冥" 字，並説 "此字楚文字屢見，字形暫不能分析"。[1] 周先生同意釋爲 "冥"，他認爲楚文字 "呆" 是一個整體表意字，不能分析爲形聲結構。《詛楚文·巫咸》"冥" 字作 🔲，《詛楚文·亞駝》"冥" 字作 🔲，"冖" 下的部分像正面人形附帶畫出人的面部，形體與甲骨、金文 "黑" 字寫法非常接近。古文字 "冥" 或與 "黑（或墨）" 有關。"冥" "墨" 二字音義並近。"墨" 古音在明紐職部，"冥" 古音在明紐耕部，聲爲一系，韻部爲旁對轉，可以相通。[2]《參不韋》整理者贊同周説。

下文先討論 "冥" 字形體結構，第三節再討論 "🔺" 的相關問題。

（二）

目前古文字所見 "冥" 字大概有如下寫法：

冥1： 🔲《詛楚文·巫咸》🔲《詛楚文·亞駝》🔲《詛楚文·湫淵》🔲《里耶》8：461 木方[3] 🔲 澳門珍秦齋藏 "郝氏箴言璽"[4] 🔲 冥，《五十二病方》129.1[5]

冥2： 🔲《天回醫簡·療馬書》83 🔲 馬王堆帛書《周易》34.58 🔲 馬王堆帛書《相馬經》1.65 🔲 冥，《里耶（壹）》8—1221 🔲 冥，《妄稽》34 🔲 冥，馬王堆帛書《五十二病方》92.27

---

① 清華大學出土文獻研究與保護中心編，李學勤主編《清華大學藏戰國竹簡（叁）》，上海：中西書局，2012 年，第 165 頁注八。

② 周波《説上博簡〈容成氏〉的 "冥" 及其相關諸字》。

③ 郭永秉《讀里耶 8：461 木方札記》，載氏著《古文字與古文獻論集續編》，上海：上海古籍出版社，2015 年，第 387 頁；此字上從 "网"，中間從 "日"，下從 "大" 形，與馬王堆帛書《五十二病方》129 行 "冥" 字作 🔲 寫法一致。

④ 董珊《秦郝氏印箴言款考釋——〈易·損〉"懲忿窒欲" 新證》，《考古與文物》1999 年第 3 期，第 87—88 頁。

⑤ 更多字形參看劉釗主編《馬王堆漢墓簡帛文字全編》，北京：中華書局，2020 年 1 月，第 773 頁、臧克和主編《漢魏六朝隋唐五代字形表》，廣州：南方日報出版社，2011 年，第 162 頁。

《詛楚文》“冥”字，郭永秉先生認爲可能是從“鼎”字分化而來。[①]請比較“鼎”作：

集成614，叔鼎鬲集成4315，秦公簋集成10361國差

罉秦公石磬

“鼎”旁的“貝”形寫法上寬下窄，與《詛楚文》“冥”字頭部作“白”形上窄下寬不同，筆者傾向周波先生所説“冖”下象“正面人形”。漢簡改“白”爲“日”形；“大”旁或訛爲“木”形，古文字常見。但是周先生將“冥”字與“杲”混而爲一則有問題（詳下）。《説文》：“冥，幽也。從日從六，冖聲。”《説文》：“冖，覆也。從一下垂也。凡冖之屬皆從冖。臣鉉等曰：今俗作羃，同。”《説文》分析“冥”字“冖”下爲“從日從六”顯然有誤，筆者認爲字“冖”下所從當是“兒”字，《説文》：“兒，頌儀也。從人，白象人面形。”《五紀》“兒”作03、31。古文字形體正面與側面往往無別，“大”“人”二形可以通用，“兒”將“人”旁換爲“大”即爲“”。比如上博簡《苦成家父》09“公恩（慍），亡（無）告”，這個“恩”作

從文義來看當是“恩”的或體，即“慍”字，跟恩惠之“恩”字無關。這是“人”旁換爲“大”的例證。又如秦文字“敖”的寫法：

睡虎地．雜抄32秦封宗邑瓦書（陶匯5.384）

（集粹）

第一形左下從“人”，第二、三形訛爲“大”或“矢”；第二、三形左上還訛爲“出”，與許慎在《説文》所言“敖（），遊也。從出、從

放"認爲敖从"出"相合，當是因爲許慎僅見過从"敖"之秦文字，而未見過先秦古文字的緣故。[1] 🦅當分析爲从"兒"从"冖"，"冖"亦作爲聲符，字形以"覆面"之形來表示本義"覆蓋"之義，後來加上"巾""衣"偏旁分化寫作"帾""幂""裱"，並隨着覆蓋在鼎、尊、彝等器物上而有"鼏""冟"等寫法，相關資料如下：《説文·巾部》："帾，幔也。"段注云："謂冢其上也。《周禮》注曰：'以巾覆物曰帾。'《禮經》鼎有鼏，尊彝有帾。其字亦作幂，俗作羃。"《儀禮·士喪禮》"帾目用緇"，《吕氏春秋·知化》："夫差將死，曰：'死者如有知也，吾何面以見子胥於地下？'乃爲帾以冒面而死。"朱駿聲《説文通訓定聲》："有覆尊之帾，有覆篚之帾，有覆帽之帾，有覆面之帾，有覆笭之帾，有覆鼎之帾。"《信陽》2.05"【竹】器，十笑（鋪），屯赤綿（絀）之巾。"陳劍先生指出楚簡"綿"形即"絀"字之繁體，[2] 石小力先生指出"赤絀之巾"是覆幂之巾，[3] 説皆可從。

《説文·皀部》："冟，飯剛柔不調相箸。从皀，冖聲。讀若適。"不過，出土文獻的"冟"大多用爲"幂""裱"。《曾侯》45"黄克馭輨車……豻鞥，彔裏"，裘錫圭、李家浩先生注釋云：

> 簡文所記的"鞥"有"豻鞥"（45號、48號、71號、73號）、"貍鞥"（70號）、"虎鞥"（115號、117號）、"䌷鞥"（119號）、"襦貂與綠魚之鞥"（55號、106號）等。毛公鼎、番生簋等銘文記車馬器有"虎冟"。"鞥"從"冟"聲。簡文的"虎鞥"當即金文的"虎冟"。孫詒讓謂金文"冟"字"當讀爲'裱'。……'冟'、'冟'、'冥'並從'冖'聲，得相通借也"（《籀膏述林》7.9上）。按孫説甚是。《周禮·春官·巾車》"王之喪車五。乘木車，蒲蔽，犬裱，尾櫜疏飾"，鄭玄注："犬裱，以犬皮爲覆

---

① 李蘇和《秦文字構形研究》，復旦大學博士學位論文，2014年，第207頁。

② 陳劍《據出土文獻説"懸諸日月而不刊"及相關問題》，《嶺南學報》第十輯，2018年12月，第73頁。

③ 石小力《簠鋪考辨》，載《古文字論壇》第一輯，廣州：中山大學出版社，2015年，第322—337頁。

笭。"簡文"犴鞎"蓋指以犴皮作的裌。①

其説甚是。"鞎"字寫作![img],② 其"宀"旁混訛爲"冂"形，跟上面提到的"冪"作![img]一樣。總之，"冥"本義是"覆蓋"，《天回醫簡・療馬書》83 整理者釋文作"藏，善冥（幂）蓋之"。"冥"通讀爲"幂"自無問題，不過"冥"亦有可能直接用爲"覆蓋"義。"冥"由"覆蓋"義再引申爲"昏暗""夜晚""愚昧"③ 等義。如同兜鍪的"兜"初文"作![img]（清華簡《子産》"醜"![img]字偏旁），"兜鍪"即頭盔，其物"蒙""蔽"於人首人面。《廣雅・釋器》"兜鍪謂之胄"王念孫《疏證》謂："兜者，擁蔽之名。鍪者，覆冒之稱，故帽亦謂之兜鍪。"《國語・晉語六》："於是乎使工誦諫於朝，在列者獻詩，使勿兜。"韋昭注："列，位也。謂公卿至於列士獻詩以諷也。兜，惑也。"陳劍先生指出所謂"惑也"之訓，正可謂"心之擁蔽"。④ 即由蒙覆人面引申爲蒙覆人心，所謂"惑也"。《説文》："冥，幽也。"是以引申義爲説。《晏子春秋・雜上十六》："范昭佯醉，不説而起舞，謂太師曰：'能爲我調成周之樂乎？吾爲子舞之。'太師曰：'冥臣不習。'""冥臣"即"瞑臣"，是失明之臣，乃古代樂師的自稱。《説文》："瞑，翕目也。"字面上是指"閉目"，其實也就是覆蓋眼睛，再引申指"目盲"。

關於"冥"的字形還有兩處可以補充的地方。《古文四聲韻》2.22 引《古老子》"冥"作

---

① 裘錫圭、李家浩《曾侯乙墓竹簡釋文與考釋》，收録湖北省博物館《曾侯乙墓》，北京：文物出版社，1989 年，第 516 頁，注 112。

② 更多例證參見滕壬生《楚系簡帛文字編（增訂本）》，武漢：湖北教育出版社，2008 年，第 532 頁。

③ 《慧琳音義》卷七十八"癡冥"注引鄭注《禮記》云"冥，不能明也"。參見宗福邦等編《故訓匯纂》，北京：商務印書館，2003 年 7 月，第 206 頁。唐韓愈《鰐魚文》："不然，則是鰐魚冥頑不靈，刺史雖有言，不聞不知也。"

④ 陳劍《據天回簡"筅"形補説"兜"字源流》，《中國簡帛學國際論壇二〇二三——新出土戰國秦漢簡牘文獻研究論文集》，武漢大學簡帛研究中心等主辦，2023 年 10 月 24—25 日。

李春桃先生分析此字爲從"宀"從"日"，根據《龍龕手鏡》載"冝"同"冥"，認爲 應是後世俗字，是根據"冝"回改而成的篆體。①北大秦簡牘《禹九策》62 背"有人蜀（獨）行，瞑（暝）晦（晦）莫（暮）夜"，"瞑"寫作

李零先生分析"瞑"字上爲"冥"之省體，下從目，讀爲"暝"。②其説若可信，則古文字"冥"已有省簡爲"冝"的寫法，與 相合。此外，《説文》："汨，長沙汨羅淵，屈原所沈之水。從水，冥省聲。莫狄切。""汨"更是進一步省簡只剩"日"旁。

另外，上面提到"鼏"字寫作 、"扃"作 ，"宀"旁皆混訛爲"冂"形。文獻本有"鼏"與"鼏"二字，前者指覆蓋鼎的用具，從宀（聲），字又通作"幎"。後者從"冂（聲）"或作扃、鉉，都是指橫貫鼎耳、用來舉鼎的木棍，即《説文》所云"以木橫貫鼎耳而舉之。……《周禮》廟門容大鼏七箇，即《易》玉鉉大吉也"。但是小篆作"鼏"，大徐本反切爲莫狄切，顯然是誤爲"鼏"。段注將字頭改爲"鼏"是正確的。《儀禮》常見的"設扃鼏"，段注認爲正文原作"鼏鼏"，因兩字易混，後人改前字爲同音的"扃"。③《儀禮·士冠禮》："離肺實於鼎，設扃鼏。"賈公彥疏："設扃鼏者，以茅覆鼎，長則束其本，短則編其中。"上引秦公簋（《集成》04315）銘文云："秦公曰：不顯朕皇祖受天命，鼏（奠）宅禹貴（迹）。"楊樹達指出：

按"鼏"字從鼎冂聲，《説文》訓以木橫貫鼎耳舉之，此當假

① 李春桃《傳抄古文綜合研究》，上海：上海古籍出版社，2021 年，第 316 頁。又參見李春桃《古文異體關係整理與研究》，北京：中華書局，2016 年，第 298—299 頁。
② 北京大學出土文獻與古代文明研究所編《北京大學藏秦簡牘（肆）》，上海：上海古籍出版社，2023 年，第 906 頁注 4。
③ 參見張富海《漢人所謂古文之研究》，北京：綫裝書局，2007 年，第 186 頁。

爲迥。《説文》二篇上辵部云："迥，遠也。"鼏字從╟，不從宀，
彝銘雖時時宀╟混用，而此銘確是鼏字。……"責"當讀爲"迹"。
襄公四年《左傳》云："芒芒禹迹，畫爲九州。""迹"《説文》訓
步處，"禹迹"謂禹所經行之處也。"禹迹"又作"禹績"。《詩·
商頌·殷武》云："天命多辟，設都于禹之績。"是也。"迹"《説
文》或作"蹟"，故《詩》文作"績"，此銘作"責"也。①

其説甚是。這裏附帶討論 "╟" 的造字本義。戴家祥主編《金文大
字典》説：

> 疑方即旁的本字。從一爲肩荷之杠棒形。從 ⟩ 爲側身人字。
> 《釋名》"在邊曰旁"，《玉篇》："旁猶側也。"人側向一邊正取旁
> 字義。甲骨文和金文的方又作 𣎵，一形兩端的短豎爲指事符號，
> 表示物之兩旁，猶《儀禮·大射禮》所説"左右曰方"。②

鄔可晶先生同意此説，認爲以"方"爲邊側義的"旁"的本字，"方"
所從"╟"指示"兩旁"，都十分可取。"方（旁）"以突出左右兩端
（至多再包括上端）表"旁邊"義，跟"巫（荒）"字突出四端表"四
方絕遠"之義，可以相互參證。③ 筆者懷疑"方"所從"╟"以及
"巫（荒）"所從的二"╟"可能都是"冂/冋/坰"，亦作"迥"。《説
文》："冂，邑外謂之郊，郊外謂之野，野外謂之林，林外謂之冂；象
遠界也。凡冂之屬皆從冂。冋，古文冂。從口，象國邑。坰，冋或從
土。"《集韻》："冂，遠也。"也就是説"冂"作"╟"，可能就是指
示"兩旁"之處，以表示"遠方"之意。饒炯曰："冂，象遠界之
表。"④ 是有道理的。

① 楊樹達《積微居金文説》，上海：上海古籍出版社，2007 年，第 67—68 頁。又載楊樹達《積微
　居彝器銘文説·秦公簋跋》，《嶺南學報》1950 年第 10 卷第 2 期，第 42 頁。
② 戴家祥主編《金文大字典》，上海：學林出版社，1995 年 1 月，第 2082—2083 頁。
③ 鄔可晶《據出土本説〈老子〉第四十一章"大方無隅"等句》，載復旦大學哲學學院主辦，《"早
　期寫本與〈老子〉新研"學術研討會論文集》，2023 年 9 月 16—17 日。
④ 參見馬敍倫《説文解字六書疏證》，上海：上海書店，1985 年，卷十第 68 頁引饒炯説。

（三）

清華簡《筮法》32"眚"作"𥆞"，"目"旁外框與"◮"相近，因此不能排除楚文字的"目"存在這樣的寫法。不過，筆者也認爲"◮"釋爲"瞑"在形體上並不合理。一個最重要的理由是上面所列"冥"都作"白"或"日"形，與"◮"一系字作中豎筆貫穿完全不同。施瑞峰先生指出楚文字之"𣏌"字或"𣏌"旁，除去"木"形之外的所從都類似《容成氏》之"◮"形，只有是否將右側填實之異，"◮"的中間一筆始終是豎畫，這與秦漢文字"冥"字中間所從的"口"旁顯然是存在區別的。① 這是有道理的，説明"◮"不能是"冥"字，自然也與"瞑"無關。可以類比的是嬭加編鐘"行𣏌曾邦"的"𣏌"當與"𣏌"爲一字（詳下），曾有學者釋爲"柏"，李春桃、凡國棟先生指出：銘文中"白（伯）括"之"白"作◮，與"𣏌"形右部存在差異。② 再從另一角度分析，劉釗先生曾分析"◮"像目"一邊明亮一邊暗昧形"，係"眇"之象形初文，用爲"一目失明"之意。③ 不過"眇"與《周易》異文爲"冥"聲音不合，而且"◮"本象"一目"，也無法表示"二眼"中的"一目失明"。④ 不過他分析"◮"表示一邊明亮一邊暗昧形卻是有道理的。徐在國先生也認爲《容成氏》簡37的"◮"字，一半明一半黑，當是"瞑"的本字，以塗黑一邊表示目瞑看不清楚的意思。⑤ 但如果要表示"瞑士未嘗照"

① 施瑞峰《上古漢語聲母諧聲類型在古文字資料釋讀中的效用》，香港中文大學博士學位論文，2022年，第102頁注57。
② 李春桃、凡國棟《嬭加編鐘的定名、釋讀及時代》，《江漢考古》2022年6期，第117頁。
③ 劉釗《〈容成氏〉釋讀一則（二）》，"簡帛研究"網，2003年4月6日。又載氏著《出土簡帛文字叢考》，臺北：臺灣古籍出版有限公司，2004年3月，第111—112頁。
④ 參見陳劍校點《上海博物館藏楚竹書〈容成氏〉》，北京大學《儒藏》編纂與研究中心編《儒藏（精華編二八二）》，北京：北京大學出版社，2020年，第603頁。
⑤ 徐在國《上博楚簡文字聲系（一～八）》，合肥：安徽大學出版社，2013年，第1987頁。

應該是眼睛的圓圈全面塗黑，如果還有“一半明亮”，則形象是衝突的。像“”字塗黑的部分只占一小部分，b 類更是完全沒有塗黑，皆難會出目盲的意思。甲骨文“瞽”字作：[①]

　　　　c. （合 16040）（合 27938）、（合 13404）d. （屯 1066）

裘錫圭先生以爲此字上從目而去掉下眶，表示目不能見，以此來表示盲人之“瞽”。d 形甚至眼珠子都省略了，與《漢書·賈誼傳》“瞽史誦詩，工誦箴諫”顏師古注“瞽，無目者也”相合。[②] 這種以眼睛有所殘損來表示目盲之義方與“無目，故稱瞑”相合，但在“”形體上看不出這樣的特點。“瞽”到楚竹書則演變爲形聲字，如郭店簡《唐虞之道》舜父瞽叟之“瞽”字作從“瓜”聲之“”（簡 9 、24 ），《上博（二）·子羔》簡 1 作“”，即“”之誤字或訛混字。[③] 此外，清華簡《説命中》簡 4 “若藥，如不瞑（瞑）眩”之｛瞑｝作，用形聲結構表示。這些都無法對“”釋爲“瞑”提供正面的證據。

　　周波先生認爲古文字“冥”形體與“黑”相近，同時“冥”“墨”二字音義並近，此説亦不可從。施瑞峰先生已指出“冥”“黑”韻部不近，將它們分析爲同源詞十分牽强。[④] 至於説“”與“黑”相近，是指甲骨文作（《合集》10171）、（《合集》29508）。但是從西周、春秋金文開始“黑”便在由裏加點，下部大旁亦加飾筆。如

---

① 李宗焜《甲骨文字編》，北京：中華書局，2012 年，第 28—29 頁。

② 裘錫圭《關於殷墟卜辭的“瞽”》，《2004 年安陽殷商文明國際學術研討會論文集》，北京：社會科學文獻出版社，2004 年，第 1—5 頁。又載《裘錫圭學術文集·甲骨文卷》，第 510—515 頁。附帶一提，甲骨文“寢”作形、“蔑”作形，右邊與“瞽”是同形字關係。參見謝明文《説寢與蔑》，《出土文獻》第八輯，上海：中西書局，2016 年，第 15—29 頁。又載氏著《商周文字論集》，上海：上海古籍出版社，2017 年，第 57 頁。

③ 陳劍《釋瓜》，《出土文獻與古文字研究》第九輯，上海：上海古籍出版社，2020 年，第 95 頁。

④ 施瑞峰《上古漢語聲母諧聲類型在古文字資料釋讀中的效用》，香港中文大學博士學位論文，2022 年，第 102 頁注 57。

（庸伯𣪘簋）、█（叔黑臣匜）、█（祝子叔黑臣鼎）。戰國文字“黑”的上部寫法有幾種：一、從由者，有█（楚，曾乙174）、█（秦，秦風183）、█（晉，侯馬98：23）。二、從█者，有█（楚，𤬃，𤬃鐘）、█（晉，𤬃，侯馬1：76）。三、從█或██者，有█（秦，睡·封23）、█（晉，璽彙737）等。四、從██者，有█（齊，璽彙3934）。五、從田者，█（秦，秦風175）、█（秦，睡·日甲71背）。①這些西周以降的形體皆不能與█、█、█比附。可見這一系列的字形不能從“黑”“冥”去考慮，字形所表示的意思跟昏暗、目盲亦無關係。

筆者認爲“█”中塗黑的部分是指《玉篇》“睛，目珠子”“瞳，目珠子也”“矑，亦目瞳子”的“睛”“瞳”“矑”，也就是眼珠子。古文字的“目”形偶有畫出眼珠之形：

　　　　█視，合19895　█杲，合8628　█臣，合20354②

《銘圖》9201著錄商代晚期𥄗瓠之“𥄗”作

其中右邊的眼珠作斜視之形，與“█”相合。根據《參不韋》的“█”，可知“█”字本來應作“█”，表示一個衺視的人。古文字中有些表示人之器官行爲或特徵的字，常常簡化爲不寫出人形而直接表現器官行爲或特徵的形體，所以可以推斷出字形演變過程如下：

　　　　█→簡化█→簡化█、█

施瑞峰先生曾引用鄔可晶先生的意見指出上博二《容成氏》簡37之

---

①　李蘇和《秦文字構形研究》，復旦大學博士學位論文，2014年，第209—210頁。
②　分別參見李宗焜《甲骨文字編》，第199、206、208頁。

獨體 “🔺” 字，可能是表示衺視之〔䁲〕＊m（r）eeŋ 的表意初文。[①]
“䁲” 與 “瞑” ＊meeŋ 聲音相近，而且字義也與字形相合，顯然是很
有道理的。受此意見啓發，筆者擬再提出一個看法作爲補充。

　　《説文》：“眄，目偏合也。一曰衺視也。” 傳世文獻中 “眄” 多用
爲 “衺視” 之意，《列子·黃帝》：“自吾之事夫子、友若人也，三年
之後，心不敢念是非，口不敢言利害，始得夫子一眄而已。”《莊子·
山木》：“王獨不見夫騰猿乎？其得枏梓豫章也，攬蔓其枝而王長其
間，雖羿、蓬蒙不能眄睨也。”《禮記·曲禮》 “毋淫視”，《正義》 云：
“淫，謂流移也。目當直視，不得流動邪眄也。” “眄” ＊meen 與
“冥” 聲音相近，《士喪禮》 “幎目用緇” 之 “幎” 字的注音，《經典釋
文》 記載爲：“幎，依注音綿，於營反。又武遍反，又音縣。”《玉篇》
《廣韻》 載 “枾” 是 “棉” 的異體。“幎” 之於 “縣” 猶如 “枾” 之於
“棉”。又《説文》：“宷，冥合也。从宀丏聲。讀若《周書》‘若藥不
眄眩’。”《繫傳》 作 “讀若《書》 曰 ‘藥不瞑眩’”。可見 “🔺” “𡗾”
即是 “眄” 的表意字。

　　“眄” 與 “冥” 不僅聲音相近，“眄” 亦有 “目盲” 之義，與
“瞑” 當是一組同源詞。《説文》：“眄，目偏合也。” 桂馥《義證》：
“目偏合也者，一目病也。……《廣韻》：‘瞎一目盲。’《漢書·杜周
傳》：‘欽少好經書而目偏盲。’ 顏注：‘偏盲者，患一目也。’……馥
謂：此即目偏合也。”[②] 王筠《句讀》：“筠案：眄、眇聲相轉，今謂一
目盲爲眇，是以眄之義嫁於眇也。”[③] 謹按：“眄” 與 “眇” 韻部不近，
二者當是義近關係，皆指一目盲。段注則改爲 “目偏合也”，並説
“偏各本作偏，誤，今依韵會正。偏，帀也。帀，周也。周，密也。
瞑爲臥，眄爲目病，人有目眥全合而短視者。今眄字此義廢矣。” 段
玉裁此説跟 “宷” 的解釋相呼應。《説文》：“宷，冥合也。” 段注云：

①　施瑞峰《上古漢語聲母諧聲類型在古文字資料釋讀中的效用》，香港中文大學博士學位論文，
　　2022 年，第 112 頁。
②　〔清〕桂馥《説文解字義證》，北京：中華書局，2017 年 9 月，第 281 頁。
③　丁福保編《説文解字詁林》，北京：中華書局影印版，1982 年，第 3908 頁。

"冥合者，合之泯然無迹。今俗云吻合者當用此字。" 同時也可能跟
《説文》"瞑，翕目也" 有關。段玉裁的意思是 "眀""㝵""瞑" 都是
"密合" 的概念，"眀" 是指眼眶全部密合而看不到，可能不僅是一
目。這個 "密合" 義自然跟前面提到 "冥" 的 "覆蓋" 義有關。

　　"眀" 的 "目盲" 之意雖然傳世文獻廢矣，但秦漢文獻尚有記載。
嶽麓秦簡（柒）簡 069/0487—070/0403 正云：

　　　　•參（叄）川言：破荆軍罷，移軍人當罰戍，後戍病癈者，
　　日有瘳遣之署。今或戰痍及病膒攣、瘖、眀廿人，度終身毋
　　（無）瘳時，不可行作。①

"瘖" 字從周波先生之説校改，他還根據《容成氏》《國語·晉語四》
《國語·鄭語一》的内容，認爲 "病膒攣" 當斷讀爲 "病膒（傴）、
攣"。② 對於 "眀"，整理者釋爲 "眪"，注："眪，目病。"③ 周波先生
認爲當釋作 "眀"，他指出從上下文來看 "眀" 應理解爲目盲。簡文
"眀" 相當於上引文獻中的 "瞑""眇""蒙瞍"，亦爲古時常見之罷
病、廢疾。④ 此説合理可從。不過，根據《玉篇》："眀，俗作眪。" 可
見整理者釋文並無問題，訓解爲目病也正確可從。《天回醫簡·療馬
書》29 "一名曰眪勁"，整理者也指出 "眪" 是俗 "眀" 字。可見
"眀" 作 "眪" 大概是秦漢文字常見的寫法。⑤ 表示 "目盲" 的 "眀"
亦見於張家山漢簡《二年律令·賊律》簡 27—28："鬬而以釞（刃）
及金鐵鋭、鍾、椎（椎）傷人，皆完爲城旦舂。其非用此物而眀人，

①　陳松長主編《嶽麓書院藏秦簡（柒）》，上海：上海辭書出版社，2022 年 1 月，第 84 頁。
②　周波《嶽麓書院藏秦簡（柒）研讀》，復旦大學出土文獻與古文字研究中心網，2022 年 7 月
　　20 日。
③　陳松長主編《嶽麓書院藏秦簡（柒）》，上海：上海辭書出版社，2022 年 1 月，第 112 頁注四
　　十四。
④　周波《嶽麓書院藏秦簡（柒）研讀》，復旦大學出土文獻與古文字研究中心網，2022 年 7 月
　　20 日。
⑤　謝明宏先生已指出《療馬書》係 "秦系文獻"，"其繕寫年代在秦統一以前，字體風格爲秦文
　　字"。見謝明宏《〈天回醫簡〉讀札（十四）》，武漢大學 "簡帛" 網，http://www.bsm.org.cn/?
　　hanjian/8979.html，2023 年 4 月 7 日。

折枳（肢）、齒、指，胅體，斷阹（決）鼻、耳者，耐。"① 學者已指出這條簡文可與《唐律疏議》卷第二十一《鬥訟二·鬥毆折齒耳鼻》"諸鬥毆人，折齒，毀缺耳、鼻，眇一目，及折手、足指，若破骨，及湯火傷人者，徒一年"，《鬥訟三·兵刃斫射人》"諸鬥以兵刃斫、射人，不著者，杖一百。若刃傷，及折人肋、眇其兩目、墮人胎，徒二年"，以及《鬥訟四·毆人折跌支體瞎目》"諸鬥毆，折跌人支體，及瞎一目者，徒三年"合證。其中"眣"相當於"眇一目""眇其兩目""瞎一目"。② 以上可證"眣""瞑"是一組音義皆近的同源詞。③

《説文》："眣，目偏合也。一曰袤視也。"這兩個義項應有意義上的聯繫。《資治通鑑·宋紀九》"因眣淑曰"，胡三省注："眣，目偏合而斜視也。"《慧琳音義》卷八十八"眷眣"，注引《説文》："眣，目偏合邪視也。"④ 皆將《説文》對"眣"的兩種解釋合併在一起訓解。再看與"眣"義近的"睇"的例子。《説文》："睇，目小視也。从目弟聲。南楚謂眣曰睇。"《繫傳》作"睇，目小袤視也。從目，弟聲。南楚謂眣睇。臣鍇按：班固《幽通賦》曰：'養流睇而猿號。'""流睇"是指養由基射猿的瞄準動作，⑤ 此時眼睛必然眯成一綫接近冥合之形，伴隨袤視的動作，即所謂"目小袤視"。《楚辭·九章·懷沙》："離婁微睇兮，瞽以爲無明。"離婁因爲"微睇"，即"目小袤視"，以致瞽者以爲離婁"無明"。再以"眇"爲例：《漢書·敘傳上》"離婁眇目於毫分"，顏師古注："眇，細視也。"《易·履》："眇能視，跛能履。"陸德明《釋文》："眇，《説文》云：'小目。'"《資治通鑑·唐僖

---

① 相同内容亦見於新出《張家山漢簡〔三三六號墓〕·漢律十六章·賊律》簡 21—22。參見彭浩主編《張家山漢墓竹簡〔三三六號墓〕》，北京：文物出版社，2022 年，第 165 頁。

② 參見張俊民《懸泉漢簡與張家山〈二年律令〉》，載氏著《敦煌懸泉置出土文書研究》，蘭州：甘肅教育出版社，2013 年，第 459 頁；周波《楚地出土文獻與〈説文〉合證（三題）》，（韓）《漢字研究》2020 年第 1 期，第 170—179 頁。又載復旦大學出土文獻與古文字研究中心、復旦大學歷史系編《出土文獻與中國古代史（第一輯）》，上海：中西書局，2021 年 12 月，第 281—291 頁。

③ 亦可參見陸宗達《〈説文解字〉同源字新證》，北京：學苑出版社，2019 年，第 259 頁。

④ 參見宗福邦等編《故訓匯纂》，北京：商務印書館，2003 年，第 1546 頁。

⑤ 王力主編《古代漢語（第 4 冊·校訂重排本）》，北京：中華書局，2006 年，第 1482 頁。

宗中和三年》："克用一目微眇，時人謂之'獨眼龍'。"胡三省注："眇，一目小也。"這裏的"微眇"即上面提到的"微睇"，時人稱爲"獨眼龍"，這是眯起眼使視力集中，眼睛因此變小，因此"眇"通過"同形引申"出"失明"的意思。可見眯眼衺視的動作可進一步引申爲目盲。據上所述，《説文》："眄，目偏合也。一曰衺視也。"通過"目小衺視"可將兩個義項聯繫起來。《説文》的"本説"與"一曰"之間皆存在引申關係，可以比對《説文》："矇，童矇也。一曰不明也。"《説文》："昧，昧爽，旦明也。从日未聲。一曰闇也。"《説文》："旭，日旦出皃。……一曰明也。"等等。① 這樣來看，"◢" 理解爲"眄"的初文就更有道理了。

　　最後，再看"杲"字，徐在國、范常喜等學者分析爲从木，冥/瞑聲，即"楑"字。不過，前面已經論證"杲"形體與"冥"無關，此處自然不能分析爲从冥/瞑聲。《參不韋》整理者認爲"杲"是由"昊"的下部所从"大"形變作"木"形而來，並舉了"樂"字變化爲例證。但是"樂"字是由"木"旁演變作"大"形，② 與他們所要表達由"昊"→"杲"的過程並不一樣。周波先生文中舉包山簡 173 "異"字作，下从"大"形。郭店簡《語叢三》簡 3、簡 53"異"字分別作、，下部皆變作"木"形。不過，這是一種筆畫延伸訛變，③ 並非"大"旁演變作"木"形。④ 目前未見由"大"旁演變作"木"形的例證，"杲"當非由"昊"直接演變而來。隨州棗樹林墓地

---

① 更多例證參見周聰俊《〈説文〉一曰研究》，臺北：花木蘭文化出版社，2012 年，第 51—56 頁。

② 參看袁瑩《戰國文字形體混同現象研究》，上海：中西書局，2019 年，第 93、99、147 頁。

③ 魏宜輝《楚系簡帛文字形體訛變分析》，南京大學博士學位論文，2003 年，第 23—24 頁。

④ 周波《説上博簡〈容成氏〉的"冥"及其相關諸字》一文曾舉包山簡 173"異"字作，下从"大"形；以及中山王器字，朱德熙先生認爲此字可能是"異"字簡體爲例，並説："若此説可信（指朱先生的説法），則是'大'形變作'木'形之例。"謹按：字是否爲"異"字簡體尚待證明。即便是"異"字簡體，也難以證明跟存在形體繼承關係。

M169 出土的嬭加編鐘銘文云“行🦋曾邦”，其中“🦋”字整理者釋爲“相”。① 駱珍伊女士指出此字與安大簡《詩經》簡 9 “葛藟🦋之”的“🦋”爲一字。② 鄔可晶先生認爲“🦋”字會人眼衺視樹木之意，同樣可以看作〔𥄉〕的表意初文。嬭加編鐘銘文此“𥄉”字如字讀即可，其用法與《國語·周語上》“古者太史順時𥄉土”之“𥄉”相同，訓爲“巡視”。③ 此説可信。值得注意的是，陶潛《歸去來兮辭》“引壺觴以自酌，眄庭柯以怡顏”，其中“眄庭柯”所表示的畫面與“🦋”相符，那麽“🦋”仍可釋爲“眄”，是通過所視之物來表意。《大戴禮記·夏小正》“二月：來降燕，乃睇。……睇者，眄也。眄者，視可爲室者也。”可見“眄”亦有“視”義，方向東先生翻譯作“睇就是眄，眄是看看可以做窩的地方”。④ 那麽“行🦋（眄）曾邦”即行視曾邦。

　　根據上面的討論，筆者認爲“🔔”本作“🦋”，象人衺視之形，是“眄”的初文。由於“眄”亦有“目盲”之義，所以《容成氏》簡文中可直接讀爲“眄”，當然要讀爲“瞑”亦無不可。楚簡其他相關文例仍可讀爲從“冥”聲或與“冥”音近之字。

　　附記：本文寄呈鄔可晶先生交流時，承他惠示對於“𥄉”的完整意見，茲引用如下以饗讀者：

　　　　大作《“冥”》已拜讀，大作主張釋所謂“冥、槇”爲“眄”，表示的也是“衺視”的意思，自有道理。不過，我當初所以選擇“𥄉”，乃是認爲單獨的🦋、🔔可説爲“衺視”義的“𥄉”，從

---

① 郭長江、李曉楊、凡國棟、陳虎《嬭加編鐘銘文的初步釋讀》，《江漢考古》2019 年第 3 期，第 10、14 頁。

② 駱珍伊《安大簡〈詩經〉初讀札記》，《中國文字》2019 年總第 2 期冬季號，第 131 頁。

③ 施瑞峰《上古漢語聲母諧聲類型在古文字資料釋讀中的效用》，香港中文大學博士學位論文，2022 年，第 112 頁。

④ 許嘉璐主編，方向東譯注《大戴禮記》，南京：江蘇人民出版社，2019 年，第 56 頁。

"木"的則是"相""視"義的"覕"（比照"相""省"等字），二者有密切聯繫。如用"眄"説，從"木"之字似不大好講；"眄"當"看、望"講的詞義出現得較晚，大概要到中古以後，上古文獻中似未見用例。又，大作提到的《合集》8628的字，一般認爲即"省"，我懷疑實爲"覕"字，與加嬭編鐘""爲一字異體，楚文字用爲"冥"之字即繼承甲骨文上下結構的寫法而來。《合集》8628僅餘"方"二字，如釋讀爲"覕方"，與編鐘"行覕曾邦"例近，亦頗可通。①

[作者單位] 蘇建洲：彰化師範大學國文系

---

① 2023年9月29日 QQ 通訊軟件内容。

"黃耉"新解[*]

田　煒

提　要: "黃耉"是先秦文獻中常見的詞語，表示"長壽""壽考"之義。故訓多認爲"黃"是指"黃髮"，不僅缺少確鑿的證據，更有增字解經之嫌。本文結合"胡耉"一詞的解釋，認爲"黃耉"之"黃"當訓爲"大"。

關鍵詞: 黃耉　胡耉

先秦文獻多有用於禱頌祝嘏之辭，學者或稱之爲"嘏辭"。古代典籍注疏對嘏辭已有不少解釋。1936 年徐中舒在《中央研究院歷史語言研究所集刊》上發表了著名的論文《金文嘏辭釋例》，對金文中的嘏辭有比較全面系統的研討。[①]其後也有不少學者對嘏辭進行研究，取得了不少成果。目前文獻中所見之"嘏辭"，大部分已有達詁，然而也還有一些問題可以進一步討論。本文即擬對"黃耉"一詞的具體涵義作出新的解釋。

一、"黃耉"之"黃"表示"黃髮"説獻疑

祈壽之語在"嘏辭"中最爲多見，徐中舒指出:

* 本文是教育部人文社會科學重點研究基地重大項目"基於先秦、秦、漢出土文獻的漢語字詞關係綜合研究"（22JJD740031）階段性成果。

① 徐中舒《金文嘏辭釋例》，《徐中舒歷史論文選輯（上）》，北京: 中華書局，1998 年，第 502—564 頁，原載於《中央研究院歷史語言研究所集刊》第六本第一分，1936 年。

　　《洪範》五福，其一曰壽。叚辭亦以祈眉壽最多，在上舉諸辭中（引者按：指文中討論之金文叚辭），祈壽者約十之七八。蓋古代物質生活簡陋，故以祈生存爲第一義。祈黃耇，祈求保身，仍係此義，不過更爲具體耳。因其愛生之甚，在積極方面，遂由此演進而爲春秋戰國以來貴生及引導一派之學説，而他方面養成中國社會上明哲保身之觀念，亦爲勢所必至之事。①

“黃耇”乃長壽之稱，屢見於西周金文，如：

　　（1）侯萬年壽考黃耇（耇），日受休。

（《集成》6007 尊・西周早期）

　　（2）……用匃眉壽、黃耇、吉康，……

（《集成》2813 師奎父鼎・西周中期）

　　（3）天子其萬年、眉壽、黃耇，畯在位。

（《集成》4277 師俞簋蓋・西周中期）

　　（4）伯氏其眉壽、黃耇、萬年，子子孫孫永寶享。

（《銘圖》2396 伯太祝追鼎・西周晚期）

其中例1“耇”字從老，例2—4則從耂。“黃耇”或又作“黃句”“黃者”“黃枸”：

　　（5）……用祈眉壽、黃句（耇）、吉康，……

（《集成》2727 師器父鼎・西周中期）

　　（6）……用錫眉壽、黃者（耇）、萬年，……

（《集成》4039 黃君簋蓋・西周晚期）

　　（7）余永用畯長，難老黃枸（耇）、彌終無疆。

（《銘續》1034 曾侯與鐘②・春秋晚期）

在表示“耇”這個詞的時候，“枸”爲假借字，“者”字用“丩”旁替換了“句”旁表聲，是“耇”字之異體，“句”字既有可能是假借字，

---

① 徐中舒《金文叚辭釋例》，《徐中舒歷史論文選輯（上）》，第562頁。
② 《銘續》1036、1037曾侯與鐘銘文也有“難老黃枸（耇）、彌終無疆”。

也有可能是本字（詳下文）。"黄耇"一詞亦見於傳世文獻，如：

> （8）南山有枸，北山有楰。樂只君子，遐不黄耇？樂只君子，保艾爾後。
>
> 　　　　　　　　　　　　　　　　　　　　　　　（《詩·小雅·南山有臺》）
>
> （9）曾孫維主，酒醴維醹，酌以大斗，以祈黄耇。黄耇台背，以引以翼。壽考維祺，以介景福。
>
> 　　　　　　　　　　　　　　　　　　　　　　　（《詩·大雅·行葦》）
>
> （10）綏我眉壽，黄耇無疆。
>
> 　　　　　　　　　　　　　　　　　　　　　　　（《詩·商頌·烈祖》）
>
> （11）黄耇無疆，受天之慶。
>
> 　　　　　　　　　　　　　　　　　　　　　　　（《儀禮·士冠禮》）

關於"黄耇"的涵義，古書注疏多有解釋。《詩·南山有臺》"遐不黄耇"，毛傳云："黄，黄髮也。耇，老。"訓"耇"爲"老"，殆無可疑。故訓略有分歧者，乃在於對其語源的分析。《説文·老部》："耇，老人面凍黎若垢。"《儀禮·士冠禮》"黄耇無疆"，鄭注："耇，凍黎也，壽徵也。"此説故訓常見。清代學者提出了不同的看法，如朱駿聲認爲"耇"的意義乃從"勾曲"義派生而來，是指老人背部佝僂。[1] 後説似更可信。如果按照這種説法，"句"就是"耇"的本字了，就如"中"之與"衷"、"丩"之與"糾"。至於"黄耇"之"黄"，上引《南山有臺》毛傳訓爲"黄髮"，《行葦序》"外尊事黄耇"鄭箋和《儀禮·士冠禮》（即上引例11）"黄耇無疆"鄭注皆同。《南山有臺》"遐不黄耇"，朱熹集傳"黄，老人髮白復黄也"，《後漢書·和帝紀》"老成黄耇"，李賢等注"黄，謂髮落更生黄者"，對"黄"指"黄髮"均無異詞，惟具體解釋有小別而已。徐中舒認爲：

> 黄耇者古稱壽老之徵。《論衡·無形篇》云："人少則髮黑，老則髮白，白久則黄。人少則膚白，老則膚黑，黑久則黯，若有垢矣。髮黄而膚有垢，故《禮》曰'黄耇無疆'（《儀禮·士冠禮》三加之詞有'黄耇無疆，受天之慶'語），《詩》、《書》有言黄髮者。"《論衡》此語，兼釋黄髮之義。……《詩》言壽老者，

---

① 〔清〕朱駿聲《説文通訓定聲》八·十六上，北京：中華書局，1984年，第356頁，據臨嘯閣刻本影印。

《南山有臺》云"遐不黄耇"，《行葦》云"以祈黄耇"、"黄耇台背"，《烈祖》云"黄耇無疆"，《閟宫》云"黄髪台背"、"黄髪兒齒"，於黄耇之外，又有黄髪台背兒齒諸徵。《詩》言黄髪與黄耇同義，故《行葦》之"黄耇台背"，《閟宫》則變言"黄髪台背"。《書·泰誓》亦云"尚猶詢兹黄髪"，《閟宫》爲魯僖時詩，《泰誓》乃秦穆之辭。此二人同時，似黄髪即此時之流行語。①

此説略詳，大意仍與故訓保持一致。可見古今學人幾乎衆口一詞，都把"黄耇"之"黄"解釋爲"黄髪"。這實有增字解經之嫌，與故訓把"眉壽"之"眉"理解爲壽徵，謂"老者必有毫毛秀出"，是類似的問題。清代學者王引之曾在《春秋名字解詁》"楚史老，字子亹"條中批評説：

亹，讀爲眉。《方言》曰："眉，老也。東齊曰眉。"《爾雅》曰："老，壽也。"眉訓爲老，老訓爲壽，則眉與壽同意，故古之頌禱者皆曰"眉壽"。凡經言"以介眉壽"（《豳風·七月》），"遐不眉壽"（《小雅·南山有臺》），"綏我眉壽"（《周頌·雝》），"眉壽無有害""眉壽保魯"（《魯頌·閟宫》），"眉壽萬年"（《士冠禮》），眉亦壽也。眉壽猶言耇壽（《文侯之命》）、老壽（昭二十年《左傳》）、壽耇（《召誥》）耳。耇也、老也、耇也、眉也，皆壽也。而《詩》傳與箋皆以眉壽爲秀眉（《方言》注同）。案：眉必秀而後爲壽徵，若但言眉，則少壯者皆有之，無以見其爲壽矣。《爾雅》曰："黄髪、兒齒、鮐背，壽也。"豈得徑省其文，而曰"髪壽""齒壽""背壽"乎？説"眉壽"者當據《方言》爲義，不得如毛、鄭所云也。②

王引之指出"黄髪""兒齒""鮐背"不能隨意徑稱爲"髪壽""齒壽""背壽"，是完全正確的。如果順着王氏的思路作一延伸，先秦文獻也

---

① 徐中舒《金文嘏辭釋例》，《徐中舒歷史論文選輯（上）》，第 535—536 頁。
② 〔清〕王引之《春秋名字解詁（上）》，《經義述聞》，南京：江蘇古籍出版社，2000 年，第 534 頁。

沒有稱 "兒壽" "鮐壽" 之例，何以獨有 "黃耈"，這是不易解釋的。徐中舒用《閟宮》"黃髮台背" 和《行葦》"黃耈台背" 對照，試圖證明 "黃耈" 之 "黃" 就是指 "黃髮"。但實際上，這兩條材料只能證明彼此結構或内容相似，並不能證明 "黃耈" 之 "黃" 與 "黃髮" 之間存在必然的對應關係。因此，"黃耈" 之 "黃" 是否指 "黃髮" 是可以再討論的。

二、"胡耈" 之 "胡" 的來源及其記録形式

爲了解釋 "黃耈" 的意義，我們先看看文獻中的另一個詞 "胡耈"。《左傳·僖公二十二年》：

> 楚人伐宋以救鄭。宋公將戰。大司馬固諫曰："天之棄商久矣，君將興之，弗可赦也已。"弗聽。冬十一月己巳朔，宋公及楚人戰于泓。宋人既成列，楚人未既濟。司馬曰："彼衆我寡，及其未既濟也，請擊之。"公曰："不可。"既濟而未成列，又以告。公曰："未可。"既陳而後擊之，宋師敗績。公傷股。門官殲焉。
>
> 國人皆咎公。公曰："君子不重傷，不禽二毛。古之爲軍也，不以阻隘也。寡人雖亡國之餘，不鼓不成列。"子魚曰："君未知戰。勍敵之人，隘而不列，天贊我也。阻而鼓之，不亦可乎？猶有懼焉！且今之勍者，皆我敵也。雖及胡耈，獲則取之，何有于二毛？明恥、教戰，求殺敵也。傷未及死，如何勿重？若愛重傷，則如勿傷；愛其二毛，則如服焉。三軍以利用也，金鼓以聲氣也。利而用之，阻隘可也；聲盛致志，鼓儳可也。"

杜注："胡耈，元老之稱。"杜注簡略，似是以 "胡" 爲修飾語，則 "胡耈" 爲偏正結構。孔疏："《謚法》：'保民耆艾曰胡。'胡是老之稱也。"其説與杜注不同，以 "老" 訓 "胡" 則 "胡耈" 爲並列結構。楊伯峻認爲 "胡" "耈" 皆當訓爲 "壽"，與《詩·周頌·載芟》之

"胡考"皆"同義詞平列連言"。① 此説當是從孔疏而來。《逸周書·諡法》又曰："彌年壽考曰胡。"亦言"胡"有"壽"義。楊伯峻提到的《詩·周頌·載芟》云："有飶其香，邦家之光；有椒其馨，② 胡考之寧。"毛傳："胡，壽也。考，成也。"這些故訓材料可以説明"胡"確有"壽老"之義。顧炎武説："狼之老者，頜下垂胡，故以爲壽考之稱。"③ 此説實屬望文生訓，其思路與將"眉壽"之"眉"、"黃耇"之"黃"看作壽徵是一樣的。"胡"可訓爲"壽考"還有一個很直接的證據，就是出土春秋、戰國時期文字資料中屢見的"耇"字。鄧佩玲曾詳細分析過"耇""胡"二字的關係：

> 戰國晚期以前古文字有"耇"而無"胡"，"胡"在較早期的傳世文獻中大致用爲長壽的意思，故"耇"之所以從"老"應該與"壽"義有關，我們由是懷疑，傳世古書中凡表示長壽、年長之"胡"的本字當作"耇"。正如施謝捷所言，"耇"或爲"胡壽"的專字。然而，後來因音近相通的關係，"耇"漸漸被表示"牛顄垂"之"胡"替代，後代沿用不輟，造成"耇"不在傳世文獻中使用。④

可以補充的是，"胡"對"耇"的替代除了歷時因素以外，更爲本質的原因是秦文字和六國文字的用字差別。秦文字沒有"耇"字，表示"壽老"之義的"胡"這個詞應該都是用"胡"字表示的。而秦文字的這種用字習慣被後世沿用了下來。因此，這種用字的歷時差異是由地域差異而來的。

"胡"的"壽老"之義义是從何而來的呢？王念孫在《釋大》中説：

> 艾，大也。（《小爾雅》："艾，大也。"）故老謂之艾。（《方言》："艾，老也。東齊魯衛之間凡尊老謂之艾。"《曲禮》："五十

① 楊伯峻編著《春秋左傳注（修訂本）》一，北京：中華書局，1981年，第398頁。
② 三家詩"椒"作"馥"。
③ 〔清〕顧炎武著，陳垣校注《日知錄校注（下）》，合肥：安徽大學出版社，2007年，第1879頁。
④ 鄧佩玲《新出兩周金文及文例研究》，上海：上海古籍出版社，2019年，第182頁。

曰艾。")長謂之艾。(《爾雅·釋詁》:"耇、艾,長也。"《周語》"耇艾收之",韋注:"耇艾,師傅也。")久謂之艾。(《詩·庭燎》二章"夜未艾",毛傳:"艾,久也。")……宏,大也。……又轉之爲胡。《儀禮》曰:"永受胡福。"《廣雅》曰:"皇、匯、賢、胡,大也。"①

"艾"有"大"義,又有"長""久"之義,故引申而有"壽老"之義。"胡"有"大"義,故引申而有"壽考"之義,二者正相類。在商代和西周文字資料中,尚未見到"耇"字,當"大"講的"胡"這個詞是用"害""猷"等字表示的。西周恭王時的史牆盤銘文有一個寫作🈂的字,唐蘭釋爲"害"。②盤銘曰"害屖文考乙公","害屖"是讚美文考乙公的一個詞,李學勤、裘錫圭皆讀爲"胡夷"。③裘氏指出"胡""夷"都是常見的美稱之詞。春秋晚期金文有"温恭猷屖"一語,見王孫遺者鐘、王子午鼎等銅器銘文,或作"温恭猷遲",見王孫誥編鐘銘文,用"猷"爲"胡","猷"字的"害"旁有表音的功能。西周中期恭王時的師𧽼鼎銘文説:

(12) 天子亦弗忘公上父猷德,……

(《集成》2830 師𧽼鼎·西周中期)

唐蘭讀"猷德"爲"胡德"。④因此,儘管《左傳》杜注和孔疏對"胡耇"之"胡"的解釋不盡相同,但二者在意義上實際是有聯繫的。

① 〔清〕王念孫《釋大》四·一上、八·一上,《高郵王氏遺書》,南京:江蘇古籍出版社,2000年,第81頁,據1925年上虞羅振玉輯本影印。
② 〔清〕王懿榮藏,唐蘭考釋《天壤閣甲骨文存並考釋》,北平:輔仁大學,1939年,第62頁。唐蘭《略論西周微史家族窖藏銅器群的重要意義——陝西扶風新出牆盤銘文解釋》,《文物》1978年第3期,第21、24頁。
③ 李學勤《論史牆盤及其意義》,《考古學報》1978年第2期,第155頁。裘錫圭《史牆盤銘解釋》,《文物》1978年第3期,第30頁。
④ 唐蘭《用青銅器銘文來研究西周史》,《文物》1976年第6期,第39頁。

三、"黄耇" 解詁

在商代甲骨文中，"黄"字本作（《合集》3093），演變爲
（《合集》595 正），進而又演變爲（《合集》31178）、（《合集》
11073）等形。唐蘭認爲 "黄"字 "像人仰面向天，腹部膨大，是
《禮記·檀弓》'吾欲暴尪而奚若'的'尪'字的本字"。[①] 裴錫圭也同
意這種看法。[②] 清代學者王筠在解释《説文》"觵"字下 "其狀觵觵，
故謂之觵" 時説：

> 二句蓋庚注，故綴黄聲之下也。觵觵者，充滿壯大之皃也。
> 《釋言》："桄，充也。"漢之橫門，亦名桄門。凡從黄聲、光聲之
> 字，皆有 "大"意。不易字以説本字，與許例不符者，庚注別自
> 爲例也。《後漢書·郭憲傳》"關東觟觟郭子橫"，《太玄經》注：
> "觟羊，大羊也。"[③]

王國維在《説觥》一文中結合器形和語源指出：

> 《詩》疏引《五經異義》述毛説並《禮圖》皆云 "觥，大七
> 升"，是於飲器中爲最大。今乙類匜比受五升（《韓詩》説）若六
> 升（《説文》引 "或説"）之斝尤大，其爲觥無疑。斝者，假也，
> 觥者，光也、充也、廓也，皆大之意（觥有至大者，所容與尊、
> 壺同，《詩·卷耳》"我姑酌彼兕觥"與上章 "我姑酌彼金罍"文
> 例正同，金罍爲尊則兕觥亦尊也。《七月》"稱彼兕觥"則爲飲
> 器。蓋觥兼盛酒與飲酒二用，與斝同也）。[④]

---

① 唐蘭《毛公鼎 "朱韍、蔥衡、玉環、玉瑹"新解——駁漢人 "蔥珩佩玉"説》，《唐蘭先生金文
論集》，北京：紫禁城出版社，1995 年，第 90 頁，原載《光明日報》1961 年 5 月 9 日。
② 裴錫圭《説卜辭的焚巫尪與作土龍》，《裴錫圭學術文集 1·甲骨文卷》，上海：復旦大學出版
社，2012 年，第 197 頁，原載於《甲骨文與殷商史》，上海：上海古籍出版社，1983 年。
③ 〔清〕王筠《説文解字句讀》卷八·四十上，北京：中華書局，1988 年，第 156 頁。
④ 王國維《説觥》，《觀堂集林》三·十四下—三·十五上，北京：中華書局，1959 年，第 150—
151 頁。

王筠與王國維都提到“觥”有“大”義，王筠又利用“右文”指出從“黄”、從“光”之字往往有“大”義，甚是。《説文·黄部》：“黄，地之色也。從田，從茨，茨亦聲。茨，古文光。”許慎認爲“黄”字從古文“光”，“光”兼表意義和讀音。從古文字資料來看，這種講法顯然是不可信的。不過，“黄”和“光”在意義上確實是有聯繫的，因此漢代學者經常把“黄”和“光”聯繫起來。例如《風俗通義·皇霸》云：“黄者，光也，厚也。”《釋名·釋采帛》云：“黄，晃也，猶晃晃象日光色也。”《説文》對“黄”字的解釋也是漢人觀念的反映。正因爲“黄”與“光”在意義上有聯繫，所以一些從黄之字也有從光的異體，“觵”“觥”二字即其例。

王筠從“右文”的角度指出以“黄”“光”爲聲旁的形聲字多有“大”義，除了“觵”“觥”二字以外，還有很多例子。例如《説文·木部》：“橫，闌木也。從木，黄聲。”引申爲“縱橫”之“橫”，有“寬廣”之義，故“橫”有“大”義。又如《説文·木部》：“桄，充也。”段注：“桄，讀古曠切，所以充拓之圻堮也，必外有桄，而後内可充拓之令滿，故曰‘桄，充也’。”是“桄”也有“大”義。此外，從黄之字又多與從廣之字有同源的關係。王念孫《釋大》説：

> 廣，大也。（音曠。《説文》：“廣，大也。”）故廣謂之廣，闊謂之廣，寬謂之廣，……空謂之廣，明謂之壙。……遠謂之曠，地大謂之壙，……塹穴謂之壙，……曠、闊、空、孔、寬、款並聲之轉。故廣謂之曠，亦謂之寬，亦謂之闊；遠謂之闊，亦謂之曠；穴謂之壙，亦謂之孔；虛謂之空，亦謂之曠，亦謂之窾。[①]

《説文·弓部》：“彉，弩滿也。從弓，黄聲。”《玉篇·弓部》：“彉，張也。”胡吉宣《玉篇校釋》：“通作廓，《釋詁》．‘廓，大也。’孫炎曰：‘張之大也。’《方言》一：‘張小使大謂之廓。’”《集韻》：“彉，通作擴。”我認爲“黄耇”之“黄”當訓爲“大”，“黄耇”是一個偏

---

① 〔清〕王念孫《釋大》二·二下，第 69 頁。

正結構的詞，是高壽的意思。如果我們同意杜注對《左傳》中“胡耆”的解釋，那麼“胡耆”和“黃耇”的結構是相近的。

西周厲王器㝬簋銘文曰：

（13）……陀陀降余多福、害耆、訏謨、遠猷。

（《集成》4317㝬簋·西周晚期）

謝明文從裘錫圭、李家浩提出的魚、月等相關韻部通轉的思路出發，根據曾侯乙墓鐘磬銘文“姑洗”之“姑”或從“害”得聲，把“害”字讀爲“胡”。[1] 陳劍則認爲簋銘中的“害”是“害”字之誤而讀爲“胡”。[2] 這兩種觀點均指向把此字讀爲表“大”義的“胡”。“害耆”與“多福”“訏謨”“遠猷”並列，從“多”“訏”“遠”的意義看來，把銘文中的“害”理解爲“大”是合理的。五祀㝬鐘銘文曰：

（14）文人陟降，降余黃耆，授余純魯……

（《集成》358 五祀㝬鐘·西周晚期）

謝明文把鐘銘中的“黃耆”與㝬簋銘文中的“害耆”聯繫起來，也是有道理的。這裏的“黃”正當訓爲“大”。上古音“胡”“黃”二字聲母同爲匣紐，韻部分屬魚、陽二部，是陰陽對轉的關係，因此表示“大”義的“黃”和“胡”應該有同源的關係。

[作者單位] 田煒：中山大學中文系、“古文字與中華文明傳承發展工程”協同攻關創新平臺

---

① 謝明文《試談㝬器中兩例“耆”字的讀法》，《青銅器與金文》第二輯，上海：上海古籍出版社，2018年，第321頁。

② 轉引自謝明文《試談㝬器中兩例“耆”字的讀法》，《青銅器與金文》第二輯，第319頁。

古文字"遺""送"原本同形説*

沈　培

提　要：本文結合近來新公布的清華簡資料和學者們的研究成果，對"遺"的本義、字形演變和相關用例作重新研究，得到以下幾點看法：一、"朿"是贈遺之"遺"和致送之"送"的共同表意字。其後演變爲"遣"類字形。"遺"的本義是贈遺，引申爲遺留、遺亡等義。二、戰國楚系文字的"遣"仍然既可以讀爲"遺"，也可以讀爲"送"。在讀爲"送"的時候，字形有時有訛變，可能當時人有意將它跟讀爲"遺"的字分別開來。三、"朿"在演變中曾經將小點形換成表意更加明確的"貝"，形成"賮"字。它本來就既可以讀爲"遺"，又可以讀爲"送"，因此，西周金文從之得聲的字，當如有的學者所説讀爲"送"。

關鍵詞："遺"的本義　送遺　一形表多詞　清華簡　西周金文

一

在前不久召開的"古文字與中華文明國際學術論壇"上，石小力先生發表了《清華簡第十三輯中的新用字現象》一文。①文章第二部分"與舊説互證三則"中第三則是"'送'字補説"，石先生介紹了即將出版的清華簡第十三輯所收《大夫食禮》中有兩個讀爲"送"的字，字形作：

---

*　本文是"古文字與中華文明傳承發展工程"規劃項目"出土文獻學科建設與中國古典學的當代轉型"（G2607）的階段性研究成果之一。
①　參看清華大學主辦，清華大學出土文獻研究與保護中心、古文字與中華文明傳承發展工程秘書處承辦《"古文字與中華文明"國際學術論壇論文集》，2023年10月21—22日，第763—769頁。

a   b

辭例是：

（1）客者入告，若初入之度，背屏告："某大夫將還，命君出 a。"（簡 36）

（2）客者出，若初處而立。主乃出 b，若逆。（簡 37）

石先生指出，從這兩個字所在的辭例看，讀爲"送"是很合適的。由此可以證明以前所見安大簡當中五處與毛詩"送"對應的字可以肯定讀爲"送"。這五處"送"字的字形是：

c 簡 55   d 簡 55   e 簡 90   f 簡 91   g 簡 91

同時，石先生還聯繫了上博簡（九）《成王爲城濮之行》中的兩個字形：

h 《成王爲城濮之行》甲 1   i 《成王爲城濮之行》乙 1

認爲它們是同一個字，也是"送"字。①

安大簡整理者和石先生都承認，在安大簡幾個字形當中，d 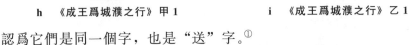 形跟簡 7 讀爲"隤"的" （遺）"寫法一樣。過去，本人正是基於字形上的考慮，認爲安大簡幾個與毛詩對應的字應該如整理者所言，

---

① 石文已經指出，此二字過去有人釋爲"遺"。徐在國、程燕、張振謙編著《戰國文字字形表》（上海：上海古籍出版社，2017 年，第 213 頁）已經把上博簡《成王爲城濮之行》這兩個字形收在"遺"字下。

釋爲 "遺"，表示贈遺，不必與毛詩趨同。① 拙文在 "簡帛" 網站發布後，陳劍先生撰文對上述安大簡的幾個字做了研究，認爲它們 "即'送'字之誤或者説'形訛'，也未嘗不可以視爲抄手對原字形理解不清而致的'誤摹'"。他還對 "送" 字的來源做了研究，認爲這些 "送" 字 "遠紹" 殷墟甲骨文中 "𠭯伐" 的 "𠭯"，"𠭯" 是 "送" 字。② 張峰先生也撰文支持讀爲 "送" 的看法。③ 拙文在正式發表時，簡單回應了陳劍先生的説法，認爲安大簡幾個字形跟古文字 "遺" 的常見寫法沒有本質區別，所不同者，也能從其自身的演變得到解釋。現在通過石小力先生的文章，加上以前陳文所舉的 "送" 的傳抄古文的寫法，字形已經很豐富，可以幫助我們更加清楚地了解各種寫法之間的關係。

　　我們認爲，現在所見戰國簡中讀爲 "送" 字的不同寫法，自身就形成了一個演變序列，不必求諸他形。爲了方便，我們把這些字形的相互關係表示如下（只是爲了觀察的便利，並不意味着字形就是按照這樣的單綫條演變的）：

d　c　f　e　i　a

　　下面略作説明：d （包括前舉 g ）的字形跟一般所釋的 "遺" 字寫法基本無差别；c 下面是左右兩點，當由三點或四點省變而來，這幾個字形跟 "遺" 字也沒有本質區別。c 的這種寫法，如

①　參看沈培《試析安大簡〈詩經〉〈秦風·渭陽〉的詩義及其與毛詩本的關係》，http://www.bsm.org.cn/？chujian/8141.html，2019.10.6。後來正式發表，題爲《試析安大簡〈詩經〉中〈秦風·渭陽〉的詩義——兼論簡本與毛詩本的關係》，載華學誠主編《文獻語言學》第十二輯，北京：中華書局，2021年。

②　參看陳劍《簡談安大簡中幾處攸關〈詩〉之原貌原義的文字錯訛》，http://www.bsm.org.cn/？chujian/8144.html，2019年10月8日；又載《中國文字》二〇一九年冬季號（總第二期），臺北：萬卷樓圖書股份有限公司，2019年。"𠭯" 釋爲 "送"，源自劉釗《卜辭所見殷代的軍事活動》，載《古文字研究》第16輯，北京：中華書局，1989年。

③　參看張峰《安大簡〈詩經〉與毛詩異文》，http://www.bsm.org.cn/？chujian/8146.html，2019年10月9日。

果下面兩點粘合，就成爲陳文所舉古文"送" （《集鐘鼎古文韻選》85 上引《孝經》"送"字）、（《古文四聲韻》4.3 引《孝經》"送"字）這樣的寫法。① "人"形可以變爲"又"，拙文補記中已經舉出"要"字爲例加以説明，也就是説，f 這種寫法，是其自身演變而來的。② h 也是"遺"的寫法，只不過下面的幾個小點寫得比較凌亂。i 形可能從 e 形變來，也可能是從"又"形變來。③ 至於 e 形，可以看成是"少"形的訛變，也可以看成是 i 形之變，只是"夂"形的右下筆没有出頭而已。至於 a 形，只是比 i 形多了"口"旁，通過大家熟知的"退""復"等字可知，"夂"下加"口"是戰國文字的常見做法。至於石文所舉 b 形，訛變較多，可能是小點形和"又"形的混合。

在回應陳劍先生時，我對他所説的安大簡字形"遠紹"甲骨文"舀"的看法没有評論，其實是因爲心中並不認同把"舀"釋爲"送"，但因爲自己没有對"舀"字作全面深入的研究，因此就避而不談了。近兩年來，通過謝明文、鄔可晶和施瑞峰以及應金琦等人的研究，④ 可知把甲骨文的"舀伐"讀爲"送伐"大概是不能成立的，

---

① 下面我們還會談到郭理遠《苟意匜銘文新解》一文（《文史》2022 年第 3 輯〈總第 140 輯〉），他對苟意匜銘文中""字形的分析也值得參考。其實此銘的字形跟傳抄古文的字形是一路的。應金琦女士也認爲：傳抄古文所謂"人"形就是兩手間贅加的短豎進一步變化而成的。參看應金琦《西周金文所見周代語音信息考察》，復旦大學碩士學位論文（指導教師：鄔可晶副研究員），2023。

② 還可注意者，春秋時代王孫遺者鐘"遺"字作，其中兩點已經粘合成"人"形。這種""也容易被寫成"又"形。

③ 駱珍伊《上博簡（七）～（九）與清華簡（壹）～（參）字根研究》（臺灣師範大學碩士學位論文〈指導教師：季旭昇教授、羅凡晟教授〉，2015 年 6 月）第 189 頁的説法可以參考：金文"夂"與"又"或訛混，如"復"字金文或从"夂"作（小臣簋）、（㝬比盨）；或从"又"作（曶鼎）、（禹從盨）。

④ 參看謝明文《試説商周古文字中的"舀"》，載作者《商代金文研究》，上海：中西書局，2022 年；鄔可晶、施瑞峰《説"朕""弅"》，《文史》2022 年第 2 輯（總第 139 輯）；應金琦《西周金文所見周代語音信息考察》，復旦大學碩士學位論文（指導教師：鄔可晶副研究員），2023 年。

"舀"也不會是"送"字。①

通過以上討論，可知過去一向没有異議的"遺"字除了可以讀爲"遺"以外，還可以讀爲"送"，這應該是可以肯定下來的。本人過去拘泥於字形，認爲安大簡幾個對應於毛詩"送"的"遺"字當讀爲贈遺的"遺"，這是不正確的。

在戰國文字當中，"遺"讀爲"送"的例子可能不止安大簡幾例。應金琦女士已經指出：

> 郭理遠《苛意匜銘文新解》將戰國晚期楚苛意匜銘文的第三字![字]改釋爲"遺"，理解爲贈送，銜接兩個人名。② 郭氏自己主張改釋的主要依據就是字形，另一個輔助文例是棗林鋪楚墓出土木劍有"遺周羽"（這個"遺"是標準楚文字從"少"的寫法，無疑義）。按：此字與安大一簡 55 的第一個"遺〈送〉"字字形（![字]）如出一轍，而安大簡之字若釋爲"遺"於義難通，尤其是簡 90、91 用作"～我乎淇之上"，顯然應當釋爲"送"，不能釋"遺"。在苛意匜中當如字讀，全銘即"蔡倀送苛意"。這裏的"送"很可能是"送葬"的意思，即《荀子·禮論》"喪禮者，以生者飾死者也，大象其生以送其死也"的"送"。"蔡倀送苛意"意謂此匜是蔡倀爲苛意送葬的，而不是平時的餽贈之物。與苛意匜同墓出土的另兩件壺上的人名，大概也是賵贈者的名字。這樣看來，戰國楚文字的正體"送"字很可能就是寫作![字]，因爲和楚文字"遺"相近，所以安大簡抄手不識字有的抄訛與"遺（遺）"字相類、有的則依樣畫葫蘆。

---

① 前引應文説：

　　由於該文（引者按：指陳文）未將"朕""送"從諧聲上區別開，在論證古文字中存在從"臼"（應原按：實際上更符合情理的是"由"）作的"送"字時，陳文繫聯的部分字形爲"朕"聲字——![字]（郳子妝蓋"膡（腰）"，春秋晚期，《銘圖》05962）、![字]（樊君鬲"鵬（腰）"，春秋中期，《銘圖》02839）等，應該加以糾正。

② 參看郭理遠《苛意匜銘文新解》，《文史》2022 年第 3 輯（總第 140 輯）。

我們不同意應文對 "▓" 字形來源的解釋，但同意她把苛意匜銘讀爲 "蔡侯送苛意"。近年來，學者們對隨葬物品和文字記載有了較多的研究。① 從吳鎮烽等人的文章來看，文字記録多與送葬有關，似乎没有專門記載 "贈遺" 内容的文字。因此，應文的理解應該是正確的。

另外，清華六《子儀》簡 19 有這樣的話：

　　　臣見徬者弗復，翌明而反（返）之。臣其歸而言之。②

其中 "徬" 就是通常讀爲 "遺" 的字，但是讀爲 "遺" 在句子中不很通順。如果讀爲 "送"，文義就很清楚了，"送者" 也比 "遺者" 更合習慣。③

安大簡等用例，用 "遗"（此隸定形下面是三點，涵蓋寫成兩點、四點之不同寫法）表示 "送"，從文字學上應當如何解釋呢？大概首先能想到的就是 "同義换讀"，因爲 "遗" 除了可以表示 "遺忘" "遺留" 的 "遺" 以外，還可以表示 "贈遺" 的 "遺"，這種 "遺" 跟 "贈送" 的 "送" 同義。不過，結合 "遗" 字本義的分析和西周金文的 "遺" 字的研究，我們可以得到不同的認識。

二

"遗" 記録的詞是後代的 "遺"，這是早就得到確認的事實。《説文》："遺，亡也。从辵、貴聲。" 段注説："《廣韵》：'失也，贈也，

---

① 郭理遠先生文章已指出：

　　　近年來有不少學者討論所謂 "遣器" "行器" 等問題，這些器物銘文中即包括我們所説的贈贈類銘文，參楊華《"大行" 與 "行器"——關於上古喪葬禮制的一個新考察》，《湖南大學學報（社會科學版）》2018 年第 2 期，第 88—97 頁；吳鎮烽《試論古代青銅器中的隨葬品》，《青銅器與金文》第 5 輯，上海古籍出版社，2020 年，第 21—46 頁；嚴志斌《遣器與遣策源起》，《故宫博物院院刊》2021 年第 10 期，第 98—109 頁。

② 參看清華大學出土文獻研究與保護中心編，李學勤主編《清華大學藏戰國竹簡（陸）》，上海：中西書局，2016 年，第 82 頁圖版，第 129 頁釋文。

③ 春秋晚期的 "王孫遺者鐘" 的 "遺者" 是否可以讀爲 "送者"，也值得考慮。

加也.'按皆遺亡引伸之義也。"古今學者對此幾乎沒有異説。大概受此影響，古文字學者在解釋"遺"這個字形的造字本義時，往往也立足於"遺失"義去加以演説。例如：

康殷《文字源流淺説》"遺"字下説：

> 象兩手捧細碎物品，有細物漏落下來之狀。……又加 以示物落的運動……①

張世超等編《金文形義通解》：

> 疑 若 本象由雙手指間遺漏水滴或米粒狀，以表遺漏之意，殆即"遺"之初文，中山王壺下似"少"形，乃戰國年間之寫譌，其初本不從"少"也。②

何琳儀《戰國古文字典》"貴"字下説：

> （"貴"所從之）臾，……從小，從臼，會小物易棄之意。……臾爲遺的初文。③

陳劍先生認爲：

> 據金文的字形，"遺"字所從的聲旁或許就是"遺"的表意初文，像有物從雙手間遺落。④

禤健聰先生認爲：

> 象兩手持杵而下有物遺落之意，與"貴"本不相涉……⑤

黃德寬主編《古文字譜系疏證》"遺"下説：

① 見康殷《文字源流淺説》，北京：國際文化出版公司，1992年，第85頁。
② 見張世超、孫凌安、李國泰等《金文形義通解》，京都：中文出版社，1996年，第328頁。
③ 見何琳儀《戰國古文字典》，北京：中華書局，1998年，第1192頁。
④ 見趙彤《利用古文字資料考訂幾個上古音問題》所引，載《語言研究的務實與創新——慶祝胡明揚教授八十華誕學術論文集》，北京：外語教學與研究出版社，2004年，第405頁注28。
⑤ 參看禤健聰《楚簡文字與〈説文〉互證舉例》，載王蘊智、吳艾萍、郭樹恒主編《許慎文化研究》，北京：中國文藝出版社，2006年，第317頁。

遺，从辵，� 聲，古遺字。字或加多少不等的點畫，乃裝飾筆畫。也有不加飾筆者，如包山簡。……遺的本義爲走失。[1]

徐寶貴先生認爲：

㽟是金文“遺”字作㽟（智鼎）、㽟（雁侯鐘）形者聲符“貴”之所从，當是㽟、㽟字之省。㽟、㽟象雙手捧米，米從手縫漏失之狀，會丟失之義。可以説這是“遺”字的初文。[2]

劉志基等主編，潘玉坤分册主編《古文字考釋提要總覽》認爲：

金文遺字所从之貴，象兩手捧物有所遺棄之形。[3]

李學勤主編《字源》“遺”下説（師玉梅撰寫）：

（遺）从辵，从貴，貴亦声。貴西周金文作㽟，會小物有所遺失之義。又或从貝，爲遺之初文。[4]

陳斯鵬先生認爲：

“遺”字本作㽟（旂作父戊鼎），所从㽟當是“遺”的初文，會雙手持物有所遺失之意。引申之而有遺留之義，再引申之而有留與、留贈、贈與之義，因與財物有關，故又或增貝旁作㽟（應侯鐘）、㽟（智鼎），因偏旁避讓遂省㽟爲㽟。[5]

曾憲通、陳偉武主編《出土戰國文獻字詞集釋》編者按語説：

戰國文字“遺”所从，正象兩手持械勞作而下有所遺之

---

① 見黄德寬主編《古文字譜系疏證》，北京：商務印書館，2007 年，第 2877 頁。
② 參看徐寶貴《金文研究五則·二、釋“旬貴”合文》，載張光裕、黄德寬主編《古文字學論稿》，合肥：安徽大學出版社，2008 年，第 97—98 頁。
③ 參看劉志基等主編《古文字考釋提要總覽》，上海：上海人民出版社，2008 年，第 1 册第 423 頁。
④ 見李學勤主編《字源》，天津：天津古籍出版社，2012 年，第 128 頁。
⑤ 參看陳斯鵬《説由及相關諸字》，載《中國文字》新二十八期，臺北：藝文印書館，2002 年；收入作者《卓廬古文字學叢稿》，上海：中西書局，2018 年，第 62 頁。

形……①

雖然以上各説都一致認爲"遗"（包括所從的"朿"）是爲"遺失""遺亡"的"遺"字而造的，但在解釋此字爲何可以表示"遺失""遺亡"時，卻有相當大的分歧，字形中的"丨"、小點表何義，各家的看法是很不相同的。

現在看來，各家對"遬"構形的理解恐怕都不正確。"遬"從"朿"，"朿"又從"申"，我們就先來看看以前學者對"申"的解釋。

林義光《文源》卷六"申臾微韻"下説：

　　《説文》云："臾，古文蕢。象形。《論語》曰：'有荷蕢而過孔氏之門。'"按，古作申智鼎"遺"字偏旁，實與"朿"同意。從"朿"之字如"勝""送"，從"申"之字如"饋""遺"，皆有"贈與"之義，則"申"當爲"饋"之古文，丨象物形，申，兩手奉之以饋人也。或作申器丁、作申彝己，從八轉注，亦與"朿"或作"朿"同意。②

林氏認爲"申"是"饋"的古文，固然有問題，③ 他將此字與申同一看待，也有問題，這裏姑且不論。但是他説解此字的構形還是有道理的。

黄德寬主編《古文字譜系疏證》在字頭"申（貴）"下也有相似的説法：

　　申，孟申鼎作申，象兩手持物有所贈與之形，是訓贈與之遺

① 見曾憲通、陳偉武主編《出土戰國文獻字詞集釋》第 2 册下，第 967 頁，北京：中華書局，2018 年。

② 見林義光《文源》卷六第五頁，總第 187 頁，上海：中西書局，2012 年。標點從林志强、田勝男、葉玉英評注《〈文源〉評注》，北京：中國社會科學出版社，2017 年，第 195 頁。

③ "饋"從"富貴"的"貴"得聲。富貴的"貴"和"遺"字所從的"貴"是兩個系列的字，經過趙彤、陳斯鵬、陳哲等人的研究，已經很清楚了。陳哲《"遺"字古讀考》（中山大學中文系本科畢業論文〈指導教師：陳斯鵬教授〉，2019 年）不僅有全面的介紹，而且有自己很好的研究，可以參看。

的初文。《廣韻·至韻》"遺，以醉切，贈也。"《廣韻·釋詁》三"遺，與也。"是旬之本義。[①]

陳秉新先生也有相似的説法：

> 應侯鐘"遺"字所從之貴作，上部之象雙手捧物有所賜與之形，即"送"、訓"與"之"遺"的初文……[②]

黄、陳等學者把"旬"看成"贈遺"之"遺"的初文，比林義光將之看成"饋"的初文要合理。西周晚期舁仲雫父甗（《銘圖》7卷172頁）和毛舁簋（《銘圖》10卷344頁）兩個字形，張世超等《金文形義通解》説："象四手持玉相贈受之形。"這是把字形中的"｜"坐實爲玉，或許難以令人相信，但無論如何，"｜"是可奉持之物是没有問題的。[③]

"枭"比"旬"多出幾個小點，或三點，或四點，如果同意上面學者對"旬"構形的分析，就不可能把這樣的字形理解爲雙手捧物而有所遺漏。從情理上講，如果真是雙手捧物而有所遺漏，爲什麽還要在雙手之間有"｜"形呢？乾脆在雙手之間畫出小點豈不更加具有表意性？我們認爲，"枭"跟"旬"在表意方法上是一致的，都是表示雙手捧物贈送物品給人，字形中的小點也表示"物"。[④]古文字中的小點，可以表示很多事物，一般都有小而多的特點。送人物品，且能雙手持奉，當然不可能是很大的物品。小的物品不見得就不重要，像米、貝之類的東西本來就是小而珍貴的。"枭"這樣的字形，正是表

[①] 見黄德寬《古文字譜系疏證》第2877頁。該書第2882頁還重申了這一看法："旬，會兩手持物有贈與之意，疑爲遺之初文。"

[②] 參看陳秉新《包山楚簡新釋》"一、釋慇"，載黄德寬主編《安徽大學漢語言文字研究叢書 陳秉新卷》，合肥：安徽大學出版社，2015年，第144頁。

[③] 應金琦女士在論述"遺"的字形時，認爲"｜"是贅畫，不可從。

[④] 大家在討論"遺"字時，大都注意到清華叁《良臣》簡8"周之遺老"之"遺"作（見清華大學出土文獻研究與保護中心編，李學勤主編《清華大學藏戰國竹簡（叁）》，上海：中西書局，2013年，第96頁圖版），雙手捧物下面並無小點形。這大概不能看成是抄手的漏寫，而應該看成直至戰國時代，當時的人是把"旬""枭"看成一回事的。

示雙手捧物送人，其下小點表示所送物品是小而多，且珍貴。西周金文既有“”（季宮父簠），又有“”（豆閉簋），二字是否一字，尚有爭議，但可以説明“丨”和小點都是可以奉持之物。“朿”一個字形當中同時出現“丨”和小點，其作用當在表明有所奉持並且送給人家的物品是小而珍貴的。

因此，“申”“朿”就是贈遺的“遺”的初文，在它們基礎上加“彳”旁，或加“彳”和“止”旁，無非要表現其“致送”義。因此，“遺”的本義應該是“贈遺”，“遺留”“遺亡”等義反倒是“贈遺”義的引申。日本學者白川静解釋“遺”字所從的“貴”説：

> “貴”形示兩手捧持“貝”（子安貝，古時爲寶物）。“辵”（辶、⻌）爲“彳”（小路）與“止”（足跡之形）構成的會意字，義指步行。手捧寶貴的貝，送給他人，謂“遺”。從贈與者的角度看，贈送等於失去，所以“遺”又有失卻之義。此外，如“遺留”（死後遺留之語）所示，還有殘留、留存之義。[1]

他對“貴”的字形的解釋不很準確，但大致不誤，而且，他對“遺”的引申義的解釋也是很有道理的。

“朿”的字形最早可以追溯到殷墟甲骨文。《屯南》2119有“”字，整理者摹爲，認爲跟同版“旨”可能是異體關係。[2] 姚孝遂、肖丁兩位先生直接把此字釋爲“旨”。[3] 香港中文大學“漢達文庫”數據庫也釋爲“旨”。上引陳劍先生的文章已經將戰國文字的“逝”跟這個字聯繫起來，認爲此字就是“送”字。這是正確的。（但是我們不認同將“逝”跟“”這樣的字形聯繫起來。）甲骨文的這個字顯然跟“逝”所從的“朿”是一脈相承的。陳文也已指出，有人將此字

---

① 參看［日］白川静著，蘇冰譯《常用字解》，北京：九州出版社，2010年，第10頁。
② 參看中國社會科學院考古研究所編《小屯南地甲骨》下册第一分册，北京：中華書局，1983，第982頁。
③ 參看姚孝遂、肖丁《小屯南地甲骨考釋》，北京：中華書局，1985年，第283頁。

釋爲 "遺"。① 這從 "遉" 字後代的用法來看，也是可信的。由此可見，"衆" 這樣的字形，一開始的時候就是既爲 "送" 而造的，也爲 "贈遺" 的 "遺" 而造的。過去一般認爲，"送" 的本義是送行，後來才引申爲贈送。《漢語大字典》所舉 "送" 之 "贈送" 義的例子出自《儀禮》，時代並不早。在我們看來，"送人" 和 "送物" 本是一事，所謂 "送行" 義的 "送" 多用於 "送某人於某地"，就是把某人送到某地，這跟 "送某物到某人處" 沒有本質區別，因此，"送" 有贈送義未必產生得比較晚。

<h2 style="text-align:center">三</h2>

"遺" 字在後代成爲 "贈遺""遺失""遺留" 的 "遺" 的專字。過去一般認爲，這個字形可以追溯到西周金文。② 最近，應金琦女士對西周金文的 "遺" 字有很好的研究，上述石小力先生文章已經引用。應文認爲西周金文中舊釋爲 "遺" 之字，從字形上分爲 A、B 兩類，用法其實是不一樣的：

A：▨（旂鼎·西周早期，《銘圖》02069）▨（作册嗌卣·西周早期，《銘圖》13340）▨▨▨（叔卣·西周早期，《銘圖》13347）▨（叔尊·西周早期，《銘圖》11818）▨（遺卣·西周中期，《銘圖》13177）▨▨（禹鼎·西周晚期，《銘圖》02498）③

---

① 參看王蘊智主編《甲骨文可釋字形總表》，鄭州：河南美術出版社，2017 年，第 260 頁。此書將《屯南》2119 歸入歷組卜辭，不確，當歸入無名組。又，陳年福《殷墟甲骨文摹釋全編》將此字摹寫爲▨，釋爲 "春"，不確。參看該書第 5002 頁，北京：線裝書局，2010 年。季旭昇《説文新證》（福州：福建人民出版社，2010 年，第 708 頁；臺北：藝文印書館，2014 年，第 684 頁）摹寫無誤，但收在 "朕" 字下，也不確。

② 前引陳哲《"遺" 字古讀考》一文比較詳細論證了 A 和 B 之間的關係以及秦系文字 "遺" 的來源，可以參看。

③ 應文原注：兩字拓本采自《國博藏（西周）》（2020：49），前字諸著録書差別不大，後字則似以此拓本最爲清晰。

（圖）、（圖）（追夷簋·西周晚期，《銘圖》05222、05223）

B：（圖）（智鼎·西周中期，《銘圖》02515）（圖）、（圖）、（圖）（應侯視工鐘·西周中期，《銘圖》15314、15315、15316）（圖）（霸伯盂·西周中期，《銘圖》06229）[①]（圖）（伐簋·西周晚期，《銘圖》05321）

A 類就是我們前面討論的"贈遺"的"逷"，都用爲遺留之{遺}；而 B 類字形，一般認爲就是現在所用的"遺"字的源頭。應文指出，這種"遺"字，無一用爲遺留之{遺}。B 字所在辭例：

（1）賞（償）智禾十秭，B 十秭，爲廿秭。（智鼎）

（2）佳（唯）正二月[②]初吉，王歸自成周，應侯見（視）工 B 王于周。（應侯視工鐘）

（3）賓出，白（伯）B 賓于葦，或舍賓馬。（霸伯盂）

（4）唯王七年正月初吉甲申，王命伐 B 魯侯。（伐簋）

應文總結過去的看法一共有四種：

1）釋"遺"，訓遣送之義；
2）釋"遺"，讀"饋"；
3）釋"遺"，訓送、送行；
4）釋"遺"，訓饋贈。

她認爲，以上幾種説法，或者字形上無法解釋，或者文義上無法解釋，都不能正確講通所在辭例。由此，她認爲，這些辭例中的"遺"字，都應該讀爲"送"。她還從字形上對此字爲何讀爲"送"作了解釋，認爲字形正表示雙手持"貝"以送，即贈送之"送"的表意初文。

---

① 應文所舉霸伯盂的字形比較奇特。馬超先生釋爲"遺"，認爲（圖）所從的（圖）是糅合（圖）與"貝"二字而成的偏旁。（參看馬超《2011 至 2016 新刊出土金文整理與研究》，西南大學博士學位論文〈指導教師：胡長春教授〉，2017 年，第 139 頁。）此説頗爲可疑，似不如直接看成是"宋"形的譌寫。果真如此的話，這又是一個用"逷"表"送"的例子。

② 應文原注：《銘圖》15314 無"月"字，15315、15316 均有"月"字。

應文的分析和推斷都非常有道理。除了辭例支持她讀"遺"爲
"送"外，她認爲還有"一個更重要的理由"，即：

> 舊將 B 字釋爲"遺"字，在文字學上實無堅強證據，反倒讓
> 從古文字來看截然二分的"𠂤（遺）"聲與"貴"聲"過早"地
> 相混，從而破壞了"遺"字演變的歷史進程。

應文認爲，秦系文字的"遺"字所從的"貴"字上部"𠂤"有聯繫：

> 我們注意到，秦漢文字中仍能見到少量保留"𠂤"的"遺"
> 字：▨（《秦文字字形表》70 頁）、▨▨（《漢印文字字形表》
> 176 頁）。

其他更多的"遺"字可用下面的字形作爲代表：[①]

秦印編 33：陳遺　　　　　　　　　　秦印編 33：遺仁

説偏旁"貴"的上部是從"𠂤"而來的，不無道理。[②] 但是，如
果説西周金文"遺"跟後代的"遺"没有演變關係，也未必合乎事
實。這一點，可以參考"遣"字的字形演變來加以説明。

"遣"字從"𠂤"，"𠂤"最早的寫法，是雙手捧"𠂤"狀（"遣"
有從辵、從走的不同寫法，以下所列，對此不加以分別）：[③]

---

① 取自王輝主編，楊宗兵、彭文、蔣文孝編著《秦文字編》，北京：中華書局，2015 年，第 270 頁。

② 曾侯乙墓竹簡▨（簡 124）▨（簡 137）▨（簡 138），就是後來"遺"所從的"貴"的來源。
　關於此字的用法，參看陳哲《曾侯乙墓竹簡文字考釋二則》，載清華大學出土文獻研究與保護中
　心編，李學勤主編《出土文獻》第十五輯，上海：中西書局，2019 年。

③ 字形取自以下幾種論著，恕不一一注明：董蓮池編著《新金文編》，北京：作家出版社，2011
　年；陳斯鵬、石小力、蘇清芳編纂《新見金文字編》，福州：福建人民出版社，2012 年；江學
　旺編《西周文字字形表》，上海：上海古籍出版社，2017 年；張俊成編著《西周金文字編》，
　上海：上海古籍出版社，2018 年；廖堉汝《新見商周金文字形編（2010－2016）》，臺灣暨南國
　際大學碩士學位論文（指導教師：陳美蘭教授），2019 年。

小臣謎簋·西周早期·08.4239.1

大保簋·西周早期·08.4140

通簋·西周中期·08.4207

遣弔鼎·西周晚期·04.2212

小臣謎簋·西周早期·8.4239.2

鸞卣·西周早期·上博七

一般認爲, "遣" 的造字本義就是遣送師衆的意思。我們觀察到, "遣" 所從的 "自" 有逐漸脱離雙手而下移的寫法 (其實上面已列字形就有這種傾向):

馱鐘·西周晚期·01.260.1

遣小子𩵋簋·西周晚期·07.3848

孟簋·西周中期·08.4162

守鼎·西周中期·05.2755

衍簋·西周中期 MTX02.0455　　　　再簋·西周中期 MT11.05214

"自"下移之後，又有將其原本向上出頭的筆畫有意再向上延伸，直至穿插在雙手之間形：

明公簋·西周早期·07.4029　　　遣弔吉父盨·西周中期·09.4418.1

再進一步，"自"之穿插在雙手之間的豎筆被雙手抱緊：

戎生編鐘·西周中期偏晚·文物 99.9　　柞伯鼎，《文物》2006.5，西周中偏晚

多友鼎·西周晚期·05.2835　　（摹本）晉姜鼎·春秋早期·05.2826

"遣"的字形，其下的"自"明確所奉持之物是"自"，雙手之間"丨"形筆畫是從無到有，大概就是要把雙手有所奉持的意思表示得更加明確。有了"丨"形筆畫的"遣"字跟我們前面分析"遫"的構形是可以類比的。由此可以推論，"遫"字形中"丨"和小點同時具有表意作用，"丨"表示手中有所奉持，小點表示奉持之物是小而多、且珍貴的贈遺之物。

再看傳抄古文和小篆"遣"的字形：[1]

|汗|四|海|三·義|選·義|
|1·9|3·17 义|3·22|12|78·上|

大徐本小篆　　　　　小徐本小篆（比大徐本字形存真）

從上面"遣"字字形的變化，可以看出，由"申"形變爲"臾"形還是可能的。[2] 因此，秦系文字的"遣"直接來自西周金文"遣"的可能性不能排除。如此，則又證明應金琦女士所論"遣"字，除了可以讀爲"送"外，也是可以讀爲"贈遣""遺留""遺亡"的"遺"的，後來秦系文字取"遣"一讀而流傳下來。

"遣"有"送""遣"兩種讀法，"逮"也有這兩種讀法。"遣""逮"字形之間的關係也可以解釋。我們認爲，"遣"所從的"貴"是"朿"的偏旁改換字，即用"貝"改小點而成。上文我們分析了"朿"的構形，認爲字形下面的小點是"致送"之物，這種"物"大概是小而多，且珍貴。大概爲了表意的明確性，"貴"這樣的字形就把小點直接改爲具有"小而多，且珍貴"特徵的"貝"。[3] 因此，"貴"就是"朿"。"朿"本來就有"遣"和"送"兩個讀音，"貴"跟它同字，在西周金文裏面從"貴"的字讀爲"送"當然就是正常的事情。這樣的

---

① 傳抄古文字形取自徐在國編《傳抄古文字編》，北京：綫裝書局，2006年。

② 如此看來，傳抄古文"送"字下面所從的"人"字，既有可能是從小點變來，也有可能是從"｜"畫變來。

③ 西周金文的"塍"字一般從"貝"，此字常常用爲"朕"，有時爲了表意更加明確，就把"貝"改爲"子"，如（吳侯簠蓋），還有改爲"女"者，如（宋公綛簋）。這種改換偏旁的例子皆可以作對比參考。

"送"後來消失了，秦系文字的"送"字的來源至今仍然不很清晰，這涉及篆文"送"所從"灷"到底如何認識的問題，情況比較複雜，有待進一步研究。

有了上面的討論，我們可以對古書中"遺"表示"送行"之"送"有新的認識。拙文《試析安大簡〈詩經〉中〈秦風·渭陽〉的詩義——兼論簡本與毛詩本的關係》曾檢討《漢語大詞典》讀爲"wèi"的"遺"下所列第四個義項：

> 送行。《商君書·畫策》："强國之民，父遺其子，兄遺其弟，妻遺其夫。皆曰：'不得，無返！'"朱師轍《解詁》："《廣雅》：遺，送也。"

當時本人認爲：這裏面的"遺"也未嘗不可以解釋爲"送給"的"送"，意即父親等人把子女送給國家。現在看來，這種理解恐怕有問題，句中的"遺"還是解釋爲"送行"的"送"最合適。"遺"本無"送行"義，《商君書》這個"遺"有無可能就是"遺"的轉寫之誤呢？這恐怕是可以考慮的。

最後，我們對本文所得的主要結論做一個總結：

一、"東"是贈遺之"遺"和致送之"送"的共同表意字。其後演變爲"遺"等字形。"遺"的本義是贈遺，遺留、遺亡是其引申義。

二、戰國楚系文字的"遺"仍然既可以讀爲"遺"，也可以讀爲"送"。在讀爲"送"的時候，字形有時有訛變，可能當時人有意將它跟讀爲"遺"的字分別開來。

三、"東"在演變中曾經將小點形換成表意更加明確的"貝"，形成"賈"字。它本來就既可以讀爲"遺"，又可以讀爲"送"，因此，西周金文從之得聲的字讀爲"送"，是很自然的事情。

[作者單位] 沈培：香港中文大學中國語言及文學系

寧夏海原石硯子漢墓出土陶文札記三則*

范常喜

提　要： 寧夏海原石硯子 M7 號漢墓出土兩類陶罐上所書 "駱""䑋""沐""水""漬""釀" 六字，或標明用途，或標明所盛之物。根據西北出土漢簡中常用 "駱" 爲 "酪" 的用字習慣，同時結合該墓葬所在的民族融合區域推測，陶罐上的 "駱" 也當讀作 "酪"，指發酵的酸奶。陶罐上的 "釀" 字，發掘報告及其他研究者原誤釋作 "醲"，今改釋作 "釀"。該陶罐靠近底部有一穿孔，其上所書 "釀" 字應當是説明其用途爲 "釀醋"，河西地區魏晉墓出土 "濾醋" 陶罐及其相關圖像與此正同，可爲佐證。根據 "釀" 字陶罐推測，書有 "漬" 字的陶罐應該是用來浸漬、醃漬食物，這與漢代人多食用醃漬之菜相合。這些墨書陶文爲研究當時河西地區的社會生活提供了寶貴資料。

關鍵詞： 石硯子漢墓　陶文　駱　釀　漬

引　言

　　寧夏海原石硯子漢墓位於寧夏回族自治區中衛市海原縣高崖鄉石硯子村，寧夏文物考古研究所在 2009、2011 年兩次對該墓地進行了發掘，共清理漢墓 10 座（M1、M2、M3、M4、M7、M8、M9、M10、M11、M12），出土器物有陶罐、壺、灶、銅鏡、帶鉤、車馬器、五銖錢等。根據隨葬器物特徵和體質人類學方面的證據分析，石硯子墓地居民是深受漢文化和遊牧文化融合影響的混合人群，對研究

---
*　本文爲國家社科基金重大項目 "戰國文字研究大數據雲平臺建設"（21&ZD307）、國家社科基金重大項目 "戰國文字詁林及數據庫建設"（17ZDA300）階段性成果。

寧夏地區漢代的墓葬習俗以及民族融合具有重要意義。

　　石硯子 M7 號漢墓爲長斜坡墓道洞室墓，由墓道和墓室組成。墓室內一棺一槨，人骨 2 具。墓中出土 6 件泥質灰陶罐，表面均有墨書文字（見圖 1）。根據形制的不同，這 6 件陶罐可分爲兩類。一類陶罐 4 件，發掘簡報歸爲 "B 型"。此類陶罐侈口，平沿，方唇，唇上有一周凹槽，束頸，鼓腹，下腹斜收，平底。輪制。標本 M7：16，肩部有一 "駱" 字。口徑 5.4、底徑 7、高 11.5 釐米。標本 M7：19，肩部有一 "沐" 字。口徑 5、底徑 7.5、高 11.5 釐米。標本 M7：20，肩部有一 "朕" 字。口徑 5、底徑 7.5、高 11.5 釐米。標本 M7：21，剛出土時肩部有一 "水" 字。口徑 5、底徑 7.5、高 11.8 釐米。另外一類陶罐 2 件，發掘簡報歸爲 "Ca 型"。[1] 這類陶罐侈口，方唇，唇上有一周凹槽，矮領，圓肩，腹斜直，平底。鼓腹部輪製痕跡明顯，罐底和罐身分別製作，而後粘結在一起。標本 M7：18，肩部有墨書 "醥" 字。下腹近底部有一鑽孔。口徑 8.1、底徑 8.7、高 9.4 釐米。標本 M7：15，肩部有墨書 "漬" 字。[2]

　　對於這 6 件陶器上的墨書文字，王曉陽、邊東冬二位先生已做過考釋。他們認爲，"駱" 或指馬肉，"沐" 指米汁，"朕" 指祭肉，"水" 指清水，"漬" 指牛羊等肉類，"醥" 指厚酒。[3] 我們認爲，二位先生對 "朕""水" 二字的解釋合理可從，但對其他四處陶文的訓釋則存在一定的誤會。本文擬在兩位先生研究的基礎上，着重對 "駱""醥" 二字進行重新解釋，同時也對 "漬" 字的釋義略作補充。

---

[1]　發掘簡報 "附表一 2009、2011 海原石硯子墓地出土器物一覽表" 中所記 M7 號漢墓出土陶罐共 7 件，其中 B 型 4 件，Ca 型 3 件。另據王曉陽、邊東冬二位先生文可知，M7 出土陶罐共 6 件，其中 B 型 4 件，Ca 型 2 件，比發掘簡報少 1 件。王曉陽、邊東冬二位先生文後出，本文暫據此文。參見寧夏文物考古研究所《寧夏海原石硯子漢墓發掘簡報》，《文博》2018 年第 4 期，第 3—16 頁；王曉陽、邊東冬《寧夏海原石硯子漢墓出土的墨書陶器》，《大衆考古》2022 年第 10 期，第 56—58 頁。

[2]　參見寧夏文物考古研究所《寧夏海原石硯子漢墓發掘簡報》，第 3—16 頁；王曉陽、邊東冬《寧夏海原石硯子漢墓出土的墨書陶器》，第 56—58 頁。

[3]　王曉陽、邊東冬《寧夏海原石硯子漢墓出土的墨書陶器》，第 56—58 頁。

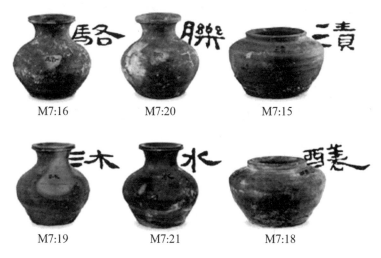

M7:16　　　　M7:20　　　　M7:15

M7:19　　　　M7:21　　　　M7:18

圖1　寧夏海原石硯子漢墓 M7 出土陶罐及其上墨書

一、"駱"應指乳酪

標本 M7：16 陶罐肩部的"駱"字，王曉陽、邊東冬二位先生指出："《説文解字》：'駱，馬白色黑鬣尾也。'一些古籍中也有記述，如《詩經·小雅·四牡》：'嘽嘽駱馬。'《禮記·明堂位》：'夏后氏駱馬黑鬣。'此處或指馬肉。"[①] 古書中"駱"一般指馬名，或者姓氏，但未見表示馬肉者，故置諸此處不易講通。

我們懷疑，此處的"駱"當讀作"酪"，指馬、牛、羊乳發酵後做成的乳酪。甘肅出土漢簡中多見此類記載，其字或寫作"駱"，亦或寫作"胳"。如《武威醫簡》牘 87 甲："治加（痂）及久創（瘡）及馬 $\boxed{宵}$ 方：取陳[②]駱蘇一$\boxed{升}$，付（柎）子卅枚，蜀椒一升，乾當歸二兩，皆父（吹）且（咀）之，以駱蘇煎之，三沸，藥取以傅（敷）之，良甚。"整理者認爲，"駱蘇"，即駱酥，用駱駝乳製成之酥。[③] 袁

---

① 王曉陽、邊東冬《寧夏海原石硯子漢墓出土的墨書陶器》，第 56 頁。
② "陳"字釋讀，參見何雙全《〈武威漢代醫簡〉釋文補正》，《文物》1986 年第 4 期，第 39 頁。
③ 甘肅省博物館、武威縣文化館《武威漢代醫簡》，北京：文物出版社，1975 年，第 16—17 頁。

仁智、肖衛瓊二位先生指出，“駱蘇”應指酪酥，即用牛、羊、馬乳等煉成的一種食品。[①] 從下文所引簡文來看，後一種解釋正確可信。《漢書·晁錯傳》：“夫胡貉之地，積陰之處也，木皮三寸，冰厚六尺，食肉而飲酪，其人密理，鳥獸毳毛，其性能寒。”[②] 《玉篇·酉部》：“酥，酪也。”[③] 《集韻·模韻》：“酥，酪屬。”[④] 西北地區俗食酪酥，醫方取用較易。[⑤]

《居延新簡》簡 E. P. T51：223：“受甲渠君錢千。出二百五十，買羊一。出百八十，買雞五隻。出七十二，買駱四于。出百六十八，糴米七斗。出百卅，沽酒一石三斗。·凡出八百六錢，今余錢二百。”整理者注：“駱，借爲酪。用馬、牛、羊乳煉成的食品。……于，借爲杅，即盂，盛湯漿的器皿。……此簡爲甲渠候購物用錢開支。約是招待貴客、上級，用羊一、雞五、酪四盂、米七斗、酒一石三斗，費錢八百，約當隧長月俸之一點三倍。”[⑥]

《懸泉漢簡》簡 Ⅳ90DXT0317③：237AB：“肥羔羊一、肥雞二隻、……美清醬財足二、仇醬財足二、柰一斗、駱、馬酒各□、儲二斗鹽二。”又如簡 Ⅱ90DXT0111①：141：“□胳、馬酒，致令美可食。”此類簡文中，“駱”或“胳”與“馬酒”一同出現在懸泉置内所備物品清單上。張俊民先生據此認爲，其中的“駱”當讀作“酪”，指用牛、羊乳汁做成的奶酪，馬酒則是用馬奶做成的奶酪。雖都是乳製品，但當時也許將用牛、羊奶做成的乳製品與用馬奶做成的乳製品作了特別區分。[⑦]

① 袁仁智、肖衛瓊《武威漢代醫簡 87 校注拾遺》，《中醫文獻雜誌》2012 年第 6 期，第 9 頁。
② 《漢書》卷四九《爰盎晁錯傳》，北京：中華書局，1962 年，第 2284 頁。
③ 〔南朝〕顧野王《大廣益會玉篇》，北京：中華書局，1987 年，第 135 頁。
④ 〔宋〕丁度等編《集韻》，上海：上海古籍出版社，1985 年，第 85 頁。
⑤ 高一致《秦漢簡帛農事資料分類匯釋及相關問題研究》，武漢大學博士學位論文，2017 年，第 96 頁。
⑥ 中國簡牘集成編輯委員會編《中國簡牘集成（標注本）》第 10 册，蘭州：敦煌文藝出版社，2001 年，第 98 頁。
⑦ 張俊民《敦煌懸泉置出土文書研究》，蘭州：甘肅教育出版社，2015 年，第 480—481 頁。按：這兩枚簡文亦參此文。

　　可見，《居延漢簡》《懸泉漢簡》中的"駱"或"胳"都用作
"酪"，指用馬、牛、羊等乳汁製成的飲品。《説文新附》酉部："酪，
乳漿也。"① 《釋名·釋飲食》："酪，澤也，乳作汁，所使人肥澤
也。"② 《漢書·西域傳下》："穿廬爲室兮旃爲牆，以肉爲食兮酪爲
漿。"③《史記·匈奴列傳》："得漢食物，皆去之，以示不如湩酪之便
美也。"④《懸泉漢簡》中的"駱（酪）"或"胳（酪）"多與"馬酒"
相並列，也可以説明二者是同類性質之物，故可資旁證。"馬酒"是
指發酵過的酸馬奶，⑤ 是漢代中上層相對習見的飲品。據《漢書》記
載，漢武帝時期有負責爲宮廷生產馬酒的職官"挏馬令"。《漢書·百
官公卿表上》："太僕，秦官，掌輿馬，有兩丞。屬官有大廐、未央、
家馬三令，各五丞一尉。……武帝太初元年更名家馬爲挏馬。"顏師
古注："應劭曰：'主乳馬，取其汁挏治之，味酢可飲，因以名官也。'
如淳曰：'主乳馬，以韋革爲夾兜，受數斗，盛馬乳，挏取其上（把）
〔肥〕，因名曰挏馬。《禮樂志》丞相孔光奏省樂官七十二人，給大官
挏馬酒。今梁州亦名馬酪爲馬酒。'"⑥《漢書·禮樂志》曰："師學百
四十二人，其七十二人給大官挏馬酒。"顏師古注："李奇曰：'以馬
乳爲酒，撞挏乃成也。'師古曰：挏音動。馬酪味如酒，而飲之亦可
醉，故呼馬酒也。"⑦《説文》手部："挏，攤引也。漢有挏馬官，作馬
酒。"⑧ 陝西歷史博物館藏漢代封泥中有一方"挏馬丞印"封泥。⑨ 正
可與《漢書》記載相印證。舊録西漢封泥中亦有"挏馬農丞"，⑩ 裘錫

① 〔漢〕許慎撰，〔宋〕徐鉉校定《説文解字》，北京：中華書局，1963 年，第 313 頁。
② 〔漢〕劉熙《釋名》，北京：中華書局，2016 年，第 58 頁。
③ 《漢書》卷九六下《西域傳下》，第 3903 頁。
④ 《史記》（點校本二十四史修訂本）卷一一〇《匈奴列傳》，北京：中華書局，2014 年，第 3504 頁。
⑤ 劉文鎖《關於馬奶酒的歷史考證》，《人民論壇》2011 年第 5 期，第 194—196 頁。
⑥ 《漢書》卷一九上《百官公卿表上》，第 729—730 頁。
⑦ 《漢書》卷二二《禮樂志》，第 1074—1075 頁。
⑧ 〔漢〕許慎撰，〔宋〕徐鉉校定《説文解字》，第 253 頁。
⑨ 吳鎮烽《陝西歷史博物館館藏封泥考（下）》，《考古與文物》1996 年第 6 期，第 55、57—58 頁，圖一·16。
⑩ 孫慰祖主編《古封泥集成》，上海：上海書店出版社，1994 年，第 16 頁，第 79 號。

圭先生認爲：“就是挏馬令所屬的管農事的丞。”① 亦可爲旁證。

劉文鎖先生指出：“根據這些記載，可以看出西漢時至少已在皇室和中央政府中，設置有專門製作酸馬奶的機構，而自天子以下的上層當中也必然是喜歡飲用這種飲料。這也許是受了匈奴的影響。”② 此外，在《鹽鐵論·散不足》中還將“挏馬酪酒”③ 列爲奢侈墮落的諸種飲食之一，這説明“馬酒”已爲中上層社會所食用。另據懸泉漢簡記載，當時每個類似懸泉置的驛站都要配備“馬酒”，同樣可見其食用之普遍。如簡Ⅱ90DXT0214S：10：“·告縣置：皆具馬酒□☑。”飲用馬酒的器具是“卮”，而且與“酒用卮”“液湯用卮”並提，如簡Ⅱ90DXT0215②：74：“·寒具：酒用卮，馬酒用卮，液湯用卮。”④ 由於懸泉置與平時多食用乳品的草原民族多有接觸，所配“馬酒”除了自飲之外，很可能也有招待過往遊牧民族貴客的考慮。

“駱（酪）”與“馬酒”雖然都是發酵酸奶類飲品，但馬奶乳糖含量高，是牛奶的 1.5 倍，更加適合於製作酸馬奶、馬奶酒等發酵乳製品。⑤《懸泉漢簡》中將“駱（酪）”與“馬酒”相區分，可能正源於此。正如前文所引張俊民先生所推測，“駱（酪）”可能指用牛、羊乳汁做成的奶酪，馬酒則可能專指用馬奶做成的奶酪。另據研究，馬酒是草原民族祭祀時使用的主要祭品，同時也是重要場合招待貴客時的高級飲料。⑥ 由此看來，與之同類的“駱（酪）”的用途也當相差無多。

另據《寧夏海原石硯子漢墓發掘簡報》分析：“寧夏在漢時屬北

① 裴錫圭《釋古文字中的有些“悤”字和從“悤”、從“兇”之字》，《裴錫圭學術文集》第 3 卷，上海：復旦大學出版社，2015 年重印本，第 461 頁。
② 劉文鎖《關於馬奶酒的歷史考證》，第 195 頁。
③ 王利器《鹽鐵論校注》，北京：中華書局，1992 年，第 353 頁。
④ 本段所引兩枚簡文均參見張俊民《敦煌懸泉置出土文書研究》，第 479、481 頁。
⑤ 參見張富新、岳田利、蔣愛民《馬奶與馬奶製品加工》，《中國乳品工業》1991 年第 5 期，第 226 頁。
⑥ 參見楊曉春《蒙·元時期馬奶酒考》，《西北民族研究》1999 年第 1 期，第 37—39 頁；劉文鎖《關於馬奶酒的歷史考證》，第 195—196 頁。

地、安定郡。這裏曾是漢、匈奴等民族雜居融合之地。……在受漢文化影響的同時，亦保留有一部分地域特徵。石硯子墓地出土的部分陶器上有墨書駱、沐、水、釀、朕、盼、美隸書，均爲酒水和肉類，不見中原地區陶罐墨書粟、黍等糧食的情況，應和該地區遊牧民族有關。另外在體質人類學上亦有表現：墓地多數個體在顴骨明顯區別於以中顴、狹顴爲典型顴型特徵的中原移民人群，而與東周時期在此地活動的遊牧人群體質特徵更爲接近，但又有別於典型的低顴闊面的早期遊牧人群，該人群很可能是一支經過高度融合的混合人群。"[1] 這些與遊牧民族高度融合的人群，將遊牧民族常用的"駱（酪）"用於隨葬，自然也是合情合理。

此外，寧夏海原石硯子 M7 號漢墓出土的 4 件一類陶罐墨書分別爲"駱""朕""沐""水"，其中"沐""水"兩字也多見於洛陽地區漢墓出土陶器，[2] "駱""朕"二字則不多見。標本 M7：20 號陶罐肩部所書"朕"字，王曉陽、邊東冬二位先生指出："《廣韻》：'北角切，音剥。朕挙，亂雜。'《玉篇·肉部》：'朕，祀肉。'《字彙·肉部》：'朕，祭肉也。'此處應指祭祀用的肉。"[3] 標本 M7：16 號陶罐肩部所書"駱（酪）"，是一種發酵過的酸奶，同樣也可以用作祭品，正與祭肉"朕"相類。頗疑"駱（酪）"屬飲用的液體祭品，而"朕"屬食用的固體祭品，二者在當時可能配套使用。在肩水金關漢簡中亦有"乳"用於祭祀的記述，如簡 73EJT11：5："不蚤不莫得主君聞微肥□□乳黍飯清酒，至主君所，主君□方□□□☑。"[4] 根據睡虎地秦

① 寧夏文物考古研究所《寧夏海原石硯子漢墓發掘簡報》，第 14 頁。
② 參見洛陽市第二文物工作隊《洛陽五女冢 267 號新莽墓發掘簡報》，《文物》1996 年第 7 期，第 47、49 頁。
③ 王曉陽、邊東冬《寧夏海原石硯子漢墓出土的墨書陶器》，第 56 頁。按：洛陽地區漢墓出土陶鼎上也有祭肉類的文字，如洛陽燒溝漢墓出土陶鼎書有"初祭肉"，洛陽郵電局 372 號漢墓出土陶鼎書有"始祭維（雞）肉"。參見洛陽市考古發掘隊、中國科學院考古研究所編輯《洛陽燒溝漢墓》，北京：科學出版社，1959 年，圖版貳陸·1；洛陽市第二文物工作隊《洛陽郵電局 372 號西漢墓》，《文物》1994 年第 7 期，第 31 頁，圖一八。
④ 甘肅簡牘保護研究中心等編《肩水金關漢簡（貳）》，上海：中西書局，2012 年，上冊第 2 頁，中冊第 2 頁，下冊第 1 頁。

簡《日書》甲種《馬禖》祝詞"肥豚清酒美白粱，到主君所"（簡 157
背）① 的記載可知，肩水金關漢簡此處的"乳"是用於祭祀。② 這提
示我們，當時西北地區的祭祀活動中，"乳"不僅是常用生活品，同
時也用作祭品。

　　需要補充説明的是，"酪"在古書中還有醋漿的意思。《禮記·禮
運》："以炮，以燔，以亨，以炙，以爲醴酪。"鄭玄注："烝釀之也。
酪，酢酨。"③ 又《雜記下》："功衰，食菜果，飲水漿，無鹽、酪，不
能食食。鹽、酪可也。"鄭玄注："酪，酢酨。"④《説文》酉部："酨，
酢漿也。"又："酢，醶也。"段玉裁注曰："'酢'本酨漿之名。引申
之，凡味酸者皆謂之'酢'。上文'醶，酢也''酸，酢也'，皆用
'酢'引申之義也。……今俗皆用醋，以此爲'酬酢'字。"⑤《廣雅·
釋器》："酪、酨、醇，漿也。"⑥《説文》水部："漿，酢漿也。"段玉
裁注："《周禮》酒正'四飲''漿人掌共王之六飲'皆有'漿'，注
云：'漿、今之酨漿也。'《内則》注云：'漿，酢酨也。'按，酉部云：
'酨，酢漿也。'則'漿''酨'二字互訓。"⑦

　　由這些故訓可知，"酢酨""酢漿"所指皆爲醋漿、酸漿，指一種
酸味飲品。酸漿在古代使用比較廣泛，除了當作飲品外，還可入藥、
發麥種等。如馬王堆漢墓帛書《五十二病方》193—194 行："穜
（腫）囊：穜（腫）囊者，氣實囊，不去。治之：取馬矢觕者三斗，
孰（熟）析，汏以水，水清，止；浚去汁，洎以酸漿□斗，取芥衷
莢。"⑧ 劉思亮先生指出，此處的"酸漿"非本草名"酸漿"，乃是指

---

① 睡虎地秦墓竹簡整理小組《睡虎地秦墓竹簡》，北京：文物出版社，1990 年，釋文注釋第 228 頁。
② 參見王子今《肩水金關簡"馬禖祝"祭品用"乳"考》，《金塔居延遺址與絲綢之路歷史文化研究》，蘭州：甘肅教育出版社，2014 年，第 3—9 頁。
③ 《十三經注疏》整理委員會整理《禮記正義（十三經注疏）》卷二一《禮運》，北京：北京大學出版社，2000 年，第 780 頁。
④ 《十三經注疏》整理委員會整理《禮記正義（十三經注疏）》卷四二《雜記下》，第 1409 頁。
⑤ 〔漢〕許慎撰，〔清〕段玉裁注《説文解字注》，上海：上海古籍出版社，1981 年，第 751 頁。
⑥ 〔清〕王念孫撰《廣雅疏證》，南京：江蘇古籍出版社，1984 年，第 248 頁。
⑦ 〔漢〕許慎撰，〔清〕段玉裁注《説文解字注》，第 562 頁。
⑧ 裘錫圭主編《長沙馬王堆漢墓簡帛集成（伍）》，北京：中華書局，2014 年，第 251 頁。

古人飲品"溲漿"①。《武威漢代醫簡》簡 52—53："治金創止痛（痛）
方：石膏一分，薑二分，甘草一分，桂一分，凡四物皆冶合，和以方
寸寸〈匕〉，酢漿飲之，日再夜一，良甚，勿傳也。"②《齊民要術》卷
二"大小麥第十"引《氾勝之書》："當種麥，若天旱無雨澤，則薄漬
麥種以酢漿並蠶矢……酢漿令麥耐旱，蠶矢令麥忍寒。"繆啓愉注：
"酢漿：即酸漿水，古人作爲飲料，經乳酸發酵，帶有酸味。用酸漿
水調和蠶矢浸過的麥種，吸收了相當的水分，趁露水大時一起下到地
裏，能使種子較早發芽。"③

　　出土漢代陶器上也見書有"酸"字者④，如蔡國故城漢墓出土盤
口陶壺，在最大腹徑處，有紅褐色隸書自銘"酸器"⑤。因此，"駱
（酪）"若據此解爲"醋漿""酸漿"似亦可通，但綜合前述漢代簡牘
中多用"駱"表示酸奶類乳製品"酪"的用字習慣，同時結合該墓位
於寧夏，屬於民族融合之地，我們認爲，"駱（酪）"理解爲乳酪更爲
合適。

二、"醲"應改釋"釀"

　　標本 M7：18 肩部的"醲"字，王曉陽、邊東冬二位先生指出：
"《説文解字》：'醲，厚酒也。'《淮南子·主術訓》載：'肥醲甘脆，
非不美也，然民有糟糠菽粟不接於口者，則明主弗甘也。'"不過，作
者在後文又接着指出："釀字與酒類有關，當然，將其辨識爲釀字僅
是個人的理解，或有其他釋讀。"⑥ 可見其對"醲"字的釋讀並没有十

---

① 劉思亮《馬王堆漢墓帛書〈五十二病方〉校讀拾遺》，《自然科學史研究》2023 年第 1 期，第
　　27—29 頁。
② 甘肅省博物館、武威縣文化館編《武威漢代醫簡》摹本、釋文、注釋，第 8 頁。
③ 〔後魏〕賈思勰原著，繆啓愉校釋《齊民要術校釋（第二版）》，北京：中國農業出版社，1998
　　年，第 132—133、135 頁。
④ 陳直《洛陽漢墓群陶器文字通釋》，《考古》1961 年第 11 期，第 630 頁。
⑤ 河南省文物研究所《1988 年蔡國故城發掘紀略》，《華夏考古》1990 年第 2 期，第 62、65 頁，
　　圖五·1。
⑥ 王曉陽、邊東冬《寧夏海原石硯子漢墓出土的墨書陶器》，第 57、58 頁。

足的把握。

　　所謂"醲"字，照片作 ，發掘簡報摹作 ，[1] 王曉陽、邊東冬二位先生文中摹作 。其右部所從顯非"農"旁，因爲漢代的"農"旁及所構之字多作如下諸形：（長沙五一廣場東漢簡 126、230A）[2]、（居延新簡 EPT52：105、EPF22：691）[3]、（肩水金關漢簡 73EJT2：35、73EJT10：305）[4]、（武威漢代醫簡 46、69 "膿"）[5]。由這些字形可知，漢代的"農"旁寫法相對固定，均與 字右部所從差别較大，故知將整個字釋作"醲"並不可信。

　　我們認爲，該字實應釋"釀"，其右部所從當爲"襄"字簡省。漢代簡牘文字中，"襄"旁上部常常寫作兩點，近似"卄"旁[6]，如肩水金關漢簡中的"襄"字寫作 （73EJT24：43）[7]，長沙五一廣場東漢簡中的"讓"字寫作 （378）[8]，其中的"襄"旁上部均作兩點。這類"襄"旁進一步簡省，而且中間兩豎並在一起，整個上部就會變

①　寧夏文物考古研究所《寧夏海原石硯子漢墓發掘簡報》，第 7 頁，圖六・8。

②　長沙市文物考古研究所等編《長沙五一廣場東漢簡牘（壹）》，上海：中西書局，2018 年，第 29、121、49、141 頁。

③　李迎春《居延新簡集釋（三）》，蘭州：甘肅文化出版社，2016 年，第 128、324 頁；張德芳《居延新簡集釋（七）》，蘭州：甘肅文化出版社，2016 年，第 118、328 頁。

④　甘肅簡牘保護研究中心等編《肩水金關漢簡（壹）》中册，上海：中西書局，2011 年，第 46、288 頁。

⑤　甘肅省博物館、武威縣文化館編《武威漢代醫簡》圖版，第 7、10 頁。

⑥　按：與此相類的還有"稟""麥"等，如 （居 244.4＋6）、（居新 T4.44）、（肩貳 T11：18）、（居 324.8）、（居新 T52.89）、（肩壹 T4：73）、（肩貳 T23：936）。李洪財《漢代簡牘草書整理與研究》（下），北京：中國社會科學出版社，2022 年，第 271、275 頁。

⑦　甘肅簡牘保護研究中心等編《肩水金關漢簡（貳）》中册，第 281 頁。

⑧　長沙市文物考古研究所等編《長沙五一廣場東漢簡牘（壹）》，第 176 頁。

得近似"羊"形①，如《居延新簡》中的"襄"字作 （EPT20：6）②，《肩水金關漢簡》中的"讓"字作 （73EJT24：763）③，便是如此。這類"襄"旁與陶文 右部所從非常近似。此外，肩水金關漢簡中有一"讓"字作 （73EJT7：8）④，其中所從"襄"旁上部若寫成兩點，便與陶文此字中的"襄"幾近全同。綜合這些字形信息推測，陶文 當釋"釀"。

值得注意的是，寫有該字的 M7：18 號陶罐下腹近底部有一鑽孔。這類帶有鑽孔的陶罐及其相關圖像也見於河西地區魏晉墓，如甘肅嘉峪關魏晉壁畫墓出土 33 件 B 型 II 式陶罐（見圖 2），有的在近底處有圓孔，可能即壁畫中濾醋用的濾罐⑤。這批壁畫墓中同時出土有多幅"濾醋"畫像磚，如 M3：023 號磚，一長几之上放置三隻濾罐，罐底都有小孔，醋正過濾在几下的兩隻盆裹（見圖 3）⑥。發掘報告在注釋中對此指出："解放前，河西地區農村仍多用此法製醋。其法是：把麥子炒好，用開水煮，煮好後拌入麩皮，置筐中發酵，數日後裝在陶罐內，加入水，拌成糊狀。在春天用太陽曝曬數月後，裝入濾罐，罐近底處有小孔，罐內放入笈笈草即可濾醋。"⑦

---

① 按：戰國時期晉系文字中，經常把"襄"所從聲旁"𣪊"的一部分改造成"羊"形，如 （璽彙 3134"襄"）、（璽彙 1799"讓"）等（參見徐在國、程燕、張振謙編著《戰國文字字形表》，上海：上海古籍出版社，2017 年，第 321、1206 頁）。這些"襄"旁中的"羊"形，跟本文所論漢代"襄"旁中草化的"羊"形應該沒有直接的傳承關係。
② 孫占宇《居延新簡集釋（一）》，蘭州：甘肅文化出版社，2016 年，第 97、213 頁。按：整理者釋文誤釋作"襄"。
③ 甘肅簡牘博物館等編《肩水金關漢簡（叁）》中冊，上海：中西書局，2013 年，第 24 頁。
④ 甘肅簡牘保護研究中心等編《肩水金關漢簡（壹）》中冊，第 153 頁。
⑤ 甘肅省文物隊等編《嘉峪關壁畫墓發掘報告》，北京：文物出版社，1985 年，第 19 頁，圖版五六·1。
⑥ 與此類似的彩繪磚又如 M1：09、M7：096、M7：0115、M7：0121，參見甘肅省文物隊等編《嘉峪關壁畫墓發掘報告》，第 97、108 頁。
⑦ 甘肅省文物隊等編《嘉峪關壁畫墓發掘報告》，第 67 頁，圖版五六·1。

圖 2　嘉峪關魏晉壁畫墓出土 B 型 II 式陶罐（M5：3）

圖 3　嘉峪關魏晉壁畫墓出土“濾醋”畫像磚（M3：023）

　　對比可知，寧夏海原石硯子漢墓出土的 M7：18 號陶罐，與嘉峪關魏晉壁畫墓出土“濾醋”畫像磚圖像中的陶罐幾乎完全同形，而且靠近底部也有一孔，故知該陶罐也當是“濾醋”之用。陶罐上所書的“釀”字應當是説明其用途爲“釀醋”。漢代及漢代以前，酸類調味品主要是“醯”，與“醋”相當，不僅用於平時食用，也用於陪葬，需求量較大。[①]《論語·公冶長》：“或乞醯焉，乞諸其鄰而與之。”邢昺

疏："醯，醋也。"① 《史記·貨殖列傳》："通邑大都，酤一歲千釀，醯
醬千瓨，漿千甋……蘗麴鹽豉千荅……此亦比千乘之家，其大率
也。"② 《禮記·檀弓上》："宋襄公葬其夫人，醯醢百甕。"③ 湖北江陵
鳳凰山一六七號漢墓中出土有 3 枚墨書竹筒，分別書"肉醬""鹽"
"醯"。④ 前引蔡國故城漢墓出土陶壺上也書有"酸器"。這些都是酸類
調味品作爲隨葬品的證明。因此，寧夏海原石硯子漢墓隨葬釀醋陶罐
應是這一飲食習慣的反映。當然，由於我國古代釀醋與釀酒的工藝基
本一致，將此類陶罐的功用理解爲濾酒也未嘗不可。⑤

三、"漬" 應指醃漬

根據前文對寧夏海原石硯子 M7 號漢墓出土陶罐所書"駱""釀"
二字的考釋，最後順帶對其他兩處陶文的考釋略作補充。標本 M7：
15 號陶罐與 M7：18 號陶罐屬於同一類型，只不過靠近底部沒有鑽
孔，其肩部有墨書"漬"字。⑥ 王曉陽、邊東冬二位先生認爲："《説
文解字》：'漬，漚也。從水責聲。''漬'，又表示四足類動物的死亡，
如《禮記·曲禮下》：'天子死曰崩……羽鳥曰降，四足曰漬。'此處
應指牛羊等肉類。"⑦

根據前述"釀"字陶罐來看，此處的"漬"顯然應當理解爲浸

---

① 《十三經注疏》整理委員會整理《論語注疏（十三經注疏）》卷五《公冶長》，北京：北京大學出
　版社，2000 年，第 74 頁。
② 《史記》（點校本二十四史修訂本）卷一二九《貨殖列傳》，第 3972 頁。
③ 《十三經注疏》整理委員會整理《禮記正義（十三經注疏）》卷八《檀弓上》，第 277 頁。
④ 鳳凰山一六七號漢墓發掘整理小組《江陵鳳凰山一六七號漢墓發掘簡報》，《文物》1976 年第 10
　期，第 37 頁。
⑤ 本文所引嘉峪關魏晉壁畫墓出土"濾醋"畫像磚，有學者便認爲應題作"釀酒"，也有學者認爲
　與此相類的畫像較爲多見，均應是濾酒工藝。參見牛龍菲《嘉峪關魏晉墓室"制醋"畫磚辨》，
　《中國農史》1985 年第 3 期，第 53—54 頁；曾磊《四川地區出土"酒肆"畫像磚解讀》，《四川
　文物》2016 年第 5 期，第 54 頁。
⑥ 參見寧夏文物考古研究所《寧夏海原石硯子漢墓發掘簡報》，第 3—16 頁。
⑦ 王曉陽、邊東冬《寧夏海原石硯子漢墓出土的墨書陶器》，第 56、57 頁。

漬、醃漬。《玉篇》水部："漬，浸也。"① 自古及今，人們多用醃漬之物佐食，如酸菜、肉脯、肉醬、豉醬等。醃制的菜蔬稱作"菹"，如《説文》艸部："菹，酢菜也。"②《詩·小雅·信南山》："是剥是菹，獻之皇祖。"鄭玄箋："剥削淹漬以爲菹。"陸德明釋文："漬，淹也。"③ 馬王堆漢墓出土遺册中也多見"菹"類醃菜，涉及"襄荷""筍""瓜""山蔥"等，如一號墓遺册簡154："襄（蘘）荷苴（菹）一資。"簡155："筍苴（菹）一資。"簡156："瓜苴（菹）一資。"④ 三號墓遺册簡127："賴（蘱）苴（菹）一垇（缶）。"簡129："山芃（蔥）苴（菹）一垇（缶）。"⑤ 除了菹菜之外，醃漬之物還包括肉類。《説文》肉部："醃，漬肉也。"⑥《禮記·內則》："漬：取牛肉必新殺者，薄切之，必絶其理，湛諸美酒，期朝而食之以醢若醯、醷。"⑦《懸泉漢簡》簡Ⅰ90DXT0109S：272："·治清醬方，乾脯一束，漬之☐"。⑧

　　其他漢墓出土的陶器上也多見"鹽""豉""醬"等文字，可與此處"漬"字相合觀，亦可證漢代人多食用醃漬之菜。如洛陽五女冢267號新莽墓出土陶罐上寫有"豉""肉醬""鹽""辩醬"（M267：49、50、52、54）等字⑨，陝西卷煙材料廠漢墓、河南新安鐵門鎮漢墓出土陶罐上也均寫有"鹽"字⑩，洛陽高新區漢墓出土陶壺（GM646：

① 〔南朝〕顧野王《大廣益會玉篇》，第90頁。
② 〔漢〕許慎撰，〔宋〕徐鉉校定《説文解字》，第24頁。
③ 《十三經注疏》整理委員會整理《毛詩正義（十三經注疏）》卷十三，北京：北京大學出版社，2000年，第968頁。
④ 裘錫圭主編《長沙馬王堆漢墓簡帛集成（陸）》，北京：中華書局，2014年，第195、196頁。
⑤ 裘錫圭主編《長沙馬王堆漢墓簡帛集成（陸）》，第239頁。
⑥ 〔漢〕許慎撰，〔宋〕徐鉉校定《説文解字》，第90頁。
⑦ 《十三經注疏》整理委員會整理《禮記正義（十三經注疏）》卷二八《內則》，第998頁。
⑧ 甘肅簡牘博物館等編《懸泉漢簡（壹）》，上海：中西書局，2019年，第48、352頁。按：整理者釋文中"漬"前衍一"清"字。
⑨ 洛陽市第二文物工作隊《洛陽五女冢267號新莽墓發掘簡報》，第45頁，圖五·7、9、10、12。
⑩ 陝西省考古研究所《陝西卷煙材料廠漢墓發掘簡報》，《考古與文物》1997年第1期，第6頁，圖三·9；河南省文化局文物工作隊《河南新安鐵門鎮西漢墓葬發掘報告》，《考古學報》1959年第2期，第63頁，圖六·1。

38）上寫有“鹽豉”二字①，洛陽金谷園村漢墓出土陶壺（3001：38）上寫有“鹽皷（豉）萬石”四字②，均可資參照。由此可見，M7：15號陶罐上的“漬”表示其功用在於醃漬，而與同型的M7：18號陶罐所書“釀”表示其用途在於釀造正相類似。

結　語

綜上可知，寧夏海原石硯子M7號漢墓出土兩類陶罐上所書“駱”“滕”“沐”“水”“漬”“釀”六字，或標明用途，或標明所盛之物。部分文字與河南、陝西等中原地區漢墓出土陶器上的文字相同或相類，但所書“駱”字指發酵的酸奶，則體現出遊牧民族的飲食習慣，這與該墓葬體現出的農耕文化和遊牧文化相互融合影響的特點相一致。

書有“釀”字的陶罐底部開有一孔，與河西地區魏晉墓出土畫像磚上所繪濾醋陶罐幾乎完全一致。書有“漬”字的陶罐與“釀”字陶罐形制相同，唯底部沒有開孔，説明其功用在於醃漬食物。這爲研究當時包括寧夏在内的整個河西地區的社會生活史提供了寶貴資料。

［作者單位］范常喜：中山大學中國語言文學系、“古文字與中華文明傳承發展工程”協同攻關創新平臺

---

① 洛陽市第二文物工作隊《洛陽高新技術開發區西漢墓（GM646）》，《文物》2005年第9期，第39、40頁，圖九。
② 黄士斌《洛陽金谷園村漢墓中出土有文字的陶器》，《考古通訊》1958年第1期，第37頁，圖一·5。

談談與申系字有關的幾個問題*

趙平安

提　要：本文先簡要説明了申、電、神是一組同源字。在此基礎上，考證了與申有關的兩個疑難問題。一是認爲古文䢺應爲靣的訛字，靣從申聲，可讀爲天，從而溝通了靣和天的關係。二是認爲《史記·留侯世家》中的"申徒"不是"司徒"的音訛，而是字訛。前人已指出"申"和"司"並不音近。但在楚文字系統中，二字形近，存在着字訛的可能。"司"訛爲"申"比較少見，從目前材料看，似乎都與楚文化的影響有關。

關鍵詞：司　申　訛字　同源詞　楚文字

這裏所説的申系字，是指申及由申作形符、聲符、記號字的總匯。在申系字的認識中，有一個突破性的進展，那就是正確地認識了申、神、電的關係。這個認識經歷了一個漫長的過程。《説文》申部："申，神也。七月，陰氣成，體自申束。从臼，自持也。吏臣（段注"臣"作"以"）餔時聽事，申旦政也。凡申之屬皆从申。𠭤，古文申。𦥔，籀文申。"①《説文》示部："禛，天神，引出萬物者也。从示、申。"②《説文》雨部："電，陰陽激燿也。从雨从申。申，古文電。"③

---

* 本文爲國家社科基金重大項目"以定縣簡爲代表的橢端形狀竹書的整理及其方法研究"（21&ZD306）、國家社科基金冷門絕學研究專項"清華簡數術類文獻整理研究"（22VJXG053）的階段性成果。

① 〔東漢〕許慎撰，〔宋〕徐鉉校定，愚若注音《注音版説文解字》，北京：中華書局，2015年，第313頁。

② 〔東漢〕許慎撰，〔宋〕徐鉉校定，愚若注音《注音版説文解字》，第2頁。

③ 〔東漢〕許慎撰，〔宋〕徐鉉校定，愚若注音《注音版説文解字》，第241頁。

許慎把申解釋爲“神”，把“神”解釋爲“天神”，把電解釋爲“陰陽激燿”的閃電，已逼近了申、神、電的真實關係。但由於誤解了申的構形，不僅失去了完整揭示真相的機會，而且“申，神也”的訓釋還遭到了段玉裁的質疑。[①]　其實，在《説文》虫部虹下，許慎對申字有另一種認識。他説：“虹，蝀蝀也。狀似虫。从虫，工聲。《明堂月令》曰：‘虹始見。’籀文虹从申。申，電也。”[②]　“申，電也”是很好的意見。王筠解釋説：“申象電光閃爍屈曲之狀，然則電字小篆加雨耳，分別文也。申部不見此義，於此見之。虹與電相似，故從之。”[③]羅振玉《增訂殷虚書契考釋》釋甲骨文雷時説“此從申，象電形”。[④]葉玉森《殷契鈎沉》釋甲骨文申字，“此象電耀曲折形，乃初文電字”。[⑤]　高鴻縉《中國字例》也認爲，“申字原爲電字”。[⑥]　于省吾《甲骨文字釋林》也接受了“申，電也”的説法，認爲“申即電之初文”。[⑦]

　　申爲閃電的認識，對於溝通申、電、神的關係十分重要。有學者指出：“申是古閃電字，初民視閃電爲天神。”“古人不了解天象變化的奥秘，認爲閃電變化莫測，威力無窮，出於敬畏而以之爲神。”“申、電、神三字同源，初義都是閃電。故較早文獻中神多指天神……後來進一步擴大到指天上地下一切神物了。”[⑧]　現如今，申、電、神是同源字，基本已經深入人心了。

　　應該説，理清了申、電、神的關係，申系字的主要問題就已經解決了。但還是有些相關的問題，值得進一步討論。

---

① 段氏認爲，“神不可通，當是本作申，如已巳也之例”。參看〔清〕段玉裁《説文解字注》，上海：上海古籍出版社，1981年，第746頁。
② 〔東漢〕許慎撰，〔宋〕徐鉉校定，愚若注音：《注音版説文解字》，第283—284頁。
③ 〔清〕王筠：《説文釋例》，上海：上海古籍出版社，1983年，第1941頁。
④ 羅振玉《增訂殷虚書契考釋》，1927年，東方學會石印本，中卷第五頁。
⑤ 葉玉森《殷契鈎沉》，《學衡》第24期（1923年）。
⑥ 高鴻縉《中國字例》，臺北：三民書局股份有限公司，1960年，第57頁。
⑦ 于省吾《甲骨文字釋林》，北京：中華書局，1979年，第11頁。
⑧ 劉均傑《同源字典補》，北京：商務印書館，1999年，第196—197頁。

一、傳抄古文莄應爲芇的訛字

李春桃《古文異體關係整理與研究》談到莄字，爲便於討論，移
錄如下：

> 莄？（曳聲喻月）天（透真）
>
> 天：汗1・5四2・2碧四2・2老碧蔡
>
> 古文爲“莄”字，亦見於《玉篇》。鄭珍認爲以“莄”爲
> “天”字異體不可通，古文是由“忝”字草書寫法發展而來（《箋
> 正》523頁）。于省吾認爲“莄”與“天”聲母都是舌頭音，屬於
> 雙聲假借，古文是借“莄”爲“天”（《碧落碑跋》）。按，學者現
> 今多從于説，然假“莄”爲“天”的用法確實可疑，且“曳”爲
> 月部字，“天”爲真部字，二者並不相近。故附於天字聲系下，
> 以俟後考。①

傳抄古文以莄爲天，《玉篇》艸部相同。天爲什麼寫作莄，應當如何
分析，確實是一個問題。臺灣學者李綉玲懷疑莄字可能是“天”字
、、等形的訛寫，並推測此字“兩手臂訛作爪形，上部的
‘艸’形有可能爲繁加的贅旁，亦有可能由表示人頭頂之短橫訛變而
來”。② 林清源先生則提出了另一種新的假設：

> △（即莄）字有可能是“芜”字異體，“芜”字從艸、先聲，
> 本義爲草名，當可通讀爲“天”。傳抄古文“先”字作
> （0857.1.3《碧》）、（0857.2.4《汗》5.67）、（0857.3.1
> 《四》2.2《老》）、（0857.4.4《四》2.2《碧》）、（0857.6.2
> 《海》2.1）、（0857.6.3《海》2.1）等形，這些“先”字的構

① 李春桃《古文異體關係整理與研究》，北京：中華書局，2016年，第342頁。
② 李綉玲《〈古文四聲韻〉古文探賾》，嘉義：中正大學中國文學研究所博士學位論文，2009年，
第95—96頁。

形，均與△字下半所從頗爲相似，二者當有形近訛混的可能。以
《碧落碑》字爲例，上半部筆畫倘若左右斷裂，即有可能訛如
△字所從的"臼"形部件，而與△字整體構形頗爲相似。更值得
注意的是，"天"字隸定古文或作（0003.6.4《四》2.2
《崔》），《玉篇・一部》又進一步將之隸寫作"旡"，此二者也與
"先"字構形相仿，反映"先"、"天"二字構形當有一定程度的
内在關聯。[1]

李綉玲女士和林清源先生的説法都很巧妙，但平心而論，説字形都有
點繞。僅就字形而言，過去分析爲從屮從曳是很正確的，但分析爲從
曳確實不好講。我們認爲，曳應視爲申的訛變。戰國時期申或作：

（《陶文圖録》3.536.5，第1391頁）（《三晉文字編》

2036頁）（《秦簡牘文字編》421頁）

曳字一般作：

（《三晉文字編》2037頁）（《三晉文字編》2038）

比較可知，曳只是比申下多出一筆。我們知道，古文字裏有於豎筆加
點的習慣，點又可以拉成一横，間或爲V，[2]在這種大背景下，申很
容易寫成曳，同理，苗也很容易寫成茣。事實上，過去在校讀古籍時
發現過這類訛誤。如《淮南子・繆稱》"詘伸倨佝"，張雙棣校釋説：
"藏本'詘'上有'理'字，'伸'作'俴'，王鎣本、朱本、汪本無
'理'字，'俴'作'伸'，今據删改，餘本同藏本（景宋本'伸'作
'俴'）。"[3]可見文獻中"伸"或作俴。這是申作曳的很好的證明。王
羲之的《孔侍中帖》（唐摹本）申作，也是與古文字申一路的飾筆

①　林清源《傳抄古文"一"、"上"、"示"部疏證二十七則》，復旦大學出土文獻與古文字研究中心
　　網站，http://www.fdgwz.org.cn/Web/Show/4656，2020年10月5日。
②　唐蘭《古文字學導論》，濟南：齊魯書社，1981年，第223—224頁。
③　張雙棣《淮南子校釋》（增訂本），北京：北京大學出版社，2013年，第1098頁。

現象。

申和天古音很近。上古申在真部書母，天在真部透母，兩系字有相通之證。上博簡《子羔》："遊於央（瑤）臺之上，又（有）鵔（燕）監（銜）卵而階（錯）者（諸）丌（其）前，取而軟（吞）之。"① 軟從欠申聲，用爲從口天聲的吞。馬王堆漢墓《戰國縱橫家書・蘇秦獻書趙王章》："欲以亡韓（韓）、呻（吞）兩周，故以齊餌天下。"《戰國策・趙策一》："欲亡韓吞兩周之地，故以韓爲餌。"《史記・田敬仲完世家》："欲亡韓而吞二周，故以齊餤天下。"呻從口申聲，根據異文，讀作吞。② 這是很正確的釋法。呻很可能是吞的異體字。在戰國時期，申聲字和天聲字通用是可以肯定的。

二、《留侯世家》"申徒"的"申"當爲"司"的訛字

《史記・留侯世家》："及沛公之薛，見項梁。項梁立楚懷王。良乃說項梁曰：'君已立楚後，而韓諸公子橫陽君成賢，可立爲王，益樹黨。'項梁使良求韓成，立以爲韓王。以良爲韓申徒，與韓王將千餘人西略韓地，得數城，秦輒復取之，往來爲遊兵潁川。"③ 《集解》"申徒"下："徐廣曰：'即司徒耳，但語音訛轉，故字亦隨改。"④ 《史記・韓信盧綰列傳》："沛公引兵擊陽城，使張良以韓司徒降下韓故地，得信，以爲韓將，將其兵從沛公入武關。"⑤ 《集解》"司徒"下："徐廣曰：'他本多作"申徒"，申與司聲相近，字由此錯亂耳。今有申徒，云是司徒之後，言司聲轉爲申。"⑥ 《漢書・高惠高后文功臣

---

① 馬承源主編《上海博物館藏戰國楚竹書（二）》，上海：上海古籍出版社，2022 年，第 195—196 頁。

② 湖南省博物館、復旦大學出土文獻與古文字研究中心編纂，裘錫圭主編《長沙馬王堆漢墓簡帛集成（叁）》，北京：中華書局，2014 年，第 248 頁。

③ 《史記》卷五十五《留侯世家》第二十五，北京：中華書局，1963 年，第 2036 頁。

④ 《史記》卷五十五《留侯世家》第二十五，第 2036 頁。

⑤ 《史記》卷九十三《韓信盧綰列傳》第三十三，第 2631 頁。

⑥ 《史記》卷九十三《韓信盧綰列傳》第三十三，第 2632 頁。

表》："留文成侯張良以廐將從起下邳，以韓申都下韓，入武關，設策降秦王嬰，解上與項羽隙，請漢中地，常爲計謀，侯，萬户。"師古曰："韓申都即韓王信也，《楚漢春秋》作信都。古信伸同義。"① 《莊子·大宗師》："若狐不偕、務光、伯夷、叔齊、箕子、胥餘、紀他、申徒狄，是役人之役，適人之適，而不自適其適者也。"② 《釋文》："申徒狄，殷時人，負石自沈於河。崔本作司徒狄。"③ 《潛夫論·志氏姓》："及沛公之起也，良往屬焉。沛公使與韓信略定韓地，立横陽君城爲韓王，而拜良爲韓信都。信都者，司徒也。俗前（間）音不正，曰信都，或曰申徒，或勝屠，然其本共一司徒耳。"④ 汪繼培箋："'申'舊作'司'。《元和姓纂》引《風俗通》云：'申徒本申屠氏，隨音改爲申徒。'"鐸按："此猶齊人以'司田'爲'申田'。《管子·小匡篇》：'盡地之利，臣不如甯戚，請立爲大司田。'《立政篇》：'相高下，視肥墝，使五穀桑麻皆安其處，申田之事也。'《晏子春秋·諫上篇》："爲田野之不辟，倉庫之不實，則申田存焉。'申、司音不相近，故曰'不正'。"⑤ 一般認爲，把司徒寫成申徒屬於通假。可是申、司音不相近，所以又强調語音訛轉。我們認爲，這個説法是非常可疑的，它完全有可能是因爲字訛造成的。秦代末年，項梁立成爲韓王，以張良爲韓司徒，都是爲了推翻暴秦，復辟六國。在職官的設置上，采用的不是秦制，而是六國的制度。由於項梁是楚人，項氏世世爲楚將，項梁立的是楚後，因此他采用楚國制度的可能性很大。戰國楚有司徒之職。可以想見，在文字的使用上，這個復立的楚政權也不會乖乖地使用具有象徵意義的秦文字，在他的政權内部，應該會使用楚文字。這對楚地的人民來説，是繼續使用他們原來的文字。所以使用楚文字，對新政權和人民來説，都是順理成章的事情。申、司二字，在

---

① 《漢書》卷十六《高惠高后文功臣表》第四，北京：中華書局，1962 年，第 540 頁。

② 曹礎基《莊子淺注》，北京：中華書局，1982 年，第 89 頁。

③ 〔唐〕陸德明《經典釋文》，上海：上海古籍出版社，1985 年，第 1445 頁。

④ 〔東漢〕王符著，汪繼培箋，彭鐸校正《潛夫論箋校正》，北京：中華書局，1985 年，第 583 頁。

⑤ 〔東漢〕王符著，汪繼培箋，彭鐸校正《潛夫論箋校正》，第 585 頁。

秦文字系統中，差別很大。在六國文字中，三晉、齊、燕的差別也很大。[①] 但在楚文字系統中，司訛成申的可能性是很大的。一方面，一般寫法的司和申形體比較接近。請看下面的例子：

・司 [字] （郭店簡・窮 8）　[字] （包山簡 23）　[字] （包山簡 224）

・申 [字] （包山簡 98）　[字] （秦 99.1）　[字] （望山簡 1.132）

　　另一方面，司還可以寫作𣪏。如郭店簡《語叢一》簡 50—52："帉（容）𢼸（色），目𣪏（司）也。聖（聲），耳𣪏（司）也。臭，鼻𣪏（司）也。未（味），口𣪏（司）也。燹（氣），容（容）𣪏（司）也。志－（志，心）𣪏（司）。"[②] 其中𣪏作 [字]。上博簡《從政》乙一："興邦冡（家），綺（司）正（政）𢼸（教），從命則正（政）不裘（勞）。"[③] 其中𣪏作 [字]。𣪏和綺所从的聲旁是很活躍的構字成分，也是獨立行用的字，它的寫法也與申很相近。在楚文字的語境下，司訛成申是很可能的。

　　《管子》《莊子》《晏子春秋》都是先秦時代就已成書的文獻，且都有在楚地流傳的經歷。《管子》佚篇已見於清華簡《管仲》，[④]《晏子春秋》類文獻已見於上博陸《景公瘧》，[⑤] 這都是《管子》類和《晏子春秋》類文獻見於楚簡的證據。《莊子・盜蹠》篇見於張家山 336 號漢墓竹簡，整理報告説 "個別字保留較早的字形"，[⑥] 實際上保留古字較多，應是來源於戰國時期的古本。莊子是宋國蒙人，地理上近楚，

① 徐在國、程燕、張振謙編著《戰國文字字形表》，上海：上海古籍出版社，2017 年，第 1283—1284 頁，第 2024—2025 頁。

② 荆門市博物館《郭店楚墓竹簡》，北京：文物出版社，1998 年，第 195 頁。

③ 馬承源主編《上海博物館藏戰國楚竹書（二）》，上海：上海古籍出版社，2022 年，第 233 頁。

④ 清華大學出土文獻研究與保護中心編，李學勤主編《清華大學藏戰國竹簡（陸）》，上海：中西書局，2016 年，原大圖版 6—9 頁，放大圖版 37—54 頁，釋文注釋 110—117 頁。

⑤ 馬承源主編《上海博物館藏戰國楚竹書（陸）》，上海：上海古籍出版社，2007 年，圖版 15—30 頁，釋文考釋 157—192 頁。

⑥ 荆州博物館、彭浩主編《張家山漢墓竹簡【336 號墓】》（上），原大圖版第 28—34 頁，釋文注釋第 141—154 頁；《張家山漢墓竹簡【336 號墓】》（下），北京：文物出版社，2022 年，放大圖版 75—92 頁。

他本人與楚關係也較密切，《莊子》成書過程中打上楚文字的印記也是很好理解的。

總之我們認爲，大約先因字訛把司徒寫成申徒，把司田寫成申田，又因音近把申徒寫成信都、勝屠等。

［作者單位］趙平安：清華大學人文學院歷史系

編後記

　　《中國古典學》古文字與出土文獻專號要出版了，對在這個領域沉默十幾年的北大中文系而言，意義重大。

　　古文字與出土文獻爲近代學術界關心的熱門課題，隨着出土文獻的不斷發現與相關研究的全面深入，古文字與出土文獻的發展進入嶄新的階段。2016年5月，習近平總書記提出要重視發展具有重要文化價值和傳承意義的絕學、冷門學科，"如甲骨文等古文字研究等，要重視這些學科，確保有人做、有傳承"。2020年11月，中宣部、教育部、國家語委等八部門啓動實施"古文字與中華文明傳承發展工程"並建立協同攻關創新平臺，以期推動古文字學學科建設，爲傳承發展中華優秀傳統文化作出貢獻。

　　2023年11月"古文字與出土文獻"學術研討會在北京大學舉辦，會議由北京大學中國語言文學系、北京大學出土文獻與古代文明研究所聯合主辦，並得到"古文字與中華文明傳承發展工程"的支持。會議邀請頂尖專家學者，針對古文字與出土文獻的前沿問題展開研討，來自北京大學、清華大學、中國社會科學院、北京外國語大學、首都師範大學、吉林大學、復旦大學、中山大學、南開大學、山東大學、河南大學、鄭州大學、西南大學、故宮博物院、上海博物館、香港中文大學、臺灣彰化師範大學等十七家高校和科研單位三十多位學者參加了會議，都是學有專精的一時之選。來自京津等地的六十餘位學者及青年學子參會旁聽。參會年齡層含括老中青各世代，正是體現"有人做、有傳承"的具體做法。

這個會議是古文字與出土文獻研究領域的盛會，所涉學術領域廣泛、研討議題前沿、學術水準高，其召開將有助於古文字與出土文獻研究的深化，推動古文字學學科建設，促進古文字專業的發展。

會議的召開，最後論文集的出版是必要的，不然散會之後論文也跟着散了。《中國古典學》古文字與出土文獻專號的出版，算是對會議畫下了句點，但這其實是無心插柳的結果。

2021年底，中國大百科全書擬議出版《殷墟卷》，其中"甲骨詞條"由我負責，我組織了一批學有專精的青壯學者共同完成這件事。那時新冠疫情籠罩，從擬議到最後完稿，我們甚至都沒見過面，只是在線上討論。

經過半年多的群策群力，稿子終於完成了，當時我在工作群裏發了一段話："我期望等疫情結束黃河清，以這個項目爲題，辦個不那麼嚴肅的研討會，邀請大家來北大，主要是大家聚一聚。"這個提議得到了一致響應。

經歷疫情的人都知道，"黃河清"真是一種無奈又苦悶的期待。2023年3月，我跟杜曉勤主任說到辦這個小會的構想，勵精圖治的杜主任表示極力支持，並加碼說不要限於甲骨，要擴大到整個古文字與出土文獻，並預備以會議論文作《中國古典學》的專號。這顯然絕不可能是"不那麼嚴肅"的研討會，卻是更具規模而有意義的。

我在史語所時，曾辦過"古文字與古代史"學術研討會五屆中的後四屆，以及第四屆漢學會議，也都主編出版了會議論文集，按說我是很有經驗的，心想現在要辦這個事情應該不難，真到要做的時候才發現不是那麼容易。史語所和大學還是有很多不同的地方，史語所的工作人員是專職的，所有的會務和編務都有專人可以負責，大學這類工作則由學生兼着做，他們都各自有功課要忙，這是我估計不足的，幸好同學們都很能幹，會務、編務都進行得很順利。這樣，我在海峽兩岸都辦過高級別的學術研討會，並出版了會議論文集。這個資歷，似乎是很可以自詡的。

王國維曾說"古來新學問起，大都由於新發現"（《最近二三十年中國新發見之學問》，1925），此文發表於二十世紀初，當時他指出的新發現有：

一、殷墟甲骨文字

二、敦煌塞上及西域各處之簡牘

三、敦煌千佛洞之六朝唐人所書卷軸

四、內閣大庫之書籍檔案

五、中國境內之古外族遺文

這些都是傳世典籍所未及的。新材料確實爲新學問的興起起了很大的作用。一百年來，中國考古學的發展，又增加了很多"地下之學問"，其中如殷墟的科學發掘出土的大量甲骨，以及墓葬遺址等大量青銅器的出土，尤其是楚簡、秦簡的大量出現，所產生的巨大影響，皆王國維所未及見。最近幾十年來，楚簡的研究，更成爲出土文獻最熱門的顯學。而秦簡的出土，爲篆書與漢隸之間的形體演變，提供了最佳的橋梁，補充了由篆到隸的缺環。這些都是昭昭俱在的新材料與新發現。

出土文獻與傳世文獻的互相補充，學者們已有許多精闢的論述。出土文獻因爲是當時的第一手材料，沒有經過層層傳鈔甚至改寫所造成的錯誤或失真，價值很高自然毋庸置疑，但出土文獻也難免有錯字，傳世文獻雖然"版本"較晚，但所根據的底本或傳本，未必就比出土文獻晚。我們在強調出土文獻的重要時，也不能因此貶低傳世文獻的價值，這應該是研究文獻學者的共識。

從近幾十年來的古文字論文比重觀察，開始時甲骨類論文居多，簡帛類論文極少，近年則出現極大逆轉，簡帛類尤其是楚簡的論文如雨後春筍，甲骨類除了綴合之外，論述性質的文章相對少了，這也是學術發展的自然現象。近年很多研究成果的取得，都是從不同的材料中獲得啓發，學科整合、材料互證，正是古文字學研究發展的康莊大道，未來的前景必是樂觀的、可預期的。

這個會議得以順利召開，感謝杜曉勤主任的大力支持，也感謝朱鳳瀚教授所領導的出土文獻與古代文明研究所的贊助。感謝宋亞雲副主任到會開幕致辭。感謝學者們蒞會發表並如期修改論文。感謝黃德寬教授百忙中爲本專號寫專論。感謝協助會務的同學，以及杜以恒博士爲後續論文集編務的辛勞。感謝北京大學出版社爲出版本書所做的努力。

我在會議的閉幕式上说：這是我在大陸辦的第一次研討會，也是最後一次，亦即唯一的一次。現在，隨着論文集的出版，我可以说：這是我在大陸編的第一本會議論文集，也是最後一本，亦即唯一的一本。這是第一篇，也是最後、唯一的編後記。事情有結束的時候，美好的回憶和滿懷的感激，將伴隨歲月走向未來。

李宗焜

2024 年兒童節

徵稿啓事

一、本刊由北京大學人文學部主辦，北京大學中國語言文學系承辦。

二、本刊爲綜合性學術刊物，旨在傳承中華民族優秀傳統文化，弘揚古典人文精神，堅持求真務實、守正出新，推動中國古典學的發展。

三、本刊主要登載以中國古代經典著作爲考察對象的語言、文學和文獻研究的論文，各學科的專題研究與跨學科的綜合研究並重，也歡迎對中國古典學學科進行理論思考的論文。

四、來稿請按本刊"撰稿格式"的要求，一律用繁體中文書寫，務請認真核對引文，並附中文提要一份，提要限 200 字以内。

五、本刊實行雙向匿名評審制度。編委會對準備採用的稿件有删改權。或提出修改意見，退作者自行修改，或逕作必要的編輯加工。如作者不願删改，請事先説明。

六、請勿一稿多投。來稿如被採用，將及時通知作者。若三個月後仍未收到通知，作者可自行處理。

七、來稿請注明作者姓名、工作單位、通信地址、電話及電子郵箱，以便於聯繫。

八、來稿刊出後，贈刊物 2 册，抽印本 20 册。稿酬從優。

九、來稿請寄：classical@pku.cdu.cn